KB105890

아직, 학생이다

아직, 학생이다

발행일 2018년 2월 23일

지은이 김 영 은
펴낸이 손 형 국
펴낸곳 (주)북랩
편집인 선일영 편집 권혁신, 오경진, 최예은, 최승헌
디자인 이현수, 허지혜, 김민하, 한수희, 김윤주 제작 박기성, 황동현, 구성우, 정성배
마케팅 김회란, 박진관, 유한호
출판등록 2004. 12. 1(제2012-000051호)
주소 서울시 금천구 가산디지털 1로 168, 우림라이온스밸리 B동 B113, 114호
홈페이지 www.book.co.kr
전화번호 (02)2026-5777 팩스 (02)2026-5747

ISBN 979-11-5987-979-1 03810(종이책) 979-11-5987-980-7 05810(전자책)

이 도서의 국립중앙도서관 출판예정도서목록(CIP)은 서지정보유통지원시스템 홈페이지(http://seoji.nl.go.kr)와 국가자료공동목록시스템(http://www.nl.go.kr/kolisnet)에서 이용하실 수 있습니다.
(CIP제어번호 : CIP2018005163)

아직, 학생이다

김영은 지음

학생이란?

자각·혼란·선택·불안·
노력·현실·인생이
본격적으로 시작되는 시기이다.

아직,
학생인 네가
알아야 할
평범하고 특별한
이야기들이 펼쳐진다.

북랩book Lab

중학교 교사로 8년, 고등학교 교사로 17년
그 시간 속에서 3,800여 명의 학생들과 함께했던 이야기다.

"선생님, 중·고등학생들을 위한 에세이가 많지 않아요."

그래서 시작해 보았다. 이 책에는 학생이라면 고민하고 겪을 수 있는 이야기들이 있다. 공부, 꿈, 진로, 부모, 외모, 이성교제, 성(性), 성격, 친구, 경쟁, 좌절, 스트레스, 중독, 인생… 24가지 이야기로 분류해 보았다. 이야기를 만들어가면서 학생들과 의견을 주고받았다. 학생들이 자신들을 위한 이야기라고 해주었을 무렵, 출판을 결심하게 됐다.

사람은 누구나 '나의 이야기'가 있다. 어떤 이는 나의 이야기가 아닌 남들의 이야기만 해댄다. 그의 인생은 그의 것이 아니다. 우리는 나의 이야기로 내가 되어야 한다.

청소년기는 나의 이야기(my story)가 본격적으로 시작되는 시기이다. 어린 시절은 부모님이나 주변 환경으로부터 받아들여지는 이야기가 많다. 청소년기는 나의 이야기를 내가 직접 만들어가는 시기이다. 그리고 그 이야기는 훗날 어른인 나의 이야기에 큰 영향을 끼친다. 학생들에게는 나의 이야기를 만들어갈 기회가 좀처럼 주어지지 않는 것처럼 보인다. 정해진 이야기만을 강요받는 것처럼 보인다. 그러나 학생들은 이미 나의 이야기를 차곡차곡 만들어가고 있다. 나는 교사가 되고 나서 한참 후에야, 학생들의 이야기가 보이기 시작했다. 그리고 그들의 이야기 앞에, 교사와 어른으로서 진지할 수 있었다.

『아직, 학생이다』 이 책에는 많은 사례가 실려 있다. 사실에 충실하려고 노력하였지만, 부득이 당사자의 사생활 보호와 이야기 전개를 위해서 약간의 변형과 각색한 내용도 있음을 밝혀둔다.

학교와 학생은 '희망'이다. 아무리 어려운 환경이라도 학교가 있고 학생이 있다면 그곳은 희망이다. 나는 지난 25년 동안 그 희망 속에서, 교사로서 늘 부족함을 절감했다. 최근에 사석에서 한 사람이 나에게 "지금까지 교사로 지내오면서 느낀 특별한 소감이라도 있습니까?"라고 물었다. 나는 잠시 머뭇거렸다. 그리고 "아이들에게 미안합니다."라고 대답했다. 그 미안함으로 이 글을 마무리할 수 있었다.

이 자리를 빌려서 용서를 구하고 싶다. 미숙한 인격을 가진 교사 때문에 힘들었을 그 아이들에게….

2018년 2월

김영은

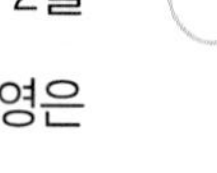

차례

01 STORY

지식 / 지혜

발칙한 혁명 · 사람이 낸 문제를 · 더러운 1등 · 동물원에 갇힌 맹수처럼 · 우리 반에서 꼴등 · 20여 년이 지난 뒤 · 스승의 경차와 제자의 고급 승용차 · 공부, 그까짓 것 안 해도 · 강태공의 낚시 이야기 · 손맛과 공부맛 · 한 과목에서 딱 한 번만 1등 · 누구나 대단한 일을 해낼 수 있다 · 예전에는 미처 몰랐어요 · 욕심 많은 사람 · '지혜로운' 최고의 수식어 · 지식과 지혜는 정비례 · 다양한 분야의 지식들 · 가장 좋은 시기 · 특권을 가진 존재 · 네, 잘 지내다 갑니다 · 황금어장

청소년기는 '배움의 계절'이다. 인류의 역사 이래 수 천 년을 내려온 진리이다. 이걸 거부하는 학생이 있다면 **발칙한 혁명**을 꿈꾸는 것이다. 간혹 이 발칙한 혁명을 성공시킨 사람도 있다. 학교 다닐 때 열심히 배우지 않았지만, 훗날 어른이 되어서 성공한 사람도 많다. 그러나 어른이 된 그들도 "학생은 열심히 배워야 한다."라고 주저 없이 말한다. 중·고등학교 때 열심히 배우지 않았던 것을 후회하는 어른은 있어도, 열심히 배웠던 것을 후회하는 어른은 없다.

나는 직업이 중·고등학교 교사다. 그래서 지난 25년 동안 많은 학생들을 만날 수 있었다. 그중에는 공부에 대해서 지독하리만큼 열정이 넘치는 학생들도 있었다.

○○고등학교의 한 여학생이 기억에 남는다. 그 아이는 학교에서 치르는 교과 시험에서 언제나 전교 1등이었다. 그 아이의 모든 교과서 겉표지에는, **"사람이 낸 문제를** 사람이 못 맞히겠느냐!"라고 써 놓은 문구가 있었다. 그 아이의 공부하는 자세는 완벽에 가까웠다. 교과 내용에 대해서 대충 넘어가는 경우가 없었다. 선생님들조차 부담을 느끼게 하는 예리한 질문은 소문이 날 정도였다. 나에게도 질문이 있다고 찾아온 적이 있었다. 그런데 잔뜩 화난 표정이었다. 들고 온 문제집을 펼쳐 보이면서, 몇 군데 지문과 문제에 오류가 있다고 했다. 꽤 많이 알려진 온라인 강의 교재였다. 그 부분에 해당하는 강의를 여러 번이나 반복해서 들어봤는데도 이해가 되지 않는다는 것이다. 온라인 강의를 해주는 곳에 직접 전화를 해보았지만, 어설픈 답변뿐이었다고 한다. 그 아이가 가리킨 부분을 확인해 보니 교사인 나에게도 쉽지 않았다. 나는 그 아이에게 시간이 필요할 것 같다면서 일단 돌려보냈다. 이후 다른 선생님들까지 합세하여 겨우 만족할만한 답변을 해줄 수 있었다. 그 뒤로도 그 아이가 종종 찾아왔는데, 한번은 나에게 자신의 어려움에 대해서 이야기했다.

"저는 외우는 데 소질이 없나 봐요. 남들은 영어 단어를 외울 때 몇 번 반복하면 외워진다고 하는데, 저는 수십 번을 해도 안 외워져요. 다른 암기 과목도 마찬가지예요. 저는 머리가 안 좋은가 봐요. 머리 좋은 사람들을 보면 정말 부러워요."

어이없는 투정이었다. 나는 그 아이에게 물었다.

"그럼 어떻게 해서 매번 1등만 하니?"

"그냥 계속해서 반복해요. 머릿속에 겨우겨우 기억하고 있다가 시험을 보고 나면 바로 잊어버려요."

'괴물'이라고 불리던 남학생도 기억에 남는다. 그 아이는 쉬는시간에도 공부를 했다. 학교 식당에서 줄을 서서 기다릴 때나 식사하는 도중에도, 틈틈이 메모지를 꺼내서 무언가를 열심히 외우곤 하였다. 공부를 너무 많이 한 후유증인지, 항상 고개를 약간 숙인 채 어기적어기적 걸어 다녔다. 그 아이의 좌우명은 "공부에 지치지 말고 미치자."였다. 학교 축제기간에 있었던 일이다. 교실마다 축제준비로 어수선했다. 교실 복도를 지나가던 중에 유독 소란스러운 교실을 발견했다. 교실 문을 열어보았더니, 그 반 아이들이 TV로 오락 프로그램을 시청하고 있었다. 그런데 눈에 띄는 아이가 있었다. TV 바로 앞 책상에서 한 아이가 공부를 하고 있었다. 물론 그 괴물이었다. 다가가 보니 수학 문제를 풀고 있었다. '이렇게 소란스러운 상황에서도 공부가 될까?' 그 아이는 내가 가까이 온 지도 몰랐다. 오직 자신만의 지독한 축제가 벌어지고 있었던 것이다. 공부도 잘했지만, 봉사활동이나 동아리활동도 열심히 했고 몇몇 악기들도 잘 다루었다. 한번은 수필을 써서 내는 작문 평가가 있었다. 자유 주제였는데, 나는 그 아이가 제출한 글을 읽으면서 당혹스러웠다. 제목은 '더러운 1등'이었다. 중학교 때부터 전교 1등을 놓치지 않기 위해서, 각고의 노력을 해왔다는 눈물겨운 내용이었다. 극심한 스트레스로 인해 발작 증상이 생긴 적도 있었는데 한동안 통원 치료를 받았다고 한다. 오죽했으면 제목을 '더러운 1등'이라고 했을까. 나는 그 아이의 글을 읽고 나서, 점수를 어떻게 매겨야 할지 잠시 고민했다.

위 두 학생의 교과성적은 고등학교 3년 내내 전교 1등이었다. 그중 한 아이는 수만 명의 고등학생이 응시한 전국 단위 학력평가에서 1등을 차지하기도 했다. 그리고 3학년 때 대학입시에서, 두 학생은 전국에서 성적 최상위권의 학생들만 모인다는 ○○대학교 ○○학과와 △△대학교 △△학과에 각각 합격했다. 그 뒤로 대학에 다니면서 이전보다 더 치열한 경쟁 속에서 몇 번의 좌절도 겪었지만, 결국은 본인들이 원하던 길을 가고 있다는 소식이 들려온다.

반면에, 공부와는 아예 담을 쌓고 지내는 학생들이 있다. 그런 학생들에게 수업시간은 곤혹스러운 일이다. 한창 혈기 왕성한 나이에, 하루에 몇 시간씩이나 교실의 좁은 책상에 붙들려 있어야 하는 상황은 인내의 연속이다. 그뿐만이 아니다. 공부를 안 하는 혹은 포기해버린 학생은 항상 적(敵)들에게 둘러싸여서 공격을 받는다. 부모님이, 선생님들이, 어른들이 따가운 눈초리와 끈질긴 잔소리를 퍼붓는다. 공부를 열심히 하는 것도 힘들지만, 공부를 안 하고 견디어내는 것도 그에 못지않게 힘들다. 오늘도 어느 교실 한구석에서는, **동물원의 좁은 우리에 갇혀있는 맹수처럼** 공부를 견디어내고 있는 학생이 있다.

중학교 2학년의 담임을 맡았을 때 일이다. 어느 날 우리 반 교실에서 수업하는 중에, 몰래 딴짓을 하고 있는 남학생을 발견했다. 그날따라 심하게 야단을 쳤다. 며칠 전에 줄곧 떨어지는 성적 때문에 상담을 했던 아이였다. 교과성적이 **우리 반에서 거의 꼴등**이었다. 담임교사인 나에게 야단을 맞으면서 많이 당황스러워했다. 나는 속으로 '내가 너무 심했나?' 하고는 교무실로 내려와 버렸다. 그런데 조금 이따가 학급 반장이 난처한 표정으로 나에게 왔다. 그 아이가 교실에서 사라져버렸다는 것이다. 나는 급히 여기저기 찾아보다가 그 아이의 집으로 전화를 해보았다. 어머니께서 받으셨다. 방금 전에 갑자기 아이가 집으로 들어오기에 무슨 일이냐고 물었더니, 대꾸도 하지 않고 자기 방으로 들어가 버렸다고 한다. 나는 조금 전에 학교에서 있었던 일을 말씀드렸다. 어머니께서는 웃으시면서 아이를 타일러서 곧 학교로 보내겠노라고 하셨다. 오후에 교무실에서 종례 준비를 하고 있는데, 그 아이가 나를 찾아왔다. 나는 그 아이에게 보조 의자를 내어주고는, 오전에 했던 행동에 대해서 물었다. 선생님께 교실에서 혼나고 있을 때 친구들이 보고 있어서 무안했다고 한다. 우발적으로 그런 행동을 한 것이라면서 다소곳한 태도로 죄송하다고 했다. 나는 그 아이를 말없이 잠시 쳐다보다가 교실로 돌려보냈다. 그 일이 있고 나서, 그 아이는 예전보다 담임교사인 내 앞에서 더 조심스럽게 행동하는 것 같았다. 친구들과 장난을 치다가도 나와 눈이 마주치면 멋쩍어하곤 했다.

그 후로 20여 년이 지난 뒤, 이 아이를 우연히 다시 만날 수 있었다. 한번은 타고 다니던 자동차가 고장이 나서 집 근처 자동차 정비소에서 수리를 받고 있었다. 잠시 후 고급 승용차 한 대가 들어왔다. 그런데 운전석에서 내린 사람이 뜻밖에도 그 아이였다. 세월이 흘러 어른이 되었지만 단번에 알아볼 수 있었다. 반갑기도 하고 어색하기도 했다. 본인도 놀라는 눈치였다. 자동차를 수리하는 동안 휴게실에서 이런저런 이야기를 나누었다. 인천(仁川)에서 식자재 도매업을 하고 있는데, 이번에 부모님 댁에 일이 있어서 잠시 내려왔다고 한다. 그가 건네준 명함을 보면서 이것저것 물어보니 나름 건실한 삶을 살고 있는 듯했다. 결혼해서 두 명의 자녀를 둔 삼십 대 중반의 가장이었다. 이야기하는 내내 의젓해 보여서 흐뭇했다. 옛날 중학교 다닐 때 '그 사건'을 이야기했더니, 쑥스러운지 얼굴이 빨개지면서 내 손을 덥석 잡았다. 나도 그의 손을 잡고 같이 웃었다. 나는 작은 차를 선호하기에 주로 경차를 타고 다닌다. 그날 공교롭게도 자동차 정비기구인 리프트 두 대에 나란히 올리어져서, 수리를 받는 **스승의 경차와 제자의 고급 승용차**를 바라보면서 묘한 기분이 들었다.

교사에게 곤혹스러운 일들이 있다. 그중 하나가, 학교 다닐 때 공부 때문에 야단을 쳤는데 훗날 교사보다 더 잘사는, 혹은 더 훌륭하게 사는 모습을 볼 때이다. 교사를 반성케 하는 제자들이 있다. 간혹 있는 것이 아니라 많이 있다.

공부를 거부하는 학생들이 흔히 하는 말이 있다.

"**공부, 그까짓 것 안 해도** 내 인생 추접스럽게 살지 않을 겁니다."

이런 자신감이 설득력을 얻기 위해서는 '그까짓 공부'가 아닌 '다른 모습'에서도 추접스럽지 않아야 할 것이다. 위의 제자는 학교 다닐 때, 공부가 그까짓 것이었을 수도 있다. 하지만 다른 모습에서 항상 당당했던 기억이 있다. 최근에 이 제자와 동창생인 다른 제자를 만난 적이 있다. 그에게서 학교 다닐 때 이 제자에 대한 이야기를 들을 수 있었다.

"그때 당시 그 친구는, 우리 학년에서 힘깨나 쓰는 아이들 중의 한 명이었습니다. 그런데 단 한 번도 힘이 약한 다른 친구를 괴롭힌 적이 없었습니다. 그래서 좋은 친구로 기억하고 있습니다."

또 기억에 남는 학생이 있다. 고등학교 입학식 때, 한 남학생이 특이한 머리 모양으로 유독 눈에 띄었다. 교칙 위반으로 첫날부터 교무실로 불려 왔다. 앞으로 꽤나 말썽을 부릴 아이처럼 보였다. 그러나 그 뒤로 우려했던 일은 일어나지 않았다. 머리 모양도 교칙에 위반되지 않는 범위 내에서 교묘하게 특별했다. 한동안 잊고 지내다가 3학년 때 내 교과목 수업시간에 만나게 되었다. 예상대로 교과성적은 하위권이었다. 수업시간이면 교실 맨 뒷자리에서 있는 듯 없는 듯이 고개를 숙이고 있는 경우가 많았다. 한번은 수업하다가 말고 조용히 그 아이 곁으로 가보았다. 선생님이 온 줄도 모르고 무언가에 열중하고 있었다. 한자쓰기 교본이었다. 슬쩍 보니 한자 수준이 꽤 높아 보였다. 지켜보던 다른 아이들이 한마디씩 했다.

"한자 1급 자격증을 땄어요."

"책도 많이 읽어요."

"컴퓨터도 잘해요."

그 뒤로 일부러 수업시간에 질문도 해보고 발표도 시켜보았다. 한자뿐만 아니라 여러 분야의 지식수준이 상당해 보였다. 특히, 같은 반 학생들이 이 아이를 대하는 태도가 무척 호의적이었다. 나중에 알게 된 사실이지만, 학교 도서관에서 도서 대출 횟수가 가장 많은 학생이었다. 한 선생님이 이 아이에게 '강태공'이라는 별명을 붙여 주었다고 한다.

강태공(姜太公)은, 뛰어난 지략가로 중국의 고대 국가인 주(周)나라 초기에 활동했던 인물이다. 특히 주나라가 은(殷)나라를 무너뜨리고 중국을 제패할 때 결정적인 역할을 했다. 그 공을 인정받아 주나라 제후국인 제(齊)나라의 초대 왕(王)이 된다. 그런 강태공과 관련하여 흥미로운 **'낚시 이야기'**가 전해지고 있다.

강태공은 세상에 알려지기 전까지 오랫동안 은둔 생활을 했다. 그 시기에 집 근처 강에서 매일같이 낚시를 하였는데, 강태공은 낚시를 특이하게 했다. 낚싯바늘에 미끼를 끼우지 않았을 뿐만 아니라, 낚싯바늘도 일자로 곧은 것만 사용했다. 그와 같은 방법으로는 물고기를 잡을 수 없었다. 흔히 낚시할 때 가장 큰 즐거움은 '손맛'이라고 한다. 손맛이란, 낚싯바늘에 걸린 물고기를 물 밖으로 끌어올릴 때 손으로 전해지는 느낌을 말한다. 강태공은 오랫동안 짜릿한 손맛도 느끼지 못한 채, 매일 낚싯대만 드리우고 있었던 것이다. 사람들은 그런 강태공을 보면서 비웃었다. 그럴 때마다 강태공은 "나는 물고기를 낚는 것이 아니라, 세월을 낚고 있소."라고 태연하게 말했다. 강태공은 빈 낚싯대만 드리우고 있었던 것이 아니었다. 앞으로 다가올 미래를 준비하면서 때를 기다렸던 것이다. 그러던 중에 인재를 찾아 세상을 순회하던 주나라 문왕(文王)에게 발탁되어, 자신의 포부를 마음껏 펼칠 수 있었다.

공부에도 낚시의 **'손맛'**처럼 **'공부맛'**이 있다. 성적이 계속해서 올라가면서 짜릿한 성취감을 맛보고, 자신의 미래가 밝아지는 것 같고, 주위 사람들의 칭찬과 격려가 이어지고, 친구들 사이에서 부러움과 질투의 대상이 된다. 위의 강태공 학생은 학교에서 '공부맛'을 거의 느끼지 못했을 것이다. 그러나 '세월'이라는 월척을 낚고 있었던 것이다.

전체적인 교과성적은 낮았으나, **한 과목에서만 그것도 딱 한 번만 1등**을 했던 고등학교 2학년 남학생이 있었다. 평소 조용한 성격으로 공부에는 별로 관심이 없어 보였다. 그런데 2학기 중간고사 때, 여러 과목 중에서 한 과목에서만 100점을 받았다. 2학년 전체에서 그 아이 혼자만 그 과목에서 100점이었다. 어찌 된 일이냐고 물었더니, 이번 시험에서 그 한 과목만 집중적으로 공부를 했다면서 천연덕스럽게 웃었다. 주변에 있던 다른 아이들이 환호성과 함께 박수를 보냈다. 그 후로, 그 아이는 고등학교를 졸업하고 대학에는 진학하지 않았다. 가끔 어떻게 사는지 궁금했었는데, 그 아이의 남동생이 형이 다녔던 같은 고등학교에 입학했다. 남동생에게 형에 대한 소식을 물었다. 인근 도시에 있는 대형 쇼핑센터에서 ○○제품 판매를 담당하고 있는데, 실적이 뛰어나 매달 받는 급여가 많다고 형 자랑을 했다. 교사인 내 월급보다 더 많았다. 며칠 뒤 그에게서 전화가 왔다. 예전과는 달리 씩씩하고 또렷한 목소리였다. 나에게 몇몇 선생님들의 안부를 묻는가 싶더니, 슬쩍 자신의 동생을 잘 부탁한다고 했다. 내가 2학년 때 있었던 '1등 사건'에 대한 이야기를 꺼냈더니, 잠시 감격하는 눈치였다.

"그 사건은 저에게 있어서 대단한 일이었습니다. 가끔 생각이 날 때면 스스로 흐뭇해서 웃곤 합니다. 앞으로도 내 인생에서 두고두고 좋은 의미가 될 것 같습니다. 그리고 훗날, 내 자식에게 공부에 대해서 할 말이 있을 것 같습니다. '애야, 이 아빠는 학교 다닐 때 공부로 전교 1등도 했었단다.'라고 말입니다."

'대단한 일'은 특별한 학생만이 해낼 수 있을까? 아니다. **누구라도 얼마든지 대단한 일을 해낼 수 있다.** 최근 몇 년 사이에 학교에서 목격했던 몇몇 학생들의 대단한 일이 있다.

교과성적이 하위권이던 정홍○ 학생이, 중간고사에서 평균 점수가 17점이나 올랐다. 대단한 일이었다! 전교 꼴등을 도맡아 하던 최병○ 학생이, 기말고사에서 전교 1, 2, 3등인 학생도 틀린 국어 서답형 문제의 정답을 정확하게 적어냈다. 대단한 일이었다! 항상 철없이 까불기만 하던 서백○ 학생이, 도(道) 단위 백일장 대회에 참가하더니 운문 부문에서 은상을 수상했다. 대단한 일이었다! 축구 실력이 없어 보이던 오현○ 학생이, 교내 체육대회에서 2학년 축구경기 준결승전에 교체 선수로 들어갔다가 결승골을 넣었다. 대단한 일이었다! 내향적인 성격으로 평소에 말수가 거의 없던 배민○ 학생이, 어느 날 쉬는시간에 친구들 앞에서 자신이 경험한 일이라면서 한참을 신나게 이야기했다. 대단한 일이었다! 우울증으로 자살 시도까지 했던 박정○ 학생이, '진정한 행복이란 무엇인가?'라는 주제로 열린 교내 3분스피치 대회에 참가해서 동상을 수상하더니 그 뒤로 표정이 무척이나 밝아졌다. 대단한 일이었다! 평소에 이기적인 행동을 많이 보이던 박선○ 학생이, 어느 날 학교 화장실에서 며칠간이나 지저분하게 막혀있던 변기를 기어코 뚫었다. 대단한 일이었다! 본인 스스로도 못생겼다고 인정하던 조유○ 여학생이, 어느 날 전교에서 가장 잘생긴 남학생에게 데이트 신청을 했다가 거절당하자 손에 들고 있던 장미꽃을 바닥에 내동댕이쳐 버렸다. 대단한 일이었다! ….

인간이라면 누구나 대단한 일들을 꿈꾸면서 살아간다. 그리고 그 대단한 일을 한 번씩 해내고 나면, 그 사람의 인생이 크게 달라진다.

중·고등학교를 졸업하고, 사회생활을 하는 성인이 된 제자들로부터 "내가 이런 것을 잘하는지 예전에는 미처 몰랐어요.", "이런 것이 내 인생에서 장점이 될 줄 정말 몰랐어요."라는 말을 자주 듣는다. 아직 학생이라면, 그의 미래는 누구도 알 수 없다. 아직 싹트지 않은 씨앗처럼, 아직 부화되지 않은 알처럼 말이다. 불확정성(不確定性, 확실히 정해지지 않는 상태)은 학생의 중요한 특성이다. 간혹 졸업한 제자들의 소식을 듣게 된다. 학교 다닐 때 공부를 잘해서 혹은 다른 것들로 인해서 주목받았던 학생보다는, 그러지 못했던 학생의 소식이 더 궁금하다.

매일 신(神)에게 정성껏 제사를 지내는 사람이 있었다. 감동한 신이 그의 앞에 나타났다. 신은 근처에 있던 생쥐 한 마리를 손으로 만져서 황금으로 만들어 그에게 주었다. 하지만 그는 만족한 표정이 아니었다. 그러자 신은 생쥐보다 더 큰 토끼를 손으로 만져서 황금으로 만들어 주었다. 이번에도 그는 만족한 표정이 아니었다. 신은 계속해서 개를, 말을, 코끼리를 손으로 만져서 황금으로 만들어 주었지만, 그는 여전히 만족하지 않았다. "도대체 무엇을 주면 만족하겠느냐?"라고 신이 물었다. 그는 잠시 머뭇거리더니 "무엇이든지 만지기만 하면 황금으로 변하게 할 수 있는 당신의 손을 저에게 주십시오."라고 했다.

이 이야기는 「욕심 많은 사람」이라는 동화이다. 그러나 '신의 손'을 원했던 이 사람보다 더 큰 욕심을 가졌던 사람이 있다. 고대 이스라엘의 왕이었던 솔로몬(Solomon)이다. 솔로몬은 왕이 되고 나서, 그가 믿는 신

(神)에게 천 번이나 제사를 지낸다. 이에 감동한 신이 나타나서 "네가 원하는 것이 무엇이냐? 원하는 것을 주겠다."라고 한다. 이에 대해 솔로몬은 부, 권력, 능력, 장수(長壽), 쾌락 등을 말하지 않고 '지혜'를 달라고 한다. 솔로몬의 대답을 들은 신은 크게 탄복하면서, 솔로몬에게 최고의 사람과 최고의 왕이 될 것이라고 한다. 솔로몬은 지혜야말로 이 세상에서 가장 귀하다는 것을 알고 있었던 것이다. 나도 평생을 통해서 이루고 싶은 것이 있다. 바로 '지혜로운 사람'이 되는 것이다. **'지혜로운'**이라는 말은 **최고의 수식어**다. 지혜로운 왕, 지혜로운 노인, 지혜로운 부모, 지혜로운 아이, 지혜로운 여인, 지혜로운 상인…. 심지어는 적(敵)도 지혜로우면 상대방으로부터 존경을 받는다. 나는 나와 가깝게 지내는 사람이, 부나 권력이나 능력을 갖춘 사람이기보다는 지혜로운 사람이었으면 좋겠다.

'지혜'와 떼려야 뗄 수 없는 것이 있다. 바로 '지식'이다. **지식의 양과 지혜의 크기는 정비례**한다고 볼 수 있다. 지식은 지혜의 밑바탕이 되기 때문이다. 지식이 없어도 얼마든지 지혜로울 수 있다고 주장하는 사람이 있다면, 나는 전적으로 동의할 수 없다. 지혜로운 부모는 육아와 자녀 교육에 대한 지식이, 지혜로운 의사는 의학에 대한 지식이, 지혜로운 영어교사는 영어에 대한 지식이, 지혜로운 정원사는 꽃과 나무에 대한 지식이, 지혜로운 판사는 법에 대한 지식이, 지혜로운 기술자는 자신이 다루는 분야에 대한 지식이 풍부한 사람이다. 은퇴를 앞둔 한 기업가가 있다. 그는 늦은 나이에 대학에 들어가서 사회복지에 대해서 공부하고 있다. 은퇴 후에 그동안 자신이 모은 재산으로 남을 도울 계획이라고 한다. 그는 분명 지혜롭게 남을 도울 수 있을 것이다.

중·고등학교 시기는 **다양한 분야의 지식들**을 집중적으로 배우는 시기다. 인문, 사회, 과학, 기술, 예술, 생활… 이러한 지식은 인류가 수 천 년 동안 피땀으로 빚어낸 흔적들이다. 교과서에 실려 있는 그 흔적들을 대하면서 기꺼이 경의를 표해도 된다. "그 많은 지식들을 배워도 나중에 써먹을 수 없잖아요."라고 말하는 학생이 있을 수 있다. 이는 표면적으로 드러난 현상만을 보고 내린 판단이다. '지식'은 '재료'가 아니라 '도구'와 같은 것이다. 건물을 짓고 나면, 재료들은 드러나 보여도 사용했던 도구들은 보이지 않는다. 그러나 건물을 짓는 데 도구는 반드시 필요하다. 지금 학교에서 배우는 지식들은, 앞으로 네가 인생을 살아가는 데 있어서 직간접적으로 유용한 도구가 될 것이다. 100개의 도구를 가진 사람과 1,000개의 도구를 가진 사람이 있다면, 둘 중에서 누가 더 건물을 짓는 데 유리할까? 그리고 우리가 지식을 배워야 하는 또 다른 이유가 있다. 바로 '창조'를 위해서이다. 창조는 인간에게만 있는 욕구인데, 그러한 창조 욕구가 인류 문명의 눈부신 진보를 가져왔다. 신기술, 새로운 것, 기존 것보다 더 발전된 것… 모두 창조의 결과물이다. 그와 같은 창조를 해내기 위해서는 필요한 전제가 있다. 바로 기존의 지식들을 배워서 알아야 한다는 것이다. 1,000가지의 지식을 가진 사람과 10,000가지의 지식을 가진 사람이 있다면, 둘 중에서 누가 더 창조를 해내는 데 유리할까? "하늘 아래 새로운 것은 없다."라는 말이 있다. 완전한 창조는 신만이 할 수 있는 영역이다. 인간의 창조는 기존의 지식들을 바탕으로 이루어지는 잘 변형된 창조라고 할 수 있다. 자신의 인생에서 창조와 진보를 꿈꾼다면, 지식을 쌓는 일에 게으르지 않아야 한다.

모든 사물에는 **가장 좋은 시기**가 있다.

왕성한 체력과 기억력을 가진 청소년기는 공부를 하고 지식을 쌓기에 가장 좋은 시기이다. 인간의 뇌 기능은 이십 세 무렵까지 계속해서 발달하지만, 이후부터는 서서히 쇠퇴의 과정에 들어서게 된다. 대략 삼십 대의 나이가 되면, 우리 몸의 신체 기능은 매년 1% 정도씩 떨어지는 것으로 알려져 있다. 그러므로 청소년기에는 할 수만 있다면 많은 지식을 쌓아두는 것이 좋다. 그 지식들이 교과성적과 관련이 없어도 된다. 앞에서 이야기했던 강태공 학생은 교과성적은 별로였지만, 그의 머릿속에 쌓인 지식은 누구 못지않았을 것이다. 사실, 학교에서 배우는 교과지식 중에 상당 부분은 세상을 살아가는 데 있어서 꼭 필요하지 않은 것들이다. 뛰어난 교과성적이 절실하게 필요치 않은 학생이라면 상당 부분은 못해도 된다. 그러나 꼭 필요하다고 판단되는 지식이 있다면 양보하지 마라. 특히, 네가 조금만 노력해서 습득할 수 있는 지식은 놓치지 마라. 교과 수업시간이 아니더라도 독서를 통해서, 경험을 통해서, 인터넷을 통해서, TV를 통해서… 다양한 분야의 지식을 넘치도록 쌓을 수 있다. 학생은 어른들처럼 먹고사는 문제에 시달리지 않아도 되는 **특권을 가진 존재**이다. "지금부터 공부하겠습니다."라는 말 한마디에 그 특권이 시작된다. 네가 책상에 앉아서 책을 펼치는 순간, 주위 사람들은 네 눈치를 보면서 조심조심 행동할 것이다. 그런 호사스러운 특권 속에서 마음껏 지식을 쌓아두렴. 너는 분명 인류 최고의 욕심쟁이인 지혜로운 사람이 될 것이다.

강태공 학생이 졸업하는 날, 졸업식장 의자에 앉아있는 그에게 다가가 "졸업하는 소감이 어떠니?"라고 물었다. 빙그레 웃으며 "**네, 잘 지내다 갑니다.**"라고 대답했다. 나는 그 아이에게 고개를 끄덕여 주었다. 그 후 그의 소식을 알 수 없었는데, 이 글을 쓰면서 연락처를 알아내어 전화를 해보았다. 삼십 대 초반의 나이로, 대구(大丘)에 있는 제법 규모가 큰 농산물 가공식품 공장에서 온라인판매 업무를 맡고 있었다. 나는 그와 통화하는 중에 "고등학교 3년 동안 책을 몇 권이나 읽었니?"라고 물었다. 그는 잠깐 헤아려보더니, "매년 100권씩 읽는 것을 목표로 삼았는데, 그 이상을 읽었던 같습니다. 지금까지 내 인생에서 가장 잘한 일이라고 생각합니다."라고 대답했다.

분명한 사실이 있다. 지금 네가 있는 학교야말로, 지식을 낚아 올리기에 너무나 좋은 '**황금어장**'이라는 것이다.

바닷가에 가면, 밀물과 썰물이 교차하는 현상을 목격할 수 있다. 밀물 때는 해수면이 상승한다. 바다 한가운데서 말려있던 푸른 양탄자들이 한 겹씩 차례대로 펼쳐지듯이, 파도가 해변을 향해서 끊임없이 달려온다. 그 모습을 보고 있노라면 왕성한 호기심과 에너지가 느껴진다. 이때 육지에 있던 어부들은 서둘러 배를 타고 바다로 나아가 그물을 내린다. 이 왕성한 때에는, 먼바다에 있던 물고기들이 푸른 양탄자를 타고 해변 가까운 곳까지 밀려오기 때문이다. 십 대 청소년기가 바로 그런 시기다. 육지에서 한가롭게 즐길 때가 아니다. 배를 타고 바다로 나아가 그물을 내려 부지런히 물고기를 잡아야 한다. 머뭇거리다가 보면 어느덧 썰물 때가 되어버린다. 썰물은 해수면이 하강한다. 바다 한가운데서 거대한 기계가 푸른 양탄자들을 한 겹씩 사정없이 잡아당기듯이 빠르게 진행된다. 이때 물고기들은 푸른 양탄자를 타고 다시 먼 바다로 이동해 버린다. 그러고 나면, 이내 빈곤한 바다와 쓸쓸한 해변만이 남게 된다.

"오늘도 학교라는 황금어장에서, 수많은 지식들을 낚아 올리는 학생 어부가 되어보렴."

02 STORY

외모 · 소비

인물 사진 / 인생의 다섯 가지 설움 / 우아한 뿔과 볼품없는 다리 / 잘생기기만 한 아버지 / 복잡한 인생 / 예쁜 짓을 해서 예쁜 사람 / 네가 더 웃기다 / 누가 감히 / 스스로 약점이라고 생각하니까 / 쌍꺼풀 수술 / 다시 되돌리는 일은 불가능하다 / 미치도록 싫었다 / 지금 할까요? 나중에 할까요? / 성형 커플 / 메이커 옷 / 그 여학생의 머리핀 / 소비, 손쉽게 우월해 보이는 방법 / 왕자와 거지 / 사람 구경 / 남들에게 세 보이려고 / 딱 그 시절뿐인데 아깝다 / 콩꽃과 장미꽃

지금 내가 근무하는 ○○고등학교의 본관 출입구에는 커다란 환경판이 양쪽 벽면에 설치되어 있다. 그중 한쪽 환경판에는 전교생(450여 명)의 개인별 프로필(인물 사진, 이름, 장래 희망, 올해의 다짐, 내 인생의 중요한 일 세 가지 등)을 게시해 놓는다. **인물 사진**은 학교에서 카메라로 찍어서 사용하는데, 학생들의 반응이 예민하다. 화장을 하는 학생, 얼굴이 예뻐 보인다는 각도를 잡는 학생, 여러 번이나 다시 찍자고 떼를 쓰는 학생, 아예 본인 사진을 컴퓨터로 보정해서 오는 학생 등등. 그래서 환경판에 있는 인물 사진을 보면 실제 학생이 누구인지 헷갈리는 경우가 있다.

청소년기에 외모만큼 민감한 것이 또 있을까? 하루에도 수십 번씩 거울을 본다. 어떤 학생은 우울하고 어떤 학생은 우쭐한다. 아예 거울

을 보지 않는 학생도 있다. 어렸을 적에 할머니로부터 **'인생의 다섯 가지 설움'**에 대해서 들었던 기억이 있다. 다섯 가지 설움에도 크기에 따라 순서가 있었다. 나라 없는 설움이 제일 크고, 그다음이 배고픈 설움, 늙은 설움, 못 배운 설움, 못생긴 설움 순이라고 하셨다. 오늘날 청소년에게 제일 큰 설움은? 네 가지 중에서 한 가지를 고르라고 한다면, 아마도 못생긴 설움이 가장 많을 것이다.

한번은 학급 반장이 교무실로 다급하게 와서는, 교실에서 친구들끼리 다투고 있다고 했다. 교실로 뛰어갔더니 상황이 이미 종료된 상태였다. 여학생 둘이서 다투었다고 하는데, 그중 한 명은 교실 밖으로 나가 버리고 없었다. 아이들 몇 명을 보내서 찾아보도록 했으나 학교에는 없었다. 그러던 중에 그 아이의 어머니로부터 전화가 왔다. 아이가 자기 방에 들어가더니 울고 있다는 것이다. 나는 곧바로 그 아이의 집으로 찾아갔다. 방문을 열고 들어가 보니 아직도 훌쩍이고 있었다. 사소한 일로 말다툼이 시작되었다고 한다. 그런데 상대방 친구가 상황이 불리해지니까 갑자기 엉뚱한 말을 했다고 한다.

"못생긴 게 잘난 척하네."

그 말을 듣는 순간, 너무 기가 막혀서 더 이상 대꾸할 수가 없었다고 한다. 차라리 다른 심한 욕이라도 했으면 이렇게까지 서럽지는 않았을 것이란다. 참으로 난감하다. 이런 경우는 무슨 말로 위로를 해야 할까? 나는 그 아이의 얼굴을 가만히 쳐다보았다. 그 아이는 고개를 갸웃하더니, 책상 위에 있던 거울을 들고는 자신의 얼굴을 이리저리 살폈다. 그 순간, 나는 그 아이에게 한마디 했다.

"너, 앞으로 지금보다 더 열심히 살 것 같다."

예상치 못한 말이었는지 그 아이는 황당하다는 표정을 지었다. 나는 거울을 빼앗아 일부러 쓰레기통에 넣어버렸다. 그리고 그 아이를 데리고 다시 학교로 왔다. 학교까지 오는 차 안에서 나는 신나는 동요를 불러주었다.

"공같이 둥근 머리는 하나요. 반짝반짝 빛나는 눈은 둘이요. 냄새를 잘 맡는 코는 하나요. 음악소리 잘 듣는 귀는 둘이요. 냠냠 잘 먹는 입도 하나요. 튼튼한 팔다리가 둘씩이래요…."

같은 동요를 세 번이나 반복했다. 네 번째 부르려고 하는데, 그 아이가 웃으면서 그만 노래를 불렀으면 좋겠다고 했다.

못생겼다는 것은 잘못된 것일까? 어떤 학생은 부모 탓을 한다. 그럼 그렇게 태어난 부모는 누구 탓을 해야 할까? 조상 탓이라도 해야 할까? 그건 누구 탓도 아니다. 그냥 운명이다. 그 운명은 불행일까? 불행이라고 생각하는 사람에게만 불행이다.

「이솝우화」에 이런 이야기가 있다.

사슴 한 마리가 연못에 비친 자신의 **우아한 뿔**을 보면서 흡족해했다. "이렇게 멋진 뿔을 가진 동물은 나밖에 없을 거야." 하지만 자신의 **볼품없는 다리**를 보면서는 속상해했다. "아휴, 비쩍 마른 내 다리는 마음에 안 들어." 사슴은 매일같이 자신의 뿔을 다듬었다. 여러 번이나 씻고 예쁘게 다듬느라고 하루해가 짧을 지경이었다. 그러던 어느 날, 숲속에서 배고픈 호랑이와 마주쳤다. 깜짝 놀란 사슴은 재빨리 도망치기 시작했다. 겨우 호랑이의 추격을 벗어났나 했는데, 그만 우아한 뿔이 나뭇가지에 걸려서 더 이상 도망갈 수 없게 되었다. 뒤를 보니 호랑이가 달려오고 있었다. 사슴은 눈물을 흘리면서 뒤늦게 깨달았다.

"나에게 정말 필요한 것은 뿔이 아니라 다리였구나."

"못생긴 여자로 산다는 것은 끔찍하다."

어느 이십 대 여성의 절규다. 그러나 못생겨도 끔찍하지 않게 사는 방법이 있다. 몇 가지를 포기해 버리면 된다. 거울 보면서 행복해하기, 남들에게 예쁘다는 말 듣기, 잘생긴 외모가 유리한 직업 갖기, 자신의 외모에 반한 이성과 연애하기 등등. 못생긴 외모 때문에 할 수 없는 것들에 매달려서 좌절하지 말고, 못생긴 외모라도 할 수 있는 것들에 집중하면 된다. 얼굴이 못생겼다는 것은 외모(사슴의 뿔)보다는 다른 것(사슴의 다리)에 집중하라는 운명의 메시지다.

잘생긴 사람의 삶도 만만치 않다. 잘생기면 모든 게 다 좋을 거라고? 잘생긴 사람에게 치욕적인 말이 있다. 잘생기기만 한 학생, 잘생기기만 한 연기자, 잘생기기만 한 운동선수, 잘생기기만 한 정치인, **잘생기기만 한 아버지**… 등등. 우리 주변에는 잘생기기만 해서 힘들고 안타까운 인생도 많다. 물론 외모가 잘생겼다는 것은 살아가는 데 있어서 유리한 조건인 것만은 분명하다. 마치 농구선수에게 큰 키가, 씨름선수에게 큰 덩치가 유리한 것처럼 말이다. 그러나 키 큰 농구선수가 농구 실력이 형편없거나, 덩치 큰 씨름선수가 자신보다 왜소한 상대선수에게 지기만 한다면 상황은 달라진다. 차라리 키가 작더라도 실력 있는 농구선수가, 덩치가 작더라도 실력 있는 씨름선수가, 외모가 못생겼더라도 능력 있는 사람이 더 낫지 않을까?

잘생긴 외모는 살아가면서 끊임없는 유혹이고 시험일 가능성이 크다. 자신의 외모가 이성의 시선을 끌 만하다거나 유혹할 만하다고 믿는 사람이 있다면, 그는 **복잡한 인생**이 될 가능성이 크다. 복잡한 인생을 살고 싶다면, 그런 외모와 그런 생각을 가진 이성과 함께 살면 된다. 특히, 잘생기기만 한 남자와 결혼한 여자는 힘든 인생이 될 것이 뻔하다. 그건 남자의 입장에서도 마찬가지다.

못생긴 여자가 있었다. 어느 날 그녀에게도 남자친구가 생겨서 연애를 시작했다. 그러나 오래가지 못했다. 그 남자가 그녀의 못생긴 외모를 문제 삼아 이별을 통보했기 때문이다. 그녀 앞에는 두 가지 길이 놓여 있다. 첫 번째는, 그런 남자들에게 두 번 다시는 그런 상처를 입지 않기 위해서 외모에 집착한다. 당장 성형수술을 하려고 안달이 난다. 이는 그 남자의 그런 행동에 정당성을 부여하는 꼴이며, 그녀도 그 남자의 입장이었다면 그런 행동을 했을 것이라는 반증이기도 하다. 두 번째는, 이제라도 그 남자의 사람됨을 알게 되어 다행이라고 여긴다. 사실 그 여자는 그 남자를 진심으로 사랑하고 있었기에, 그 남자와 결혼까지도 생각 중이었다. 그 후, 그 여자는 자신의 현실을 깨닫고 외모보다는 다른 것에 집중했다. 미처 자신의 못생긴 외모에 신경 쓸 겨를이 없을 정도로 말이다. 그리고 얼마 후, 그녀는 다른 남자를 만났다. 물론 그 남자는 그녀의 외모가 아닌 다른 것에서 매력을 느꼈다고 한다.

"외모보다는 다른 것으로 사람들의 마음을 사로잡으렴."

외모 때문에 고민하는 것은 인생에서 그리 길지 않다. 물론 사람에 따라, 특히 직업에 따라 몇십 년 동안이나 하는 경우도 있다. 동물원의 사슴은 자신의 우아한 뿔을 위해서 평생 고민해야 하지만, 야생의 사슴은 자신의 튼튼한 다리를 위해서 고민한다. 잘생긴 외모 때문에 결혼하는 경우는 있어도, 못생긴 외모 때문에 이혼하는 경우는 없다. 상대방의 잘생긴 외모에 반해서 사랑하게 된 연인 사이보다, 다른 것에 끌려서 사랑하게 된 연인 사이가 더 많이 더 오래 행복할 가능성이 크다. 못생겼지만 나를 위한 그녀의 진실한 마음과 서투른 애교는, 잘생긴 외모가 주는 시각적인 만족감하고는 차원이 다른 행복함을 준다. 외모가 예뻐서 예쁜 사람도 있지만, **예쁜 짓을 해서 예쁜 사람**도 있다. 진짜 예쁜 사람은 예쁜 짓을 해서 예쁜 사람이다.

나는 삼십 대 나이에 접어들면서부터, 상대방의 우아한 뿔보다는 튼튼한 다리에 더 끌리게 되었다. 지인 중에 특정 직업에 종사하는 오십 대 여자 분이 있다. 한번은 나에게 "나이 오십이 넘어서도 남들에게 잘 보이려고, 외모에 신경 써야 하는 내 인생이 측은할 때가 있습니다."라고 하소연을 했다. 어떤 직업은 못생긴 외모보다는 잘생긴 외모가 더 어울리고 유리한 경우도 있다. 못생긴 너는 아예 그런 곳에 가지 마라.

'교사'라는 직업은 못생긴 사람이 하면 안 될까? 어떤 학생이 "저 선생님은 못생겨서 싫어."라고 말한다면, 그렇게 말한 학생만 초라해질 뿐이다. 교사라는 직업은 외모로 인정받는 것이 아니다. 학생을 대하는 교사의 인격이나 수업하는 모습으로 인정받는다.

한번은 수업시간(고등학교 1학년 교실)에, 한 여성의 성공 이야기를 다룬

TV 프로그램을 시청한 적이 있었다. 삼십 대 여성이 여러 가지 어려움을 극복하고 장사가 아주 잘 되는 음식점을 운영하고 있다는 내용이었다. 그런데 TV를 시청하는 도중에, 갑자기 한 남학생이 그 여성의 외모를 비하하는 말을 했다. 그러고 보니 그 여성의 얼굴이 크고 못생긴 편이었다. 그러나 나머지 학생들은 미처 그런 생각을 못 하고 있었다. 음식 맛의 노하우, 기발한 영업아이디어, 감동적인 에피소드, 엄청난 하루 매출 등에 집중하고 있었기 때문이다. 몇몇 여학생들의 짜증 섞인 야유가 쏟아졌다. 나는 화면을 정지시키고 왜 그런 말을 했느냐고 물었다. 그러자 그 남학생은 그냥 친구들을 웃겨보려고 그랬다면서 겸연쩍어했다. 그때 한 여학생이 "그렇게 말하는 네가 더 웃기다."라고 한마디 했다. 동시에 모두가 웃고 말았다.

『부활』, 『전쟁과 평화』 등 많은 명작을 남긴 세계적인 문호 톨스토이(Leo Tolstoy, 1828~1910년)가 있다. 톨스토이는 청소년기에 자신의 외모에 대해서 심각한 콤플렉스가 있었다고 한다. 못생긴 외모 때문에 친구들에게 늘 놀림을 받았고, 앞으로 자신의 인생은 행복할 수 없을 것이라고 낙심했다고 한다. 신(神)에게 자신의 외모를 바꾸어달라고 간절히 기도할 정도였다니 그의 고통이 짐작이 간다. 그러나 글쓰기에 몰입하면서부터 외모콤플렉스에서 벗어날 수 있었다고 한다. 우리는 그를 향해서 못생긴 톨스토이라고 말하지 않는다. 그저 세계적인 문호 톨스토이라고 부를 뿐이다. 세계적인 성녀로 추앙받고 있는 테레사 수녀(Mother Teresa, 1910~1997년)가 있다. 그녀는 유럽에서 태어났으나 젊은 날에 수녀가 되어 인도(印度)로 건너갔다. 그리고 평생을 인도의 콜카타 빈민가에서 가난으로 고통받는 사람들을 위해서 헌신했다. 1979년 노벨평화상을 수상하였으며, 1981년에는 우리나라를 방문한 적이 있다. 그녀는 수녀복을 입지 않고, 평상시에도 인도 빈민 여성들이 입는 흰색 사리 차림을 하고 다녔다. 그녀는 신장이 작고 체격이 말랐으며 항상 웅크린 자세, 주름투성이인 얼굴, 거친 손으로 외모는 볼품이 없었다. 그러나 우리는 그녀의 볼품없는 외모에서 최고의 아름다움을 발견할 뿐이다.

"누가 감히, 톨스토이와 테레사 수녀의 외모에 대해서 비웃을 수 있겠는가?"

○○시청 홍보팀에서 근무하고 있는 지인의 경험담이다.

"업무상 홍보 인쇄물을 제작하는 경우가 많습니다. 전문 업체에 맡기고 있는데, 홍보 인쇄물은 내용 못지않게 편집과 디자인이 중요합니다. 그러다 보니 편집디자이너와 의견이 달라서 갈등을 빚기도 합니다. 그런데 작년부터 정말로 마음에 드는 편집디자이너를 만나게 되었습니다. 여자 분인데, 처음에 그 업체 사장님이 다른 곳에서 스카우트해온 사람이라고 소개해 주었을 때는 썩 내키지 않았습니다. 자유분방한 옷차림에 투박한 외모와 어설픈 말투 때문에 첫인상은 별로였습니다. 그런데 며칠 뒤, 그녀가 해 놓은 1차 시안을 확인하면서 생각이 완전히 바뀌어 버렸습니다. 흠잡을 데가 없을 정도로 마음에 쏙 들었기 때문입니다. 그 뒤로 그 편집디자이너를 볼 때마다 옷차림도 외모도 말투도 다 예쁘게 보였습니다. 이제는 그 업체 사장님에게 그 편집디자이너가 아니면 아예 일을 맡기지 않겠다고 압력을 주고 있습니다. 그 업체는 총 다섯 명의 편집디자이너가 일하고 있는데, 저뿐만 아니라 그 편집디자이너에게 일을 맡겨본 사람이라면 그녀만 찾습니다. 그녀를 향한 여러 사람의 쟁탈전이 만만치 않습니다…."

그녀에 대한 칭찬이 멈추질 않았다. 그는 저번 명절 때, 개인적으로 작은 선물을 마련하여 그녀에게 보냈다고 하면서 환하게 웃었다.

인간은 본능적으로 상대방을 향한 공격성을 지니고 있다. 특히, 상대방이 스스로 약점이라고 생각하는 곳을 더 공격하고 싶어 한다. 네가 너의 외모에 대해서 **스스로 약점이라고 생각하니까**, 상대방이 그곳을 공격하는 것이다. 당당하게 대하렴. 잘생긴 외모 때문에 당당한 사람보다 못생겼지만 당당한 사람이 더 멋있다. 그리고 '더 있어' 보인다. 무언가 감추어 놓은 매력이 있을 것 같다. 외모의 중요성은 그리 오래가지 않는다. 너는 일찍부터 그걸 알아차리고 다른 것에 집중했기에 오랫동안 유리할 수 있다.

자신의 작은 눈이 콤플렉스라고 생각하던 고등학교 여학생이 있었다. 거울을 보면서 눈을 만지작거릴 때가 많았다. 그러더니 2학년 겨울방학 동안에 **쌍꺼풀 수술**을 하고 왔다. 본인이 생각하기에 만족한 수술결과였는지 예전보다 표정이 밝고 말도 많아졌다. 친구들 사이에서 부러움의 대상이 되었다. 하루는 교무실로 나를 찾아왔다. 본관 출입구 환경판에 게시되어 있는 자신의 성형하기 전 사진을 새로 바꾸어 달라고 했다. 이야기하는 도중에 그 아이의 눈을 자세히 볼 수 있었다. 한눈에 봐도 예전보다 예쁘게 보였다. 정확히 말하면, 성형수술보다는 자신감이 넘치는 표정 때문이었다. 나는 주관적인 판단이었겠지만, 예전의 얼굴도 좋았다는 아쉬움을 떨쳐버릴 수 없었다. 사진을 찍고 나서, 나는 그 아이에게 "이제 고민거리가 없어졌으니 공부도 열심히 해야지."라고 말했다. 그러나 너무 잘된 성형수술의 후유증일까? 공부는 뒷전이고, 외모에 더 신경 쓰고, 성격도 훨씬 더 외향적으로 변해가더니 그해 대학입시에서 결과가 좋지 않았다. 그래도 그 아이는 마냥 행복해 했다. 아마도 더 예뻐졌다고 생각하는 자신의 외모 때문이었을 것이다.

학생들이 주로 하는 성형수술에는 눈이나 코 교정, 점이나 흉터 제거, 문신 시술 등이 있다. 중·고등학생이 순전히 미용만을 목적으로 하는 '미용성형'은 바람직할까? 아직도 신체 성장이 진행되고 있는 시기라는 점에서, 나는 십 대보다는 이십 대 이후에나 하는 것을 권하고 싶다. 그리고 외모에 대한 유행이나 자신의 판단이 언제든지 변할 수 있다는 사실을 간과해서는 안 된다. 특히, 성형수술을 하고 나서 만족하지 못한 경우도 많다는 사실을 분명히 알아야 한다. 그런 경우에는 바로 두 번째, 세 번째 성형수술로 이어질 가능성이 크다. 성형수술은 언제든지 할 수 있으나, 성형수술을 하고 나서 **다시 되돌리는 일은 불가능하다.** 명심해야 하는 '무서운 현실'이다.

오래전 일이다. 한 남학생이 눈썹 위에 있던 새끼손톱만 한 크기의 점을 제거하고 피부 이식까지 받았다. 세월이 흘러 성인이 되었고 지금은 결혼해서 살고 있다. 한번은 그 점(點)에 대한 이야기를 꺼낸 적이 있다.

"지금 생각해 보면 무시해도 되는 별로 크지 않은 점이었습니다. 그런데 고등학교 때는 그 점이 너무 크게 보였습니다. 그럴만한 이유가 있었습니다. 그때 당시에 저는 힘든 시기를 보내고 있었습니다. 공부 때문에 스트레스가 심했고 소심한 성격 탓에 친구 관계도 원만하지 않았습니다. 그러다 보니 엉뚱하게도 그 점이 미치도록 싫었던 것입니다."

나는 그에게 그 점을 제거한 것을 후회하느냐고 물었다. 고개를 저으면서 아니라고 했다.

"담당 의사의 예측하고 다르게 수술 흉터가 아직까지도 남아있지만, 후회하지는 않습니다. 그때 당시 저는 그 점을 기어코 제거해야만 하는 절박한 상태였습니다. 아마 그때 그 점을 제거하지 않았다면 더 힘든 시기를 보냈을 것입니다. 그런 것이 바로 사춘기입니다."

우리는 서로 마주 보면서 고개를 끄덕였다.

성형수술 문제로 부모와 마찰을 빚는 아이들이 종종 있다.

부모님이 반대하면 하지 않는 것이 좋다. 기다렸다가 훗날 네가 돈 벌어서 네 돈으로 하렴. 이렇게 태어나게 했으니 부모님에게 손해배상이라도 청구하는 거니? 그래도 기어코 성형수술을 해야겠다면, 너에게 진심 어린 조언을 해줄 수 있는 어른을 찾아가서 "성형수술을 하려고 하는데, 어떻게 생각하세요?"라고 물어라. 만약 그 사람이 하는 것이 좋겠다고 하면, "지금 할까요? 나중에 할까요?"라고 한 번 더 물어라.

현역에서 은퇴한 칠십 대 중반인 남자 분이 있다. 하루는 뜻밖의 고백을 하셨다. 얼마 전에 성형수술을 했다는 것이다. 처진 눈과 얼굴에 생긴 반점들 때문에 몇 년 전부터 고민을 해왔다고 한다. 수술은 물론이고 완전히 회복될 때까지 과정을 말씀하시는데 꽤나 힘드셨던 모양이다. 그렇지만 수술하고 나서 만족스러워서 다른 곳도 고민 중이라고 하셨다. 내가 보기에는 조금 달라진 것 같은데 그분은 많이 행복해하셨다. 그런데 그분의 영향을 받아서인지, 나는 최근에 거울을 보면서 뜻밖의 생각을 했다. '나도 한두 군데 수술하면 어떨까?'라는 생각이 들었다. 스스로 어이가 없어서 웃고 말았다. 하지만 그 뒤로도 거울을 볼 때마다 이리저리 얼굴을 만져본다. 내가 이상해졌다. 왜 이럴까? 이런 얼굴로 너무 오래 살아서일까?

○○성형외과 간호사에게 들었던 **'성형 커플'**에 대한 이야기다.

"재작년에 우리 병원에서, 이십 대 여자가 눈 성형수술을 받았습니다. 그런데 그 여자는 수술비용을 남자친구가 대주는 거라면서 은근히 자랑을 했습니다. 그러고 나서 서너 달 정도 지났을 무렵, 이번에는 그 여자의 남자친구가 코 성형수술을 받고 싶다면서 병원을 찾아왔습니다. 며칠 뒤, 남자친구의 수술이 끝나고 회복실에 있던 그들로부터 특별한 사연을 들을 수 있었습니다. 평소 그 여자는 양쪽 눈 모양이 달라서 콤플렉스였다고 합니다. 그런 사실을 알게 된 남자친구가 성형수술을 권했답니다. 처음에는 망설였지만, 수술비용까지 마련해 주는 남자친구를 보면서 용기를 냈다고 합니다. 그 뒤로 둘은 결혼을 약속한 사이가 되었는데, 결혼식을 몇 달 앞두고 이번에는 그 여자가 남자친구에게 성형수술을 권했답니다. 매부리코였던 남자친구 역시 외모 콤플렉스를 가지고 있었답니다. 물론 이번 수술비용은 그 여자가 마련했다고 합니다."

결혼식 날, 그 병원의 간호사들은 예식장을 찾아가서 그들의 결혼을 진심으로 축하해 주었다고 한다.

상대적으로 고가인 물건(옷, 신발, 휴대전화, 전자기기, 액세서리 등)을, 부모님에게 사달라고 떼를 쓰는 유치원생이나 초등학생들이 있다. 어린아이들만 그럴까?

고등학교 1학년 담임을 맡았을 때 일이다. 어느 날, 한 남학생의 아버지로부터 전화가 걸려왔다. 처음에는 망설이더니 어렵게 말을 꺼냈다.

"며칠 전부터 아들이 사달라는 옷 때문에 고민입니다. 어떤 옷인가 해서 알아보았더니, 최근에 청소년들 사이에서 유행하고 있는 메이커 옷이었습니다. 하지만 가격이 너무 비싼 것 같아서 사주지 않았습니다. 그 뒤로도 계속해서 떼를 쓰고 있어서 온 가족이 불편합니다. 아들 녀석이 말하기를, 자기 반의 대부분 아이들이 그 옷을 가지고 있다고 합니다. 그게 사실인가 알아보려고 이렇게 담임선생님에게 전화를 했습니다."

나는 바로 교실로 올라가서, 그 특정 메이커 옷(패딩점퍼)을 가지고 있는 학생의 수를 알아보았다. 서른 명 중에 여섯 명이 해당되었다. 조사 결과를 바로 전했다. 전화기 너머로 아버지의 고민이 느껴졌다. 결국, 며칠 뒤 그 아이는 그 메이커 옷을 입고 왔다.

기억에 남는 고등학교 여학생이 있다. 그 아이의 교복 치마 길이는 우리 학교에서 가장 길었다. 학교 교칙에 명시되어 있는 교복 규정을 어기지 않는 몇몇 여학생들 중의 한 명이었다. 휴대전화는 한참이나 지난 구형이었다. 신발이랑 옷도 소박했다. 여학생들의 필수품인 그 흔한 액세서리 하나도 몸에 착용하지 않았다. 외모에 신경 쓰지 않는 아이쯤으로 생각했다. 그런데 그런 소박한 차림새를 하고 있는 여학생이 드물어서인지 자꾸 눈에 띄었다. 특별하게 보일 정도였다. 나는 호기심이 생겼다. 남학생들 몇 명에게, 그 여학생의 차림새에 대해서 어떻게 생각하느냐고 물었다. 나처럼 특별한 호감을 느끼고 있었다. 꾸미는 여학생들이 많아서 오히려 꾸미지 않은 그 여학생이 더 눈에 띈 것이다. 2학년 때, 인근 도시에 있는 '순천만국가정원'으로 가을소풍을 간 적이 있다. 그런데 그날 한 남학생이 내게 와서 손으로 그 여학생을 가리켰다. 눈에 띄는 것이 있었다. **그 여학생의 머리핀**이었다. 가을 햇살에 눈부시게 예뻤다. 그날 그 아이는 머리핀 하나로 사람들의 시선을 사로잡아 버린 것이다. 아직도 그 잠자리 모양의 주황색 머리핀이 생각날 정도다. 그런데 또 한 번의 반전이 있었다. 하루는 그 아이의 어머니가 딸아이의 진로상담을 위해서 학교를 찾아왔다. 어머니의 차림새는 딸하고는 달리 상당히 세련되어 보였다. 멀리서도 눈에 띌 정도였다. 나는 일부러 그 아이의 어머니에게 다가가서 말을 걸어보았다.

"그동안 딸을 지켜보았는데, 차림새가 참 소박한 것 같습니다."

"집에서도 마찬가집니다. 몇 년간 줄곧 이야기하다가 포기해 버렸습니다."

"포기 잘하셨습니다. 그래서 더 예쁩니다."

"그럼 계속 포기해야겠습니다."

사람은 누구나 남들보다 우월해지고 싶은 욕구가 있다. 그러나 남들보다 우월해지기란 쉬운 일이 아니다. **손쉽게 우월해 보이는 방법**이 있다. 바로 '소비'다. 그래서 너도나도 명품을 좋아하고 돈이 최고라고 하나 보다. 겉모습만 명품인 사람이 있다. 그런 경우 그 사람은 안 보이고, 그 사람이 지니고 있는 명품만 보인다. 의류 매장에 가면 진열대 위에 있는 마네킹도 그런다.

신분이 극과 극인 **왕자와 거지**에 대한 이야기가 있다.

옛날 어느 나라에 한 왕이 있었다. 하루는 왕자를 불러서, 궁궐 밖으로 나가서 백성들이 어떻게 사는지 살피고 오라고 명령했다. 왕의 명령을 받은 왕자는 자신의 신분을 감추기 위해서 거지 복장을 하고 궁궐 밖으로 나왔다. 한참 걸어가고 있는데, 한 무리의 사람들이 왕자를 보더니 "이 더러운 거지, 저리 가!"라고 하면서 침을 뱉었다. 그러나 왕자는 창피하거나 화가 나지 않았다. 오히려 즐거웠다. 또 한참 걸어가고 있는데, 누군가가 큰소리로 "귀족님의 행차다! 길을 비켜라!"라고 외치는 소리가 들려왔다. 주위에 있던 사람들이 서둘러 길가로 비켜서면서 머리를 숙였다. 왕자는 고개를 살짝 들고 그 귀족을 보았는데 평소 궁(宮)에서 친하게 지내던 귀족이었다. 하마터면 앞으로 나아가서 아는 척할 뻔했다. 귀족의 행차가 지나가고 나자 여기저기에서 사람들이 투덜거렸다. 그러나 왕자는 즐거웠다. 며칠 동안 이곳저곳을 돌아다니면서 값비싼 물건이나 아무리 좋은 것을 봐도 욕심이 나지 않았다. 사람들에게 거지 취급을 당했지만 내내 즐거웠다.

왕자는 왜 즐거웠을까? 자신은 진짜 거지가 아니라 진짜 왕자였기 때문이다. 우리는 원래 왕자나 공주 출신이다. 어렸을 적에 부모님에게 왕자님, 공주님 소리를 들어보지 않은 사람이 있을까? 앞으로도 한 여자에게 사랑스러운 왕자님이, 혹은 한 남자에게 사랑스러운 공주님이 될 것이다. 겉으로 보이는 자신의 차림새에 대해서 너무 예민하지 마라. 가짜 왕자, 가짜 공주처럼 혹은 진짜 거지처럼 말이다.

얼마 전에, 가족들과 함께 전라북도 전주(全州)에 있는 '전주한옥마을'로 놀러 간 적이 있다. 우리나라의 전통문화와 다양한 먹을거리로 많이 알려져 있다. 그런 곳에서 빼놓을 수 없는 즐거운 구경거리가 있다. 바로 **사람 구경**이다. 다양한 차림새를 한 사람들이 많았다. 그중에는 어색한 차림새 때문에 눈길을 끄는 젊은이들도 있었다. 외모는 십 대나 이십 대 초반의 나이인데, 화장이나 옷차림이 그 나이하고는 안 어울려 보였다. 저렇게까지 하고 나오느라고 나름대로 최선을 다했을 텐데 나만의 시선일까? 어색해 보였다. 어색함을 넘어 재밌기도 하였다. 반면에 자신에게 어울리는 차림새를 하고 있는 학생이나 젊은이들도 많았다. 보면서 기분이 좋았다. 저절로 미소가 지어졌다. 젊은이가 자신에게 어울리는 차림새를 해낼 수 있다는 것은 대단한 일이다. 특히, 학생이라면 더욱 그렇다. 차림새에 대한 그러한 감각은 앞으로 무슨 일을 하든지 큰 장점이 될 것이다. 물론 어울리지 않은 차림새로 당당하게 걸어가는 학생이나 젊은이들도 대단하다. 마치 그들의 특권처럼 말이다.

하지만 그런 장소에서, 눈살을 찌푸리게 하는 욕설이나 행동을 하는 학생들을 보면 안타깝다. 애써 외면해버린다. 한번은 수업시간에 학생들에게, 그런 행동을 하는 학생들의 심리에 대해서 물었다. 여러 의견 중에서 학생들이 가장 공감했던 대답은 "**남들에게 세 보이려고** 그런다."였다. 그러고 보니, 조폭들도 같은 이유에서 몸에 문신을 하고 인상을 험악하게 쓰고 괜히 거칠게 행동한다. 이어서 같은 학생으로서 그런 학생들을 보면 어떤 생각이 드느냐고 물었다. 역시 가장 공감했던 대답은 "추접스럽게 보인다."였다. 어른들의 생각도 마찬가지다. "여기서 멈춰라!", "지금부터 고쳐라!" 자신의 잘못된 행동을 중도에 멈추고 고칠 줄 아는 학생은 정말 대단하다. 앞으로 그의 인생도 충분히 대단할 것이다. 웬만한 어른보다 낫다. 자신의 잘못된 행동을 중도에 멈추고 고칠 줄 아는 어른들이 그리 많지 않다. 그래서 나이를 먹었다고 다 어른이 되는 것이 아니다.

그런가 하면, 자신의 차림새에 대해서 스스로 어색해하는 학생들도 종종 마주치게 된다. 괜찮다. 아직 학생이다. 충분히 서툴러도 된다. 이왕 이렇게 된 것, 오히려 어깨를 펴고 밝은 표정으로 씩씩하게 걸어라. 멋진 개성이 될 것이다. 사람들의 따가운 시선도 견디어라. 인생 연습이다. 그리고 오늘은 다른 날보다 일찍 집으로 돌아가렴. 수고했으니까….

화장을 하는 학생들이 많아졌다. 여학생만 하는 것이 아니다. 남학생도 한다. 거의 연예인의 수준에 이르는 여학생들도 있다. 아무리 화장을 안 한 얼굴이 더 예쁘다고 해도, 그들은 화장을 한다. 나는 언제부터인가 말리지 않기로 했다. 그 아이에게 화장하는 것을 말리는 일은 시력이 안 좋은 아이에게 안경을 쓰지 말라고 하는 것보다, 전교 1등인 학생에게 공부하지 말라고 하는 것보다 더 힘든 일이라는 것을 알았기 때문이다. 그럼에도 불구하고 나는 아쉽다. 아무것도 손대지 않은 십대의 피부는 눈부시다. 딱 그 시절뿐인데 아깝다. 이제 막 솟아나는 여린 나뭇잎에 페인트를 칠하는 느낌이다. "십 대 때는 화장하지 마라." 어른들의 경험에서 나온 말이다. 그래도 너는 화장을 할 것이다. 돋보기 같은 너의 눈은, 너의 얼굴에서 온갖 주름과 거친 피부를 반드시 찾아낼 테니까 말이다. 그러나 혹시, 너에게 화장하는 시간이 아까울 정도로 중요한 일이 생긴다면 그때는 화장을 안 할 것이다.

가장 좋은 화장은? 자연스럽게 하는 화장이다. 화장을 했지만 안 한 것처럼 보이는 화장이다.

밀꽃, 벼꽃, **콩꽃**, 옥수수꽃, 포도꽃을 본 적이 있는가? 이런 꽃들은 다른 꽃들에 비해서 화려함과는 거리가 멀다. 소박하게 피었다가 조용히 사라진다. 그렇지만 꽃이 지고 난 자리에는 열매가 열린다. **장미꽃**을 보면 그 화려함에 매혹되어 꺾고 싶은 생각이 든다. 장미꽃도 자신을 꺾어달라고 우리를 유혹하는 것 같다. 그러나 콩꽃을 보면서 꺾고 싶은 생각이 드는 사람은 없다. 나중에 열릴 콩 열매 때문에 오히려 조심한다. 자신은 분명 콩꽃인데, 장미꽃이나 백합꽃이 되고 싶어 하는 학생들이 있다.

내 주변에는 소박한 꽃들이 많다. 다행이다. 가을에 추수할 곡식이 많을 것 같아서.

03 STORY

꿈 계획

꿈 과잉시대 · 장래 희망 · 시장에서 호떡집을 · 성공 스토리 · 학생들의 꿈은 오류투성이 · 꿈은 꿈 밖에서부터 · 꿈을 감추어라 · 어린 소녀의 풋사랑 · 피아노 잘 치는 간호사 · 예체능 분야의 진로 · 성공한 다음에 찾아오겠다 · 부모님을 겁줄만한 내용 · 스승과 제자의 운명을 건 시합 · 천재와 보통사람 · 전문가를 찾아가라 · 처음으로 느껴보는 짜릿한 기분 · 그녀의 노래 · 닭들과 염소들의 충성 · 어디서 구했나요? · 날개 파는 가게 · 자기로부터 솟아난다 · 너만의 날개

"인간이 계획을 세우면 신이 웃는다."라는 격언이 있다.

그만큼 계획대로 되는 일이 드물다는 말이다. 어린아이가 자신의 꿈을 이야기하면 어른들은 흐뭇하게 웃는다. 그러나 청소년이 자신의 꿈을 이야기하면 어른들은 잘 웃지 않는다. 그 이면에는 '인생이 네 맘대로 되지 않을 거야.'라는 현실적인 판단이 담겨있다. 그래도 이 시대는 온갖 방법으로 청소년들에게 꿈을 부추긴다. 꿈이 없는 청소년, 꿈이 크지 않은 청소년은 용서할 수 없다는 것처럼 말이다. 그래서 그런지, 청소년들은 너도나도 크고 화려한 꿈들을 경쟁적으로 토해낸다. **꿈 과잉시대**다.

어른들 중에, 청소년기에 가졌던 꿈을 이루고 사는 사람이 얼마나 될

까? 학교를 졸업하고 성인이 된 제자들의 소식을 종종 듣게 된다. 학교 다닐 때 생활기록부에 기록된 '**장래 희망**'과는 전혀 다른 길을 걷고 있는 경우가 대부분이다. 최근 몇 년 사이에 만났던 졸업한 제자들도 마찬가지다.

목회자가 되겠다고 신학대학교에 진학했던 남학생은 어찌 된 일인지 미용사가 되었다. 유치원교사가 꿈이라고 했던 여학생은 유아교육과를 졸업하고 어린이집에서 근무하더니, 지금은 남편과 함께 냉면집을 하고 있다. 작가가 꿈이었던 글솜씨가 뛰어난 여학생은 화장품 회사에서 연구원으로 근무하고 있다. 패션디자이너가 꿈이라며 의상디자인과에 진학한 여학생은 주민자치센터에서 공무원으로 근무하고 있다. 말썽꾸러기 남학생은 직업군인이 되겠다고 육군부사관학교에 들어갔는데, 지금은 미국 내에 있는 한국 여행사에서 근무하고 있다. 항공기 승무원이 되겠다고 항공서비스학과에 진학한 여학생은 친언니와 함께 **시장에서 호떡집을** 하고 있다. 액세서리를 좋아하던 남학생은 귀금속학과에 진학했었는데, 지금은 자신의 농장에서 몇 가지 종류의 과일을 재배하고 있다. 천문학자가 될 것이라며 교내 천문관측 동아리에서 열심히 활동하던 남학생은 직업을 여러 번 바꾸더니, 지금은 주물공장에서 뛰어난 기술자로 인정받고 있다…. 그들은 과거를 떠올리며 이렇게 말한다.

"선생님, 저도 제 인생이 이렇게 될 줄 몰랐습니다."

앞에서, 인간이 계획을 세우면 신이 웃는다고 했다. 여기서 '신'은 '우연'을 가리킨다. 인생을 살다 보면, 계획보다는 우연에 의해서 이루어지는 경우가 많다. 미래의 어느 길목에서 우연이라는 불청객이 지금 너의 꿈을 비웃고 있을지도 모른다.

책이나 방송을 통해서, 사회 각 분야에서 성공한 사람들의 **'성공 스토리'**가 넘쳐나고 있다. 그런데 그들의 성공 스토리 속에는 각색된 내용이 많다. 자신의 성공에 극적인 설득력을 높이기 위해서 필연을 가장한 우연들이 꿰맞추어져 있음을 쉽게 짐작할 수 있다. 우리는 성공한 사람은 '처음부터 확실한 목표'가 있었을 것으로 생각한다. 그러나 대부분의 성공은, 성공하기까지 목표는 물론이고 그 과정의 상당부분도 처음부터 계획에 없었을 가능성이 크다. 계획에 없던 우연한 목표와 과정으로 이룩한 성공들이 많다. 하지만 그 우연은 우연히 찾아온 것이 아니라, 주어진 현실에서 열심히 노력한 끝에 필연적으로 찾아온 우연인 경우가 많다.

많은 학생들은 주어진 현실은 외면하고 그저 꿈만 꾼다. 세상 물정에 어두운 **학생들의 꿈은 오류투성**이다. 채우고 싶은 욕심과 채우지 못함에서 오는 결핍이 꿈으로 표출되는 경우가 많다. 그리고 꿈에 대한 막연한 확신이 넘친다. 자신의 꿈과 관련이 없는 것은 아예 쳐다보지도 않는다. 오직 꿈으로만 꿈을 이루려고 한다. 꿈은 꿈으로만 이루어지는 것이 아니다. 꿈은 주어진 현실에서 맞닥뜨리게 되는 작은 목표들이 하나하나 모여서 이루어진다. 그 목표들 중 상당수는 자신의 꿈과는 상관없는 경우가 많다.

부자가 되고 싶은가? 부자와 상관없을 것 같은 화장실 청소도 열심히 하렴. 운동선수가 되고 싶은가? 운동선수와 상관없을 것 같은 독서도 열심히 하렴. 과학자가 되고 싶은가? 과학자와 상관없을 것 같은 악기 연주도 열심히 배우렴. 디자이너가 되고 싶은가? 디자이너와 상관없을 것 같은 수학 공부도 열심히 하렴. 소설가가 되고 싶은가? 소설가와 상관없을 것 같은 과학 공부도 열심히 하렴. 큰일을 하고 싶은가? 큰일과 상관없을 것 같은 작은 일도 열심히 하렴….

꿈은 꿈 밖에서부터 시작해야 한다. 곧바로 꿈 안으로 들어가 버리는 성질 급한 학생들이 많다. 그러고는 꿈 안에 갇혀서 주어진 현실은 외면하고 꿈 안에서만 맴돈다. 꿈이 현실의 도피처가 되어버리는 것이다. 이런 학생들은 자신의 꿈과 충돌되는 현실에 대해서 부정하거나 미워하는 태도를 취한다. 꿈이 사과나무라면, 현실은 그 사과나무가 뿌리를 내리고 있는 옥토(沃土)와 같은 것이다. 옥토에 뿌리를 내리지 못한 사과나무에서는 좋은 사과를 수확할 수 없다. 성공의 선행조건은 사과나무 묘목을 움켜쥐는 것이 아니라, 지금 눈앞에 있는 황무지를 개간하여 옥토로 바꾸는 일이다. 옥토에서는 어떤 나무도 잘 자란다.

어느 회사에서, 당돌한 한 신입사원이 승강기 안에서 마주친 사장님에게 "저의 꿈은 사장이 되는 것입니다. 어떻게 하면 저도 당신처럼 사장이 될 수 있습니까?"라고 물었다. 그 사장님은 잠시 그 신입사원을 쳐다보더니, "먼저 사장이 되겠다는 **꿈을 감추십시오**. 그런 다음 좋은 사원이 되세요. 그럼 팀장이 될 것입니다. 그런 다음 좋은 팀장이 되세요. 그럼 부사장이 될 것입니다. 그런 다음 좋은 부사장이 되세요. 그럼 자연스럽게 사장이 될 것입니다."라고 말했다. 사장님의 말을 들은 신입사원은 다시는 자신의 꿈을 말하지 않았다고 한다.

우리는 꿈에 대해서 너무 조급하다. 마치 멋진 연애를 갈망하는 젊은 남녀처럼 말이다.

한 젊은 청년이 멋진 사랑을 해보고 싶었다. 그러던 중에 매력적인 한 여인을 발견했다. 곧바로 다가가서 데이트 신청을 하면서 고백한다. "우리 당장 연애합시다. 지금부터 우리는 연인 사이입니다. 사랑합니다! 우리 둘은 앞으로 삼 년 뒤에 꼭 결혼해야 합니다."라고 말이다. 아마도 그 여인은 질겁하고 도망쳐 버릴 것이다. 처음부터 진지하면 안 된다. 자연스럽게 접근해야 한다. 꿈은 집착이 아니다.

청소년기의 꿈은 반드시 이루어야 할 미션(mission)이 아니라, **어린 소녀의 풋사랑**과 같은 것이다. 풋사랑은 어설프다. 어설픈 풋사랑의 과정을 통해서 진짜 사랑을 만나게 되는 것이다. 만약에 열여섯 살 고등학생인 내가, 지금 운명적인 사랑이라고 믿는 사람을 만나서 십 년 뒤에 결혼하기로 약속했다고 하자. 혹은 내가 열 살 때, 나의 부모님께서 미래에 내가 결혼해야 할 배우자를 미리 정해주었다고 하자. 앞으로 나는 그 사람 말고는 그 누구하고도 결혼해서는 안 된다. 다행한 일일까? 끔찍한 일이다. 나의 배우자는 누가 될지 지금은 알 수 없다. 그냥 열심히 살다가 때가 되면, 그때의 나에게 맞는 우연의 배우자를 만나게 될 것이다. 어쩌면 그때까지 내가 한 번도 상상하지 못한 사람일 가능성이 크다. 이 얼마나 설레는 일인가!

음악적인 재능이 뛰어난 여학생이 있었다. 피아노 실력은 이미 수준

급에 이르렀다고 했다. 피아노뿐만 아니라 다른 악기(바이올린, 드럼, 전기기타, 플루트)들도 웬만큼 다룰 줄 알았다. 한번은 그 아이의 어머니께서 학교를 찾아왔다. 딸아이가 학교에서 실시하는 보충수업(방과 후 학교)에 참여하지 않고, 그 시간에 인근 도시에 있는 음악학원으로 가서 개인레슨을 받아야겠다고 했다. 상담하는 중에 어머니가 했던 말이 기억에 남는다.

"한동안 우리 아이가 음악 하는 것을 말렸습니다. 그런데 어느 날, 아이가 피아노 연습을 하다가 건반에 엎드려서 우는 것을 보았습니다. 그 모습을 보면서 생각을 바꾸었습니다."

그 후로 고등학교를 졸업하고, 서울에 있는 ○○대학교 피아노과에 진학했다. 그러고 나서 3년 뒤쯤 그 아이가 학교를 찾아왔다. 선생님들에게 인사하는 도중에 뜻밖의 말을 했다.

"저 피아노과 안 다녀요. 간호학과로 전과(轉科)했어요."

모두가 놀랐다. 여기저기서 아쉬워하는 선생님들의 탄식이 쏟아졌다.

"그 아까운 재능을 어떻게 하니…."

"생각 많이 해서 결정했어요. 피아노만 열심히 하면 되는 줄 알았는데, 현실은 그렇지 않더라고요."

사정이 있었던 모양이다. 그래도 말하는 표정이 밝았다. 나도 밝게 웃으면서 한마디 했다.

"**피아노 잘 치는 간호사**, 상상하는 것만으로도 멋진데."

나는 그 자리에서 예전에 내가 경험한 이야기를 해주었다.

자동차 정비소를 하는 사십 대 후반의 남자 분이 있다. 한번은 그분의 집으로 초대를 받은 적이 있었다. 식사를 마치고 담소를 나누게 되었는데, 일행 중에 한 사람이 뜻밖에도 그분에게 바이올린 연주를 부탁했다. 설마 했는데 정말로 바이올린을 꺼내더니 연주를 시작했다. 음악에 문외한인 나는 그날 그분의 연주를 들으면서 큰 충격을 받았다. 가까이서 들리는 바이올린 소리가 내 심장을 파고드는 것 같았다. 눈을 지그시 감고 연주하는 그분의 모습에서, 평소에 내가 알고 있던 그분 이상의 그분을 발견할 수 있었다. 연주하는 중에 약간의 실수도 있었지만, 그것마저도 내게는 감동이었다. 그날 이후, 나는 바이올린을 배우고 싶은 충동에 한동안 심장이 두근거렸다.

나는 이야기를 마치고 그 아이에게 장담했다.

"너는 앞으로 좋은 간호사가 되어야 한다. 그러고 나면, 그동안 갈고 닦았던 너의 음악적 재능을 사용할 기회가 분명히 있을 것이다."

그리고 몇 년 뒤, 간호사가 된 그녀와 통화를 할 수 있었다.

"간호사 업무로 늘 바쁩니다. 그런 중에도 병원 직원들로 구성된 봉사모임에서 활동하고 있습니다. 주로 도움이 필요한 곳으로 찾아가 의료봉사와 작은 연주회를 합니다. 저는 여러 악기를 다룰 줄 아는 덕분에 인기가 많습니다. 며칠 전에는 입원한 환자분의 요청으로, 병실에서 바이올린을 연주한 적이 있었습니다. 환자분의 생일이었는데, 그분이 눈물을 흘리는 바람에 저도 울컥하면서 연주를 했습니다."

통화하는 그녀의 목소리에서 행복이 묻어났다.

"나는 책만 펴면, 머리가 아프다."

그래서 공부를 안 해도 될 것 같은 예체능 분야로 진로를 선택하는 학생들이 있다. 물론 재능이 있고 좋아해서 예체능을 선택하는 경우가 더 많다.

음악 분야의 직업에 종사하는 부부가 있다. 친분이 있어 일 년에 한두 차례 만난다. 그들은 이탈리아(Italia)로 유학을 가서, 8년간이나 피아노와 성악을 배웠다. 지금은 대학 강단에서 피아노를 가르치고 음악학원도 운영하고 있다. 나는 그들에게 음악 분야로 진로를 선택하려는 학생들을 위해서 조언을 부탁한 적이 있다. 내가 짐작했던 것보다 훨씬 더 냉혹한 현실에 대해서 한참이나 설명해 주었다. 그러고는 탁월한 음악적 재능에다 불굴의 열정과 경제적 뒷받침까지 된다면 도전해 보는 것도 좋다고 했다. 하지만 그 노력이라면, 차라리 다른 분야에서 성공하는 것이 더 쉬울 수 있다고 했다.

예전에 ○○중학교에서 근무할 때의 일이다. 우리 반에 중장거리 육상선수로서 탁월한 신체조건을 갖추었다고 하는 남학생이 있었다. 여러 육상대회에 출전해서 좋은 성적을 거두더니, △△고등학교 육상부로부터 스카우트 제의를 받았다. 학교를 떠나는 송별 회식자리에서, 나는 육상부 감독에게 중장거리 육상을 하기에 탁월한 신체조건이란 어떤 것인지에 대해서 물었다. 감독은 그 아이를 일으켜 세우더니 몇 가지를 직접 확인시켜 주었다. 그러면서 자신의 판단으로 이 아이는 육상선수로 성공할 가능성이 크다고 했다. 그날 그 아이는 눈빛을 반짝이면서, 육상선수로서 꼭 성공한 다음에 모교를 다시 찾아오겠다는 포부를 밝히고 학교를 떠났다. 그 뒤로 TV나 신문에서 육상과 관련된 기사가 나올 때마다 유심히 보곤 했는데, 그 아이에 관한 특별한 내용은 없었다. 세월이 한참 지나고, 최근에 이제는 삼십 대 중반인 그의 소식을 들을 수 있었다. ○○실업팀에서 육상선수로 활동하다가 육상을 그만두었고, 지금은 그 회사에서 정식 직원으로 근무하고 있다고 한다. 그나마 운동선수 중에서 잘 된 경우라고 했다.

농구를 무척 좋아한 남학생이 있었다. 농구하기에 유리한 큰 신장은 물론이고 손도 컸다. 중학생인데 농구공을 한 손으로 쥘 정도였다. 고등학교 진학을 앞둔 어느 날, 담임교사인 나에게 상담을 요청했다. 본격적으로 농구를 해보고 싶다면서, 자신이 진학할 수 있는 농구팀이 있는 고등학교를 알아봐 달라고 했다. 나는 농구팀을 운영하고 있는 몇 군데 고등학교에 전화를 해보았다. 그러나 선수로서 경력이 없다는 이유로 냉담했다. 그런데도 그 아이는 막무가내였다. 하루는 그 아이의 어머니께서 사전에 연락도 없이 학교로 나를 찾아왔다. 아이가 심각한 쪽지를 써놓고 집을 나가버렸다면서 안절부절못했다. 쪽지를 읽어보니, **부모님을 충분히 겁줄만한 내용**이었다. 나는 다른 아이들 몇 명을 불러서 그 아이의 농구 실력에 대해서 물어보았다. 농구를 좋아하고 잘하는 것은 사실이지만, 농구 실력이 아주 뛰어난 정도까지는 아니라고 했다. 하지만 나는 어머니의 간곡한 청에 다시 전화를 해보았다. 그중에 한 농구팀의 감독이 전제 조건을 달더니, 일단 부모와 아이가 함께 직접 학교로 찾아오라고 했다. 그 전제 조건은, 집안에서 아이의 선수생활을 충분히 뒷바라지해 줄 수 있어야 한다는 것이었다. 나는 그 아이의 집안 형편을 생각하니 마음이 편치 않았다.

다음 날, 이틀 만에 학교에 나온 그 아이를 교무실로 불렀다. 순간 나는 엉뚱한 제안을 했다. "선생님하고 농구시합을 해서 이기면 흔쾌히 보내주겠다." 그 아이는 나를 살짝 훑어보더니 좋다고 했다. 나는 반 아이들을 데리고 학교 농구장으로 갔다. **스승과 제자의 운명을 건** 자유투 10번 던지기 **시합**이 벌어졌다. 나는 제자를 구해내야겠다는 일념으로 10번을 던져서 3골을 넣었다. 제자는? 달랑 2골만 들어갔다. 제자의 마지막 공이 농구대 링에서 튕겨 나오는 순간 모두들 입을 다물고는 침묵했다. 나는 그 아이에게 이게 어떻게 된 일이냐고 물었다. 난처한 표정을 지으면서 선생님 앞이라 긴장해서 그런 것 같다고 했다. 그러나 약속은 약속이었다. 농구팀이 있는 학교는 포기하고 인근에 일반계 고등학교로 진학했다. 제자의 앞길을 막은 것 같아서 씁쓸한 척했지만, 속으로는 다행이라고 생각했다.

예체능 분야에서 성공하기가 얼마나 어려운가를 확률로 나타낸 말이 있다. "보통사람 100명 중에서 1명이 천재이고, 그런 천재 100명 중에서 1명만이 성공한다." 종종 그런 **천재 중의 천재**가 성공이나 우승을 한 다음에 "죽을 것 같은 고통을 참으면서 훈련했습니다."라는 말을 한다. **보통사람**은 그렇게 하면 안 된다. 진짜로 죽을 수 있기 때문이다. 천재 중의 천재니까 그렇게 해도 되는 것이다. 이 세상에는 한 명의 성공한 천재를 위해서, 천재만큼 혹은 천재보다 더 노력하면 성공할 수 있다고 믿는 많은 사람들이 필요하다. 세계 최고의 선수로 인정받고 있는, 우리나라 어느 스포츠 스타의 솔직한 고백이 기억에 남는다.

"같은 종목에서, 평소에 나보다 훨씬 더 노력하는 선수들이 있습니다. 그런데도 막상 시합을 해보면 나를 이길 수 없더라고요. 그런 걸 보면 사람은 타고난 것이 있나 봐요."

예체능에 재능이 있다는 것은 평생을 두고 큰 장점이다. 나도 미술 분야에 재능이 조금은 있었던 모양이다. 초·중·고등학교 다닐 때, 미술 대회 준비한다고 미술실에 남아서 늦게까지 그림을 그리곤 했다. 어느 날은 늦은 밤까지 그림을 그렸는데, 집으로 돌아오는 길에 밤하늘에 떠 있는 달을 보면서 뿌듯해했던 기억이 있다. 미래의 유명한 화가를 꿈꾸면서 말이다. 지금은 미술하고 전혀 다른 길을 걷고 있다. 하지만 나의 미술적 재능은 살아가는 데 있어서 두고두고 큰 장점이 되고 있다. 아마도 지금 내가 미술 분야에서 일을 하고 있다면, 수많은 천재들 속에서 나의 미술적 재능은 보잘것없는 실력이었을 것이다.

예체능이 꿈이 되고, 직업이 되고, 성공을 위한 목표가 되는 것에 대해서는 신중해야 한다. 너를 알고 있는 주변 사람들에게 물어봐라. 만약에 반응이 별로이거나 반대를 한다면 거기에는 분명한 이유가 있다. 그럼에도 불구하고 미련이 남는다면? 그 분야의 **전문가를 찾아가서** 물어라. 그냥 묻지 말고, 한 사람의 인생이 걸린 문제라고 말하면서 간곡하게 물어라. 그 전문가가 가능성이 있다고 하면 그때는 도전해 보렴.

'국어교사'가 꿈이라고 하던 여학생이 있었다. 고등학교 3년 내내 교과성적이 전교 1등을 다툴 정도로 우수했고 작문 실력도 뛰어났다. 대학입시시험(대학수학능력시험)에서 예상대로 우수한 성적을 거두었다. 그 성적이면 충분히 합격할 수 있는 다른 대학이나 다른 학과를 권유하는 사람들이 많았다. 그러나 그 아이는 자신의 원래 꿈을 이루기 위해서 ○○대학교 국어교육과에 수석으로 입학했다. 그런데 4년이 지난 뒤, 그 아이가 성악(聲樂)을 하고 있다는 흥미로운 소식이 들려왔다. 나는 연락처를 알아내어 두 차례에 걸쳐 통화를 했다. 그러면서 그간에, 그 아이에게 있었던 일들에 대해서 들을 수 있었다.

"중학교 때까지만 하더라도, 제가 노래 부르는 것을 좋아하는 줄 몰랐습니다. 그러다가 고등학교 1학년 때, 음악교과의 가창(歌唱) 시험을 대비해서 며칠 동안 노래 연습을 한 적이 있었습니다. 그때 실컷 노래를 부르면서 **처음으로 느껴보는 짜릿한 기분**에 사로잡혔습니다. 그 뒤로도 한참이나 그 기분이 사라지지 않았습니다. 대학에 들어가서, 한동안 고민하다가 성악학원을 찾아가서 레슨을 받게 되었습니다. 성악 전공 교수님으로부터 남들보다 늦게 시작했지만, 재능이 있다는 평가도 들을 수 있었습니다. 저는 노래를 부르는 것이 정말 좋습니다. 사람들 앞에서 노래로 무언가를 표현할 때 큰 만족감이 듭니다. 대학교 4학년 때, 교생실습을 나가서 예비 국어교사로서 중학생들 앞에서 수업을 한 적이 있었습니다. 수업하는 저도 즐거웠고 학생들의 반응도 괜찮았습니다. 그러나 저는 노래 부르는 것이 더 좋습니다. 결국, 부모님을 어렵게 설득했고 중등교원을 뽑는 임용고시에도 응시하지 않았습니다. 지금은 ○○대학교 음악 대학원에 다니고 있고, ○○시립 합창단원으로도 활동하고 있습니다. 앞으로 기회가 된다면 유학도 가볼 생각입니다."

나는 전화 통화하는 말미에 "원래 꿈이었던 국어교사로 돌아올 수도 있느냐?"라고 슬쩍 물었다. 웃으면서 아직까지는 없다고 했다. 나는 정말로 궁금하다. 그녀에게 그토록 매력적인 성악의 세계가…. 그리고 그녀의 노래를 들어보는 꿈을 꾸어본다.

매년 새 학년이 되면 새로운 학생들을 만나게 된다. 교사의 즐거움이다.

한번은 탄탄해 보이는 체격 때문에 눈에 띄는 아이가 있었다. 운동을 하고 있느냐고 물었더니, 어렸을 적부터 태권도를 해왔는데 최근에는 종목을 바꾸어 종합격투기를 배우는 중이라고 했다. 꿈도 물었더니, 육군사관학교에 들어가서 장교가 되는 것이라고 했다. 목소리가 좋고 당당한 태도며 리더십도 있는 아이였다. 그런데 일 년여가 지났을 무렵, 그 아이의 교과성적을 알게 되었는데 육군사관학교에 진학하기에는 많이 부족했다. 한번은 지나가는 말로 "육군사관학교에 가기에는 힘들 것 같은데 어떻게 하니?"라고 물었다. 밝게 웃으면서 "저도 그렇게 생각합니다. 다른 길을 찾아야겠습니다."라고 대답했다. 나는 그 아이의 흔쾌한 대답에 엄지손가락을 치켜세워주었다.

시간이 한참이나 지난 뒤에, 삼십 대 초반이 된 그가 양계장을 하고 있다는 소식이 들려왔다. 그곳 양계장에서 생산되는 계란이 야산에서 방목으로 건강하게 자란 닭들이 낳은 유정란이라고 해서 제법 알려져 있었다. 한번은 병원에서 퇴원하신 부친께서 계란을 드시고 싶다고 해서, 일부러 그곳까지 찾아갔다. 판매장에는 제자의 어머니만 계셨다. 그런데 예약제로만 판매되고 있어서 계란을 구입할 수 없었다. 제자를 찾았더니 잠시 후에 농장에서 내려왔다. 얼굴은 검게 그을려있었지만, 예전의 밝은 표정은 그대로였다. 농장 구경을 시켜주었다. 대학을 졸업하고 군대에 갔다 와서, 부모님의 한우 사육 일을 돕다가 따로 양계장을 하게 되었다고 한다. 현재는 2,500여 마리의 닭과 30여 마리의 염소를 키우는 중이라고 했다. 농장을 쭉 둘러보다가, 나는 그에게 한마디 했다.

"너는 정말로 장교가 되었구나. 저렇게 건강하고 씩씩한 닭들과 염소들이 너에게 충성을 다하고 있으니 말이다. 연대장쯤 되겠는걸."

그는 밝게 웃으면서 대답했다.

"앞으로 사단장에도 도전해 보겠습니다."

날카로운 가시들이 솟아있는 한 탱자나무에 두 마리의 애벌레가 살고 있었다. 애벌레들은 매일같이 가시들을 피해 가면서 나뭇잎을 갉아먹었다. 그러던 어느 날, 호랑나비 한 마리가 자유롭게 날아다니는 것을 보게 되었다. 애벌레들은 부러운 듯이 호랑나비에게 물었다.

"당신의 몸에 달려있는 날개는 어디서 구했나요?"

"응, 이 날개는 내 몸에서 솟아난 거야."

"날개가 몸에서 솟아났다고요! 정말이에요?"

"응, 너희들도 나뭇잎을 열심히 갉아 먹다 보면 몸에서 날개가 솟아날 거야."

애벌레들은 크게 기뻐하면서 나뭇잎을 열심히 갉아 먹었다. 몸집이 점점 커지더니, 어느 날 등 쪽 부분이 심하게 가려웠다. 애벌레들은 드디어 자신의 몸에서 날개가 솟아나는 줄 알고 기뻐했다. 그러나 몸을 감싸고 있던 껍질이 벗겨지는 탈피현상만 일어났다. 애벌레들은 실망하지 않고 나뭇잎을 더 열심히 갉아 먹었다. 얼마 후, 더 커진 몸집에서 이번에도 날개는 솟아나지 않고 두 번째 탈피현상만 일어났다. 그런데 이제, 그 탱자나무에는 더는 갉아 먹을 나뭇잎이 남아있지 않았다. 어쩔 수 없이 애벌레들은 다른 탱자나무로 이사를 하게 되었다. 땅으로 내려와 다른 나무로 이동하는 도중에 처음 보는 '**날개 파는 가게**'를 발견했다. 안으로 들어가 보니, 예쁘고 화려한 날개들이 종류별로 많이 진열되어 있었다. 애벌레 중에 한 마리는 빨리 날고 싶은 마음에 날개 한 쌍을 구입했다. 그리고 밖으로 나와서, 자신의 몸에 줄로 날개를 묶고는 호랑나비처럼 나는 연습을 시작했다. 반면에, 또 다른 애벌레는 날개의 유혹을 물리치고 다른 탱자나무로 기어 올라가 나뭇잎을 열심히 갉아 먹었다. 그러자 이전처럼 몸집이 계속 커지면서 세 번째, 네 번째, 다섯 번째 탈피현상이 일어났다. 얼마 후, 여섯 번째 탈피현상이 일어나려고 하는데 이번에는 지금까지의 탈피현상하고는 달랐다. 껍질이 벗겨지는가 싶더니, 순식간에 애벌레의 몸이 굳어지면서 고치가 되어버렸다. 고치 속에 갇힌 애벌레는 몸을 움직일 수가 없어서 답답했다. 그러던 어느 날, 애벌레의 등 부분이 갈라지면서 날개가 솟아나기 시작했다. 깜짝 놀란 애벌레는 고치를 찢고 밖으로 나와 천천히 날개를 펼쳤다. 드디어, 애벌레는 호랑나비가 된 것이다. 날개를 가진 호랑나비는 하늘로 날아올랐다. 한참이나 자유롭게 이곳저곳을 날아다녔다. 너무 행복해서 신나는 노래를 불렀다. 그러다가 문득, 땅을 내려다보았는데 낯익은 애벌레 한 마리가 있었다. 자세히 보니, 예전에 자신과 함께 나뭇잎을 갉아 먹던 그 애벌레였다. 여전히 나는 연습을 하고 있었다. 그리고 그 주위에는 여러 개의 날개들이 망가진 채로 나뒹굴고 있었다.

호랑나비는 그때서야 깨달았다. 진짜 날개는 외부에서 구할 수 있는 것이 아니라, **자기로부터 솟아난다**는 것을….

호랑나비는 호랑나비에게 맞는 날개가 있다. 만약 호랑나비가 꿀벌의 날개를, 혹은 갈매기의 날개를 갖는다면 그 호랑나비는 자유롭게 날 수 없다. 호랑나비에게 맞는 날개는 그 호랑나비 안에서 솟아나도록 되어 있다. 그 날개는 교체할 필요가 없는 평생 그 호랑나비와 함께할 날개다. 그런데 그 날개는 그냥 솟아나지 않는다. 맛없는 나뭇잎을 질리도록 갉아 먹고, 탈피의 고통을 여러 번 겪고, 날카로운 가시와 천적을 피해 다니고, 때로는 낯선 나무로 이동하고, 고치 속에 갇혀 답답함을 견디어내야 비로소 솟아난다. 특히, 외부로부터 오는 날개의 유혹에 넘어가지 않아야 한다.

"눈을 감고 너의 몸속을 들여다보렴.
네 속에 **너만의 날개**가 꿈틀거리고 있지 않니?"
"한 사람의 위대한 가치는 외부가 아닌, 자기 안에서부터 시작된다."

04 STORY

일자리 대가

인생에서 가장 고통스러운것? | 갈 길, 일자리 | 사회생활의 첫출발
일자리에 대한 새로운 패러다임 | 고등학교 생활기록부 | 취업준비
과거로 돌아간다면 | 네 인생은 네가 알아서 해라
불안하고 혼란스러운 시기 | 내가 살아갈 80년을 위해서
늙으니까 참 좋다 | 꼭 대학에 가야 합니까?
거지로서 보람 | 세상에 공짜는 없다
Freedom is not free | 대한민국
인생에서 너무 비싼 시기 | 신의 나무와 악마의 나무
누구의 프러포즈를 받아주었니?

중국의 문호 루쉰(魯迅, 1881~1936년)의 산문집에는 이런 글이 있다. "**인생에서 가장 고통스러운 것**은 꿈에서 깨어났을 때 갈 길이 없는 것입니다. 꿈을 꾸고 있는 사람은 그래도 행복합니다."

학생은 졸업과 동시에, 그동안 자신이 꿈꾸던 꿈에서 깨어날 것이다. 누구는 갈 길이 있어 행복하고, 누구는 갈 길이 없어 고통스러울지도 모른다.

우리가 사는 이 시대에는 여러 가지 시급한 문제들이 있다. 그중의 하나가 젊은이들에게 '**갈 길**', 즉 '**일자리**'가 많지 않다는 것이다. 어디 우리나라뿐이겠는가. 세계 곳곳에서 젊은이들의 한숨 소리가 넘쳐나고 있다. 원인은 경제가 좋지 않아서라고 한다. 도대체 경제는 언제나 좋

아지는 것일까? 그런 기대는 접는 것이 좋을 것 같다. 내 기억으로 1990년대 초반부터 TV나 신문에서 '경제를 살리자' 하는 캠페인들이 쏟아지기 시작했다. 그 후로 몇십 년이 지났지만, 지금까지 줄곧 '경제가 안 좋다.', '경제 위기'라는 말들이 일상이 된 시대였다. 그런데 신기한 일이 있다. 경제가 안 좋다는 시기의 연속이었지만, 우리나라 경제는 계속해서 발전해 왔고 국민들의 생활도 경제적인 면에서 훨씬 더 풍요로워졌다. 어찌 된 일일까?

몇 년 전에, 공공도서관에 들렀다가 열람실에 있던 한 제자를 만났다. 잠시 밖으로 나와 휴게실에서 차(茶)를 같이 마셨다. 그는 작년에 ○○대학교 ○○학과에 진학했었다. 그런데 이번 학기에 휴학을 했다고 한다. 다시 대학입시를 준비해서 △△학과에 가려고 한다는 것이다. △△학과는 사회적 인식과 직업의 안정성 면에서 학생들의 선호도가 높다. 나는 짐작이 되었지만, 그에게 그럴만한 이유를 물었다.

"지금 다니고 있는 ○○대학교 ○○학과도, 기업들로부터 구인 요청이 많은 편이라서 졸업하면 취업이 잘됩니다. 성적이 좋은 학생은 졸업을 앞두고 몇 군데 기업을 놓고 선택을 고민할 정도입니다. 대학에 다니면서, 그런 기업에 취업해서 직장 생활을 하고 있는 선배들과 만날 기회가 종종 있었습니다. 그런데 그 선배들은 연봉이 낮은 편이 아님에도 불구하고, 다들 근무환경에 대해서 이런저런 이유를 대면서 힘들다고 합니다. 저는 고민 끝에, 이왕이면 **사회생활의 첫출발**을 잘해야겠다 싶어서 몇 년 늦더라도 △△학과에 들어가기로 했습니다."

그가 원하는 학과와 일자리는 당연히 경쟁률이 높다. '일자리가 없다'라는 말은 틀린 말이다. 정확히 말하면, 구직자들이 선호하는 일자리에 대한 경쟁이 치열해진 것이다. 일자리는 선호도에 따라 구직난(求職難, 직업을 구하기 어려움)과 구인난(求人難, 일할 사람을 구하기 어려움)이 동시에 발생하고 있다.

취업이 어려운 것은 오래된 이야기다. 아버지와 할아버지 세대는 물론이고 그 이전 세대도 취업은 힘들었다. 연세가 여든이 넘으신 친척분이 계신다. 1950년대 말에 대학을 졸업했지만, 마땅히 취업할 곳이 없어서 한동안 집에서 쉬었다고 한다. 1960년대 우리나라에서는 실업난 해소와 외화 획득을 위해서 독일(Germany, 당시는 서독)로 파견될 광부(鑛夫)를 모집하는데, 높은 경쟁률은 물론이고 응시자 중에는 상당수의 대학 졸업자들도 있었다고 한다. 그 시대에 우리나라에는 변변한 기업들이 없어서 고학력자들도 일자리를 구하기가 어려웠다. 거기에 비하면, 우리가 살고 있는 이 시대는 예전과는 비교가 안 될 정도로 일자리의 공급이 많아졌다. 단지, 선호하는 일자리에 대한 경쟁이 치열해졌을 뿐이다.

분명한 사실이 있다. 앞으로도 구직자들이 선호하는 일자리에 대한 취업난은 계속될 것이고, 우리나라의 경제도 여러 굴곡이 있겠지만 계속해서 발전해 나갈 가능성이 크다. 그 과정에서 누군가는 경제가 안 좋아서 힘들다고 아우성칠 것이고, 또 누군가는 경제가 좋아서 말없이 웃기만 할 것이다. 우리나라는 경제 양극화와 일자리 양극화 현상이 가면 갈수록 심해지고 있다. 이 시대는 **일자리에 대한 새로운 패러다임**

을 요구하고 있다. 기존의 일자리가 하루아침에 사라지고, 이전에 없던 새로운 일자리가 하루아침에 생겨나고, 일자리에 대한 선호도가 빠르게 바뀌고, 일자리에 머무는 기간이 짧아지고 있다. 즉, 고정적이고 안정적인 일자리가 급격히 줄어들고 있는 것이다. 자신이 원하는 일자리를 얻기 어려운 상황이라면, 자신의 생각을 바꾸어야 한다. 특정 일자리에 대한 대책 없는 막연한 고집은 자신의 상황을 더욱 악화시킬 뿐이다. 일자리는 많은데, 자기 자신만 일자리가 없는 상황이 초래되는 것이다.

기업의 신입사원 모집에 지원하려면, 기본적으로 제출해야 하는 서류(입사원서, 이력서, 자기소개서, 각종 증명서 등)들이 있다. 그중에는 지원자에게 **'고등학교 생활기록부'**를 요구하는 기업들이 있다.

한번은 졸업한 제자가 교무실로 나를 찾아왔다. ○○기업의 신입사원 모집에 제출할 고등학교 생활기록부를 떼러 왔다면서 인사를 했다. 그런데 자신의 생활기록부에 기록되어 있는 교과성적이 생각보다 낮다면서 한숨을 내쉬었다. 어느 정도인가 해서 봤더니 중위권에 해당하는 성적이었다. 나는 그의 생활기록부를 훑어보다가 흥미로운 것을 발견했다. 고등학교 3년 동안 교과성적이 한 번도 떨어진 적이 없었다. 조금씩이라도 계속해서 향상된 것으로 기록되어 있었다. 전체적인 성적은 중위권이었지만 1학년 때보다는 2학년 때, 2학년 때보다는 3학년 때 성적이 더 높았다. 그리고 몇 군데에 기록되어 있는 신뢰, 성실, 개근이라는 단어들도 눈에 띄었다. 나는 그에게 자기소개서 쓸 때 이 점을 강조해 보라고 권했다. 그러고 나서 한 달 정도 지났을 무렵, 그 기업의 입사시험에 최종합격했다는 연락이 왔다. 자기소개서에 "저는 고등학교 다닐 때 비록 좋은 성적은 아니었지만, 3년 동안 성적이 한 번도 떨어지지 않고 계속해서 향상되었습니다. 만약 3년만 더, 고등학교에 다녔더라면 상위권에도 들 수 있었을 것입니다. 귀사에 입사하게 된다면, 남들보다 시간은 더 걸리겠지만 꾸준히 발전하는 모습을 보여드리겠습니다."라는 내용으로 작성했다고 한다. 면접 볼 때 면접관들이 이 내용에 대해서 관심을 보였다고 한다.

나이가 이십 대 후반인 제자를 만났다. 몇 년 전에 대학을 졸업하고 나서 지금까지 줄곧 **취업준비**에 여념이 없었다. 하지만 성공 확률이 그리 높아 보이지 않았다. 본인이 원하는 곳의 입사 경쟁률이 너무 높았기 때문이다. 이야기하는 내내 모자를 쓰고 있어서 의아했는데, 눈치를 챘는지 모자를 벗고는 자신의 머리를 보여주었다. 깜짝 놀랐다. 스트레스로 인해 탈모가 진행 중이라고 했다. 요즘 취업준비생들이 선호하는 대기업, 공기업, 공무원 등의 공채 경쟁률을 보면 아찔할 때가 있다. 그날 제자가 했던 말이 기억에 남는다.

"지난 4년간 취업준비를 하면서 저 자신에게 억울한 것이 하나 있었습니다. 지금 하고 있는 노력의 반만이라도, 중·고등학교 때 했더라면 내 인생이 많이 달라졌을 텐데 하는 것입니다."

제자의 아쉬움을 확인할 수 있는 사례가 있다. 한 지인이 어느 초등학교 동창회에 참석했다가 가져온 동창회지(同窓會誌)에 실려 있던 내용이다. 졸업 25주년 기념으로, 동창회지를 만들면서 300여 명의 회원들을 상대로 우편으로 설문조사를 했다고 한다. 십여 개의 설문조사 항목 중에서 눈에 띄는 두 개의 항목이 있었다.

• 신(神)이 **과거로 돌아갈 기회**를 준다면, 어느 시기로 돌아가고 싶은가? : 중·고등학교 시절(청소년기) 32%, 땅값(주식) 오르기 전 20%, 실수(사고, 실패, 잘못된 선택)하기 전 12%, 대학 시절(이십 대) 10%, 군대 제대 직후 5%, 기타 등등

• 과거로 돌아가면, 꼭 하고 싶은 일은 무엇인가? : 공부 31%, 빚을 내서라도 투자 24%, 진로변경 18%, 후회했던 일 안 하기 7%, 멋진 연애 3%, 기타 등등

설문조사에 답했던 사람들은 삼십 대 후반의 나이이다. 아마 다른 세대였다면, 설문조사 결과가 다르게 나왔을 수도 있다. 현재 중·고등학생들도 이들처럼 삼십 대 후반의 나이가 되면, 비슷한 답변을 하게 될지도 모를 일이다.

고등학교를 졸업하고 대학생이 된 제자들이 종종 학교를 찾아온다. 한번은 한 제자에게 물었다.

"고등학생과 대학생의 가장 큰 차이점은 무엇이라고 생각하니?"

"모든 것을 자신이 알아서 해야 한다는 것입니다."

이어서 푸념도 늘어놓는다.

"부모님도 기회가 있을 때마다 '**네 인생은 네가 알아서 해.**'라고 합니다."

성인이 되면서 가장 많이 받는 압박감은? 내 인생을 내가 알아서 해야 한다는 것이다. 우리는 부모로부터 태어나 젖을 떼면서, 시기별로 여러 과정을 거치면서 성인이 된다.

- 유아원, 유치원 : 주위 사람들의 도움이 필요한 '보호의 시기'
- 초등학교 : 현실감이 떨어지는 '상상의 시기'
- 중·고등학교 : 학문, 기술, 심신을 갈고닦는 '수련의 시기'
- 대학교, 사회생활 : 내 인생을 내가 살아야 하는 '독립의 시기'

시기별 특징에 대해서 공감하지 않는 사람도 있을 것이다. 어떤 청소년은 "청소년기는 순수와 열정이 넘치는 시기로, 자신이 하고 싶은 일을 마음껏 하면서 보내야 한다."라고 주장할 수 있다. 지나가던 대학생이 혹은 어른이 코웃음을 칠 일이다. 어느덧 삼십여 년을 성인으로 살아온 나도, 나의 청소년기를 되돌아보건대 그런 것하고는 한참이나 거리가 멀었다. 할 수 없는 것들이 너무 많았을 뿐만 아니라, 내내 **불안하고 혼란스러운 시기**였다. 그래서 나는 그러했던 나의 청소년기가 억울할까? 아니다. 그런 시기가 있었기에, 내 인생을 내가 살 수 있는 지난 삼십여 년의 세월이 가능했다고 생각한다. 오히려 중년의 지금이 자유와 낭만, 하고 싶은 일을 할 수 있는 시기인 것 같다.

예전에 몇몇 지인들과 함께, 1박 2일 일정으로 남해안의 한 섬으로 캠핑을 간 적이 있다. 기상악화로 하루 더 머물게 되면서 민박을 하게 됐다. 민박집에는 낚시를 온 다른 일행도 있었는데 우리와 처지가 같았다. 둘째 날 밤에 민박집 거실에서 그 일행과 자리를 함께했다. 담소를 나누던 중에 한 사람이 짜릿한 비밀을 털어놓았다. 얼마 전에 평소 가지고 싶었던 자동차를 아내 몰래 구입했다면서, 휴대전화에 저장되어 있는 사진을 보여주었다. 그러면서 언젠가는 자신의 아내가 알게 될 텐데 걱정이라고 했다. 그러자 여기저기서 비슷한 고백들이 이어졌다. 직장에다 휴가를 내고 이탈리아(Italia)로 배낭여행을 다녀왔다는 이야기, 커피를 좋아해서 커피전문점에나 있는 고가의 원두커피 기계를 집 안에다 들여놓았다는 이야기, 좋아하는 인터넷 게임 때문에 한 달 치 월급에 해당하는 돈을 게임머니로 날려버렸다는 이야기 등등. 청소년기에는 상상도 할 수 없는 일들이었다. 그러고 보니 중년의 나이란, 마음만 먹으면 할 수 있는 것들이 참 많다. 그러나 학생은 할 수 없는 것들이 참 많은 시기이다. 인간수명 100세 시대라고 한다. 앞으로 **내가 살아갈 80년을 위해서** 지금의 청소년기를 사는 것이다.

"학생이란 무엇이냐? 미래의 무기를 준비하는 자다."

우리 민족의 선각자였던 도산 안창호(安昌浩, 1878~1938년) 선생의 말씀이다.

나에게는 연로하신 부친(父親)이 계신다. 가내수공업으로 가족들의 생계를 꾸려오셨는데, 지금은 오래전에 은퇴하시고 고향인 시골에서 홀로 계신다. 한번은 집안일로 자식들을 부르시더니, "이번 일은 내 뜻대로 하겠다. 그러니 너희들은 더는 말하지 마라." 하고 단호하게 말씀하셨다. 그 순간 자식들은 누구도 반대할 수 없었다. 우리 형제들은 그날 부친의 집을 빠져나와 찻집에서 모였다. 그리고 한 가지 다짐을 했다. 앞으로 부친과 관련된 일들은 무조건 부친의 뜻에 따르기로 말이다. 최근에 부친에게서 자주 듣는 말이 있다.

"나 그것 싫다. 안 하겠다."

"**늙으니까 참 좋다.** 하고 싶지 않은 일을 안 해도 되니까."

"지금이 내 인생에서 가장 편한 때인 것 같다."

고등학교 1학년 학급의 담임을 맡았을 때 일이다. 우리 반에 또래보다 말투나 행동이 어른스러운 남학생이 있었다. 한번은 상담실에서 둘이서 면담을 하게 되었다. 담임교사와 학생이 면담할 때면 으레 성적 데이터가 등장한다. 성적이 낮은 편이었다. 그런데 그 아이는 성적이 낮다고 해서 뭐가 문제냐는 표정으로 나를 쳐다봤다. 대학진학에 대해서 물었더니, 오히려 "**꼭 대학에 가야 합니까?**"라고 되물었다. 여름방학을 앞두고 그 아이의 부모님으로부터 초대를 받았다. 여러 번 사양하다가 집으로 찾아갔다. 바다가 보이는 마을이었다. 별장 같은 주택에서 살고 있었는데, 마당 한쪽에는 페인트칠 중인 보트가 보였다. 집안 곳곳에 여러 종류의 가축들도 있었다. 나는 그날 그 아이의 부모님으로부터 자식 교육에 대한 철학을 들을 수 있었다.

"아이에게 지금까지 공부에 대해서 잔소리를 해본 적이 없었습니다."

"자식의 인생을 부모가 이래라저래라 해서는 안 된다고 생각합니다."

그 아이는 그런 부모님의 영향으로 어렸을 적부터 자유분방하게 자라왔던 것이다. 갈수록 학교 공부에 대해서 관심이 멀어지고 수업시간에도 이런저런 딴짓을 하곤 했다. 혼자 따로 떨어져서 별천지에 사는 아이처럼 보였다. 그런데 3학년에 올라가더니 이전하고는 확연히 달라졌다. 공부하는 모습이 자주 눈에 띄었다. 대학입시가 다가오자 초조한 표정으로 진로상담실에도 들락거렸다. 대학입시가 끝나고 둘이서 만날 기회가 있었다. 그때는 이미 ○○대학교 ○○학과에 합격한 상태였다. ○○학과를 선택한 이유를 물었더니, 길게 한숨을 내쉬면서 특별한 이유가 없는 막연한 선택이라고 했다. 나는 그날 그 아이와 처음으로 진지한 대화를 나눌 수 있었다.

"고등학교 3학년을 앞둔 작년 12월경에, 저의 진로를 놓고 고민을 해 보았습니다. 그렇게 며칠이 지나고 나서, 부모님에게 '저는 앞으로 무얼 하면 좋겠어요? 대학은 무슨 학과를 갈까요?'라고 물었습니다. 그런데 부모님께서 '왜 그걸 부모에게 묻니? 네가 알아서 해야지.'라고 냉정하게 대하셨습니다. 그 순간 덜컥 겁이 났습니다. 아무리 생각을 해도, 대학에 진학하는 것 말고는 뾰족한 길이 없어 보였습니다. 급히 나에게 맞을 것 같은 대학의 전공분야를 몇 군데 찾아보았는데, 그동안 준비해 놓은 것이 없어서 현실은 막막할 뿐이었습니다."

그날 그 아이는 나에게 이야기하는 도중에 순간적으로, 마음속에 있던 아쉬움을 고백했다.

"어린 시절을 자유롭게 보내면서 마냥 좋았습니다. 그런데 지금 와서 생각해 보니, 그렇게 키우신 부모님에게 아쉬움이 남습니다."

이어서 자조적인 한탄도 했다.

"지난 중·고등학교 6년 동안, 내 인생을 낭비한 것 같아요. 이번에 대학 입시를 치르면서 이 세상에 공짜가 없다는 것을 뼈저리게 실감했습니다."

어느 도시에 한 거지가 있었다. 매일 같은 장소에서 그곳을 지나가는 사람들에게 구걸을 했다. 구걸용 그릇 옆에다, "저는 왜 거지가 되었을까요? 공짜를 좋아했습니다. 공짜로 도와주시는 돈은 목숨처럼 사용하겠습니다."라는 문구를 써서 피켓으로 세워 놓았다. 그 문구를 보고 고개를 끄덕이면서 바구니에 돈을 넣어주는 사람들이 많았다. 가끔은 부모가 어린 자녀를 데리고 와서, 자녀에게 그 문구를 읽어보게 하고는 함께 돈을 넣어주는 경우도 있었다. 그럴 때면 그 거지는 **거지로서 보람**을 느꼈다고 한다.

많이 알려진 '공짜'에 대한 이야기가 있다.

옛날 어느 나라에 백성을 진심으로 위하는 왕이 있었다. 왕은 백성들이 가난하게 사는 것을 보면서 늘 안타까워했다. 그러던 어느 날, 왕은 그 나라에서 유능하다고 알려진 경제학자 몇 명을 불렀다. 그리고 그들에게 백성들이 경제적으로 잘살 수 있는 방법을 연구해서 바치라고 명령했다. 경제학자들은 각고의 노력 끝에, 백성들이 경제적으로 잘살 수 있는 방법을 한 권의 책으로 만들어서 왕에게 바쳤다. 그러나 그 책을 읽어본 왕은 실망할 수밖에 없었다. 어려운 경제이론으로 가득 차 있었기 때문이다. 그런 책을 백성들에게 나누어 준다 해도 도움이 될 수 없었다. 왕은 더 쉽게 더 짧게 줄이도록 다시 명령했다. 그러나 두 번째 책도 어렵고 복잡하기는 마찬가지였다. 왕은 다시 명령을 내렸다. 그런 식으로 계속해서 더 쉽게 더 짧게 줄여나갔다. 결국, 종이 한 장에 "**세상에 공짜는 없다.**"라는 한 문장만 남게 되었다. 그걸 받아본 왕은 "바로 이것이다."라고 하면서 그제야 만족했다.

왕은 다시 경제학자들에게, 누구든지 일한 만큼 대가를 받을 수 있도록 나라의 정책을 바꾸라고 명령했다. 그리고 백성들에게, "세상에 공짜는 없다."라는 나라의 기본 정책을 발표했다. 그런 다음 관료들에게, 그 정책이 바르게 지켜질 수 있도록 철저히 관리하도록 했다. 그 과정에서 여러 가지 사정으로 인해 원하는 만큼 일을 할 수 없는 백성들도 있었는데, 왕은 그들이 차별받지 않도록 따로 정책을 마련해서 보살폈다. 이후 얼마 지나지 않아서, 모든 백성들은 가난을 극복하고 잘살게 되었다.

"세상에 공짜는 없다."라는 말은 오늘날 경제학에서 중요한 기본원리로 받아들여지고 있다. 어디 경제뿐이겠는가? 우리들의 삶에서 거저 얻어지는 것은 없다. 만약 거저 얻어지는 것이 있다면 그건 재앙이 될 가능성이 크다.

미국의 워싱턴 링컨기념관 옆쪽에는 '한국전참전용사 기념공원'이 있다. 한국전쟁(1950.6.25.~1953.7.27)에 참전했던 미국인들이 주축이 되어, 미국 내 모금과 몇몇 한국기업의 도움으로 1995년 7월 27일 완공되었다. 이곳에는 다음과 같은 문구가 적힌 비문이 있다.

Freedom is not free : 자유는 거저 얻어지는 것이 아니다.

이곳을 방문한 이들은 이 문구 앞에서 숙연해진다고 한다. 오늘날 우리가 누리는 자유는 결코 거저 얻어진 것이 아니다. 실로 엄청난 대가를 치렀다. 한반도에서 일어난 이 전쟁은 남한과 북한뿐만 아니라 미국, 소련, 중국 등 총 25개국이 참전한 국제적인 전쟁이었다. 당시 남북한 인구는 약 3,000만 명 정도였는데, 전쟁으로 약 300만~500만 명에 이르는 사상자가 발생한 것으로 추정되고 있다. 물적 피해도 컸는데, 한 미군 지휘관이 "더는 폭격할 목표물이 남아있지 않다."라고 보고할 정도로 온 나라가 철저하게 파괴되었다. 유엔군의 최고사령관으로 한국전쟁에 참전했던 맥아더 장군(Douglas MacArthur, 1880~1964년)은 미국 의회청문회에서, "평생을 전쟁 속에서 보낸 나 같은 군인에게조차도 이렇게 비참한 전쟁은 처음이었다."라고 고백할 정도로 끔찍하고 끔찍한 전쟁이었다.

나는 내 나라 **대한민국**을 사랑한다. 왜 사랑할까? 애국심은 논란거리가 아니다. "당신은 당신의 가족을 사랑합니까?"라고 물을 필요가 있을까? 내 가족과 내 나라를 내가 사랑하는 것은 당연한 숙명이다. 하지만 나는 맹목적인 애국심은 거부한다. 내 나라가 잘못된 방향으로 가고 있다고 판단되면, 주권자인 국민으로서 내가 할 수 있는 노력을 할 것이다. 잘못된 국가는 만 가지 악의 뿌리이며, 그로 인해 발생하는 폐해는 반드시 나와 내 가족들에게도 나쁜 영향을 미치기 때문이다. 특히, 국가와 국민을 이용하려는 사기꾼들에게 속지 않기 위해서 항상 깨어있는 국민이고 싶다. 애국심을 빙자해서 사리사욕을 채우려는 사람들이 많다. 그들은 국가를 병들게 하는 암적인 존재로, 국민들을 바보로 만들기 위해서 별짓을 다 한다. 깨어있는 국민이 좋은 나라를 만든다. 나는 국가를 위해서 태어난 존재일까? 아니다. 나는 나를 위해서 태어난 존재이다. 내가 내 나라 대한민국이 잘되기를 바라는 것도, 결국에는 나를 위해서이다. 만약 내가 다른 나라의 국민으로 태어났다면, 당연히 애국심의 대상도 바뀌었을 것이다. 나는 내 숙명의 나라가 대한민국이라는 것이 좋다. 우리나라는 좋은 것들이 많다. 자연환경, 사회·문화적 환경, 만들어 내는 물건들, 발전, 생활 수준, 치안(治安) 그리고 뛰어난 자질을 가진 국민들…. 물론 어두운 면들도 많이 있다. 앞으로 우리나라 국민들이 대가를 치르면서 극복해야 할 만만치 않은 과제이다. 외국에 나가서 있어 보면, 우리나라가 좋다는 것을 느낄 때가 많다. 내 나라로 빨리 돌아오고 싶어진다. 잊어서는 안 될 것이 있다. 오늘의 대한민국은 거저 된 것이 아니다…. 오늘의 대한민국이 있기까지, 치러졌던 과거의 수많은 대가 앞에 머리 숙여 감사한다. 앞으로의 대한민국도, 대한민국 국민이 치르는 대가만큼 존재할 것이다.

마찬가지다. 지금 내가 치르는 대가만큼 나 자신도, 내 미래도, 내 꿈도 만들어질 것이다. 대가를 치르지 않는 꿈은 꿈으로서 자격이 없다. "청소년의 일 년은 어른의 십 년이다."라는 말이 있다. 청소년기는 값으로 따진다면 **인생에서 너무 비싼 시기**다. 너의 오늘은 얼마니? 어떤 학생은 그의 오늘을 헐값에 팔아치운다. 그에게는 꿈을 사기 위해서 지급해야 할 대가가 빈약할 수밖에 없다. 할 수만 있다면 너의 오늘을 비싸게 팔아라. 그 비싼 대가로, 너의 미래와 너의 꿈을 당당하게 사라.

공짜의 유혹에 관한 이야기가 있다.

어느 마을 어귀에 커다란 나무 두 그루가 있었다. 먼 옛날 신(神)과 악마(惡魔)가 각각 심어 놓은 나무였다. **신의 나무**에는 항상 온갖 종류의 씨앗들이 열려있었다. 마을 사람들은 파종 시기가 되면, 신의 나무로 가서 필요한 씨앗들을 따가지고 왔다. 그리고 그 씨앗으로 땀 흘려 농사를 지어서 곡식을 수확했다. **악마의 나무**에는 먹음직스러운 열매들이 열려있었다. 그러나 마을 사람들은 악마의 나무 근처에는 얼씬도 하지 않았다. 조상 중의 누군가가 악마의 나무로 가는 길목에다 세워놓은 푯말 때문이었다. 그 푯말에는 "저 나무의 열매 속에는 독약이 들어있다."라고 적혀 있었다. 그런데 그 푯말 옆에는, 악마가 세워놓은 "저 나무의 열매를 먹으면 배 속에서 황금 씨앗이 나온다."라고 적힌 푯말도 있었다. 하지만 마을 사람들은 악마의 푯말을 믿지 않았다.

악마는 오랜 고민 끝에, "저 나무의 열매 중에는 딱 한 개만 독약이 들어 있고, 나머지 열매들은 먹으면 배 속에서 황금 씨앗이 나온다."라고 푯말의 내용을 바꾸었다. 그래도 마을 사람들은 새로 만들어 놓은 악마의 푯말을 믿지 않았다. 하지만 누구나 그런 것은 아니었다. 한 젊은이가 '설마 저렇게 많은 열매 중에 독약이 든 열매가 나에게 걸리겠어?'라는 마음이 생겼다. 어느 날, 그 젊은이는 악마의 나무로 가서 떨리는 마음으로 열매 하나를 따서 꿀꺽 삼켰다. 바로 배가 아파서 급히 숲으로 들어갔는데, 다행히도 배 속에서 황금 씨앗이 나왔다. 땀 흘려 일할 필요가 없게 된 젊은이는 황금 씨앗을 가지고 흥청망청 노는 데 사용했다. 얼마 후, 그 젊은이는 다시 악마의 나무로 가서 열매 하나를 따서 먹었다. 이번에도 황금 씨앗이 나왔다. 그 뒤로도 매번 똑같은 일이 몇십 년 동안이나 반복되었다. 그렇게 타락한 생활로 인생을 보낸 그 젊은이는, 어느덧 병든 노인이 되어 있었다. 그러다가 결국 악마의 나무 아래에서 쓰러졌다. 죽어가던 그는 "나는 행운아다. 죽는 날까지 독약이 든 열매를 먹지 않았다."라고 중얼거렸다. 그때 그의 앞에, 악마가 나타나서 싸늘한 미소를 띠며 "이 나무에는 애초부터 독약이 든 열매는 없었다."라고 말했다. 그때서야 그는 악마의 유혹에 넘어가서, 자신의 인생을 낭비했다는 것을 깨달았다….

"신은 대가를 통해서, 악마는 공짜를 통해서 프러포즈한다. 지금 너는 **누구의 프러포즈를 받아주었니?"**

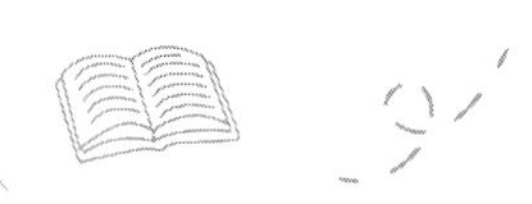
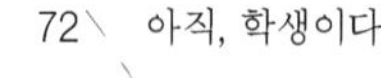
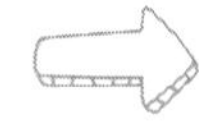

기초 늦음

"어떻게 하면 공부를 잘할 수 있어요?"

교사가 학생에게 받는 가장 **난처한 질문**이다. 딱히 해줄 말이 없다. 묻는 학생도 딱히 만족할만한 답변을 기대하지 않는 눈치다. 공부 잘하는 방법, 날씬해지는 방법, 부자가 되는 방법, 건강해지는 방법…. 우리가 이루고 싶은 것들의 방법은 이미 세상에 깔려있다. 사람들은 방법을 알면서 자꾸 물어보기만 한다.

"**두 마리의 토끼**를 쫓으면 한 마리도 못 잡는다."라는 말이 있다. 그동안 공부를 못했던 학생이 공부를 잘하고 싶다면, 두 마리의 토끼를 동시에 쫓아야 한다. 이미 놓쳐버려서 먼 곳에 있는 '과거의 토끼(과거의 공부)'와 눈앞에서 뛰어다니는 '현재의 토끼(현재의 공부)'를 모두 잡아야 한다. 가능한 일일까?

기억에 남는 고등학교 남학생이 있다. 1학년 때 담임을 맡았는데 교과성적은 하위권이었다. 시간이 지나고 3학년 때 교과 수업시간에 다시 만났다. 1학기 중간고사 시험을 치르고, 내가 출제한 교과목 서답형 문제를 채점하던 중에 그 아이의 성적을 보게 되었다. 상당히 높은 점수였다. 혹시나 하는 마음에 다른 교과성적도 확인해보니 마찬가지였다. 반가운 마음에 그 아이를 불렀다. 그리고 그간에 그 아이에게 있었던 믿기지 않는 이야기를 들을 수 있었다.

"1학년 말 겨울방학을 앞두고, 특별한 일도 없었는데 며칠 동안 괜히 불안하고 가슴이 두근거렸습니다. 그런 기분은 처음이었습니다. 부랴부랴 방학 계획표를 세우고 그 어느 때보다 단단히 마음먹고 공부를 시작했습니다. 그러나 며칠 지나지 않아서 좌절할 수밖에 없었습니다. 기초실력이 부족한 영어와 수학 때문이었습니다. 깊은 무력감에 빠져 멍하니 이틀을 보냈습니다. 그러다가 우연히 책장에 꽂혀있던 중학교 때 수학 자습서가 눈에 들어왔습니다. 별생각 없이 꺼내보았습니다. 겉표지에 내가 정성껏 써놓았던 학년·반·이름이 있었습니다. 대부분이 깨끗한 채로 있는 속 페이지에서는 낯익은 낙서들도 발견할 수 있었습니다. 다른 책들도 마찬가지였습니다. 순간 엉뚱한 궁금증이 생겼습니다. 내 방 안에 있던 책들을 모조리 꺼내서 책마다 표시되어 있는 책값을 계산해 보았습니다. 그리고 그동안 부모님께서 지불했던 학원비랑 온라인 강의 수강비도 더해 보았습니다. 상당한 액수였습니다. 얼굴이 화끈거리면서 눈물이 핑 돌았습니다. 다시 책장을 정리하다가 나도 모르게 끔찍한 결심을 해버렸습니다. '**밑바닥부터 다시 시작하자**.'라고 말입니다."

그 아이는 겨울방학 두 달여 동안, 중학교 교육과정의 영어와 수학을 공부했다고 한다. 부모님께도 말하지 않았던 '비밀 프로젝트'였는데, 인터넷으로 온라인 강의를 신청해서 혼자서 공부했다고 한다. 힘들지 않았느냐고 물었더니, "그때는 공부가 너무 하고 싶었는데, 내가 해낼 수 있는 공부가 밑바닥 공부 말고는 없었습니다."라고 했다. 절박한 대답이었다. 너무 힘들어서 여러 번 포기하려고 했지만, 치열하게 버틴 시간이 점점 쌓이면서 해온 공부가 아까웠다고 한다. 맞는 말이다. '해온 공부'는 정말 아깝다. 그래서 해온 공부가 많은 학생은 계속해서 공부를 하게 되고, 해온 공부가 별로 없는 학생은 아까울 것이 별로 없으니까 공부를 쉽게 포기해 버린다.

사상누각(沙上樓閣)이라는 말이 있다. 모래 위에 건물을 지으면, 기초가 튼튼하지 않아 오래가지 못하고 무너진다는 뜻이다. 공부도 마찬가지다. 밑바닥 공부, 즉 기초 실력이 뒷받침되지 않는 공부는 오래가지 못한다. 굳은 의지보다 더 중요한 것은 '밑바닥 공부'다. 공부를 못하던 학생이, 어느 날 "나는 지금부터 정말로 공부를 열심히 하겠다."라고 하는 경우를 그동안 무수히 봐왔다. 그러나 대부분은 오래가지 못하고 중도에 포기해 버렸다. 그에 비해서 밑바닥 공부부터 시작하는 학생은 시간은 걸리지만, 결국 공부를 해낸 경우가 많았다.

나는 밑바닥부터 다시 시작할 수 없다고?

어느 회사 사장님이 부도가 나서 하루아침에 쫄딱 망해버렸다. 살던 집에서도 쫓겨나 단칸방에서 네 식구가 살게 되었다. 처자식 생각에 정신이 번쩍 들었는데, 빈 병과 폐지 수거는 물론이고 닥치는 대로 밑바닥 일을 전전했다. 그 모습을 지켜보던 주변 사람들이 "사장까지 지낸 사람이 어떻게 그런 일을 할 수 있어요?"라고 물었다. 한때는 사장이었던 그 사람은 "닥치면 하게 됩니다. 이것밖에 할 것이 없으면 이것이라도 하게 됩니다."라고 했다.

지금 네가 공부의 밑바닥으로 내려가기를 주저하는 것은 아직 **공부 말고도 할 것이 많기 때문이다.** 공부밖에 할 것이 없는 학생은 공부의 밑바닥으로 내려가는 것을 주저하지 않는다.

이런 이야기가 있다. 수영을 못하는 사람이 실수로 물웅덩이에 빠졌다. 마침 머리 위로 나뭇가지가 뻗어있었다. 허우적거리며 발버둥을 쳤으나 손이 닿지 않았다. 힘이 빠지면서 웅덩이 밑으로 가라앉기 시작했다. 모든 것을 포기하려는 순간, 자신의 발바닥에 웅덩이의 밑바닥이 닿았다. 정신을 차리고 마지막 남은 힘을 다해, 밑바닥을 박차고 위로 솟아올라 나뭇가지를 잡을 수 있었다.

밑바닥은 '최악'과 '희망'이 공존하는 곳이다. 밑바닥으로 내려가는 것을 두려워하지 마라. 그곳에는 최악의 또 다른 이름인 희망이 있는 곳이다. 공부의 밑바닥은 생각보다 그리 깊지 않다. 밑바닥으로 내려갈 용기가 있는 학생은 이미 공부의 희망을 움켜쥔 것이다.

선행학습(학교 교과진도보다 미리 앞당겨서 하는 학습)에 대한 찬반논란이 있다. 선행학습의 대표적인 교과목은 '수학'과 '영어'다. 이들 교과목은 단계별로나 학년별로 교과수준이 급격하게 높아지는 특성이 있다. 그래서 중학교 때 수학과 영어 성적이 좋았던 학생이, 고등학교에 들어와서 중학교 때보다 더 열심히 했는데도 성적이 떨어지는 경우가 많다. 우리나라의 교육 현실에서, 수학과 영어는 선행학습인 '미래의 토끼'를 미리부터 잡아두는 것이 '현재의 토끼'를 잡는 데 유리하다. 이것은 엄연한 현실이다. 그러나 과도한 선행학습은 '득(得)'보다는 '해(害)'가 될 가능성이 크다. 치열한 학습 결과인 '교과성적'은 예습보다는 복습으로 결정되기 때문이다. 학교 시험에서 아직 배우지 않은 내용이 시험문제로 출제되는 경우는 없다. 교과성적이 우수한 학생들의 특징은 지독하리만큼의 복습주의자다. 그들이 집중하고 두려워하는 것은 교과성적과 직결되는 '과거의 토끼'와 '현재의 토끼'이지, '미래의 토끼'가 아니다. 그들에게 '미래의 토끼'는 여분의 공부이다. 학생 개인에 따라 다르겠지만, 득(得)이 되는 선행학습은 한두 달 혹은 한 학기 정도 앞서는 것이 적당하다. 실제로 상당수 학생들은 방과 후에, 개인적인 여건에 따라 다양한 방법(온라인 강의, 학원, 과외 등)으로 선행학습을 하고 있다. 특히, **여름방학과 겨울방학** 기간은 선행학습을 하기에 좋은 기회이다. 방학(放學)은 말 그대로 배움(수업)을 쉬는 기간이다. 물론 방학 동안에도 보충수업을 하는 학교가 있다. 그러나 평상시보다 수업의 양이 적을 뿐만 아니라, 자신의 계획과 판단에 의해서 보충수업에 불참하고 집이나 학원에서 공부할 수 있다. 담임선생님이 허락하지 않아서 어쩔 수 없이 학교 보충수업에 참여해야 한다는 학생이 있다. "너, 바보니?" 정확하고 단호하게 불참의 이유를 말하면 된다. 방학은 잡아야 할 '현재의 토끼'가 없는 시기이다. 그러므로 방학은 '과거의 토끼'나 '미래의 토끼'를 잡을 수 있는 절호의 기회다.

각종 프로 스포츠 선수들에게도 경기가 없는 '비시즌'이 있다. 비시즌은 선수들이 쉬는 시기가 아니다. 혹독한 훈련의 시기다. 비시즌을 어떻게 보냈느냐가 다가올 '정규시즌' 성적에 큰 영향을 미친다. 선수에게 비시즌은 실력 향상을 위한 중요한 전환점이다. 학생에게 방학은 공부의 전환점이다.

종종 재수(再修, 대학입시에 두 번째 도전하는 일)로 고민하는 학생이 있다. 원하던 대학입시에 떨어졌거나, 대학에 다니면서도 학과가 본인하고 맞지 않아서 재수 혹은 삼수를 하는 경우가 있다.

대학입시가 마무리되어가는 12월 중순쯤, 고등학교 3학년 자녀를 둔 학부모로부터 상담 요청이 들어왔다. 아들이 재수를 하겠다고 해서 고민이 된다는 것이다. 아들이 써 온 '차용증(借用證, 돈을 빌렸다는 것을 증명하는 문서)'이라면서 종이 한 장을 내밀었다. 그 차용증에는 일 년 더 공부해서 원하는 대학에 들어가겠다는 각오는 물론이고, 재수 기간에 부모님이 지불한 비용은 나중에 자신이 반드시 갚겠다는 내용도 적혀있었다. 나는 당사자인 아들을 한번 만나고 나서 내 생각을 말씀드리겠다고 했다. 그러고는 그 아들에게 연락해서, 지난 일 년 동안 대학입시시험을 대비해서 공부했던 흔적이 있는 책과 노트를 10권만 가지고 오라고 했다.

재수에 대해서, 나는 조건부 찬성을 한다. '차용증'을 뒷받침할 수 있는 '담보'가 있어야 한다. 그 담보(擔保, 채무에 대한 보장 수단)는 신용일 수밖에 없다. 그리고 그 신용은 평소 모습이다. 평소에 공부를 열심히 안 하던 학생이, 갑자기 공부를 열심히 하겠다고 하면 신뢰할 수 있을까? 신용불량자가 은행을 찾아와서, 담보도 제시하지 않고 대출을 해달라고 떼쓰는 상황과 비슷하다고 할 수 있다.

또 한 번의 도전에 대해서, 부모님의 지지와 도움을 받을 수 없다면 어떻게 해야 할까? 그때는 나 스스로 방법을 찾아야 한다.

스물넷의 나이에 대학에 들어간 여학생 제자가 있다. 아르바이트와 대입학원을 병행하면서 여러 번의 도전 끝에 본인이 원하던 대학에 합격했다. 더 지독한 여자도 있다. 고등학교를 졸업하고 여러 가지 사정으로 인해 대학진학을 포기하고 직장생활을 시작했다. 몇 년 뒤, 그녀는 결혼하고 아이를 낳더니 육아를 위해서 직장을 그만두었다. 다시 몇 년이 지나고, 아이가 어느 정도 자랐을 무렵 대학에 다닌다는 소식이 들려왔다. 그때 **그녀의 나이는 서른하나**였다. 나는 그녀에게 "너 지독하다."라는 메시지를 보냈다. 그랬더니 "우리 학과에 저보다 나이가 더 많은 사람도 있어요."라는 답장이 왔다. 또 기억에 남는 남학생이 있다. ○○대학교 ○○학과 1학년을 마치고 군대(軍隊)에 갔다 오더니, 복학을 하지 않고 다시 공부해서 △△학과에 들어가겠다고 했다. 부모님이 반대를 했다. 그러자 이 아이는 눈물을 흘리면서 학원도 필요 없으니 딱 1년만 기회를 달라고 애원했다. 어렵게 부모님의 허락을 얻고 나서, 1년 동안 자기 방에서 인터넷으로 온라인 강의를 들으면서 혼자서 공부했다. 그러더니 결국, 자기가 원하던 △△대학교 △△학과에 합격했다. 이건 아무나 따라 하지 마라. 이 학생은 기본적으로 웬만큼 실력이 있었기에 가능했던 것이다.

"공부가 그리 만만한 것이 아니다."

실패할 확률이 적은 재수 방법은?

사전에 어느 정도의 기초 실력을 습득하고 나서, 신뢰할 만한 대입학원에 다니면서, 바로 눈앞에서 직접 경쟁자들과 마주하면서, 두 번 다시는 이렇게 힘든 상황을 겪고 싶지 않을 만큼 열심히 공부하는 것이다. 그동안 많은 재수생(혹은 삼수생, 사수생)들을 지켜보면서 내린 결론이다.

"재수는 더욱 만만한 것이 아니다."

"재수는 네가 생각하는 이상으로 훨씬 더 힘든 일이다."

재수생에게는 "또다시 실패하지 않을까?"라는 심리적인 압박감은 실로 크다. 그동안 내가 만났던 재수생들은 대부분 "재수는 하지 않는 게 좋아요. 재수하겠다는 사람이 있으면 말리고 싶어요."라고 몸서리를 쳤다. 나도 재수는 말리고 싶다. 재수는 의욕만 가지고 되는 것이 아니다. 그러나 정말 아쉽다면, 아무리 생각해도 아쉽다면, 두고두고 후회할 것 같다면, 그때는 도전해 보렴. 단, "이번만큼은 절대로! 절대로! 실패하지 않겠다."라는 학생은 재수하지 마라. "정말로! 정말로! 최선을 다하겠다. 하지만 실패하더라도 의연하게 받아들이겠다."라는 자세로 도전하는 것이 좋다. 재수라는 절박한 도전은 인생에서 소중한 경험이다. 아무나 할 수 있는 것이 아니다. 그리고 실패해도 괜찮다. 정말이다. 흔히 실패는 성공을 향한 과정이라고 한다. 실패가 주는 또 다른 중요한 의미가 있다. 실패는 내가 꿈꾸는 이 길이 나의 길이 아님을 깨닫게 해준다. 그 깨달음은 지독한 아픔이지만, **다른 길을 만나게 되는 기회**가 된다. 그 다른 길이 진짜 나의 길일 수 있다. 그리고 그 다른 길에서 오히려 더 잘된 사람도 많다. 실패는 누구에게나 예상하고 싶지 않은 일이다. 하지만 우리는 실패를 통해서 예상하지 못했던 놀라운 길을 만나기도 한다. '지금'이 아니어도 된다. '이 길'이 아니어도 된다. 다시 도전한다는 것은 과거로 돌아가는 것도 현재를 멈추는 것도 아니다. 또 다른 모습으로 현재를 사는 것이다. 좀 더 외롭게 말이다. 힘내렴.

대한민국의 교육수준은 세계 최고다. 대학입시에서 학생들이 선호하는 몇몇 대학이나 특정 학과에 들어가기 위해서는 끔찍한 경쟁을 해야 한다. 예를 들어, '○○학과'에 합격하기 위해서는 상위 5%의 성적이 필요하다. 만약에, 평범한 학생이 그 ○○학과에 합격하려면 **비정상적인 생활**을 해야 한다. 늘 불안하고, 수면 시간을 줄이고, 여가 활동을 포기하고, 사교육을 받아야 할지도…. 특히, 고등학교 3년간은 더욱 그렇다.

위에서 말한 '○○학과'를 간절히 가고 싶어 하는 평범한 남학생이 있었다. 고등학교 3년 동안 나름대로 열심히 공부했지만, 대학입시시험에서 상위 5%의 성적에는 한참이나 못 미쳤다. 그 뒤로 고등학교를 졸업하고 나서, 3년을 연속으로 도전하더니 ○○학과에 어렵게나마 합격했다. 축하의 자리에 참석했다. 십여 명의 가족들이 모인 자리였는데, 나에게도 합격하기까지 몇 번의 도움을 받았다면서 그 자리에 초대했다. 가족들의 축하의 말이 이어지는 중에, 나도 한마디 했다.

"고등학교 3년 만에 ○○학과를 들어간 특별한 학생도 있지만, 평범한 학생인 네가 6년 만에 ○○학과를 들어간 것은 지극히 정상적인 일이다. 오히려 너에게 잘 됐다."

내 말을 들은 가족들이 잠시 어색해했다. 축하의 말인지 위로의 말인지 헷갈리는 모양이었다. 나는 한마디 더 했다.

"임진왜란 때 나라를 구한 이순신(李舜臣, 1545~1598년) 장군은 서른둘의 나이에 과거시험에 합격했습니다. 그 이전까지는 문과(文科)와 무과(武科)의 과거시험에서 15년이 넘도록 낙방의 연속이었습니다. 그러는 과정에서, 훗날 최고의 장수로서 필요한 문무의 기본 실력을 충분히 습득했다고 볼 수 있습니다."

그래도 분위기를 반전시키기는 어려웠다. 이 사회는 비정상적인 부추김이 많다. 현재의 실패, 한계, 늦음이 누군가에게는 지극히 정상이다. 목표는 같아도 목표를 향해서 가는 속도는 사람마다 다르다. '비교의 유혹'에 흔들리지 말고, 너는 **너의 속도로 가렴**.

재수생의 착각이 있다. 재수하기 전보다 더 열심히 공부하면 더 좋은 성적이 나올 것이라고 믿는다. 그러나 성적은 기대만큼 오르지 않는다. 더 열심히 하는 것보다 더 중요한 것은 과거의 공부 방법을 바꾸는 것이다. 더 열심히 하는 것은 기본 중의 기본이다. 더 열심히 하지 않는 재수생은 없다. 재수생에게만 해당하는 것이 아니다. 학생이라면 새 학년을 앞두고, 방학을 앞두고, 다음번 시험을 앞두고 새로운 각오를 다진다. 그리고 과거보다 더 열심히 공부한다. 그러나 성적은 기대만큼 오르지 않는다. 과거의 그 방법으로 다시 공부했기 때문이다. 과거의 성적을 뛰어넘기 위해서는 열심히만 가지고 안 된다. '더 열심히'에다

'바뀐 공부 방법'이 더해져야 한다. 한 번의 실패로, 더 열심히만 한다면 실패를 통해서 반만 배운 사람이다. 공부하는 방법과 전략까지 바꾼 사람은 전부를 배운 사람이다.

누구나 자신의 꿈이 간절하다고 말한다. '진짜 간절함'인지 '가짜 간절함'인지 구분되는 경우가 있다. **실패했을 때의 반응**을 보면 알 수 있다. 실패 앞에서도 좌절하지 않는다. 흔들리지 않는다. 곧바로 다시 시작하려고 기회를 엿본다. 이건 진짜 간절함이다. 꼭 이루고 싶은 간절한 꿈이 있는 사람은, 여러 번의 실패에도 불구하고 좌절하지 않는다. 실패나 수모도 자신의 꿈과 목표를 향한 과정일 뿐이다.

대학입시 결과가 발표되는 시기에 한 여학생이 많이 울었다고 한다. 대학입시 모집 원서를 낸 몇 군데 교육대학교(教育大學校)로부터 모조리 불합격 통지를 받았기 때문이다. 초등학교 교사를 꿈꾸는 학생으로 성실하고 성품이 어질었다. 여러모로 훌륭한 교사가 될 자질이 있어 보였다. 그 아이가 울었다는 말을 듣고 마음이 아팠다. 교실 복도에서 마주쳤는데 내 시선을 피하면서 말없이 그냥 지나쳐버렸다. 어떤 말로도 위로가 되지 않을 것이다. 며칠 뒤 다시 마주쳤다. 이번에는 내가 일부러 멈추어 서서 그 아이에게 물었다.

"이제 어떻게 할 거니?"

"부모님과 상의했는데, 교육대학교는 포기하고 △△대학교 △△학과에 가기로 했습니다."

"너 진실로 초등학교 교사가 되고 싶지 않았구나?"

"아닙니다. 정말로 되고 싶었어요."

"그럼 스물네 살에 초등학교 교사가 되려고 했던 계획을 서른 살로 바꾸어보면 어떨까?"

그 아이는 나를 쳐다보기만 할 뿐 말이 없었다. 그 뒤로 △△대학교 △△학과에 합격했다. 이어서 고등학교를 졸업하고 학교를 떠났다. 그런데 1년 뒤에, ○○교육대학교에 합격했다는 소식이 들려왔다. 그리고 그 아이로부터 전화가 걸려왔다. 밝은 목소리였다.

"선생님, 스물다섯 살에 초등학교 교사가 되어볼래요. 그래도 서른 살보다는 5년이나 빨라요."

이 아이보다 더 늦은 나이에 대학에 들어간 남학생 제자도 있다. 스물여섯의 나이에 본인이 원하던 ○○대학교 ○○학과에 들어갔다. 그 아이의 말이 기억에 남는다.

"누구도 저에게 나이를 묻지 않습니다. 현재 다니고 있는 학과만 물어봅니다."

또 기억에 남는 여학생이 있다. 그 아이는 고등학교 3년 동안, 오로지 △△학과만을 목표로 한결같이 열심히 공부했다. 매년 성적 향상이 두드러지더니, 3학년 중반기에 접어들면서부터는 그곳에 합격할만한 성적이 나왔다. 그러나 그해 대학입시에서 본인이 원하던 △△대학교 △△학과에 아쉽게도 불합격했다. 성적은 괜찮았는데 그해 경쟁률이 예년보다 많이 높아졌기 때문이다. 불합격 통지를 받자 주위 사람들의 아쉬움과 위로가 쏟아졌다. 하지만 그 아이의 한마디에 모두들 조용해져 버렸다.

"꼭 대학에 가야 한다면, 꼭 지금 가지 않아도 된다고 생각합니다."

미처 예상치 못한 말이었다. 결국, 그 아이는 그해 대학 진학을 포기하고 고등학교를 졸업했다. 그로부터 3년 뒤에, 그 아이가 ○○대학교 △△학과에 다닌다는 소식이 들려왔다. 나는 전화번호를 알아내어 이제는 대학생이 된 그녀에게 연락해 보았다. 그동안 어떻게 지냈느냐고 물었다.

"고등학교를 졸업하고 대학 진학을 미루었습니다. 부모님께서 저에게 재수를 권하셨지만, 그때 당시 저는 공부에 질린 상태였습니다. 다시 공부를 시작한다는 것이 제게는 너무나 끔찍한 일이었습니다. 그 뒤로 1년 반 정도, 내가 생각했던 진로와는 전혀 다른 일을 했습니다. 그러다가 원래 내 꿈이 그리워 다시 공부를 시작했습니다. 그리고 이번에 원래 목표였던 △△학과에 들어오게 되었습니다. 다른 길을 걷다가 돌아와서 그런지, 예전보다 지금 이 길이 더 소중하게 느껴집니다."

만약에, 모든 사람이 같은 나이에 죽는다면?

같은 나이에 학교를 졸업하고, 같은 나이에 직업을 갖고, 같은 나이에 결혼을 하고, 같은 나이에 은퇴하는 것이 좋을 것이다. 그러나 사람은 같은 나이에 죽지 않는다. 그러니 같은 나이에 누구나 꼭 해야 하는 일도 없다. 인생에서 몇 년 차이는 큰 차이가 아니다. 삼사십 대 나이가 되면 몇 년 차이는 표시도 안 난다. 인생의 어느 시기가 늦어진다고 인생 전체가 늦어지는 것은 아니다. 늦었기에 더 훌륭할 수 있다. 그럴만한 이유가 있으니까 늦어지고 있는 것이다.

새끼 새가 둥지를 떠나는 것을 **이소**(離巢)라고 한다. 이소는 대단히 위험한 일이다. 안전한 이소가 가능할 때까지 둥지에서 머물러 있어야 한다. 알에서 부화한 새끼 새가 이소할 때까지 둥지에서 머무르는 기간은 새마다 다르다. 원앙새 새끼는 1일, 팔색조 새끼는 10여 일, 오색딱따구리 새끼는 20여 일, 수리부엉이 새끼는 50여 일, 독수리 새끼는 100여 일을 둥지에서 머문다. 나의 실패와 늦음은 아직 이소할 때가 아니라는 것이다. 계획보다 늦어진다는 것은, 지금 내가 있는 곳에서 꼭 해야 하는 일이 아직도 남아 있다는 것이다. 꽃마다 피는 시기가 다르고, 나무마다 열매를 수확하기까지 성장하는 기간이 다르다.

"지금 나는, 내 인생에서 꼭 필요한 과정을 겪고 있다고 믿으렴."

좋은 작품은 계획보다 늦어질 때 나올 가능성이 크다. 늦음과 실패를 두려워하는 사람은, 지금 자신이 하고 있는 일에 대해서 확신이 없기 때문이다. 지금 내가 하고 있는 일이, 내 인생에서 정말로 **가치 있는 일이라고 확신한다면** 계획대로 되지 않는다고 불안해하지 마라. 늦어져서, 실패해서 더 좋은 작품이 나올 것이다.

프랑스의 문호 빅토르 위고(Victor Hugo, 1802~1885년)는 장편소설인 『레 미제라블』을 16여 년에 걸쳐서 완성했다고 한다. 그런가 하면 미국의 문호 헤밍웨이(Ernest Hemingway, 1899~1961년)는 중편소설인 『노인과 바다』를 쓰기 위해서 십여 년 넘게 구상했으며, 집필하는 과정에서 200번 이상을 처음부터 마지막까지 다시 고쳐 썼다고 한다. 지금 내가 쓰고 있는 『아직, 학생이다』 이 책도, 처음 계획으로는 1년 반 정도 걸려서 완성하려고 했다. 책 한 권 쓰는데 1년이면 충분하다는 이런저런 작가들 때문이었다. 그러나 4년이 넘게 걸렸다. 지금에 와서 2년 전이나 1년 전

혹은 몇 개월 전에, 써 놓은 글을 보면 한숨이 나올 지경이다. 만약 이 책을 무리하게 완성했더라면 두고두고 후회했을 것이다. 그나마 늦어져서 다행이라고 생각한다.

추운 겨울은 시련의 계절이다. 동물마다 추운 겨울을 대처하는 방법이 다르다. **철새**처럼 따뜻한 지역으로 이동해버리거나, **곰**처럼 동굴에 들어가서 겨울잠을 자거나, **산양**처럼 새로운 털로 털갈이를 해서 겨울을 견디기도 한다. 고등학교 3학년, 그 일 년은 대학입시를 집중적으로 준비하는 시기이다. 그 시기를 혹독한 겨울에 비유하기도 한다. 학생마다 그 시기를 대처하는 방법이 다르다. 철새처럼 학교를 떠나버리는 학생, 곰처럼 교실에서 잠만 자는 학생, 산양처럼 온몸으로 공부를 견디어 내는 학생이 있다.

고등학교 3학년 남학생인데, 수업시간에 곰처럼 잠만 자는 아이가 있었다. 학년 초에는 머리를 짧게 깎고 열심히 공부하더니, 서너 달이 지나자 아예 포기해 버린 모습이었다. 한번은 수업시간에 책상에 엎드려서 손가락만 까닥이고 있었다. 조용히 다가가 보았다. 나와 눈이 마주치자 슬그머니 일어나서 책을 펼쳤다. 대학입시시험은 안 볼 거냐고 했더니, 대학진학은 포기했고 졸업하면 당분간 다른 일을 하나가 군대(軍隊)에 갈 계획이라고 했다. 장래희망에 대해서도 물었더니, 요리사에 관심이 있다고 했다. 나는 그 아이에게, 예전에 △△대학교 조리학과를 졸업하고 지금은 일식집에서 요리사로 근무하고 있는 선배 이야기를 잠깐 언급했다. 특별한 반응이 없었다. 그러고는 말았다. 그런데 다음날 교무실로 나를 찾아와서 불쑥 음료수 한 병을 내밀었다.

"선생님, △△대학교 조리학과는 괜찮은가요? 어느 정도 성적이면 갈 수 있어요? 혹시 그 선배님 전화번호 알 수 있어요?"

"대학입시시험을 다섯 달 남겨 놓고, 이제 와서 무슨 소리냐?"

사람은 표정을 보면 진심을 읽어낼 수 있다. 그 아이의 눈빛이 진지했다. 몇 마디 말을 주고받다가, 나는 그 아이에게 과제를 내주었다.

"인터넷에 접속해서, 조리사와 조리학과에 대한 정보를 찾아가지고 올 수 있겠니? 조리사란 어떤 직업인지, 대학의 조리학과에서는 뭘 배우는지, 앞으로의 전망은 어떻게 되는지 등등."

그 아이는 벌떡 일어나 인사를 하고는 돌아갔다. 그러고는 이틀 만에, 과제를 들고 왔는데 A4용지로 꽤 많은 분량이었다. 나는 미리 진학지도 선생님에게 부탁해서 뽑아놓았던, 전국에 있는 몇몇 대학의 조리학과 전형방법과 합격 가능점수에 관한 자료를 그 아이에게 건네주었다. 그 뒤로 수업시간에 자는 모습이 보이지 않았다. 대학입시시험이 끝나고, 진학실에 가서 그 아이의 성적을 확인해 보았다. 전체적인 성적은 낮았지만, 일부 과목의 점수는 괜찮은 편이었다. 얼마 후 반가운 소식이 들려왔다. 그 아이가 ○○대학교 조리학과에, 4년간 등록금 전액감면 **장학생으로 합격**했다는 것이다. 그 대학의 조리학과 입학전형을 찾아보았다. 장학생 선발 기준을 확인해 보니, 대학입시시험에서 두 과목 성적만 반영한다고 되어 있었다.

"이게 도대체 어떻게 된 일이냐? 장학생이라니."

"다섯 달 동안 나머지 과목은 포기하고 두 과목만 공부했습니다. 장학생이라고 해서 저도 당황스럽습니다. 부모님이 무척 좋아하십니다."

졸업식 하는 날, 졸업식장에서 그 아이는 당당하게 맨 앞자리에 앉아 있었다. 졸업식은 으레 좋은 결과를 거둔 몇몇 학생들이 단상에 올라가서 수상을 한다. 그날 단상에는 오르지 못했지만, 그 아이는 분명 그날 졸업식에서 또 한 명의 영웅이었다. 졸업하고 나서 2년여가 지났을 무렵, 그 아이로부터 택배 상자가 배달되었다. 열어보니 빵이 들어있었다. 메모지도 함께 있었다.

"선생님, 맛있게 먹어주세요. 우리 학과 제과제빵 실습시간에 제가 직접 만든 빵입니다."

공부하는 양이나 수준을 놓고 본다면, 중학교와 고등학교는 그 차이가 매우 크다. 중학교를 졸업하고 고등학교에 막 들어온 신입생들이 당황해하는 현실이다. 이 글을 읽는 중학생 중에, 고등학교에 들어와서 공부를 잘하고 싶다면 단단히 각오해야 한다. 각오만 가지고 안 된다. 열심히 준비해야 한다. 여기서 '열심히'란 네가 지금까지 경험해 보지 않았던 '열심히'이다.

그럼에도 불구하고 고등학교 공부는 해볼 만한 도전임은 틀림없다. 어른들에게 현실적인 최고의 관심사가 '돈 버는 것'이라면, 학생들에게는 '공부하는 것'이다. **돈 벌기**가 쉬울까? **공부하기**가 쉬울까? 어른들에게 물어봐라. 십중팔구(十中八九) 공부하기가 더 쉽다고 할 것이다. 예전에 한 TV 프로그램에서, 어느 자영업자 사장님이 했던 인터뷰가 기억에 남는다.

"지난 십여 년 동안, 설과 추석 때 말고는 가게를 쉬어본 적이 없었습니다. 그렇게 열심히 장사를 했는데도, 경제적으로 나아지지는 않고 오히려 은행 대출금만 더 늘었습니다. 건강도 많이 나빠져서 이 상태로는 더 이상 버티기가 어려울 것 같습니다. 앞으로 어떻게 살아야 할지 막막하기만 합니다."

이 세상에는 열심히 해도 안 되는 일들이 많다. 그중 어떤 일은 열심히 하는데도, 오히려 상황이 더 안 좋아지는 경우도 있다. 그러나 학생이 열심히 공부하면 반드시 실력이 향상된다. 그래서 학생이란, 외면할 수 없는 공부 때문에 내내 힘들 수밖에 없다. 차라리 공부가 열심히 해도 안 되는 일이라면 포기라도 해버릴 텐데 말이다….

학생에게 공부란 혹독한 겨울나기다. 그래도 너의 봄은 온다.

부모 사춘기

부모들이 무서워하는 것 | 부모님의 잔소리
열 번 참았다가 겨우 한 번 하는 것 | 미숙한 부모
엄마, 노력했는데도 잘 안 됐습니다 | 어린나무와 어른나무
사춘기 | 애태운 날들 | 갱년기
어른이 되고 나니 | 자식들 생각해서 힘내자 | 이번 주 복권
철없는 딸, 철없는 아들 | 우리가 잊고 있는 첫사랑
부자 부모 | 돈 버는 일은 어려울까?
순종과 반항 | 칼자루를 쥐고 있다
원초적인 신앙 | 아들 친구인 '철수' | 세 가지의 비밀

아침마다, 어머니께서 학교까지 자가용으로 태워다 주는 여학생(고등학교 1학년)이 있었다. 하루는 차에서 내리는데 표정이 울상이었다. 이유를 물었더니 어머니의 잔소리 때문이라고 했다.

"선생님, 저는 아침마다 차 안에서 화살을 맞는 것 같아요."

부모들은 자기 자식에게 왜 잔소리를 할까? 내 자식이기 때문이다. 부모는 내 자식이 아닌 남의 자식에게는 잔소리를 하지 않는다. 이 세상의 **모든 부모들이 공통적으로 무서워하는 것**이 있다. 바로 '내 자식'이다. 부모에게 자식은 양면성을 띤 존재이다. 소중한 존재이면서도 무서운 존재이다. 왜 그럴까? 자식에게 무슨 일이 생기면, 부모가 가장 큰 영향을 받기 때문이다. 부모에게 자식은 적(敵)이 아니면서도 무섭다.

학생들이 싫어하는 것? 1위는 공부이고, 그다음은 부모님의 잔소리다.

자식은 부모의 외모뿐만 아니라 성격까지도 닮는다. 그래서 부모가 자식에게 하는 잔소리는 정확하고 아플 수밖에 없다. 나도 중·고등학교 때 부모님의 잔소리가 싫었다. 부모님께서 잔소리를 시작하면 자동적으로 몸과 마음에서 거부반응이 일어나곤 했다. 한번은 아버지께서 잔소리를 길게 하시는데, 고개를 숙이고 있다가 깜박 잠이 들어버렸던 적도 있다. 나는 다짐했다. 훗날 내가 부모가 되면 내 자식에게는 잔소리를 하지 않겠다고 말이다. 그런데 어느덧 부모가 된 나는 내 자식들에게 잔소리를 해대고 있다. 지금은 돌아가시고 안 계신 어머님께서 생전에 하셨던 말씀이 생각난다.

"애야, 부모가 자식에게 잔소리할 때는 열 번 참았다가 겨우 한 번 하는 것이란다."

나는 부모가 되고 나서야 어머님의 이 말씀을 가슴 저미도록 느끼고 있다. 그 옛날 잔소리하시던 어머님의 모습을 떠올려보니, 어머님께서는 자식인 나에게 잔소리를 하려고 여러 번 망설이실 때도, 잔소리를 하시는 중에도, 잔소리를 하시고 나서도 한참이나 힘들어하셨다는 것을 알 수 있었다. 특히, 잔소리는 잔소리를 하고 난 다음에 많이 힘들다…. 부모님이 잔소리하실 때는 잔소리하는 모습이나 잔소리의 내용에 반응하지 말고, 부모님의 마음에 반응해야 한다. 이제는 어머님의 잔소리가 그립다.

예전에 내 아버지로부터 쓸쓸한 고백을 들은 적이 있다.

"한창 너희들 키울 때는, 부모가 자식에게 그렇게 해서는 안 된다는 것을 몰랐다. 지나놓고 보니 부모로서 후회되는 것이 많다."

부모가 된 나도 이 고백을 내 자식들에게 하고 싶다. 내게는 두 명의 자식(17살 딸, 21살 딸)이 있다. 되돌아보면 참 미안하다. 왜 그런 부모밖에 되지 못했을까. 다시 과거로 돌아갈 수 있다면, 그때보다는 더 좋은 부모가 되어줄 수 있을 텐데….

어린 아기에게 부모는 신(神)적인 존재이다. 유치원생과 초등학생인 자식에게 부모는 영웅이다. 중·고등학생인 자식에게 부모는 완벽했으면 하는 어른이다. 나도 어느덧 나이가 삼사십 대 부모를 지나 오십 대 부모가 되었다. 돌이켜 보니 나는 내 자식들에게 신도, 영웅도, 완벽한 어른도 아니었다. **미숙한 부모**의 연속이었을 뿐이다. 지금은 어떨까? 오십 대 어른인 나를 칠십 대 어느 노인이 본다면, 역시 미숙한 오십 대 어른에 불과할 것이다. 나는 부모와 어른이 되고 나서야, 부모와 어른도 상당 부분 엉터리일 수밖에 없다는 사실을 알게 되었다. 자식도 자라지만, 부모도 역시 부모로서, 어른으로서 계속 자라는 중이다.

이 세상에는 미숙할 수밖에 없는, 엉터리일 수밖에 없는 부모 때문에 힘들게 살아가는 자식들이 많다. 그중에 어떤 자식은, 자신의 부모가 적(敵)이 아니면서도 적보다 훨씬 더 무섭다.

잔소리할 필요가 없는 완벽한 자식이 좋을까?

나는 아침에 일어나, 일정한 시각이 되면 아이들의 방으로 가서 노크를 한다. 그리고 방문을 살짝 열고는, 곤히 자고 있는 아이들의 이름을 부른다. 그러면 아이들은 아버지의 목소리를 듣고 일어난다. 그 순간 나는 아버지로서 소박한 권위와 자식에 대한 애틋한 사랑을 느낀다. 그런데 가끔 아이들이 스스로 일어나 앉아있는 경우가 있다. 그럴 때면 괜히 무안하고 야속하다. 잔소리는 부모의 정체성이다. 잔소리를 하지 않는 부모는, 극단적으로 말하면 무책임한 부모일 가능성이 있다.

어느 날 갑자기, 부모님이 "나는 앞으로 자식들에게 어떠한 경우에도 잔소리를 하지 않겠다."라고 선언한다. 그러고 나서, 내가 무슨 일을 해도 정말로 잔소리를 하시지 않는다. 온종일 컴퓨터만 해도, 며칠간 외박을 해도, 끼니때마다 인스턴트 식품만을 먹어도, 성적이 뚝 떨어져도, 위험한 일을 해도, 나쁜 일을 해도, 잘못된 선택을 해도 아무 말씀을 안 하신다. 신나는 일일까? 끔찍한 일이다. 불행한 가족이다. 자식은 독립할 때까지 부모로부터 도움을 받는다. 그러면서도 잔소리는 듣지 않으려고 한다. 이기적인 태도가 아닐까? 성인이 되어 독립하게 되면, 그때는 부모님의 잔소리를 거부해도 된다. 나는 언제부터인가 성인이 된 큰딸에게는 잔소리를 하지 않는다. 이제는 아침에 일어나라고 깨우지도 않는다.

나는 이십 대에 직업을 갖고 독립하면서부터, 부모님에게서 잔소리를 들어본 기억이 없다. 이제는 상황이 바뀌어 내가 연로하신 부모님에게 잔소리를 하는 경우가 있다. 죄송한 일이지만, 부모님에게 잔소리를 하지 않기가 어려울 때가 있다. 그러나 남의 부모에게는 어떠한 경우에라도 잔소리를 하지 않는다. 내 부모님이기에 참지 못하고, 혹은 나도 모르게 잔소리를 하게 된다. 잔소리의 역할이 바뀌면서 그 옛날 학생인 나에게 잔소리를 하시던 부모님의 심정을 알게 되었다. 왜 잔소리를 할까? 걱정이 되기 때문이다. 왜 걱정을 할까? 사랑하기 때문이다. 잔소리는 사랑의 또 다른 표현이다.

부모님이 잔소리를 하시면 "예."라고 긍정적인 반응을 보이렴. 옳고 그름을 겉으로 드러내어 따지지 마라. 실천하거나, 실천하지 않거나 하는 것도 나중 일이다. 나중에 부모님이 그때 "예."라고 해 놓고 어째서 하지 않았느냐고 물으시면 "죄송합니다. 노력한다고 했는데 잘 안 됐습니다."라고 말하면 된다. 사실은 부모님도 애초부터 잘 안 될 것이라고 짐작하고 있었다. 부모님은 너의 태도만으로도 충분히 행복하다.

부모님에게 잔소리를 적게 듣는 방법이 있다. 평소 부모님과 대화를 자주 하면 된다. 귀찮을 정도로 대화를 해보렴. 나중에는 귀찮아서라도 잔소리를 안 하실 것이다. 혹시 부모님과 대화를 나누다가, 생활습관이나 가치관 등으로 의견이 달라서 충돌이 생긴다면 어떻게 해야 할까? 물론 내 의견이 더 옳다고 확신한다면, 부모님을 설득하려고 노력해야 한다. 그러나 부모님이 의견을 굽히시지 않으려고 한다면, 그때는 져 드려라. 도저히 부모님의 의견을 받아들이기 어렵더라도 말이다. 그게 자식 된 도리다. 어린나무는 다른 곳으로 옮겨 심어도 잘 자란다. 그러나 어른나무는 상황이 다르다. 옮기는 과정도 어려울 뿐만 아니라, 옮겨서 심어놓으면 환경 변화로 인해 충격을 크게 받는다. 아예 고사(枯死)해 버리는 경우도 있다. 그래서 어른들은 바뀌지 않으려고 한다. 어린 네가 바뀌는 흉내라도 내라. 주변을 보면, 부모와 자식 간에 대수롭지 않은 일로 의견이 달라서 오래도록 감정이 상해 있는 경우가 있다. 소중한 많은 것들을 잃게 되는 어리석은 일이다. 부모님에게 기꺼이 져 드려라. 훗날 늙으신 부모님도 어른이 된 너에게 져 주실 것이다.

어느 날 아침에, 한 남학생의 어머니로부터 전화가 걸려왔다. 통화 중에 갑자기 우시는 바람에 당황스러웠다. 아침마다 늦잠을 자는 아들을 깨우는데 짜증을 심하게 낸다는 것이다. 급기야 오늘 아침에는 듣기에 거북한 말까지 했다고 한다. 마음에 상처를 받으신 모양이었다. 나는 좋은 방법을 알려드렸다. 내일 아침부터는 아들이 늦잠을 자더라도 깨우지 마시라고 했다. 다음 날 정말로 그 학생이 지각을 했다. 이유를 물었더니, 퉁명스럽게 "엄마가 아침에 깜박 잊고 깨우지 않아서요."라고 했다. 다음 날 아침에 또 지각을 했다. 이번에도 엄마 핑계를 댔다. 나는 그 아이에게 "아침에 늦게 일어나서 지각하는 것이 너의 잘못이니? 어머니의 잘못이니?"라고 물었다. 멈칫하더니 한마디 했다.

"선생님, 제가 **사춘기**인가 봐요."

십 대 청소년이 성인이 되기 전에 정신적·육체적으로 겪는 변화의 과정을 사춘기(思春期)라고 한다. 이때는 정서적인 면에서 반항적인 성향을 띠는 것으로 알려져 있다. 모든 십 대 청소년은 사춘기에 반항적일까? 아니다. 대부분 가볍게 지나간다. 극히 일부의 청소년만이 반항적인 성향을 격렬하게 표출한다. 그로 인해 주변 사람들이 힘들다. 피해자가 가족인 경우가 많다. 그중에서도 어머니가 가장 힘들다.

여성으로서 가장 극적인 순간은? 몇 달 동안 자신의 몸속에 잉태하고 있던 생명을 출산하여 내 자식을 마주하는 순간이다. 엄마가 된 그녀는 핏덩이인 내 자식을 안고, 자신의 인생에서 최고의 일체감을 느꼈다. 아빠가 된 한 남자도 꿈틀대는 내 자식을 안고, 자신의 인생에서 가장 강력한 삶의 의미를 발견했다. 그러면서 기쁨과 두려움이 교차했다.

갓 태어난 자기 자식을 보고 두렵지 않은 부모는 없다. 너 때문에 잠 못 이루고, 너의 오줌똥을 받아내고, 혹시 위험해질까 봐서 한시도 너에게서 눈을 떼지 못하고, 아픈 너를 품에 안고 **애태운 날들**을 셀 수 있을까…. 엄마·아빠를 쳐다보는 너의 맑은 눈동자, 엄마·아빠를 붙잡는 너의 작은 손, 엄마·아빠를 향해 아장아장 걸어오는 너는 분명 천사였다. 엄마·아빠에게 너는 무엇과도 바꿀 수 없는 존재였다. 그래서 그런 네가 엄마·아빠에게 주는 상처는 아픈가 보다.

자신의 부모에게 상처를 주는 젊은이는 훗날 자신의 가족(아내, 남편, 자식)들에게도 상처를 줄 가능성이 크다. 가장 소중한 사람에게 상처를 주는 어리석은 일이다. 좋은 배우자를 얻고 싶으면, 그가 그의 부모에게 하는 모습을 보면 알 수 있다.

사춘기는 인간의 성장 과정에서 일어나는 자연스러운 현상이다. 너무 요란 떨지 말고 자연스럽게 넘어가렴. 자녀들이 사춘기를 겪는 시기에, 부모들은 제2의 사춘기라고 하는 **'갱년기'**를 겪는 경우가 많다.

갱년기(更年期)는 주로 사십 대 중반에서 오십 대 사이에 찾아오는 현상인데, 육체적으로 노화 현상이 일어나면서 정서적으로도 많은 변화를 겪는다. 나도 사십 대 중반의 나이가 되면서부터 몸에 변화가 찾아왔다. 한두 가지 질병이 생겼다. 십 대 나이는 가만히 있어도 몸이 괜찮다. 그러나 사오십 대 나이는 몸 관리를 하지 않으면 몸이 급속히 나빠진다. 인간의 평균수명이 짧았던 옛날에는, 오십 대 나이가 되면 각종 질병으로 언제든지 죽을 수 있는 처지였다. 나이 육십이 되면 오래 살았다고 환갑잔치를 했을 정도였다. 너의 부모님이 예전보다 표정이 어둡다면, 한두 가지의 질병을 가지고 있을 가능성이 크다. 나도 몸에 문제가 생겨 몇 차례 수술을 받았는데 그것만으로는 해결되지 않았다. 몇 년 사이에 인상을 찌푸린다는 말을 자주 듣는다. 고민 끝에 의사와 상담을 했는데 갱년기라는 진단을 받았다. 갱년기를 겪으면서 그동안 생소했던 노화, 은퇴, 죽음이라는 단어들이 느껴졌다. 그러면서 마음이 급해진다.

"나는 지금 잘살고 있는가?"

"나는 그동안 무얼 해 놓았지?"

"나는 앞으로 어떻게 살지?"

나는 청소년기에, 미래에 어른이 되어있을 나를 믿었다. 나는 틀림없이 '너그러운 어른'이 되어 있을 것이라고 말이다. 그런데 막상 어른이 되고 나니 현실은 달랐다. 오히려 청소년기 때보다, 매사에 잘 참지 못하고 짜증스러운 마음이 더 자주 솟구친다. 하지만 그런 감정들을 겉으로 잘 드러내지 않는다. 잘 참아내기도 하지만 어쩔 수 없이 참아낼 때도 많다. 그래서 어른이란, 겉으로 보다는 속으로 힘든 것이 많다.

어느 날 늦은 저녁에 친구에게서 전화가 걸려왔다. 퇴근하는 길인데 갑자기 헛구역질이 나서 계단에 앉아있다고 한다. 다니고 있는 회사 사정이 최근에 어려워진 모양이었다. 벌써 석 달째 월급이 지급되지 않았다고 한다. 아내 몰래 은행에서 대출을 받아서 월급 통장에 집어넣고 있다고 한다. 마음이 찡하다. 위로의 말을 찾기 어렵다. 이런저런 이야기를 하다가 갑자기 친구의 목소리가 밝아졌다. 자식 이야기가 나온 것이다. 자식 자랑을 늘어놓는다. 중학생과 고등학생인 두 딸이 벌써 철이 들었는지 아빠 걱정을 해준다고 한다. 며칠 전에는 둘째 딸에게 학교에서 좋은 일이 있었다고 한다. 덩달아 나도 기분이 좋아졌다. 그리고 결론을 내렸다.

"그래, **자식들 생각해서 힘내자.**"

참 이상하다. 힘이 없다가도 내가 부모라는 사실을 인지하는 순간이나, 내 자식하고 관련된 일이 생기면 거의 반사적으로 힘이 솟는다. 자식은 부모에게 그런 존재이다.

한번은 멀리 타지에서 살고 있는 친구가 예고도 없이 찾아왔다. 볼일이 있어서 고향 집에 내려왔다가, 일을 마치고 다시 올라가는 길이라고 했다. 그날 저녁에 둘이서 자리를 같이했는데 표정이 밝지 않았다. 그 친구는 몇 년 전에, 처음으로 자신의 가게를 차리면서 의욕이 넘쳤었다. 그런데 작년부터 가게 운영이 어려워졌다고 한다. 고등학생인 아들 이야기를 꺼냈다. ○○종목 운동선수인데 지금까지 뒷바라지하느라고 힘들었다고 한다. 얼마 전에 운동을 그만두게 했는데, 그 후로 아들 녀석의 얼굴을 본 적이 없다고 한다. 최근에 그동안 없던 습관이 하나 생겼다고 하더니, 지갑에서 **이번 주 복권**을 꺼내서 보여줬다. 친구 눈에 눈물이 맺혔다. 나도 울컥했다. 한동안 잠잠하던 허리 통증이 도졌다고 한다. 올해 들어서는 심장이 두근거릴 때가 많아졌고, 몸에서 식은땀도 자주 난다고 한다. 병원에 가보라고 했더니 무서워서 못 가겠다고 한다. 가족들도 알고 있느냐고 물었더니 말없이 눈을 감았다. 나는 그날 밤 친구와 헤어지고 나서 친구 아내에게 전화를 했다. 하루라도 빨리 남편을 데리고 병원으로 가서 건강 검진을 받아보도록 했다.

태어날 때부터, 신체장애를 가졌다는 이유로 자신의 어머니에게 버림받은 여자아이가 있었다. 친척 집에서 자라면서 늘 어머니를 원망했다. 세월이 흘러 성인이 되고, 한 남자를 만나 결혼을 하고 자식도 낳게 되었다. 엄마가 된 그녀는, 내 자식만큼은 엄마의 사랑을 온전히 느낄 수 있도록 최선을 다했다. 그러던 어느 날, 유치원에서 돌아온 아이가 엄마에게 물었다.

"엄마는 어느 때가 제일 행복해?"

"응, 너랑 같이 있을 때가 제일 행복해."

"나랑 똑같구나. 그러니까 엄마랑 나는 서로 때문에 행복하구나."

그 순간, 그녀는 자기를 버릴 수밖에 없었던 슬픈 엄마가 생각났다. 그리고 그 엄마를 향해서 뜨거운 고백을 했다.

"엄마, 이런 자식으로 태어나서 정말 미안했어요. 엄마, 나 때문에 행복하지 못해서 정말 미안했어요."

그녀의 엄마를 향한 이 고백은, 이 땅에 많은 자식들이 잊고 있는 고백일 것이다….

철없는 딸이 있었다. 어느 날 그 딸은 자신의 어머니에게 "사는 게 너무 힘들어요. 왜 저를 낳았어요?"라고 원망했다. 그녀의 어머니는 힘없는 목소리로 "그래 너를 태어나게 해서 미안하구나."라고 했다. 세월이 흘러 이 철없는 딸은 어른이 되고, 결혼을 하고, 자식을 낳아 어머니가 되었다. 그런데 그녀는 커가는 자기 자식을 보면서 걱정이 생기기 시작했다. 그 옛날 그녀가 자신의 어머니에게 했던 그 말을, 자기 자식도 할 수 있다는 생각이 들었기 때문이다.

철없는 아들이 있었다. 어느 날 그 아들은 자신의 아버지에게 "저는 지금까지, 저에게 자상하셨던 아버지에 대한 기억이 한 번도 없습니다."라고 원망했다. 당황한 아버지는 눈을 지그시 감고는 아무 말도 하지 않았다. 세월이 흘러 이 철없는 아들은 어른이 되고, 결혼을 하고, 자식을 낳아 아버지가 되었다. 그런데 그도 자기 자식에게 자상한 아버지가 되어주지 못했다. 하루하루 사는 게 바쁘고 힘들어서, 자기 자식에게 미처 신경 쓸 겨를이 없었기 때문이다.

자기 자식에게, 좋은 부모가 되어주고 싶지 않은 부모가 있을까?

혹시 너의 부모님이 너에게 좋은 부모가 되어주지 못하고 있다면, 분명 너의 부모님은 지금 많이 힘든 일이 있을 것이다. 네가 먼저 "엄마, 제가 도와드릴 일이 있으면 말씀해 주세요.", "아빠, 요즘 고민이 있어요? 저에게 말씀해 보세요."라고 해보렴. 그리고 말로만 하지 말고 설거지도 해보고, 빨래도 해보고, 화장실 청소도 해보고, 요리도 같이 해보고, 영화관에도 같이 가보고, 등산도 같이 가보고… 해보렴. 그렇게 하면서 부모와 자식 간에 정(情)이 깊어지는 것이다.

우리가 잊고 있는 첫사랑이 있다. 바로 나의 부모님이다. 나의 부모님은 이 세상에서, 내가 처음으로 사랑한 사람이면서 나에게 처음으로 사랑을 준 사람이다. 그 첫사랑은 서툴렀지만, 그 어떤 사랑보다도 지극했다. 어렸을 적에 부모님의 그 사랑이 없었다면, 나는 이 세상에서 살아남지 못했을 것이다. 부모가 부모로서 자식에게 주는 사랑이 있듯이,

자식이 자식으로서 부모에게 줄 수 있는 사랑도 있다. 그래서 부모와 자식 간은 서로 때문에 행복해야 한다. 때로는 부모도 자식의 사랑이 필요하다. 비록 그 사랑이 서툴지라도….

한번은 수업시간에, '어버이날'을 맞이하여 "어떤 부모가 좋은 부모일까?"라는 주제로 학생들에게 물었다. 여러 의견이 나왔다. 잔소리하지 않는 부모, 남들과 비교하지 않는 부모, 나를 있는 그대로 인정해 주는 부모, 친구 같은 부모…. 그런데 한 학생이 다소 도발적인 대답을 했다.

"저는 **부자 부모**가 좋은 부모라고 생각합니다."

순간, 반 아이들이 '그래 그것도 맞아.'라는 반응으로 술렁거렸다. 이어서 "훗날 당신은 어떤 부모가 되고 싶습니까?"라는 질문을 해보았다. 몇몇 학생들이 한 가지만으로 대답하기가 어렵다고 해서 두 가지씩 말해보도록 했다. 1위는 '자식을 있는 그대로 인정해 주는 부모', 2위는 '자식에게 존경받는 부모', 이어서 근소한 차이로 '부자 부모'가 3위를 차지했다. 뒤집어 생각해 보면, 자신의 부모가 부자였으면 좋겠다는 학생들의 속마음을 엿볼 수 있었다. '돈'이면 '좋은 부모'도 될 수 있다고 믿는 물질만능주의의 한 단면이다.

내가 알고 있는 사람들 중에, 부자 소리를 듣는 몇몇 부자들이 있다. 그런데 그들 중에는 자신의 부모가 부자라서 본인도 부자인 경우는 드물다. 대부분 자신의 부모와는 상관없이 자신의 힘으로 부자가 된 경우에 해당한다. 몇 년 전에 인근 신도시에 자기 소유의 빌딩을 세운 사람이 있다. 그에게서 들었던 부자가 되는 방법이다. "돈 버는 일에 대해서 관심을 갖고, 돈 버는 방법을 꾸준히 공부하면 됩니다. 잘생긴 외모는 타고나야 하지만, 부자는 타고나지 않아도 됩니다." 그는 스스로도 인정할 만큼 외모가 못생긴 편이고 그의 부모도 가난했다. 그의 집 거실에 들어가면 한쪽 벽면에 액자가 걸려 있는데, "가난하게 태어난 것은 당신의 잘못이 아니지만, 가난하게 죽는 것은 당신의 잘못이다."라는 문구가 있다. 세계 최고의 부자인 빌 게이츠(Bill Gates)가 했던 말이라고 한다.

돈 버는 일은 어려울까? 쉬운 사람에게는 쉽다. 돈 버는 방법을 꾸준히 공부하는 사람에게 해당하는 말이다. 분명한 것은 부자는 자신의 부모와 상관없이도 얼마든지 될 수 있다.

가난하다는 것은 고통스러운 현실이다. 자본주의 사회에서 '돈의 힘'은 실로 막강하다. 하고 싶은 만큼 할 수 있는 것이 아니라, 돈이 있는 만큼 할 수 있는 경우가 많다. 그래서 사람들은 돈을 벌기 위해서 무슨 일이든지 하려고 한다. 때로는 '돈'이 '정의와 불의, 진실과 거짓, 사랑과 미움, 종교와 귀신…'보다 강하다. 살아가면서 일어나는 모든 문제들을 한 꺼풀만 벗겨보면 '돈 문제'인 경우가 많다. 명심하고 또 명심해야 하는 세상살이의 중요한 현실이다.

경제적으로 넉넉해야 좋은 부모일까? 나는 이 말에 동의할 수 없다. 그건 좋은 자식은 부자여야 한다는 논리와 같다. 이 세상에 '좋은 부모'도 '나쁜 부모'도 없다. 자기 부모를 좋은 부모라고 생각하는 좋은 자식과 나쁜 부모라고 생각하는 나쁜 자식이 있을 뿐이다. 마찬가지로 '좋은 자식'도 '나쁜 자식'도 없다. 다만 내 자식이 있을 뿐이다. 부모와 자식 간에는 조건이 필요치 않다. 선인(善人)은 물론이고 악인(惡人)도 자신의 부모와 자식을 사랑한다. 자기 부모와 자기 자식을 사랑하지 않는 사람은 '이상한 사람'이다. 이상한 자식 때문에 고통스러운 부모들이 있고, 이상한 부모 때문에 고통스럽게 살아가는 자식들도 있다. 비극적인 현실이다. 너는 결코 이상한 자식도 이상한 부모도 되지 마라.

젊은이를 위한 좋은 격언이 있다. "지혜로운 젊은이는 순종을 통해서 인생을 배우고, 어리석은 젊은이는 반항을 통해서 인생을 배운다."

'**순종**'이 어려울까? '**반항**'이 어려울까? 순종이 더 쉽다. 종종 학교에서 학생들을 마주하다 보면, 불손하고 반항적인 태도를 보이는 학생이 있다. 불쾌한 기분에 마음마저 닫히게 된다. 교사가 학생을 대할 때는 감정적이면 안 된다. 그러나 알면서도 힘든 경우가 있다. 사람은 이성적인 동물이라고 한다. 그러나 현실에서는 이성적인 판단보다는 감정적인 판단을 할 때가 많다. 겸손하고 순종적인 태도를 가진 학생을 대하다 보면, 흐뭇한 마음에 하나라도 더 도움을 주고 싶어진다. 지혜로운 젊은이는 권위에 순종하여 권위로부터 많은 것을 얻어낸다. 권위에 굴복하는 것이 아니라 오히려 권위를 이용하는 것이다.

어디서나 그곳에서 권위를 가진 자와 친해지는 것은 지혜로운 일이다. 교사와 학생 중에서 누가 더 권위가 있을까? 당연히 교사다. 그건 부인할 수 없는 구조적인 현실이다. 음식점에서는 종업원이 가지고 있는 권위가 있다. 종업원에게 친절하면, 그 종업원은 자신이 해줄 수 있는 최고의 서비스를 해주려고 한다.

조선시대 때부터 전해 내려오는 이야기가 있다.

어느 마을의 푸줏간(정육점)에서 '김돌쇠'라는 백정이 고기를 팔고 있었다. 어느 날 선비 두 명이 동시에 고기 한 근씩을 사러 왔다. 첫 번째 선비는 "이놈 돌쇠야, 소고기 한 근만 썰어주라."라고 거만하게 말했다. 그러나 두 번째 선비는 "이보게 김 서방, 소고기 한 근만 썰어줄 수 있겠는가?"라고 점잖게 말했다. 돌쇠는 두 명의 선비에게 각각 고기를 썰어주었다. 그런데 첫 번째 선비에게 썰어준 고기보다, 두 번째 선비에게 썰어준 고기의 양이 더 많았다. 그걸 본 첫 번째 선비는 왜 손님을 차별하느냐고 화를 냈다. 그러자 돌쇠는 태연하게 말했다.

"고기를 썰어준 사람이 다르기 때문이지요. 첫 번째 선비님에게 고기를 썰어준 사람은 '이놈 돌쇠'이고, 두 번째 선비님에게 고기를 썰어준 사람은 '이보게 김 서방'이라서 고기의 양이 다를 수밖에 없지요."

"칼자루를 쥐고 있다."라는 말이 있다. 어떤 일에 있어서 실제적인 권한을 가지고 있는 경우를 말한다. 푸줏간에서는 돌쇠가 칼자루를 쥐고 있다. 그의 의지에 따라 얼마든지 고기의 양이 달라질 수 있다. 지금 나와 관련된 일에서 칼자루를 쥐고 있는 사람은 누구일까? 부모님이 제일이고, 선생님들이나 몇몇 어른들도 해당될 것이다. 일부 학생들은 그들을 대할 때 자신이 칼자루를 쥐고 있는 것처럼 행동한다. 젊은이가 권위를 대할 때는 순종이 먼저이다. 시비와 비판, 도전, 저항은 순종 이후의 문제이다.

"낮말은 새가 듣고 밤말은 쥐가 듣는다."라는 말이 있다. 간혹 학생들 중에는 권위(부모님, 선생님, 어른 등)에 대해서 함부로 말하는 경우가 있다. 조심하고 또 조심해야 할 삶의 경계(警戒)이다. 앞으로 인생을 살아가면서 많은 권위와 마주치게 될 것이다. 가까이해야 하는 권위인가? 친해야 하는 권위인가? 멀리해야 하는 권위인가? 순종해야 하는 권위인가? 반항해야 하는 권위인가? 이를 구분하고 선택하는 것은 자신의 인생에 있어서 중요한 일이다. 특히, 이 세상에는 나쁜 권위도 많다는 것을 명심해야 한다. 나쁜 권위는 올가미와 같다. 거기에 걸려들지 않도록 경계하고 또 경계해야 한다.

우리가 가장 친해야 할 권위는? 부모님이다. 부모와 자식 간에 친하지 않다면 불행한 일이다. 부모님의 권위를 인정하지 않는 자식은 돌아갈 고향을, **원초적인 신앙**을 잃어버리는 것이다.

친척 중에 한 분이 TV 프로그램 〈전국노래자랑〉에 출연해서 인기상을 받은 적이 있다. 연세가 칠십이 넘으신 분이 '사모곡(思母曲, 돌아가신 어머니를 그리워하는 노래)'을 애절하게 부르시던 모습이 지금도 눈에 선하다. 몇 년 전에 그분이 돌아가셨다는 연락을 받고 장례식에 참석했다. 가족들로부터 그분이 돌아가시기 전까지 자주 어머님을 찾으셨다는 말을 들을 수 있었다. 연세가 팔십이 넘으신 한 여성작가분의 고백도 기억에 남는다. 여러 명의 손자와 손녀를 둔 할머니가 되었지만, 가끔은 이불 속에서 베개를 껴안고 어린아이처럼 돌아가신 엄마를 찾는다고 한다. 그러고 나면 지친 몸과 마음이 회복된다는 것이다.

부모는 이 세상의 모든 가치를 뛰어넘는 존재이다….

자주 말썽을 피우는 아들이 있었다. 그의 부모는 그런 아들에게 잔소리를 자주 했다. 때로는 심하게 야단도 쳤다. 하지만 이웃집에 사는 아들 친구인 '철수'에게는 언제나 다정했다. 아들은 '부모님은 내가 싫은 게 확실해. 나보다 이웃집에 사는 철수를 더 좋아해.'라고 생각하게 되었다. 철수는 공부 잘하고, 성격 좋고, 예의 바르고, 건강하고, 잘생기고… 모든 면에서 아들보다 뛰어났다. 그러던 어느 날, 아들과 철수가 동시에 강물에 빠져서 허우적거렸다. 마침 근처에 있는 그의 어머니가 급하게 뛰어왔다. 둘 중에서 한 명만 구할 수 있다면, 어머니는 누굴 구할까? 어느 날, 그의 아버지가 교통사고를 크게 당하여 병원으로 실려 갔다. 마침 근처에 있던 아들과 철수가 병원으로 뛰어왔다. 죽어가던 아버지에게는 오래전부터 숨겨놓은 보물 지도가 있었다. 아버지는 마지막으로 숨을 거두면서, 누구에게 그 보물 지도가 있는 곳을 알려줄까? 바로 '내 자식'이다.

"부모님의 사랑을 한 치도 의심하지 마라."

몇 년 전에 있었던 일이다. 평소 나와 친분이 두터운 선배가 간암(肝癌)으로 수술을 받은 적이 있다. 투병 중에 병문안을 갔는데 많이 지친 모습이었다. 힘들게 내 손을 잡는가 싶더니 어느새 눈가에 눈물이 맺혀 있었다. 잠시 후, 선배는 나에게 힘없는 목소리로 뜻밖에 고백을 했다.

"치료받는 과정에서 너무 힘들어서, 그냥 이대로 죽었으면 좋겠다는 생각을 여러 번이나 했다네. 가만히 생각해 보니, 내가 없어도 내 가족들 모두 사는 데 큰 지장이 없겠더라고. 아내는 내 연금과 남겨진 재산으로 살면 되고, 딸은 결혼해서 남편이랑 잘살고 있고, 아들 녀석도 작년에 직장에 들어가서 자리를 잡았고 말이야."

나는 선배의 말을 들으면서, 불현듯 '지금 내가 죽게 된다면 어떻게 될까?'라는 생각을 했다. 제일 먼저 가족들이 떠올랐다. 아내, 큰딸, 작은 딸… 그러면서 눈물이 핑 돌았다. 만약 지금 나에게 죽을 만큼 힘든 상황이 오더라도, 나는 선배처럼 죽고 싶지 않을 것 같다. 내 아이들 때문이다. '아직 어린데, 아버지 없이 힘들지 않을까….' 부모의 애달픈 본능일 것이다. 그러면서 아주 오래전에, 내가 아홉 살 무렵이었을 때 내 부친의 상황이 떠올랐다. 그때 당시 부친께서는 완치가 힘든 질병으로 병원에서 시한부 판정을 받은 상태였다. 마지막이 될지도 모를 큰 수술을 앞두고, 부친은 신에게 매달려 기도를 했다고 한다. "제발, 내 자식들이 중학생이 될 때까지만 살게 해주십시오…." 다행히 그 기도 덕분인지 생명을 건질 수는 있었지만, 수술 후유증으로 인해 장애인이 되었다.

부모는 눈물이다….

그럴 각오가 없으면 자식을 낳지 마라.

우리는 인생을 통해서 풀어야 할 **세 가지의 비밀**이 있다. 첫 번째는 나를 향한 신(神)의 비밀이고, 두 번째는 부모님이 나를 얼마나 사랑하셨는가의 비밀이고, 세 번째는 나 때문에 다른 사람이 얼마나 힘들었는가의 비밀이다. 이 세 가지 비밀을 알아가는 것이 인생을 깨달아 가는 것이다. 나는 두 아이의 부모가 된 지 벌써 20여 년의 세월이 흘렀지만, 아직도 부모님의 사랑을 알아가는 중이다. 그러다가 가끔은 눈물을 흘리곤 한다….

우리는 신에 대해서, 다른 사람에 대해서 그리고 부모님에 대해서 함부로 말해서는 안 된다.

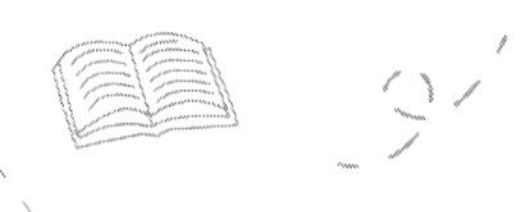

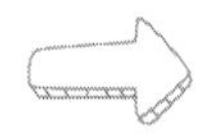

진로 정보

부모, 직업, 결혼, 신앙 | 진로선택 | 자기 이해
직업심리검사 | 편견이 개입되기 때문
부모의 지나친 기대 | 가짜 아들과 진짜 아들
부모가 해내지 못한 일을 자식에게 강요 | 부모님에게 고백했습니다
있는 그대로 사랑하는 것 | 사과나무와 오렌지나무 | 수집된 정보
맛있는 김치 | 내 인생이 아빠 거예요?
여러 번이나 장사를 실패했다 | 적을 알고 나를 알고
귀찮고, 머리 아프고, 무서운 일 | 꼬리에 꼬리를 물고
유능한 스파이 | 안경, 최고의 발명품 | 있는 그대로의 현실

사람은 한 번만 태어나는 것이 아니라, 일생을 통해서 크게 네 번 태어난다고 할 수 있다.

'부모'로부터, **'직업'**으로부터, **'결혼'**으로부터, **'신앙'**으로부터

태어난다는 것은 두려운 일이다. 너는 너의 부모님으로부터 태어났기 때문에 현재의 네가 된 것이다. 만약 네가 다른 부모로부터 태어났다면, 현재의 너하고는 전혀 다른 사람이 되어서 살고 있을 것이다. 앞으로 네 인생은 나머지 세 가지의 태어남으로부터 만들어질 것이다. 지금 너는 직업으로부터 태어나기 위해 몸부림치고 있는 것이다.

수업시간에 자신이 원하는 미래의 직업에 대해서 말해보는 시간이 있었다. 공무원, 교사, 간호사, 회사원, 의사, 기술자, 자영업자, 디자이

너, 요리사 등등 20여 개로 편중되었다. 기억에 남는 답변도 있다.

"부모님이 원하지 않는 직업을 갖겠습니다."

"평생 20개 정도의 직업을 갖겠습니다."

"일 년에 몇 달만 일해도 되는 직업을 갖겠습니다."

"돈만 많이 벌 수 있다면 어떤 직업도 상관없습니다."

"새로운 직업을 만들어서, 내가 가장 먼저 그 직업을 갖겠습니다."

"내 자식은 취업 걱정을 하지 않도록 가업을 물려주겠습니다."

우리나라에 존재하는 직업의 종류는? 분류 기준에 따라 다르지만, 대체로 약 10,000~20,000여 개에 이를 것으로 추정되고 있다. 전 세계적으로는 100,000여 개가 넘는다고 한다. 직업의 종류가 이렇게나 많을까? 신기할 뿐이다. 지금 이 순간에도 새로운 직업들이 생겨나고, 기존에 있던 직업들이 사라지고 있다.

흔히, **진로선택**은 자신의 특기나 적성을 살려서 결정하는 것이 좋다고 한다. 그럴듯한 말이다. 그러나 대부분의 학생들은 고민한다.

"내가 잘하는 것이 무엇일까?"

"어느 정도 잘하는 것이 정말로 잘하는 것인가?"

중·고등학교 시기는 본인의 진로선택을 위한 뚜렷한 갈림길에 서게 된다. 대학진학이냐, 취업이냐, 어떤 학과냐, 어떤 직업이냐…. 진로선택의 고민은 '**자기 이해**'로부터 출발해야 한다. 우리는 "누구는 그런 사람이다."라고 다른 사람에 대해서는 쉽게 말한다. 그러나 정작 "나는 이런 사람이다."라고 본인에 대해서는 선뜻 말하지 못하는 경우가 많다. 본인에 대한 정보를 객관적으로 알아보는 여러 가지 검사 방법이 있다. 그중에 중·고등학교 때, 학교에서 실시하는 각종 검사(인성검사, 심리검사, 진로적성검사, 기질검사 등)가 있다. 일부 학생들은 이런 검사를 대수롭지 않게 여긴다. 진지한 태도로 본인에 관한 정확한 데이터를 입력한다면, 진로 선택을 위한 '자기 이해'의 중요한 정보를 얻을 수 있다.

한번은 학교에서 실시한 '진로적성검사 결과지'를 학생들에게 나누어 주고 읽어보게 한 후에, 각자의 느낀 점을 말해보도록 했다.

"신기해요. 맞는 것 같아요."

"내가 갑자기 소중하게 느껴졌어요."

"내가 생각했던 나하고 많이 달라요."

"남들에게 보여줘서는 안 되는 비밀입니다."

"내가 앞으로 무엇을 하면서 살아야 할지 보이는 것 같아요."

고등학교를 졸업하고, ○○대학교 중국어과에 진학한 남학생이 있었다. 몇 년 뒤, 어느 음식점에 들렀다가 거기에서 그를 우연히 만났다. 그런데 다니던 중국어과를 그만두고 지금은 △△대학교 수학교육과에 재학 중이라고 했다. 뜻밖이었다. 고등학교 때 수학하고는 거리가 먼 학생이었기 때문이다. 학교에서 치르는 시험에서 장난으로 수학과목 답안지에 일련번호를 표기했다가, 선생님에게 꾸지람을 들었던 일도 있었다. 어떻게 된 일이냐고 물었더니, 밝게 웃으면서 그간의 사연을 이야기해 주었다.

"대학에 들어가서 전공과목에 흥미를 잃고 방황하는 시기가 있었습니다. 그때 학과 교수님의 권유로 '**직업심리검사**'를 해보았습니다. 수리력과 공간지각력이 최상수준으로, 직업 적합도는 수학 관련 직업이라는 결과가 나왔습니다. 중학교 때 실시했던 비슷한 검사에서도 수리력 점수가 다른 영역에 비해서 높았던 기억이 떠올랐습니다. 그 결과를 가지고 혼자서 며칠 동안 고민하다가 휴학과 재수를 결심했습니다. 부모님께 말씀드리고 여러 번 상의 끝에, 허락을 받아 곧바로 대입학원에 등록했습니다. 궁금했던 것이 수학이었는데, 한두 달 정도 지나면서 차츰 수학에 흥미가 생기기 시작했습니다. 수학 문제를 풀다 보면 시간 가는 줄 모를 때가 많았습니다. 기초 실력이 부족해서 수학과목만 따로 다섯 달 정도 과외를 받기도 했습니다. 일 년여의 준비 끝에 대학입시시험을 치렀지만, 몇 과목에서 원하는 점수를 얻지 못했습니다. 그러나 수학에 대한 자신감과 이제 막 공부에 대해서 눈을 떴다는 아쉬움 때문에 포기할 수 없었습니다. 부모님을 또다시 설득했습니다. 저의 가능성을 확인하신 부모님은 이번에도 허락해 주셨습니다. 세 번째로 대학입시를 준비하면서 수학 실력이 급격히 향상되었습니다. 대학입시시험을 대비한 모의고사 수학과목에서 여러 번 만점을 맞기도 했습니다. 제가 다니던 대입학원에서 수학과목 성적이 최고 수준이었습니다. 지나친 수학공부 때문에 다른 과목 공부에 지장을 줄 정도였습니다. 결국, 그해 대학입시에서 제가 원하는 △△대학교 수학교육과에 합격할 수 있었습니다. 대학에 들어가서 또 다른 차원의 수학을 접하고는 많이 당황했습니다. 하지만 수학을 향한 열정은 더욱 깊어지고 있습니다. 앞으로 저는 수학으로 제 인생을 살 겁니다. 수학은 인류 최고의 학문입니다. 만약에 수학이 없었다면, 오늘날과 같은 인류 문명의 발전도 불가능했습니다….”

이야기하는 내내 수학에 대한 자부심과 열정이 넘쳤다. 나는 그날 그의 수학 특강을 열심히 경청해 주었다.

학생들의 진로선택에 영향을 주는 것은?

가족의 조언, 인터넷이나 언론매체를 통해서 얻는 정보, 학교에서 실시하는 진로교육 등이 있다. 그중에서도 부모의 영향력이 가장 크다고 할 수 있다. 이 경우에는 장단점이 있다. 부모는 자신의 자녀에 대해서 잘 아는 것 같지만, 어떤 면에서는 자녀의 실체와는 전혀 다른 판단을 해버린다. 그건 **편견**(과대평가, 과소평가)**이 개입되기 때문**이다. 학부모와 그의 자녀에 대해서 이야기를 나누다가 보면, 이런 편견을 확인하는 경우가 많다. 분명 자신의 자녀에 대해서 말하고 있는데, 듣는 입장에서 보면 다른 아이처럼 들린다. 부모의 편견으로 만들어진 가짜 모습에 맞추어서 살아가는 자식들이 많다. 그 편견이 부모의 지나친 욕심인 경우에는, 자식은 물론이고 부모도 무척이나 힘들다.

한번은 빈 교실에서, 고등학교 1학년 남학생이 태블릿PC로 혼자서 음란물을 보다가 나에게 발각되었다. 제발 부모님에게는 알리지 말라고 사정했다. 1학년에서 교과성적이 최상위권으로 주목받고 있던 아이였다. 나는 간단히 주의를 주고 넘어갔다. 그러고 난 다음 해, 그 아이의 2학년 담임을 맡게 되었다. 학년 초에 어머니가 학교를 찾아와서 담임교사인 나에게 면담을 요청했다. 어머니가 설명해주는 아들에 대한 미래 청사진이 화려했다. 아들이 그걸 감당할만한 능력이 되느냐고 물었더니, 당연하다는 듯이 증거들을 나열했다. 어렸을 적부터 남달랐다고 한다. 명석한 두뇌에다 한번 결심한 일은 반드시 해내는 추진력도 갖추었다고 한다. 아들에 대한 미래 청사진도 부모가 권유한 것이 아니라, 아들이 중학교 때 스스로 설계한 것이라고 했다. 아들에게 몇 가지 단점도 있는데, 그중에 하나가 너무 도덕적이라서 매사에 융통성이 부족한 것 같다고 했다.

그 후로, 나는 그 아이를 지켜보면서 어머니의 생각하고 다른 면들을 발견할 수 있었다. 교과성적이 자신의 학년에서 최상위권이었지만, 그의 화려한 목표에는 미치지 못했다. 항상 쫓기듯이 불안해 보였다. 거기에는 **부모의 지나친 기대**도 한몫했다. 어머니는 아들에게 "너의 경쟁 상대는 너희 학교 학생들만이 아니라, 전국에 있는 학생들이다."라는 말을 자주 했다. 그러던 중, 그 아이의 2학기 중간고사 성적이 크게 떨어진 일이 발생했다. 당황한 그 아이의 모습 뒤로 어머니의 얼굴이 교차했다. 며칠 뒤 어머니와 통화하는 중에, 집으로 발송된 성적표가 조작되었다는 사실을 알게 되었다. 나는 그 아이를 불러서 어찌 된 일이냐고 물었다. 고개를 옆으로 돌리더니 아무 말도 하지 않았다. 멍하니 창문만 바라보고 있는 그 아이에게 더는 물을 수 없었다. 그렇게 몇 분 정도 지났을 무렵, 나는 침묵을 깨고 "너는 사과나무인데, 오렌지나무인 척하느라고 힘든 것 같구나. 계속 이런 식으로 힘들게 살지 말고, 진짜 너의 모습을 부모님에게 말해야 한다."라고 했다. 그 아이는 표정이 일그러지더니 눈물을 쏟아냈다. 한참이나…. 그동안 얼마나 힘들었을까.

나는 그날 저녁 그 아이의 부모님을 만났다. 그리고 아이의 사정에 대해서 이야기했다. 아버지는 이미 각오하고 있었는지 담담하게 받아들이는데, 어머니는 당황스러운 표정으로 안절부절못했다. 나는 단호하게 말했다.

"지금 가장 힘든 사람은 아들입니다. 지금이라도 **가짜 아들**이 아니라 **진짜 아들**을 찾으셔야 합니다. 있는 그대로의 아들을 사랑하셔야 합니다. 아들에게 없는 것은 포기하십시오. 자칫하면 아들에게 있는 것마저도 잃을 수 있습니다…."

자식을 있는 그대로 받아들이지 않는 부모들이 많다.

어린 사과나무 한그루가 자라고 있었다. 어느 날 아빠 사과나무가 "조금 있으면 너의 가지에서는 오렌지가 열릴 것이다."라고 했다. 옆에 있던 엄마 사과나무도 "요즘은 사과보다 오렌지가 더 비싸게 팔리고 있단다."라고 했다. 어린 사과나무는 자신 있게 "네, 알겠습니다. 내 가지에서 오렌지가 많이 열리도록 하겠습니다."라고 대답했다. 그러나 얼마 지나지 않아서, 어린 사과사무는 자신이 오렌지나무가 아니라 사과나무라는 사실을 알게 되었다. 그때부터 어린 사과나무는 행복할 수가 없었다. 문제해결은 간단하다. 자신이 사과나무라는 사실을 부모님에게 솔직하게 고백하면 된다. 그런 다음, 오렌지를 포기하고 사과에 집중하면 된다. 그때부터 사과나무는 사과나무라서 행복할 수 있다. 행복한 사과나무에서 수확한 사과는 정말 맛있다.

부모들은 내 자식이 부모보다 더 뛰어나기를 바란다. 그러다 보니, **부모가 해내지 못한 일도 자식에게 강요**하는 경우가 있다. "너는 공부를 잘해야 해!", "너는 야무지고 똑똑해야 해!", "너는 꼭 성공해야 해!"라고 말이다. 물론 욕심이다. 그 욕심이 부모가 경험해 보지 않았던 일이라면, 자식은 부모의 생각보다 훨씬 더 힘들 수 있다.

부모들은 내 자식에게 왜 욕심을 부릴까? 사랑하기 때문이다. 사랑하니까 내 자식이 잘되기를 기대하고 욕심을 내는 것이다. 사랑은 여러 가지 모습을 가지고 있는데, 욕심도 그중 하나이다. 반면에 사랑하니까 그 욕심도 얼마든지 쉽게 버릴 수 있다. 사랑하는 사람이 힘들다고 하는데, 계속해서 강요하는 일은 있을 수 없기 때문이다.

항상 표정이 어두워 보이던 고등학교 2학년 여학생이 있었다. 그런데 어느 날 아침, 평소 모습과는 다르게 밝은 표정으로 등교했다. 다음 날도 마찬가지였다. 나는 며칠 동안 지켜보다가, 교무실로 불러서 최근에 무슨 좋은 일이라도 있었느냐고 물었다. 그 아이는 주위를 살피더니 그 이유를 말해주었다.

"며칠 전에, 부모님에게 어려운 고백을 했습니다. 부모님을 거실로 나오시라고 해놓고, '아버지, 어머니, 공부를 정말로 잘하고 싶은데 공부가 잘 안 됩니다. 지금 제 성적으로는, 중학교 때 부모님께 말씀드렸던 ○○학과에 들어간다는 것이 불가능합니다. 공부가 계획대로 되지 않아서 늘 불안하고 초조합니다. 요즘에는 스트레스 때문인지 변비가 심해졌고, 밤에는 잠도 잘 오지 않아요. 밤새 뒤척이다가 날이 밝을 때가 많습니다. 그러다 보니 다음 날 학교에서 종일 피곤합니다. 공부 때문에 괴로워서 미쳐버릴 것 같아요.'라고 말씀드렸습니다. 부모님이 깜짝 놀라시는 눈치였습니다. 아버지께서 눈을 감고 잠시 생각하시더니, '그동안 많이 힘들었겠구나. 앞으로는 너에게 공부에 대해서 일절 말하지 않겠다. 마음 편하게 먹어라. ○○학과에 못 들어가도 얼마든지 잘 살 수 있다.'라고 하셨습니다. 그날 밤 부모님 앞에서 많이 울었습니다. 엄마도 우시고요…."

그 뒤로 이 아이는 성적이 떨어졌을까? 떨어지지 않았다. 한번은 그 아이에게, 왜 성적이 떨어지지 않느냐고 퉁명스럽게 물었다. "그날 이후로 부모님을 볼 때마다 죄송했어요. 예전과 달리 무리하게 욕심내지 않고 공부하고 있습니다. 학생이 공부를 안 하면 안 되죠."라고 했다.

부모의 지나친 기대와 욕심에는 자식에게도 일정 부분 책임이 있다. 자식이 먼저, 부모의 기대와 욕심을 부추기는 경우도 있다. "엄마, 두고 보세요. 저는 예전하고 완전히 달라질 겁니다.", "아버지, 저를 믿으세요. 저는 반드시 그 대학에 들어갈 것입니다." 물론 이런 자신감이 현실에서 긍정적으로 작용할 수 있다. 그러나 현실은 생각보다 만만치 않다. 만약 막상 해보니, 극복하기가 도저히 어렵고 괴로운 상황만 이어진다면 어떻게 해야 할까? 중도에라도 부모님에게 자신의 현실을 있는 그대로 말해야 한다. 나를 있는 그대로 바라보실 수 있도록 말이다. "엄마, 죄송해요. 제 나름대로 열심히 노력하는데도 잘 안 됩니다.", "아버지, 저에게 그 대학은 무리였던 같아요. 목표를 수정하겠습니다." 어떤 자식에게는 꼭 필요한 용기다. 진정한 사랑이란, 상대방을 **있는 그대로 사랑하는 것**이라고 한다. 그건 상대방이 자기 자신을 있는 그대로 보여줄 때만이 가능한 것이다.

자신의 자녀를 '과소평가'하는 부모들도 있다.

기억에 남는 고등학교 남학생이 있다. 친구들 사이에서 친화력과 리더십이 돋보였다. 두둑한 배짱과 논리적인 언변은 그 나이에 나올 수 없는 수준이었다. 나는 그 아이의 감추어지지 않는 에너지를 보면서, 그의 인생에서 큰 장점이 되기를 바랐다. 그 아이가 유일하게 초라해 보이는 경우가 있었다. 그건 부모님이 교과성적으로 그 아이를 다그칠 때였다. 고등학교에 들어와서 태권도 도장에 등록했다가, 일주일도 못 되어 아버지의 반대로 그만둔 일도 있었다. 교사 입장에서 간혹 "너는 공부를 너무 많이 하지 않는 것이 좋겠다."라고 말해 주고 싶은 학생이 있다. 정말이다. 실제로 나에게 그런 말을 들었던 몇몇 학생이 있다. 공부보다 다른 것에 집중하는 것이, 앞으로 인생을 살아가는 데 있어서 유리할 것 같다고 판단되는 아이들이 있다. 그 아이도 마찬가지라고 생각했다. 한번은 그 아이의 아버지를 지역의 한 행사장에서 만날 기회가 있었다. 나는 그 자리에서, 공부보다 더 뛰어난 아들의 장점들을 말해 주었다. 믿기지 않는다는 표정이었다. 그 후 그 아이는 ○○대학교 전기과에 진학했고, 지금은 부산(釜山)에 있는 한 중소기업에서 특수 분야의 기술자로 일하고 있다. 나는 그가 어디서 무슨 일을 하더라도 돋보일 것이라고 믿는다. 이것도 편견일까?

오늘도 많은 학생들이 부모의 과대평가와 과소평가로 우왕좌왕한다. 용기를 내서 말해야 한다.

"엄마, 저는 **오렌지나무**인 줄 알았는데 **사과나무**였습니다."

"아버지, 저는 동물원이 답답해요. 넓은 야생의 초원에서 살겠습니다."

대부분 학교마다 진로진학 상담교사와 진로진학 상담실이 있다. 자신의 진로나 진학에 대해서 도움을 받으려는 학생들이 이용한다. 간혹 예고도 없이 불쑥 찾아와 상담을 요청하는 학생들이 있다. 그런 경우에는 만족할만한 도움을 받기 어렵다. 사전에 선생님을 찾아가서, 상담하고 싶은 내용을 알리고 상담 장소와 시간을 예약하는 것이 좋다. 선생님에게 준비할 수 있는 시간을 주는 것이다. 일부 학생들은 자신의 진로나 진학과 관련된 기본적인 정보조차도 모른 채, 상담하러 오는 경우가 있다. 본인이 상담하고 싶은 내용에 대해서 가능한 많은 정보를 알고 있어야 한다. 힘든 일이다. 그래서 내가 해야 한다. 선생님의 일이 아니라 '나의 일'이기 때문이다. 수집된 정보를 스크랩해서 가는 것도 좋은 방법이다. 준비된 만큼 좋은 상담이 이루어질 수 있다.

어느 날, 한 남학생이 진로진학 상담선생님을 찾아왔다. 대학을 '김치'와 관련된 학과로 가려고 한다면서 상담을 요청했다. 그러고는 그동안 자신이 정리해 놓은 것이라면서 여러 가지 자료들을 꺼내놓았다. 자료를 훑어본 상담선생님이 굳이 상담할 필요가 없을 정도로 완벽하다고 했다. 그런데 문제는 다른 데에 있었다. 부모님이 아들의 진로에 대해서 반대를 하고 있었다. 바로 다음 날, 상담선생님의 요청으로 어머니께서 학교에 나오셨다. 상담선생님의 설명과 아들이 준비해 놓은 자료들을 보신 어머니는 집에 돌아가 남편을 설득했고, 결국 아버지의 허락도 받을 수 있었다. 나는 그 아이에게 김치를 선택한 이유에 대해서 물었다.

"우리 집은 김치를 집 근처에 있는 반찬가게나 마트에서 사다가 먹습니다. 어머니의 심부름으로 내가 사러 갈 때가 많습니다. 그런데 김치를 사러 갈 때마다 맛이나 위생상태 때문에 고민이 됩니다. 맛있는 김치는 먹는 내내 행복하지만, 마음에 들지 않는 김치는 다 먹어 치울 때까지 우울합니다. 그러다가 어느 날 '이것이다!'라는 생각이 들었습니다. 나 같은 소비자가 고민하지 않고 사서 먹을 수 있는 김치를 만드는 것이, 내 꿈이 되어 버렸습니다."

그 아이는 김치와 관련된 정보를 얻기 위해서 집요한 노력을 했다고 한다. 몇 개월에 걸쳐서 인터넷 검색은 물론이고, 관련 학과가 있는 대학교까지 직접 찾아가서 교수님을 만났다고 한다.

"나는 김치로 ○○지역을 정복할 것입니다."

그 아이의 당찬 꿈이다.

○○대학교 생명공학과 1학년에 재학 중이던 여학생이 있었다. 그런데 갑자기 대학을 그만두겠다고 했다. 지금 배우는 전공과목이 본인의 적성하고 맞지 않는다면서, 여기에서 중단하고 다시 준비해서 유아교육과에 가겠다는 것이다. 부모님이 반대했다. 몇 달 전만 해도, 그녀의 아버지는 딸아이가 서울에 있는 대학에 합격했다고 무척 좋아했다. 하지만 그녀는 일 년간 휴학을 하라는 아버지의 권유도 거절하고, 기어코 자퇴를 고집했다. 그러던 중에 그녀의 아버지를 만났는데, 딸아이가 말도 안 되는 고집을 피운다면서 못마땅해 했다. 그녀의 아버지는 외모뿐만 아니라 성격도 강한 사람으로 가족들에게도 엄한 것으로 알려져 있다. 그 뒤로 일 년 정도 지났을 무렵, 그녀가 △△대학교 유아교육과에 다니고 있다는 소식이 들려왔다. 나는 그녀의 아버지에게 조심스럽게 딸의 소식에 대해서 물었다. 의외로 밝게 웃으면서 말했다.

"지금 △△대학교 유아교육과에 다니고 있는데 즐거운가 봐요. 예전보다 표정도 밝고 매사에 의욕이 넘칩니다. 2보 전진을 위해서 1보 후퇴했다고 생각합니다. 작년에 딸아이와 티격태격하다가, 딸아이의 말 한마디에 질 수밖에 없었습니다. '내 인생이 아빠 거예요? 지금 아빠 말대로 했다가, 나중에 제가 후회하면 아빠가 내 인생을 책임지실 거예요?'라고 하는 겁니다. 이제는 컸다고 아빠한테 덤비는데 속으로 덜컥 겁이 나더라고요."

나는 순간 웃고 말았다. 그분의 평소 모습하고 달랐기 때문이다. "자식 이기는 부모 없다."라는 옛말이 맞는가 보다.

그래도, 자식이 부모님의 뜻에 반한다는 것은 어려운 일이다.

중학교 3학년 담임을 맡았을 때 일이다. 우리 반에 한 남학생이 고등학교 진학 문제로 부모님과 갈등을 빚고 있었다. 본인은 실업계 고등학교에 진학하고 싶은데, 부모님은 일반계 고등학교를 원했다. 평소 차분한 성격으로 교과성적은 중위권 정도였다. 나는 그 아이의 아버지와 몇 차례 전화 통화를 해보았지만, 워낙 완고했다. 그 과정에서 그 아이는 눈물을 보이기도 했다. 결국, 설득에 실패하고 부모님의 뜻에 따라 일반계 고등학교에 진학했다. 그러나 고등학교 1학년을 마치고 학교를 그만두어버렸다. 힘들어했을 그 아이를 생각하니 마음이 아팠다.

그러고 나서 20여 년이 지났을 무렵, 그가 전통식품인 떡집을 하고 있다는 소식이 들려왔다. 인터넷으로 검색해 보니 그 지역에서 제법 알려진 떡집이었다. 반가웠다. 그 떡집의 떡 맛이 궁금했는데 얼마 후에 기회가 찾아왔다. 친척 집의 경사에 참석할 일이 생긴 것이다. 나는 전화로 떡을 주문하고 제날짜에 맞추어 찾으러 갔다. 이른 아침인데도 가게에는 손님들이 제법 있었다. 계산대에 낯익은 분이 있어서 물었더니 제자의 어머니였다. 바쁜 시간이라서 연락처만 남기고 돌아왔다. 그 뒤로 몇 차례 전화 통화를 하고는 그를 만날 수 있었다. 그 옛날 중학생의 앳된 모습은 어디 가고, 나만큼이나 나이 들어 보이고 몸집은 더 컸다. 그동안 한식집, 반찬가게, 외식 가맹점 등을 연이어 해오다가, 몇 년 전에 지금의 떡집을 차리게 되었다고 한다. 떡집에는 모두 다섯 명이 일하고 있는데 그중에 세 명은 자신의 가족이라고 했다. 나는 그와 이야기하는 중에, 청소년기에 너와 비슷한 진로를 놓고 고민하는 후배들을 위해서 조언을 부탁했다. 곰곰이 생각하더니 진지하게 말했다.

"저는 새벽 3시부터 일어나 이 일을 하고 있지만 행복합니다. 힘들어도 행복한 오늘이 있기까지, 힘들기만 했던 시기도 한참이나 있었습니다. 제가 그동안 여러 번이나 장사를 실패했는데, 가장 큰 원인은 처음부터 욕심을 부렸기 때문입니다. 처음부터 잘 되는 장사, 그런 것은 이 세상에 없다고 보면 됩니다. 하면 될 것 같은 장사가 있다고 해서 바로 뛰어들면 거의 실패합니다. 실제 현장을 찾아가서, 상당 기간 철저하게 확인하고 또 확인한 다음에 결정해야 합니다. 그러고 나서도 다시, 상당 기간 철저하게 준비하고 또 준비한 다음에 장사를 시작해야 합니다. 장사는 의욕만 가지고 되는 것이 아닙니다. 장사를 하면서도 실패하지 않으려면, 처음에는 목표를 10% 정도로 세워놓고 시작해서 차근차근 나머지 90%를 채워간다는 자세로 해야 합니다. 그러다 보면 100%뿐만 아니라 200%, 300%··· 도 해낼 수 있습니다. 누군가가 저에게 '장사를 한다는 것이 무엇이냐고 묻는다면, 눈물 나는 일이 많은데 남들 앞에서는 항상 웃는 모습을 보여야 하는 것이라고 말하고 싶습니다. 세상은 만만치 않습니다. 장사는 자신의 모든 것을 걸고 하는 것입니다…."

인생의 연륜이 묻어나는 조언이었다. 나는 그의 이야기를 들으면서 왠지 숙연해졌다.

진로선택에 있어서 '자기 이해' 못지않게 중요한 것이 '정보'다.

중국의 고전 『손자병법(孫子兵法)』에 보면 정보의 중요성을 강조한 내용이 나온다. "적(敵)을 알고 나를 알고 싸운다면, 백번 싸워 백번 이긴다. 적은 모르고 나만 알고 싸운다면, 이길 확률은 반반이다. 적도 모르고 나도 모르고 싸운다면, 반드시 패한다."

나를 안다는 것은 자기 이해이고, 적을 안다는 것은 정보를 가리키는 말이다. 오늘날에도 국가 간이나 기업 간의 경쟁에서 정보가 승패를 결정짓는 경우가 많다. 쇼핑도 구입하려는 물건에 대한 정보를 많이 아는 사람이 좋은 물건을 제값에 살 수 있고, 여행도 가고자 하는 여행지에 대한 정보를 많이 아는 사람이 유익하고 즐겁게 다녀올 수 있다. 장학 사업과 관련이 있는 여러 단체에서, 학생들에게 줄 장학금을 배정해 놓고도 주지 못하는 경우가 있다고 한다. 신청 자격이 있는 학생들이, 그 장학금에 대한 정보를 몰라서 신청을 안 하기 때문이란다.

학생들도 자신의 진로를 선택할 때 정보가 중요하다는 것을 안다. 그러면서도 정보 찾는 일을 외면한다. 미루고 미루다가 막판(중학교 3학년 말, 고등학교 3학년 말)에 가서야 급하게 서두르는 경우가 많다. 왜 그럴까?

정보 찾는 일이 **귀찮고 머리 아픈 일**이기 때문이다. 그러나 귀찮고 머리 아픈 그 일을, 나 대신에 정성껏 해 주는 사람은 없다. 혹시, 지금 네가 그런 기대를 하고 있다면? 너는 무척 게으르고 무책임한 학생일 가능성 크다. 학생들이 정보 찾는 일을 외면하는 또 한 가지의 이유가 있다. 정보를 찾다가 보면, '내가 해야 하는 일'이 나오기 때문이다. 정보를 찾는 최종 목표는 '내가 하고 싶은 일'을 할 기회를 얻기 위해서다. 그런데 정보를 찾다가 보면, 그 최종 목표에 이르기까지 내가 해야 하는 만만치 않은 일들이 쏟아진다. 하나하나 대할 때마다 가슴이 답답하고 우울해진다. 아무리 생각해도 피할 수 없는 것들이다. 그러다가 결국에는 정보 찾는 일을 중단해 버린다. 오죽하면 '**세상에서 가장 무서운 일**'을 '내가 해야 하는 일'이라고 했겠는가. 세상살이의 보편적인 이치는 '내가 하고 싶은 일'을 할 기회를 얻기 위해서는, 먼저 '내가 해야 하는 일'을 해야 하는 것이다.

다시 한 번 말한다. 정보 찾는 일은 귀찮고, 머리 아프고, 무서운 일이다. 그래서 아무나 쉽게 하지 않는다. 그러니까 네가 해보렴.

"기회가 제 발로 나를 찾아오는 경우는 거의 없다. 기회를 잡는 확실한 방법은 내가 직접 기회를 찾아내는 것이다. 그리고 그 기회는 귀찮고, 머리 아프고, 무서운 일 속에 대부분 숨어 있다."

정보는 어디서 찾을 수 있을까?

여러 가지 방법이 있겠지만, 인터넷이 가장 대표적이다. 진로의 갈림길에 있는 청소년들을 위해서 여러 전문 기관에서 만들어 놓은 인터넷 웹사이트들이 있다. 방대한 자료들이 체계적으로 정리되어 있는데, 아마도 처음 접하게 되는 다양한 정보들로 인해 깜짝 놀랄 것이다. 인터넷 포털사이트 검색창에, 평소 자신이 관심 있어 하던 대학의 학과나 직업을 입력해서 검색하는 것으로부터 시작하면 된다. **꼬리에 꼬리를 물고** 정보를 찾다가 보면, 꽤 오랜 시간과 끈질긴 노력이 필요하다.

○○학과 : 배우는 내용, 관련 직업, 대학입시에 필요한 준비….

○○직업 : 하는 일, 되는 길, 전망, 근무 여건, 관련 기사….

정보를 찾는 과정에서 특히, 주의할 것은 '잘못된 정보'이다. 정보들 중에는 허위나 현실성이 떨어진 정보들도 많다. 그러므로 정보를 잘 찾는 것도 중요하지만, 찾은 정보의 진위 여부나 신뢰성을 확인하는 과정도 반드시 필요하다. 이때도 마찬가지로 인터넷이 유용하지만, 상황에 따라서는 관련 기관이나 대학에 직접 전화로 물어보는 것이 좋다. 학생이라고 밝히면 대부분 친절하게 답변해 준다. 그냥 묻지 말고, 질문할 내용을 메모지에 정리하고 나서 연습하고 물어라. 질문자의 예의다. 질문하는 수준이 얻을 수 있는 정보의 수준을 결정한다. "물어보는 사람은 5분 동안만 바보가 되지만, 물어보지 않으면 평생 바보가 될 수 있다."라는 말이 있다. 씩씩하게 물어라. 간절하게 물어라. 필요하면 직접 찾아가라. 무안한 상황을 겪을 수도 있다. 그렇다고 해도 물러서지 마라. 평생을 좌우할 정보를 얻을 수 있다면 그까짓 무안함을 당하는 정도쯤이야. 정확한 정보는 막연한 나의 꿈을 현실의 한가운데로 끄집어 낸다. 꿈에 생명력을 불어넣는 것이다.

"**유능한 스파이**가 되어서 집요하게 정보를 수집하라."

나는 일과가 끝나고 밤에 잠자리에 들 때, 마지막으로 하는 행동이 있다. '안경'을 벗는다. 그리고 다음 날 아침에 눈을 뜨면 가장 먼저 안경부터 찾는다. 나는 중학교 3학년 때부터 안경을 썼다. 안경이 없다면? 생각만 해도 끔찍하다. 안경을 벗으면, TV나 컴퓨터 화면을 보는 것은 물론이고 일상생활 자체가 많이 불편하다. 고등학교 때 수련회를 갔다가 안경을 잃어버려서 힘들었던 기억이 있다. 집에 돌아와 다시 안경을 썼을 때 무척이나 감격스러웠다. 지금도 그때의 수련회를 생각하면 온통 흐린 장면들만 떠오른다. 안경은 나에게 최고의 필수품이다. 나에게 인류 **역사상 최고의 발명품**을 뽑으라고 한다면? **'안경'**이다. 나는 안경이 망가지면 쓰레기통에 버리지 않는다. 양지바른 곳에 고이 묻어준다. 고인(故人)을 추모하기 위해 봉안당(奉安堂, 죽은 사람의 유골을 보관하는 장소)에 가는 일이 있다. 봉안당의 개인별 안치단에는 생전에 그 사람이 사용했던 유품들이 놓여있다. 그중에는 안경도 눈에 많이 띈다. 평생을 같이한 소중한 물건이었고 죽은 다음에도 꼭 필요한 물건인가 보다.

시력이 좋지 않으면서도 안경을 쓰지 않는 학생이 있다. 불편해서, 미용 때문에, 어색해서 등등. 훗날 어른이 되어서 학창시절을 되돌아보면 온통 뿌옇고 흐릴 것이다. 나는 이런 학생들을 그냥 두고만 볼 수 없어서 안경 착용을 설득하곤 한다. 첫 안경을 쓰는 학생은 생일보다 더 기쁜 마음으로 축하해 준다. 쓰고 있는 안경을 빨리 벗어버리려고 안달인 학생들이 있다. 시력교정 수술을 통해서 안경으로부터 해방되는 사람들이 있다. 그러나 나는 아직 수술에 대한 생각이 없다. 왜냐하면, 안경을 너무 사랑하기 때문이다. 좀처럼 안경을 배신하기 어려울 것 같다. 수술은 정확한 검사를 통해서 신중하게 결정해야 한다. 일부는 부작용도 있는 모양이다. 안구 성장이 진행 중인 청소년기보다는 성인이 된 후에 하는 것이 좋다는 의견이 많다.

자신의 진로를 찾는 데도 안경이 필요하다. 안경을 쓰고 **'정확한 정보'**와 **'있는 그대로의 현실'**을 봐야 한다. 어디 안경뿐이겠는가. 필요하다면 망원경, 돋보기, 현미경으로도 두 눈 크게 뜨고 세상을 봐야 한다. 흐릿하게 대충대충 세상을 보는 학생들이 있다. 아예 선글라스를 쓰고, 세상이 까맣게 노랗게 빨갛게 보인다는 학생들도 있다. 안경을 쓰렴.

08 STORY

이성교제 사랑

쪽자상담 · 이성교제 · 그 여학생의 남자친구 · 그냥 사귀도록 해줘요 · 자기 자리를 벗어나면 · 애정표현 · 찬성? 반대? 선택의 문제 · 남학생 출입금지 · 그 선배에게 미안해서요 · 만만치 않은 유혹 · 짧은 해프닝 · 내가 선배님을 사귈 수 없는 세 가지 이유 · 이성교제의 장점 · 인생에서 최고의 성공은? · 눈에 콩깍지가 씌었다 · 너희 둘 사이에 끼고 싶지 않다 · 자연스럽게 이별 · 맞사랑, 외사랑, 짝사랑 · 아무나 사랑하지 마라 · 결정적인 순간이 왔을때 · 그 비밀이 풀렸다

학급 담임을 맡게 되면, 매달 학급 아이들을 상대로 **쪽지상담**을 실시한다. 학생들에게 20분 정도의 시간을 주고 상담이나 고민, 건의할 내용이 있으면 쪽지에 적어서 내도록 한다. 본인의 이름을 밝혀도 되고 무기명으로 해도 된다. 쪽지상담은 비밀보장과 신뢰가 전제되어야 한다. 학생들이 적어낸 비밀 쪽지는 한두 시간 안에 담임교사가 혼자서 확인한다. 그런 다음 필요한 내용은 따로 메모해놓고, 곧바로 문서 파쇄기에 넣어서 흔적을 없애버린다.

누군가의 비밀을 알아야 하고 해결방법까지 고민해야 하는 쪽지상담은 어려운 일이다. 그중에서도 '**이성교제**에 대한 문제'는 더욱 그렇다. 복잡하고 머리가 아프다.

한번은 학급(고등학교 2학년) 아이들이 적어낸 쪽지에, 한 여학생의 불편한 이성교제에 대한 내용이 많았다. 최근 들어서 **그 여학생의 남자친구**(같은 학교 2학년)가 우리 반 교실에 자주 오는데, 둘이서 다른 학생들이 보기에 불편한 행동을 한다는 것이다. 나는 그 여학생을 불러서 쪽지에 적힌 내용에 대해서 물었다. 하지만 그 여학생은 다른 아이들에게 피해 주는 행동을 한 적이 없다면서 억울해했다. 다음 날, 그 여학생의 남자친구가 교무실로 나를 찾아왔다. 양쪽 부모님에게 허락을 받았고, 둘 다 공부도 열심히 하고 있으니 걱정하지 않으셔도 된다고 했다. 말하는 태도가 사뭇 당당했다. 나는 잠시 그 남학생을 쳐다보다가 단호하게 말했다. "너희 둘을 걱정해서 그러는 것이 아니다. 나머지 아이들 때문에 그러는 것이다. 왜 나머지 아이들이 너희 둘 때문에 불편해야 하니? 양쪽 부모님에게 허락을 받았다고 하는데, 너희 둘이서 교실에서 그러는 모습을 눈으로 직접 보게 된다면 뭐라고 하실까? 분명히 말하는데 교실에서 그러지 마라. 또다시 이런 일이 생기면 양쪽 부모님을 학교로 나오시라고 하겠다." 흠칫 놀라는가 싶더니 태도가 누그러졌다.

또 다른 커플이 기억에 남는다. 남학생과 여학생 둘 다 학생회 간부였는데, 그중 여학생은 우리 반 아이였다. 둘이서 학생회 일로 자주 만나게 되면서 가까워졌다고 한다. 대부분의 선생님들은 그 둘의 관계에 대해서 눈치채지 못하고 있었는데, 학생들 사이에서는 꽤나 유명한 커플로 알려져 있었다고 한다. 그런데 여학생의 부모님이 그러한 사실을 알고 둘이서 이성 친구로 사귀는 것을 반대했다. 나는 그 여학생의 어머니로부터 난처한 부탁을 서너 차례 받고는 그 둘을 상담실로 불렀다. 조심스럽게 "부모님의 뜻에 따르는 것이 어떠냐?"라고 물었다. 남학생이 이미 각오하고 있었는지 침착하게 "당분간 만나지 않겠습니다. 그렇지만 나중에 여건이 된다면, 여자친구의 부모님에게 허락을 받고 싶습니다."라고 했다. 옆에 있던 여학생이 겸연쩍은 듯이 나를 보더니, 말없이 고개를 끄덕였다. 둘 사이를 갈라놓는 것 같아서 괜히 미안했다. 면담을 마치고 교실로 들어오는데, 한 아이가 불쑥 "선생님, 그 애들은 **그냥 사귀도록 해줘요.**"라고 했다. 그러자 여기저기서 동조하는 탄식이 흘러나왔다.

"아무리 좋은 것도 **자기 자리를 벗어나면** 더러워진다."라는 격언이 있다.

학교 식당에서 식사할 때, 학생들은 각자의 식판에다 음식물을 담아서 먹는다. 간혹 실수로 음식물을 식탁이나 바닥에 떨어뜨리는 경우가 있다. 식판에 담겨 있을 때는 먹음직스럽게 보이던 음식물도 자리(식판)를 벗어나면 음식으로서 가치를 잃게 된다. 더럽게 보인다. 쓰레기로 돌변해 버린다. 그대로 놔두면 다른 사람들에게 불쾌감을 준다. 이성교제도 마찬가지다. 남학생과 여학생이 서로 좋아서 이성교제를 한다. 당사자들에게는 무척이나 설레고 행복한 일일 것이다. 그러나 학생의 신분을 벗어난 행동은 주위 사람들로 하여금 눈살을 찌푸리게 한다. 남들로부터 그런 시선을 받지 않도록 하는 것이, 본인은 물론이고 이성 친구를 위하는 일일 것이다.

어느 대학가 근처에 있는 커피전문점에 들어간 적이 있다. 한쪽 벽면에 "지나친 **애정표현**은 남들을 불편하게 합니다."라는 문구가 붙어있었다. 애정표현은 때와 장소가 중요하다. 공공장소에서 교복을 입은 남학생과 여학생이 애정표현을 하는 행위는? 거의 제정신이 아니다. 제발, 그러지 마라. 그걸 지켜본 어른들이 안도의 한숨을 내쉰다. 내 자식이 아니라서 다행이라고 말이다. 그럼 손을 잡고 걸어가는 정도는? 그 정도도 사람에 따라 생각이 다를 수 있다. 젊은 군인(軍人)도 군인이기 전에 이성이 그리운 청춘 남녀이다. 남자군인과 여자군인이 군복을 입고 길거리에서 손을 잡고 가는 것은 어떻게 생각하니? 너무 지나친 비유일까? 교복을 입은 상태에서는 길거리에서 손도 잡지 마라. 잡고 싶으면 교복을 벗으렴. 군인이라면 군복을 벗어야 한다.

학창시절, 특히 중·고등학교 때 이성교제는 **찬성**? **반대**? 정답은 없다. 그건 **선택의 문제**이다. 그리고 이성교제는 어느 한쪽의 일방적인 선택이 아니라, 두 사람의 선택으로 이루어진 관계다.

내가 현재 근무하고 있는 ○○고등학교는 남녀공학인데, 대부분 학급이 남녀 혼성으로 편성된다. 그러나 여건에 따라 남학생과 여학생이 각각 따로 구분된 학급이 편성되기도 한다. 여학생만으로 편성된 학급의 담임을 맡은 적이 있다. 나는 우리 반 아이들에게 기회가 있을 때마다 무분별한 이성교제에 대해서 주의를 줬다. 그러나 어떻게 막을 수 있겠는가? 남녀 간의 사랑은 전쟁터에서도 꽃피는 것을….

어느 날 아침, 자율학습 시간에 한 남학생이 우리 반 교실로 불쑥 들어왔다. 상기된 표정이었다. 나와 눈이 마주치자, 손에 들고 있던 케이

크를 살짝 들어 보이면서 여자친구의 생일이라고 했다. 미처 말릴 사이도 없이 케이크에 촛불이 켜졌다. 십여 분 동안 이어지는 그 남학생의 어색한 용기에 우리 반 전체가 함께 어색해했다. 그런데 이것이 용기 있는 행동이라고 소문이 났나 보다. 며칠 뒤에 또 다른 남학생이 꽃다발과 케이크를 들고 왔다. 이번에는 더 어색한 상황이 벌어졌다. 당사자인 여학생이 잘 알지도 못한 남학생이라면서 냉정하게 거절했다. 당황한 그 남학생은 꽃다발과 케이크를 그 여학생의 책상 위에 놓고 나가버렸다. 그 여학생은 바로 일어서더니 그것들을 교실 뒤편 사물함 위에 갖다 놓았다. 온종일, 그다음 날까지 누구도 손대지 않았다. 꽃다발과 케이크가 쓸쓸해 보였다. 결국, 사흘째 되는 날 우리 반 반장이 그 남학생을 찾아내어 돌려주었다. 나는 고민 끝에 교실 앞뒤 출입문에 '**남학생 출입금지**'라는 경고문을 붙여놓았다. 그 뒤로 이성교제가 잠잠한 것처럼 보였다. 그러나 그건 나만의 착각이었다.

어느 날, 우리 반 반장이 나에게 와서 어렵게 말을 꺼냈다. 최근 들어 우리 반에 이성교제가 유행처럼 번지고 있는데, 그로 인해 반 분위기가 너무 들떠 있다는 것이다. 그리고 비밀이라면서, 그동안 열심히 공부하던 '하경'이도 남학생을 사귀느라고 정신이 없다고 했다. 이대로는 안 될 것 같다면서 선생님의 통제가 필요하다고 했다. 과연 반장다운 제안이었다. 나는 하경이를 불렀다. 그런데 그 아이의 대답에 말문이 막혀버렸다. 나를 똑바로 쳐다보고는 "선생님, 저도 지금의 제 마음을 어떻게 할 수가 없어요. 그 선배 오빠가 정말로 좋아요. 말썽나지 않도록 제가 알아서 잘 할게요. 공부도 열심히 하고요."라고 말했다. 나는 심호흡을 한번 하고는 그냥 돌려보냈다.

그러고 나서 한 달여쯤 지났는데, 우리 반 반장이 이성교제를 한다는 소문이 돌았다. 교무실로 불렀다. 정색을 하면서 이성교제가 아니라, 최근에 동아리 일로 몇 번 도움을 주고받았던 선후배 사이라고 했다. 그러면 그렇지, 나는 남들이 오해하는 것이라 믿었다. 그러나 그 뒤로도 이런저런 황당한 소문들이 들려왔다. 나에게 직접 와서 민망스러운 목격담을 전해주는 선생님도 있었다. 다시 교무실로 불렀다. 이번에는 고개를 푹 숙였다. 어떻게 된 일이냐고 물었다. 처음에 그 선배가 사귀자고 했을 때 거절할 수가 없었다고 한다. 왜 거절을 못 했느냐고 물었더니, "그 선배에게 미안해서요. 내가 거절하면 그 선배가 상처받을까 봐서요."라고 했다. 나는 딱히 대꾸할 말이 없었다. 잠시 침묵이 흐른 뒤 "앞으로 너 스스로, 너 자신에게나 미안하지 않았으면 좋겠다."라는 말만 하고 돌려보냈다. 몇 달 후, 또 다른 소문이 들려왔다. 이번에는 남자친구가 바뀌었다는 것이다. 그리고 그동안 사귀었던 선배 남학생도 다른 여학생을 사귀고 있다고 했다. 한 아이가 나에게 와서 "이별의 아픔은 또 다른 만남으로 치료하는 것입니다."라고 귀띔을 해줬다. 그래서 한번 이성교제를 시작한 아이들은 웬만해선 멈출 줄 모르는 모양이다.

중·고등학생 중에서 실제로 어느 정도가 이성교제를 하고 있을까? 학교마다 차이가 있다. 그러나 분명한 것은 이성교제를 하는 학생보다 안 하는 학생이 더 많다. 상당수의 학생들은 이성교제 할 시간이 없다. 이성교제를 하는 학생들이 상대를 바꾸어가면서, 계속해서 이성교제를 하니까 많은 것처럼 보일 뿐이다. 설레는 이성교제를 꿈꾸지 않는 학생이 있을까? **만만치 않은 유혹**이다. 그러나 '공부'와 '이성교제' 두 가지를 병행하기란 어려운 일이다. 이성교제를 하면 성적이 떨어질까? 학생마다 다르다. 어떤 학생은 성적이 더 오른 경우도 있다. 하지만 이성교제를 해도 성적이 오른 학생이라면, 이성교제를 포기하고 그 심정으로 공부에 집중했다면 성적은 더 많이 올랐을 것이다. 여기서 한 가지 짚고 넘어갈 것이 있다. 이성교제를 하면 성적이 떨어지는 것이 아니라, 성적이 떨어지니까 이성교제를 하는 경우가 많다. 오랜 관찰에서 얻은 결론이다.

어떤 분야에서 성공한 사람들의 성공스토리를 들어보면, 성공하기까지의 과정에서 포기했던 것들이 있다. 그중에 하나가 '연애'인 경우가 많다. 그럼에도 불구하고 "나는 공부와 이성교제 두 가지를 다 병행할 자신이 있다."라고 한다면 어쩔 수 없다. 두 가지를 동시에 잘해 낼 수 있는 초인적인 학생이 되기를 바랄 뿐이다.

고등학교 1학년인 한 여학생이, 같은 학교 선배인 2학년 남학생에게 보낸 쪽지가 화제가 된 적이 있다. 학교 축제 때, 무대에서 예정에 없던 **짧은 해프닝**이 벌어졌다. 무대에 올라간 2학년 남학생이, 전교생이 지켜보는 가운데서 1학년 후배 여학생에게 공개적으로 좋아한다는 고백을 했다. 다그치는 사회자와 전교생의 응원에도 그 여학생은 미소만 지을 뿐 별다른 반응을 보이지 않았다. 그 일이 있고 나서 며칠 뒤에, 그 여학생이 선배 남학생에게 쪽지를 보냈다고 한다. 그런데 어찌 된 영문인지 그 쪽지 내용이 여러 학생들에게 알려졌다. 나는 쪽지 원문을 입수하고, 그 둘의 허락을 얻어 학교신문에 게재하였다.

공개적인 고백을 받은 후배 여학생이 선배 남학생에게 보낸 답장이다.

"저 같은 아이에게, 선배님처럼 멋진 남학생이 관심을 가져줘서 감사합니다. 제 인생에 자신감이 될 것 같습니다. 하지만 곰곰이 생각한 끝에, 제가 선배님과 사귈 수 없다는 결론을 내렸습니다. **내가 선배님을 사귈 수 없는 세 가지 이유**가 있습니다. 첫째, 제가 원하는 대학에 가기 위해서는 지금보다 더 열심히 공부해야 합니다. 최근 며칠 동안 선배님 생각으로 많이 혼란스러웠습니다. 둘째, 지금 저에게는 남자친구가 필요하지 않습니다. 친한 친구들과 함께하는 시간도 부족합니다. 셋째, 멋진 선배님! 저는 선배님에게 좋은 여자친구가 되어줄 자신이 없습니다. 앞으로 저보다 더 좋은 여학생이 나타날 겁니다. 그 여학생에게 선배님을 양보하겠습니다."

위 여학생은 자신이 원하는 대학에 갔을까? 친구들과 행복했을까? 물론이다. 그럼 거절당한 그 선배 남학생은? 정신이 번쩍 들었는지 더 열심히 공부했다. 그리고 다음 해 대학입시에서 좋은 결과가 있었다.

이성교제도 여러 가지 장점이 있다. 그중 하나는, 상대방으로부터 거절당했을 때 아주 강하게 나타나기도 한다.

두 여학생 '은실'이와 '숙희'는 서로에게 둘도 없는 친한 친구였다. 그런데 은실이가 남자친구를 사귀면서 상황이 달라졌다. 은실이가 남자친구에게 신경 쓰느라고, 숙희에게 친구로서 소홀했기 때문이다. 숙희도 고민 끝에 '준표'라는 남자친구를 사귀었다. 그러나 한 달 정도가 지났을 무렵, 준표는 숙희에게 다른 여자친구가 생겼다면서 이별을 통보했다. 숙희는 배신감에 큰 충격으로 한동안 멍한 상태로 지냈다. 그러더니 며칠 만에, 스스로 방황을 끝내고 작심한 듯 예전보다 더 열심히 공부했다. 그리고 1년 후, 대학입시에서 뛰어난 성적을 거두었다.

지어낸 이야기라고? 실제로 있었던 일이다. 대학입시가 끝나고 숙희와 이야기할 기회가 있었다. 숙희는 "오늘의 결과는 그때 자신을 거절해주었던 준표 덕분이에요."라고 했다.

몇 년 전에 있었던 일이다. 아내와 함께 경상남도 하동(河東)에서 열리는 '화개장터 벚꽃축제'에 놀러 간 적이 있다. 거기에서 우연히 삼십 대 초반의 여학생 제자를 만났다. 나이가 비슷해 보이는 남자와 함께 있었는데, 사귄 지 3년 정도 된 남자친구라면서 소개해 주었다. 한눈에 봐도 다정한 연인 사이로 잘 어울려 보였다. 어떻게 만났느냐고 물었더니, 둘 다 같은 직장에 다니고 있는 사내 커플이라면서 수줍게 웃었다. 예전에 고등학교 다닐 때 제자의 흐뭇한 기억들이 떠올랐다. 나는 기념품 가게에 들어가 예쁜 인형 한 쌍을 구입해서, 그들에게 선물로 주었다. 그리고 그 남자친구에게 "이렇게 좋은 여자와 연인 사이라니 당신은 행운아요."라고 했다. 나는 그들과 헤어지고 나서 집으로 향했다. 집으로 돌아오는 길에 어느 찻집에 들렀는데, 잠시 후에 거기에서 그들을 또 만나게 되었다. 자리를 같이했다. 이런저런 이야기를 나누던 중에, 남자친구가 나에게 인생에 교훈이 될 만한 조언을 부탁했다. 나는 잠시 고민하다가, 어느 칠십 대 노인이 평생을 살아오면서 깨달았다고 하는 인생의 다섯 가지 교훈에 대해서 말해주었다.

첫째, 집에서 기르는 개는 믿어도 사람은 믿어서는 안 된다.

둘째, 아무리 친한 사람이라도 자신의 비밀을 함부로 말해서는 안 된다.

셋째, 배우자를 있는 그대로 사랑할 자신이 없으면 결혼하지 말고, 자식을 있는 그대로 사랑할 자신이 없으면 아이를 낳지 마라.

넷째, 내가 몸이 아프면 누구도 나를 대신해서 앓아 줄 수 없다. 내 건강은 내가 책임져야 한다.

다섯째, **최고의 성공은** 부나 권력이나 명예가 아니다. 죽을 때까지 제정신으로 사는 것이다.

서로 다른 환경에서 오랫동안 살아온 남녀가 만나서 사랑이라는 이름으로 연인이 된다. 이건 중요한 사건이다. 상대방이 어떤 사람일까? 온전하게 알 수 없다. 그나마 대충이라도 알 수 있기까지는 몇 년이 걸린다. "첫눈에 반했다."라는 말은 매우 위험한 감정이다. 그 사람을 믿기까지, 나의 비밀을 그 사람에게 보여줄 때까지는 신중하고 또 신중해야 한다. 그래도 너는 소설 같은, 영화 같은, 드라마 같은, 유행가 가사 같은 사랑을 꿈꿀 것이다. 남녀 간의 사랑은 현실이다.

"눈에 콩깍지가 씌었다."라는 속담이 있다. 눈에 콩깍지(콩알을 감싸고 있는 껍질)가 씌워져 있는 것처럼, 사물을 제대로 보지 못하는 사람을 비유적으로 일컫는 말이다. 특히 사랑에 빠진 사람은, 눈에 콩깍지가 쉽게 씌워지는데 그로 인해서 상대방이 무슨 짓을 해도 좋게만 보인다는 것이다. 어른들도 콩깍지가 쉽게 씌워지는데 아직 어린 학생들은 오죽할까. 씌워도 너무 두꺼운 콩깍지가 씌워진 아이들이 종종 있다.

한번은 낯선 여학생이 교무실로 나를 찾아왔다. 입고 있는 교복을 보니 다른 고등학교에 다니는 여학생이었다. 그 여학생은 자신을 우리 반 남학생인 '민호'의 여자친구라고 소개했다. 그러더니 최근에 민호 집안에 어려운 일이 생겼는데, 담임선생님도 아시느냐고 물었다. 나에게는 금시초문이었다. 그 일로 민호가 방황하고 있어서 걱정이라고 했다. 주위에 있는 선생님들의 눈치를 살피더니, 들고 온 음료수 상자를 내 책상 밑으로 밀어 넣었다. 그러면서 담임선생님이 학교에서라도 민호를 잘 보살펴 달라고 했다. 태도를 보니 남자친구를 위해서 무슨 일이든지 할 태세였다. 그 여학생의 손가락에는, 민호에게도 있는 똑같은 모양의 반지가 끼워져 있었다. 나는 그 여학생에게 "네가 생각하는 민호의 장점과 단점에 대해서 말해 줄 수 있니?"라고 물었다. 잠깐 멈칫하더니 이내 줄줄이 말했다. 흡사 엄마가 자기 아들에 대해서 말하는 것 같았다. 그런데 내가 알고 있는 민호의 모습과는 다른 사실들이 많았다. 단단한 콩깍지였다. 그날 이후로도 몇 차례 전화가 걸려왔다. 하루는 마음먹고 **"너희 둘 사이에 끼고 싶지 않다."**라고 냉정하게 말했다. 그 뒤로는 연락이 끊겼다.

학창시절에 이루어지는 이성교제에서 가장 중요한 것은? 역설적으로 '잘 헤어지는 것'이다. 간혹 잘 헤어지지 못해서 문제를 일으키는 바보들이 있다. 잘 헤어질 각오가 되어있지 않은 학생은 이성교제를 하지 마라. "진심 어린 충고다!" 헤어질 때 잘 헤어지지 못하는 학생들은 공통점이 하나 있다. 이성교제 하는 것 말고는, 지금 자신이 할 수 있는 다른 것들이 별로 없다는 것이다. 그래서 집착하게 된다. 그런 상대와는 아예 처음부터 사귀지 마라. 이 또한 "진심 어린 충고다!"

헤어질 때는, **자연스럽게 이별**의 상황이 오도록 하는 것이 중요하다. 갑작스러운 연락 단절이나 냉정한 이별 통보는 배신감, 오해, 분노, 상처 등을 낳을 수 있다. 상대방이 서서히 알아차리면서… 마음으로부터 준비할 수 있는 시간을 줘야 한다. 그런 다음에 적당한 기회를 봐서, 최대한 예의를 갖추고 "우리 그만 헤어지자."라고 고백한다. 상대방이 "왜?"라고 물으면, 한숨을 내쉬면서 "나에게 문제가 생긴 것 같아."라고 말한다. 그 말은 사실이다. 결과적으로 나의 마음이 변했기 때문이다. 만남의 능력보다 이별의 능력이 더 훌륭하다. 언젠가는 닥쳐올 일이 지금 닥쳐온 것이라고 받아들여야 한다. 나를 위해서, 상대방을 위해서 미련 없이 이별하렴. 이별은 끝이 아니다. 성장과 또 다른 만남을 위한 과정일 뿐이다. 대부분의 청소년은 이성 친구 간에 잘 만나고 잘 헤어진다. 그러면서 세상의 절반인 이성에 대해서 알아가고, 또한 어른이 되어간다…. 잘 만나고 잘 헤어질 수 있는 이성교제를 위한 기준이 있다. 이성 친구는 '얕고 가볍게' 사귀는 것이 좋다. 이것이 바뀌어서 '깊고 무거워지면' 그때부터 머리가 아프다.

얕고 가볍게 사귀는 이성교제를 넘어, 이성 간의 '로맨틱한 사랑'을 꿈꾸는 학생들이 있다. 하지만 선뜻 실행에는 옮기지 않는다. 개인적인 부담감이나 현실적으로 여러 가지 제약이 따르기 때문이다. 중·고등학생이라면, 이성 간의 로맨틱한 혹은 깊고 무거운 사랑은 어울리지 않는 게 현실이다. 그렇다면 학생들은 사랑도 하지 말라는 건가? 아니다. 하겠다면 해라. 다시 한번 말하지만, 그건 선택의 문제이다. 그리고 그 선택에는 당연히 대가와 책임도 따른다.

학생들에게 권하고 싶은 사랑이 있다. 바로 '짝사랑'이다. 남녀 간의 사랑에도 종류가 있다. **맞사랑**(상대방과 내가 서로 주고받는 사랑), **외사랑**(상대방이 알면서도 나를 거부하는 사랑), **짝사랑**(상대방은 모르고 나 혼자서만 일방적으로 하는 사랑) 등이 있다. 맞사랑은 부담스럽고, 외사랑은 슬프지만, 짝사랑은 안전하다.

짝사랑의 좋은 점이 몇 가지 있다. 첫째, 경제적이다. 시간과 돈이 들지 않는다. 둘째, 영원히 아름다울 수 있다. 남녀 간의 사랑이 마지막까지 아름다울 수 있는 확률은 그리 높지 않다. 짝사랑은 세월이 흘러도 여전히 아름답다. 셋째, 자신의 수준을 높여준다. 짝사랑의 대상은 자기보다 수준이 높은 경우가 많다. 상대방의 수준에 맞추려고 노력하다 보면 자신의 수준도 높아진다. 넷째, 자유롭다. 언제든지 시작할 수 있고, 언제든지 버릴 수 있다. 처음에 사랑했던 감정이라도 시간이 지나면서 변할 수 있다. 짝사랑은 아무런 후유증 없이 바로 버릴 수 있다. 그리고 그 어떤 대상도 내 마음대로 사랑할 수 있다. 다섯째, 진짜 사랑을 위한 예비단계이다. 사랑에도 준비가 필요하다. 진짜 사랑은 짝사랑으로부터 시작된다. 그건 사랑하는 사람에 대한 예의다.

나도 그동안 살아오면서 짝사랑을 여러 번 했다. 은밀하고 발칙한 짝사랑도 있었다. 물론 한 번도 들킨 적은 없다. 내 삶에 작은 기쁨과 에너지가 되었다. 학창시절에 짝사랑의 대상이 있다는 것은 긍정적인 에너지로 작용할 수 있다. 짝사랑의 대상을 찾아보렴. 그러나 아무나 사랑하지 마라. 나의 사랑은 소중하니까….

누군가를 진실로 사랑하게 되면, 상대방에게 그 감정을 쉽게 고백하기가 어렵다. 그 고백을 위해서 준비한다. 그래서 진짜 사랑은 상당 기간 짝사랑의 과정이 필요하다. 짝사랑의 대상이 꼭 '이성'이어야만 할까? '꿈'도 짝사랑의 대상이 될 수 있다. 꿈에 대한 열망은 이성에 대한 열망보다 훨씬 더 강하다. '꿈의 실현'과 '이성 간의 사랑', 이 둘 중에서 한 가지만을 선택해야 한다면? 당연히 '꿈의 실현'일 것이다. 꿈을 향한 진짜 사랑은 짝사랑으로부터 시작된다. 그 꿈을 진실로 사랑한다면 함부로 고백하지 않는다. 고백할 자격이 있을 때까지 상당 기간 준비하고 또 준비한다. 그러다가 결정적인 순간이 왔을 때, "내 꿈은 ○○이었습니다."라고 고백한다.

학년 초가 되면 학생들의 개인별 신상파악을 위해서 신상명세서를 제출하도록 한다. 신상명세서에는 자신의 꿈(진로, 직업)을 적는 항목도 있다. 고등학생 정도가 되면, 대부분이 구체적인 직업을 적어서 낸다. 아직 자신의 꿈을 결정하지 못한 학생은 '미정(未定)'이라고 적기도 한다. 그런데 특이하게 '비밀'이라고 적은 1학년 남학생이 있었다. 담임교사인 나와 상담하는 중에, 그 비밀에 대해서 물었더니 그냥 미소만 지을 뿐 대답하지 않았다. 나도 더는 묻지 않고 상담을 마쳤다. 그 뒤로 그 아이를 볼 때마다 '그 비밀이 뭘까?' 하고 궁금했다. 2년여가 지나고, 대학입시 모집 원서를 쓸 때서야 드디어 그 비밀이 풀렸다. 그 아이가 작성해서 가지고 온 원서를 확인하던 3학년 담임선생님이 "너, 수의사가 되고 싶니?"라고 물었다. 그 아이는 짧게 "네."라고 대답했다. 그 아이는 그 짧은 고백을 위해서 오랫동안 준비해 왔던 것이다. 고백할 자격이 있는 학생이다. 무난히 본인이 원하는 학과에 합격했다.

"인류의 발전과 진보도, 그것을 향한 누군가의 짝사랑으로부터 시작되었다. 지금 너의 짝사랑의 대상은 누구니? 무엇이니?"

유전자 잠재력

공부, 정말 싫다! / 나는 공부를 사랑해 / 두 동창생의 자녀에 대한 이야기 / 작동하거나 꺼져있거나 / 공부와 유전자 / 머리도 타고난다 / 게으른 학생 / 갑자기 나를 멀리했다 / 공부다운 공부를 시작했다 / 공부와 졸음 / 잠은 꼭 필요한 충전 / 졸지 않는 방법 / 뇌가 힘들어한다 / 음식 이야기 / 혀에서 목구멍까지의 달콤함 / 성적이 급격히 향상 / 드라마틱한 대답 / 잠재력과 전성기 / 수학을 안 해도 되니까 정말 좋아요 / 내가 어떻게 할 수 없는 운명 같은 것

내가 고등학교 다닐 때, 우리 반에는 공부에 대해서 상반된 반응을 보인 두 명의 친구가 있었다. 한 친구는 공부를 지독히도 싫어했다. 공부 이야기가 나오면 신경질적인 반응을 보이곤 했다. 또 한 친구는 교과성적이 우수한 편은 아니었지만, 공부를 긍정적으로 대했다. 중간고사를 며칠 앞둔 어느 날 조회시간에, 담임선생님께서 우리 반 아이들을 향해서 이번 시험에서 좋은 성적을 거두자고 열변을 토하셨다. 아이들 모두 숙연해지면서 이번 시험에 임하는 각오를 새롭게 했다. 그런데 선생님이 나가자마자, 공부를 지독히도 싫어하던 친구가 벌떡 일어나 옆에 있던 의자를 발로 차면서 큰 소리로 말했다.

"아유! 짜증 나. **공부, 정말 싫다!**"

그러고는 밖으로 나가버렸다. 그 순간 내 뒤에서 한 아이의 나지막한

소리가 들려왔다.

"나는 선생님이 저런 말을 해주시면 좋던데."

뒤를 돌아다보니 평소 공부를 긍정적으로 대하던 친구였다. 한번은 그 친구의 필통 속을 우연히 본 적이 있었는데, **"나는 공부를 사랑해"** 라고 적힌 작은 메모지가 붙어 있었다. 순간 나는 '공부를 사랑하는 학생도 있구나.' 하고 당황했다.

세월이 흘러 그 친구들은 어느덧 사십 대 중반의 나이가 되었고, 중·고등학교에 다니는 자녀들도 두었다. 그 무렵 동창 모임에 참석했다가 거기에서 두 동창생을 만날 수 있었다. 그날 식사하는 자리에서 나의 관심을 끈 것이 있었는데, **두 동창생의 자녀에 대한 이야기**였다. 공부를 사랑했던 친구의 아들과 딸은 공부를 잘하는 모양이었다. 교사인 내가 일부러 몇 가지 물어보았는데 인정할만한 상황이었다. 반면에 공부를 싫어했던 친구는 자식 이야기가 나오자마자 고개부터 저었다. 공부는 이미 포기했고 말썽이나 피우지 않았으면 좋겠다고 했다. 그들의 이야기를 듣고 있던 다른 동창생이, 공부를 싫어했던 그 친구에게 웃으면서 농담을 한마디 했다.

"너도 학교 다닐 때 공부를 싫어했잖아. 그게 네 자식들에게 유전된 거 아니냐?"

너무 심한 말이 아닌가 했는데, 공부를 싫어했던 그 친구는 바로 고개를 끄덕이면서 인정했다.

"그래 맞다. 사실 나도 내 자식들에게 공부하라고 잔소리할 때마다 양심이 찔리더라."

공부, 학습능력도 유전될까?

인간의 몸은 약 60조~100조 개의 세포로 이루어져 있고, 각 세포 속에는 긴 실타래 모양의 DNA라는 유전물질이 있다. 그 DNA에는 각 사람의 외모나 체질, 성격 등을 결정짓는 정보(설계도)가 담겨 있는데 이를 유전자라고 한다. DNA는 모든 사람이 다 똑같은 상태가 아니다. 사람마다 특정 부분에서, 유전자의 모양이 다르기도 하고 **작동하거나 꺼져 있거나** 하는 차이가 있다. 사람들의 피부색이 다른 것도 피부색을 결정짓는 유전자의 모양이 다르기 때문이고, 사람들의 성격이 다른 것도 성격에 영향을 주는 유전자의 작동 상태가 다르기 때문이라고 한다. 그런 차이로 인해 이 세상에는 똑같은 사람이 존재하지 않는다. 즉, 각 사람의 차이는 유전자의 차이라고 할 수 있다. 우리는 태어날 때부터, 아버지와 어머니로부터 물려받은 이 세상에 하나뿐인 자신만의 고유한 유전자를 갖게 된다. 그 과정에서 돌연변이가 일어나기도 하지만, 부모와 자식 간은 서로 닮을 수밖에 없다.

그렇다면 우리 인간은 유전자의 통제를 받는 꼭두각시일까? 아니다. 그 사람의 후천적인 생활태도나 주변 환경이, 그 사람의 유전자에 상당한 영향을 주는 것으로 밝혀지고 있다. 그리고 그런 영향을 받은 유전자는 다시, 그 사람의 후손에게 영향을 준다. 나의 유전자가 나만의 것이 아니라는 것이다.

'**공부와 유전자**'에 대한 동화가 있다.

공부를 못하는 남학생 '삼식'이는 여자친구인 '꽃님'이랑 사귀고 있었다. 그런데 얼마 후, 꽃님이는 공부를 못하는 삼식이를 버리고 공부를 잘하는 '똘똘'이에게 가버렸다. 삼식이는 엉엉 울면서 다짐했다.

"열심히 공부해서 반드시 똘똘이를 이기고야 말 거야."

하지만 삼식이의 세포 속에는 공부하기에 불리한 유전자들이 강하게 작동하고 있었다. 그런 삼식에게 공부는 무척이나 힘든 일이었다. 책상에 앉아서 책을 펴고 공부를 시작하면, 공부하기에 불리한 유전자들이 심하게 요동치면서 거부반응을 일으켰다. 그러나 삼식이는 꽃님이와 똘똘이를 떠올리며, 이를 악물고 참고 참으면서… 공부했다. 그러자 삼식이의 유전자에 변화가 생겼다. 삼식이가 공부 때문에 몸부림칠 때마다 공부하기에 불리한 유전자들이 점점 약해지고, 반면에 그동안 꺼져있던 공부하기에 유리한 유전자들이 하나둘씩 작동하기 시작했다. 그런 현상이 몇 년간 계속해서 쌓이는가 싶더니, 마침내 삼식이가 학교 시험에서 똘똘이를 이기게 되는 기적이 일어났다. 다시 세월이 흘러 성인이 된 삼식이는 '별님'이랑 결혼을 했고, 일 년 뒤에 '삼돌'이라는 아들이 태어났다. 삼돌이는 아버지로부터 강하게 작동하는 공부하기에 유리한 유전자들을 많이 물려받았는지, 학교에서 시험을 보면 항상 1등만 했다. 어느 날 삼식이와 삼돌이가 마주 앉아서 부자지간에 대화를 나누고 있다.

"아빠, 저는 공부가 어렵지 않아요."

"삼돌이가 아빠를 닮았나 보구나."

흔히 공부도, **머리도 타고난다**는 말이 있다.

공부를 잘하는 학생은, 선천적으로 공부하기에 유리한 유전자들을 많이 지니고 있을까? 가능한 추측이다. 그러나 그것만 가지고 공부 잘하는 이유를 모두 설명할 수 없다. 평범한 학생이, 후천적인 노력으로 선천적으로 천재성을 지닌 학생을 앞서는 경우도 많기 때문이다. 과학의 발달로 인해, 인간의 유전자에 대한 여러 가지 사실들이 밝혀지고 있다. 하지만 여전히 많은 부분은 미지의 세계로 남아있다. 인간의 유전자에는 타고날 때부터 설계된 프로그램대로 작동하는 수동적인 유전자도 있지만, 그런 수동적인 유전자를 통제하고 지배하는 능동적인 유전자도 있다고 추측해 볼 수 있다. 어쩌면 과학적으로는 설명할 수 없는 영적인 시스템이, 인간의 내부에 혹은 외부에 있어서 유전자에 영향을 주고 있는지도 모를 일이다.

아무튼, 우리는 이기적으로 나를 위해서만 살아서는 안 된다. 나의 후손을 위해서도 살아야 한다. 훌륭한 조상은 후손에게 훌륭한 흔적을 물려주는 조상이다. 공부를 사랑했던 흔적을 후손에게 물려주렴. 분명 너의 후손도 너처럼 공부를, 지식을, 지혜를 사랑할 것이다.

'열심히 열심히… 공부하면, 필연적으로 성적은 오른다.'

학생이라면 누구나 아는 공식이다. 하지만 이 공식을 실제로 적용해서 만족할 만한 결과를 얻는 학생은 극히 드물다. 왜 그럴까? '열심히 열심히… 공부하면'이라는 전제조건을 허망하게 무너뜨리는 것들이 있기 때문이다. 바로 게으름, 졸음, 먹는 것 관리 그리고 앞에서 언급했던 기초 실력(밑바닥 공부)이다.

나는 살면서 "나는 참 게으르다."라고 느낄 때가 많다. 게으름은 내 삶의 그림자처럼 달라붙어 있다. 아마도 내 DNA에는 '게으름 유전자'가 있는 모양이다. 이 게으름을 떼어낼 수만 있다면 이루어내지 못할 일이 없을 것 같다. 게으름은 견고한 습관이기에 자신의 의지나 타인의 잔소리로는 웬만해서 극복하기 어렵다. 그러나 내 안에 있는 '뜨거운 불꽃'을 작동시킬 수만 있다면, 게으름 따위는 단숨에 떼어버릴 수 있다.

게으른 학생이 있었다. 매일 아침마다 지각을 했다. 묻는 말에 단번에 대답하는 경우가 거의 없었다. 평소 그의 행동을 보고 있노라면 인내심이 필요할 지경이었다. 친구들이 '(나무)늘보'라는 별명을 지어줬다. 그러던 어느 날 담임교사를 찾아와, 자신의 휴대전화가 고장이 났다면서 인근 지역에 있는 서비스센터에 다녀오겠다고 했다. 수업 결손이 생기니까 주말에 가도록 했으나 막무가내였다. 버스를 여러 번이나 갈아타고, 점심도 거르고, 기어코 수리를 마치고 흐뭇한 표정으로 학교로 돌아왔다. 휴대전화를 반드시 고쳐야겠다는 내면의 뜨거운 불꽃이, 게으른 그를 한순간에 부지런한 사람으로 바꾸어 버린 것이다.

교과성적이 매우 뛰어난 고등학교 2학년 남학생이 있었다. 거의 공부하는 모습만 보일 정도로 열심히 했다. 그런데 의외의 사실을 알게 되었다. 초등학교와 중학교 때는 공부를 잘하는 편이 아니었다고 한다. 고등학교 입학할 때 입시성적을 확인해 보니 중위권 정도의 성적이었다. 나는 호기심이 발동했다. 기회를 보다가 그 아이를 불러서 이야기를 나누었다. 그러면서 그 아이로부터, 지금처럼 자신이 공부를 열심히 하게 된 계기에 대해서 들을 수 있었다.

"중학교에 들어와서, 2학년 때까지 친하게 지내온 친구가 있었습니다. 그 친구는 나보다 공부를 조금 잘하는 편이었습니다. 그런데 3학년이 되면서부터 **갑자기 나를 멀리했습니다**. 예상치 못한 친구의 모습에 당황하다가 하루는 작심하고 이유를 물었습니다. 그랬더니 자신은 ○○고등학교(성적 상위권의 학생들이 진학하는 고등학교)에 진학하고 싶은데, 거기에 합격하려면 지금보다 공부하는 시간을 더 많이 늘려야 한다고 했습니다. 그 순간 딱히 대꾸할 말이 없었습니다. 그 뒤로 그 친구가 교실에서 공부하는 모습을 볼 때마다, 왠지 나 자신이 초라하다는 생각이 들었습니다. 애써 외면하려고 해도 쉽지 않았습니다. 결국, 그해 12월에 그 친구는 자신이 원하던 ○○고등학교에 합격했습니다. 그 친구에게 어색하게 축하한다는 말을 하고 돌아서는데, 알 수 없는 감정에 눈물이 왈칵 쏟아지려고 했습니다. 그날 집으로 돌아와 내 방에서 참았던 눈물을 흘렸습니다. 다음 날 저도 △△고등학교에 합격했지만, 어쩐지 마음 한구석은 씁쓸했습니다. 그 뒤로 며칠에 걸쳐서, 인터넷을 뒤져가면서 고등학교를 대비한 공부 계획을 세웠습니다. 그런 다음 내 방을 깨끗이 정리하고 나서, 내 인생에서 처음으로 **공부다운 공부를 시작했습니다.** 그때부터 지금까지 무언가에 사로잡힌 듯이 공부를 하고 있습니다."

말하는 도중에, 충혈된 그 아이의 눈을 볼 수 있었다. 나는 그 아이에게 체력관리를 어떻게 하느냐고 물었다. 학교 기숙사에서 생활하고 있는데, 매일 밤 취침하기 전에 운동장으로 나가서 육상트랙을 다섯 바퀴씩 뛴다고 했다. 꿈도 물었더니, 일단 공부를 하고 나서 꿈을 고를 것이라고 했다. 꿈을 고른다? 당돌한 그 아이의 말에 나는 그만 웃고 말았다. 혹시, 주변에 무언가에 사로잡힌 듯이 열심히 공부하는 학생이 있다면 그의 눈빛을 보라. 이글이글 타오를 것이다. 그는 자신의 내면에서 타오르는 불꽃 때문에 아플 수도 피곤할 수도 없다. 공부를 하면서 어떤 난간에 부닥치더라도 기어코 극복해 낸다. 불꽃은 작지만 인화물질을 만나면 모조리 태워버린다. 어떤 학생이 내면의 뜨거운 불꽃으로 공부를 상대한다면, 결국에는 공부를 굴복시키고야 만다.

'게으름' 못지않게 공부를 힘들게 하는 것이 있다. 바로 '졸음'이다. **공부와 졸음**은 앙숙이다.

꿈도 같고, 교과성적도 비슷한 두 친구인 '찬숙'이와 '현미'가 있었다. 고등학교 2학년 말에 3학년을 앞두고, 각오를 새롭게 한다면서 둘이서 동해안 호미곶(虎尾串, 일출의 명소)으로 여행을 다녀오기도 했다. 3학년 때 같은 반이 되었다. 담임선생님에게 허락을 얻어 교실 맨 앞자리에 짝꿍이 되어 같이 앉게 되었다. 두 친구는 열심히 공부해서, 자신들이 원하는 대학에 기필코 합격하겠다는 투지에 불타 있었다. 게으름 따위는 그들에겐 먼 이야기였다. 서로 격려하면서 열심히 공부했다. 그러나 시간이 지나자 둘의 모습에서 차이가 생기기 시작했다. 찬숙이가 수업시간에 자주 졸았다. 그럴 때마다 현미는 온갖 방법으로 찬숙이를 깨웠다. 팔뚝 꼬집기, 머리카락 잡아당기기, 볼펜으로 옆구리 찌르기 등등. 찬숙이가 현미에게 그렇게 해서라도 자신을 꼭 깨워달라고 부탁했기 때문이다. 그렇게 둘만의 우정은 쌓여갔지만, 대학입시시험에서 둘의 점수 차이는 컸다.

대학입시시험이 끝나고, 나는 찬숙이와 현미를 함께 불러서 이야기를 해보았다. 힘들었던 고등학교 3학년을 되돌아보는 가운데, 수면에 대한 이야기가 나왔다. 현미는 매일 밤 7시간씩 꼬박꼬박 잠을 잤는데, 찬숙이는 4시간에서 6시간까지 불규칙한 잠을 잤다고 한다. 특히, 현미는 좋은 수면을 위한 여러 가지 정보(베개, 자세, 온도, 환기, 샤워 등)들을 알고 있었고 실제로도 그렇게 실천했다고 한다. 반면에, 찬숙이는 공부하는 시간을 많이 확보하려는 욕심 때문에 수면 시간을 줄이는 데 급급했다고 한다. 그러다 보니 낮에 자주 졸게 되고, 그로 인해 공부하는데 안 좋은 영향을 받았던 것 같다고 했다. 결국 '수면의 질'이 '공부의 질'로 이어진 것이다.

낮에 졸지 않으려면 밤에 잘 자야 한다. **잠은** 극복의 대상이 아니다. 건강한 내일을 위한 **꼭 필요한 충전**이다. 공부는 고도의 집중력이 필요한 일이다. 그런데 졸음이 쏟아지면 집중력은 거의 0%가 된다. 교통사고 원인 1위가 졸음운전이라고 한다. 자동차 운전은 잠깐의 실수로도 끔찍한 사고가 발생한다. 그런 상황에서도 쏟아지는 졸음을 이겨내기가 어려운데, 아직 성장기라서 잠이 많을 수밖에 없는 학생들은 오죽하겠는가. 졸음은 뇌의 통증이다. 뇌가 피곤하고 아프다고 신호를 보내는 것이다. 그럴 때 처방은 오직 하나다. 자는 것이다. 충분히 잠을 잔 사람은 뇌가 건강하다. 건강한 뇌로 공부해야 공부도 잘된다. 학교에서 졸음이 오면 쉬는시간에 쪽잠이라도 자는 것이 좋다. 교실에 누울 수 있는 공간이 없는 게 문제지만, 최대한 허리나 다리에 부담을 주지 않는 자세로 책상에 엎드려서 잠깐이라도 잔다. 5분에서 10분여 정도의 짧은 충전이지만 효과가 있다. 나는 학급 담임을 맡게 되면, 교실에 있는 사물함을 이용해서 교실 뒤편에 서너 명의 학생이 누울 수 있는 공간을 만들어 놓는다. 어찌나 아이들에게 인기가 많은지, '이용 횟수 1일 1회'라는 안내문을 붙여놓을 지경이다.

절박한 각오와 멋진 계획을 허망하게 무너뜨리는 것이 졸음이다. **졸지 않는 방법**은 잠을 잘 자는 것 말고는 없다. 잠을 소홀히 하는 사람은 내일의 자신에 대해서 범죄를 저지르는 꼴이다. 한주의 시작은 쉬는 일요일부터이다. 공부의 시작도 쉬는 잠으로부터이다.

"공부는 결국 체력 싸움이다."라는 말이 있다. 원하는 만큼 공부를 해내려면 필수적으로 체력이 뒷받침되어야 한다. '좋은 체력'을 유지하기 위해서는 친구들과 잘 놀고 적당히 운동하면 된다. 그리고 '먹는 것 관리'가 중요하다. 청소년기는 신체의 성장을 위해서 식욕이 왕성해진다. 입을 통해서 위 속으로 음식이 들어가는 순간, 우리 몸은 비상이 걸린다. 음식을 소화하고, 흡수하고, 배설하는 과정에서 많은 에너지가 소모되기 때문이다. 특히, 음식을 과다하게 섭취하거나 인스턴트식품을 먹는 경우에는 더 힘들어한다. 일련의 과정에서 독소들이 생성되고 뇌에도 영향을 준다. 반대로 다이어트를 위해서, 먹는 양을 너무 줄여도 **뇌가 힘들어한다**. 그런 뇌로는 공부를 효율적으로 해내기 어렵다.

불교(佛教)는 싯다르타(Siddhartha, 석가모니 부처님, BC 6세기경 출생)의 가르침을 따르는 종교다. 싯다르타가 진리를 깨달아 붓다(깨달은 자)가 되는 과정에 **음식 이야기**가 등장한다. 당시 인도(印度)의 수행자들은 깨달음을 얻기 위한 방법으로 육체적인 고행이 유행했다. 싯다르타는 그중에서도 음식을 거의 섭취하지 않는 극단적인 방법을 선택했다. 하지만 6년여가 지나도록 자신의 목적을 이룰 수 없었다. 그러던 어느 날, 싯다르타는 극도로 쇠약해진 몸을 이끌고 강가로 나와 몸을 씻고 있었다.

그때 인근 마을에 사는 '수자타'라는 여인이 싯다르타를 발견하게 되는데, 수자타는 가련한 마음에 유미죽(우유에 곡물가루를 넣어 끓인 죽)을 만들어서 싯다르타에게 준다. 6년여 만에 음식다운 음식을 먹게 된 싯다르타는 급속도로 기력을 회복한다. 싯다르타는 곧바로 숲으로 들어가, 보리수나무 밑에서 7일 만에 그가 그토록 바라던 진리를 깨닫게 되었다. 그 후로 붓다가 된 싯다르타는, 인도 각지를 돌아다니면서 많은 사람들에게 설법과 교화를 펼쳤다. 그러다가 80세에 이르러 죽음을 맞이하게 되는데, 그 과정에도 음식이 등장한다. '춘다'라는 남자가 붓다인 싯다르타에게 정성껏 음식(돼지고기 혹은 버섯 요리로 추측)을 공양했다. 그런데 그게 춘다의 정성과는 달린 상한 음식이었는지, 이를 먹은 싯다르타는 며칠 동안 복통에 시달리다가 결국 열반(죽음)에 들게 된다.

인간에게 음식이란, 육체적 활동은 물론이고 정신적 활동에도 결정적인 역할을 하는 것이다.

인간의 몸과 뇌가 효율적인 기능을 발휘하기 위해서는 적당히 먹고, 적당히 자고, 적당히 운동하면 된다. 짜증이 나니? 의욕이 없니? 졸음이 오니? 몸 관리를 안 했기 때문이다. 몸 관리의 첫 번째는 먹는 것 관리다. 간단하다. 배고프면 먹고 배부르면 안 먹으면 된다. 따지고 보면 음식물의 유혹은 몇 센티미터, 혹은 몇 분에 불과하다. **허에서 목구멍까지의 달콤함**과 잠깐의 배부름을 위해서, 내가 내 몸을 힘들게 하는 것이다. 그래도 왕성한 소화력을 가진 젊은이는 간혹 먹고 싶은 만큼 먹어도 된다. 다만, 건강을 해칠 정도로는 먹지 않아야 한다.

음식을 먹는다는 것은 건강과 직결되는 중요한 일이다. 건강은 삶의 질을 좌우한다. 그리고 학생에게 건강은 공부하는 질을 좌우한다. 건강관리는 자기관리다. 자기관리를 잘하는 학생은 공부도 잘해 낼 가능성이 크다. 공부는 공부만 한다고 되는 것이 아니다. 그래서 공부를 잘하는 학생은 다른 것도 잘하고 있을 가능성이 크다.

간혹, **성적이 급격히 향상**되는 학생이 있다. 여기서 '급격히'란 최소한 6개월 이상을 말한다. 내 기억으로 그것보다 더 짧은 기간에 성적이 급격히 향상된 학생은 없었다.

고등학교 입학할 당시에 성적이 중위권 정도이던 여학생이 있었다. 그중에서 수학과목 성적은 거의 꼴등이었는데 본인 말에 의하면 중학교 때 수학공부를 아예 해본 적이 없다고 했다. 소위 말하는 수포자(수학을 포기한 학생)였다. 그런데 2학년에 올라가더니, 1학기 중간고사에서 성적 최상위권 명단에 이름이 올라와 있었다. 나는 설마 하는 마음으로 그 아이의 수학과목 성적을 확인해 보았다. 놀랍게도 전체 5등이었다. 여기저기서 질투 어린 소문들이 생겨났다. 나는 그 아이를 상담실로 불러서 몇 가지 물어보았다.

"성적이 짧은 기간에 많이 올랐구나. 과외수업을 받는다고 하던데 도움이 됐니?"

순간적으로 그 아이는 얼굴이 굳어지더니 작심한 듯 말했다.

"다른 사람들이 저에게 갑자기 성적이 올랐다고 하는데, 제 성적을 확인해 보면 아시겠지만 1학년 때부터 꾸준히 올랐습니다. 제가 주말마다 과외수업을 받는 것은 사실이지만, 제 성적은 제가 열심히 공부해서 올랐습니다. 한동안 혼자서 초등학교 수학 과정도 공부했습니다. 같은 과외선생님에게 수업을 받는 애들 중에서, 저처럼 성적이 오른 아이는 없습니다."

거침없이 말하는 그 아이의 모습에서 그동안의 노력을 짐작할 수 있었다.

"공부를 열심히 하게 된 특별한 계기라도 있었니?"

드라마틱한 대답을 기대했는데 간단했다.

"딱히 이유는 없고요. 고등학교 들어와서 그냥 공부를 열심히 해야겠다는 생각이 들었습니다."

우리는 드라마틱한 계기에 의해서만 극적인 반전이 일어난다는 공식에 사로잡혀 있다. 공부는 드라마가 아니다. 지난 20여 년의 교직생활 동안 많은 학생들을 보았지만 공부에는 기적이 없었다. 기초 실력을 갖추고, 게으름 피우지 않고, 잘 자고, 적당히 먹고, 적당히 운동하면서, 열심히 열심히… 공부하면 필연적으로 성적은 오른다. 복잡하지? 그래서 공부는 어려운 일이다. 하지만 누군가는 지금 그렇게 하고 있다. 분명 내면에 뜨거운 불꽃이 타오르고 있는 학생이다.

학생들은 자신이 열심히 공부해야 하는 이유를 외부에서 찾으려고 한다. 뜨거운 불꽃은 외부로부터 오는 것이 아니다. 이미 내 안에 있다. 바로 '**잠재력**(潛在力, 드러나지 않은 힘)'이다. 외부에서 오는 뜨거운 불꽃(충격, 강제, 경쟁, 부담 등)은 나에게 자칫 큰 상처를 줄 수 있다. 하지만 내 안에 있는 뜨거운 불꽃은 강력하면서도 안전하다. 인간의 DNA에는 '잠재력 유전자'가 있는 것이 확실하다. 우리는 간혹 "저 사람에게 저런 능력이 있었구나." 혹은 "나에게 이런 능력이 있었구나." 하고 놀라는 경우가 있다. 잠재력이 발휘된 것이다. 각 사람이 지니고 있는 잠재력은 종류도 다르지만 발휘되는 시기나 기간, 횟수도 다르다. 어렸을 적부터, 청소년기부터, 성인이 되고 나서, 노년에 이르러서야 혹은 짧게, 오래도록, 여러 번이나 자신의 잠재력을 발휘하기도 한다. 그런가 하면 자신의 잠재력을 영원히 사장시켜버리는 사람도 있다.

한 사람의 잠재력이 발휘되는 시기는 그 사람의 전성기다. 어떤 학생에게 중·고등학교 시절은 그의 인생에서 **또 하나의 전성기**다. 너에게도 분명 내면에 뜨거운 불꽃이 이글거리고 있다. 밖으로 솟구치고 싶어서 안달이다. 꿈틀꿈틀…. 중·고등학교 시절은 누구에게나 공부하기에 좋은 전성기임이 틀림없다.

위의 여학생을 한 번 더 만날 기회가 있었다. 3학년에 올라가서도 줄곧 좋은 성적을 유지하더니, 대학입시시험에서 만족할 만큼의 결과를 얻었다. 물론 수학과목 성적도 좋았다. 나는 다시 한번 그 아이를 상담실로 불렀다. 그 아이로부터 지난 3년간 열심히 노력했던 공부에 대한 이야기를 들으면서 몇 번 고개를 끄덕였다. 그중에서 대학입시시험을 대비해서, 고등학교 3학년 때 수학과목을 공부했던 방법이 흥미로웠다.

"저는 난도 높은 수학 문제는 포기해 버렸습니다. 과외선생님이 몇 번을 설명해줘도 너무 어려우면, 내가 스스로 그 문제는 포기하겠다고 했습니다. 대신에 내가 해낼 수 있는 문제들은 철저하게 공부했습니다. 대학입시시험을 몇 개월 앞두고, 5년 치에 해당하는 기출문제(그동안 대학입시시험에서 출제되었던 문제)를 40번 이상 풀었습니다. 문제지가 너덜너덜해져서 프린터로 몇 차례 다시 출력해야 했습니다. 덕분에 대학입시시험에서, 수학과목의 몇 문제는 문제를 보자마자 정답이 튀어나오는 것 같았습니다. 난도가 높은 세 문제는 포기해 버리고 나머지 문제들만 풀었는데 시간이 남았습니다. 남은 시간 동안, 포기했던 세 문제를 가지고 이리저리 맞추어보다가 정답을 찍었습니다. 그중에 한 문제가 맞아서 결국, 수학과목 시험은 두 문제만 틀렸습니다."

'일부'를 못한다고 '전체'를 포기해 버리는 학생들이 있다. 최악의 결과를 얻게 된다. 나머지만 가지고도 차선의 결과를 얻을 수 있다. 이때의 차선은 최선 못지않게 값진 경우가 많다. 특히 '차선의 결과'와 '최악의 결과'가 가져다주는 차이는, 당사자인 본인의 생각보다 훨씬 더 클 수 있다. 그 아이는 환하게 웃으면서, "이제부터는 **수학을 안 해도 되니까 정말 좋아요.**"라고 했다.

제자가 결혼식을 하게 되었다면서, 예비신부와 함께 청첩장을 가지고 왔다. 나는 그 둘을 데리고 밖으로 나가서 식사를 했다. 중학교 3학년 때 담임을 맡았는데 기억에 남는 일이 있다. 그 아이는 부모님이 해주신 것이라며 목에 목걸이를 하고 다녔다. 그 목걸이에는 'S'와 'J'가 새겨져 있었다. 자신이 꿈꾸는 ○○대학교와 ○○직업의 알파벳 머리글자였다. 의지가 강하고 공부도 열심히 했다. 그러더니 성적이 우수한 학생들만 모인다는 인근 도시에 있는 ○○고등학교에 진학했다. 그러나 고등학교에 들어가서 자신이 원하는 성적이 나오지 않았다. 결국 'S'와 'J'의 꿈은 이루지 못했고 지금은 전혀 다른 길을 걷고 있다. △△대학교 산림자원학과를 졸업하고 조경기술자로 근무하고 있다. 예비부부와 함께 식사를 마치고 인근 찻집으로 자리를 옮겼다. 그 자리에서 제자는 자신의 고등학교 시절을 이야기하면서, 공부에 대해서 후회되는 것이 있다고 했다.

"고등학교 입학할 때 저의 목표와 부모님의 기대는 '상위권 성적'이었습니다. 하지만 첫 번째 시험에서부터 그동안 한 번도 경험하지 못한 '하위권 성적'과 맞닥뜨렸습니다. 그 뒤로도 좀처럼 하위권 성적에서 벗어날 수가 없었습니다. 성적이 우수한 학생들만 모여 있는 그 집단에서 저의 존재감은 밑바닥이었습니다. 무리한 계획을 세웠다가 실패하고 좌절하는 악몽 같은 일이 계속해서 반복되었습니다. 그러다 보니, 고등학교 3년 내내 스트레스의 연속이었습니다. 그때 당시 찍어놓았던 제 사진들을 보더라도, 중학교 때와는 달리 표정이 대부분 어둡습니다. 그런데 3학년 때 같은 반에, 저처럼 성적이 낮은 친구가 있었는데 항상 당당하고 즐겁게 생활했습니다. 한번은 그 친구가 시험이 끝나고 나서, 자신의 성적이 올랐다고 무척 좋아했습니다. 어느 정도인가 해서 그 친구의 성적을 확인해보니 저와 비슷했습니다. 그 순간, 저 자신에게 화가 나고 부끄럽기까지 했습니다. 같은 하위권 성적이면서 그 친구는 좋아하고 저는 괴로워한다는 사실 때문이었습니다. 지금에 와서 고등학교 시절을 되돌아보면, 상위권에 들지 못했던 것이 후회스럽지는 않습니다. 그건 제가 어떻게 할 수 없었던 운명 같은 것이었다고 생각합니다. 다만 그 시절 하위권이었던 저의 현실에 대해서, 그 친구처럼 당당하게 받아들이지 못했던 것이 후회스럽습니다. 그것이 공부에 대한 유일한 후회입니다."

옆에서 제자의 이야기를 가만히 듣고 있던 예비신부가 한마디 했다.

"그건 후회할 일이 아니라고 생각합니다. 공부를 아예 포기해 버렸다면 후회할 수도 있겠지만, 공부 때문에 고민하고 괴로워하고 좌절했던 일은 결코 후회할 일이 아닙니다. 그건 소중한 흔적입니다."

제자와 나는 그녀의 명쾌한 정리에 고개를 끄덕였다. 제자는 좌절의 연속으로 어두웠던 고등학교 시절이, 십여 년 만에 갑자기 밝아지는 것 같다면서 환하게 웃었다. 제자의 꿈은 자신의 힘으로 새로운 수목원(樹木園)을 만드는 것이다. 문득, 제자는 그 자리에서 수목원의 이름을 '흔적 수목원'이라고 하는 것이 어떠냐고 물었다. 이번에는 그녀와 내가 고개를 끄덕였다. 나는 그들의 흔적이 배어있는 수목원을 기다려 본다.

공부를 하자. 후회하지 않도록.

공부를 사랑하자. 그 흔적이 내 몸에 새겨지도록.

10 STORY

현재 모습
미래 모습

그 씨앗만의 약속 / 위기 상황에 놓인 민들레 / 자기만의 고유한 약속 / 쉬운 일과 어려운 일 / 자학적인 협박 / 놀라운 경제가 내장되어 있다 / 젊은 CEO / 피동적인 씨앗과 능동적인 씨앗 / 쑥쑥 향상되었다 / 영어실력, 오랜 기간이 필요하다 / 어학연수 / 내 인생을 내 마음대로? / 나답게, 나처럼, 나만큼 / 나다운 것? / 아이들은 크면서 열두 번도 더 변한다 / 현재의 모습과 미래의 모습 / 변해 있었다 / 나의 진짜 꿈 / 어느 순간, 심하게 가려울 것이다

아주 오래된 씨앗이나 열매에서 기적적으로 싹을 틔워냈다는 소식을 접할 때가 있다. 중국에서 발견된 1,300년 된 연꽃 씨앗에서, 이스라엘에서 발견된 2,000년 된 종려나무 씨앗에서, 심지어는 시베리아의 얼어 있던 땅속에서 발견된 3만여 년 전의 열매를 이용해서 패랭이꽃을 피워냈다고 한다. 우리나라에서도 옛 연못의 퇴적층에서 발견된 700년 된 씨앗으로부터 연꽃을 피워낸 적이 있다.

씨앗 속에는 **그 씨앗만의 약속**이 설계되어 있다. 누군가의 창조일까? 우연의 진화일까? 아무튼, 그 설계는 불멸의 약속인 모양이다. 위의 씨앗들은 700년, 1,300년, 2,000년, 30,000년 동안이나 약속을 품고 있었다. 씨앗은 자기 약속을 잊어버리거나 배신하지 않는다. 수박 씨앗이

자기 약속을 배신하고 바나나 열매를 맺은 것을 본 적이 있는가? 씨앗은 어떠한 상황에서도 자기 약속을 포기하지 않고, 최후까지 자기 약속을 지켜내는 데 모든 에너지를 사용한다.

내가 근무하고 있는 ○○고등학교는 본관에서 조금 떨어진 곳에 매점이 있다. 그 매점으로 가는 길에 작은 계단이 있는데, 한번은 그 계단의 벌어진 틈으로 '민들레'가 자라기 시작했다. 환경이 좋지 않은 곳이다. 청소한다고 매일 빗자루로 쓸고, 더운 날은 시멘트 지열로 무엇이든지 말라비틀어질 지경이다. 한번은 민들레 줄기 한쪽이 잘려나가 있었다. 지나가던 누군가의 발에 치인 모양이었다. 나는 **위기 상황에 놓인 민들레**의 사정을 학생들에게 알리고 도움을 요청했다. 그러자 아이들이 하나둘씩 관심을 두기 시작했다. 한낮에는 햇볕을 가린다고 돌과 종이상자를 이용해서 덮어놓기도 하고, 물을 주기도 하고, 행여 밟을까 봐서 조심했다. 시간이 지나자 민들레는 꽃을 피워냈다. 그 뒤로 한참 만에, 꽃이 지고 그 자리에 솜털이 달린 씨앗들이 맺혔다. 그 씨앗들이 차츰 차츰 여무는가 싶더니, 어느 날부터 바람을 타고 하나둘씩 떠나기 시작했다. 나는 몇몇 아이들과 함께, 남은 씨앗들을 조심스럽게 거둬서 학교 뒷산으로 올라가서 바람결에 날려 주었다. 한편, 남아 있는 민들레는 줄기와 잎이 시들어서 시멘트 바닥에 말라붙어 버렸다. 나는 그 민들레가 행복해 보였다. 마지막까지 자기 약속을 이루어 내었으니 말이다. 시멘트 바닥에 말라붙어 있는 그 모습을 카메라로 찍어서, 프린터로 출력한 다음 우리 반 교실 벽에 붙여놓았다. 궁금해하는 아이들에게, 나는 "우리도 이 민들레처럼, 자기 안에 있는 약속을 지켜내기 위해 온몸으로 노력하자."라고 말했다. 아이들이 고개를 끄덕였다. 며칠 뒤 누군가 그 사진 밑에 제목을 붙여놓았다. 'It is finished. 다 이루었다.'

우리 인간은 어떤 '신비한 힘'의 '씨앗'으로 지구라는 밭에 뿌려진 존재라고 믿는다. 인간은 누구나 **자기만의 고유한 약속**을 품고 있다. 왜 네가 지금의 부모로부터 태어나 지금의 네가 된 줄 아니? 만약 네가 1847년 미국에서 토머스 에디슨(Thomas Alva Edison, 미국의 발명가)으로, 1918년 남아프리카공화국에서 넬슨 만델라(Nelson Mandela, 흑인 인권 운동가)로, BC 551년 중국에서 공자(孔子, 중국 고대의 사상가)로 태어났다면 지금의 너하고는 전혀 다른 삶을 살았을 것이다. 훗날 신비한 힘은 너에게 결코 에디슨, 만델라, 공자의 삶을 묻지 않는다. 네가 살아온 삶인 '너의 이야기'를 듣고 싶어 할 것이다. 신비한 힘이란 무엇일까? 신, 우주, 자연의 질서, 에너지… 나도 모른다. 아직 만나보지 않아서….

어리석은 씨앗이 있다. 호박 씨앗이 장미꽃을 피워내겠다고 억지를 부린다. 봄에 밭에 뿌려진 옥수수 씨앗이 가을이 되면 포도가 열릴 것이라고 착각한다. 이 세상에는 **쉬운 일**이 있다. '열심히 하면 되는 일'이다. 반대로 **어려운 일**이 있다. '열심히 해도 안 되는 일'이다. 이것이 성공과 실패의 법칙이다. '열심히'보다 '하면 되는 일'을 선택하는 것이 먼저다. 호박 씨앗이 열심히 호박이 되려고 하는 것은 하면 되는 일이다. 그러나 옥수수 씨앗이 열심히 포도가 되려고 하는 것은 해도 안 되는 일이다. "콩 심은 데 콩 나고, 팥 심은 데 팥 난다."라는 속담이 있다. 이는 콩 씨앗을 심어놓고 팥이 나기를, 팥 씨앗을 심어놓고 콩이 나기를 바라는 사람들이 많다는 말이다.

고등학교 1학년 때부터 약사(藥師)가 되겠다고 발버둥 치던 여학생이 있었다. 하지만 약학대학을 가기에는 성적이 많이 부족했다. 3학년에 올라가더니 초조해 보일 때가 많았다. 대학입시시험이 두 달 정도 남았을 무렵에는, 수업시간에도 교실에 있지 않고 학교 도서관으로 가서 혼자서 공부했다. 그러나 열심히 하는 만큼 성적은 나아지지 않았다. 선생님들도 걱정이 많았다. 나는 몇 번 망설이다가 그 아이를 상담실로 불렀다. 바쁜데 왜 불렀느냐 하는 불만스러운 표정이었다. 나는 말없이 가만히 있다가 불쑥 "너, 이번 대학입시에서 약학대학에 못 들어가면 어떻게 할 거니?"라고 물었다. 뜻밖의 물음이었는지 당황해하더니 이내 울음을 터뜨렸다. 내버려 두었다. 한참 우는가 싶더니 갑자기 자세를 바르게 했다. 나는 다시 몇 마디 말을 건넸다. 그러자 그 아이는 신경질적인 반응을 보이면서 나가버렸다. 괜한 짓을 했나 싶어서 마음이 불편했다.

다음 날 아침, 교무실 내 책상 위에 쪽지가 놓여 있었다. 그 아이가 놓고 간 것이었다. 쪽지 내용은, 만약 이번에 약학대학에 합격하지 못하면 자기 자신을 어떻게 하겠다는 자학적인 협박이었다. 도저히 그대로 지켜볼 수만 없었다. 고민 끝에 평소 친분이 있는 약사에게 찾아가 그 아이의 사정에 대해서 이야기했다. 한번 만나서 일일 멘토가 되어달라고 부탁했더니 흔쾌히 허락해 주었다. 나는 그 주 토요일에 그 아이를 겨우 설득해서 약국으로 데리고 갔다. 약사 분의 따뜻한 친절에 표정이 밝아졌다. 나는 그 아이를 약국에 두고 집으로 돌아왔다. 이틀 뒤 월요

일 아침에, 그 아이가 교무실에 있는 나에게 오더니 조용히 초콜릿을 내밀었다. 그러면서 저번에 자신이 놓고 갔던 쪽지를 달라고 했다. 책상 서랍 속에 고이 간직하고 있던 쪽지를 꺼내 주었다. 그 아이는 얼굴을 붉히면서 "선생님, 감사합니다."라고 했다. 나는 말없이 고개만 끄덕였다. 약사에게 전화해서 그날 어땠느냐고 물었다. 그날 오후 내내 약국에 있다가 저녁에는 식사도 같이했는데, 본인에게도 의미 있는 시간이었다면서 즐거워했다. 그 아이는 그 후로 진로를 바꾸어 ○○대학교 임상병리학과에 진학했고, 지금은 한 병원에서 임상병리사로 근무하고 있다.

씨앗 속에는 **놀라운 경제가 내장되어** 있다. 우리가 주식으로 먹는 쌀은 벼 열매다. 이 벼 열매(볍씨)를 논에 심어 몇 개월 뒤에 수확하면, 한 알의 벼 열매에서 1,500~3,000여 개의 벼 열매를 수확할 수 있다. 고추도 환경만 맞으면 한 그루에 1,000여 개 이상의 고추 열매가 열린다고 한다. 예전에 한 국제박람회에서 한 그루에 10,000여 개가 넘는 토마토 열매가 열려있는 토마토가 전시된 적이 있다. 지구상에서 가장 큰 나무의 종류로 알려진 세쿼이아는 다 자라면 높이는 100m, 무게는 2,000t에 이르게 된다. 그러나 세쿼이아 씨앗의 무게는 고작 0.006g 정도에 불과하다. 지구상에 있는 모든 사과나무도 단 한 개의 사과 씨앗으로부터 시작되었다. 우주도 하나의 점(씨앗)으로부터 시작되었다고 한다. 하나의 씨앗 속에는 그토록 놀라운 경제가 내장되어 있는 것이다. 이를 가리켜 '신의 설계', '신의 명령'이라고도 한다. 나는 각 사람에게도 놀라운 경제, 신의 설계, 신의 명령, 신의 약속이 내장되어 있다고 믿는다.

예전에 우리 가족이 살았던 집 근처에 초등학생인 남자아이가 있었다. 늘 지나다니던 골목에서 마주칠 때면 걸음을 멈추고 깍듯이 인사하는 모습이 귀여웠다. 그 아이의 부모님은 주유소와 식당을 한꺼번에 운영하고 있었는데, 아들이 그 일을 물려받기를 바랐다. 늦은 나이에 낳은 자식이라 부모님의 연세가 많았다. 그러나 그 후로 아들은 순천(順天)과 대전(大田)에서 각각 고등학교와 대학교를 졸업하더니, 사업을 하겠다면서 서울로 올라가 버렸다. 그러고는 좀처럼 고향으로 내려올 기미가 없었다. 한번은 그의 아버지로부터 하소연을 들었다.

"아들이 하루라도 빨리 고향으로 내려오기를 기다리고 있다네. 서울에서 도대체 무슨 일을 하는지 늘 걱정이야."

몇 년 뒤, 그 아들의 소식을 TV 화면에서 접할 수 있었다. 유망한 벤처기업을 소개하는 TV 프로그램에 그가 젊은 CEO로 등장한 것이다. 인터넷을 기반으로 한 사업인데, 직원 수가 수십 명에 이르고 기업도 빠르게 성장하는 중이었다. 최근에는 외국 기업으로부터 투자를 유치했다고 한다.

우리는 외부 환경의 영향을 받아서 옮겨지는 **'피동적인 씨앗'**이 아니라, 스스로 생각하고 움직일 수 있는 **'능동적인 씨앗'**이다. 그러므로 자기 삶의 주체로서 자신의 경제를 직접 만들어낼 수 있다. 씨앗이 경제가 되기 위해서는 알맞은 환경(토양, 물, 기후 등)이 필요하다. 위의 젊은 CEO에게 최적의 환경은 부모님이 계시는 고향이 아니라, 더 넓고 더 빠른 인터넷이라는 곳인가 보다. 능동적으로 고향을 떠난 그는 서울에서, 인터넷에서 자신의 경제를 마음껏 펼치고 있다.

씨앗은 자신을 감싸고 있는 껍질을 극복해야만 싹을 틔울 수 있다. 씨앗이 껍질 속에만 있으면 껍질은 씨앗의 무덤이 될 수밖에 없다. 씨앗의 첫 번째 도전은 껍질을 극복하는 것이다. 씨앗이 껍질을 극복하기 위해서는 암흑의 흙 속으로 들어가야 한다. 그리고 껍질이 썩어서 부드러워질 때까지 인내의 시간이 필요하다.

전체적인 교과성적은 우수했으나, 유독 영어성적만 낮은 고등학교 1학년 남학생이 있었다. 그동안 영어 학원에도 다니고 이런저런 노력을 기울였지만, 별반 나아지지 않았다. 영어가 자신의 꿈을 옥죄고 있는 형편이었다. 자신이 희망하는 대학의 학과에 합격하기 위해서는 일정 수준의 영어성적이 필요했다. 그러던 중에, 1학년 겨울방학을 앞두고 교무실로 담임교사인 나를 찾아왔다. 이번 방학 동안에 학교에서 실시하는 보충수업에 빠지고, 집 근처에 있는 독서실에 가서 혼자서 공부하겠다고 했다. 최근에 선배 여학생과 이성교제로 시끄러웠던 일이 있었기에 의혹의 눈길을 보냈다. 무슨 공부를 할 거냐고 물었더니, '영어공부'라고 했다. 말하는 태도가 진지했다. 나는 그 아이에게 한 가지 제안을 했다. 방학이 끝나고 나면, '공부한 흔적'을 가지고 올 수 있겠느냐고 물었다. 그 아이는 진지한 표정으로 고개를 끄덕였다.

그 후 한 달이 넘는 긴 겨울방학이 끝나고, 개학하는 날 오후에 교무실로 나를 찾아왔다. 뿌듯한 표정으로 너절해진 영어책과 한 뭉치나 되는 연습장을 내놓았다. 그러고는 "선생님, 이번 방학 동안에 집과 독서실 말고는 딴 곳을 한 번도 간 적이 없었습니다. 휴대전화는 아예 꺼놓았고, 아침에 일어나서 저녁에 잠자리에 들 때까지 영어공부만 했습니다."라고 씩씩하게 말했다. 그 후로 이제 막 껍질을 뚫고 나온 씨앗의 새싹처럼 영어성적이 **쑥쑥 향상되었다**. 그리고 2년 뒤, 대학입시시험에서 만족할 만한 영어성적을 거두었다. 이 학생은 자신의 꿈을 옥죄고 있던 영어라는 단단한 껍질을, 단 한 번의 방학을 이용해서 극복해 낸 것이다.

열심히 공부하면, **영어실력**이 단기간에 나아질까?

'그 학생의 영어실력은 그 집안의 수준'이라는 말이 있다. 어렸을 적부터 영어를 습득하기에 유리한 환경(부모의 관심, 학원, 과외, 유학 등등) 속에서 자란 아이들이 있다. 이런 아이들 중에는 영어를 제2의 모국어처럼 사용하는 경우도 있다. 그동안 영어공부에 매달렸던 많은 학생들을 보면서, 일정 수준의 영어실력에 도달하기 위해서는 **오랜 기간이 필요하다**는 것을 알 수 있었다. 개인차가 있겠지만, 수학은 짧은 기간(적어도 6개월)에도 실력이 향상되는 경우가 많았다. 물론 영어실력도 위의 학생처럼, 일정 기간에 집중적으로 노력하면 어느 정도의 수준까지는 도달할 수 있다. 그러나 상위수준의 영어실력을 원한다면 많은 시간과 노력이 필요하다. 이건 엄연한 현실이다.

○○기업에 취업한 제자가 있다. 그 기업은 신입사원 모집 경쟁률이 상당히 높은 편이다. 입사하고 몇 년이 지났을 무렵 연락이 와서 만나

게 되었다. 알고 보니 이번이 세 번째 취업이었다. 앞서 입사했던 다른 두 곳의 회사는 짧은 기간만 다녔다고 한다. 자신의 적성과 맞지 않았거나, 힘든 회사 분위기 때문에 그만두었다고 한다. 지금 근무하는 곳은 오랜 취업준비 끝에 들어올 수 있었다고 한다. 그 과정에서 영어가 제일 힘들었다면서 그의 경험을 이야기해 주었다.

"저는 취업준비를 하면서, 평소 자신이 없던 영어 때문에 힘들었습니다. 우리나라의 웬만한 기업에서는 입사 지원자에게 상당한 수준의 영어실력을 요구합니다. 그래서 저는 대학에 다니는 4년 동안, 영어공부에 가장 많은 시간과 돈을 투자했습니다. 처지가 비슷한 사람들끼리 모여서 영어 스터디그룹을 만들었고, 매일 새벽 5시에 일어나 새벽반 영어학원에도 다녔습니다. ○○기업 입사시험을 준비하면서, 영어회화 실력을 높이기 위해서 필리핀(Philippines)으로 어학연수도 다녀왔습니다. 덕분에 면접 볼 때 면접관에게 영어회화 실력이 괜찮다는 평을 들을 수 있었습니다. 그리고 입사 후에는, 1년여 만에 해외로 파견 근무도 나갈 수 있었습니다."

그는 영어 공부할 때는 영어가 진저리 날 정도로 싫었는데, 이제는 자신에게 큰 장점이 되었다고 한다. 외국인과의 의사소통에 대한 부담감이 적어, 개인적으로도 해외로 자주 나가고 있는데 지금까지 40여 개국을 다녀왔다고 한다. 이 시대에 영어를 잘한다는 것은 여러모로 큰 장점이다.

이 세상에 어떤 사람도 자신이 이렇게 태어나고 싶어서 태어난 사람은 없다. 어떤 '신비한 힘'이 이렇게 한 것이다. 우리는 그 신비한 힘 때문에 **내 인생을 내 마음대로만** 살아서는 안 된다. 내 인생을 내 마음대로만 살겠다고 하는 사람을 보면 무섭다. 공장에서 만들어진 TV는, 화면을 통해서 방송을 보여주는 것이 TV다운 것이다. 우리는 TV에게 왜 자동차처럼 달리지 못 하느냐고 질책하지 않는다. 만약 어떤 TV가 자기 마음대로, 자동차처럼 달리겠다고 도로 위에 있으면 미친 TV라고 할 것이다.

자신의 꿈을 이룬 사람은 행복한 사람일 것이다. 그 행복한 사람보다 한 수 위인 사람이 있다. 바로 **나답게, 나처럼, 나만큼** 사는 사람이다. 그 사람이야말로 이 세상에 태어나기를 정말 잘한 사람이다. 인생의 비극은 누구답게, 누구처럼, 누구만큼 살려고 해서 생기는 경우가 많다. 사람은 누구나 어떤 꿈도 자기 마음대로 꿈꿀 수 있다. 그러나 현실에서 드러나 목표가 되는 꿈은 자신에게 맞는 꿈이어야 한다. 여러 번이나 실패한 꿈을 기어코 이루겠다고 고집을 부리는 사람들이 있다. 냉정해야 한다. 그 꿈은 애초에 자신에게 맞지 않은 꿈이었는지도 모른다. 한 사람의 성공에 대한 판단은 외적으로 보이는 것이 전부가 아니다. 그 사람에게 맞는 삶을 살고 있느냐, 그렇지 않느냐가 더 본질적인 기준이다. 인생을 그리 많이 살지는 않았지만, 나이를 먹으면서 점점 더 명확하게 보이는 것들이 있다. 세상, 인생, 인간…. 그러다 보니 남의 삶에 대해서 주제넘은 판단을 할 때가 있다. 자신에게 맞는 삶을 살려고 애쓰는 사람이 있는가 하면, 자신에게 맞지 않는 삶을 살려고 억지를 부리는 사람도 있다. 그래서 어떤 사람의 삶은 자연스러워 보이나, 어떤 사람의 삶은 지켜보는 것만으로도 불편하다. 사는 모습이 불편하게 보이는 사람은 시간이 지나면, 결국 불행해지는 경우가 많았다.

나답게 살기 위해서는, '나다운 것'이 어떤 것인지를 알아야 한다.

나다운 것? 그건 자기 자신만이 판단을 내릴 수 있다. 어떤 일에 대해서 남들은 좋다거나, 싫다거나, 대단하다거나, 가치 없는 일이라거나, 맛있다거나, 이상하다거나… 하는데 나는 그렇지 않은 경우가 있다. 이때 내가 남들과 다르게 싫다거나, 좋다거나, 별로다거나, 가치 있는 일이라거나, 맛없다거나, 정상이다거나… 하고 느끼는 것이 바로 나다운 것일 가능성이 크다. 그런데 우리는 자신의 솔직한 느낌보다는 남들을 따라서 좋아하거나 싫어하는 경우가 많다. 왜 그럴까? 사람은 남들과 다름에 대한 불안감을 가지고 있다. 그래서 다수의 남들이 선택하는 방향으로 자신도 쉽게 따라가는 경향이 있다. 그러므로 나답게 살기 위해서는 상당한 용기가 필요하다. 그리고 그 용기를 현실에서 실현할 수 있는 능력도 갖추고 있어야 한다. 어떤 일을 안 하고 싶을 때 그 일을 안 해도 되는, 혹은 어떤 일을 하고 싶을 때 그 일을 해낼 수 있는 능력과 조건을 갖추고 있어야 자신이 원하는 삶을 살 수 있는 것이다. 한편, 모든 사람이 나답게만 살려고 한다면 어떻게 될까? 지나친 개인 이기주의의 만연으로 공동체를 유지하는 것이 어려워진다. 나다운 것이란, 나 혼자만이 아닌 공동체 속에서 확인되는 정체성이다. 공동체를 벗어난 나다운 것은 나다운 것으로서 의미가 없어진다. 그러므로 각 개인은 나다운 것을 위해서, 나답지 않은 것들에 대해서도 상당 부분 수용하는 자세를 가져야 한다. 청소년기는 나다운 것에 대한 자각이 본격적으로 시작되는 시기이다. 아울러 학교에서 이루어지는 교육 활동과 공동체 생활을 통해서, 나답게 살기 위한 준비를 하고 나답지 않은 것들에 대해서 수용함을 경험하는 시기이기도 하다.

나다운 것은 항상 고정적일까? 아니다. 사람은 정신적으로 끊임없이 변화하고 성장하는 존재이다. 그 과정에서 자신의 가치관이 변할 수 있고, 그에 따라 내가 좋아하거나 싫어하는 것들도 변하기 마련이다. 그러므로 나다운 것에 대해서 열린 자세를 가져야 한다. 나다운 것은 불변과 고집이 아니라 변화와 성장이다.

우리 속담에 "**아이들은 크면서 열두 번도 더 변한다.**"라는 말이 있다. 아이의 '현재의 모습'을 보고, 그 아이의 '미래의 모습'을 함부로 속단해서는 안 된다는 뜻이다. 어른들의 모습은 뻔한 경우가 많다. 그러나 청소년은 뻔해서는 안 된다. 씨앗과 알처럼 신비함과 애매함, 기대감이 있어야 한다. 앞부분에서 언급했듯이, 학생은 아직 싹트지 않은 씨앗이며 아직 부화하지 않은 알이다. 그래서 학생들의 꿈은 애매해도 된다. 자신의 꿈이 무엇인지 몰라도 된다.

나는 언제부터인가, 학생들의 **현재의 모습**을 보고 그들의 **미래의 모습**을 쉽게 상상하지 않는다. 미래가 되고 나서 당황한 적이 많았기 때문이다.

기억에 남는 아이들이 있다. 학교 다닐 때, 교과성적이 중하위권이던 남학생이 있었다. 고등학교를 졸업하고 재수를 하더니 이듬해 ○○대학교 재료공학과에 들어갔다. 대학에 다니면서 자기 학과에서 몇 번 수석을 했다고 한다. 그 후 대학 졸업과 동시에 장학생으로 선발되어 미국으로 유학을 다녀왔는데 공학박사가 되었고, 지금은 △△기업에서 연구원으로 근무하고 있다. 학교 다닐 때, 이웃 나라 일본을 무척이나 좋아한 여학생이 있었다. 가정방문을 갔는데 그 아이의 방 안에 있던 일본 관련 자료들을 보고 깜짝 놀랐다. 우리나라 역사보다 일본 역사를 더 자세히 알고 있었다. 그런데 지금은 호주의 한 남성과 결혼해서 호주 시드니(Sydney)에서 살고 있다. 학교 다닐 때, 내향적인 성격을 가진 남학생이 있었다. 중학교 3년 동안 그 반에서 수업을 했지만, 그 아이는 발표는 고사하고 손을 든 적이 한 번도 없었다. 친구들과 같이 있어도 좀처럼 입을 여는 것을 보지 못했다. 지금은 뛰어난 중국어 실력으로 여기저기서 찾는 사람들이 많다고 한다. 어느 국제행사장에서, 그가 중국인들 앞에서 유창하게 통역하는 모습을 보면서 많이 놀랐다. 학교 다닐 때, 울보였던 남학생이 있었다. 중학교 1학년 때 담임을 맡았는데, 친구들이 자신을 놀린다고 이틀에 한 번꼴로 울면서 교무실로 나를 찾아왔다. 지금은 건설 중장비업체를 운영하는 사장이 되었다. 그런데 그곳에 중학교 때 자신을 놀리던 친구 중의 한 명도 직원으로 근무하고 있다. 학교 다닐 때, 몸이 허약해 보이던 여학생이 있었다. 늘 안색이 안 좋고 인상을 찌푸리고 있는 경우가 많았다. 하루는 수업시간 중간에 화장실을 가더니 수업이 끝날 때까지 돌아오지 않았다. 불러서 물었더니 변비약을 먹을 정도로 변비가 심하다고 했다. 그녀는 지금 헬스트레이너가 되었다. 우연히 마주친 적이 있었는데, 탄탄한 몸매는 물론이고 예전보다 키가 더 커 보였고 목소리도 변해 있었다. 변비는 어떻게 되었느냐고 물어보려다가 참았다. 학교 다닐 때, 개구쟁이였던 중학교 2학년 남학생이 있었다. 평소 붙임성이 좋고 입담이 뛰어나 친구들 사이에서 인기가 많았다. 수학여행 중에 2학년 전체 학생들이 모여서 장기자랑을 하는데, 그 아이가 친구들의 전폭적인 추천으로 사회를 보게 되었다. 어찌나 능숙하고 재미있게 하던지 인근에 있던 다른 학교 학생들까지 모여들었다. 나는 그 아이가 훗날 연예인이 될 줄 알았다. 지금은 천주교 신부가 되었다고 한다. 인터넷으로 천주교 신부 복장을 하고 있는 그의 모습을 보면서 낯설었다. 학교 다닐 때, 자신은 독신주의자로 결혼을 하지 않을 것이라고 했던 여학생이 있었다. 한번은 자기를 좋아한 남학생과 사귄 적이 있었는데, 한 달여 만에 헤어지면서 "남자는 불편해요."라고 했다. 그러나 20대 중반에 아이를 낳더니 그 아이의 아빠와 결혼을 했다. 그러고 나서 몇 년 뒤에, 첫 번째 남편과는 이미 이혼을 했고 이번에 다른 남자와 재혼을 한다는 소식이 들려왔다. 이것뿐일까? 즐겁게 당황하고 싶지만 그렇지 않은 경우도 있다….

나는 학생들에게 말한다.

"누구도 너의 미래에 대해서 함부로 말하게 하지 마라."

"너 자신도 너의 미래에 대해서 함부로 말하지 마라."

학생들이 종종 나에게 묻는다.

"선생님, 저는 **나의 진짜 꿈**이 무엇인지를 모르겠어요."

선생님도 너의 진짜 꿈을 모른다. 부모님도 마찬가지다. 그건 비밀을 간직하고 있는 씨앗과 같은 것이다. 흙 속에 묻힌 사과 씨앗은 자신이 사과나무가 될 것이라고 모르면서 자란다. 열심히 열심히… 자라다가 어느 날, 가지에서 사과가 열리는 것을 보고서야 자신이 사과나무라는 사실을 알게 된다. 사과 씨앗은 흙 속에 묻히는 순간부터 자신의 에너지를 뿜어내기 시작한다. 그러면서 껍질을 뚫고, 싹을 틔우고, 뿌리를 내리고, 줄기와 가지를 뻗고, 잎을 돋아나게 하고, 꽃을 피워낸다. 그러다 보면 어느 순간, 사과가 열리게 된다. 우리는 주로 사과가 열리는 과정에만 관심을 갖고 환호한다. 하지만 사과 씨앗이 껍질을 뚫고, 싹을 틔우고, 뿌리를 내리고, 줄기와 가지를 뻗고, 잎을 돋아나게 하고, 꽃을 피워내는 과정이야말로 매우 능동적인 모습이다. 거기에 비하면 사과가 열리는 과정은 수동적인 모습처럼 보인다. 우리는 자꾸 수동적인 물음만 던지면서 능동적으로 지금 자신이 해야 할 일을 외면하고 있다.

"나의 진짜 꿈이 무엇인지 모르겠다고?"

지금 열심히 살면 된다. 열심히 열심히… 살다 보면, 어느 순간 내 몸의 어느 부분이 심하게 가려울 것이다. 그건 나의 사과나무에서, 드디어 '사과'가 열리려고 하는 신호이다.

11 STORY

생계수단 다른 꿈

공부와 직업 / 이 사회는 불공평하고 모순덩어리이다

정직한 노력 / 이 일이 저에게 딱 맞는 것 같아요

주위 사람들의 부추김 / 생계 수단 / 단순히 반복하는 일

다양한 직업 / 은퇴를 앞둔 요리사

이제부터는 하고 싶은 일을 하면서 / 실패한 인생일까?

안녕, 잘 가 / 다른 방법으로 꿈을 이루었습니다

사랑 스토커와 꿈 스토커 / 직업의 속사정

평범함을 지키기 위해서 / 교사로서 지친 그녀 / 마음껏 꿈꾸어라

새로운 꿈 / 수줍게 너를 기다리고 있다

학생들은 **공부**를 잘하고 싶어 한다. 가장 큰 이유를 꼽으라면 '**직업**' 때문일 것이다. 오죽하면 "공부를 잘하면 내가 직업을 선택하고, 공부를 못하면 직업이 나를 선택한다."라는 말이 있겠는가. 구직자들이 선호하는 직업은 정원이 한정되어 있다. 정원이 한정되어 있는 직업을 갖기 위해서는 공부를 잘해야 한다. 이것은 세계 어느 나라에서나 통용되는 상식적인 공식이다.

매년 신규로 채용할 수 있는 교사 수가 100명인데, 지원자가 500명이라면 어떤 방법으로 100명을 뽑아야 할까? 돈 많은 순으로, 말 잘하는 순으로, 혹은 마라톤을 해서 1위부터 100위까지. 그것도 아니면 추상적인 개념인 인격, 성실, 사명감, 정직 등으로 뽑아야 할까? '공부'는 오

랜 세월을 두고 검증된 가장 공평한 방법이다. 교사가 되기를 희망하는 지원자 500명을 대상으로, 누가 더 공부를 많이 했는가를 여러 가지 방법으로 평가한다. 그리고 그 평가 결과로 순위를 매겨 100명을 뽑는다. 물론 전적으로 공부만 가지고 교사를 선발하지는 않는다. 그럼에도 불구하고 공부는 가장 중요한 선발 기준이다.

우리가 살아가는 **사회는** 많은 부분에서 **불공평하고 모순덩어리이다.** 때로는, 말도 안 되는 일들이 당연한 것처럼 벌어지기도 한다. 진실보다 거짓이, 정의보다 불의가, 용기보다 비굴함이, 합리보다 불합리가 더 활개를 치는 경우가 많다. 나는 청소년기는 물론이고, 어른이 된 다음에도 그런 현실에 대해서 오랫동안 혼란스러웠다. 아마 너도 성장하면서 그런 혼란을 자주 겪게 될 것이다. 그러나 그러한 현실도 이 세상의 한 부분이라는 것을 받아들여야 한다. 어디까지 받아들이고 어떻게 반응하느냐는 온전히 너의 선택에 달려있다. 그로 인해 너의 인생은 큰 영향을 받을 것이다. 진실, 정의, 용기, 합리는 분명 가치 있는 일이다. 하지만 때로는 위험한 일이기도 하다. 신중하게 판단해야 한다.

그나마 우리가 살아가는 사회에서 '학교'와 '공부'는 공평하고 합리적인 시스템이라고 할 수 있다. 너는 지금 인생에서 가장 공평하고 합리적인 시기를 지나고 있는 것이다. 5시간 공부한 학생보다, 10시간 공부한 학생이 더 좋은 성적을 얻는다. 공부의 가장 큰 매력은 노력한 만큼 결과가 나온다는 것이다. 이 세상은 노력 못지않게 외부적인 환경이 작용하는 일이 많다. 그러나 공부는 온전한 노력이다. 너무나도 **정직한 노력**이다.

이걸 인정하지 않는 학생은 공부와의 싸움에서 백전백패(百戰百敗)다.

'공부와 대학(학과)', '대학(학과)과 직업'은 서로 밀접한 관련이 있다. 학생들이 선호하는 일부 학과나 대학은 교과성적이 우수한 학생들의 전유물처럼 되어있다. 나머지 학과나 대학도 학생을 선발하는 데 있어서 '교과성적'을 중요한 기준으로 삼고 있다. 물론 모든 대학이 교과성적만으로 학생을 선발하지는 않는다. 각 대학은 교과성적 이외에도 다양한 방법(특기자 전형, 비교과 활동, 논술, 면접, 특별전형 등)으로 학생을 선발한다. 교과성적을 외면해도 될 만한 '다른 것'을 갖출 수 있다면 공부를 외면해도 된다. 그래서 일부 학생들은 공부보다는 다른 것에 집중한다. 그러나 현실은 다른 것을 갖추는 것이 공부보다 더 어려운 경우도 많다. 내가 원하는 학과나 대학에 들어가기 위해서 "공부냐?" 혹은 "다른 것이냐?" 냉정하게 판단해야 한다.

그렇다고 해서, 반드시 공부를 잘해서 일부 학과나 대학에 들어가야지만 '자신에게 맞는 직업'을 가질 수 있는 것은 아니다.

몇 년 전에, 살고 있던 집을 수리할 일이 생겼다. 집수리에 대한 몇 번의 좋지 않은 기억이 있어서 업체를 선정하는 데 고민이 됐다. 그러던 중에, 아는 사람이 인테리어업체 한 곳을 적극적으로 추천해 주었다. 전화를 해보니 일감이 밀려있어서 한 달 정도 기다려야 순서가 된다고 했다. 상담과 견적을 위해서 팀장이라는 사람이 찾아왔다. 대화를 나누던 중에, 뜻밖에도 제자가 그 업체의 공동대표라는 사실을 알게 되었다. 중학교 다닐 때 공부와는 거리가 먼 학생이었다. 돼지사육 농장을 하는 부모님을 도와드려야 한다면서 집에 빨리 가는 날이 많았다. 그 후로 실업계 고등학교를 졸업하고 대학은 농업관련학과에 진학한 것으로 알고 있었는데, 어떻게 된 일일까? 나는 그 자리에서 제자와 잠깐 통화를 해보았다. 대학 다닐 때 인테리어업체에서 아르바이트를 한 것이 계기가 되었다고 한다. 견적을 받고 한 달 뒤에 집수리를 하게 되었다. 나는 그 업체가 인기가 많은 이유를 금방 알 수 있었다. 공사를 진행하면서 고객에게 사소한 것까지 일일이 설명해주고 마무리도 깔끔했다. 집수리가 끝나고 며칠 뒤에는 사후 점검을 한다면서 제자가 찾아왔다. 나와 대화를 나누는 삼십여 분 사이에, 연신 걸려오는 전화를 받느라고 바빴다. 며칠 전에 다른 지역에다 지점을 냈다고 한다. "힘들지 않니?" 라고 물었더니, "선생님, 저는 이 일이 너무 좋습니다. 저에게 딱 맞는 것 같아요."라고 했다. 열심히 사는 모습이 반가웠다.

고등학교 입학할 당시, 최고의 성적으로 주목받은 여학생이 있었다. 사람들은 그 아이의 꿈이 무엇인지 궁금했다. 그런데 그 아이는 그냥 평범하게 사는 것이 자신의 꿈이라고 했다. 1학년 때 실시했던 '진로캠프'에서, 자신이 희망하는 장래 직업을 애니메이터나 요리사가 되는 것이라고 적어서 냈다. 선생님들이 의아해하자, 그 아이는 별생각 없이 적은 것이라면서 얼버무렸다. 고등학교 3년 내내 최상위권의 성적을 유지했다. 그러자 그 성적이면 많은 학생들이 선망하는 ○○대학교, 혹은 △△학과도 갈 수 있다고 하는 주위 사람들의 부추김이 이어졌다. 그러더니 대학입시 모집 원서를 쓸 때, 본인의 성적으로 ○○대학교에 합격하기에 유리한 몇 개 학과를 놓고 갈팡질팡했다. 결국, ○○대학교 ○○

학과를 선택했고 이어서 최종 합격까지 했다. 덕분에 그해 대학 입시에서 학교를 빛낸 자랑스러운 학생이 되었다. 주위 사람들은 미래에 한국 과학계를 이끌어갈 인재가 될 것이라면서 경쟁적으로 축하해 주었다. 본인도 그럴 수밖에 없는 것처럼 받아들였다. 문제는 대학에 들어가서 생겼다. 본인의 적성하고 맞지 않는 학과 공부 때문에 힘들어했다. 휴학과 복학을 반복하더니 결국에는 졸업하지 못했다. 그리고 주위 사람들로부터 그녀가 잊혀질 무렵에 안타까운 소식이 들려왔다…. 학교를 그만두고 취업 준비를 했다고 한다. 몇 년 만에 어렵게나마 직장에 들어갔지만 쉽게 적응하지 못하고 힘들어했다고 한다. 나는 그날 그녀의 안타까운 소식을 듣고 가슴이 먹먹했다. 그날 밤 밤하늘의 별을 바라보면서 눈물을 흘렸다. 공부를 잘해서 흔히 말하는 명문대학에 들어갔지만, 그로 인해 한 사람의 꿈과 인생이 희생당한 것이다.

학생들은 '꿈'과 '직업'을 동일시하는 경향이 있다. 많은 학생들은 '하고 싶은 일'이 '꿈'이 되고, '꿈'이 '직업'이 되어야 하는 공식에 사로잡혀있다. 이 공식은 현실하고는 상당한 괴리감이 있다. 우리는 살면서 '하고 싶은 일'과 '하고 싶지 않은 일' 중 어느 쪽을 더 많이 할까? 하고 싶지 않은 일을 더 많이 하게 된다.

직업을 갖는 가장 중요한 이유는? **'생계 수단'**이다.

생계 수단, 즉 먹고사는 문제가 해결되지 않은 현실에서 꿈은 환상에 불과하다. 생계 수단을 외면하고 꿈만 좇는 청소년들이 많다. 어른도 마찬가지다. 그래서 철없는 어른들도 많다. 스무 살이 넘으면 성인이라고 한다. '성인'이란 '독립'을 의미한다. 독립의 전제 조건은 자기 앞가림을 할 수 있어야 한다. 내 인생을 내가 책임져야 한다. 그러기 위해서는 반드시 생계 수단이 있어야 한다. 꿈보다, 적성보다, 하고 싶은 일보다, 사랑보다, 자존심보다, 그 무엇보다도 생계 수단이 먼저다. 직업의 일차적인 의미는 생계 수단이다. 꿈을 직업과 반드시 결부시키려고 하는 생각을 바꾸어야 한다. 자신의 직업이, 자신이 꿈꾸었던 일이 아닐지라도 꿈을 위한 수단이 될 수 있다. 직업은 생계 수단이면서 꿈 수단, 행복 수단, 자아실현 수단, 인간관계 수단, 그 외에도 여러 가지 다른 목적을 위한 가장 기본적인 수단이다.

'**단순히 반복하는 일**'을 직업으로 꿈꾸는 학생이 있을까? 그러나 현실에서 많은 직업들은 단순히 반복하는 일을 한다고 볼 수 있다. "사공이 많으면 배가 산으로 간다."라는 속담이 있다. 배 한 척에 100명의 사람이 필요하다면, 그중에 선장(사공)은 한 사람만 있으면 된다. 나머지 99명의 선원들은 선장이 지시하는 일들을 단순히 반복하면 된다. 선원들의 꿈은 바다에 있는 것이 아니라 육지에 있다. 선원들에게 배 타는 일은 육지에 있는 자신의 꿈을 위한 수단이다. 물론 배 타는 일이 자신의 꿈인 사람도 있을 것이다. 그러나 대부분의 선장과 선원들은 육지에 있는 자신이 하고 싶은 일과 자신의 꿈을 위해서, 생계 수단인 배를 타고 거친 바다로 나간다.

일반 행정직 공무원으로, 농촌 지역의 관공서에서만 삼십여 년을 근무하고 있는 지인이 있다. 한번은 "직장 생활이 어떠세요?"라고 물었다. 매일, 매 분기, 매년 똑같은 일을 계속 반복하고 있어서 좋다고 했다. 그는 자신의 고향에서 지역사회의 한 봉사단체에 가입해서 활동하고 있다. 공무원이라는 직업이 그의 봉사활동에 도움이 된다고 한다. 일반 직장인들은 직장생활을 하면 할수록 단순히 반복하는 일을 선호하는 경향이 있다. 그게 익숙하고 안전하기 때문이다. 또 다른 지인 중에, 광주(光州)에 있는 ○○광고사에서 오랫동안 설치기사 일을 해온 사람이 있다. 성실한 근무로 찾는 사람들이 많았다. 그러다가 몇 년 전에, 본인이 근무하고 있던 회사를 직접 인수해서 사장이 되었다. 최근에 거래할 일이 있어서 만났는데 예전에 비해서 얼굴이 많이 수척해 보였다. 내가 조심스럽게 건강에 대해서 묻자, 사장이 되고 나서 정신적으로나 육체적으로 많이 힘들었다고 한다. 그러면서 예전에 시키는 일만 하던 때가 좋았다면서 쓴웃음을 지었다. "무엇이 그렇게 힘드세요?"라고 물었더니 줄줄이 말한다. 일감 수주, 직원 관리, 서비스 처리, 장비와 시설 관리 등등. 사장이 되기 전에는 10가지만 보였는데, 사장이 되고 나니 100가지가 보인다고 한다. 일감이 없어도 힘들지만, 일감이 한꺼번에 많이 들어와도 힘들다고 한다. 사장(선장)이라는 직업이 보기와는 달리 보통 일이 아닌 것만은 분명하다.

이 세상에는 **다양한 직업**이 있다. 내 주변에도 이런저런 직업을 가지고 살아가는 사람들이 있다.

작은 공간(11㎡)에서 액세서리 가게를 하는데, 매달 웬만한 회사원 월급의 두 배나 되는 수입을 올리는 사람이 있다. 한국과 중국을 오가면서 무역 중개상을 하는데 일 년에 서너 달 정도만 장사를 해서, 매년 먹고 사는 사람이 있다. 음식점을 하는데 매일 오전 11시에 시작해서 오후 3시가 되면 장사를 끝내는 사람이 있다. 취미로 몇 가지 과일 잼(jam)을 만들어서 인터넷 쇼핑몰을 통해서 팔더니, 최근에 본격적으로 해보겠다면서 다니던 직장을 그만두고 시골로 내려간 사람이 있다. 회사 상황실에 앉아서 CCTV 화면을 쳐다보는 것이 주된 업무인 사람이 있다. 매번 볼 때마다 하는 일이 달라서 직업이 무엇인지 애매한 사람이 있다. 항상 행색이 초라해서 사는 형편이 어려운 줄 알았는데, 수산물 양식을 통해서 매년 벌어들이는 수입의 규모를 알고 놀랐던 사람이 있다. 자신이 근무하는 회사에서 간단한 업무를 맡고 있어서, 직장 생활이 늘 따분하다는 사람이 있다. 내 기준으로는 도저히 생계수단이 안 될 것 같은 적은 수입으로, 나보다 더 여유 있게 사는 사람이 있다. 규모가 제법 큰 공장에서 기계 관리 업무를 맡고 있는데, 종일 지하실에서 지내는 경우가 많다는 사람이 있다. 남들이 꺼리는 일을 하고 있어서, 돈을 벌면서도 늘 마음 한구석이 편치 않다는 사람이 있다. 시청 소속의 공무원으로 도시에서 조금 떨어진 곳에서 특정 시설물을 관리하는데, 퇴근할 때까지 거의 말을 하지 않는다는 사람이 있다. 예전에 몇 년 동안 돈을 벌고 나서, 그 뒤로 십여 년이 넘도록 직업을 갖지 않고 사는 사람이 있다….

이 세상에는 별의별 직업으로 살아가는 사람들이 많다. 그들은 청소년기에 현재 자신의 직업을 생각이나 해보았을까?

은퇴를 앞둔 요리사가 있다. 항상 밝은 표정으로 요리하는 모습이 보기에 좋았다. 한번은 몇몇 지인들과 함께 식사를 하게 되었다. 그는 그 자리에서 그동안 감추어두었던 자신의 속마음을 이야기했다. 요리사라는 직업이 자신의 적성과는 별로 맞지 않았다는 것이다. 그러면서 그동안 요리사로 살아오면서 겪은 이런저런 고충들도 털어놓았다. 거기에 모인 사람들은 그의 고백을 들으면서 당혹스러워했다. 그는 그렇게 한참을 이야기하더니, 최근에 자신의 잃어버린 꿈을 되찾은 것 같다고 했다. 그게 뭐냐고 물었더니 뜻밖에도 개를 키우는 것이라고 했다.

"초등학교 5학년 때 집에서 기르던 개를 부모님이 팔아버린 적이 있었습니다. 개를 끌고 간 사람은 식용 개를 취급하는 개장수였습니다. 개가 없어지고 나서 마당에서 훌쩍이고 있는데, 조금 전에 팔려갔던 개가 황급히 뛰어들어 왔습니다. 탈출해서 집으로 온 것입니다. 나는 개를 안고 어찌할 바를 몰라 안절부절못했습니다. 바로 이어서 개장수가 들어오더니 무자비하게 다시 개를 끌고 가버렸습니다. 그때 개장수에게 끌려가던 개의 모습은 평생을 두고 아픈 기억으로 남았습니다. 그 뒤로 어른이 되고 나서, 개를 키우고 싶다는 생각을 여러 번 했지만, 여건이 허락되지 않았습니다."

나는 그의 눈가가 촉촉해지는 것이 보였다. 나는 속으로 '저렇게 여린 감성으로 어떻게 요리를 할 수 있었을까?'라는 생각이 들었다. 은퇴하면 거주할 곳을 시골에 마련해 두었는데, 최근에 그곳에다 몇 마리의 개를 들여놨다고 한다. 몇 개월 뒤 현직에서 완전히 은퇴했다는 소식이 들려왔다. 나는 그가 키우는 개가 궁금해서 개 사료 한 포대를 사가지고 시골로 찾아갔다. 그곳에는 그와 함께 행복한 개들이 살고 있었다. 그중에는 유기견보호센터에서 입양해왔다고 하는 몸이 불편해 보이는 개도 있었다. 그런데 그는 새로운 꿈이 생겼다면서 나에게 노트를 꺼내서 보여줬다. 마을 뒤편에 있는 조그마한 개울에다 다리를 만들 계획이라고 했다.

"현재 그곳에는 통나무와 철판으로 된 다리가 있습니다. 오래되어 낡았을 뿐만 아니라, 그동안 여러 번이나 보수를 하다 보니 구조적으로도 불안한 상태입니다. 마을 사람들이 자주 이용하는 곳인데 여간 불편하지 않습니다. 마을 이장님과 함께 관계기관을 찾아가 다리 설치를 건의했지만 여의치 않았습니다. 고민하다가, 기존의 다리를 철거하고 제가 직접 새로운 다리를 만들어 보기로 했습니다. 마을 사람들도 적극적으로 지원해 주시겠다고 합니다."

노트에는 투박해 보이는 다리 설계도가 그려져 있었다. 열심히 설명하는 그의 표정이 무척이나 진지했다. 한편, 꼭 키우고 싶은 개 종류가 있어서 해외에도 갔다 올 계획이라고 했다. 그동안 자신은 먹고살기 위해서, 가족을 부양하기 위해서 살아왔는데, **이제부터는 자신이 하고 싶은 일을 하면서** 살 것이라고 했다. 잃어버린 꿈을 되찾은, 새로운 꿈을 만난 그가 행복해 보였다.

개인적인 이야기를 해본다. 나는 현재 직업이 교사지만 원래 꿈은 화가, 만화가, 디자이너, 빵 만드는 사람 등등이었다. 초등학교 때 한동안 만화 그리는 데 빠져있었고, 학교에서 미술부 활동을 하면서 여러 미술대회에 참가하기도 했다. 이런 나의 재능을 눈여겨본 몇몇 사람은 그쪽 분야로 진로를 권했다. 빵 만드는 사람(제빵사)이라는 꿈은, 아무에게도 말하지 않고 늘 내 마음속에 품고 있었던 것이다. 내가 초등학교에 다녔던 1970년대 초에는 학교에서 학생들에게 매일 무상으로 빵을 나누어 주었다. 나는 담임선생님이 빵을 나누어 주면 다른 아이들처럼 바로 먹지 않았다. 눈을 감고 빵 냄새를 지그시 맡아보는 습관이 있었다. 빵 냄새가 좋아서였다. 그런 모습을 지켜본 담임선생님은 나에게 '빵은이'이라는 별명을 지어주었다. 나는 운명처럼 훗날 빵을 만드는 사람이 되겠다고 다짐했다. 어른이 된 나는 지금도 빵이나 그림을 보면 흥분할 때가 있다. 특히 맛없는 빵을 먹을 때나 마음에 들지 않은 그림이나 디자인을 볼 때면, '내가 했으면 더 잘했을 텐데.'라는 주제넘은 생각을 하곤 한다. 하지만 그런 생각만으로도 즐겁다.

나는 어렸을 때 꿈을, 어른이 되어서 직업으로 갖지 못했다. 그래서 불행할까? 꿈을 이루지 못했으니 **실패한 인생일까?** 아니다. 나는 직업이 아닌 다른 모습으로 내 꿈을 이룰 수 있다. 최근에는 카스텔라 빵과 비빔국수 요리에 관심이 꽂혔는데, 몇 가지 조리 기구를 갖추어놓고 직접 만들어서 먹고 있다. 좀 더 경험이 쌓이면 전문적인 빵과 다른 국수 요리에도 도전해 볼 생각이다. 디자이너의 꿈도 이루고 있다. 직장에서 종종 내 실력을 발휘할 때가 있다. 훗날 교직에서 은퇴하게 되면, 미술 학원에 다니면서 그동안 그려보고 싶었던 것들을 직접 그려볼 생각이다. 그러나 굳이 그 꿈들이 이루어지지 않아도 괜찮다. 나는 이미 크고 작은 다른 꿈들을 이루어왔고, 미처 생각하지 못했던 멋진 꿈들이 계속해서 생겨나고 있으니까 말이다. 미안하지만, 옛날에 그렇게도 사랑했던 그 꿈들이 잊혀져가고 있다. **안녕, 잘 가**….

"꿈을 버리는 자만이 새로운 꿈을 만날 수 있다."

몇 년 전에 아는 후배 집에 놀러 간 적이 있다. 이야기하는 중에 후배가 근처 아파트에 멋진 취미를 가진 사람이 있다고 했다. 바로 전화로 연락하더니 나를 데리고 그 아파트로 갔다. 멋진 취미의 주인공은 사십 대 초반의 회사원이었다. 아파트 거실 한쪽에 처음 보는 상당한 규모의 장비들이 설치되어 있었다. 그는 신기해하는 나에게 '비행 시뮬레이션 장비'라며 간단히 설명해주었다. 그러고는 조종석에 앉더니 대형 스크린을 통해서 다양한 비행 상황을 보여주었다. 신기하고 놀라웠다. 사는 아파트도 고층인데 실제 비행기 조종석 같은 분위기였다. 나는 그에게 이런 장비를, 집 안에 설치하게 된 특별한 계기라도 있었느냐고 물었다.

"어렸을 적에 꿈이 비행기 조종사였는데 현실에서는 그 꿈을 이루지 못했습니다. 그렇지만 이렇게 **다른 방법으로 꿈을 이루었습니다**. 꿈이 취미가 되었습니다."

꿈이 취미? 나는 그의 취미가 멋있었다.

나는 그날 집으로 돌아오는 길에 한 제자가 생각났다. 제자 역시 항공기 조종사가 꿈이었다. 공부도 운동도 열심히 했지만 꿈을 이루지는 못했다. 한동안 실망하던 그 아이의 모습이 생각났다. 지금은 삼십 대의 나이로 인근 지역에 있는 ○○화학 공장에서 기술자로 근무하고 있다. 나는 망설이다가 연락을 했다. 그리고 얼마 후 제자와 함께 그 아파트로 찾아갔다. 제자는 나보다 더 흥분하는 눈치였다. 제자는 "꿈이 꼭 현실에서 이루어지지 않아도 괜찮네요."라면서 환하게 웃었다. 제자의 말에 그는 "이건 얼마든지 비행기 사고가 나도 괜찮습니다."라고 하더니, 시뮬레이션으로 비행기 사고 상황을 재현했다. 우리는 어린아이들처럼 비명을 질러댔다. 그런가 하면, 실제로 항공기 조종사가 된 제자도 있다. 그 아이는 고등학교 1학년 때, 학교신문에 자신의 꿈은 전투기나 여객기 조종사가 되는 것이라는 글을 기고한 적이 있다. 별명이 '돌부처'일 정도로 공부를 열심히 했다. 한 번의 실패에도 굴하지 않고, 다시 도전하더니 ○○항공대학교 운항과에 들어갔다. 최근에는 멋진 제복을 입고 학교를 찾아온 적이 있다.

비행기 조종사의 꿈을 이룬 한 사람은 행복하고, 꿈을 이루지 못한 나머지 두 사람은 불행할까? 아니다. 세 사람 모두 다 행복할 수 있다. 꿈은 행복을 위한 여러 수단 중의 하나일 뿐이다. 꿈은 꼭 이루어지지 않아도 된다. 꿈은 가지는 것만으로 만족해야 할 때가 있다. 남녀 간의 사랑도 마찬가지다. 상대방을 사랑한다고 해서 그 사랑이 꼭 이루어져야 하는 것은 아니다. 이루어지지 않은 사랑도 얼마든지 아름답고 행복할 수 있다. 그중에 어떤 사랑은, 이루어지지 않아서 오히려 다행인 사랑도 있다. 물론 당사자에게는 인정하는 것이 쉽지 않겠지만 말이다. 진정한 사랑은 이루어질 수 없는 사랑이라도, 상대방 앞에서 너그럽고 겸손하다. 하지만 스토커(stalker)는 상대방과 사랑이 이루어질 때까지 쫓아다닌다. 우리 주변에는 '**사랑 스토커**'들과 '**꿈 스토커**'들이 많다. 그들을 보면 무섭다.

우리는 종종 '일부분'을 '전체'로 확대해서 해석하는 경향이 있다. 두 사람이 '100m 달리기 시합'을 해서 승자와 패자가 결정되면 패자는 승자에게 "너에게 졌다."라고 말한다. 이건 확대 해석의 오류이다. 정확히 말하면 "너에게 100m 달리기만 졌다."라고 해야 한다. 100m 달리기는 두 사람이 할 수 있는 일 중에 극히 일부분에 지나지 않는다. '라면 맛있게 끓이기 시합'은 해보지 않았다. 우화 속에 거북이는 토끼에게 달리기 시합만 졌다. 수영 시합은 해보지 않았을 뿐만 아니라, 십 년 뒤에 너무 늙어버린 토끼와 아직도 젊은 거북이가 다시 달리기 시합을 하면 결과가 달라질 수 있다.

꿈도 마찬가지다. 꿈이 실패했다고 자신의 인생이 실패한 것처럼 생각하는 어리석은 사람이 있다. 내가 있고 꿈이 있는 것이지, 꿈을 위해서 내가 존재하는 것이 아니다. 나 자신을 위해서라면 얼마든지 꿈도 버릴 수 있어야 한다.

청소년기에 꿈꾸었던 **직업**을 어른이 되어서 갖게 되었지만, 오히려 그 직업 때문에 괴로워하는 사람들이 많다. 모든 직업은 겉으로 보이는 모습하고는 다른 **속사정**이 있기 마련이다. 그러나 청소년이 꿈꾸는 직업의 모습에는, 대부분이 그런 속사정까지 계산되어 있지 않다.

우리나라 대기업 중의 하나인 ○○그룹에 높은 경쟁률을 뚫고 입사한 제자가 있다. 매년 한두 차례씩 연락이 오더니 한동안 연락이 끊겼다. 그러다가 얼마 전에 그의 소식을 듣게 되었다. 오랫동안 누적된 피로와 스트레스로 인해 건강이 심각한 지경에 이르렀다고 한다. 직장을 휴직하고 요양 중인 그를 찾아갔다. 그나마 한 달여 동안 요양을 취한 덕분인지 어느 정도 회복된 상태였다. 그와 함께 바닷가 찻집에서 네 시간 넘게 이야기를 나누었는데, 주로 내가 그의 말을 들어주는 입장이었다. 그가 거침없이 토해내는 대기업 조직 내의 성과주의에 대한 압박감은 실로 무시무시한 것이었다. 많은 사람들이 선망하는 대기업의 정규직에 근무하면서도, 항상 자신의 미래에 대해서 고민해 왔다고 한다. 그는 남들에게 좋아 보이는 평범함을 지키는 것이 정말로 어려운 일인 것 같다면서, 본인도 그 **평범함을 지키기 위해서** 힘든 직장생활을 하루하루 버텨왔다고 한다. 그렇게 한참을 자신의 처지에 대해서 이야기하고 나더니, 자신을 늘 대견스럽게만 생각하시는 부모님께도 차마 하지 못했던 고백을 선생님께 한다면서 눈시울을 붉혔다. 나는 말없이 그의 손을 잡아주었다. △△군청에서 공무원으로 근무하는 지인이 있다. 업무적인 능력이 뛰어나 동기들보다 빠른 승진을 거듭했다. △△군청에서 주관하는 전국 단위 행사와 대규모 공공건물 신축 사업에도 실무자로 참여하여 자신의 능력을 인정받았다. 그렇게 잘나가는 것처럼 보이던 어느 날 그의 아내로부터 연락이 왔다. 남편이 건강검진을 하는 중에 암(癌)이 발견되어 수술을 받았다는 것이다. 항암 치료 중인 그를 찾아갔다. 몇 개월 만에 다시 만났는데 그사이에 너무 늙어 보였다. 그날 병실 침대에서 그로부터, 그동안 능력 있는 공무원으로 살아오면서 힘들었던 여러 가지 속사정에 대해서 들을 수 있었다. 가족, 건강, 개인생활을 포기하고 오로지 일에만 매달려왔다고 하는 그의 회한은 진한 아픔으로 다가왔다. 고향 후배 중에 개인병원을 하는 의사가 있다. 몇 년 전부터 병원 사정이 좋지 않다는 소식을 듣고 있었다. 주변에 몇몇 병원들이 들어서면서 병원들 간의 경쟁이 치열해진 모양이었다. 그러다가 큰마음 먹고 다른 곳에다, 병원을 확장해서 개업했는데 상황이 더욱 악화되었다고 한다. 급기야 최근에는 전혀 그럴 것 같지 않던 가정적으로도 문제가 생겨버렸다고 한다. 그런 와중에 그를 만났는데, 그 자리에서 그가 하는 하소연을 들으면서 이 시대 의사들의 속사정도 만만치 않다는 것을 알 수 있었다.

어디 이들뿐이겠는가…. 남들에게는 괜찮아 보이는 직업도, 그 속사정을 들여다보면 상황이 전혀 다른 경우가 많다. 직업병을 앓고 있는 사람들이 많다. 직업병과 직업의 속사정은, 그 직업을 그만두어야지만 벗어날 수 있다.

평소 가깝게 지내던 삼십 대 초반의 젊은 여교사로부터 하소연을 들은 적이 있다. 자신은 어렸을 적부터, 부모님의 권유로 교사가 되겠다는 꿈을 가졌다고 한다. 오랜 노력 끝에 중학교 교사가 되었지만, 막상 학교생활은 본인이 생각했던 모습하고 많이 달랐다고 한다. **교사로서 지칠 대로 지친 그녀**가 하는 하소연을 들으면서 같은 교사로서 공감하는 내용이 많았다. 우리는 그날 교사라는 직업의 속사정을 토로하면서, 좋은 교사를 꿈꾸었던 그 옛날 학창시절이 떠올라 씁쓸했다. 다음 해 그 젊은 여교사는 교단을 떠났고, 지금은 다른 분야에서 일하고 있다.

전국적으로 실력을 인정받은, 사십 대 초반의 고등학교 교사가 갑자기 사표를 낸 적이 있다. 많은 사람들의 만류에도 불구하고 그가 교단을 떠나면서 남긴 말이 있다. 아무리 열심히 수업준비를 해서 교실에 들어가도 수업시간에 잠자고 딴짓하는 학생들, 잘못한 일이 있어서 훈계라도 하면 불손한 태도를 보이는 학생들, 수업 준비보다 더 과중한 교사의 잡무들, 동료 교사들 간에 벌어지는 알력과 불합리한 학교행정 등으로 본인에게는 더 이상 버티기가 어려웠다고 한다.

나는 좋은 교사에 대한 미련을 가지고 있을까? 쉽게 답변할 수 없을 것 같다. 그러나 나에게 교사라는 직업은 생계 수단인 것만은 분명하다. 그래서 나는 교사라는 직업의 속사정도 받아들인다. 혹시, 이 글을 읽는 학생 중에 교사를 꿈꾸는 학생이 있다면 단단히 각오해야 한다.

꿈꾸지 말아야 할까? 실현 가능한 꿈만 꾸어야 할까? 아니다. 이런 꿈 저런 꿈… **마음껏 꿈꾸어라**. 나는 청소년기에 화가, 만화가, 빵 만드는 사람 말고도 이런저런 꿈들을 마음껏 꿈꾸면서 자랐다.

아마존(Amazon) 정글로 가서, 어느 부족의 족장이 되어 아마존 역사상 최고의 부족을 건설하는 꿈을 꾸었다. 타임머신을 타고 고대(古代)로 돌아가 가야국(伽倻國, BC 1세기~AD 6세기 중엽)의 왕자로 태어나 한반도를 통일하고, 마침내는 세계를 정복하는 기나긴 꿈을 꾸었다. 꿈이 너무 방대해서 전용 노트를 따로 마련해서 정리하기도 했다. 그런가 하면 이제 막 출범하게 된 한국프로야구(KBO)를 보면서, 한 시즌 투수로서 50승과 타자로서 7할 타율을 동시에 기록하는 전천후 프로야구 선수를 꿈꾸었다. 실제로 고등학교 2학년 때, 20여 명의 친구들과 의기투합하여 교내 야구팀을 만들었으나 단 세 경기 만에 해체되고 말았다. 깊은 강물에 빠진 여인을 구하는 꿈도 꾸었다. 그때 내가 구한 여인은 적어도 십여 명이 넘었다. 그리고 어느 날 갑자기 외계인을 만나서 초능력을 갖게 되는 꿈도 꾸었다. 그뿐일까? 차마 이곳에서 고백하기 어려운 발칙하거나 황당한 꿈들도 실컷 꿈꾸면서 살아왔다. 지금 생각해 보면 어처구니없는 꿈들이다. 사실 나는 수영을 못한다. 그러나 나는 꿈꾸었던 청소년기를 되돌아보면서 말할 수 있다. 꿈꾸는 동안 행복했었다고….

나는 어른이 된 지금도, 행복하기 위해서 혹은 위로받기 위해서 언제나 **새로운 꿈**을 꾼다. 비록 그 꿈이 공상이나 망상에 그칠지라도 말이다.

연세가 팔십이 넘으신 어느 할머니의 꿈을 본 적이 있다. 그분은 아침마다, 거실에 있는 메모판에다 그날 이루고 싶은 꿈들을 적으셨다.

○월 ○○일 나의 꿈 : 1시간 동안 운동하기, 아침과 저녁에 약 챙겨 먹기, 화분에 있는 치자 꽃 피어나기, ○○에게서 전화 오기, △△할멈이 이야기하면 열심히 들어주기, 화투 치다가 돈 잃어도 화내지 않기, TV 드라마 꼭 보기, 오늘 사 먹을 수박 잘 익어있기, 화장실에서 배변 성공하기, 저녁에 샤워하고 이빨 닦고 잠자리에 들기, 밤에 잠자다가 중간에 깨지 않기, 그리고 이 중에서 3가지 이상 이루어지기.

인간만이 꿈꿀 수 있다. 신(神)은 인간의 삶이 무척 힘들 것이라고 알고 있었다. 그래서 부작용이 없는 내장형 마약을 줬다. 바로 꿈이다. 나는 산소처럼 꿈을 호흡하면서 살 것이다. 그리고 마침내는 꿈꾸면서 죽음을 맞이할 것이다.

가장 좋은 꿈은 아직 만나지 못한 꿈이다. 두 번째, 세 번째, 네 번째… 꿈이다. 나는 아직 만나지 못한 나의 꿈들을 생각하면 설렌다. 지금 꿈이 없다고 고민하지 마라. 억지로 꿈꾸려고도 하지 마라. 가장 싱싱한 꿈을 만나기 위해서는 철저하게 꿈이 없는 시기도 필요하다. 어쩌면 네가 전혀 눈치채지 못한 어떤 꿈이, 미래의 어느 길목에서 **수줍게 너를 기다리고 있을 것이다.**

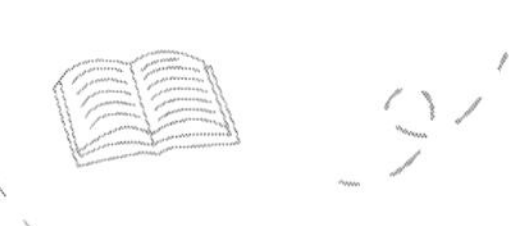

12 STORY

성격
착함

내향적인 성격과 착한 성격
내 아들에게 이상한 말 하지 마세요
제가 도울 일 없어요?
착한 사람과 악한 사람
쌀독에서 인심 난다
거절할 줄도 알아야 한다
너무 미운 사람이 있다면
양심만큼은
싯다르타와 예수
착하게 살아라
착한 흔적과 악한 흔적
후회는 곧 새로운 시작이다
자신의 허물을 되돌아보는 일
DO와 DO WELL
아주 뻔뻔하게
어떤 성격이 더 좋을까?
그때는 신기하게도 잘 바뀐다
성격도 변하더라
하루 중에 가장 행복한 시간

자신의 '성격'에 대해서 고민하는 학생들이 많다.

학생들이 싫어하는 자신의 성격이 있다. **'내향적인 성격'**이다. 또 하나가 있는데 '착한 성격(여기에서는, 순하고 여린 성격을 가리킴)'이다. 더군다나 내향적이면서 **착한 성격**인 경우에는 더욱 그렇다. 다른 사람이 자신에게 "너는 내향적이구나.", "너는 착하구나."라고 하면 별로 달가워하지 않는다. 요즘은 너도나도 내향적이지 않으려고, 착하지 않으려고 안달이다. 이러다가 결국에는, 내향적인 사람과 착한 사람이 멸종 위기에 빠질지도 모를 일이다.

학부모와 그들의 자녀에 대해서 상담하다가 보면, "우리 아이는 내향적이라서 속상해요. 너무 착해서 다른 아이들에게 무시당할까 봐서 걱정이에요."라고 말하는 경우가 있다. TV 드라마나 영화, 소설을 봐도 내향적이고 착한 여자보다는 외향적이고 사납고 야무진 여성들이 더 매력적으로 그려진다. 그래서 그런지 요즘 남자들은 내 아내가, 내 딸이, 내 어머니가, 내 할머니가 이웃집의 그 여자보다 더 사납기를 은근히 바란다. 그래야지만 남들에게 무시당하지 않고 이권도 더 많이 챙길 수 있다고 생각하는 모양이다.

교과성적은 물론이고 다방면으로 뛰어난 중학교 남학생이 있었다. 그 아이의 존재감은, 이미 초등학교 때부터 많이 알려져 있었다고 한다. 중학교 3학년 때 그 아이의 담임을 맡게 되었다. 그런데 나는 그 아이를 지켜보면서 아쉬운 모습들을 쉽게 발견할 수 있었다. 성격적으로 매우 이기적이었다. 특히, 상대방을 배려하지 않는 말투나 행동을 할 때면 보기에 민망할 정도였다. 매번 실시하는 쪽지상담에서도 그 아이를 싫어하는 학급 아이들이 많았다. 나는 이 아이를 대하는 것이 조심스러웠다. 담임선생님이 이 아이를 어떻게 대하느냐가 나머지 아이들에게 영향을 줄 수 있기 때문이었다. 한번은 그 아이의 아버지를 만났는데, 이런저런 이야기를 하다가 어느 순간부터 아들 자랑을 쏟아냈다. 나는 대화하는 중에 그만 인성의 중요성을 강조해 버리고 말았다. 그 아이의 아버지는 굳은 표정으로 듣더니 "선생님, 혹시 내 아들에게 이상한 말 하지 마세요. 인성도 좋지만 저는 우리 아들이 성공하면 됩니다."라고 했다. 나는 더는 대꾸하지 않고 어색한 웃음으로 마무리해 버렸다. 그 후로 그 아이는 부모의 바람대로 엘리트 코스를 쭉

밟았다. 그리고 몇 년 전에는 큰일을 해냈다는 소식이 들려왔다. 담임 선생이었던 자격 때문인지 그 아이로부터 전화가 걸려왔다. 축하해 주었다.

너무 착해서 별명이 '착한표'인 고등학교 여학생이 있었다. 깔끔한 옷차림으로 예의 바르고, 남의 일 잘 돕고, 매주 교회에 다니면서 신앙생활도 열심히 했다. '제가 도울 일 없어요?' 하는 표정으로 여기저기 눈에 많이 띄었다. 장애인과 독거노인이 사는 곳으로 봉사활동도 열심히 다녔다. 한번은 점심시간에 학교 벤치에서 그 아이가 울고 있는 모습이 보였다. 조심스럽게 다가가서 무슨 일이냐고 물었더니, 감정이 격해서인지 대답을 못 했다. 그러자 옆에 있던 다른 아이가 대신 말해주었다. 친구 중의 한 명이 얼마 전부터 나쁜 길에 빠져 있다고 한다. 착한표 학생이 며칠째 그 친구를 설득해오고 있었다고 한다. 조금 전에도 그 친구를 학교 벤치로 데리고 와서 그 일에 대해서 말하고 있었는데, 그 친구가 짜증을 내면서 가버렸다고 한다. 그래서 지금 속상해서 울고 있다는 것이다. 나는 그 상황에서 무슨 말을 해야 할지 난감했다. 착한표 학생은 학교생활 중에 선행상과 봉사상도 여러 번 수상했다. 장래 희망으로 사회복지와 관련된 일을 하고 싶다더니, 고등학교를 졸업하고 ○○대학교 사회복지학과에 진학했다. 그런데 몇 년 뒤, 다니던 대학을 그만두고 부모님의 집에 내려와 있다는 소식이 들려왔다. 개인적으로 어려운 일을 겪었는데, 그로 인해 정신적으로 충격을 받아서 요양 중이라고 했다. 그리고 그때 처음으로 알게 된 사실이지만, 어렸을 적부터 집안 형편이 좋지 않았다고 한다.

여기서 물음을 던져 본다. '착한 사람(여기에서는, 정직하고 남을 배려하면서 사는 사람을 가리킴)'과 '악한 사람' 중에서 누가 더 잘살까? 착한 사람이 더 잘살아야 하는데 현실은 그렇지 않은 경우가 많다. "착한 사람은 복을 받고 악한 사람은 벌을 받는다."라는, 권선징악(勸善懲惡)의 진리는 고전 소설에서만 통하는 모양이다. 누가 봐도 착하고 부지런한 사람인데, 사는 형편을 보면 어려운 사람들이 있다. 그들에게서 한 가지 공통점을 발견할 수 있다. 바로 자기 자신보다는 남들에게 더 잘한다는 것이다. 남의 일을 도와줄 때는 부지런하면서 자신의 일을 할 때는 게으른 경우가 많다. 우리나라 속담에 "쌀독에서 인심 난다."라는 말이 있다. 내가 넉넉해야 남에게도 도움을 줄 수 있다는 의미이다. 나에게 힘(쌀독)이 있어야 착하게 사는 데 유리할 뿐만 아니라, 남들에게도 현실적으로 더 도움(인심)을 줄 수 있는 것이다. 힘없는 착한 천사와 힘없는 악한 악마가 사람들에게 무슨 영향을 줄 수 있겠는가? 정말로 착하게 살고 싶다면, 먼저 자기 자신에게 잘해야 한다. 남의 쌀독이 아니라, 내 쌀독을 먼저 부지런히 채워야 한다. 착하기만 한 착한 사람보다는 힘 있는 착한 사람이 되어야 한다.

이 세상은 힘을 가진 사람들에 의해서 움직인다. 착한 사람들이 힘을 가지면 좋은 방향으로, 악한 사람들이 힘을 가지면 안 좋은 방향으로 나아간다. 어느 집단이나 조직, 국가도 마찬가지다. 최근 들어 우리나라에서는 기분 좋은 현상들이 벌어지고 있다. 힘 있는 착한 사람들이 점점 많아지고 있다는 것이다. 이 세상에서 가장 큰 힘은? 뭉쳐진 힘이다. 그래서 악한 사람들은 착한 사람들이 뭉치지 못하도록 온갖 짓을 다 한다. 최근 들어 우리나라에서는 악한 사람들에게 잘 속지 않는 착한 사람들이 점점 많아지고 있다. 그래서 우리나라는 분명 좋은 방향으로 발전해 나갈 것이다. 자신의 인생이 좋은 방향으로 발전해 나아가길 바란다면, 내가 먼저 힘 있는 착한 사람이 되어야 한다

착한 사람 중에는, 본인이 하지 않아도 될 '양보'나 '손해'를 일방적으로 감당하는 경우가 많다. 그런 상황이 반복되다 보면 상대방은 점점 그런 관계를 당연시하게 된다. 반면에 본인은 점점 힘들어지면서 상대방에 대해서 서운해진다. 심지어는 분노의 감정마저 생긴다. 그래서 우리는 종종 착한 사람의 당황스러운 분노를 목격하는 경우가 있다. **거절할 줄도 알아야 한다.** 일방적인 양보와 손해는 본인에게도 상대방에게도 결코 도움이 되지 않는다. 착한 사람이 잘 저지르는 또 하나의 실수가 있다. 자신의 기준으로 착하지 않은 사람을 지목하여, 미워하고 비난하는 데 자신의 에너지를 낭비하는 경우가 많다. 어떤 사람에게는 이기심, 탐욕스러움, 뻔뻔함, 교활함, 무례함, 비양심적… 따위가 자연스러운 삶의 방식이다. 왜 그럴까? 그 사람이 타고난 심성 때문이다. 각 사람의 겉모습이 선천적으로 다른 것처럼 각 사람의 심성도 선천적으로 다르다. 그런가 하면, 후천적인 면에서 더 중요한 원인을 찾을 수도 있다. 그 사람이 처해있는 환경으로 인해, 자라면서 그런 삶의 방식을 습득하게 된 것이다. 그 사람은 그렇게 살라고 놔두어라. 만약 네가 그 사람으로 태어났거나, 그 사람이 처해있는 환경에서 자랐다면 너도 그러했을지도 모를 일이다. 너나 착하게 살아라.

그럼에도 불구하고, 사람이 살면서 누군가를 미워하지 않기란 어려

운 일이다. 미움에 대한 두 가지의 반응이 있다. 미움을 표현하는 사람과 표현하지 않는 사람이다. 그렇다면 어떤 사람이 미움을 표현할까? 주로 바쁘지 않은 사람이다. 지금 어떤 일을 열심히 하고 있는 사람은 미처 미움을 표현할 겨를이 없다. 혹시, 지금 너에게 **너무 미운 사람이 있다면** 방향을 바꾸어서 다른 일을 열심히 해보렴. 미움이 강력한 에너지가 되어 오히려 그 일이 더 잘 될 것이다. 그러다가 보면, 어느덧 너도 힘 있는 착한 사람이 되어 있을 것이다.

미움은 표현하지 않는 것이 좋다. 미움을 표현하는 순간 상대방과 적(敵)이 되기 때문이다. 착하게 사는 것도 만만치 않은데 적까지 생겼으니 더 힘들 수밖에 없다. 본인에게 도움이 되지 않을 것 같은 미움, 비난, 비판, 분노는 전략적으로 감추어라. 착함만 수용하는 사람은 겨우 착한 사람이다. 악함도 포용할 줄 아는 사람은 넉넉히 착한 사람이다. 이 세상에는 착함과 악함을 넘어선 더 큰 가치가 있다. 그 속에서 위대한 역사와 위대한 인물이 만들어지는 것이다.

우리가 미워하는 대상은 주로 나와 관련이 있는 사람이다. 멀리 10,000km나 떨어져 있는 미국에서 사는 ○○○이나, 먼 옛날 500년 전 일본에서 살았던 △△△는 누가 봐도 큰 악한 짓을 저질렀다. 그러나 우리 주변에서, 그 두 사람을 속상해하면서까지 미워하는 사람은 없다. 나와 관련이 없기 때문이다. 반면에 남들이 보기에 악할 수도 있는 자기 자신과 내 가족, 그리고 현재 나에게 도움이 되고 있는 사람에 대해서는 너그럽다. 혹시 지금 나에게, 너무 미워서 제발 없어졌으면 좋겠다고 생각하는 사람이 있다면 세 사람만 떠올려봐라. 한 사람, 두 사람, 세 사람… 모두 나와 현실적으로 관련이 있는 사람들일 것이다. 하지만 이 세상에는 그 세 사람보다 훨씬 더 악한 사람들도 많다. 그래서 누군가를 미워하는 마음에는, 상당 부분 이기심이 포함되어 있다고 할 수 있다.

천사와 악마처럼, 사람도 '착한 사람'과 '악한 사람'이 따로 존재할까?

사람은 착함과 악함을 동시에 지닌 존재이다. 그래서 인간은 천사도 아니고, 악마도 아닌 것이다. 이 세상에 정말 무서운 사람이 있다. 착하기만 하려는 사람과 악하기만 하려는 사람이다. 너무 오염된 물에서는 물고기가 살 수가 없는 것처럼, 너무 깨끗한 물에서도 물고기가 살 수 없다고 한다. 물속에 미생물이 적당히 있어서 물고기의 먹이가 되어주고, 물이 적당히 흐려서 물고기의 몸을 가려주어야 물고기들이 건강하게 살 수 있는 것이다. 사람은 천사도 악마도 아니므로, 착하기만 혹은 악하기만 할 수 없다. 그러나 악한 일을 했을 때보다 착한 일을 했을 때 더 행복하다. 왜 그럴까? 그건 인간의 내면에 있는 '양심' 때문이다. 양심은 신(神)이 인간의 내면에 심어놓은 각자의 재판관인 모양이다. 그러한 양심이야말로, 인간에게만 있는 인간다움의 가장 큰 특징이다. 우리는 다 팔아먹어도 **양심만큼은** 남겨둬야 한다. 우리는 짐승이 아니라 인간이기 때문이다.

심성이 여린 중학교 1학년 남학생이 있었다. 개구쟁이라서 종종 말썽을 피웠다. 그럴 때마다 불러서 훈계를 하면 수줍게 고분고분했다. 가정 형편이 곤란해서인지 어두운 면도 있었다. 여러 번 가출하더니, 급기야 폭력 사건에 연루되어 소년원에 가게 되었다. 소년원을 갔다 온 뒤로는 상황이 더욱 어려워졌다. 학교로 복학하려고 해도 세상의 편견은 그 아이를 받아주지 않았다. 나중에 안 일이지만, 그때 그 아이는 학교 주변을 맴돌면서 자신을 받아주지 않는 학교를 원망하면서 많이 울었다고 한다. 갈수록 더욱 심하게 방황하더니 감당하기 어려운 범죄를 저지르고 말았다…. 교도소 복역 중에 면회를 갔다. 창살 너머로 보이는 그 아이는 여전히 수줍어했다. 세월이 한참 지난 뒤 그에게서 연락이 왔다. 장기복역을 마치고 몇 달 전에 출소했다고 한다. 며칠 뒤에 만나서 식사를 같이했다. 가축 사육장에서 일을 하고 있었는데, 이런저런 이야기 끝에 마음속에 있는 아픔을 고백했다.

"마음잡고 열심히 살아보려고 해도 사람들의 시선이 따가워요."

"사육장에서 키우던 가축을 내 손으로 도축할 때마다 괴로워요."

그날 헤어지고 나서 몇 달 만에 다시 연락이 왔다. 사육장 일을 그만두고 다른 일을 해보려고 어느 섬으로 간다고 했다. 마음이 아팠다.

이 세상에는 착하게 살고 싶은데, 착하지 않은 사람으로 내몰리어 살아가는 사람들이 많다.

불교의 창시자인 **싯다르타**는 지금으로부터 약 2,500여 년 전쯤 인도(印度)의 한 작은 나라에서 왕자로 태어났다. 그와 관련된 기록들을 보면, 싯다르타는 지적 수준과 사색의 능력이 매우 뛰어났으며 심성도 무척 여렸음을 알 수 있다.

싯다르타는 일곱 살 무렵에, 부친인 정반왕(淨飯王)을 따라서 한 해 농사의 시작을 알리는 행사에 참석한다. 그런데 그곳에는 고단한 모습으로 밭을 가는 농부들과 채찍을 맞아가면서 고통스럽게 보습(농기구)을 끄는 소가 있었다. 보습이 지나갈 때마다 뒤집힌 흙덩이 사이로 벌레들이 몸이 잘리어 꿈틀거리고, 작은 새들이 날아와 그 벌레들을 쪼아 먹고, 더 큰 새들이 날아와 그 작은 새들을 잡아먹는다. 그런 처참한 광경을 처음으로 목격한 싯다르타는 큰 충격을 받고, 근처에 있는 나무 아래로 가서 눈물을 흘린다. 그 후 싯다르타는 태자로서 부왕의 뜻에 따라 결혼을 하지만, 깊은 고뇌에서 벗어나지 못했다. 그러던 중에 또 한 번의 중요한 사건을 겪게 된다. 왕궁 밖으로 나갔다가 초췌한 노인과 병든 사람, 장례 행차를 차례대로 목격한 것이다. 싯다르타는 고통스러울 수밖에 없는 인간의 삶을 확인하고 더욱 고뇌한다. 이어서 한 수행자를 만나게 되는데, 그로부터 조언을 들은 싯다르타는 자신도 수행자가 되어야겠다고 결심을 한다. 결국, 싯다르타는 스물아홉 나이에 왕궁 생활의 모든 것을 버리고 출가한다. 그리고 오랜 수행 끝에, 스스로 진리를 깨달아 부처(붓다, Buddha, 깨달은 자)가 되었다.

싯다르타 이전에도, 이미 진리를 깨달은 과거의 부처들이 존재했었다. 현재의 부처가 된 싯다르타는 석가(샤기야)족(族) 출신이었으므로 '석가모니 부처'라고 불렸다. 석가모니 부처가 한 수도원에서 머무르고 있었을 때의 일이다. 그의 제자 '아난다'가, 과거의 부처님들과 석가모니 부처님의 가르침에는 차이가 있느냐고 물었다. 이에 대해 석가모니 부처는 "나쁜 일을 하지 마라. 착한 일을 하라. 마음을 깨끗이 하라. 이것이 모든 부처의 가르침이다."라고 일러준다. 이 소박한 세 마디가 모든 부처의 가르침인 것이다.

기독교 경전인 성경에도 '착한 일'에 대한 이야기가 있다. 한 율법학자가 **예수**(Jesus Christ, 기독교 창시자)에게 와서 "선생님, 내가 무엇을 해야 구원을 얻을 수 있습니까?"라고 물었다. 이에 대해 예수는 대답하는 중에 한 가지 비유를 들어서 설명한다.

"한 사람이 길을 가다가 강도들을 만났다. 강도들은 그를 죽도록 때려서 가진 것을 모두 빼앗고, 그를 그 자리에다 버리고 가버렸다. 그때 그곳을 지나가던 한 유대인이 쓰러져 있는 그를 보았지만, 그냥 지나쳤다. 잠시 후 그곳을 지나가던 또 다른 유대인도 죽어가는 그를 보았지만 역시 피해버렸다. 그런데 여행 중이던 한 사마리아인이 그를 보고 불쌍히 여겨, 상처를 싸매고 주막으로 데리고 가서 비용을 지불하고 정성껏 돌보아주었다."

비유를 마친 예수는 율법학자(유대인)에게, 너도 이 사마리아인처럼 하라고 일러준다. 당시 유대인들은 자신들만이 하나님의 선택을 받은 민족이라는 선민사상(選民思想)을 가지고 있었다. 그래서 유대인 이외의 이방인들은 하나님으로부터 구원을 받을 수 없다고 믿었다. 특히, 역사적인 이유로 인해 사마리아인에 대해서는 멸시했다. 그러나 예수는 구원을 얻으려면, 유대인이 아닌 이 사마리아인처럼 네 이웃에게 착한 일을 하라고 한다.

그러고 보면, 모든 종교의 가르침은 본질에서 통한다고 할 수 있다. "착하게 살지 말고, 악하게 살아야 한다."라고 가르치는 종교가 있겠는가. 흔히 진리는 쉽고 단순하다고 한다. 그런데 진리를 어렵고 복잡하게 만드는 재주를 가진 사람들이 많다.

"착하게 살아라."

쉽고 단순하다. 그래서 기분이 좋다.

착하다는 것은 고귀한 가치이다. 그러나 인간은 착함의 가치보다, 절박한 현실을 위해서 악함을 선택하는 경우가 있다. 나는 나를 위해서, 너는 너를 위해서, 그는 그녀를 위해서, 부모는 가족을 위해서, 조상은 후손을 위해서, 리더는 조직을 위해서, 군인은 국가를 위해서, 정치인은 국민을 위해서, 한 사람은 만인을 위해서… 혹은 그 사람이 처해 있는 부득이한 상황에 의해서 악역을 맡아야 하는 경우도 있다. 그래서 우리는 다른 사람의 악함에 대해서 함부로 비난해서는 안 된다. 우리는 인생을 살아가면서, 착한 흔적뿐만 아니라 악한 흔적도 남기게 된다. 그러나 삶의 방향과 목표는 온전히 착함이 되어야 한다. 우리는 착한 흔적으로 더 행복하고 더 인간다운 인간이 될 수 있기 때문이다. 만약, 누군가가 악한 흔적만으로 충분히 행복하다고 한다면, 그는 이미 양심이 파괴된 사람이다. 빨리 그의 곁을 떠나라.

나에게도 착한 흔적들이 있다. 초등학교 때 이웃집에 들렀다가, 혼자 있던 갓난아이가 연탄아궁이에 빠지려고 하는 것을 발견하고는 재빨리 달려들어 잡아준 일이 있다. 그 순간 너무 아파서 아래를 보니 무언가에 부딪쳤는지 다리에서 피가 났다. 나는 갓난아이를 방안으로 넣어놓고 우리 집으로 뛰어갔다. 어머니께서 놀라시면서 어쩌다가 난 상처냐고 물어도, 나는 입을 다물고는 말하지 않았다. 아마 어린 마음에 너무 흥분했던 모양이다. 아직도 내 다리에는 그때의 흔적이 남아있다. 최근에도 내가 남긴 착한 흔적들이 있다. 등산을 갔다가 제법 큰 나무가 태풍으로 쓰러져서 뿌리까지 드러나 있는 것을 발견하고, 같이 간 지인과 함께 일으켜 세워서 구덩이를 파고 단단히 심어주었다. 교실에서 수업하는 중에 갑자기 나비가 들어왔는데, 수업을 중단하고 아이들과 함께 창밖으로 무사히 날려 보냈다. 방송을 통해서 한 가정의 안타까운 사연을 접하고 후원금을 보냈다. 중단했던 해외 아동 후원을 다시 시작했다. 생각하면 행복하다. 그런가 하면 내가 남긴 악한 흔적들도 있다…. 생각하면 불편하다. 악한 흔적은 착한 흔적으로 치유해야 한다. 나는 소망한다. 내 인생에서 **착한 흔적**이 **악한 흔적**보다 훨씬, 훨씬 더 많아지기를.

작년에 제법 먼 지역에 있는 장례식장까지 일부러 조문을 간 적이 있다. 평생 착한 흔적을 많이 남기고 돌아가신 분이다. 그분은 살아생전에, 제법 큰 이권을 소유하고 있으면서 많은 사람들에게 좋은 영향력을 끼쳤다. 나는 그분의 영정사진 뒤로 신(神)의 온화한 미소를 쉽게 찾아낼 수 있었다. 이 세상에 태어나기를 정말 잘한 사람이다. 그런가 하면, 평생 악한 흔적을 많이 남기고 죽은 사람이 있다. 그의 장례식은 살아생전 그의 성공처럼 화려했다. 나는 그의 영정사진을 보면서, 약육강식이 지배하는 아프리카 초원의 어느 한 지역에서 마지막까지 승자로 살다가 죽어간 늙은 수사자의 모습이 떠올랐다. 차라리 사자로 태어났으면 좋았을 사람이다.

연세가 여든이 넘으신 어르신이 있다. 몇 년 전까지만 해도 한 회사의 사장이었는데 건강상의 이유로 은퇴했다. 개인적으로 친분이 있어 종종 뵙는다. 몇 달 전에도 그분의 집에 들른 적이 있다. 그분이 계시는 방 안으로 들어갔는데, 책상 위에 노트가 펼쳐진 채로 무언가가 빼곡히 적혀 있었다. 내가 자세히 보려고 하자, 한쪽으로 치우시더니 그 노트에 대해서 설명해 주었다. 지금까지 자신이 살아오면서 '다른 사람에게 피해를 주었거나, 다른 사람을 고통스럽게 했던 일들'을 들추어내서 노트에다 적고 있다고 했다. 그리고 인생을 되돌아보니, 후회되는 일들이 너무 많은 것 같다면서 지그시 눈을 감으셨다. 나는 그분에게 불편한 그 일을 왜 하시느냐고 물었다.

"사람이 떠날 때가 되니까 착해지려나 보네. 그 일로 고민하다가 밤에 잠이 오지 않는 날도 있다네. 몇 사람은 직접 찾아가서 용서를 구했는데 쉽지 않았어. 무안한 반응을 접할 때는 무척 괴로웠다네. 한편으로 나 자신에게 위로가 되기도 한다네. 늦었지만 그나마 다행스러운 후회를 하고 있는 것 같아서…."

나는 그분의 진심 어린 고백을 들으면서 조심스럽게 말했다.

"후회는 곧 새로운 시작입니다."

그분은 고개를 끄덕이면서 말했다.

"그렇지 않아도 요즘 고민하고 있다네. '남은 인생 동안 어떻게 하면 착한 일을 더 많이 할 수 있을까?' 하고 말이야."

나는 그날 집으로 돌아와, 내 책상에 앉아서 컴퓨터를 켰다. 그리고 그분과 같은 내용으로 다른 사람에게 피해를 주었거나, 다른 사람을 고통스럽게 했던 나의 과거를 되돌아봤다. 처음에는 어색했는데 시간이 지나자 바로 어제 일처럼 줄줄이 떠올랐다. 연신 커피를 마시면서 밤늦도록 이어졌다. 하지만 그것만으로는 모자라서 그 뒤로도 한참이나 계속했다. 간혹 내가 누군가에게 태연하게 가해자였음을 확인할 때는 소름이 돋기도 한다. 어찌 사람뿐이었겠는가? 나는 다른 동물과 식물에게도 헤아릴 수 없는 가해자였다. 나는 필요 이상의 편리와 이득을 위해서, 혹은 더 맛있게 더 배부르게 먹기 위해서 다른 동물과 식물에게 잔인한 짓을 수없이 저질렀던 당사자이거나 동조자였음을 부인할 수 없다. 불교에서 말하는 지옥이 있어, 죽은 다음에 그곳으로 떨어져서 물이 끓는 가마솥에 들어간다고 하더라도 할 말이 없을 것 같다.

나는 나의 피해자들로부터 용서받을 수 있을까?

나는 나의 가해자들을 용서할 자격이 있을까?

그 일이 있고 나서 얼마 후에, 인근 중학교에서 근무하고 있는 한 여교사를 사석에서 만났다. 그녀는 내가 삼십 대 초반이었을 때, ○○중학교에서 같이 근무한 적이 있었는데 친하게 지냈다. 그날 자연스럽게 그때 당시 추억을 이야기하게 되었다. 어느 순간, 그녀가 자신의 기억 속에 있던 교사로서 나의 모습들을 꺼내기 시작했다. 참담한 모습이었다. 나는 속으로 '그래 맞아. 내가 학생들에게 그런 교사였지.'라고 맞장구를 칠 수밖에 없었다. 너무 부끄러워 얼굴이 확 달아올랐다. 그녀는 나의 괴로움을 눈치챘는지 나에 대한 기억을 멈추려고 했다. 나는 그녀에게 계속해서 과거의 나의 모습들을 말해달라고 했다. 진심이었다. **자신의 허물을 되돌아보는 일**은 상당한 용기가 필요하다. 그리고 그 용기야말로 다행스러운 용기일 것이다.

최근에 오랫동안 미워했던 한 사람과 화해를 했다. 눈물이 났다. 내가 참으로 바보 같았다는 생각이 들었다. 그를 미워한 지난 세월이 진심으로 후회스러웠다. 한편으로 미움이 큰 만큼 화해의 기쁨도 크다는 사실을 염치없이 깨달았다. 요즘 나는 그와 새로운 시작을 하고 있다.

'착한 성격'과 '착하게 사는 것'에 이어서, '내향적인 성격'에 대해서 이야기해 보려고 한다.

어느 날, 한 아이가 교무실로 찾아와서 배가 아프다고 했다. 마침 보건선생님이 출타 중이라서 내 차에다 태우고 병원으로 갔다. 의사가 진찰을 해보더니 체했다고 하면서 간단한 치료를 해주었다. 다시 학교로 가려고 하는데, 그 아이가 그냥 자기 집으로 가겠다고 고집을 피웠다. 나는 의아스러웠지만 그 아이를 집에까지 태워다 주었다. 혼자서 학교로 돌아오는데 아무래도 그 아이의 행동이 마음에 걸렸다. 나는 평소 그 아이와 친한 친구를 상담실로 불러서 몇 가지 물어보았다. 그러면서 그 이유를 짐작할 수 있었다. 전날 △△교과목 수업시간에 그 아이가 받은 벌칙이 문제였다. 그 벌칙은 오늘 그 수업시간에 춤을 추면서 노래를 부르는 거였다. 너무 걱정하다가 그렇게 된 모양이었다. 평소 내향적인 성격을 가진 학생인데, 친구들 앞에서 그 벌칙을 수행한다는 것이 부담스러웠나 보다. 담당 교과목 선생님을 만나서 사정 이야기를 하고 벌칙은 없는 것으로 했다. 다음 날, 나는 그 아이를 불러서 물었다.

"선생님이 너에게 친구들 앞에서, 노래를 '**해**(DO)'라고 했니? '**잘해**(DO WELL)'라고 했니?"

내향적인 사람은, 매사에 실수하지 않으려는 완벽주의 성격을 지닌 경우가 많다. 남들을 지나치게 의식하다 보니 부담감을 많이 가질 수밖에 없다. 나는 그 아이에게 나의 경험을 이야기해 주었다.

나도 예전에는 남들 앞에서 노래를 불러야 할 일이 생기면 지나치게 긴장했다. 사회생활을 하다가 보면, 여러 사람들 앞에서 노래를 불러야 하는 경우가 생긴다. 그래서 평소에 노래 몇 곡 정도는 연습해 놓는다. 한번은 새로 부임한 교사들을 환영하는 직장 회식 자리에서, 노래를 불러야 할 상황이 되었다. 부임 교사 중의 한 사람이었던 나는 긴장된 마음으로 차례를 기다리고 있었다. 그런데 나보다 먼저 노래를 부른 다른 부임 교사가 가수 못지않은 실력으로 멋지게 노래를 해버렸다. 사람들의 박수와 환호성이 쏟아졌다. 다음 차례인 나는 그만 기가 죽어서 노래를 잘해 볼 엄두를 내지 못했다. 대충 노래를 불렀다. 사람들의 기대감이 일순간에 무너지는 모습이 보였다. 하지만 나는 어쩔 수 없이 계속 노래를 불렀다. 그런데 어느 순간 마음이 편안해졌다. 사람들의 시선이 나에게서 멀어지는 것을 느꼈기 때문이다. 나는 노래가 끝나고 그 어느 때보다 편안하게 자리에 앉았다. 그 뒤로는 더욱 편안한 일이 벌어졌다. 나의 노래 실력을 아는 사람들이 좀처럼 나에게 노래를 시키지 않거나, 어쩔 수 없이 내가 노래를 하는 경우에는 기대감을 접어버렸기 때문이다. 나는 그 후로 지금까지 노래에 대한 부담감을 떨쳐버리고, 어디서나 편하게 노래를 부르고 있다.

'사람들의 기대만큼은 해야지.' 혹은 '사람들의 기대보다 더 잘할 거야.'라고 마음먹는 것도 좋지만, 때로는 '사람들의 기대감을 한순간에 깨뜨려주겠어.'라는 마음도 필요하다. **아주 뻔뻔하게** 말이다. 억지로 잘하려고 애를 쓰면, 나도 불편하고 그런 나를 바라보는 상대방도 불편하다.

사람의 성격은 크게 '내향적인 성격'과 '외향적인 성격'으로 나뉜다. 그런 차이는 왜 생기는 것일까? 성격은 후천적인 영향보다는 선천적으로 타고난 유전자의 영향을 더 많이 받는 것으로 알려졌다. 그렇다고 해서, 어느 한쪽의 성격만을 일방적으로 지닌 사람은 없다. 사람에 따라서 어느 한쪽의 성격을 다른 쪽의 성격보다, 더 많이 지니고 있을 뿐이다. **어떤 성격이 더 좋을까?** 두 성격 모두 장단점이 있기에 어느 쪽이 더 낫다고 할 수 없다. 그러나 세상은 외향적인 성격에 더 높은 점수를 주는 경향이 있다. 그래서 그런지 내향적인 학생들 중에는 자신의 성격을 억지로 바꾸려고 애쓰는 경우가 있다. 쉽지 않은 일이다. 무리하게 시도했다가 오히려 상처와 좌절만 남을 수 있다. 부모나 교사도 마찬가지다. 내향적인 아이에게 외향적인 행동을 무리하게 강요하는 경우가 있다. 이는 타고난 성격을 개조하는 일로 신중하게 접근해야 한다.

수업시간에, 학생들이 발표 활동(설명, 보고, 의견제시, 토론 등)을 해야 하는 경우가 있다. 나는 그런 상황에서 강제성을 배제하고 희망하는 학생에게만 발표할 기회를 준다. 즉흥적인 상황에서도 씩씩하고 능숙하게 발표를 하는 학생이 있다. 반면에 부끄러워하면서 서툴게 발표를 하는 학생도 있다. 모두 자연스러운 모습이다. 간혹 내향적인 학생이 발표를 잘하는 경우가 있다. 주로 준비된 발표를 하는 경우에 해당한다. 이때의 발표는 완성도와 설득력이 높다. 발표 활동을 하는 과정에서, 종종 내향적인 학생들의 용기 있는 도전에 감동할 때가 있다. 그리고 한 번씩 그런 경험을 하고 나면, 당사자인 그 학생이 많이 성장하는 것을 볼 수 있다. 교사는 수업시간에 내향적인 학생들이 그런 도전을 할 수 있도록 자연스럽게 기다려주는 것이 중요하다. 발표 활동을 끝까지 꺼리는 학생이 있다면, 그것도 자연스럽게 인정해 줘야 한다. 발표 활동의 효과는 당사자인 학생이 꼭 발표를 해야지만 얻을 수 있는 것이 아니다. 다른 학생들이 발표하는 것을 지켜보는 것만으로도 많은 것을 배울 수 있다. 외향적이고 싶은 아이에게 외향적일 기회를 줘야 하는 것처럼, 내향적이고 싶은 아이에게는 내향적일 자유도 줘야 한다. 이 세상에는 외향적인 사람에게 더 유리한 일이 있는가 하면, 내향적인 사람에게 더 유리한 일도 있다. 그런가 하면, 대부분의 일들은 두 성격하고 상관없는 일이다. 대통령, 기업가, 교사, 소설가, 의사, 축구선수, 디자이너, 요리사는… 어떤 성격을 가진 사람이어야 할까? 성격하고 상관없이 훌륭한 대통령이, 성공한 기업가가, 좋은 교사가, 위대한 소설가가, 존경받는 의사가, 실력 있는 축구선수가, 인정받는 디자이너가, 인기 있는 요리사가… 될 수 있다.

청소년기에, 굳이 자신의 성격을 바꾸려고 애쓰지 않아도 된다. 살다가 보면, 자신의 성격을 바꾸어야겠다고 절실하게 느끼는 시기가 있다. 그때 바꾸려고 노력하면 된다. **그때는 신기하게도 잘 바뀐다.** 자신의 성격이 바뀌었다고 하는 사람들을 보더라도, 청소년기보다는 대부분 어른이 되고 나서 바뀐 것이다. 그리고 중간에 자신의 성격이 바뀌었다고 하는 사람도, 정확히 말하면 타고난 자신의 성격이 근본적으로 바뀐 것이 아니다. 필요에 따라서 원래 부족했던 다른 성격을 더 많이 받아들이고 훈련한 것일 뿐이다. 이런 경우에는 원래 자신이 가지고 있던 성격과 부족했던 성격의 장점과 단점이 서로 보완되면서, 자신에게 더 큰 장점이 된다.

내가 중학교 다닐 때, 내향적인 성격을 가진 친구가 있었다. 몸집은 또래에 비해 컸으나 조용하고 수줍음이 심했다. 같은 고등학교에 진학해서 1학년 때 자주 어울려 다녔다. 한번은 쉬는시간에 둘이서 교실 복도에 나와 있었는데, 3학년 선배 여학생이 다가와서 그 친구에게 말을 걸었다. 그러자 그 친구는 순간적으로 얼굴이 빨개지더니 대답을 얼버무리면서 교실로 들어가 버렸다. 숫기가 없던 나도 뒤따라 들어왔다. 아직도 호흡이 거친 그 친구는 나에게, "나는 왜 이럴까? 정말 바보 같지?"라고 하면서 거의 울상이었다.

그 뒤로 세월이 흘러, 사십 대 중반의 나이가 되었을 무렵 그 친구의 소식을 듣게 되었다. 광주(光州)에서 기계부품을 생산하는 중소기업을 운영하고 있었다. 한번은 광주에 다른 일로 들렀다가, 그 친구와 전화 통화를 하고는 사무실로 찾아갔다. 과거에 수줍음 많던 열일곱 살 소년의 모습은 어디 가고 넉살 좋은 중년의 아저씨가 되어 있었다. 마침 급한 일이라면서 직원이 들어와서 업무 보고를 했다. 그런데 무슨 일이 잘못되었는지 그 친구는 직원을 단호하게 대했다. 급기야 다른 직원들도 몇 명 들어오고 하더니 언성이 더 높아졌다. 옆에 있던 나는 무안해서 고개를 숙이고 신분을 보는 척했다. 잠시 후 직원들이 모두 나가자, 나는 고개를 갸우뚱하면서 그 친구에게 "너, 성격이 참 많이 변했구나."라고 했다. 그 친구는 금방 넉살 좋은 아저씨 표정으로 말했다.

"살다 보니까 **성격도 변하더라.**"

부산(釜山) 지역의 한 제조업체에서 근무하는 제자가 있다. 그에게서 그 회사 사장님에 대한 이야기를 들은 적이 있다.

"제가 근무하는 회사는 회식이 없기로 유명합니다. 조용한 성격의 사장님 때문입니다. 회사에 회식할 일이 생기면, 사장님은 직원들에게 회식비용을 나누어 주면서 가족들과 함께 시간을 보내라고 합니다. 원래 저는 외향적인 성격으로 다른 사람들과 어울리는 것을 좋아합니다. 그래서 지금의 회사 분위기에 적응하느라고 시간이 걸렸습니다. 저는 회사에서 직책이 수행 비서라서, 사장님을 모시고 다른 회사 사장님들을 자주 만나게 됩니다. 그러면서 한 가지 흥미로운 사실을 발견했습니다. 사장님들 중에는 외향적인 분들보다 내향적인 분들이 더 많았습니다. 어느 때는 숨이 막힐 정도로 조용한 자리도 있습니다."

제자의 경험처럼, CEO 중에는 외향적인 성격보다 내향적인 성격을 가진 사람이 더 많다는 통계가 있다.

컨설팅 회사에 다니는 여학생 제자가 있다. 업무상 어쩔 수 없이 외향적으로 일하지만, 자신은 원래 혼자 있는 것을 좋아하는 내향적인 성격이라고 한다. **하루 중에 가장 행복한 시간**을 말한 적이 있다.

"퇴근길에 커피전문점에 들러 커피 한 잔을 주문해서 들고 나옵니다. 그리고 혼자서 자가용을 운전하고, 일부러 해안도로 쪽으로 돌아서, 볼륨을 낮추고 음악을 들으면서 집으로 갑니다. 무엇과도 바꿀 수 없는 하루 중에 가장 행복한 시간입니다."

그런가 하면, 고등학교 다닐 때 남들 앞에 서는 것이 거의 공포라고 했던 남학생이 있었다. 사범대학을 졸업하고, 현재는 인근에 있는 ○○

중학교에서 영어교사로 근무하고 있다. 그 학교에 있는 다른 교사로부터 그 제자에 대한 이야기를 들은 적이 있다. 평소 학교 교무실에서 생활하는 모습을 보면 조용한 편이라고 한다. 그러나 그가 교실에서 수업을 어찌나 열정적으로 하는지, 학생들 사이에서 인기가 많다고 한다. 나는 제자의 모습이 쉽게 상상이 되지 않았다.

주변에 있는 어른들을 유심히 살펴보렴. 앞집 편의점의 그 사장님은 성격이 내향적이니? 옆집 음식점에서 장사하시는 그 할머니는 성격이 외향적이니? 아버지와 같이 사업하는 그 아저씨는 심성이 착한 사람이니? 엄마 친구인 그 아주머니는 심성이 악한 사람이니? 특별히 구분하기가 어려울 것이다. 사람은 대체적으로 어른이 되어가면서, 심성이나 성격으로 구분하기가 모호해진다.

'내향적이다, 외향적이다' 혹은 '착하다, 악하다' 이런 문제로 너무 고민하지 마라. 상황에 따라 필요에 따라 다양한 모습으로 살게 될 것이다.

13 STORY

특별함 평범함

두 가지의 삶 · 특별한 삶과 평범한 삶 · 부, 신분, 능력, 외모 그리고 평범함 · 평범한 학생과 특별한 학생 · 살구나무의 추억 · 내 마음속에 아름다운 그림 · 낯익은 행동 · 나를 지켜보고 있는 누군가를 위해 · 롤모델(role model) · 주목받지 못한 별들 · 꿈틀거리고 있는 지렁이 · 좋은 사람과 나쁜 사람 · 사이코패스와 소시오패스 · 가짜 진실과 진짜 진실 · 그들에게 정말 감사한다 · 큰 바위 얼굴 · 숭고함과 온화함 · 예언이 실현되었다 · 대한민국의 평범한 학생

한 번은 수업시간에, 칠판에다 '**두 가지의 삶**'을 나란히 제시해 놓고 학생들에게 읽어보도록 했다. 16세기 조선 시대 때 실존했던 인물이다.

첫 번째 삶 : 그는 50세 정도의 나이가 되었을 때, 두어 칸 집을 소유하고 있어 사는 공간으로 불편하지 않고, 경작할 논밭이 있어 양식을 자급자족할 수 있고, 겨울용 솜옷과 여름용 베옷 몇 벌을 갖추고 있어 추위와 더위 걱정이 없고, 항상 세 가지 반찬에 밥을 먹고, 그릇에는 먹다 남은 밥이 있어 배고플 일이 없었다. 그리고 책장에는 읽을 책이 가득하고, 여흥을 즐길 거문고 악기가 있고, 말벗이 되어줄 친구가 있고, 바람 통하는 창문이 있고, 햇볕 쬘 툇마루가 있고, 차(茶)를 다릴 화로가 있고, 늙은 몸 의지할 지팡이가 있고, 몸을 싣고 봄 경치 즐길 나귀 한 마리가 있어, 그 나이에 특별히 욕심낼 만한 것이 없었다.

두 번째 삶 : 그는 명망이 높은 양반 가문에서 태어났지만, 12세 이전에 부모를 모두 여의고 이모부 집에서 자랐다. 25세 때 과거시험에 장원급제하였고, 그 후 주요 관직을 두루 거치면서 출세 가도를 달렸다. 하지만 35세에 정치적인 이유로 파직되어 고향으로 내려가 18년간이나 지내게 되는데, 그 시기에 저술 활동과 후진 교육에 힘썼다. 황해도와 전라도 관찰사로 재직하는 중에는 백성을 교화할 목적으로 『경민편(警民編)』과 백성들의 질병 치료에 도움을 주고자 『촌가구급방(村家救急方)』이라는 책을 편찬했다. 성리학과 의학뿐만 아니라 그밖에 시와 문장에도 뛰어나, 많은 저술을 남기고 55세의 나이로 생을 마쳤다.

나는 학생들에게 두 가지의 삶에 대한 자신의 생각을 발표해 보라고 했다. 나의 의도는 학생들에게 "노후의 여유로운 삶(첫 번째 삶)을 위해서는, 젊은 날의 고생과 노력(두 번째 삶)이 있어야 한다."라는 의미를 전달하는 것이었다. 위의 '첫 번째 삶'과 '두 번째 삶'은 동일한 한 사람의 삶으로, 조선시대 학자였던 김정국(金正國, 1485~1541년)의 삶을 두 가지의 다른 모습으로 나누어서 표현한 것이었다. 그런데 학생들은 나의 의도하고는 달리, "평범한 삶을 살았던 첫 번째 사람과 특별한 삶을 살았던 두 번째 사람을 서로 비교해 놓은 것이다."라는 대답이 많았다. 나는 사실대로 밝히지 않고, 학생들에게 한 가지 과제를 내주었다. '**특별한 삶**'과 '**평범한 삶**'에 대한 자신의 생각을 정리해서 다음 시간에 발표하도록 했다. 학생들의 다양한 의견이 많았다. 그 가운데서 공통점을 발견할 수 있었는데, 평범한 삶에 대해서 비교적 쉽게 생각한다는 것이었다. 그리고 힘들 것 같은 특별한 삶보다는, 상대적으로 쉬울 것 같은 평범한 삶을 살겠다는 의견이 더 많았다.

정말로, 평범하게 산다는 것이 쉬운 일일까? 평범하게 산다는 것이 얼마나 소중하고 어려운 일인가를 말해주는 민간설화가 있다.

사람이 죽음을 앞두게 되면, 저승사자가 찾아와서 그 사람의 혼(魂)을 데리고 염라국으로 간다. 염라국에는 그 사람의 과거를 보여주는 거울이 있는데, 염라대왕은 그 거울을 보고 판결을 내린다. 극락이나 지옥으로 보내기도 하고, 다시 이승으로 돌려보내서 사람이나 동물로 태어나도록 한다. 한번은, 저승사자가 실수로 아직 죽을 때가 되지 않은 사람의 혼을 다섯 명이나 데리고 와버렸다. 이승과 저승은 서로 시간의 흐름이 달라서, 이승으로 돌아간다고 해도 본래의 육신은 이미 땅에 묻히고 없었다. 염라대왕은 고심 끝에 다섯 명의 사람들에게 "너희들을 이승으로 돌려보내겠다. 그런데 어쩔 수 없이 다시 갓난아이로 태어나야 한다. 대신에 너희들이 각자 원하는 조건에서 태어날 수 있도록 해주겠다."라고 했다. 슬픔에 빠져있던 다섯 명의 사람들은 크게 기뻐하면서, 한 명씩 자신들이 태어나고 싶은 조건을 말했다.

첫 번째 사람이 말하기를, 자신은 이승에 있을 때 너무 가난해서 사는 게 고통스러웠다면서, **큰 부잣집**의 자식으로 태어나게 해달라고 요구했다. 염라대왕은 고개를 끄덕였다.

두 번째 사람이 말하기를, 자신은 이승에 있을 때 미천한 신분 때문에 억울한 일들을 많이 겪었다면서, **귀한 신분**인 한 나라의 왕자로 태어나게 해달라고 요구했다. 염라대왕은 고개를 끄덕였다.

세 번째 사람이 말하기를, 자신은 이승에 있을 때 어리석고 무능력하다고 남들에게 늘 멸시를 받았다면서, **비범한 능력**을 지닌 사람으로 태어나게 해달라고 요구했다. 염라대왕은 고개를 끄덕였다.

네 번째 사람이 말하기를, 자신은 여자로서 이승에 있을 때 남자들에게 관심을 받아본 적이 없었다면서, **빼어난 외모**를 지닌 여자로 태어나게 해달라고 요구했다. 염라대왕은 고개를 끄덕였다.

마지막으로 다섯 번째 사람은, 자신의 조건을 말하기 전에 앞서 말한 네 명의 사람들을 향해서 욕심이 지나치게 많다면서 나무랐다. 그러고는 염라대왕에게 자신의 조건을 말했다.

"염라대왕님, 저의 조건은 **지극히 평범합니다.** 저는 큰 재산과 귀한 신분, 비범한 능력, 빼어난 외모까지는 바라지 않습니다. 남들에게 무시당하지 않을 정도의 재산과 신분과 능력과 외모를 모두 가진 사람으로 태어나면 됩니다."

염라대왕이 마지못해서 고개를 끄덕이려고 하는데, 다섯 번째 사람은 계속해서 자신의 조건을 말했다.

"염라대왕님, 그렇게 태어나기만 하면 안 됩니다. 한평생 그 정도 수준으로 살 수 있어야 합니다. 그 정도 수준의 여자를 만나서 결혼하고, 그 정도 수준으로 살아가는 자식들을 낳게 하고, 내 가족들 모두 죽는 날까지 특별한 사건이나 사고 없이 건강하게 살 수 있도록 해주십시오."

염라대왕은 갑자기 인상이 험악해지더니, 벌떡 일어나 큰소리로 화를 냈다.

"너처럼 욕심 많은 인간은 처음 본다. 만약 그렇게만 살 수 있다면, 내가 먼저 이 염라대왕 자리를 당장 그만두고 이승으로 내려가서 그 사람처럼 살겠다."

사람들은 나이를 먹어갈수록, 평범한 삶이 얼마나 소중하고 어려운가를 깨닫게 된다. 특별한 삶은 의외로 쉬울 수 있다. 애초부터 남들보다 특별한 가정환경에서, 혹은 특별한 능력을 지니고 태어나면 된다. 그런 사람은 평범한 삶보다는 특별한 삶을 살아갈 가능성이 높다.

대한민국 중·고등학생의 평범한 삶은 어떤 모습일까? 지금 네가 **평범한 학생**의 모습이라면, 너는 훗날 염라대왕도 부러워하는 평범한 삶을 살아갈 가능성이 크다. 반면에 평범한 학생의 모습을 잘 견디어 내지 못하고 있다면, 훗날 평범한 삶을 살아가는 데 어려움을 겪을 수도 있다. 어쩌면 아주 특별한 삶을 살게 될지도 모른다.

학교에는 '평범한 학생'도 있고 '**특별한 학생**'도 있다. 특별한 학생은 눈에 잘 뜨인다. 그런데 나는 언제부터인가 평범한 학생도 잘 보이기 시작했다. 평범한 학생이야말로, 교사인 나에게 가장 소중한 혹은 가장 두려운 학생이라는 것을 깨달았기 때문이다.

최근에 학교를 찾아온 제자가 있다. 이번에 ○○교육대학교를 졸업하고, 초등학교 교사로 첫 발령을 받게 되었다면서 인사차 왔다. 선생님들의 축하와 격려가 이어졌다. 그런데 인사가 거의 끝나갈 무렵에, 그 제자가 내 눈치를 보더니 내 옆자리에 있는 한 선생님에게로 다가왔다. 그리고 작은 목소리로 "저도 앞으로 선생님처럼 훌륭한 선생님이 되고 싶습니다."라는 말을 했다. 그러자 그 선생님은 당황해하면서, "넌 이름이 뭐니? 나는 너에 대한 기억이 별로 없구나."라고 했다. 그 제자는 당황해하는 선생님 곁에서 말없이 웃기만 했다. 그 제자가 가고 나서 그 선생님은 흐뭇한 표정으로 말했다. "이렇게 학교 다닐 때, 잘 알지 못했던 제자가 찾아오면 더 행복합니다."

한번은 대형마트에서 쇼핑하는 중에 이십 대 후반인 한 제자와 마주쳤다. 이름은 물론이고 언제 때 제자였는지 기억이 가물거렸다. 머뭇거리는 사이에 그 제자는 "선생님, 지금도 ○○자동차 타고 다니세요? 길거리에서 그 차를 볼 때마다 선생님 생각이 납니다.", "아직도 학교에서 청소하고 다니세요?", "수업시간에 해주셨던 △△이야기가 기억납니다." 등등 사소한 일들을 들추어냈다. 나는 가만히 그의 기억 속에 있는 나를 떠올리면서 행복했다.

우리는 종종 상대방은 기억하지 못하는데, 나에게는 선명한 기억으로 남아있는 경우가 있다. 내가 어린 시절 겪었던 아름다운 기억이 있다.

우리 동네에는 ○○○한약방이 있었다. 그 집 담 바로 너머에는 커다란 **살구나무**가 있었는데, 살구가 채 익기도 전에 동네 아이들이 모여들었다. 너나없이 돌을 던져서 살구를 떨어뜨려 주워 먹었다. 간혹 한약방 지붕의 기왓장이 깨지곤 했다. 그럴 때면 어김없이 한약방 안에서 "누구냐!" 하는 소리가 들려왔다. 하지만 아이들은 개의치 않았다. 누군가가 나오는 소리가 들리면 재빨리 도망치면 그만이었다. 한번은 여느 날과 다름없이 동네 아이들 네 명이어서 살구나무를 향해서 돌을 던지고 있었다. 그런데 갑자기 뒤에서 누군가가 우리들을 덥석 잡았다. 그러더니 "어르신, 요놈들 잡았습니다!"라고 소리쳤다. 한약방에서 일하는 아저씨들이었다. 한약방으로 끌려가면서 부모님의 얼굴이 떠오르고, 그동안 깨진 기왓장의 손해배상까지 생각하니 눈앞이 깜깜했다. 한약방 거실에서 무릎을 꿇고 앉아있는데 한약방 주인아저씨가 들어왔다. 그런데 뜻밖에도 살구가 들어있는 바구니를 내어놓으면서, 우리들에게 먹으라고 하셨다. 우리는 눈치를 봐가면서 고개를 숙인 채 살구를 먹기 시작했다. 잠시 후, 한약방 주인아저씨의 다정한 목소리가 들려왔다. "애들아, 앞으로 살구가 먹고 싶으면 이곳으로 들어오너라. 너희들이 돌을 던지면 살구나무가 얼마나 아프겠니? 어떤 날은 살구나무가 아파서 밤새도록 소리를 내면서 운단다." 그러면서 살구나무의 울음소리를 흉내 내셨다. "휭휭…." 우리는 더욱 고개를 들 수 없었다. 나는 그때 처음으로 나무도 사람처럼 아플 수 있다는 것을 알게 되었다. 옆에서 한약방 아저씨들이 기왓장을 여러 번이나 들먹이는데, 한약방 주인아저씨는 그것에 대해서 끝까지 아무 말씀도 하지 않으셨다. 잠시 후, 우리는 무사히 풀려났다. 아이들 손에는, 한약방 주인아저씨께서 일일이 쥐여 주신 대여섯 개씩의 살구가 쥐어져 있었다.

그 후로, 나는 그 살구나무에 돌을 던지지 않았다. 그리고 어디서나 노란 살구를 보면 그때 일이 떠올라 행복했다. 세월이 흘러, 그 어린 꼬마는 교사가 되었고 고향에 내려와 ○○중학교에서 근무하게 되었다. 그리고 이제는 백발의 할아버지가 되신 그 한약방 주인아저씨를 볼 수 있었다. 아침 출근길에 흰 수염을 휘날리면서 자전거를 타고 가시는 모습이 자주 목격되었다. 아는 분에게 물어보니, 몇 년 전부터 한약방 일을 그만두시고 집에 계신다고 했다. 나는 몇 번이나 기회를 보다가 차를 멈추고 할아버지 앞에 섰다. 그리고 그 옛날 그 이야기를 꺼냈다. 나는 다시 그 시절로 돌아간 것처럼 약간 상기되었다. 할아버지는 기억이 가물거리시는 모양이었다. 하지만 내 이야기를 다 들으시더니 천천히 나의 손을 잡으셨다. 그리고 환하게 웃으시면서 말씀해 주셨다.

"이제야 기억이 나네. 젊은이, 지금까지 기억해 줘서 정말 고맙네. 참 행복하네."

"제가 할아버지께 고맙습니다. 내 마음속에 그토록 아름다운 그림을 그려주셔서…."

특별한 관계에서 만들어진 기억은 소중하다. 하지만 평범한 관계에서 만들어지는 기억도 그 이상으로 소중할 수 있다. 특별함보다는 평범함이 우리에게 더 큰 감동을 주는 경우도 많다. 세계적인 명화(名畫)들도 특별한 일상보다는 평범한 일상을 그린 작품들이 많다. 평범함은 특별함보다 더 크고 더 넓은 보편적인 가치를 지닌다. 나와의 관계가 평범했던 사람이 나를 특별하게 기억하고 있다는 것은 놀라운 일이다. 그 기억이 좋은 기억이라면 분명 인생의 선물이다.

몇 년 전에, 한 남자로부터 전화가 걸려왔다. 나에게 자신의 이름이 '박희철'이고, 나이는 서른두 살이며 ○○고등학교를 졸업한 제자라고 했다. 하지만 나는 그에 대한 기억이 잘 떠오르지 않았다. 그는 현재 경기도(京畿道)에서 작은아버지께서 운영하시는 한 중소기업에서 근무하고 있는데, 며칠 뒤에 두 달 일정으로 중국(中國)에 가야 할 일이 생겼다고 했다. 중국 출장을 준비하다가, 갑자기 선생님이 생각나서 연락을 하게 되었다면서 뵙기를 청했다. 이틀 뒤에 만나서 그의 얼굴을 보니까 비로소 기억이 났다. 나는 그에게 학교 다닐 때 둘이서 말을 해본 적이 있었느냐고 물었다. 그는 고개를 저으면서 한 번도 없었다고 했다. 나는 그날 그와 식사를 같이 하면서, 그에게서 **낯익은 행동** 하나를 발견했다. 왼손으로 앞 머리카락을 뒤로 쓸어 넘기면서 머리를 톡톡 쳤다. 나는 웃음이 나왔다. 예전에 내가 잘하던 습관이었기 때문이다. 그는 고등학교 때 나의 그런 행동을 보고 따라 하다가, 본인의 습관이 되어버렸다고 했다. 나는 그날 준비해 간 오뚝이 인형을 그에게 선물로 주었다.

나에게도 다른 사람의 습관을 따라 하다가, 내 습관이 되어버린 것이 하나 있다. 내 인생에 영향을 준 사람이다. 그는 한국 사람으로 국내에서 대학을 졸업하고, 잠시 대학 강단에 섰다가 젊은 날에 미국(美國)으로 이민을 갔다. 그 후 미국과 캐나다에서 개인 사업을 했는데, 환경보호와 관련된 일에도 남다른 관심을 보였다고 한다. 그렇게 30여 년을 지내다가 육십 대 초반의 이른 나이에 은퇴를 하고 한국으로 돌아왔다. 그를 아는 몇몇 사람들의 요청으로 한동안 한 환경단체에서 강사로 활동했다. 나는 그의 강연을 듣고 적잖은 충격을 받았다. 그가 저술한 몇 권의 책도 읽으면서, 인간의 삶에 대해서 지금까지와는 다른 물음을 던져볼 수 있었다. 그가 참여하는 모임이나 강연이 있으면, 일부러 시간을 내서 찾아다닐 정도로 한동안 팬이 되어 그를 좋아했다. 그런데 그는 오랜 서구식 습관 때문인지, 식사를 할 때면 젓가락질과 숟가락질을 특이하게 했다. 나는 그 모습을 보면서 따라 해보았다. 서툴고 어색했지만 따라 할 때마다 기분이 좋았다. 이런 사정을 모르는 사람들은 내가 젓가락질과 숟가락질을 할 때면 유심히 쳐다보곤 한다. 그는 내가 본인에게 영향을 받았는지 모를 것이다. 개인적으로 만난 적이 없기 때문이다. 가까이서 뵌 적은 있었지만 차마 말을 걸어보지 못했다.

우리는 **'나를 지켜보고 있는 누군가'를 위해서** 함부로 살아서는 안 된다. 자신도 모르는 사이에 누군가에게 특별한 존재가 될 수 있기 때문이다.

다른 사람에게 본보기가 되는 사람을 **롤모델**(role model)이라 한다. 특별한 사람만이 롤모델이 되는 것이 아니다. 평범한 사람도 얼마든지 훌륭한 롤모델이 될 수 있다. 내 주변에도 그런 평범하지만 훌륭한 롤모델들이 있다. 물론 그들에 대한 내 판단은 지극히 개인적인 관점일 수 있다.

변함없는 진실함과 훌륭한 인격으로 우리들의 인생이 아름답다는 것을 보여주신 지병○ 선배님, 어느 곳에서나 신뢰받는 존재감과 세 자녀의 아버지로서 큰 나무처럼 보였던 김영○ 선생님, 자신의 회사에서 근무하는 직원들보다 더 가난하게 사시는 이선○ 사장님, 힘든 질병으로 절망에 빠져있던 부친에게 뛰어난 처방과 함께 진심 어린 마음으로 삶의 희망을 주셨던 윤숙○ 의사님, 틀에 얽매이지 않은 자유로운 사고와 해박한 지식으로 상대방을 사로잡는 홍주○ 님, 한 달 수입의 1/4을 어려운 이웃을 위해서 기부하고 있는 스승보다 더 나은 박한○ 제자, 정년으로 공직에서 은퇴한 후 국내는 물론이고 해외를 오가면서 봉사의 삶을 살고 있는 박민○ 님, 씩씩하고 따뜻한 마음으로 길가에서 문득 마주친 들꽃처럼 미소 짓게 하는 김정○ 선생님, 장차 아프리카에 학교를 세우겠다고 매달 수입의 일부를 저축하고 있는 김미○ 님, 나하고 여러모로 생각이 다르지만 내 생각을 존중해 주는, 그래서 더 만나게 되는 박재○ 님, 굴곡 많은 인생을 살아왔지만 마음이 너그럽고 인생의 지혜가 가득한 박혜○ 여사님, 층간 소음 문제로 편지와 작은 선물을 주고받았던 아파트 위층에 사는 젊고 아름다운 송찬○·조명○ 부부….

그들은 감추어져 있다. 단 한 번도 매스컴이나 수상(受賞) 등을 통해서 드러난 적이 없다. 이 세상은 드러난 훌륭한 사람만 있는 것이 아니다. 드러나지 않은 훌륭한 사람이 훨씬 더 많다. 꽃은 화분이나 정원에서만 피는 것이 아니다. 가보지 못한 들녘과 보이지 않는 숲속에 훨씬 더 많은 꽃들이 피어난다. 밤하늘에도 **주목받지 못한 별들**과 보이지 않는 별들이 훨씬 더 많다. 드러나지 않은 훌륭한 그들로 인해, 이 세상은 용서받을 수 있고 살만한 것이라 믿는다.

우리는 흔히 남들에 대해서, '좋은 사람'이라고 혹은 '나쁜 사람'이라고 쉽게 규정짓는다. 그러나 우리가 알고 있는 나쁜 사람과 좋은 사람은 드러난 사람들이다. 이 세상에는 드러나지 않거나 규모가 작은 나쁜 사람과 좋은 사람이 훨씬 더 많다.

오늘, 특별한 이유도 없이 나보다 힘이 약한 친구를 괴롭혔니? 비겁한 폭력을 행사했구나. 오늘, 폐건전지를 분리수거함에 넣지 않고 숲속에다 던져버렸니? 환경을 오염시켰군. 오늘, 엄마에게 사소한 일로 짜증을 냈니? 마음에 상처를 주었구나. 오늘, 자격을 속여서 공연 입장권을 할인받았니? 부정을 저질렀군. 오늘, 길가에서 우연히 마주친 개구리를 죽였니? 잔인했구나. 오늘, 인터넷에서 불법으로 자료를 다운로드 받았니? 범죄행위다. 오늘, 위험한 시설물을 보고 재빨리 경찰서에 신고했니? 위대한 일을 했구나. 오늘, 곤경에 처한 친구를 직접 나서서 도와주었니? 영웅이다. 오늘, 교실에 있는 게시판을 예쁘게 꾸몄니? 예술을 했구나. 오늘, 테이블 위로 삐져나온 위험한 못을 제거했니? 누군가의 불행을 막았구나. 오늘, 화장실 청소를 깨끗이 했니? 너로 인해 여러 사람이 행복했겠다. 오늘, 시멘트 바닥에서 꿈틀거리고 있는 지렁이를 화단에 넣어주었니? 생명을 구했구나… 등등.

우리는 누군가에게 나쁜 사람이라고 손가락질을 하면서, 자신도 드러나지 않거나 규모가 작은 나쁜 일을 하고 있다. 우리는 누군가에게 좋은 사람이라고 감동을 받으면서, 자신도 드러나지 않거나 규모가 작은 좋은 일을 하고 있다는 사실을 모를 때가 많다. 규모가 작은 나쁜 일과 좋은 일을 하고 있는 사람은, 기회만 주어진다면 얼마든지 규모가 큰 나쁜 일과 좋은 일을 할 수 있는 사람이다.

예전에 나의 롤모델인 박혜○ 여사님과 '나쁜 사람'과 '좋은 사람'에 대해서 이야기를 나눈 적이 있다. 쉽게 결론이 나지 않았다. 그러다가 몇 달 만에 둘이서 작은 결론을 냈다.

"같이 있으면 마음이 편한 사람이 **좋은 사람**이고, 같이 있으면 마음이 불편한 사람이 **나쁜 사람**이다."

어떤 사람이 같이 있으면 마음이 편한 사람일까? 자기만 옳다고 하지 않고 상대방의 생각을 인정해 주는 사람이다. 어떤 사람이 같이 있으면 마음이 불편한 사람일까? 자기만 옳다고 하고 상대방에게 자기 생각을 강요하는 사람이다. "사람은 사람을 잡아먹는 늑대다."라는 말이 있다. 나로 인해 누군가가 마음이 불편하다면, 나는 그 사람에게 나쁜 사람

혹은 늑대일 가능성이 있다. 우리는 끊임없이 내 마음에 들지 않는 양(羊)들에게 자신의 이빨과 발톱을 드러내면서 으르렁거린다. 사자 앞에서는 꼼짝도 못 하면서 말이다. 그런데 얼마 후, 우리 둘의 결론에 이의를 제기한 사람이 있었다. 그는 우리에게 "같이 있으면 마음이 불편한 사람을, 나쁜 사람이라고만 할 수 없습니다. 나하고 성향이 맞지 않는 사람일 가능성이 큽니다. 진짜 나쁜 사람이란, 다른 사람에게 피해를 주거나 다른 사람을 괴롭히고도 죄책감을 느끼지 않는 사람입니다."라고 했다. 나는 그에게 "그건 나쁜 사람이 아니라, '**사이코패스**'나 '**소시오패스**'라는 정신질환에 걸린 사람입니다."라고 했다. 내 말을 듣던 두 사람은 잠시 생각하더니, 고개를 끄덕였다.

❑ 사이코패스(psychopath), 소시오패스(sociopath) : 둘 다 반사회적인 성격장애를 가진 사람을 가리키는 말이다. 사이코패스와 소시오패스는 자신의 욕망과 신념을 위해서 타인의 고통 따위는 안중에도 없다. 그중에서 사이코패스는, 공격적이고 충동적이나 평소에는 잘 드러나지 않아 주변 사람이 알아차리기가 어렵다. 특히, 타인에게 고통을 주고도 윤리적인 판단력이 없어 죄책감을 느끼지 않는다. 이에 반해 소시오패스는, 자신의 감정조절이 능숙할 뿐만 아니라 타인의 감정도 잘 이용하여 겉으로는 친절하고 선해 보이기까지 한다. 특히, 소시오패스는 사이코패스와는 달리 윤리적인 판단력을 갖추고 있어 잘못된 행동이라는 것을 알면서도, 타인을 이용하고 괴롭히는 데 치밀하고 집요하다. 그로 인해 타인이 고통을 받아도 자신만의 합리화로 죄책감을 느끼지 않으며, 오히려 자신의 행동에 대해서 사명감과 만족감을 느끼는 경우가 많다. 사이코패스 성향은 선천적으로 타고나나, 소시

오패스 성향은 부정적인 성장 과정에서 후천적으로 형성되는 것으로 알려져 있다.

살다 보면 상식적인 잣대로는, 도저히 이해할 수 없는 행동을 하는 사람들이 있다. 그중에 상당수는 선천적이든 후천적이든 정신적인 면에서 문제가 생긴 사람들이다. 그리고 다시 그중에 상당수는 사이코패스와 소시오패스일 가능성이 크다. 우리 주변에는 사이코패스와 소시오패스들이 얼마나 있을까? 그들은 가면을 쓰고 있어서 잘 드러나지 않는다. 특히 증상이 약한 사이코패스와 소시오패스들은, 자신에게 사이코패스나 소시오패스 성향이 있다는 것을 자각하고 있는 경우가 드물기 때문에 판단이 쉽지 않다. 그들은 자신의 욕망과 신념을 이루기 위해서 수단과 방법을 가리지 않는다. 그러한 특성으로 인해, 일반적인 사람들에 비해서 사이코패스와 소시오패스 성향을 가진 사람들이 더 큰 힘(권력, 부, 이권, 성공, 승리 등)을 차지하는 경우가 많다. 그들의 먹잇감이 되지 않기 위해서 정신 바짝 차리고 살아야 한다.

사람들은 자신을 드러내기 위해서 온갖 방법을 사용한다. 자랑, 비교, 명예, 업적, 기록, 수상, 자격, 신분, 지위… 등등. 인정받고 싶어 하는 인간의 속성이다.

모든 드러냄은 다 진실할까? 이 세상에는 진실하지 못한 진실도 버젓이 진실처럼 활개를 친다. 오히려 **가짜 진실**이 **진짜 진실**보다 더 인정받는 경우도 많다. 역사의 흔적들도 드러냄의 일종이다. 그러한 역사의 흔적들도 상당한 부분이 가짜 진실로 채워져 있다. 역사가 주는 이면의 교훈이다. 이 세상에 유일한 진실이 있다면? 내가 아는 나의 진실일 뿐이다. 그러나 나의 진실도, 내가 남들에게 드러내는 순간 진실이 퇴색되어 버린다. 진실이 진짜 진실처럼 보이기 위해서는 거짓도 필요하나 보다. 진실을 다 믿지 마라. 이 세상에는 조작된 가짜 진실이 너무 많다. 그렇다면 인간은 결코 진실할 수 없을까? 차선의 진실이 있다. 진실하려고 노력하는 진실이다. 살다 보면 진실한 척하는 진실만으로도 충분할 때가 있다. 이 세상에는 진실한 척이라도 하지 않는 진실하지 못한 사람이 많다. 어떤 일에 대해서 그런 척하는 것이 반드시 나쁜 것만은 아니다. 정말로 나쁜 목적이 아니라면 진실한 척, 착한 척, 정의로운 척, 교양 있는 척, 예쁜 척, 용기 있는 척, 훌륭한 척도 해야 한다. 그런 척하는 것이, 아예 그런 척하지 않는 것보다 더 나은 경우가 많기 때문이다. 그리고 그런 척하다가 정말로 그렇게 되는 사람도 많다. 혹시 네 주변에 나쁜 사람이 착한 척하면 기꺼이 받아주어라. 그러다가 정말로 착한 사람이 될 수도 있다.

우리는 남들에게, 혹은 자기 자신에게 완벽하게 진실하기를 강요해서는 안 된다. 진실 앞에서 자유로운 사람은 한 사람도 없으니까 말이다.

오늘날은 매스컴의 발달로 드러냄이 넘치는 시대에 살고 있다. 그러한 드러냄이 사람들에게 미치는 영향력은 크다. 어떤 드러냄을 어떻게 받아들이느냐에 따라, 그 사람의 가치관에 큰 영향을 주기 때문이다. 드러냄에 대해서, 바르게 해석하고 유용하게 받아들이는 지혜가 필요하다.

나도 최근에, 여러 사람들의 드러냄으로부터 영향을 받고 있다. 주로 책으로, 강연으로, TV로, 인터넷으로 그들의 탁월한 드러냄을 접하고 있다. 그들의 탁월함은 타고난 천재성보다는 엄청난 노력으로 이룩한 경우가 많다. 그들? 사람마다 보는 시각이 다르므로 여기서는 밝히지 않겠다. 나는 개인적으로 **그들에게 정말 감사한다.** 내가 평생을 통해서, 얻기 어려울 지혜나 해보지 못할 경험을 단번에 가르쳐 주기 때문이다. 그로 인해 나 자신의 정신세계가, 단번에 엄청나게 넓어지거나 높아지거나 하는 감격을 맛보기도 한다. 특히 좋은 책을 읽을 때는, 훌륭한 누군가를 독점해서 며칠 동안 대화를 나누는 사치스러움을 만끽하곤 한다. 때로는 그들의 드러냄을 너무 쉽게 값싸게 소비하는 것 같아서 미안한 마음이 들기도 한다. 한편, 우리는 다른 사람의 탁월한 드러냄에 대해서 인색한 평가를 하는 경우가 많다. 비난, 비하, 왜곡, 약점 들추기, 인신공격… 등등. 이는 바르지 못한 태도이다. 사람은 자기 욕심으로 산다. 그걸 인정한 결과가 오늘날과 같은 문명의 발전을 가져왔다. 하다못해 길거리에 떨어진 쓰레기를 줍더라도 다른 사람의 시선을 기다리는 게 인간의 마음이다. 드러냄의 이면에 있는 욕심에 대해서도 인정하는 자세를 가져야 한다.

"너는 왜 공부를 하니?", "너는 왜 그를 사랑하니?"… 상당 부분은 욕심이다. 욕심은 진실의 한 부분이다.

나는 어떤 삶을 살고 싶을까? 두고두고 내 마음속에 남아 있는 롤모델이 있다. 소설 속의 인물이다.

산으로 둘러싸인 넓은 골짜기에, 많은 사람들이 모여서 여러 마을을 이루고 있었다. 그중 한 마을에 '어니스트'라는 소년이 어머니와 살고 있었다. 그리고 그 골짜기로부터 몇 마일쯤 떨어진 높은 산언덕에는 사람 얼굴 형상을 한 커다란 바위가 있었다. 사람들은 그 바위를 가리켜 '큰 바위 얼굴(The Great Stone Face)'이라고 불렀다. 어느 날, 어니스트는 어머니에게서 오래전부터 전해 내려온 인디언 전설을 듣게 된다. 그 전설의 내용은, 이 골짜기 출신 중에서 언젠가는 저 큰 바위 얼굴을 닮은 인물이 나타난다는 것이었다. 어니스트는 자기 생애에 그 인디언 전설이 실현되기를 소망한다. 어니스트는 고향을 떠나지 않고 그곳에서 자라면서 평범한 농부가 되는데, 그에게는 특별한 습관이 하나 있었다. 일과를 마치면 조용히 앉아서 큰 바위 얼굴을 한참이나 바라보는 것이었다. 어떤 날은 몇 시간이고 그렇게 있었다.

세월이 흐르면서, 그 골짜기 출신으로 크게 성공한 재력가와 정치가와 군인이 차례대로 등장한다. 사람들은 그들이 고향을 방문할 때마다, 드디어 인디언 전설이 실현되었다고 열광한다. 하지만 어니스트는 그들의 모습에서, 큰 바위 얼굴과 같은 **숭고함과 온화함**을 찾아볼 수 없었다. 그러는 사이에 어니스트는 어느덧 머리가 하얗게 물든 노인이 되어가고 있었다. 그런데 언제부터인가 그 골짜기의 여러 마을에서 어니스트를 찾아오는 사람들이 하나둘씩 생기기 시작했다. 어니스트와 같이 대화를 나누다 보면, 힘든 삶에 위안을 받거나 인생의 지혜를 얻을 수 있었기 때문이다. 어니스트는 소박하고 부지런하고 남들에게 친절했으며, 여느 농부와는 달리 독서를 좋아하고 훌륭한 사상과 깊은 지혜를 소유하고 있었다. 그건 그가 매일같이 바라보는 큰 바위 얼굴로부터 받은 영향이 컸다고 할 수 있다. 사람들에게 인디언 전설이 잊혀질 무렵, 그 골짜기 출신으로 유명한 시인이 등장한다. 어니스트는 그의 훌륭한 시들을 읽으면서, 그 시인이 인디언 전설의 주인공일지도 모른다는 마지막 희망을 품는다. 얼마 후, 그 시인은 고향을 찾아왔다가 자신의 시집을 읽고 있는 어니스트와 만나게 된다. 하지만 어니스트는 마지막 희망이었던 그 시인에게서도 큰 바위 얼굴의 모습을 찾아볼 수 없었다. 어니스트는 실망하여 눈물을 흘리고 만다.

그날 해 질 무렵, 어니스트는 자신을 찾아온 마을 사람들과 함께 평소처럼 마을 공터에서 대화를 나눈다. 이 광경을 지켜보던 시인은 어니스트의 온화한 모습과 그의 입에서 나오는 숭고한 말들을 들으면서 큰 감동을 받는다. 그 순간, 시인의 눈에는 어니스트 모습 뒤로 저 멀리 산언덕에 있는 큰 바위 얼굴이 보였다. 그리고 어니스트와 큰 바위 얼굴의 모습이 서로 닮았다는 사실을 발견한다. 시인은 벌떡 일어나 외쳤다.

"보시오! 보시오! 어니스트야말로 저 큰 바위 얼굴과 똑같습니다."

마을 사람들은 어니스트와 큰 바위 얼굴을 번갈아 보면서, 진실로 **예언이 실현되었음**을 확인할 수 있었다. 그러나 어니스트는 시인과 함께 자신의 집으로 돌아오면서 마음속으로 바란다. 자기보다 더 큰 바위 얼굴을 닮은 사람이 나타나기를….

미국의 소설가 너대니얼 호손(Nathaniel Hawthorne, 1804~1864년)이 1850년에 발표한 단편소설 『큰 바위 얼굴(The Great Stone Face)』의 줄거리다. 내가 중학교 때 읽었던 작품이다. 나는 평생 어니스트를 닮아가려다가 상당히 닮아지기를 꿈꾸었다. 그리고 내 생애에 어니스트와 같은 사람을 만날 수 있기를 바랐고, 실제로 몇몇 어니스트를 만날 수 있었다.

평범한 사람과 특별한 사람은 따로 구분될까?

우리는 평범함과 특별함을 동시에 지닌 존재이다. 우리는 보편적인 인간이면서 동시에 과거·현재·미래·우주를 통틀어 유일무이한 단 하나의 특별한 존재이기 때문이다. 나는 어느 쪽에도 치우치지 않는 평범한 삶도 특별한 삶도 다 살고 싶다. 하지만 항상 평범함으로부터 시작할 것이다. 지금 내가 이 글을 쓰고 있는 것도 어쩌면 특별한 일일 수 있다. 나는 애초에 책을 쓰려고 하지 않았고 책을 쓸 만한 특별한 능력도 없었다. 오히려 나는 글쓰기에 소질이 없었다. 고등학교와 대학에 다닐 때, 몇 번의 작문평가에서 보통 이하의 평가를 받았던 기억이 있다. 학교에서 교사로 근무하면서 종종 글을 써야 할 상황(학교 일, 교사추천서, 생활기록부 등)이 생기면 마무리될 때까지 무척이나 괴로웠다. 그런 평범한 나의 삶들이 쌓이고 쌓이면서, 예상치 않았던 이런 특별한 도전을 하게 된 것이다. 덕분에 글쓰기의 고통을 적잖게 경험할 수 있었다.

대한민국의 평범한 학생을 응원한다.

그리고 평범함을 차곡차곡 쌓아가는 아주 특별한 너를 응원한다.

친구
학교폭력

아프리카 야생의 초원 | 교실은 그들의 왕국
교사로서 만나고 싶은 학생 | 들소들의 힘 | 집단따돌림
집단적인 히스테리 | 너의 교실 미쳤니? | 네가 고쳐야 한다
삼십육계(三十六計) | 내 편은 그냥 얻어지지 않는다
학교에 경찰관이 출동 | 또다시 신고하는 학생
비굴한 척 | 세상 무서운 줄 모르고 날뛴다 | 방관자의 역할
진정한 짱 | 선생님, 도와드릴까요? | 흉내도 내지마라
생일파티 | 아름다웠어, 악몽이었어 | 친구와 수학여행
좋은 라이벌 | 친한 척하면서

아프리카 야생의 초원에서 들소 한 마리가 사자에 의해서 희생된다. 이어서 바로 축제가 벌어진다. 축제에 참여하는 순서가 정해져 있다.

사자들, "맛있는 살점을 마음껏 뜯어 먹을 수 있어."

하이에나들, "아직도 살점이 남아있네. 껍질과 내장도 맛있어."

독수리들, "찌꺼기라도 먹어야지."

나머지 들소들, "나만 아니면 돼."

인간들의 세계 속에서도 이런 약육강식의 법칙을 찾아볼 수 있다. 축제에 참여하는 순서에 의해서, 사회적 계층이나 성공의 순위가 매겨지기도 한다. 그렇다면 학교에서는 어떨까?

실제로 내가 중·고등학교 다닐 때 겪었던 일이지만, 특정 시기와 학교

는 말하지 않겠다. 누군가에게는 떠올리고 싶지 않은 아픔이니까. 남학생만으로 편성된 우리 반은, 힘으로 서열 1위인 라이온(사자)과 그를 따르는 세 명의 하이에나들이 장악하고 있었다. **교실은 그들의 왕국**이었다. 나의 친구 버펄로(들소)는 말도 안 되는 이유로, 라이온에게 주기적으로 돈을 갖다 바쳐야 했다. 관리인인 담임선생님은 라이온에게 교실의 생활지도를 맡겼다. 합법적인 힘까지 가지게 된 라이온은 갈수록 악랄하고 변태적인 행동을 서슴지 않았다. 그러던 어느 날, 교실에서 생일 축하 노래가 들렸다. 라이온이 자신을 신임해 준 담임선생님을 위해서 생일 파티를 해주고 있었던 것이다. 라이온이 담임선생님에게 생일 선물을 전달하는 순간, 옆에 있던 하이에나는 힘차게 손뼉을 치면서 나머지 아이들을 쳐다봤다. 그러자 몇몇 아이들이 어색한 웃음과 함께 손뼉을 치기 시작했다.

세월이 흘렀다. 우리들은 삼십 대 후반의 어른이 되었고, 그때의 친구들이 담임선생님을 모시고 동창 모임을 갖는다는 연락이 왔다. 나는 며칠 동안 고민하다가 참석했다. 예상했던 대로 그 자리에는 라이온과 하이에나들도 와 있었다. 잠깐 머뭇거리고 있는데 라이온이 나를 알아보고는 다가와서 반갑게 악수를 청했다. 나는 그의 손을 잡으면서 묘한 감정에 현기증이 났다. 태어나 처음으로 느껴보는 힘든 감정이었다…. 나는 그날 동창 모임에서, 즐겁게 웃고 떠드는 라이온과 하이에나의 모습을 보면서 적잖은 거부감이 들었다. 몇 번이나 마음을 가다듬으려고 해도 쉽지 않았다. 마찬가지로 그들의 분위기에 동조하는 나머지 동창들에게서도 그에 못지않은 거부감이 들었다. 결국, 나는 동창회 중간에 조용히 빠져나왔다.

나는 교사로서 첫 발령을 ○○중학교(남자 중학교)로 났다. 교사가 되고 나서 은근히 **만나고 싶은 학생**이 있었다. 바로 라이온과 같은 학생이었다. 매년 담임교사가 되는 일을 반복하였지만 좀처럼 만나기가 어려웠다. 그러다가 어느 해, 라이온과 약간 비슷한 학생을 만날 수 있었다. 반 아이들을 상대로 매달 두 차례 정도 쪽지상담을 실시했는데, 처음부터 집중적으로 이름이 거론된 아이가 있었다. 그 아이에게 괴롭힘(일방적인 장난, 폭력, 금품갈취 등)을 당했다는 아이들이 한두 명이 아니었다. 몇몇 아이들을 불러서 사태파악을 했다. 완벽한 증거도 확보했다. 이제 어떻게 하지? 맞닥뜨리고 싶었던 상황이 되었지만 어떻게 해야 할지 난감했다. 고민 끝에 선배 교사 몇 분에게 물어보았으나 뾰족한 답변이 없었다. 그러던 중에 돌발 상황이 발생했다. 선생님이 크게 혼낸다는 말을 들은 그 아이가 일과 중에 학교 밖으로 나가버린 것이다. 잠시 후에, 그 아이의 아버지로부터 전화가 왔다. 아이가 갑자기 집에 들어와서는 선생님이 무서워서 학교에 가지 않겠다고 하는데, 어찌 된 일이냐고 물었다. 나는 친구들 사이에 문제가 있었다면서 크게 걱정하지 않으셔도 된다고 했다.

다음 날 조회시간에, 나는 반 아이들에게 이러한 사실을 알렸다. 그런데 한 아이가 뜻밖의 말을 했다. "선생님, 우리 반 아이들이 다 같이 가서 데리고 오면 안 될까요?" 동시에 반 아이들이 멈칫하더니 내 눈치를 살폈다. 나는 서둘러 조회를 마치고, 우리 반 아이들을 데리고 그 아이의 집으로 갔다. 집단의 힘은 생각보다 강했다. 담임교사인 내가 굳이 나설 필요가 없었다. 나는 부드럽게 한마디만 했다. "너희들이 들어가서 데리고 나오너라." 반 아이들이 그 아이의 방으로 우르르 들어가더니, 반강제로 끌어내다시피 그 아이를 데리고 나왔다. 우리는 그 아이의 부모님에게 힘차게 인사를 하고는 학교로 돌아왔다. 그 뒤로 모든 문제가 말끔히 해결되었다. 라이온도 육식을 포기하고 들소들과 함께 채식을 하게 되었다. **들소들의 힘**을 보여준 사건이었다.

여러 형태의 학교폭력이 있다. 그중에서 '**집단따돌림**(집단 내에서 다수가 한 사람을 따돌리는 일)'이 사회적으로 문제가 되는 경우가 있다. 집단따돌림은 비단 학교에서만 일어나는 문제가 아니다. 어른들의 집단 속에서도 크고 작은 집단따돌림 현상이 존재한다. 어른들의 대표적인 집단은 직장이다. 직장생활에서 가장 힘든 것은 무엇일까? 업무일까? 꼭 그렇지만도 않다. 직장 내의 '인간관계'가 '업무'보다 더 힘든 경우가 있다. "좋은 업무능력은 좋은 인간관계에서 나온다."는 말이 있을 정도다. 학교생활에서도 공부 못지않게 친구관계가 힘든 경우가 있다.

학교에서 일어나는 심각한 집단따돌림을 '희생양'에 비유하기도 한다. 희생양이란, 고대 유대시대의 속죄일 의식에서 유래되었다. 가축인 염소(양)에게 인간의 죄를 뒤집어씌워 들판으로 내쫓아 버림으로써, 인간의 죄가 없어진다고 믿는 의식이다. 이후 희생양이라는 말은 집단 구성원들에게 욕구불만이 발생하면, 그것을 해소하기 위해서 특정한 대상을 지목하여 공격하는 현상을 지칭하게 되었다.

인생에서 가장 꽃다운 나이는? 그건 바로 너희들이 살아가고 있는 십 대 중·고등학교 시절이다. 어른들이 너희들을 볼 때면 너무 아름다워 눈부시다…. 학교에서 일어나는 희생양 현상은 이 아름다운 시절을 악몽으로 전락시켜버리는 참담한 일이다. 지금 이 순간에도 어느 교실에서는, 친구가 아닌 가해자와 피해자라는 멍에를 뒤집어쓰는 일들이 벌어지고 있다. 이는 '집단적인 히스테리'다.

어느 중학교 교실에서 집단따돌림이 발생했다. 몇몇 아이들이 주도했는데, 집단따돌림의 대상을 바꾸어 가면서 한 학기 내내 지속되었다. 담임선생님의 노력에도 불구하고 개선되지 않았다. 담임선생님은 고심 끝에, 교실 정면 벽에 "우리는 지금 미쳐 있습니다. 제발, 제정신으로 돌아오세요!"라고 쓴 현수막을 붙여놓았다. 그런데 이때부터 아이들의 변화가 시작되었다. 아이들은 담임선생님이 붙여놓은 현수막을 보면서 자꾸 신경이 쓰이고, 거북하고, 무안해지더니 얼마 지나지 않아서 집단따돌림 현상이 사라졌다고 한다.

"지금 혹시, 너 미쳤니? 너의 교실 미쳤니? 너의 학교 미쳤니?"

다른 지역에 사는 지인으로부터 연락이 왔다. 중학생인 아들이 초등학교 때부터 시작된 집단따돌림 때문에 힘들어한다는 것이다. 두 번이나 다른 학교로 옮겼지만, 매번 같은 일이 벌어졌다고 한다. 나는 사정 이야기를 듣고는 여건이 허락된다면, 그곳으로부터 멀리 떨어진 농어촌 지역의 학교로 전학하는 방법을 제시했다. 며칠 뒤, 사전에 연락도 없이 그 학생과 어머니가 나를 찾아왔다. 인근 농어촌 지역에 있는 ○○중학교로 전학을 하게 되었다고 한다. 나는 상담실로 데리고 가서 긴 시간 동안 대화를 했다. 그런데 대화하는 중에, 눈에 거슬리는 그 아이의 모습들을 쉽게 발견할 수 있었다. 나는 그 아이에게 친구들로부터 오해를 받을 수 있는 말투나 태도, 차림새에 대해서 분명하게 지적해 주었다.

"100명의 친구 중에, 10명이 너를 싫어한다면 10명이 잘못되었다고 할 수 있다. 하지만 90명이 너를 싫어한다면 **네가 고쳐야 한다.**"

그 뒤로 그 아이는 새로운 학교에 무사히 적응했고, 고등학교도 같은 농어촌 지역에 있는 학교에 진학했다.

부당한 집단따돌림으로 인해, 본인이 감당하기 어려운 상황이 되면 어떻게 해야 할까? 본인이 그 집단을 버리는 것도 하나의 방법이다. 친구를 지켜주지 못한 친구들은 버림받아도 된다. 학생을 지켜주지 못하는 학교도 마찬가지다.

중국의 오래된 병법서 중에는 **'삼십육계**(三十六計)'라는 것이 있다. 전쟁에서 이기는 36가지 계책이 실려 있다. 그중 마지막 서른여섯 번째 계책이 바로 주위상(走爲上)인데, 도망치는 것도 뛰어난 전략이라는 말이다. 불리한 상황에서 때로는 버리는 것이, 포기하는 것이, 피하는 것이 최선의 선택이 될 수 있다. 그렇다고 해서, 농어촌 지역의 학교로 전학하는 것이 집단따돌림을 해결하는 최선의 방법이라는 말은 아니다. 어떤 경우에는 오히려 농어촌 지역의 학교에서 학교폭력이나 집단따돌림이 더 심각한 경우도 있으니까 말이다. 그러나 한 학년의 학급 수가, 한두 학급인 소규모 학교(주로 농어촌 지역의 학교)는 학생 수가 적기 때문에 학생들 간의 배타적인 정서가 약하다. 그뿐만 아니라 교사들의 밀착지도가 가능하다. 소규모 학교의 단점이 있다. 그러나 그 단점을 충분히 만회하고도 남을만한 소규모 학교만의 장점이 있다. 나는 자녀가 둘인데, 둘 다 초·중·고등학교를 농어촌 지역의 학교에서 다녔다. 정서적인 면에서 좋은 영향력을 받았다고 생각한다. 초등학교와 중학교 때는 한 학년의 학급 수가 한 반인 경우가 많았다. 한 반의 학생 수가 3명인 경우도 있었는데, 공부는 못해도 3등이었고 간혹 1등도 했다. 반 아이들 3명은 친구 사이가 아니라 형제자매 사이였다.

농어촌 지역의 소규모 학교뿐만 아니라, 그 외에 여러 가지 형태의 훌륭한 대안학교들이 많다. 아무리 노력해도 지금 있는 곳이 견디기 어렵다면, 떠나는 것이 최선의 방법일 수 있다. 철새가 살던 곳을 떠나 다른 곳으로 이동하는 것은 살기 위해서다.

내 편은 그냥 얻어지지 않는다. 좋은 친구들이 많은 학생은 그럴만한 이유가 있다. 집단생활에서 집단구성원들이 본인을 어떻게 대하느냐는 본인이 어떻게 하느냐에 따라 좌우되는 경우가 많다.

한번은 우리 반(고등학교 2학년)에, 다른 지역에 있는 고등학교에서 한 여학생이 전학을 오기로 했다. 그런데 삽시간에 안 좋은 소문들이 나돌았다. 부잣집 딸이다. 저번 학교에서 문제가 있었다. 성적 때문이다…. 며칠 뒤에 드디어 그 전학생이 왔다. 긴장했다. 하지만 곧바로 반 아이들은 기분 좋게 웃고 말았다. 단정한 옷차림과 겸손한 말투, 그리고 청소 시간에 그날따라 많이 나오던 쓰레기와 먼지 속에서 열심히 청소하는 그 아이의 모습을 보았기 때문이다. 또 기억에 남는 전학생이 있다. 전학 온 첫날 상냥하게 인사를 하더니 반 아이들에게 조그마한 과자를 하나씩 선물했다. 과자봉지마다 일일이 손으로 쓴 "만나서 반갑습니다. 많이 긴장됩니다. 좋은 친구가 되도록 노력하겠습니다."라는 메모지가 붙어있었다.

"사람들은 그냥 내 편이 되어 주지 않는다."

학교에 경찰관이 출동한 일이 있다. 고등학교 1학년인 한 남학생이, 다른 학생에게 폭력을 당했다고 경찰서에 신고를 했기 때문이다. 생활지도 담당선생님이 가해 학생과 피해 학생을 교무실로 불렀다. 가해 학생은 두 명의 경찰관 앞에서도 애써 당당한 척했지만, 당황한 표정을 숨기지는 못했다. 일단은 훈계와 경고 조치로 넘어갔다. 며칠 뒤에 또 경찰관이 출동했다. 처음에 신고했던 피해 학생이 보복성 괴롭힘을 당했다고 또다시 신고를 했기 때문이다. 이번에는 경찰관이 가해 학생을 경찰차에 태우고 경찰서로 데리고 갔다. 그리고 다음 날, 가해 학생이 평소 모습하고 다르게 풀이 죽은 채로 학교에 나왔다. 그 뒤로 어떻게 되었을까? 말끔히 해결되었다.

가해 학생이 무서워하는 피해 학생이 있다. 괴롭힘을 당하면 가만히 있지 않고 신고(선생님, 부모님, 경찰서, 관련기관 등)하는 학생이다. 더 무서워하는 학생은? 보복성 괴롭힘을 당하면, **또다시 신고하는 학생**이다.

가해 학생이 주로 괴롭히는 학생은? '만만한 학생'이다. 가해 학생이 피해 학생을 괴롭히면서 마음속으로 놀라는 것이 있다. 바로 피해 학생의 태도이다. 괴롭힘을 당하는 상황을 당연한 듯이 받아들인다. 왜 거부하지 못할까? '비굴함' 때문이다.

인간이라면 누구나 강자 앞에서 비굴해지는 속성을 지니고 있다. 어른들의 세계에서도 마찬가지다. 아버지는 왜 사장님 앞에서 지나치게 굽실거리실까? 어머니는 왜 짜증을 내는 그 여자 앞에서 어색하게 미소만 지으실까? 비굴함은 손쉽게 이용하는 삶의 방편이며 조직이나 관계 속에 감추어진 질서이다. 때로는 필요에 의해서 **비굴한 척**할 필요도 있다. 너무 강하면 오히려 잘 부러진다. 아무리 우아한 꽃도, 높이 솟은 나무라도 강한 바람 앞에서는 고개를 숙인다. 꽃과 나무의 지혜다. 그러나 비굴해서 비굴한 것은 진짜로 비굴한 것이다. 비굴한 척하되 진짜로는 비굴하지 않아야 한다. 나는 비굴하지 않은 사람은 봤어도, 비굴한 척하지 않는 사람은 지금까지 단 한 사람도 보지 못했다.

학교에서, 피해 학생의 비굴한 태도가 가해 학생의 폭력을 지속시키는 경우가 많다. 내가 당하는 폭력을 극복하는 일차적인 방법은 나에게 있다. 그 방법이란, 내 안에 있는 비굴함을 극복하는 것이다. 가해 학생은 부당한 요구를 하면서 상대방의 반응을 살핀다. 그리고 그 반응에 따라 다음번의 행동을 결정한다. 상대방이 쉽게 비굴하면 다음번에 부당한 요구를 쉽게 하고, 쉽게 비굴하지 않으면 다음번에는 부당한 요구를 어렵게 하고, 끝까지 비굴하지 않으면 다음번에는 부당한 요구를 하지 않는다. 내가 나의 비굴함을 극복하는 만큼, 그의 폭력으로부터 벗어날 수 있다.

"세상 무서운 줄 모르고 날뛴다."라는 말이 있다. 학교폭력의 가해 학생에게도 해당하는 말이다. 세상은 학교폭력의 가해자 편이 아니다. 우리나라도 만 10세 이상의 나이가 되면 법적으로 강력한 처벌 장치들이 마련되어 있다. 만약, 나에게 가해 학생이 부당한 요구를 하거나 물리적으로 괴롭히면 어떻게 해야 할까? 처음부터 정확하게 거부의사를 표현해야 한다. 거부의사? 말로, 표정으로, 몸짓으로 하면 된다. 거부의사를 표현했는데도 계속하면 행동으로? 가해 학생과 행동으로 부딪치지 마라. 자칫 너까지 가해자가 될 수 있다. 도움을 요청하면 된다. 도움을 요청할 때는 정확하고 단호해야 한다. 정확하기 위해서는 준비도 필요하다. 피해를 당했다는 확실한 증거를 수집하고, 어떤 방법으로 누구에게 도움을 요청할 것인가를 신중하게 따져봐야 한다. 단호하기 위해서는 용기도 필요하다. 가해 학생의 보복이 두렵다고? 표현하지 못하는 너 자신을 두려워하렴. 피해 학생이 가해 학생에게 끝까지 저항하는 것보다, 가해 학생이 끝까지 저항하는 피해 학생을 계속해서 괴롭히는 것이 더 두려운 일이다. 용기를 내렴. 어떤 상황에서도 처음부터 끝까지 당당하면 된다. 너는 잘못이 없기 때문이다. 주위를 둘러보렴. 네 편이 훨씬 더 많다. 네가 훨씬 더 유리하다.

그래도 나는 표현하지 못 하겠다면? 그럼 그렇게 견디면 된다. 괜찮다. 이 또한 지나갈 테니까 말이다…. 이 세상에서, 자신에게 가해지는 불의에 대해서 제대로 저항하고 사는 사람들이 얼마나 되겠니? 이런 시기도 내 인생에서 하나의 과정으로 받아들이렴. 그리고 지금 용기가 부족하다고 너 자신을 너무 탓하지 마라. 용기도 자란다. 훗날 용기가 지금보다 더 많이 자랐을 때 분명히 너는 달라져 있을 거야.

학교폭력에는 '가해자'와 '피해자' 말고 '방관자'가 있다. **방관자의 역할**이 대단히 중요하다. 학교폭력을 방관하는 것은 학교폭력에 동조하는 것이다. 방관자는 또 다른 가해자다. 30명의 학생이 있는 교실에서, 학교폭력의 피해자가 1명이라면 나머지 29명 모두 학교폭력의 가해자라고 할 수 있다. 용기를 내라. 피해 학생이 못하면 네가 대신 도움을 요청해라. 그 일은 정의롭고 훌륭한 일이다. 이때는 비밀리에 하는 것이 좋다. 전화나 인터넷으로 신고, 투서, 비밀 면담, 학교폭력 설문조사 등등. 선거에서 투표도 비밀리에 한다. 투표는 유권자의 강력한 표현이다. 투표하면 개선된다. 특히, 투표율이 높으면 반드시 개선된다. 학교폭력을 방관하는 것은 학교폭력의 가해자에 대한 강력한 동조다.

같은 또래에 비해서 체력이나 기질적인 면에서 강한 학생이 있다. 그런 학생은 자신이 속해 있는 집단에서 중심이 되는 경우가 많다. 흔히 '짱(집단에서 최고)'이라 불린다. 학교에서 짱을 대하는 후배 학생들의 태도를 보면 당황스러울 때가 있다.

짱들 중에는 겉으로는 자존심(남에게 지지 않으려는 마음)이 강해 보이나, 속으로는 자존감(자신을 존중하는 마음)이 낮은 학생이 있다. 자존감이 낮다는 것은 결핍이 크다는 것이다. 이런 학생은 자신의 결핍을 부정적인 방법으로 채우려는 성향이 있는데, 흔히 자신보다 힘이 약한 학생을 괴롭히는 경우가 많다. 이러한 '부정적인 짱'은 자신을 존중하지 않기 때문에 다른 학생들도 존중하지 않는다. 그래서 부정적인 짱은 그가 속해있는 집단의 다른 학생들에게 부담이 된다. 반면에, 긍정적인 면에서 자신의 존재감을 드러내는 **'진정한 짱'**도 있다. 이런 학생은 자존심보다 자존감이 훨씬 더 높다. 특히, 자신을 존중하는 만큼 다른 학생들에 대해서도 존중하려는 자세를 가진다. 그래서 그가 속해있는 집단의 학생들은 그와 함께 자존감이 동반상승한다.

기억에 남는 남학생 짱이 있다. 고등학교 1학년 때부터 줄곧 눈에 띄었다. 그 아이 주변에는 늘 아이들이 모여들었다. 그가 속해 있는 집단은 이런저런 활동을 할 때면 항상 우수했다. 3학년이 되면서 후배들에게도 영향력이 컸다. 선생님들도 학교 일과 관련해서 자주 부를 정도로 신뢰를 받았다. 한번은 학교 행사 중에 갑자기 비가 쏟아졌다. 서둘러 행사를 마무리해야 할 상황이 되었는데, 행사에 사용한 물건들을 정리하는 일이 난감했다. 급한 대로 몇몇 선생님과 학생들이 정리를 시작했다. 주변에 있던 학생들은 선뜻 나서지 못하고 지켜보고 있었다. 그런데 그 아이가 불쑥 "**선생님, 저희들이 도와 드릴까요?**"라고 하더니, 주변에 있던 학생들을 불러 모았다. 그리고 순식간에 행사장을 정리해 버렸다. 학생들도 선생님이 부탁할 때보다 더 적극적으로 도와줬다.

그 후로 그 아이는 고등학교를 졸업하고 대학에 진학했다. 한번은 아르바이트를 하고 있는 그를 우연히 만날 수 있었다. 제법 규모가 큰 식당이었는데, 여러 명의 직원들 중에서 나이가 가장 어려 보였다. 돈은 벌어서 어디에 사용하느냐고 물었더니, 부모님에게 경제적으로 도움을 받지 않는다고 했다. 얼핏 보아도 고등학교 때보다 체격이 더 커진 것 같아 팔뚝을 만져보았다. 아무리 바빠도 이틀에 한 번씩 운동만큼은 빠뜨리지 않는다면서 수줍게 웃었다. 그는 분명 어디서나 주변 사람들로부터 신임이 높을 것이다.

폭력으로 다른 사람을 괴롭히는 사람을 흔히 사회에서는 깡패, 건달, 폭력배라고 한다. 깡패의 상대는 선량한 사람들만이 아니다. 깡패는 반드시 또 다른 깡패와 충돌하게 된다. 사자의 경쟁상대는 들소가 아니다. 다른 사자나 하이에나다. 아무리 강한 사자라도 늙고 병들거나 더 강한 사자가 나타나면 쫓겨나게 된다. 그리고 결국 하이에나와 독수리의 먹이가 된다. 그런 인생은 후회뿐이다. 아예 **흉내도 내지 마라.**

오래전 일이다. 한 중년의 남자가 사전에 연락도 없이 교무실을 찾아왔다. 이 학교 졸업생이라면서, 옛날 친구와의 추억을 찾고 있는데 도움을 받고 싶다고 했다.

"28년 전 이곳에서 중학교를 다녔습니다. 3학년 때 갑자기 부친이 병환으로 돌아가시는 바람에 한동안 힘들었습니다. 그러던 어느 날, 학교 점심시간에 '이민철'이라는 친구가 저를 데리고 학교 근처 대나무 숲으로 갔습니다. 그리고 거기에서 뜻밖에도 **생일파티**를 해줬습니다. 그날이 내 생일이었습니다. 친구가 들고 온 보자기에는 음료수와 과자가 있었습니다. '친구야 힘내…'로 시작하는 쪽지도 건네주었습니다. 그날 친구와 함께 내려오다가 미끄러졌는데, 손을 잡고 있어서 같이 넘어졌던 기억도 있습니다. 그 뒤로 서로 다른 고등학교에 진학하면서 소식이 끊기고 말았습니다. 세월이 지나면서 궁금할 때가 많았지만, 이래저래 살다가 보니 여유가 없었습니다. 최근에 와서 더 이상 늦어지면 안 되겠다 싶어서, 그 친구의 소식을 여기저기 수소문해 보고 있습니다. 그러다가 오늘은 이렇게 모교까지 오게 되었습니다."

그분이 말하는 생일파티 했던 장소를 추정해 보니, 학교 운동장 확장 공사로 흔적이 남아있지 않았다. 아쉬운 마음을 달래면서 학교 이곳저곳을 둘이서 둘러보았다. 그러는 중에 그분이 했던 말이 기억에 남는다.

"그 친구는 언제나 제 마음의 고향입니다."

지금 네 곁에 힘들어하는 친구가 있니? 소중한 친구가 될 기회이다. 달콤한 과자 하나 들고 가서 "이것 먹을래?"라고 말해 보렴. 어른들의 인간관계는 이권이 개입되는 경우가 많다. 그러나 청소년기의 친구관계는 순수한 감정이 앞서기 때문에 평생을 두고 마음의 고향이 된다. 고향은 항상 그리운 곳이다. 어떤 친구는 사귀는 동안에만 친구라고 하지만, 어떤 친구는 평생을 두고 그리운 친구가 된다. 우리는 과거를 왜 그리워할까? 아름다웠기 때문이다. 그러나 어떤 과거는 떠올리고 싶지 않다. 악몽 같았기 때문이다.

"너 때문에 학창시절이 **아름다웠어.**"

"너 때문에 학창시절이 **악몽이었어.**"

고등학교 2학년을 대상으로, '친구'라는 주제로 교내 글짓기 대회를 한 적이 있다. 100여 편이 넘는 작품 중에서 최우수작 1편을 선정해야 하는데, 마지막까지 고심했던 두 편의 글이 있었다.

첫 번째 글의 제목은 '친구와 수학여행'이었다. 맞춤법이라든지 글의 전개가 어색했지만, 글의 전체적인 내용이 마음을 끌었다.

줄거리 : 새 학년이 되고 한 달여 만에 수학여행을 가게 되었다. 그러나 나는 그때까지 소심한 성격 탓에 친한 친구를 사귀지 못했다. 그러다 보니, '3박 4일 수학여행 동안에 누구랑 함께 다닐까? 누구에게 먼저 말을 해볼까?'라고 고민이 됐다. 다른 아이들은 수학여행 준비로 들떠 있는데, 나는 고민에 빠져 밤에 잠이 잘 오지 않고 식욕마저 없어졌다. 날마다 이 친구 저 친구 주위만 맴돌다가 용기를 내지 못하고, 수학여행 가는 날이 되어 버렸다. 아침 일찍 학교에 와서 우두커니 서 있었다.

그때 뜻밖에도 한 친구가 환하게 웃으면서 나에게 다가오더니, "너, 수학여행 동안에 누구랑 같이 다닐 거니? 나랑 같이 다니자."라고 했다. 나는 "그래."라고 대답하고는, 얼른 내 가방을 열고 소지품을 꺼내는 척했다. 얼굴이 달아오르면서 가슴이 울컥했다. 그 **친구와 함께한 수학여행**은 지금까지 내 인생에서 최고의 여행이었다. 그날 나에게 먼저 용기를 내준 그 친구가 고맙다. 앞으로 나도 누군가에게 먼저 용기를 낼 수 있는 친구가 되겠다.

두 번째 글의 제목은 '좋은 친구의 조건'이었는데 체계적인 글이었다. 평소 작문 실력이 뛰어난 학생이었다.

줄거리 : 좋은 친구란, 네 가지 물음을 통해서 알 수 있다. 첫째, 나를 인정해 주는 친구인가? 친구 사이에서 모든 일을 자기 위주로만 하려는 친구가 있다. 그런 친구는 자신의 친구를 도구 정도로 생각한다. 심지어는 친구관계가 상하관계인 경우도 있다. 친구관계는 수직관계가 아니라 수평관계다. 둘째, 나의 잘못을 지적해 주는 친구인가? 친구가 잘못된 행동을 하면 지적해 줄 수 있어야 한다. 그렇게 하는 것이 진정으로 친구를 위하는 길이다. 만약 여러 번이나 잘못을 지적했는데도, 친구가 고치려고 하지 않는다면 최후의 방법이 있다. 친구 앞에서 눈물을 흘리면 된다. 친구의 눈물은 생각보다 강하다. 셋째, 나를 기다려주는 친구인가? 친구가 큰 실수나 곤경에 처하면 그 친구를 외면하고 멀리하는 경우가 있다. 진짜 친구와 가짜 친구는 어려운 상황에 부닥쳐보면 알 수 있다. 어려울 때 함께하는 친구가 진짜 친구다. 넷째, 서로 같이 발전할 수 있는 친구인가? 학창시절 자기 발전에 가장 도움이 되는 친

구는 라이벌 관계인 친구다. 친구에게 **좋은 라이벌**이 되어주자. 나도 발전하고 그 친구도 발전할 것이다.

나는 고민 끝에 시상 규정을 어기고, 두 작품 모두를 최우수작품으로 선정했다.

아는 분의 부탁으로, 고등학교 입학식 날 아침에 한 신입생을 데리고 학교로 출근했던 일이 있다. 그 아이는 다른 지역에서 중학교를 다녔기에 이곳에는 아는 친구가 없었다. 자동차 뒷좌석에 조용히 앉아있는 그 아이에게 물었다.

"오늘이 고등학교 생활 첫날인데, 무슨 생각을 그렇게 골똘하게 하니?"

잠깐 망설이더니, 긴장된 목소리로 말했다.

"오늘 만나게 될 새로운 친구들을 생각했어요. 그리고 이따가 점심시간에, 학교 급식실에서 누구랑 같이 밥을 먹을까도 걱정이 됩니다."

나는 그 아이에게 친구 사귀는 방법을 말해주었다.

"처음부터 친한 친구는 없다. 친하지 않은데 **친한 척하면서** 친해지는 것이다. 그 첫걸음은 **용기다**. 용기를 내서 먼저 말을 걸어보렴."

좋은 친구관계는 행복한 학교생활의 기본 중의 기본이다. 누군가에게 좋은 친구가 되어주렴. 그에게 '천국'을 선물하는 것이다.

변화
공부 방법

과거의 사람을 현재에 만나면 | 나는 반드시 변하겠다
올챙이와 개구리 | 나도 변할 테니까, 너도 변해라 | 변화와 변질
동굴 속에서 백일동안 | 에피소드 | 새벽 2시에
다른 것을 하다가 지쳐버린다 | 보트 공부와 잠수함 공부
가슴은 뜨겁게, 머리는 차갑게 | 힘드니? 아프니?
터널 속과 동굴 속 | 공부 잘하는 방법과 내비게이션
훌륭한 공부 멘토들 | 자신만의 공부 노하우
산에서 호랑이를 만나면? | 기호지세(騎虎之勢)

중·고등학교 동창생으로부터 뜻밖에 연락이 왔다. 졸업한 지 25년 만이다. 같은 반이었을 때 단짝으로 소소한 추억이 많은 친구다. 약속 날짜와 장소를 정해놓고 기다리는데 설레었다. 한편으로, 많이 변해버린 서로의 모습을 보고 당황스러울까 봐서 걱정도 됐다. 거울을 보고 옷장에서 평소에 잘 안 입던 옷들을 꺼내 보았다. 그 친구의 이름이 자꾸 입에서 맴돌았다. 드디어 만났다. 호프집이었는데 친구가 먼저 와 있었다. 보자마자 감격에 겨운 목소리로 "야! 친구야 반갑다." 격하게 포옹했다. 가게 안에 있던 몇몇 사람들이 쳐다봤다.

과거의 사람을 현재에 만나면 놀라운 것이 하나 있다. 과거의 '그 사람'이나 현재의 '그 사람'이나 거의 변하지 않았다는 사실이다. 세월이

흐르면 사람의 겉모습은 변하는데, 그 사람의 속성(성격, 심성, 사고방식, 습관 등)은 거의 변하지 않는다. 누군가를 아주 오랜만에 만나면 처음에는 많이 변한 것처럼 보인다. 그러나 몇 시간만 같이 있어 보면 변하지 않았다는 것을 쉽게 알 수 있다. 너도 현재의 중·고등학교 친구를 10년, 20년, 30년 뒤에 다시 만나게 된다면 그런 사실을 확인할 수 있을 것이다. 때로는 과거의 사람을 현재에 만나는 일이 지루한 일일 수 있다.

그렇다고 내가 과거의 사람을 거부하는 것은 아니다. 과거의 그 사람이 정말로 보고 싶을 때가 있다. 다만, 미처 다 살아내지 못한 '현재' 때문에 '과거'를 되돌아보는 일이 쉽지 않다. 일 년에 한두 차례 정도는 과거의 친구들이 모인다. 모두들 설레는 모양이다. 오히려 변하지 않고 한결같아서 좋다. 그 자리에서는 까마득히 잊고 있던 십 대 시절의 자신들을 꺼내놓느라고 다들 즐겁다….

우리는 종종 "**나는 반드시 변하겠다.**"라고 큰소리친다. 그러나 결국에는 그 사람이 도로 그 사람인 경우가 많다. 학생들도 마찬가지다. 언제나 공부의 변화를 꿈꾼다. 새 학기, 새 학년이 되면 "이번만큼은 정말로 열심히 공부해서, 반드시 좋은 성적을 거두겠다."라고 다짐한다. 그러나 도로 그 모습, 그 공부, 그 성적이 될 뿐이다. 사람은 크게 변하는 것 같지만, 평생을 통해서 극히 일부분만 변한다. 오죽하면 "사람은 변하는 것보다 죽는 것이 더 쉽다."라는 말이 있겠는가. 그만큼 사람이 변한다는 것은 어려운 일이다.

옛날 어느 마을에, 몸도 마음도 건강한 한 아가씨가 있었다. 그녀를 사랑한 한 청년이 청혼을 했다. 그러나 그녀는 평생 결혼을 하지 않기로 결심한 상태였다. 아버지에 대한 안 좋은 기억 때문이었다. 술주정뱅이였던 아버지는 술만 먹으면 살림을 부수고 가족들을 때렸다. 술이 깨고 나면 다시는 그러지 않겠노라고 매번 다짐했지만, 결국에는 변하지 못하고 알코올중독으로 죽고 말았다. 그런 사연을 알게 된 청년은, 자신은 앞으로 맹세코 술을 마시지 않겠노라는 각서를 써서 그녀에게 주었다. 청년의 진심을 알게 된 그녀는 고민에 빠졌다. 그러던 어느 날, 그녀는 청년에게 **올챙이** 두 마리가 들어있는 어항을 주면서 한 달 동안 키워보라고 했다. 청년은 밤낮으로 정성껏 올챙이를 키웠다. 올챙이는 계속해서 변해갔다. 뒷다리가 나오고, 앞다리가 나오고, 꼬리가 없어지더니, 한 달 만에 **개구리**가 되었다. 청년은 개구리 두 마리가 들어있는 어항을 들고 그녀를 찾아갔다. 개구리를 본 그녀는 활짝 웃으면서 말했다.

"어머! 올챙이가 변해서 개구리가 되었네."

그리고 그녀는 미리 준비해 놓은 상자를 꺼냈다. 상자 속에는 예쁜 개구리 인형 한 쌍(암컷 개구리와 수컷 개구리)이 들어있었다. 그녀는 청년에게 진지하게 말했다.

"결혼해서 살다 보면, 서로에게 못마땅한 것들이 생길 거예요. 그러면 이해하고 감싸주려고 노력하기로 해요. 하지만 때로는 상대방의 어떤 면에 대해서는 받아들이기가 너무 힘든 경우도 있을 겁니다. 그럴 때는 상대방에게 이 개구리 인형을 주면서 '당신의 어떤 모습이 저를 너무 힘들게 해요. 올챙이가 개구리로 변한 것처럼 변해주세요.'라고 부탁하기로 해요."

그제야 청년은 그녀가 자신에게 올챙이를 키워보도록 한 뜻을 알 수 있었다. 청년은 수컷 개구리 인형을 들고 엄숙하게 말했다.

"당신이 원한다면, 올챙이가 개구리로 변한 것처럼 꼭 변하겠습니다."

그녀도 암컷 개구리 인형을 들고 엄숙하게 말했다.

"저도 당신이 원한다면, 올챙이가 개구리로 변한 것처럼 꼭 변하겠습니다."

그 뒤로 그녀와 청년은 결혼해서, 상대방이 원하는 대로 몇 번 변해 주면서 행복하게 살았다.

우리는 착각한다. 나도 나에 대해서 스스로 변하지 못하면서 내가 상대방을 변화시킬 수 있다고 말이다. 그래서 상대방에게 변하지 않는다고 끊임없이 잔소리와 원망을 해댄다. 상대방을 변화시킬 방법이 있다. 거래를 하면 된다. 가장 확실한 거래는 "**나도 변할 테니까, 너도 변해라.**"라는 조건 거래다. 거래의 대상이 사랑하는 사람이라면 가능성이 크다. 열정적인 사랑도 식게 마련이다. 그래서 사랑도 관리가 필요하다. 그게 거래라면 더욱 확실하다.

본래의 모습이 변하여 달라지는 것을 두 종류로 나누어 볼 수 있다. 하나는 본래보다 더 좋아지는 '**변화**'이고, 다른 하나는 본래보다 더 나빠지는 '**변질**'이다. 애벌레가 나비로, 올챙이가 개구리로 되는 것은 '변화'이지만, 우유가 오래되어 상해서 못 먹게 되는 것은 '변질'이다. 사람도 마찬가지다. 그 사람의 과거와 현재를 비교해 보면, 변질되고 있는지 변화되고 있는지 알 수 있다.

청소년기는 정신적·육체적으로 여러 개의 변화 과정이 동시에 일어나는 시기이다. 연못 속에서 꼬물거리는 올챙이로, 나뭇가지에서 꿈틀대는 애벌레로 살아가는 시기라고 할 수 있다. 어느 날 때가 되면, 당당한 개구리와 자유로운 나비가 되어 집과 학교로부터 떠나게 될 것이다. 너의 온몸 구석구석을 확인해 보렴. 변화로 점점 좋아지고 있는가? 혹은 변질로 점점 나빠지고 있는가? 매일 물음을 던져라. 나는 어제보다 더 나은 오늘을 살고 있는가? 오늘보다 더 나은 내일을 준비하고 있는가?

고등학교 2학년 교실에서, 한 여학생이 작은 비닐 팩을 뜯어서 내용물을 마시는 모습이 자주 목격되었다. 한번은 궁금해서 물었더니, 쑥과 마늘로 만든 건강식품이라고 했다. 옆에 있던 친구가 "쑥과 마늘을 먹고 새로운 인간으로 다시 태어나겠다고 저런답니다."라고 했다. 내가 이해하지 못한 표정을 짓자, 그 여학생의 눈치를 살피더니 나에게 설명해 주었다. <단군신화(檀君神話)>에 나오는 곰이 쑥과 마늘을 먹고 인간으로 변한 것처럼, 그 여학생도 변하고 싶어서 곰처럼 저러고 있다는 것이다. 변하고 싶은 것이 무엇이냐고 했더니, 이번에는 그 여학생이 멋쩍어하면서 '공부'와 '몸매'라고 했다. 그 여학생의 별명은 '곰순이'다. 체격이 크고 행동이 느려서 얻은 별명이다. 그 후로 그 여학생은 쑥과 마늘 덕분인지, 교과성적은 많이 올랐지만, 겉모습은 거의 그대로였다.

❏<단군신화(檀君神話)> : 『삼국유사』[三國遺事, 고려(高麗) 때 승려 '일연'(一然, 1206~1289년)이 쓴 우리 민족의 역사책]에 기록된 우리 민족의 시조인 단군의 출생과 건국에 대한 신화.

하늘의 신(神)인 '환인'에게는 '환웅'이라는 아들이 있었다. 그런데 환웅은 하늘 아래 인간이 사는 세상에 자주 뜻을 두었다. 환인이 그러한 아들의 뜻을 알고, 지상에 있는 태백산(太白山) 주변을 내려다보니 널리 인간을 이롭게 할 만하였다. 이에 환인은 아들 환웅에게 지상으로 내려가 세상을 다스리도록 한다. 아버지의 명을 받은 환웅은 삼천 명의 무리와 함께 지상으로 내려와 세상을 다스리게 되었다. 그러던 어느 날, 곰과 호랑이가 환웅을 찾아와서 인간이 되기를 간청했다. 이에 환웅은 쑥 한 뭉치와 마늘 스무 개를 주면서, "이것을 먹고 **동굴 속에서 백일 동안** 햇빛을 보지 않으면 인간이 될 것이다."라고 한다. 호랑이는 얼마 지나지 않아서 참지 못하고 뛰쳐나왔지만, 동굴 속에서 참아내고 있던 곰은 스무하루 만에 '웅녀'라는 여자 인간이 된다. 그러고 나서 얼마 후, 웅녀는 환웅과 혼인하고 아들을 낳게 되는데 그를 '단군'이라고 불렀다. 그 후 단군은 성장하여 BC 2333년에 우리나라 최초의 국가인 고조선(古朝鮮)을 세운다.

위인전을 읽다 보면 **에피소드**(episode)가 빠지지 않고 등장한다. 학생이라면 학창시절에 공부에 관한 에피소드 하나쯤 만들어 보는 것도 의미 있는 일이다.

자신의 얼굴을 보면 공부가 잘된다면서 책상 위에다 거울을 세워놓고 공부하던 최수○ 학생, 수업시간에 갑자기 소리 내어 우는 바람에 깜짝 놀랐는데 알고 보니 최근에 떨어진 교과성적 때문이었던 정민○ 학생, 집에서 공부하다가 안 풀리는 수학 문제가 있다고 **새벽 2시에** 수학 선생님에게 전화했던 김예○ 학생, 중간고사에서 사회과목 100점을 맞으면 사회 선생님이 업고 운동장을 돌기로 했는데 정말로 100점을 맞아서 선생님을 힘들게 했던 선지○ 학생, 공부하다가 흘린 코피라면서 피 묻은 책을 교무실까지 들고 와서 보여줬던 박현○ 학생, 기말고사 전날 기숙사 화장실에서 공부하다가 깜박 잠이 들었는데 깨지 못하고 다음 날 아침에 발견된 김현○ 학생, 여학생인데 시험 보기 한 달 전부터 남학생처럼 머리를 아주 짧게 자르던 김솔○ 학생, 한꺼번에 성적이 많이 올랐다고 반 친구들에게 아이스크림을 사서 돌렸는데 그래도 성적은 29명 중에서 21등이었던 정태○ 학생, 등굣길에 영어단어장을 들고 외우면서 오다가 교통사고가 날 뻔한 안새○ 학생, 대학입시시험을 치르는 날 아침에 긴장된다고 진정제를 먹었다가 정신이 몽롱해져서 오히려 시험을 망친 이향○ 학생, 공부하다가 엉덩이에 종기가 생겨서 병원 치료까지 받았던 이세○ 학생….

오늘도 학교에서는 학생들의 크고 작은 공부 에피소드가 만들어지고 있다. 그래도 위험한 짓은 하지 마라. 큰일 난다.

학생이라면 누구나 공부를 잘하고 싶다. 그렇지만 공부를 잘하는 학생과 못하는 학생은 언제나 구분되고 만다. 공부를 못하는 학생은 절차가 많다. 책상에 앉기까지 해야 할 일이 많다. 책상 정리, 교재와 필기구 찾기, 차 마시기, 화장실 가기 등등. 그리고 공부하는 중에도 해야 할 일이 많다. 간식 먹기, 인터넷 검색하기, 휴대전화 확인하기, 거울보기, 가려운 곳 긁어주기, 손톱 정리하기 등등. 반면에 공부를 잘하는 학생은 공부를 쉽게 시작한다. 그리고 공부하는 중에는 공부만 한다. 그래서 공부를 잘하는 학생은 공부를 하다가 지치는데, 공부를 못하는 학생은 공부가 아닌 **다른 것을 하다가 지쳐버린다.**

고등학교 2학년 말쯤, 학생들은 고등학교 3학년을 앞두고 비장하게 각오를 다진다. 취미생활을 중단한다. 애장품을 없앤다. 이성 친구에게는 한시적인 이별을 통보한다. 머리를 짧게 깎는다. 여기저기에다 "나는 앞으로 1년 동안 공부만 할 겁니다. 그러니 나를 찾지 마세요."라고 선언한다. 3학년이 되면 공부만 하게 될 불쌍한 자신을 생각해서 며칠 동안 거의 미친 듯이 논다. 그러다가 드디어 3학년이 된다. 정말로 미친 듯이 공부만 한다. 하지만 며칠 동안만 그런다. 그 이후부터는 계속해서 슬럼프, 슬럼프… 결국 2학년 때와 같아진다.

물론 다 그런 것은 아니다. 누군가는 그렇지 않다. 요란하게 공부하는 것을 '**보트 공부**'라고 하고, 조용히 공부하는 것을 '**잠수함 공부**'라고 한다. 잠수함처럼, 조용히 은밀히 공부하는 학생이 있다. 평소에는 잘 드러나지 않는다. 그러다가 때가 되면 물 밖으로 모습을 드러낸다. 빈 수레가 요란하다는 말이 있다. 기계도 고장 난 기계 소리가 크다. 묵직한 짐을 싣고 가는 수레와 정상적으로 작동하는 기계 소리는 조용하다. 조용히 공부하는 학생은 진짜 무서운 학생이다.

"**가슴은 뜨겁게, 머리는 차갑게**"라는 말이 있다.

어느 것이 더 어려울까? 학생들은 "이번만큼은 정말로 열심히 공부할 거야."라고 가슴은 잘도 뜨거워진다. 그러나 머리까지 차가워지는 학생은 드물다. 공부에서 차가운 머리란, 정확한 판단과 냉정한 태도를 말한다. 자신의 현재 실력을 정확하게 판단하고, 거기에 맞는 공부 방법과 목표를 설정해야 한다. 그리고 공부에 방해되는 것들에 대해서는 혹독하리만큼 냉정해야 한다. 그래서 흔히 공부 잘하는 학생은 냉정하고 이기적이라는 비난을 받는 경우가 많다. 가슴만 뜨거운 학생은 목표를 과도하게 설정하고, 공부에 방해되는 것들에 대해서는 지나치게 친절하다.

어느 날 고등학교 1학년인 한 여학생이, 어두운 표정으로 나에게 와서 상담을 요청했다. 한 학년을 마무리하는 2학기 기말고사를 며칠 앞둔 상태였다. 그런데 그 아이는 지금 학교를 자퇴하고 몇 달 쉬었다가 1학년으로 재입학하는 것을 고민 중이라고 했다. 이 상태로는 학교 내신 성적 때문에, 3학년 때 대학입시에서 자신 목표로 하는 ○○학과에 들어가기가 어려울 것 같다면서 한숨을 내쉬었다.

"공부가 질려요. 해도 해도 불안하고 끝이 없습니다. 다시 중학교 시절로 돌아가고 싶어요. 중학교 때는 공부만 안 해도 좋은 성적이 나왔는데, 고등학교 때는 다른 것들을 포기하고 공부만 해도 좋은 성적이 나오지 않습니다. 중학교 때 성적으로 라이벌이었던 '김혜옥'이와 고등학교에 들어와서 차이가 많이 나버렸습니다. 혜옥이는 매일 새벽 한 시 반까지 공부를 한답니다. 저도 며칠 동안 그렇게 해보았는데 너무 피곤해서 학교 수업시간에 집중할 수가 없었습니다. 최근에는 혜옥이가 열심히 공부하는 모습을 보면 좌절감이 들고, 어느 순간에는 미워지기까지 합니다…."

말하는 내내 눈동자가 흔들리고 심적으로도 불안정해 보였다. 나는 그 아이에게 음료수 한 병을 내어주면서, "**힘드니? 아프니?**"라고 물었다. 가만히 생각해 보더니, "아픕니다. 너무 아픕니다."라고 대답했다. 나는 그 아이에게 네가 목표로 하는 ○○학과 대신에 다른 학과로 목표 수정을 권해보았다. 그 순간, 그 아이는 들고 있던 음료수병을 책상 위에 놓고는 실망하는 표정을 감추지 않았다. 나는 계속해서 말을 이어갔으나 그 아이는 점점 표정이 굳어졌다. 나는 대화를 중단했다. 더 이상 의미가 없다고 판단했기 때문이다. 잠깐 침묵이 흐르다가 우리는 동시에 서로를 외면했다. 어색한 상황에서 그 아이는 일어서서 인사를 하고 나가버렸고, 나는 나대로 내 일을 했다.

힘들면 계속해도 된다. 그러나 아프면 멈추어야 한다. 더 큰 것을 잃을 수 있기 때문이다. 운동도 마찬가지다. 힘들어도 계속해야 근육이 생기고 체력도 좋아진다. 경우에 따라서는 너무 힘들어도 계속해야 한다. 그러나 아픈데도 불구하고 계속 운동을 하다가는 몸이 크게 다칠 수 있다. 그럴 때는 운동을 멈추거나, 운동의 강도를 낮추는 것이 현명한 일이다.

한번 세운 계획은 수정되어서는 안 될까? 아니다. 예상치 못한 상황이 발생하였을 때는 원래 계획을 수정해야 한다. 임기응변(臨機應變)이라는 말이 있다. 그때그때 상황에 따라 적절하게 대처한다는 말이다. **터널 속**에서는 캄캄해도 더듬더듬 가다가 보면 결국 빠져나올 수 있다. 그러나 동굴이라면 상황은 달라진다. **동굴 속**에서 빠져나오기 위해서는 뒤로 물러서야 한다. 현실을 고려하지 않는 고집이나 집념에 사로잡혀서, 자기 자신을 스스로 좌절이나 절망으로 내모는 사람들이 많다. "수정을 용납하지 않는 계획은 나쁜 계획이다." 이 말은 고대 로마의 작가인 퍼블릴리어스 사이러스(Publilius Syrus, BC 85~43년)가 했던 명언이다.

여름방학 보충수업 기간에 한 남학생이 교무실로 나를 찾아왔다. 손에는 메모지와 볼펜이 들려있었는데, 사뭇 진지한 표정으로 나에게 물었다.

"선생님, 국어공부 잘하는 방법 좀 알려주세요. 괜찮은 국어자습서나 문법서도 있으면 추천해 주시고요."

그러고 보니 어제부터 교무실을 들락거리던 아이였다. 평소 장난꾸러기로 교내에서 제법 유명한 아이였다. 나는 그 아이에게 되물었다.

"왜 국어공부를 잘하고 싶은데?"

그 아이는 옆에 있던 의자를 가져다가 앉더니, 나에게 그 이유를 말해주었다.

"저번 주 일요일, 감나무밭에서 농약을 치시는 아버지를 도와드렸습니다. 온몸이 독한 농약으로 범벅이 되어버렸습니다. 그런 상황에서도 아무렇지 않게 일하시는 아버지를 보면서 충격을 받았습니다. 일하시는 도중에 아버지께서 새참과 함께 막걸리를 여러 잔이나 드셨습니다. 그러고는 취기가 있는 상태에서 약간 휘청거리면서 계속 일을 하셨습니다. 나는 아버지에게 술을 드시면 위험하지 않으냐고 했더니, 술을 먹어야 힘든 줄 모르고 일을 할 수 있다고 하셨습니다. 나는 그 말을 듣고 또 충격을 받았습니다. 그날 일을 마치고 거실에서 주무시는 아버지를 보면서, 갑자기 공부를 열심히 해야겠다는 생각이 들었습니다. 그래서 선생님들을 찾아다니면서 교과목별로 공부 잘하는 방법을 물어보고 있습니다. 이왕이면 제대로 된 방법으로 공부를 하고 싶어서요."

"국어공부 잘하는 방법이라? 너무 막연한데."

"교과목마다 공부 잘하는 방법이 있을 것 같아서요. 길을 안내해 주는 내비게이션처럼 말입니다."

'공부 잘하는 방법'과 **'내비게이션'**이라, 재밌는 비유였다.

한마을에 살던 두 사람이 길을 떠나게 되었다. 같은 시간에, 같은 목적지를 향해서 각자의 집에서 출발했다. 그 길은 처음으로 가는 멀고도 복잡한 길이었다. 한 사람에게는 '나침판'이 있고, 다른 한 사람에게는 '내비게이션'이 있다. 누가 더 빨리 목적지에 도착할 수 있을까? 당연히 내비게이션을 가진 사람이다. 내비게이션은 가장 빠른 길을 정확하게 안내해 주기 때문이다.

그렇다면, 공부에도 가장 효율적으로 공부하는 방법을 안내해 주는 '공부 내비게이션'이 있을까? 물론 있다. 공부 잘하는 방법을 알려주는 책이나 방송 프로그램, 인터넷 웹사이트 등등 공부 내비게이션은 이미 많다. 학생들에 따라 차이가 있겠지만, 어떤 공부 내비게이션은 그 학생에게 실질적으로 큰 도움이 된다. 특히, 효율적으로 공부하는 방법은 물론이고 공부하는 마음가짐까지 다잡아주는 **훌륭한 공부 멘토들**이 있다. 교사인 나도 그들의 경험과 정보를 접하면서 감탄할 때가 많다.

그러나 간과해서는 안 될 냉정한 사실이 있다. 공부는 순전히 내가 하는 것이다. 다른 사람이 나 대신에 공부해서 내 머릿속에 집어넣어 주는 것이 아니다. 간혹, 공부 내비게이션에 지나치게 집착하는 학생이 있다. 맘에 드는 내비게이션을 찾을 때까지 그 일을 멈추지 않는다. 공부를 하면서도 수시로 공부 내비게이션을 교체한다. 공부가 잘 안되면, 공부 내비게이션에 문제가 있다고 생각한다. 하지만 그런 학생들 중에서, 결과적으로 성적이 오른 경우는 거의 없었다. 공부를 잘하고 싶다면 일단 공부를 열심히 해야 한다. 공부를 하다가 보면 크고 작은 시행착오들을 겪게 된다. 그러는 과정에서 스스로 공부 잘하는 방법을 터득하게 된다. 그건 누구도 흉내 낼 수 없는 **자신만의 공부 노하우**(know-how)이며, 최고의 공부 내비게이션이다. 외부에서 찾는 공부 내비게이션이나 공부 멘토는 보조적인 역할이 되어야 한다.

내비게이션으로만 목적지를 찾아가는 사람에게는 단점이 있다. 지나온 길에 대한 흔적들이 잘 기억나지 않는다. 그래서 같은 목적지를 두 번째, 세 번째, 네 번째 찾아가더라도 내비게이션이 없으면 어려움을 겪는다. 반면에 내비게이션이 없이 목적지를 찾아가면 힘들지만, 지나온 길에 대한 흔적들이 잘 기억난다. 그래서 두 번째부터는 내비게이션이 없이도 목적지까지 잘 찾아간다. 물론 세 번째, 네 번째는 더 빨리 더 쉽게 찾아간다. 학생은 시험장에 공부 내비게이션을 가지고 가는 것이 아니다. 자신이 열심히 반복하면서 공부했던 흔적들을 가지고 가는 것이다.

교과목 논술 시간에, 아주 무서운 서술형 문제를 낸 적이 있다.

"산길을 혼자 가다가 배고픈 호랑이를 만났다. 당신은 이 위기를 어떻게 벗어날 것인가? 그 방법을 쓰시오."

다양한 방법들이 제시되었다. 죽은 척한다. 나무 위로 올라간다. 어차피 죽을 것 호랑이랑 싸우다 죽겠다. 호랑이에게 울면서 살려달라고 애원한다. 손가락으로 호랑이 눈을 찌른다. 호랑이 얼굴을 향해서 흙을 뿌린다… 등등. 그중에서 최고의 방법으로 선정된 것이 있다.

산속에서 호랑이와 맞닥뜨리게 되면 극도의 공포감에 휩싸인다. 그렇다고 도망치면 호랑이가 바로 공격해 올 것이다. 속담에 "호랑이에게 물려가도 정신만 차리면 살 수 있다."라는 말이 있다. 정신을 바짝 차리고 겉으로는 태연한 척한다. 입고 있던 겉옷을 벗어 한 손에 쥐고는 쪼그리고 앉는다. 그리고 호랑이를 향해 살짝 손짓을 하면서 묵직한 목소리로 "이리와."라고 한다. 호랑이는 당황할 것이다. 지금까지 맞닥뜨렸던 먹잇감하고 다른 모습이기 때문이다. 그렇지만 너무 배가 고픈 호랑이는 그 사람을 향해서 달려온다. 앉아 있는 상태에서 정신을 바짝 차린다. 호랑이가 가까이 다가왔을 때, 갑자기 벌떡! 일어선다. 동시에 양팔을 크게 벌리면서 있는 힘을 다해 소리를 지른다. "야! 야! 야!" 얼마나 크게? 지금까지 살아오면서 가장 크게 냈던 목소리의 열 배다. 달려오던 호랑이는 먹잇감의 갑작스러운 행동에 순간적으로 멈춘다. 이때 기회를 놓치지 말고 손에 들고 있던 겉옷을 호랑이의 얼굴을 향해서 던진다. 짧은 순간이나마 호랑이는 시야가 가려진다. 이어서 재빨리 호랑이의 등 위로 올라탄다. 자신의 몸을 호랑이에게 최대한 밀착시키고, 두 손으로 호랑이의 목덜미를 감싸 안으면서 사정없이 털을 움켜쥔다. 그리고 호랑이의 귀에 대고 "달려!"라고 외친다. 호랑이는 깜짝 놀라서 달리게 된다. 호랑이의 등 위에서 계속해서 "달려! 달려! 달려!"라고 악을 쓴다. 두 손은 끝까지 호랑이의 목덜미를 놓쳐서는 안 된다. 호랑이는 장거리를 뛰지 못한다. 호랑이는 금방 지쳐서 얼마 가지 못하고 그대로 주저앉아 숨을 헐떡이게 된다. 자, 이제 호랑이의 등에서 내려와 그곳을 벗어나면 된다. 혹시 여유가 있다면 뒤를 돌아보고 호랑이를 향해서 손을 흔들어 준다.

한자성어에 **기호지세**(騎虎之勢)라는 말이 있다. 달리는 호랑이의 등 위에 올라탄 형세라는 뜻이다. 하던 일을 중도에 그만둘 수 없는 경우를 비유적으로 이르는 말이다. 호랑이가 무섭다고 중도에 내려버린다면 바로 호랑이에게 잡아먹힌다. 호랑이가 지칠 때까지 호랑이의 등 위에서 호랑이를 붙잡고 있어야 한다.

학생들에게 가장 무서운 일은? 내가 상대해야 할 공부일 것이다. 내가 올라타서 붙잡고 있어야 할 '공부의 대상'을 잘 선택해야 한다. 너무 힘들다고 중도에 포기해버리면, 공부로 인해서 상처를 입고 좌절하게 된다. 그런 일이 반복되다 보면 결국에는, 내가 공부에게 잡아먹히는 꼴이 되어버린다. 가장 좋은 방법은 차근차근 거북이, 당나귀, 낙타, 코끼리, 말, 호랑이 순으로 갈아타는 것이다. 그래도 호랑이는 될 수 있으면 타지 마라. 너무 위험하다.

"공부가 그렇게 목숨을 걸만한 일은 아니다."

16 STORY

성(性) 남과 여

성(性)폭탄 · 성호르몬의 증가 · 짐승한테는 없다

여자친구의 임신 · 완벽한 피임방법

남 이야기는 쉽게 말할 수 있다 · 부모님을 피하지 마라 · 피임약

갈 데까지 간 상황 · 마음이 섹시한 사람 · 두 사람의 의지

남성은 수시로, 여성은 종종 · 남자는 그 여자 앞에서

이상적인 성관계는? · 성적환상

여학생이 생각하는 이상으로 훨씬 강하다

육체적 비만과 성적 비만 · 음란물 · 별의별 희한한 방법으로

배설과 비밀 · 본능의 정원과 신비의 정원

청소년기는 몸속에 '폭탄'을 지니고 있다. 그 폭탄은 어찌나 예민한지 조심조심 다루어야 한다. 바로 '**성(性)폭탄**'이다. 어디 청소년들뿐이겠는가? 어른이 되어서도 평생토록 끈질기게 따라다닌다. 누군가는 이 폭탄을 잘못 관리해서 자신의 인생에 '주홍글씨'가 새겨지기도 한다.

❏ 『주홍글씨(The Scarlet Letter)』: 미국의 소설가 너대니엘 호손(Nathaniel Hawthorne)이 1850년 발표한 장편소설의 제목이다. 이 작품의 배경은 17세기 청교도 사회였던 미국 보스턴의 어느 마을이다. 유부녀인 '헤스터'는 행방불명이 된 남편을 기다리다가, 젊은 성직자인 '딤즈데일'과의 간통으로 아이를 낳게 된다. 그로 인해 재판이 열리게 되는데, 판사는 헤스터에

게 간음(adultery)을 뜻하는 주홍색 'A'라는 글자가 앞가슴에 새겨진 옷을 입도록 한다. 딤즈데일은 양심의 가책으로 괴로워하다가 죽고 만다.

종종 TV 화면을 통해서 어른들의 부도덕한 사건들이 보도된다. 그런데 유독 성(性)과 관련된 당사자들은 하나같이 얼굴을 가린다. 그만큼 수치스럽게 생각한다는 것이다. 남녀가 있는 곳이라면, 설령 그곳이 가정이나 학교라도 주홍글씨는 새겨질 수 있다. 교직 생활 중에 겪었던 제자들의 주홍글씨가 있다. 들추어내고 싶지 않다. 예방주사였을까? 잘살고 있다. 어른들 중에 살아오면서 들키지 않은 주홍글씨 한두 개쯤 가지지 않은 사람이 있을까? 주홍글씨는 모두에게 감추고 싶은 흔적이다.

신체적으로 건강한 십 대 청소년이라면, 남녀 모두 성(性)에 대한 욕구가 왕성해진다. **성호르몬이 증가**하기 때문이다. 그러한 성호르몬은 남자와 여자 혹은 개인별로도 종류나 양, 시기, 강도에서 차이가 있다. 그래서 같은 또래의 청소년이라도 성과 관련된 신체 변화에서 빠르고 늦고, 크고 작고, 많고 적고, 강하고 약하고의 차이가 생기는 것이다. 그런 차이는 자연스러운 일이다. 혹시 그런 문제로 고민이 된다면? 청소년의 성과 관련된 인터넷 웹사이트에 접속해서, 필요한 정보를 확인해 보거나 상담을 받아보도록 한다. 그것만으로는 고민이 해결되지 않는다면? 그때는 부모님에게 상담을 요청하렴. 명쾌한 답변을 듣게 되거나 너를 당장 전문 병원으로 데리고 갈 것이다. 성과 관련된 정보들은 인터넷을 통해서 많이 접하게 되는데 왜곡된 내용들이 많다. 이때는 공신력이 있는 기관에서 운영하는 인터넷 웹사이트를 이용하는 것이 좋다. 특히, 상업적인 정보는 경계해야 한다. 인위적으로 성에 영향을 주는 경우에는 부작용이 많다. 성은 자연스럽게 성숙해져 가는 것이 가장 바람직하다.

인간은 십 대와 이십 대 나이를 거치면서, 성호르몬의 영향으로 생명(아기)을 잉태할 수 있는 남성(아빠)과 여성(엄마)의 몸이 된다.

• 사춘기 남자 : 테스토스테론 호르몬이 남성다운 체형과 남성생식기관의 발육을 촉진한다. 이성에 대해서는 충동적인 성향이 강해진다.

• 사춘기 여자 : 에스트로겐과 프로게스테론 호르몬이 여성다운 체형과 여성생식기관의 발육을 촉진한다. 이성에 대해서는 정서적인 성향이 강해진다.

• 섹스중추 : 인간의 뇌 시상하부에는 오직 성적인 생각과 흥분만을 관장하는 섹스중추라는 물질이 있다. 남녀 모두 가지고 있는데, 남성은 여성에 비해서 두 배 정도 크다.

• 연애 감정 : 남녀가 서로 사랑에 빠지면, 뇌에서 도파민과 노르에피네프린 물질이 증가하고 세로토닌 수치가 떨어진다. 이로 인해 상대방만 생각해도 기분이 좋고, 심장이 뛰고, 마음이 설레고, 강박증처럼 집착하게 된다. 그러나 어느 정도 시간이 지나면 정상 수치로 돌아오는데, 청소년은 100여 일이고 성인은 2년 정도 걸리는 것이 보통이다. 그 시기가 지나면 상대방에 대한 감정의 변화가 일어난다. 그래서 십 대 남녀 학생들의 이성교제 기간은 짧은 게 정상이다. 간혹, 비정상적으로 긴 경우도 있다.

• 이성(理性) : 우리의 뇌에는 테스토스테론, 에스트로겐, 프로게스테론, 섹스중추, 도파민, 노르에피네프린보다 더 강력한 시스템이 존재한다. 바로 '이성'이다. 이성은 인간에게만 있다. **짐승한테는 없다.**

자동차 운전석의 운전대 바로 앞에는 계기판이 있다. 계기판에는 주행 속도를 알려주는 '속도계'가 있다. 속도계에는 그 자동차로 달릴 수 있는 '최고속도'가 표시되어 있다. 웬만한 승용차는 최고속도가 시속 200km 넘게 표시되어 있다. 그러나 최고속도에 가깝게 달리는 운전자는 없다. 너무 위험하기 때문이다. 도로마다 30km, 60km, 80km, 110km 등의 제한속도가 정해져 있다. 우리의 성(性)도 마찬가지다. 느끼는 성충동만큼 성을 표현해 버린다면, 곧바로 사고로 이어진다. 이성(理性)이라는 브레이크로 때와 장소를 가려가며 적절하게 속도를 조절해야 한다. 오늘도 제한속도를 넘나드는 청소년들의 아슬아슬한 질주가 계속된다. 그러다가 간혹 대형 사고를 내는 경우가 있다.

평소 알고 지내는 교사가, 본인의 학급(고등학교 3학년)에서 있었던 일이라면서 들려줬던 이야기다.

"몇 년 전, 우리 반에 한 남학생의 아버지로부터 당황스러운 연락을 받았습니다. 아들 녀석의 **여자친구가 임신을 했다**는 겁니다. 그 여자친구는 다른 고등학교에 다니는 학생이었습니다. 그러고 나서 몇 분 뒤에, 이번에는 그 여자친구의 아버지로부터 전화가 걸려왔습니다. 약간 흥분된 목소리로 딸아이의 남자친구에 대해서 이것저것 물었습니다. 나는 좀 더 자세한 사정을 알아보려고 그 남학생을 상담실로 불렀습니다. 잠시 후 단단히 마음먹고 상담실로 갔더니, 언제 왔는지 몇몇 친구들도 같이 있었습니다. 그 남학생은 담임교사인 나에게 연신 죄송하다고 하는데 왠지 표정만은 씩씩해 보였습니다. 그때 옆에 있던 한 친구가 '피임을 했는데도 임신이 되어버렸대요.'라고 한마디 했습니다. 그 분위기에서, 나는 어떻게 대처해야 할지 몰라서 잠시 망설였습니다…."

오래전에, 내가 대학 다닐 때 일이 생각난다. 친구 셋이서 한 집에서 자취를 한 적이 있다. 그중 한 친구가 언제부터인가 같은 학과 후배 여학생과 연애하느라고 정신이 없었다. 하루는 방바닥에 엎드려서 진지하게 책을 읽고 있었다. 무슨 책이냐고 물었더니, "응, 성교육 좀 하고 있어. 이렇게 하면 확실하게 임신을 피할 수 있대."라고 했다. 친구의 사생활이라서 특별히 대응하지 않았다. 그런데 몇 달 뒤 심각한 표정으로 안절부절못했다. 무슨 일이 있느냐고 물었더니, 여자친구가 임신을 해버렸다는 것이다. 그 둘은 그 일을 안타깝게 마무리하면서 힘들어했다…. 그러나 몇 달 뒤에, 그 둘 사이에는 같은 일이 또 벌어졌다. 지켜보면서 머리가 아팠다.

완벽한 피임방법이 있을까? 위의 경우에서 보듯이 100% 피임방법은 없다. 흔히 이용되는 피임방법에는 피임기구, 피임약, 자연주기법, 피임수술법 등이 있다. 다양한 변수뿐만 아니라 부작용도 있기 때문에 조심하고 또 조심해야 한다. 준비하고 확인하는 것은 물론이고, 사용하는 중에 조금이라도 불안한 상황이라면 즉시 멈추어야 한다. 특히, '설마?' 혹은 '어떻게 되겠지.'라는 생각은 정말 무책임한 것이다. 신체적으로나 정신적으로 완벽에 가까운 피임방법은 수술을 통한 피임법이다. 이는 아이를 낳고 나서, 더는 아이를 가질 계획이 없는 경우에나 가능한 피임방법이다. 만약, 피임을 하고 성관계를 했는데도 불안한 상황이라면 사후 피임약을 복용해야 한다. 정신을 차리고 신속하게 병원과 약국으로 가야 한다.

혹시, 질외사정(남성이 성교할 때 여성의 질 밖에서 사정하는 것)을 피임방법이라고 생각하는 사람이 있을까? 그 방법으로 아직까지 임신이 되지 않았다면 거의 기적이다. 남성은 성적으로 흥분하면, 사정하지 않아도 성기를 통해서 '쿠퍼액'이라는 맑은 분비물이 밖으로 조금 흘러나온다. 그 쿠퍼액 속에 정자가 섞여 나오기도 하는데, 그로 인해 드물지만 임신이 될 수 있다. 질외사정은 피임방법이 아니다. 그리고 정자(精子)는 눈에 보이지 않는다.

첫 성관계 시기는 보통 이십 대부터 이루어진다. 십 대에 이미 성관계를 경험하는 청소년도 있다. 그건 결코 내세울 만한 일이 아니다. 일부에서는 십 대의 성관계를 무조건 막으려고만 하지 말고, 안전하게 할 수 있도록 교육하는 것이 더 현실적이라고 한다. 나하고 관련이 없는 남의 이야기는 쉽게 말할 수 있다. 만약 십 대인 내 자녀가 안전하게 성관계를 하겠다고 하면 상황은 달라질 것이다. 성관계가 십 대 때부터 해도 되는 자연스러운 일이라면, 이 세상의 모든 부모가 먼저 알아서 권했을 것이다. 이미 성관계를 경험했거나 현재도 하고 있는 십 대 청소년이 있다면 묻고 싶다.

"그래 성관계를 하니까, 좋고 행복하니?"

이 물음에 자신이 없다면 당장 그만두어라. 그리고 혼자서, 혹은 둘이서 감당하기 어려운 상황이라면 당장 부모님을 찾아가라. 고백하고 도움을 요청해라. 그게 현명한 일이다. 자식은 어떠한 경우에라도 자신의 부모를 피해서는 안 된다. 그건 부모도 자기 자식에 대해서 마찬가지다. 그게 부모와 자식 간의 지켜야 할 도리이다. 힘들고 두려울 것이다. 그러니까 용기를 내야 한다. 성관계를 할 만큼 어른이 되었으니, 자신이 한 일에 대해서 책임을 지기 위해서 최선의 방법을 찾아야 한다. 훗날, 너도 부모가 되면 너의 자식을 피할 수 없다. **부모님을 피하지 마라.** 부모님의 따가운 질책도 기꺼이 받아들여야 한다. 가족이란, 힘들 때 곁에 있어 주는 사람이다. 이 세상 모든 사람이 이해를 못 한다 하더라도, 부모는 내 자식을 그리고 자식은 내 부모를 이해할 수 있다…. 혹시, 부모님이 화를 내면서 너를 멀리하시는 것처럼 보일 수도 있다. 부모님은 너에게 실망해서 화가 나신 것이다. 정말로 너를 멀리하실 생각이라면 아예 화조차도 내지 않는다. 부모님에게 간절하게 말씀드려라.

"부모님, 이 상황을 제 힘으로 감당하기가 힘듭니다. 도와주십시오. 깊이 반성하고 있습니다. 앞으로 열심히 살겠습니다."

그리고 이번 일을 계기로, 앞으로 부모님에게 정말 잘해야 한다.

기억에 남는 일이 있다. 교실(고등학교 1학년)에 있는 한 여학생의 개인 사물함에서 **피임약**이 발견되었다. 사용한 흔적도 있었다. 따로 불러서 물었다. 관계를 맺고 있는 상대 남자는 대학생이었다. 펑펑 운다.

참 이상하다. 이런 일이 있으면 남학생은 울지 않는데 여학생은 우는 경우가 많다. 처음에는 본인도 원해서 성관계를 했다고 한다. 그러나 그 뒤로 성관계를 할 때마다 정신적으로나 육체적으로 힘들었다고 한다. 앞으로 어떻게 할 거냐고 물었더니, 이제라도 모든 것을 정리하기를 원했다. 부모님에게 알리고 도움을 받도록 했으나, 깜짝 놀라면서 그럴 수 없다고 했다. 난감한 상황이라 머리가 아팠다. 나는 고민 끝에 그 대학생과 전화 통화를 하고는 학교 밖에서 만나기로 했다. 나는 한 가닥 기대를 하고 약속 장소인 커피숍으로 나갔는데 그의 당당한 태도를 보면서 거북스러웠다. 나는 그에게 만약 고등학생인 친여동생이 이십 대 대학생이랑 성관계를 하고 있다면, 오빠로서 괜찮겠냐고 물었다. 그리고 이 시간 이후로 그 여학생과의 만남을 정리하지 않으면, 여학생의 부모님에게 알리겠다고 했다. 단호한 태도에 당황했는지 한참이나 횡설수설했다. 나는 머리가 아프다는 핑계로 일어섰다. 핑계가 아니라 진짜로 머리가 아팠다. 나는 다음 날 그에게 다시 전화를 해서, 오늘 저녁에 여학생의 부모님을 만날 수 있겠느냐고 물었다. 그는 이번에도 횡설수설하더니 전화를 끊어버렸다. 그 뒤로는 전화 연결이 어려웠다.

사랑하니까 성관계를 할까? 사랑하지 않아도 얼마든지 성관계를 할 수 있다. 성호르몬의 작용으로 생기는 육체적인 성적충동은 사랑보다 강할 수 있다. 특히, 남자인 경우라면 더욱 그렇다. 여자를 사귀는 최종 목적이 오직 성관계인 남자도 있다. 여자들이 종종 믿지 못하는 남자들의 본능이다. 성관계를 **갈 데까지 간 상황**이라고 생각하는 남자도 있다. 그런 남자는 여자와 성관계를 하고 나면, 갈 데까지 갔으니까 그 여자의 나머지는 쉽다고 생각한다.

"너, 혹시 쉬운 여자니?"

남녀 간의 사랑과 성에 대해서 좀 더 '복잡한 이야기'를 해보자. 우리들에게 곧 닥쳐올 아주 중요한 일이니까.

연인 사이인 한 남자와 한 여자가, 서로 사랑하면서도 상대방 때문에 불편한 경우가 있다. 그런 상황이 반복되다 보면, 결국에는 그들의 사랑도 위태로워질 수밖에 없다. 남녀 간의 온전한 사랑을 위한 전제 조건이 있다. 바로 소통(疏通)이다. 여기서 소통이란, 서로 오해가 없도록 하는 것을 말한다. 육체적으로 매력적인 사람은 성적으로도 매력적이다. 그런데 그 육체적인 매력보다 더 강하게 성적인 매력을 느낄 수 있는 것이 있다. 바로 '마음'이다. 이때의 마음은 상대방과 진심으로 소통하겠다는 의지를 가진 마음이다. 그래서 가장 섹시한 사람은 **마음이 섹시한 사람**이다. 마음이 섹시한 사람은 상대방의 어떤 모습도 매력적일 수 있다. 뚱뚱하면 뚱뚱해서, 마르면 말라서, 크면 커서, 작으면 작아서, 잘하면 잘해서, 못하면 못해서… 예쁘다고 할 것이다.

많은 청춘 남녀가 육체적인 매력으로, 혹은 현실적인 조건으로 그들의 사랑을 시작한다. 그러나 진심으로 소통하지 않는다면, 사랑으로 더 많이 더 오랫동안 행복할 수 없다. 상대방에게 묻고 표현해라. "나 때문에 불편한 것이 있나요?", "당신의 그것 때문에 불편해요." 그렇게 백 가지만 소통한다면, 그 둘은 서로에게 최고의 연인이 될 수 있다. 연인 사이에서 이루어지는 애정표현도 마찬가지다. 손을 잡기 전에,

포옹하기 전에, 키스하기 전에… 둘이서 눈을 마주쳐라. 그리고 소통하렴.

남녀 간의 사랑은 감정보다는 의지로 만들어가야 한다. 한 사람의 의지가 아니라 '**두 사람의 의지**'이다. 감정적인 사랑은 늘 위태롭다. 감정은 자주 변할 뿐만 아니라, 두 사람의 감정이 동시에 일치하는 경우도 드물기 때문이다. 그래서 감정적인 사랑은 처음부터 시작되지만, 온전한 사랑은 어느 정도 시간이 지나고서부터 시작된다.

"남녀가 연인으로서 온전한 사랑을 하고 싶다면, 소통하겠다는 의지를 가진 사람을 만나야 한다."

"남녀가 연인으로서 온전한 소통을 하고 싶다면, 남자는 '여자와 남자'에 대해서 여자는 '남자와 여자'에 대해서 공부해야 한다."

육체적으로 건강한 젊은 남녀라면 성적욕구가 왕성하다. 물론 남녀 간, 개인 간 혹은 상황에 따라서 차이가 있다. 그러나 대체로 **남성은 수시로** 성적욕구가 강하나, **여성은 종종** 성적욕구가 강하다. 그래서 어떤 연인 사이는 성적욕구의 표현을 통해서 가해자와 피해자가 되는 경우가 있다. 둘 다 바보다. 지혜로운 연인은 나와 다른 이성의 성적인 특성을 이해하고 배려한다. 연인 사이라고 해도, 남자가 자신의 성적욕구만으로 여자에게 성적인 표현을 한다면 그 여자는 점점 힘들어질 수밖에 없다. 성적욕구는 표현하고 싶은데 못하는 남자보다, 표현하고 싶지 않은데 해야 하는 여자가 더 힘들기 때문이다. 종종 상황이 바뀌는 경우에는 그 남자도 그 여자 때문에 힘들기는 마찬가지다. 그러나 그 여자와 그 남자가 소통하는 마음으로 성적욕구를 표현한다면, 그 둘은 그로 인해 더 행복해질 수 있다.

남자는 정복욕이 강한 반면에 복종심도 강하다. 그런 면에서 여자는 남자를 통제할 수 있어야 한다. "이렇게 하고 싶지 않아요.", "이렇게 하고 싶어요."라고 구체적으로 설명해 줘야 한다. 진심으로 그 여자를 사랑하는 남자라면 그 여자의 말에 복종할 것이다. 그리고 사랑하는 여자에게 복종하였음으로 더 행복할 것이다. 영화나 드라마를 보면, 남자 주인공이 사랑하는 여자를 위해서 기꺼이 목숨도 건다. 하물며 성적욕구쯤이야.

연인 사이인 남녀 간에도 성(性)을 이용하고, 이용당하는 경우가 많다. 상대방을 진심으로 사랑할 기회를, 상대방에게 진심으로 사랑받을 기회를 놓쳐버리는 일이다. 심지어는 성의 노예나 도구가 되어 자신의 정체성마저 잃어버리는 경우가 있다. 불행한 일이다. 내가 가해자가 되기도 하지만, 상대방이 나를 가해자로 만들어 버리는 경우도 있다. 마찬가지로 상대방이 나를 피해자로 만들어 버리기도 하지만, 내가 스스로 피해자가 되어버리는 경우도 있다. 역시 불행한 일이다. 성(性)에 대해서 적극적으로 소통하라. 그러면 그에게 여자라서 행복할 것이고, 그녀에게 남자라서 행복할 것이다. **남자는** 남자들끼리 있을 때보다 **그 여자 앞에서 더 남자다워진다.** 여자도 그 남자 앞에서 더 여자다워진다.

연인 사이인 남녀의 만남은, 반쪽과 반쪽이 만나서 온전한 하나가 되는 것이 아니다. 한 남자와 한 여자가 만나서 더 온전한 한 여성이 되고, 더 온전한 한 남성이 되고, 더 온전한 각각의 자기 자신이 되어야 한다. 우리는 누군가의 반쪽이 되기 위해서, 한 남자와 한 여자로 태어난 것이 아니다. 우리는 남자와 여자이기 전에 더 큰 가치인 한 인간으로서 태어난 존재이다. 그러므로 연인 사이는, 자신이나 상대방에 대해서 남자와 여자로서의 삶만으로 제한해서는 안 된다. 한 인간으로서의 삶은, 남자와 여자로서의 삶보다 더 우위에 있다. 가장 이상적인 연인 사이는, 상대방을 남자와 여자로서만이 아닌 나와 동등한 한 인간으로서 대해주는 것이다. 남녀 간의 사랑은 하나와 하나가 만나서, 각각의 더욱 빛나는 하나가 되는 일이다.

이상적인 성관계는? 사랑하는 그 여자와 그 남자가 서로 물어보고, 고백하고, 가르쳐주고, 배우고, 배려하면서 이루어지는 성관계이다. 그렇게 할 수 있는 최상의 남녀 사이는 결혼한 부부다.

내가 아는 한 젊은 부부는 매달 특정한 날을 정해놓고, 성에 대해서 토론의 시간을 갖는다고 한다. 그들의 사랑은 건강할 수밖에 없다. 내가 아는 또 다른 부부의 이야기다. 결혼하고 나서 1년 후, 부부는 아이를 갖기 위해서 몸 관리를 시작했다고 한다. 주로 아내가 철저히 통제했는데 금연과 금주는 물론이고 좋은 음식, 좋은 생각, 좋은 책 15권, 적당한 운동으로 3개월을 보냈다고 한다. 그러고 나서 그동안 해오던 피임을 해제하고, 육체적인 관계를 맺고 임신을 했다고 한다. 그렇게 해서 두 명의 자식을 낳았는데, 지금은 커서 중학생과 초등학생이 되었다. 자식들 모두 건강하고 총명하다. 왜 그럴까?

남녀 간의 사랑은 단순하지 않다. 복잡하다. 특히, 육체적인 관계까지 이루어지는 사랑은 더욱 그렇다. 여자들은 본능적으로 그걸 아는

데, 남자들은 그렇지 못한 경우가 많다. 어떤 남자는 그 일에 대해서 너무 쉽게 생각한다.

"너, 혹시 쉬운 남자니?"

이 세상은 남성들의 성적욕구를 부추기는 음란물들이 넘치고 있다. 그렇지 않아도 강한 남성의 성적욕구는 더 강해질 수밖에 없다. 특히, 성적욕구가 최고조에 달해 있는 십 대 남학생들은 끊임없이 **성적환상**에 시달리고 있다고 해도 과언이 아니다.

한번은 교실(고등학교 1학년)에서 수업을 막 시작하려는데, 한 여학생이 당황스러운 표정으로 앉아 있었다. 어디 아프냐고 물었더니 고개를 숙이고는 대답하지 않았다. 나는 수업이 끝나고 그 여학생을 상담실로 불렀다. 잠시 망설이더니 조심스럽게 이야기를 했다.

"쉬는시간에 별관 교실에서 같은 학년의 남학생이랑 둘이서 있게 되었습니다. 그 남학생이 어젯밤에 잠을 잘못 자서 어깨가 결린다고 하기에 별생각 없이 어깨를 주물러 주었습니다. 그 남학생과는 초등학교 때부터 친구 사이로 평소 스스럼없이 지냈습니다. 조금 있다가 수업 시작을 알리는 종소리가 울려서 둘 다 일어섰습니다. 그런데 그 남학생의 특정 부분이 민망스러운 상황이 되어있었습니다. 둘이 서로 어색하게 쳐다보다가 제가 먼저 나와 버렸습니다."

성적으로 왕성한 십 대 남녀가 한 공간에 단둘이 있는 경우에는 조심해야 한다. 누구도 믿어서는 안 된다. 특히, 잘 아는 사람이나 정말로 안 그럴 것 같은 사람 그리고 자기 자신도 믿지 마라. 여학생은 남학생의 성적욕구를 자신의 기준으로 판단해서는 안 된다. 십 대 남학생의 성적욕구는 **여학생이 생각하는 이상으로 훨씬 더 강하다.** 착각하기 쉬운 중요한 사실이다. 그런가 하면, 남학생은 왜곡된 정보를 통해 얻은 성 지식으로 여자의 성적욕구를 실제보다 더 강하게 생각하는 경향이 있다. 이 또한 착각하기 쉬운 중요한 사실이다.

현대 사회는 인간의 식욕을 부추기는 데 혈안이 되어 있다. 그래서 필요 이상으로 많이 먹는다. 성적욕구를 부추기는 것도 그에 못지않다. 그래서 너도나도 더 섹시해 보이려고 안달이다. 많이 먹어서 생긴 **육체적 비만** 못지않게, 성적욕구를 과도하게 채우려는 **성적 비만** 환자들도 많다. 특히, 성적 비만은 육체는 물론이고 정신 건강에도 영향을 미친다. 식욕을 절제할 줄 아는 사람은 건강하다. 성적욕구도 마찬가지다. 그런 남녀가 만나서 사랑을 한다면, 그들의 사랑은 건강하고 행복할 수밖에 없다. 우리는 성적욕구를 위해서 에너지를 과잉 소비하는 시대에 살고 있다. 정신 차려야 한다. 더 가치 있는, 더 중요한, 더 행복한 에너지 소비도 있다는 것을 잊어서는 안 된다.

청소년들은 인터넷을 통해서 성에 관한 지식을 가장 많이 얻는다. 여기서 문제가 되는 것이 '**음란물**(포르노)'이나. 음란물은 인간의 뇌를 극도로 흥분시킨다. 특히, 청소년이 그러한 자극에 저항해낸다는 것은 극히 어려운 일이다. 우스갯소리가 있다. 아침에 교실에서 조는 학생은 밤늦게까지 공부를 했거나, 음란물을 탐닉했거나 둘 중 하나일 가능성이 크다고 한다.

한 남학생이 책상에 앉아서 마음먹고 공부를 시작한다. 그러나 얼마 지나지 않아서 집중력이 흐트러지고 졸음이 온다. 그렇다고 해서 그대로 책상에서 물러설 수는 없다. 잠깐만 머리를 식힐 겸 해서 컴퓨터를 켜고 음란물을 찾게 된다. 순식간에 정신이 초롱초롱해진다. 잠깐만이 잠깐이 되지 못하고, 시간 가는 줄 모르고 음란물을 탐닉하게 된다. 어느새 공부는 뒷전이 되어버린다…. 이런 상황이 반복되다 보면 좌절감과 죄책감이 생긴다. 그런 감정을 외면하기 위해서, 더욱 자극적인 음란물을 찾게 되고 심해지면 중독 상태에 빠질 수 있다. 음란물 중독자의 뇌 상태는 알코올 중독자나 마약 중독자의 뇌와 같다고 한다. 포르노를 비롯한 각종 음란물은 남성을 기준으로 만들어져 있다. 그 속에는 '여성'도 없고 '현실'도 없다.

다음은 삼류 액션 영화의 한 장면이다.

한 여인이 악당들에게 잡혀갔다. 뒤늦게 이 사실을 알게 된 남자 주인공은 그 여인을 구출하려고 혼자서 악당의 본거지로 찾아간다. 그곳에는 각종 무기를 가진 100여 명의 악당들이 있다. 남자 주인공은 윗옷을 벗더니, 무기도 없이 **별의별 희한한 방법으로** 혼자서 100여 명의 악당들을 차례차례 쓰러뜨린다. 마지막 남은 악당이 쓰러지는 순간, 잡혀있던 그 여인이 남자 주인공에게로 달려온다. 그리고 그 둘은 뜨겁게 껴안고 키스를 한다. 주변에 시체들과 신음을 내면서 죽어가는 사람들이 있는데도 말이다.

액션 영화의 이 장면을 보고 현실로 착각하는 청소년은 없다. 그렇다면, 음란물이 보여주는 비현실적인 장면을 현실로 착각하는 청소년도 없을까? 아니다. 어른들도 착각한다. 이 점이 음란물의 가장 큰 유해성이다. 음란물은 비현실적인 기대감을 충동질한다. 간혹 현실에서 실행에 옮기려는 사람이 있다. "어! 이게 아니네."라고 깨닫기에는 이미 현실은 끔찍하다. 인간의 상상력이 현실에서 이루어지는 경우에는 멋진 일이 일어난다고 한다. 그러나 음란한 상상력이 현실이 될 때는 끔찍한 일이 벌어질 수 있다. 신체적으로 정상적인 사람이라면 누구나 성적욕구가 있다. 음란물은 그러한 성적욕구를 해소하는 손쉬운 방법 중의 하나일 뿐이다. 음란물은 현실이 아니다. 그런데도 변태 인간은 기어코 현실이라고 착각한다.

인간의 생리적인 현상 중에 '**배설**'은 꼭 필요하다. 건강한 배설은 행복한 일이다. 배설할 때 꼭 필요한 것 중의 하나가 '**비밀**'이다. 비밀스럽지 않은 배설은 생각만 해도 끔찍하다. 비밀스러운 배설은 인간의 존엄성과도 관련이 있다.

제2차 세계대전(1939~1945년) 때, 독일 나치에 의해서 끔찍한 유대인 학살이 자행되었다. 유대인들은 죽음을 기다리는 수용소에서도 인간의 존엄성을 지키기 위해서 노력했다고 한다. 그런 모습을 지켜본 독일 군인들은 인간으로서 양심의 가책을 느낄 수밖에 없었다. 그러나 유대인들의 화장실 이용을 통제해 버리자 상황이 달라졌다. 유대인들은 자신들이 먹고 자는 공간에다 어쩔 수 없이 배설을 해야 했다. 그러자 순식간에 주변이 악취와 배설물로 넘쳐나게 되었다. 그런 상황에서 그동안 인간의 존엄성을 지켜오던 유대인들은 자포자기에 빠졌고, 점점 인간 이하의 처참한 모습이 되어갔다. 독일 군인들도 그런 유대인을 보면서, 인간의 양심을 저버리고 끔찍한 만행을 저지를 수 있었다고 한다.

행복한 배설을 위해서는 건강하고, 깨끗하고, 비밀스러워야 한다. 화장실을 지저분하게 사용하는 사람은 성적인 표현도 지저분하게 할 가능성이 크다. 왜 그럴까? 성적욕구도 일종의 배설욕구이기 때문이다. 우리 몸속에 계속해서 쌓이는 성적욕구는 건강하고, 깨끗하고, 비밀스러운 방법으로 해소되어야 한다.

건강한 십 대 남학생과 여학생이라면 이성에 대해서 성적욕구가 생긴다. 이는 극히 자연스러운 일로 인류 생태계를 유지하는 가장 기본적인 시스템이다. 그렇다고 해서 바로 이성을 만나서 성관계를 해야 한다는 것은 아니다. 성인이 되어가고 있으니 준비하라는 내 몸의 신호이다. 십 대 남학생과 여학생은 아직 그럴 때가 아니다.

오늘도 십 대 청소년들은 얕고 가볍게 이성교제를 하면서, 올바른 성지식을 알아가면서, 건강하고 깨끗하고 비밀스럽게 성적욕구를 해소하면서 어른이 되어가고 있다. 바보들만 착각하고 사고를 친다.

우리 내면에는 두 개의 정원(庭園)이 있다. **'본능의 정원'**과 **'신비의 정원'**이다. 성(性)은 본능의 정원과 신비의 정원 사이에서 피는 경계가 모호한 꽃이다. 이성(理性)이라는 정원사만이 가꿀 수 있는 까다로운 꽃이다. 성은 본능과 신비의 속성을 모두 가지고 있는 매력적인 꽃이다. 신비해서 끌리는 사람이 있는가 하면, 본능 때문에 끌리는 사람도 있다. 나는 내가 사랑하는 사람들에게 상당 부분은 언제까지나 신비하고 싶다. 나에게 매력이 있다면 본능 때문이 아니라, 신비함 때문이기를 다짐한다. 마찬가지로 나는 내가 사랑하는 사람의 신비도 지켜주고 싶다. 우리는 우주의 본능으로 태어난 것이 아니라, 신(神)의 신비로 태어났다고 믿기 때문이다. 신비의 정원이 본능의 정원에서 뻗어온 가시덤불로 인해 이미 폐허가 되어버린 사람이 있다.

나는 내 생이 다하는 날까지, 내 안에 있는 본능의 정원도 신비의 정원도 모두 잘 가꾸는 '지혜로운 정원사'가 되기를 다짐한다.

17 STORY

중독 유혹

인터넷 게임 / 진한 외로움 / 이렇게 살아서는 안 되겠다
일상이 지루한 사람 / 그때는 왜 그렇게 열광했을까?
또 다른 중독으로 / 잡초 밭이 마늘 밭으로
담배에 중독된 아이들 / 학교생활이 지루하고 답답하다
평소하고 다른 기분이 든다 / 음주와 흡연 / 거절하기 어렵다고?
지루함으로부터 탈출 / 사랑과 인내 / 끝없는, 끝없는 인내
온몸에서 소름이 돋았다 / 휴대전화와 컴퓨터의 유혹
그러니까 인간이다 / 크림빵 세개
더 큰 유혹 / 예전에도 그랬잖아

수업시간에 자주 조는 남학생(고등학교 2학년)이 있었다. 그 아이는 특정 **인터넷 게임**으로 학생들 사이에서 전설(傳說)로 통했다. 가정 형편 때문에 부모님은 타지에 나가 있고 할머니와 동생이랑 셋이서 살고 있었다. 어느 날 아침 등교시간에 지각을 했다. 교실에 들어오자마자 다급하게 내 곁으로 와서는 자기 집으로 같이 가보자고 했다. 무슨 일이냐고 했더니, 밤새 인터넷 게임을 하다가 아침에 할머니와 다투었다고 한다. 책상 유리가 깨지고 모니터가 바닥에 떨어졌는데 그대로 놔두고 와버렸다면서 할머니 걱정을 했다. 아이를 태우고 집으로 갔다. 할머니께서 이미 방을 깨끗하게 정리해 놓은 상태였다. 아이는 그 자리에서 주저앉더니 고개를 숙이고는 말이 없었다. 할머니께서 나에게 연신 말씀하셨다.

"선생님, 우리 손주가 부모 사랑이 부족해서 그래요. 불쌍한 것, 불쌍

한 것…"

그 아이의 방 벽면을 도배하다시피 되어 있는 화려한 게임 관련 화보들이 눈에 들어왔다. 순간, 나는 그 아이에게서 왠지 모를 **진한 외로움**이 느껴졌다. 학교로 돌아오는 차 안에서 서로 아무 말도 하지 않았다. 평소 자존심이 무척 강한 아이인데, 자신의 좋지 않은 집안 사정을 나에게 보여주었으니 더 힘들었을 것이다. 따뜻한 위로의 말보다는 무관심한 것처럼 보이는 침묵이 나을 때가 있다.

그 아이는 그 뒤로 전혀 딴 사람처럼 달라졌다. 공부하는 모습이 자주 눈에 띄기 시작했다. 그러는가 싶더니 어느 순간부터 거의 공부하는 모습만 보일 정도였다. 나를 대할 때면 아무 일도 없었다는 듯이 행동했다. 나중에 알게 된 사실인데, 중학교 2학년 때까지만 해도 제법 공부를 했었다고 한다. 열심히 열심히… 공부하더니 교과성적이 계속해서 향상되었다. 그러나 3학년 때 대학입시에서 본인이 원하는 대학에 떨어지고 말았다. 안타까웠는데 바로 이어서 놀라운 일이 벌어졌다. 대학으로부터 최종 불합격 통보를 받은 사흘 뒤부터, 다시 공부를 시작했다. 누구 한 사람 그 아이에게 쉽게 말을 걸기 어려울 정도로 공부하는 모습이 비장했다. 마치 공부에 중독된 아이처럼 보였다. 졸업하고 나서 몇 년 정도 지났을 무렵, 그 아이가 ○○공기업의 입사시험에 최종합격했다는 소식이 들려왔다. 나는 그와 전화 통화를 하면서 물었다.

"그때 무엇이 너를 그렇게 돌변하게 했니?"

"그날 선생님이 우리 집에 오신 날, '**이렇게 살아서는 안 되겠다.**'라는 생각을 했습니다."

"인터넷 게임을 어떻게 그렇게 단칼에 끊을 수 있었니?"

"그 게임에서 최고 수준의 레벨에 올랐는데, 막상 되고 나니까 너무 허무했습니다. 그러면서 내가 정말 바보 같다는 생각이 들었습니다."

나도 중독에 빠지지 않기 위해서 애쓰는 것들이 몇 가지 있다.

지인 중에 연세가 칠십 대이신 분이 있다. 한번은 개인적인 일로 그 분의 집을 찾아간 적이 있다. 현관에서 불러도 방안에서 대답 소리만 들릴 뿐 나오지 않았다. 방문을 열고 들어가 보니, 그분이 컴퓨터 앞에 앉아서 무언가에 열중하고 있었다. 가까이 가서 보니 '고스톱 게임'이라는 인터넷 게임이었다. 지켜보는 나에게 그 게임을 설명해주었다. 시간 가는 줄 모를 정도로 재밌다고 하면서 한번 해보라고 했다. 하지만 나는 별로 내키지 않았다. 그러다가 지루하게 시간을 보내던 어느 휴일에, 문득 그 게임이 생각이 났다. 한번 해 보았다… 그리고 급속하게 빠져들었다. 돈을 지불하고 게임머니를 몇 차례 사기도 했다. 어떤 날은 온종일 그 게임만 한 적도 있었다. 게임 메인화면에 있는 레벨 순위에 내 이름이 올랐을 때 성취감은 최고조에 달했다. 그런데 어느 순간, 거짓말처럼 그 게임에 흥미를 잃게 되었다. 내 일상에 바쁜 일이 생겼기 때문이다. 한가롭게 게임을 하고 있을 틈이 없었다. 몇 달 뒤, 어느 날 오랜만에 그 게임이 생각났다. 한번 해볼까 하는 마음도 있었지만 쉽게 포기해 버렸다. 여전히 바쁘고 중요한 일이 있었기 때문이다.

중독에 대한 이러한 판단과 반응이 정상적이다. 그러나 현재의 **일상이 지루한 사람**은 중독에 대한 절제가 잘되지 않는다.

비슷한 경험을 대학에 다닐 때도 한 적이 있다. 그때 당시 대학가에는 전자오락실이 유행했다. 고등학교 다닐 때 우리 동네에 전자오락실이 몇 군데 있었지만, 나는 관심이 없었다. 그러다가 대학에 들어갔는데, 1학년을 보내고 2학년이 되면서부터 지루한 시간이 생겼다. 그때, 같이 지루한 친구들끼리 시간을 때운다는 핑계로 전자오락실에 들락거렸다. 이것이 중독성이 있었는지 친구들끼리 의기투합해서 학교 강의 시간을 몇 차례 빼먹기도 했다. 전자오락실 게임의 종류에는 '너구리'와 '갤러그'가 있었다. 너구리는 단계별로 먹이를 먹는 게임인데, 나는 열심히 노력한 덕분에 마지막 단계의 먹이인 맥주까지 돌파하는 경지에 이르렀다. 친구들 사이에서 너구리 게임의 고수로 통했다. 갤러그는 공격해 오는 적의 비행기를 제거하면 점수가 올라가는 게임이다. 30만 정도의 점수면 웬만큼 한다는 말을 듣는데, 나는 100만을 넘기는 실력이었다. 한번은 게임을 하는 중에 오락실에 있던 다른 사람들이 내 주위로 몰려들었다. 그날도 100만을 넘어가고 있었다. 당황한 오락실 주인이 나에게 오더니 게임을 중단해 달라고 했다. 나는 게임을 중단하고 오락실을 빠져나오면서 속으로 짜릿했다.

그 뒤로 대학을 휴학하고 군대에 가면서 전자오락을 할 수 없었다. 몇 년 뒤 대학에 복학했지만, 내 인생에서 중요한 일들이 생기면서 전자오락에는 관심이 가지 않았다. 그러고 나서 세월이 한참이나 지나서, 중학교 교사로 삼십 대 중반의 나이가 되었을 무렵 우연히 너구리와 갤러그 게임을 할 기회가 찾아왔다. 학생들과 함께 수학여행 코스로 ○○○ 놀이공원에 들렀는데, 그곳에 전자오락실이 있었다. 몇몇 우리 학교 학생들이 보이기에 안으로 들어갔다가 낯익은 너구리와 갤러그 게임을 발견했다. 나는 반가운 마음에 얼른 지폐를 동전으로 바꾸어서 그 게임들을 해보았다. 그런데 어찌 된 일인지 너구리는 매번 세 번째 단계 이상을 통과하지 못했고, 갤러그는 3만 점을 넘기기가 어려웠다. 어이가 없었다. 이렇게 허망한 것을 **그때는 왜 그렇게 열광했을까?** 지루했기 때문이다. 왜 지루했을까? 별로 할 일이 없었기 때문이다. 좀 더 정확히 말하면, 해야 할 일들이 있었는데 외면하고 있었던 것이다.

중독의 가장 큰 원인은? '현실 도피'다.

현실에서의 괴로움이나 좌절감 혹은 미래에 대한 불안감이 현실 도피로 나타나는 경우가 있다. 그러한 현실 도피가 계속되면 지루함으로 이어지고, 지루함이 계속되면 비현실적인 것을 찾게 되는데 이때 쉽게 중독에 빠지게 된다. 나 역시 대학에 다니면서 전자오락에 빠져있던 시기는 현실 도피적인 면이 강했다. 개인적으로 힘든 일이 있었는데 그로 인해 불안감이 컸던 시기였다…. 한번 중독에 빠진 사람은 뇌에서 이전보다 더 강한 중독을 계속해서 갈망한다. 그와 같은 갈망으로 인해 웬만한 의지로는 중독 상태에서 벗어나기가 어렵다. 중독 치료 전문가들은 '중독'은 **'또 다른 중독'으로** 극복하는 것이 좋은 방법이라고 한다. 물론 '좋은 중독'으로 '나쁜 중독'을 극복하는 것이다. 나는 이 방법에 공감한다. 대학 다닐 때, 나와 같이 매일 전자오락실에 들락거리던 대여섯 명의 친구들 중에서 두세 달 만에 두 명의 이탈자가 나왔다. 한 친구는 여자 친구가 생겨서 연애하느라고 바빠서 더 이상 전자오락실에는 나오지 않았다. 또 한 친구는 남들보다 일찍 취업준비를 하겠다면서 매일

학교 도서관으로 가버렸다. 그 둘은, 전자오락이 아닌 또 다른 중독에 빠졌던 것이다.

잡초로 뒤덮인 넓은 밭이 있었다. 밭의 주인은 잡초를 제거하기 위해서, 낫으로 줄기를 베어내고 괭이로 땅을 파서 뿌리까지 뽑아냈다. 그러나 생명력이 강한 잡초는 어느새 자라서 또다시 밭을 뒤덮어 버렸다. 그 뒤로도 여러 차례 애를 썼지만, 매번 똑같은 상황이 반복되었다. 결국 밭의 주인은 잡초 제거하는 일을 포기하기에 이르렀다. 그러던 어느 날 좋은 생각이 떠올랐다. 밭을 갈고 거기에다 마늘을 심기로 한 것이다. 얼마 후, 넓은 밭에는 그 지긋지긋한 잡초가 사라지고 마늘로 가득 찼다. **잡초 밭이 마늘 밭으로** 변해 버린 것이다.

한 지인에게서 그가 '커피 중독'을 극복해낸 이야기를 들은 적이 있다. "예전에 몇 년 동안, 인스턴트커피를 하루에 대여섯 잔씩 마신 적이 있었습니다. 몸에 안 좋은 증상이 하나둘씩 생기는 것 같아서, 끊어보려고 노력했지만 쉽지 않았습니다. 그러다가 우연히 가공유인 ○○○우유를 마시게 되었는데, 그 맛에 빠져 인스턴트커피를 멀리할 수 있었습니다. 커피가 생각날 때마다 그 우유를 마셨습니다. 그러나 가공유도 많이 마시면 몸에 해롭다는 말을 듣고 고민이 됐습니다. 일반 우유는 괜찮을 것 같아서, 이번에는 가공유 대신에 일반 우유를 마시기 시작했습니다. 우유를 먹으려고 잘 안 먹던 빵도 같이 먹고, 심지어는 우유에다 밥도 말아서 먹었습니다. 한번은 우유를 너무 많이 마시는 바람에 우유가 목구멍까지 차올라서 토한 적도 있었습니다. 이러다가 큰일이 나겠다 싶어서 병원을 찾아갔습니다. 몇 가지 검사를 하고 의사와 상담을 했습니다. 그 뒤로는 우유 대신에 물을 마시고 있습니다. 요즘은 매일 아파트 뒷산에 있는 약수터에 가서 물을 떠 옵니다. 일부러 예쁜 물병도 일곱 개나 샀습니다. 하루에 1.5L 정도의 물을 꾸준히 마시고 있습니다. 그래도 가끔은 견디기 어려울 때가 있는데, 최근에 찾아낸 저만의 또 다른 방법이 있습니다. 바로 껌입니다. 한꺼번에 껌을 서너 개씩이나 단물을 뱉어내고 씹습니다. 그러면서 인스턴트커피와 ○○○우유의 유혹을 물리치고 있습니다. 덕분에 몸이 많이 건강해졌습니다."

고등학생인데 벌써 **담배에 중독된 아이들**이 있다. 학교에서 흡연 예방교육을 하고, 적발되면 징계도 해보지만 뚜렷한 효과가 없다.

"어른들도 안 좋다고 하면서 피우잖아요. 왜 우리들은 못 피우게 해요?"

그러고 보면 딱히 할 말이 없다. 한번은 여섯 명의 학생들이 학교 별관 건물 뒤에서 담배를 피우다가 적발되었다. 상담실로 데리고 가서 이야기하는 도중에 물었다.

"애들아, 학생에게 담배가 도움이 되니?"

한 아이가 고개를 푹 숙인 채 굵은 목소리로 대답했다.

"도움이 됩니다."

당황스러운 대답이었다. 나는 아이들에게 종이를 한 장씩 주고는 담배가 도움이 되는 이유를 적어보도록 했다. 그날 아이들이 적어낸 내용을 읽으면서 공통점을 발견할 수 있었다. **학교생활이 지루하거나 답답하다**는 것이다. 그럴 때 담배를 피우게 되는데 잠시나마 위로가 된다고 한다. 흔히 학생들이 담배를 피우는 이유를 '호기심'이나 '친구들과 어울리기 위해서'라고 생각한다. 그러나 실상은 지루하거나 답답해서 담배를 피우는 경우가 많다.

나는 그들 중에서, 평소 관심이 있던 한 아이를 불러서 좀 더 깊은 대화를 나누어보았다. 그러면서 내가 미처 생각하지 못했던 사실을 발견할 수 있었다. 나는 나머지 아이들도 시간을 내서 한 명씩 며칠에 걸쳐서 만났다. 아이들 대부분이 마음에 상처를 가지고 있었다. 그 상처는 가정으로부터 온 것으로 부모와의 갈등이나 열악한 가정환경 등이 원인이었다. 상처에 대한 반응이 일탈이나 중독으로 나타나는 경우가 있다. 이는 그 상처를 더욱 악화시키는 일이다. 상처는 외부로부터 오지만, 그 상처에 대한 반응은 순전히 나의 선택이다. 상처는 커지거나 작아지거나 혹은 전혀 다른 모습으로 나타난다. 나의 반응으로 상처의 의미가 결정된다.

조개 속에 이물질이 들어가면 조개는 상처를 입는다. 그런 상황에서 어떤 조개는 그 이물질을 감싸 안아서 진주(眞珠)를 만들어내고, 또 어떤 조개는 상처가 점점 커지면서 심한 염증으로 결국 폐사하고 만다.

술(음주)과 담배(흡연)는 유해식품이면서 기호식품이다. 어른들은 해로운 줄 알면서 왜 즐길까? 음주와 흡연은 우리 몸에 충격을 준다. 특히, 뇌는 짧은 순간에 상당한 충격을 받는다. 뇌의 활동이 둔해지거나 과해지면서 **평소하고 다른 기분이 든다.** 술과 담배의 맛은? 굳이 표현한다면 쓰고 매울 뿐 맛은 없다. 술과 담배는 맛보다는 기분 때문에 마시고 피운다. 일상에서 제정신으로 있기 힘든 순간이 있다. 지루하거나,

답답하거나, 짜증이 나거나, 화가 나거나, 긴장이 되거나, 불안하거나, 흥분 상태이거나, 너무 힘들거나, 너무 좋거나… 등등. 그 순간에 음주와 흡연을 하면 일시적으로 다른 기분이 든다. 물론 좋은 방법이 아니다. 내가 내 몸을 해롭게 하는 일이기 때문이다.

'**음주와 흡연**'에 대해서 좀 더 이야기를 해보자. 앞에서 언급했던 '남녀 간의 사랑과 성'처럼, 우리들에게 곧 닥쳐올 중요한 일이니까.

음주와 흡연은 하지 않는 것이 좋다. 어쩔 수 없이 해야 한다면 냉정한 자신만의 기준이 있어야 한다. 첫째, 남에게 피해를 주지 않아야 한다. 때와 장소가 중요하다. 둘째, 내 몸이 상하지 않아야 한다. 우리는 매일 각종 유해물질을 섭취하지만, 우리의 몸은 유해물질을 어느 정도까지는 해독하는 능력이 있다. 그러나 해독 능력은 사람마다 분명한 차이가 있다. 해독 능력의 한계를 벗어난 음주와 흡연은 훗날 심각한 문제를 일으킨다. 몇 번의 작은 후회를 통해서, 술과 담배에 대한 냉정한 자신만의 기준을 정해야 한다. '아예 하지 않겠다.', '이 정도까지만 하겠다.' 등등. 가장 어리석은 기준은 남들만큼 하는 것이다.

혹시 술자리에서 너에게 "주량이 어느 정도 되느냐?"라고 물어보는 사람이 있다면, "겨우 한 잔 정도 마십니다."라고 대답해라. 그러고 나서, 네가 한 잔을 마시면 상대방은 너에게 감탄할 것이다. "남들만큼은 먹습니다."라고 대답하지 마라. 그런 경우, 네가 다섯 잔을 마셔도 상대방은 계속해서 술을 권할 것이다. 술에 대한 영웅담들이 많다. 물론 과장되었거나 특별한 경우에나 일어나는 일들이다. 그리고 그 영웅담의 결과는 모두 비극이다. 하지만 어리석은 사람은 기어코 따라 한다. 혹시 너에게 "술 잘 마신다. 주량이 세서 좋겠다.", "담배 피우는 모습이 잘 어울린다."라고 말해 주는 사람이 있다면, 그는 너에게 나쁜 사람일 가능성이 크다.

모든 어른들이 음주와 흡연을 할까? 음주와 흡연을 전혀 하지 않거나 겨우 하는 어른들이 더 많다.

술을 좋아하는 두 명의 어른이 있다. 두 사람은 각자의 작업장에서 같은 일을 동시에 시작했다. 한 사람은 일하면서 전혀 술을 마시지 않았다. 그러다가 일이 끝나자, 비로소 맥주 한 병을 감격에 겨워하면서 마셨다. 또 다른 사람은 일하는 내내 술을 마시고 담배를 피웠다. 둘의 차이는? 맑은 정신과 흐린 정신이다. 어떤 사람이 해 놓은 일이 더 완벽할까? 나도 이 글을 쓰는 동안(주로 주말과 휴일, 방학기간) 술자리에 몇 번 참석했다. 하지만 상대방이 술을 권할 때마다 사양하려고 노력했다. 마시게 되더라도 한 잔 이상은 스스로 통제했다. 술을 많이 마시고 나면, 그 뇌로는 며칠 동안 글쓰기가 어려웠다.

거절하기 어렵다고? 어리석은 변명이다. 상대방의 눈을 바라보고 살짝 미소를 띠며 "못합니다."라고 말하면 된다. 상대방은 억지로 마시는 너보다, 태연하게 거절하는 너를 더 긍정적으로 기억한다. 음주와 흡연은 상대방의 강요가 아니라, 오로지 나의 선택으로 이루어져야 한다. 음주와 흡연으로 인한 결과도 오로지 내가 책임져야 하기 때문이다. 음주와 흡연이 늘어난다는 것은 중독이 시작되었다는 내 몸의 신호이다. 훗날 지독한 내 몸의 역습을 각오해야 한다. 우리는 몸이 아프면 약(藥)을 먹는다. 음주와 흡연은 몸이 아프지도 않은데 계속해서 약을 먹는 꼴이다. 맑은 정신으로 살아라.

인간은 지루함을 잘 느끼는 존재이다. 그리고 인간은 그 지루함으로부터 탈출하고자 하는 강한 욕구가 있다. 그러나 쉽게 실행에 옮기지 않는다. 그 탈출이 재앙으로 이어지는 경우가 많기 때문이다. 한집안의 가장인 아버지가 직장생활이 지루하다고 직장을 탈출해 버린다면, 그 집안에는 재앙이 된다. 학생이 학교생활이 지루하다고 학교를 탈출해 버린다면, 그것도 재앙이 될 가능성이 크다. 지루함을 견디는 일은 현재를 유지하는 기본적인 힘이다. 지구가 똑같은 궤도를 도는 것이 지루하다고 궤도를 조금이라도 벗어나 버리면, 엄청난 재앙이 닥치게 된다. 지구상에 존재하는 모든 생명체는, 오랜 시간 동안 지루함을 견디어내고 있는 지구의 인내 덕분에 무사한 것이다.

나는 문득, 누군가나 무언가를 떠올리며 미안하고 감사할 때가 있다. 과거에 인내했던 수많은 조상들에게, 오늘도 이 세상 어느 곳에서 인내하고 있을 사람들에게, 특히 과거의 나 때문에 인내했던 혹은 현재의 나 때문에 인내하고 있을 그 사람에게, 그리고 어느 밭에서 인내하고 있을 벼와 사과나무에게, 어느 사육장에서 인내하고 있을 닭과 돼지에게… 진심으로 미안하고 감사한다. 그리고 마음이 많이 아프다. 우리의 삶 이면에는, 수많은 존재들의 인내가 겹겹이 깔려 있는 것이다.

『무소유(無所有)』라는 책이 있다. 지금은 고인이 되신 법정(法頂, 1932~2010년) 스님의 수필집이다. 거기에 보면 "오늘 나의 취미는 끝없는, 끝없는 인내다."라는 말이 있다. 가슴에 와 닿은 말이다. 평생을 두고 지킬 만한 취미이다. 기독교 경전인 『성경(聖經)』에서 고린도전서 13장을 '사랑장'이라고 한다. 거기에는 '사랑'에 관한 여러 가지 속성이 나열되어 있다. "사랑은 오래 참고, 친절하며, 질투하지 않고, 자랑하지 않으며, 잘난 체하지 않습니다. 사랑은 버릇없이 행동하지 않고, 이기적이거나 성내지 않으며, 악한 것을 생각하지 않습니다. 사랑은 불의를 기뻐하지 않고, 진리와 함께 기뻐합니다. 사랑은 모든 것을 참으며, 모든 것을 믿으며, 모든 것을 바라고, 모든 것을 견딥니다." 여기에서 세 번이나 반복되는 속성이 있다. 바로 '인내'다. '오래 참고, 모든 것을 참으며, 모든 것을 견딥니다.' 이걸 보면, **사랑의 가장 중요한 속성은 인내**라는 것을 알 수 있다.

가족을, 친구를 사랑하니? 그들을 위한 나의 인내가 그들에 대한 나의 사랑이다. 나에게 꼭 필요한 인내가 있다. 바로 나를 위한 나의 인내다. 내가 가장 사랑해야 할 대상이 '나'이기 때문이다. 오늘도 인내로써 나를, 가족을, 친구를 그리고 내 꿈을 사랑하자.

인내가 그리 쉬운 일인가? 얼마나 힘들었으면 법정 스님은 **끝없는, 끝없는 인내**라고 했을까. 힘든 인내를 좀 더 쉽게 하는 방법이 있다. 바로 '충격'이다. 충격은 나쁜 것일까? 아니다. 충격에는 '좋은 충격'도 있고, '나쁜 충격'도 있다. 특히, 본인이 어떻게 받아들이느냐에 따라 충격의 의미가 결정되는 경우가 많다.

일 년 전쯤에 충격을 받은 사십 대 지인이 있다. 그는 이십 년 넘게 담배를 피웠다. 최근 몇 년 사이에, 담배를 끊어보려고 약물치료는 물론이고 금연캠프에도 두 차례나 다녀왔지만 실패했다고 한다. 그러던 어느 날, 가슴 통증으로 급히 병원을 찾았다가 심근경색 진단으로 바로 수술까지 받았다. 그 충격으로 인해, 그는 담배를 아주 쉽게 끊을 수 있었다. 얼마 전 한 모임의 회식 자리에서 그를 만났는데, 옆에 있던 사람이 내뿜는 담배 연기에 질겁하면서 밖으로 나가버렸다. 잠시 후, 다시 들어온 그가 퉁명스럽게 하는 말에 모두 웃고 말았다.

"누가 나에게 1억을 줄 테니, 담배 한 개비만 피우라고 해도 피우지 않을 겁니다."

개인적인 이야기를 해볼까 한다. 나도 예전에 오랫동안 담배를 피웠다. 남에게 피해를 주는 것은 물론이고, 내 몸에도 좋지 않다는 것을 자주 느꼈다. 냄새, 피곤, 가래 등등. 그동안 대여섯 차례 금연을 시도했지만 오래 가지 못했다. 그러던 중에, 어머니께서 폐암으로 고통스럽게 돌아가시는 일이 생겼다. 나는 그 모습을 지켜보았지만, 그 뒤로도 여전히 담배를 피웠다. 그런데 어머니께서 돌아가신 지 일 년여가 지났을 무렵, 밤에 잠을 자다가 꿈속에서 어머니를 보게 되었다. 어머니는 생전에 없던 차가운 표정이었다. 어머니 뒤쪽에 여러 사람이 모여 있었는데, 그중에 담배를 피우고 있는 한 사람이 어렴풋이 보였다. 낯익은 모습이었다. 나는 그 사람이 누구인지 자세히 보려고 몸부림하다가 꿈에서 깼다. 자리에서 일어나 앉았는데 마침 책상 위에 놓여있던 담배가 눈에 들어왔다. 나는 기어가서 담배를 손에 집어 들었다. 그 순간, 온몸에서 소름이 돋았다. 그러면서 눈앞이 아찔해지는가 싶더니, 문득 '이번만큼은 담배를 끊을 수 있겠구나.'라는 생각이 밀려왔다…. 그 후로 십오 년이 지났지만, 담배를 피우지 않고 있다. 지금까지 금단 현상이 단 한 번도 없었다. 그냥 담배가 끊어졌다. 그날 밤의 충격은 내 인생에 좋은 선물이었다고 생각한다.

몇 년 전에, 대학입시에서 좋은 결과를 얻은 남학생이 있었다. 2학년 때까지는 교과성적으로 주목받지 못한 아이였다. 3학년이 되면서 성적 향상이 두드러지는가 싶더니 소위 말하는 대박을 터뜨렸다. 학교신문에 그 아이의 수기(手記)를 실어볼 요량으로 불렀다. 상담실에서 이야기를 나누던 중에, 그 아이는 자신이 공부하면서 가장 잘한 일이 유혹을 극복한 것이라고 했다. 책상에 앉아서 공부를 시작하면, 오래 버티지 못하고 **휴대전화와 컴퓨터의 유혹**에 시달렸다고 한다. 별별 방법을 시도했지만 쉽지 않았다고 한다. 결국 충격 요법을 사용했는데, 휴대전화는 아예 정지시켜버리고서야 유혹에서 벗어날 수 있었다고 한다. 컴퓨터의 유혹을 물리친 방법이 흥미로웠다. 컴퓨터는 공부하는 데 아주 유용한 도구(정보검색, 온라인 강의 등)이면서, 가장 큰 방해물(인터넷 서핑, SNS, 게임, 동영상 시청 등)이라 할 수 있다. 한번 넘어간 컴퓨터의 유혹은 웬만해서 중단하기란 거의 불가능하다. 아예 처음부터 그 한번을 하지 않는 것이 최선이다. 그 아이는 그 방법으로, 컴퓨터 모니터 바탕화면에 가족사진을 띄워놓았다고 한다. 일정한 시간의 간격을 두고, 여러 장의 가족사진이 계속해서 바뀌도록 설정해 놓았는데 이게 효과가 있었다고 한다. 컴퓨터로 딴짓을 하려다가도 바탕화면에 있는 가족사진을 보는 순간 멈출 수 있었다고 한다. 특히, 돌아가신 할머니 사진이 가장 효과가 좋았다고 한다. 방안에 혼자 있을 때는, 할머니 사진이 너무 무서워서 소름이 돋기도 했다면서 몸서리를 쳐 보였다.

나는 믿기지 않았다. 그렇게 해놓고 단 한 번도 컴퓨터의 유혹에 넘어간 적이 없었느냐고 물었다. 웃으면서 아니라고 했다. 도저히 참기 힘들 때는 컴퓨터 바탕화면에 있는 가족사진을 잠시 삭제하고 나서, 딴짓을 했다고 한다. 어른들도 컴퓨터의 유혹 앞에 속수무책이긴 마찬가지다. 나도 이 아이의 방법대로, 컴퓨터 바탕화면에 가족사진을 띄워봤는데 신기하게 도움이 되었다. 이런 효과를 우리 주변에서 흔히 볼 수 있다. 본인에게 의미 있는 문구나 사진을 잘 보이는 곳에다 붙여놓고, 수시로 보면서 마음을 다잡는다.

그렇게 한다고 해서 유혹에 넘어가지 않을까? 아니다. 잘 안 된다. **그러니까 인간이다.** 어떤 일을 하면서 단 한 번도 유혹에 넘어가지 않는 지독한 사람도 있을 것이다. 하지만 대부분의 일들은, 유혹에 넘어갔지만 재빨리 제자리로 돌아오는 사람이 해낸다. 지극히 정상적인 인간이라면, 유혹에 넘어가는 것보다 재빨리 제자리로 돌아오지 못하는 것을 경계해야 한다.

몇 년 전에 ○○대학교 의과대학에 들어간 여학생이 있다. 그 아이의 고등학교 생활은 철저한 자기관리의 연속이었다. 고등학교 3년 동안, 교실에서 졸거나 딴짓하는 것을 본 적이 없었다. 오죽하면 별명이 '인조인간'이었겠는가. 대학 1학년 여름방학 기간에 모교를 찾아왔다. 나와 둘이서 상담실에서 이야기할 기회가 있었는데, 그 자리에서 의외의 고백을 들을 수 있었다.

"남들이 보기에 저는 항상 흔들리지 않고 공부만 했을 것으로 생각하는데, 사실은 그렇지 않았습니다. 특히, 고등학교 3학년 때 대학입시 시험을 서너 달 정도 앞두고 극심한 슬럼프에 빠졌습니다. 책상에 앉아 있었지만, 공부보다는 멍하니 있거나 딴생각을 할 때가 많았습니다. 엉뚱하게도 '결혼을 해야 하나, 평생 독신으로 살아야 하나?', '아이를 낳아야 하나, 낳지 말아야 하나?'라는 고민을 며칠 동안 한 적도 있었습니다. 20부작이나 되는 TV 드라마를 모바일 기기로 다운받아 시청하기도 했습니다. 한번은 학교 매점에서, 친구랑 둘이서 크림빵을 사서 먹었는데 너무 맛있었습니다. 다음 날 저 혼자서, 그 크림빵을 세 개나 사가지고 학교 도서관에 가서 남몰래 먹기도 했습니다."

나는 그녀의 천진한 고백을 들으면서 웃음이 나왔다. 늘 공부하던 모습만 기억하고 있었는데 실상은 그렇지 않았던 모양이다. 나는 그녀에게 그렇게 흔들렸는데도, 어떻게 해서 의과대학에 합격할 수 있었느냐고 물었다.

"그렇게 흔들리는 시간도 있었지만, 지난 중·고등학교 6년 동안 그렇지 않은 시간들이 더 많았기 때문입니다. 어느 시기에는 내가 봐도 지독하리만큼 공부만 했습니다. 흔들리려는 마음을 다잡을 때마다 마음속에서 솟구치는 것이 있었습니다. 훗날 여자 외과의사가 되어서, 수술실에서 위급한 환자를 수술하고 있는 나의 모습이었습니다."

그러면서 지갑을 꺼내더니, 고등학교 때 늘 가지고 다녔다는 서너 장의 사진을 보여줬다. 모두 긴장감이 넘치는 수술실의 모습이었다. 그녀는 내년에 의과대학 예과를 마치고, 본과에 올라가면 지금보다 더 치열하게 공부를 해야 하는데 벌써부터 걱정이라고 했다. 나는 한숨을 내쉬면서 울상인 그녀에게 한마디 했다.

"너는 인조인간이 아니라, 너무나도 인간적인 인간이었구나. 그래서 네 이야기들이 가슴에 와 닿는다."

은덩어리를 겨우 들고 가던 사람이 그 정도 무게의 금덩어리를 발견한다면, 은덩어리를 버리고 금덩어리를 들고 가는 것이 당연한 일이다. 지금 네가 그 유혹을 버리지 못하는 것은 그 유혹보다 '**더 큰 유혹**'을 만나지 못했기 때문이다. 유혹을 이기는 낮은 수준은 참는 것이다. 보통 수준은 피해버리는 것이다. 높은 수준은 그 유혹보다 더 큰 유혹을 만나는 것이다. 유혹의 대상에 따라 너의 인생은 달라진다.

어떤 것을 선택했다는 것은 다른 것을 포기했다는 말이다. 그래서 선택과 포기는 동시에 일어난다. 포기한다는 것은 아픈 일이다. 더군다나 익숙한 것을 포기하는 일은 큰 충격이다. 우리는 매번, "이번만큼은 반드시 해낼 거야."라고 단단히 각오한다. 하지만 아프고 충격적인 포기 없이 하는 각오는 이미 실패를 전제한 각오일 뿐이다. 각오하는 순간, 해낼 수 있는지 없는지 자기 자신도 알 수 있다. 내 몸속에 있는 폐(肺)에서 "웃기지 마라.", 간(肝)에서 "오래가지 않을 거야.", 췌장(膵臟)에서 "**예전에도 그랬잖아.**"라고 하는 소리가 들려오면 해낼 수 없다. 그러나 각오하는 순간, 온몸에서 소름이 돋는다면 해낼 수 있다. 그냥 된다.

"익숙한 것을 포기하는 순간 놀라운 일이 생긴다."

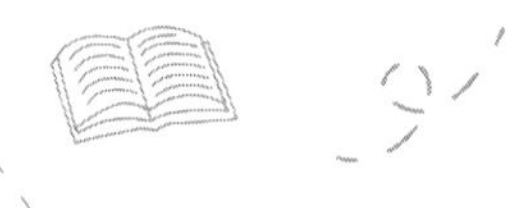

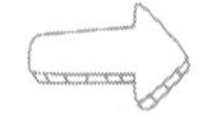

만족 ⋯ 불만족

신체장애 | 결손가정 | 신은 존재할까?
우주는 어떻게 생겨났을까? | 신의 기대와 꿈 | 만족과 불만족
왜 하필이면 나인가? | 좋은 영향력 | 『훈민정음(訓民正音)』
진짜 무능력한 사람이란? | 놀고 싶을 때 놀지 않고 | 부잣집 도련님
유언(遺言) | 바닷가 언덕에 예쁜집 | 졸부와 개망나니
그는 어디서나 주목받았다 | 금의환향(錦衣還鄕)
주변 사람들의 비교 때문에 | 대학과 사람에 대한 편견
더 좋은 나를 만들어가는 것 | 큰 조개껍데기 | 그 운명을 넘어선

동료 교사들과 함께 제법 먼 지역으로 등산을 간 적이 있다. 오후 늦게 산에서 내려와 한 식당에 들렀는데, 뜻밖에도 식당 주인이 제자였다. 우리 일행을 알아보고는 무척 반가워했다. 한쪽 손이 불편한 **신체장애**를 가진 제자다. 주방에 있던 아내를 불러서 소개해 주었다. 가게 규모는 작은 편이었지만 음식 맛도 괜찮고 손님들도 제법 있었다. 계산대 탁자 유리 속에 해외 아동 사진이 몇 장 넣어져 있었다. 물어보니, 자신이 매달 후원하고 있는 아이들이라고 했다. 옆에 있던 한 손님이 "젊은 부부가 좋은 일을 많이 해요."라고 한마디 했다. 음식을 내어오는 제자의 손을 보니 현재 그의 삶이 느껴졌다.

장애인에게 가장 큰 문제는, 장애라는 현실을 받아들이지 못함에서

오는 경우가 많다. 그건 장애인을 둔 가족들에게도 마찬가지다. 그 받아들임이 늦을수록 좌절의 시간만 길어질 뿐이다. 장애를 받아들이는 순간, 삶의 기준이 달라지면서 새로운 삶이 시작된다…. 교직생활 중에 신체장애를 가진 몇몇 아이들이 있었다. 대부분 밝은 모습으로 학창시절을 보냈고, 지금은 성인이 되어 사회에서 다양한 모습으로 살고 있다.

어렸을 적 사고로 인해 신체장애를 가진 남학생이 있었다. 내가 담임(고등학교 2학년)을 맡았을 때는 **결손가정**으로 동생과 단둘이 살고 있었다. 어느 날 같은 마을에 사는 고모로부터 연락이 왔다. 조카가 갑자기 병원에 입원하게 되었다면서 당분간 학교에 나갈 수 없는 형편이라고 했다. 나는 병원으로 병문안을 가려다가 그 아이의 집을 먼저 찾아갔다. 고모를 만나서 최근에 있었던 조카의 집안 사정에 대해서 들을 수 있었다. 서너 달 전부터, 타지에서 일하는 아버지가 매달 보내주시던 생활비가 끊겼다고 한다. 며칠 전에는 그동안 소식이 없던 엄마로부터 연락이 왔다고 한다. 어젯밤에는 조카가 평소 안 하던 짓을 하더니, 그것 때문에 집 앞 경사로에서 넘어져서 다쳤다고 한다. 이야기하는 중에 고모는 조카 방으로 가서 노트 몇 권을 들고 나왔다. 조카가 해놓은 낙서라면서 나에게 보여줬다. 마루에 앉아서 읽어보았다. 주로 자신의 처지를 비관해 놓은 내용들이었는데 흥미로운 부분도 있었다. 특히, 신(神)을 향한 원망과 갈망은 매우 논리적으로 수준이 높아 보였다.

병원으로 가서 그 아이의 상태를 확인해 보니, 몇 군데 타박상에다 팔목이 부러져서 깁스를 하고 있었다. 나는 그 아이에게 "여기 오기 전에 너희 집에 들렀다가, 네 방에서 우연히 네가 낙서해 놓은 노트를 봤다."라고 일부러 말했다. 그 아이는 순간 당황하더니 고개를 옆으로 돌렸다. 나는 개의치 않고 노트 내용에 대해서 "수준이 대단하더라. 정말 감탄했다. 특별한 능력이다. 그러한 능력이 네 인생에 좋은 장점이 되었으면 좋겠다."라고 했다. 그 아이는 표정이 밝아지면서 "한때는 작가를 꿈꾸었습니다. 집에 단편소설 습작도 몇 편 있습니다."라고 했다. 말하는 그 아이의 눈빛이 유난히 반짝였다. 그날 병실에서 그 아이와 나는 예상치 않게 오랫동안 이야기를 나누었다. 그 아이의 집요한 질문이 이어지면서, 나도 모르게 깊이 빠져들었던 모양이다. 운명, 산다는 것, 신, 우주… 쉽게 답변하기 어려운 것들이었다.

신(神)은 존재할까?

글쎄, 나도 모르겠다. 만나보지 않아서…. 그러나 분명히 존재하는 것이 있다. '우주(宇宙)'다. 2008년 4월 우리나라에 최초의 우주인이 탄생했다고 화제가 된 적이 있다. 대한민국의 한 여성이 러시아 우주선인 소유스 TMA-12호를 타고, 지구로부터 약 400km 떨어진 곳에 있는 '국제우주정거장(ISS)'으로 가서 10일간 머물러 있다가 돌아왔다고 한다. 지구 밖으로 나가야만 우주인이 되는 걸까? 아니다. 우리는 태어나는 순간부터 이미, 우주 안에 있는 수많은 별들 중의 하나인 지구별에 존재하는 '지구인'이면서 동시에 '우주인'이 된 것이다.

우주는 어떻게 생겨났을까?

현대 과학의 대답은, 이 거대한 우주도 하나의 점(點)으로부터 시작되었다고 한다. 까마득히 먼 어느 때에 그 점이 극적으로 폭발하게 되었고, 그 후 오랜 시간에 걸쳐 분열과 팽창을 거듭해 왔다고 한다. 그 과정에서 수많은 우주의 현상과 별들이 생성되면서, 현재와 같은 우주가 되었다고 한다. 우주에 관한 여러 가지 이론이 있다. 빅뱅이론, 우주배경복사, 팽창우주론, 다중우주론, 블랙홀, 화이트홀… 등등.

여성의 몸에서, 난자와 정자가 극적으로 만나 수정란이 되면서부터 한 인간의 생명이 시작된다. 하나의 점(點)과 같은 수정란은 자궁 속에서 분열과 팽창을 거듭한다. 그 과정에서 한 인간으로서 필요한 수많은 몸의 현상과 기관들이 생성된다. 심장, 뇌, 피부, 혈관, 뼈, 눈, 위장, 손발… 그러면서 한 인간이 만들어진다. 그러고 보면 한 인간의 탄생은 마치 우주의 탄생과도 같다.

한 아기가 부모 없이 태어날 수 없듯이, 이 우주도 우주를 잉태한 무언가가 있어야 하지 않을까? 그 무언가를 '신(神)'이라고 하는 사람이 있고, '우연'이라고 하는 사람도 있다. 인간의 가장 큰 특징은 '생각하면서 산다'는 것이다. 인간 이외의 다른 동물들은 거의 본능으로 산다. 인간은 살아가면서 평생에 걸쳐 온갖 생각을 한다. 그런데 인간이 생각하고, 생각하고… 생각하고의 끝에는 "인간은 왜 태어났을까? 인간은 죽으면 어떻게 될까?"라는 생각에 이르게 된다. 인간의 내면에는 이 본질적인 물음에 대한 결핍의 공간이 있는 모양이다. 나는 그 결핍의 공간을 우연보다는 신의 존재함으로 채워가고 있다. 신을 믿기보다는 우연을 믿기가 더 어렵기 때문이다. 이러한 믿음은 나에게 지식이 쌓이면

쌓일수록, 지혜가 커지면 커질수록 더욱 확고해진다. 그렇다고 해서, 내 안에서 신의 모습이 점점 선명해지는 것은 아니다. 오히려 신의 모습은 점점 흐려지기만 한다. 아무래도 신은 인간에게 있어서, 느낌표는 한 개이나 물음표는 백 개인 모양이다.

신이 존재한다면, 신은 왜 우주를 탄생시켰을까?

신의 기대와 꿈이 있었기 때문일 것이다. 부모가 자식을 낳는 이유도 기대와 꿈이 있었기 때문이다. 나는 신이 이 우주를 탄생시킨 핵심적인 꿈이 우주 속에, 우리은하 속에, 태양계 속에 그리고 지구별 속에 있는 인간이라고 믿는다. 나의 존재함은 부모님의 꿈이고, 우주의 꿈이고, 신의 꿈인 것이다.

'나는 그냥 태어났어.'라는 생각은 위험한 발상이다. 자칫 '나는 아무렇게나 살아도 된다.'라는 가치관으로 이어질 수 있기 때문이다. 나는 그냥 태어난 것이 아니다. 부모님, 우주, 신의 기대와 수고함으로 태어났다. 그러기에 나는 부모님, 우주, 신의 기대에 대한 최소한의 의무를 지닌 존재이다.

우리는 자신을 남들과 끊임없이 비교하려는 속성을 지니고 있다. 그러면서 남들과 비교되는 자신의 처지에 대해서 '만족' 혹은 '불만족' 하는 마음을 가진다.

사람마다 자신의 처지에 대해서 **만족하는 정도와 불만족하는 정도**가 다르다. 90%가 만족스러운 사람은 나머지 10%에 대해서는 불만족스러울 것이다. 마찬가지로 80%, 60%, 30%가 만족스러운 사람은 나머지 20%, 40%, 70%에 대해서는 불만족스러울 것이다. 어떤 사람도 자신의 처지에 대해서 100% 만족하는 사람은 없다. 우리는 남들과 비교되는 자신의 불만족에 대해서 온갖 억울한 해석들을 만들어 낸다. 하지만 그러한 불만족이야말로 신이 그 사람에게 남겨놓은 신의 꿈이 아닐까? 정말로 억울한 사람은, 불만족이 큰 사람이 아니라 이미 주어진 90%, 80%, 60%, 30%만을 사는 사람이다. 우리는 신의 기대와 꿈인 나머지 10%, 20%, 40%, 70%까지 살아야 한다.

어린 시절 발병한 희소병으로 고통스럽게 살아가는 사람이 있다. 너무 고통스러워 한때는 빨리 죽는 것이 유일한 소망이었다고 한다. 스무 살을 넘기지 못할 것이라는 현대의학의 소견을 뛰어넘어 마흔 살이 되었고, 현재는 작가로도 활동하고 있다. 아마도 신은 그에게 10%만 주었을 것이다. 그러나 그는 나머지 90%도 잘 살아내고 있다. 나는 어린 시절 '헬렌 켈러(Helen Keller, 1880~1968년)' 전기(傳記)를 읽고 적잖은 충격을 받았다. 숲에 들어가 종이를 뭉쳐 귓속을 틀어막고 손수건으로 눈을 가리고 헬렌 컬러처럼 걸어보았다. 볼 수도, 들을 수도, 말할 수도 없는 세 가지 장애를 가진 그녀는 신으로부터 도대체 얼마나 받았을까? 분명한 것은 그녀를 향한 신의 꿈과 기대만큼은 이 세상 누구보다도 컸을 것이다.

한 사람이 있었다. 그는 자신처럼 불행한 사람이 없다고 생각했다. 어느 날 그는 신을 향하여 "신이시여, 이 불행의 주인공이 왜 하필이면 나이어야 합니까?"라고 따지듯이 물었다. 그러자 신은 그에게 "왜 너이면 안 되느냐?"라고 되물었다고 한다.

남들보다 많이 가진 사람들이 있다. 그들은 상대적으로 불만족이 작다고 할 수 있다. 그럼 불만족이 작으면 신의 기대와 꿈도 작기만 할까? 그렇다고 한다면 그건 또 다른 불공평일 것이다. '많음'을 '나눔'으로써 또 다른 불공평을 깨뜨리면 된다. 우리는 본인이 의도하든지 의도하지 않든지 간에, 다른 사람들과 서로 영향력을 주고받으면서 살고 있다. 그중에서도 자기 자신의 많음을 불만족과 부족함이 큰 남에게, 슬픔과 고통 속에서 힘들게 살아가는 남에게, 기회를 잃은 남에게 나누어주는 일은 **좋은 영향력**이다.

우리나라 위인 중에 세종대왕(1397~1450년)이 있다. 세종은 뛰어난 능력을 지녔던 왕으로 정치, 경제, 과학, 예술, 군사, 농업 등등 그가 남긴 업적은 실로 크고 많다. 세종은 자신의 많이 가짐을, 그렇지 않은 사람들에게 많이 나눔으로서 좋은 영향력을 주었던 사람이다. 무엇보다 세종의 위대함은 백성을 사랑했던 정신이다. 재위 초기에 오랜 가뭄으로 인해 백성들이 고통을 받는 시기가 있었다. 이때 세종은 백성들과 고통을 같이하고자, 궁궐 안에다 버려진 재목으로 주춧돌도 없이 초가집을 짓게 하고 거기에서 2년여 동안 기거하면서 정무를 보았다. 여자 노비가 임신과 출산을 하면 4개월(남편은 1개월)간의 휴가를 주게 하고, 심지어는 감옥 안의 죄수들의 질병 치료와 보온 및 위생 상태까지 살피도록 했다. 세종은 재위 중반에 접어들면서 각종 질병으로 고통을 받았지만, 잠자는 시간을 줄여가면서까지 여러 가지 일에 매달렸다. 특히 시각장애가 있는 상태에서도, 백성들이 쉽게 배워서 사용할 수 있는 새로운 문자인 '한글'을 만들었다. 그 시대 우리나라에는 고유의 문자가 없어서 중국에서 들어온 문자인 한자(漢字)를 사용하고 있었다. 하지만 양반 계층을 제외하고는 대부분의 백성들은 한자를 배우지 못했다. 그로 인해 백성들은 생활의 불편함은 물론이고 억울한 일들을 많이 당하는 형편이었다. 세종에게 백성들의 아픔은 곧 그의 아픔이었던 것이다.

"내가 젊어서부터 한쪽 다리가 치우치게 아픈 상태로 십여 년을 지내오다가 조금 나았는데, 또 등에 부종(浮腫)으로 아픈 적이 오래다. 아플 때를 당하면 마음대로 돌아눕지도 못하여 그 고통을 참을 수가 없다. …중략… 소갈증(消渴症)이 있어 열 서너 해가 되었다. …중략… 지난해 여름에 또다시 임질(淋疾)을 앓아 오랫동안 정사를 보지 못하다가 가을과 겨울에 이르러 조금 나았다. 지난봄 강무(講武)를 한 뒤에는 왼쪽 눈이 아파 안막을 가리는 데 이르고, 오른쪽 눈도 어두워서 한 걸음 사이에서도 사람이 있는 것만 알겠으나 누구누구인지를 알지 못하겠다. …중략… 한 가지 병이 겨우 나으면 한 가지 병이 또 생기매 나의 쇠로함이 심하다." - 『세종실록』 1439년 6월 21일 기록 중에서

"내가 두 눈이 흐릿하고 깔깔하며 아파서, 봄부터 음침하고 어두운 곳은 지팡이가 아니고는 걷기가 어려웠다." - 『세종실록』 1441년 4월 4일 기록 중에서

"우리나라의 말이 중국과 달라서 말과 문자가 서로 맞지 않으니, 어리석은 백성들이 자기 뜻을 문자로 나타내고 싶어도 못하는 사람이 많으니라. 내가 이를 불쌍히 여겨 새로 스물여덟 글자를 만드니, 모든 사람이 쉽게 배워서 날마다 사용하기에 편하도록 하노라." - 『훈민정음』 서문 부분, 1446년

❏ 『세종실록(世宗實錄)』 : 세종의 재위 기간 있었던 일들을 기록한 책으

로, 총 163권으로 되어 있다.

❏ 『훈민정음(訓民正音)』 : 세종이 창제한 문자에 관해서 설명해 놓은 책으로, 세계 기록 유산으로 지정되었다.

그의 영향력은 그 시대를 넘어서 오늘날에까지 미치고 있다. 그가 만든 과학적이고 편리한 문자인 한글은, 우리나라의 문화와 경제가 발전하는데 중요한 초석이 되었다. 우리나라가 세종대왕의 이런 위대한 정신을 이어받아서, 다른 나라에 좋은 영향력을 주는 훌륭한 나라가 되었으면 좋겠다. 우리나라도 과거에 필요하고 부족하였을 때, 훌륭한 다른 나라와 사람들로부터 좋은 영향력을 받은 소중한 빚이 있다. 우리나라는 그 빚을 다 갚았는가? 남의 나라에 피해를 주고 진심으로 반성하지 않는 것도 잘못된 일이지만, 남의 나라로부터 도움을 받고 그 빚을 다 갚지 않는 것도 잘못된 일이다. 그 빚을 그 빚 이상으로 갚아갈 때, 우리나라는 진정으로 훌륭한 나라로 인정받게 될 것이다. 도움은 자칫 주는 사람만 훌륭하게 한다. 그러나 도움을 되갚는 일은 주는 사람과 받는 사람 모두를 더 훌륭하게 한다.

아직도 세계 곳곳에는 기아, 질병, 전쟁, 문맹 등으로 고통받고 있는 사람들이 많다. 그리고 지금 이 순간에도, 그러한 곳에서 자신의 영향력을 발휘하고 있는 대한민국의 훌륭한 사람들이 많다. 이 시대의 또 다른 세종대왕이라고 할 수 있다.

남의 것을 자기 것이라고 한다면 도둑의 마음보이다. 그리고 자기 것을 자기 것이라고만 하는 것도 그리 좋은 마음보는 아니다. 감나무가 감 열매를 맺어 자기만 먹겠다고 하면, 그 주위는 온통 감 썩은 냄새로

진동할 것이다. 감나무는 자신만을 위해서 열매를 맺지 않는다. 감나무는 자신을 찾아오는 그 무엇도 차별하지 않는다. 어떤 벌레도, 새도, 짐승도, 사람도 다 받아준다. 많이 가진 자의 '많음'에는 신으로부터, 우주로부터, 이 세상으로부터 받은 선물도 있다. 그 많음에는 자신의 엄청난 노력도 있었지만, 한편으로 엄청난 행운도 있었기 때문이다. 선물은 기쁨이지만 그 이면에는 부담도 있다. 그 선물을 자신만을 위해서가 아니라, 남을 위해서 더 좋은 세상을 위해서 사용하려는 마음보를 가져야 한다. 그가 나눌 수 있는 마음보만큼이 신이 그에게 갖는 기대와 꿈일 것이다. 남들보다 적게 가진 사람은 '무능력한 사람'일까? 아니다. **진짜 무능력한 사람이란**, 자신의 많이 가짐(재능, 부, 권력, 성공 등)을 바르게 사용할 줄 모르는 사람이다. 그 사람이야말로 많이 낭비한 사람이기 때문이다. 우리는 소유한 모든 것들을 결국에는 내놓을 수밖에 없다. 누군가는 죽음을 통해 빼앗겨서 내놓게 되고, 또 다른 누군가는 살아있을 때 나눔으로써 내놓는다.

불만족을 살아내는 것이나, 만족을 나누는 것이나 다 같이 힘들고 위대한 일이다. 그런 의미에서 우리는 모두 신의 공평한 꿈과 기대를 가진 존재라고 할 수 있다.

공부 잘하는 학생이 부러움과 시기의 대상이 되곤 한다. 그러나 성적 1등은 거저 되는 것이 아니다. 자고 싶을 때 자지 않고, **놀고 싶을 때 놀지 않고**, 1등을 할 만큼 공부를 했기 때문에 1등이 된 것이다.

학교에서 실시하는 정규고사는 삼사일에 걸쳐 치른다. 어느 중간고사 마지막 날, 마지막 과목 시험이 끝남과 동시에 아이들이 환호성을 지른다. 시험의 부담감으로부터 해방된 아이들이 미친 듯이 날뛴다. 덩달아 교사들도 즐겁다. 그 순간 창문 너머로 한 여학생이 학교 휴게소 벤치에서 홀로 앉아 있는 것이 보였다. 자세히 보니 2학년 전체에서 교과성적으로 1, 2등을 다투는 아이였다. 공부뿐만 아니라 다른 면에서도 모범적인 아이였다. 그 아이의 집안은 사회적으로 성공한 아버지와 넉넉한 경제적 형편으로 부러움의 대상이었다. 나는 그 아이에게 다가가서 물었다.

"오늘 시험이 끝났는데 무슨 좋은 계획이라도 있니?"

수줍게 말했다.

"이따 5시까지 학원에 가야 해요."

나는 그 아이의 어깨를 토닥여 주었다. 잠시 후 그 아이의 어머니가 데리러 왔다. 인사를 하고 차에 오르는 그 아이의 뒷모습에서, 그 아이가 감당하고 있는 삶의 무게가 보였다.

우리는 자신보다 더 많고, 더 크고, 더 높은 사람들의 능력, 업적, 성공, 부, 권력, 명예, 인기에 대해서 쉽게 말하는 경향이 있다.

"나도 저렇게 태어났으면 저 정도는 했을 거야."

"그는 운이 좋았어."

건물이 높으면 높을수록, 그에 따라서 그림자도 커진다는 사실을 알아야 한다. 산 정상은 산 아래 평지보다, 몇 배나 추울 뿐만 아니라 거친 바람이 불고 위험하고 외로운 곳이다.

경쟁력이 있는 제품을 생산하는 한 회사가 있다. 본사는 경기도(京畿

道)에 있는데 오래전부터 해외에도 진출했다. 그 회사의 사정을 비교적 잘 아는 분으로부터, 그 회사 사장님의 아들에 대한 이야기를 들었다.

"어렸을 적부터 **부잣집 도련님**으로 부러움의 대상이었습니다. 초등학교를 졸업하고 미국으로 유학을 갔습니다. 몇 년 뒤 국내로 돌아와서 고등학교를 졸업하고, 다시 미국으로 건너가서 대학을 다녔습니다. 그 후로도 국내와 국외의 여러 나라를 오가는 경우가 많았는데, 모두 혹독한 시기였습니다. 그는 언제나 최고의 능력을 갖추기 위해서 노력해야 했습니다. 그가 감당해야 할 것들과 포기해야 할 것들을 지켜보면서 안쓰러울 때가 많았습니다. 이제는 삼십 대의 나이로 부친의 회사에서 근무하고 있는데, 여전히 혹독한 시기를 보내고 있습니다."

연세가 칠십 대인 재력가가 있다. 젊은 날에 수산물 도매업을 하면서, 틈틈이 사두었던 부동산이 큰 재산이 되었다고 한다. 본인 소유의 상가 건물에서 나오는 임대 수익만 해도 상당한 것으로 알려졌다. 개인적인 친분은 없지만, 종종 마주칠 때가 있다. 언제나 검소하고 소탈했으며 3남 1녀인 자녀들에 대한 평도 좋았다. 그는 돈이 자식들의 인생을 망칠 수 있다는 생각에, 어렸을 적부터 돈과 자식들을 철저하게 분리시켰다. 구두쇠 아버지에 대한 몇 가지 일화가 전해지고 있다. 자식들에게 세뱃돈을 동전으로 주었는데, 초등학교 때는 십 원짜리와 백 원짜리 각각 열 개씩이었고, 중학교 때는 십 원짜리와 백 원짜리 각각 백 개씩이었다고 한다. 몇 년 전에는 아버지가 자녀들을 모아놓고 이른 유언(遺言)을 남겼다고 한다. 들리는 소문에 의해서 정리해 보았다.

"내가 죽으면, 내 재산의 4/5는 지정해 놓은 몇 곳에 기부하게 될 것이다. 나머지 1/5은 자식에게 물려주겠다. 그런데 네 명의 자식들에게 나누어 주는 것이 아니라, 한 명의 자식에게만 물려주겠다. 그 한 명은 매년 12월경에 내가 직접 선택해서 유언장에 적어놓겠다. 내가 죽기 전에 마지막으로 선택되어 있는 자식이 1/5에 해당하는 재산을 전부 물려받는다. 그리고 내 선택의 기준은 네 명의 자식 중에서 가장 열심히 사는 자식이다."

열심히 살 수밖에 없는 자식들이다.

몇 년 전 남해안으로 여행하는 중에, **바닷가의 작은 언덕에 있는 예쁜 집**을 발견했다. 잠시 멈추고 집 구경을 했다. 우리를 발견한 집 주인이 집안으로 부르더니 차 한 잔을 대접해 주었다. 노부부 둘이서 살고 있었다. 오래된 물건들이 많았는데 재봉틀도 눈에 띄었다. 나는 허락을 얻어 재봉질을 해 보았다. 신기해하는 그분들에게, 한복 만드는 일을 하셨던 어머니로부터 배운 솜씨라고 했다. 예전에 뭐하셨던 분들이냐고 물었더니 대답을 안 하시고 얼버무렸다. 그러나 나의 집요한 호기심에 결국 입을 여셨다. ○○지역에서 제법 큰 상점을 운영했었는데, 사람들이 줄을 서서 기다릴 정도로 장사가 잘 되었다고 한다. 가슴 아픈 일들도 있었다며 말씀하시는 도중에 눈물을 삼키셨다. 몇 해 전에, 유행에 밀려서 예전만 못한 가게를 정리했다고 한다. 그동안 모은 재산을 어떻게 할까 고민하던 중에, 그 지역에서 운영되고 있는 장학재단이 기금 부족으로 어렵다는 소식을 듣게 되었다고 한다. 부부는 그곳을 찾아가 관계자들과 여러 번 상의한 후에, 재산 중 일부만을 남기고 기부를 결정했다고 한다. 기부한 금액을 물었더니 그와 관련된 신문 스크랩을 보여줬다. 기사 내용을 보니 상당한 금액이었다. 그 과정에서 자식들의 작은 반발도 있었지만, 설득 끝에 잘 마무리되었다고 한다. 이런저런 이야기를 나누다가 그 예쁜 집에서 저녁식사도 하게 되었다.

그날 노부부가 했던 기억에 남는 말이 있다.

"부자들은 결코 돈을 함부로 쓰지 않습니다. 악착같이 돈을 벌었기에 돈에 대해서 악착같을 수밖에 없습니다. 그러다 보니, 부자 부모를 둔 자식의 삶도 만만치 않습니다. 부자 부모에게 인정받기란 쉽지 않은 일이기 때문입니다. 부자가 돈을 함부로 쓰는 경우가 있습니다. 두 가지입니다. 첫 번째는 남들에게 과시하려고 돈을 쓰는 경우인데, 대부분 그런 부자들은 인격적으로 수준이 떨어지는 **졸부**입니다. 두 번째는 자식이 사고를 쳐서 뒤치다꺼리할 때 돈을 쓰는 경우인데, 대부분 그런 자식들은 **개망나니**입니다. 돈을 함부로 쓰고 싶은 사람이 있다면, 졸부가 되거나 부잣집의 개망나니 자식으로 태어나면 됩니다."

지금은 은퇴한 교직의 한참 선배가 있다. 한번은 그 선배와 담소를 나누던 중에, "될성부른 나무는 떡잎부터 알아본다."라는 속담에 대한 이야기가 나왔다. 그 선배는 본인의 교직 생활 중에 '최고의 떡잎'으로 기억되는 두 명의 학생이 있었다고 했다. 공교롭게도 그 둘은 내가 아는 선배이고 후배이다.

그중 두 살 위인 선배는 같은 마을에 살았는데, 어렸을 적부터 신동(神童)이라는 소리를 들었다. 공부는 물론이고 운동이나 놀이 무엇이든지 최고였다. 후배는 나보다 한 살 아래였는데, 그의 집안과 우리 집안은 가깝게 지내는 사이였다. 그 후배는 다섯 살 무렵에 한글과 천자문(千字文)을 뗐으며 영어도 배운다는 소문이 났다. 그 후배의 방에 들어가면 사방이 온통 책으로 둘러싸여 있었다. 그 둘은 평범한 또래들에 비해서 우월했고 **어디서나 주목받았다**. 나는 비교 대상인 그 둘 사이에서 졸지에 장래가 걱정스러운 존재가 되었다. 때때로 "형의 반만이라도 해봐라.", "동생도 하는데 너는 못 하느냐?"라는 질책을 들어야 했다.

세월이 흘러 그 최고의 떡잎들은 여러 사람들의 예상대로 제법 큰 나무가 되었다. 선배는 현재 인천(仁川)에서 한 제조업체의 대표로 있는데, 몇 년 전에는 정치 쪽에서 이름이 오르내리기도 했다. 한편 후배는 우리나라 최고의 대학인 ○○대학교에 들어가더니 재학 중에 '행정고등고시'에 합격했다. 현재는 정부기관에서 고위관리로 근무하고 있다. 십여 년 전에 그 후배로부터 연락이 온 적이 있다. 휴가 중인데 이번 기회에 혼자서 고향에 내려갈 계획이라고 했다. 다음 날 아주 오랜만에 낯설어진 그를 만났다. 둘이서 예전에 살던 곳을 둘러보다가, 나는 그에게 한마디 했다.

"어렸을 적부터 열심히 하더니 결국 **금의환향**했구나."

❑ 금의환향(錦衣還鄕) : 비단옷을 입고 고향에 돌아온다는 말로 성공한 사람을 가리킨다.

그는 잠시 생각에 잠기더니 뜻밖의 말을 했다.

"선배, 내가 제일 부러워하는 사람이 있어요. 고향에서 딸기 농사짓고 사는 내 남동생이야."

그는 그동안 정신없이 바쁘게 살아왔다고 한다. 최근에는 국제행사를 치르느라고 몸과 마음이 지쳤는데, 이번에 올라가면 또 다른 일이 기다리고 있을 거라면서 길게 한숨을 내쉬었다. 그러면서 남들이 보기에 성공했다고 하는 자신의 처지에 대해서 이런저런 속마음을 털어놓았다. 자리를 옮겨서 밤늦게까지 이어졌다.

돌이켜 생각해 보건대, 나는 어렸을 적에 그들의 빛나는 존재성에 별로 관심이 없었던 것이 확실하다. 단지 **주변 사람들의 비교 때문**에 화가 났던 기억이 있을 뿐이다. 그리고 그러한 나의 화냄은 "내가 어때서."라는 나의 존재성에 대한 확인이었다. 사람은 누구나 각자의 존재성을 가지고 있다. 아카시아나무는 우아한 소나무에 대해서, 탐스러운 열매를 맺는 사과나무에 대해서 관심이 없다. 그냥 아카시아나무로 존재하기 위해서 최선을 다할 뿐이다. 누군가가 너를 남들과 비교를 통해서 화나게 한다면, 너는 너를 더욱 사랑하라. 특히, 자기 스스로 남들과 비교해서 자신의 존재성을 추락시키는 어리석은 짓은 결코 하지 마라.

우리나라에서 명문으로 손꼽히는 △△대학교 △△학과에 들어간 여학생이 있다. 그 여학생의 대학생활은, 이 시대 최고 수준의 교육과정과 혹독한 노력의 연속이었다. 종종 지켜보면서 혀를 내두를 정도였다. 대학 졸업을 앞둔 이제는 제법 어른이 된 그녀를 만날 수 있었다. 나는 그녀와 대화하는 중에, 그 대학에 다니면서 특별히 깨닫게 된 것이라도 있느냐고 물었다. 그녀는 잠시 생각하는가 싶더니, "**대학과 사람에 대한 편견**이 없어졌습니다."라는 말을 했다. 나는 순간적으로 이해를 못하고 설명을 부탁했다.

"저는 남들이 선망하는 명문대학에 다녔습니다. 대학에 들어와서 보니, 저는 그곳에서 보통 이하였습니다. 공부는 기본이고 다양한 분야에서 뛰어난 능력과 대단한 집안 배경을 가진 사람들이 많았습니다. 저와 다른 그들의 사고방식을 대할 때면 마치 신세계를 보는 것 같았습니다. 그 속에서 치열하게 살았습니다. 너무 벅차서 중도에 두 번이나 휴학을 하기도 했습니다. 대학에 다니면서 우리 학과 학생들뿐만 아니라, 다른 학과나 다른 대학교 학생들, 그리고 다양한 부류의 사람들을 만날 수 있었습니다. 그러는 과정에서 깨달은 것이 있었습니다. 사람은 겉모습만 보고 쉽게 판단해서는 안 된다는 것이었습니다. 비록 사회적인 편견으로 수준이 낮다고 할 수 있는 대학, 직업, 환경에 속해 있더라도 수준 높은 사람들이 많았습니다. 반면에, 겉으로 드러난 화려한 모습과는 달리 그 사람의 생각이나 인격이 수준 이하인 경우도 많았습니다."

나는 그녀의 말을 들으면서 저절로 고개가 끄덕여졌다. 백번 맞는 말이다. 우리는 세상의 편견에 사로잡혀서 그 사람의 진짜 모습을 보지 못하는 경우가 많다. 어디 남들뿐이겠는가? 자기 자신에 대해서도 마찬가지다. 세상의 편견으로 나를 보지 않고, 내가 나를 볼 때 비로소 내 안에 있는 나의 진짜 모습을 발견할 수 있다. 그런데 나의 모습은 항상 고정되어 있는 것이 아니다. 본래부터의 나의 모습도 있지만, 대부분 나의 모습은 만들어가야 한다. 누군가에 의해서 만들어지는 것이 아니라 내가 스스로 만들어가야 한다. 그날 그녀와 대화하는 말미에 그녀가 했던 말이 기억에 남는다.

"대학은 취업보다는 나를 발견하고 만들어가는 시기였습니다. 대학에 다니면서 가장 크게 달라진 것이 있다면, 다른 사람의 눈이 아닌 내 눈으로 직접 세상을 볼 수 있게 되었다는 것입니다. 앞으로 저의 인생은, 누군가에 의해서 쉽게 휘둘리지 않을 것 같습니다."

우리는 한 번뿐인 내 인생을 잘 살고 싶어 한다. 그러면서 "어떻게 사는 것이 잘 사는 것일까?"라고 남들에게 묻는다. 하지만 그 답은 '내 안에' 있다. 이 세상에 그 누구도 나만큼 나를 알 수 없기 때문이다. 그리고 그 답은 언제나 흔들리고 불안할 수밖에 없다. 나는 이미 만들어진 존재가 아니라 만들어가고 있는 존재이기 때문이다. 반면에 남들이 주는 답은 참 쉽다. 이미 잘 살고 있다고 주장하는 사람들이 많기 때문이다. 하지만 그 답에 이르기까지는 어렵다. 나는 그 사람과 똑같은 사람이 아닐 뿐만 아니라, 그 답은 애초부터 나를 위한 답이 아니었기 때문이다. 설사 그 답에 이르렀다 하더라도 자신의 진짜 모습을 잃어버릴 가능성이 크다. 그래서 우리는 다 이르고 나서, 혹은 다 살고 나서 정작 자신이 누구인지 모르는 바보가 되는 경우가 많다. 잘 산다는 것은 내가 만들어가는 나의 모습에 달려 있다. 결국, '**내가 더 좋은 나를 만들어가는 것**'이 잘 사는 것이다.

더 좋은 것이란, 고통 없이는 만들어지지 않는다. 육체적으로 편안하기만 하면 건강한 육체를 얻을 수 없다. 마찬가지로 정신적으로 편안하기만 하면 정신적으로 수준 높은 삶에 이르기 어렵다. 그런데 아무리 건강한 육체라도 한계가 있고 세월이 흐르면 쇠퇴하게 된다. 반면에, 정신적인 세계는 한계가 없어 보인다. 인간의 정신세계는 그 무엇도 생각해낼 수 있고 그 어떤 것도 담을 수 있다. 그리고 세월이 흘러도 자신의 노력에 따라 정신세계는 결코 쇠퇴하지 않는다. 100세 노인의 건강은 70대, 50대, 20대의 건강을 따라갈 수 없다. 반면에 70대, 50대, 20대의 지혜는 100세 노인의 지혜를 따라갈 수 없다. 그러므로 정신적으로 더 좋은 나를 만들어가는 것이야말로, 삶의 궁극적인 목표인 것이다. 인간의 진정한 변태(變態)는 육체적인 것이 아니라 정신적인 것이다.

나는 편안함과 기쁨을 좋아하지만, 고통과 슬픔도 기꺼이 받아들인다. '더 좋은 나'를 위해서….

학생들과 함께 바닷가로 소풍을 간 적이 있다. 모래사장을 거닐고 있는데, 한 아이가 제법 큰 조개껍데기 하나를 주워왔다. 크기뿐만 아니라 모양도 신기했다. 아이들이 모여들었다. 나는 그 조개껍데기를 들고 아이들에게 "이 조개는 왜 이런 모양이 되었을까?"라고 물었다. 한 아이가 "자연이 그렇게 만들었습니다."라고 대답했다. 그러자 바다가, 파도가, 플랑크톤이, 신(神)이, 인어공주가, 용왕님이, 조개 스스로가… 그렇게 만들었다는 대답들이 이어졌다. 그때 한 아이가 명쾌하게 "그 조개는 운명적으로 그런 모양이 될 수밖에 없었습니다."라고 말했다. 그 순간 아이들이 멈칫하더니, 하나둘씩 고개를 끄덕였다. 나는 다시 아이들에게 "그럼 우리 인간도 운명적으로 정해진 대로만 살아야 하는 존재일까?"라고 물었다. 다시 아이들의 의견이 분분했다. 나는 잠깐 있다가 "우리 인간은 운명적으로 정해진 대로 살아야 하는 부분도 있지만, 정해지지 않은 삶이 훨씬 더 많은 존재이다. 그래서 우리들의 삶 속에는 흔들리고, 불안하고, 고통스러운 순간들이 많이 있는 것이다."라고 내 생각을 말했다. 아이들의 표정이 알 듯 모를 듯했다. 바닷가에서 잠시나마 우리 모두 철학자가 되어 보았다.

우리는 누구나 운명적으로 자신에게 주어진 삶이 있다. 그리고 **그 운명을 넘어선**, 내가 만들어가야 하는 더 많은 삶이 있다. 그런 면에서, 우리의 인생은 수동적이면서도 더 많이 능동적이라 할 수 있다. 우리는 나에게 주어진 수동적인 것으로부터 나의 꿈과 우주의 꿈, 신의 꿈을 만들어가는 '능동적인 존재'가 되어야 한다.

19 STORY

종교 | 신(神)

종교인 / 수녀(修女)와 다이어트 / 지금이라도 그만두어라 / 여러 갈래의 길 / 다양한 종교가 공존 / 도둑고양이처럼 / 서두르지 마라 / 인생은 나처럼 살아야 해 / 인간이란 어떤 존재인가? / 생겨났니? 들어왔니? / 지구별에서 일어나는 조그만한 일 때문에 / 신은 편하고 두렵다 / 물음의 과정을 통해서 / 착한 사람들이 그들에게 잘 속는다 / 미신(迷信) / 잠재의식과 공포심 / 정말 귀신이었을까? / 곤란한 기도 / 산삼(山蔘) / 산신령님과 하나님 / 기적을 바랄만한 자격

한 아이가 고민이 있다면서 나에게 상담을 요청했다. 고민이 깊었는지 눈 밑이 검게 보였다. 며칠 전에 교회 예배실에서 기도를 하다가 눈을 떴는데, 예배실의 창문 한쪽이 환하게 빛나는 현상을 목격했다고 한다. 그 뒤로 무기력증에 빠진 것처럼 몸에 힘이 없다는 것이다. 나는 그 아이에게 간단히 처방을 해주었다. 몸이 허해서 그런 것이니 밥 잘 먹고, 잠 더 자고, 운동도 열심히 하고, 약국에서 영양제를 사서 먹으라고 했다.

가끔 **종교인**(목사, 신부, 수녀, 스님 등)의 길을 가겠다고 하는 학생이 있다. 한 여학생이 고등학교를 졸업하고, 대학에 다니다가 갑자기 학교를 그만두고 수녀(修女)가 되겠다고 했다. 부모님이 일 년 가까이나 허락하

지 않고 설득했지만, 각오가 대단하여 끝까지 말릴 수 없었다. 결국, 그녀는 스물 둘의 나이에 수녀원으로 들어갔다. 그러고 나서 몇 년 뒤에, 다시 만났는데 뜻밖에도 수녀가 아니었다. 표정도 밝고 전체적으로 겉모습이 많이 변해있었다. 수녀 되는 것은 진작 포기했고 지금은 어린이집에서 교사로 일한다고 했다. 예전에는 비만일 정도로 상당한 몸무게였는데 몰라보게 날씬해져 있었다. 수녀원에서 나온 뒤에 다이어트를 했다고 한다. 나는 그녀에게 "**수녀 되는 것과 살 빼는 것 중에서** 어느 것이 더 어렵더냐?"라고 물었다. 수줍게 웃으면서 "수녀 되는 것이 더 어려웠어요."라고 대답했다.

한 남학생이 목회자가 되겠다고 신학대학에 들어갔다. 부모님의 권유가 있었는데, 그의 아버지는 인근 지역에 있는 ○○교회에서 담임목사로 재직하고 있다. 그러고 나서 2년여가 지났을 무렵, 신학생인 그가 나를 찾아왔다. 표정이 어두웠다. 신학대학에서의 생활과 목회자의 길이, 애초에 본인이 생각했던 것하고 많이 다르다면서 고민을 털어놓았다. 나는 절규에 가까운 그의 고백을 들으면서 안타까웠다. 나는 그에게 "네가 나중에 목회자가 된다면, 너는 물론이고 목회자인 너를 만나는 사람들도 결코 행복할 수 없을 것 같다. 그러니 **지금이라도 그만두는 것이 좋겠다.**"라고 솔직한 내 생각을 말해주었다. 그가 눈물을 쏟아냈다…. 그 뒤로 그는 신학대학을 자퇴했고 지금은 다른 길을 걷고 있다. 어려운 결정이었겠지만, 나는 여러모로 다행이라고 생각한다.

그렇다고 해서, 내가 종교를 거부하는 것은 아니다. 오히려 나는 누구 못지않게 종교성과 신앙심이 강한 편이다. 하지만 나는 특정 종교를 옹호하거나 배척하지 않는다. 나는 나의 종교 정체성에 대해서 혼란스러울 때가 많다. 아마도 세상적인 종교의 기준으로 본다면, 나의 이러한 혼란은 앞으로도 오래 지속될 모양이다.

종교는 '진리'에 이르는 '길'과 같은 것이다. 그 길은 오직 하나만 있는 것이 아니라, **여러 갈래의 길**이 있다고 생각한다. 여기서 '진리'란 '신의 뜻'을 가리킨다. 물론 신은 없을 수도 있고, 신이 있다고 하더라도 인간이 그 신의 뜻을 알 수 없는지도 모른다. 하지만 인간은 신이 있다고 믿고 싶어 하고, 그 신의 뜻도 알고 싶어 하는 갈망이 있다. 종교는 인간의 그러한 갈망이 만들어낸 문화라고 할 수 있다. 아무튼, 내가 걸어가는 길만 옳고, 나머지 길은 모두 잘못되었다고 하는 믿음은 자칫 큰 재앙으로 이어질 수 있다. 과거는 물론이고 현재에도 세계 곳곳에서는 종교가 다르다는 이유로 끔찍한 일들이 벌어지고 있다. 이는 신의 뜻이 아닌, 종교를 이용하려는 일부 사람들의 뜻일 것이다. 종교는 길인데, 종교 그 자체가 진리라고 우기는 집단들이 많다.

우리나라 헌법에는 "모든 국민은 종교의 자유를 가진다(헌법 제20조 1항)."라고 명시되어 있다. 그 종교의 자유에는 종교를 선택하고 변경하는 자유와 함께, 종교를 갖지 않는 자유도 포함된다. 그러나 종교의 자유도 국가의 질서유지와 공공복리 또는 안전보장을 위하여 필요한 경우에는 법률로 제한할 수 있다. 현재 우리나라는 **다양한 종교가 공**

존하면서도 종교 간에 심각한 갈등이 일어나지 않는다. 나는 이러한 사실에 대해서 감탄하고 자랑스럽게 생각한다. 앞으로도 그랬으면 좋겠다

청소년기에, 나에게 있어서 종교는 논리적으로 모순덩어리였다. 나에게 특정 종교의 교리를 이해시키려는 몇몇 사람들이 있었는데, 그럴 때마다 나는 곧바로 거부감을 드러냈다. 그러던 나에게 변화가 찾아온 것은 고등학교 3학년 때였다. 그때 당시 나는 미래에 대한 불안감, 공부에 대한 부담감, 자아정체성에 대한 혼란 등으로 힘든 시기를 보내고 있었다. 그런 와중에 친구를 따라서 교내에 있던 기독교와 불교 관련 동아리에 몇 번 참석했다. 낯선 종교의식에 당황스러울 때도 많았지만, 한편으로 적잖이 위로가 되었다.

내가 다니던 ○○고등학교 근처에는 ○○교회가 있었다. 한번은 평소보다 아침 일찍 등교하다가, 바로 학교로 가지 않고 예정에 없던 그 교회로 발걸음을 옮겼다. 아무도 없는 예배당에 도둑고양이처럼 들어갔다. 십자가를 향해서 머리를 숙이고 의자에 앉아서 어색하게 기도를 했다. 그 순간 열여덟 소년은 왠지 모를 기분에 눈물이 핑 돌았다. 나는 그 시절 그렇게 내 속에 있던 종교성과 신앙심이 밖으로 터져 나왔다. 아마도 학교 근처에 사찰(寺刹)이 있었다면, 나는 틀림없이 법당에 들어가서 부처님에게 엎드려 절을 했을 것이다.

우리는 보통 청소년기는 철학이나 종교, 신앙과는 거리가 먼 것처럼 생각한다. 그러나 청소년기는 자아정체성에 눈을 뜨는 시기로 인생의 그 어떤 시기 못지않게 철학적이고 종교적이다. 청소년기에 던지는 철

학적이거나 종교적인 물음은 자신의 가치관이나 인생의 방향에 큰 영향을 준다. 그러나 그런 물음에 대한 답은 지금 당장 얻어지는 것이 아니다. 지금부터 시작해서 앞으로 너의 인생을 통해서 오래도록 만들어질 것이다. 그러니 **서두르지 마라.**

동물도 인간처럼 죽음을 인식할까? 도축장에 다다른 소나 돼지가 죽음을 인식하는 모습을 볼 수 있다고 한다. 하루살이는 하루, 나비는 한 달, 다람쥐는 5년, 코끼리는 50년, 거북이는 100년 정도까지 산다. 그것들도 시간을 인식할까? 어렸을 적에, 키우던 개를 다른 마을에 있는 친척 집으로 보낸 적이 있다. 3년 정도 지났을 무렵 그 친척 집에 들렀다가 그 개와 마주쳤다. 그 개는 나를 향해서 처음 본 사람처럼 격렬하게 짖더니, 갑자기 몸을 꼬면서 반갑게 꼬리를 흔들었다. 과거의 기억이 떠오른 것이다. 다람쥐는 다가올 추운 겨울을 대비해서 자신만이 아는 먹이 창고에 열매를 보관해 놓는다. 그러고 보면, 개나 다람쥐도 인간처럼 과거와 미래를 인식할 수 있는 모양이다.

인간만이 가지고 있는 시간 개념이 있다. 바로 '영원'이다. 그런데 이 영원과 상반되는 개념이 '죽음'이다. 그러한 죽음과 영원 사이에 인간의 본질적인 '종교성'이 있다.

내가 교직에 첫발을 내디뎠을 무렵, 공무원으로 정년퇴직을 앞둔 분을 만날 일이 있었다. 며칠 뒤에 있을 본인의 퇴임식 준비로 나에게 도움을 요청했다. 나는 그날 그분에게 인생의 선배로서 조언을 구했다. 그분은 자신이 살아온 이력을 쭉 나열하면서 자신의 인생은 성공적인 삶이었다고 자평했다. 충분히 공감할 수 있었다. 자신의 직업에서 부족하지 않을 만큼 지위에 올랐고 여기저기 재테크로 재산도 상당했다. 특히, 아들과 딸들의 성공은 큰 자랑거리였다. 그날 그분은 나에게 "김 선생, 인생은 나처럼 살아야 해."라고 말하는 것 같았다. 그 후로 종종 뵐 기회가 있었다. 은퇴 이후, 제법 넓은 임야를 사서 가꾸었는데 그곳으로 몇 번 초대를 받았다. 갈 때마다 그분은 자신의 손길이 배어있는 곳곳을 설명해주면서 흐뭇해하였다. 그런데 최근에 몸이 편찮으시다는 연락이 왔다. 나는 그분의 집으로 병문안을 갔다가 당황스러운 상황과 맞닥뜨렸다. 그분이 치매(癡呆)를 앓고 있었다. 반갑게 인사하는 나를 낯설어했다. 잠시 후 그분이 내 곁으로 조용히 오더니, 내 시선을 피하면서 "나 이렇게 죽어도 될까? 안 될까? 될까? 안 될까?…"라고 계속 중얼거렸다. 나는 집으로 돌아오는 길에 똑같은 물음을 되뇌어 보았다. 나도 언젠가는 저런 물음을 던질 수 있기 때문이었다.

어느 나라에, 이 세상의 모든 지식을 섭렵했다고 알려진 한 학자가 있었다. 그를 따르는 제자들이 많았다. 어느 날 그는 제자들을 모아놓고 비장하게 선언했다.

"나는 지금부터, 이 세상에서 그 누구도 해내지 못한 '인간이란 어떤 존재인가?'라는 물음에 대한 답을 찾아내겠다."

제자들은 이 세상의 모든 지식을 알고 있는 스승이 그 답을 찾아낼 것이라고 믿었다. 그러나 그 스승은 그 후로 수십 년 동안 온갖 노력을 기울였지만 원하던 답을 찾지 못했다. 그러는 사이에 지치고 실망한 제자들이 하나둘씩 그의 곁을 떠나버렸다. 마지막으로 한 명의 제자만

남았을 때, 그는 너무 늙고 병이 들어서 죽음을 앞두게 되었다. 침대에 누워서 가쁜 숨을 몰아쉬며 죽어가던 그는 창문 너머로 밤하늘을 바라보았다. 마침 별똥별 하나가 떨어지고 있었다. 그 순간, 그는 수십 년 동안 그렇게도 원하던 답을 찾을 수 있었다. 하지만 그 답을 제자에게 설명해 주기에는 시간이 부족했다. 그는 마지막 힘을 다해 제자에게 물음을 던지고 숨을 거두었다.

"너는 지구에서 **생겨났니**? 지구 밖에서 지구로 **들어왔니**?"

"……."

지구별에 존재하는 모든 생명체는 지구에서 생겨났다. 쿵쿵! 공룡이, 야옹! 고양이가, 쑥쑥! 대나무가, 뻐끔뻐끔! 메기가, 파닥파닥! 참새가, 꿈틀꿈틀! 지렁이가… 생겨났다. 그러나 우리 인간은 지구에서 생겨난 존재가 아니다. 원래는 지구 밖에 있던 별과 같은 존재인데, 어떤 신비한 힘에 의해서 지구로 들어온 것이다. 즉, 지구는 '밭'이고 인간은 그 밭에 떨어진 '별 씨앗'과 같은 존재라고 할 수 있다.

어떻게 지구별 속으로 그 많은 별들이 들어와서 존재할 수 있느냐고? 지구는 시간과 공간이라는 질서 속에 묶여있는 하나의 작은 별이다. 그런 지구에서 1억 년은 1억 년이고 작은 바위는 작은 바위이다. 그런데 지구 밖이라면 계산이 달라진다. 지구에서 1억 년이 지구 밖에서는 1초만큼 시간이 짧아지고, 지구에서 작은 바위가 지구 밖에서는 별처럼 크기가 커질 수 있다. 지구와 다르게 작용하는 시간과 공간 때문이다. 그래서 지금 지구에서 살고 있는 어떤 사람은, 원래는 지구로부터 1억 광년이나 떨어진 어느 곳에서 지구보다 더 큰 별이었다. 그러다가 어느 순간, 어떤 신비한 힘에 의해서 1초 만에 지구까지 이동해서 작은 바위만큼 크기가 작아진 상태로 지구에서 존재하고 있는 것이다. 공룡이나 고양이, 대나무, 메기, 참새, 지렁이는 지구에서 생겨났으니 다시 지구로 흡수되어 순환되어야 한다. 그러나 우리 인간은 언젠가는 지구를 떠나, 본래 고향인 지구 밖의 어느 곳으로 돌아가야 하는 존재이다. 혹시 이 글을 읽은 고양이가, 고양이도 인간처럼 지구 밖에서 지구로 들어왔다고 한다면 정말 미안해. 나는 고양이가 되어보지 않아서….

나는 극적인 물음을 던질만한 스승은 아니지만, 너에게 우주의 비밀을 말해주고 싶다.

"너의 본질은 지구별보다 더 큰 존재란다. 그러니까 지구별에서 일어나는 조그마한 일 때문에 좌절하거나 무너지지 않았으면 좋겠어."

한번은 수업시간에 학생들에게 신에 대한 자신의 생각을 말해보도록 했다. 여러 가지 대답이 나왔다. "두렵다.", "만나고 싶다.", "허구다.", "비밀이다.", "절대자다.", "인간의 상상력이다.", "인간의 발명품이다."….

나에게 있어서, 신은 세 가지 의미를 가지고 있다. 첫 번째, 나에게 신은 참 편한 존재다. 살다 보면 도저히 이해가 되지 않거나 감당하기에 어려운 일이 생긴다. 그럴 때면, 나는 신에게 그 일을 떠넘겨버린다. "신이시여, 당신께 이 일을 맡깁니다…." 그러는 중에 가끔은 신을 원망하기도 한다. 신은 내 어머니 못지않은 아량도 있을 것이라고 믿기 때문이다. 신에게 떠넘기거나 신을 원망하고 나면, 마음이 위로되기도 하고 그 일에 대한 적응과 정리가 쉬워진다. 두 번째, 나에게 신은 두려운 존재다. 어쩌면 나 스스로 신을 두려워하기로 했는지도 모른다. 사람은 살면서 두려운 존재가 하나쯤은 있어야 한다. 나는 어렸을 적에는 아버지가 그런 존재였는데, 어른이 되면서 그 대상이 신으로 바뀌었다. 그런 존재가 있었기에 내 인생을 내 마음대로 살지 못했다. 그래서 다행인 점들이 많았다. 두려움이 때로는 안전함을 가져다준다. 세 번째로, 나에게 신은 언젠가는 만나게 될 존재다. 나는 오랫동안 신에게, 인간을 향한 신의 진실을 구했다. 하지만 신은 언제나 누구에게나 그랬듯이 침묵할 뿐이었다. 그래서 나는 진실을 보여줄 수 없는 신의 뜻도 받아들이기로 했다. 그리고 언젠가는 운명적으로 신을 만나게 될 것이며, 그때 그 진실도 알게 될 것이라고 믿기로 했다. 나는 신과의 만남이 두렵고 설렌다. 인간의 계산법과 신의 계산법은 상당히 다를 것이기 때문이다.

나에게 있어서 **신은 편하고, 두렵고, 언젠가 만나게 될 존재다.**

나와 비슷한 연배로 친분이 있는 분이 있다. 책도 여러 권 냈는데 지극히 합리적인 사고를 가진 사람이다. 그는 종교가 없다. 그러나 그는 신의 존재를 확고하게 믿는다. 그의 그러한 믿음은 외부적인 강요가 아니라 스스로 발현된 것이라고 한다. 그의 부모님은 특정 종교를 신실하게 믿으면서도, 자식인 그에게는 어렸을 적부터 신앙생활을 강요하지 않았다고 한다. 아이러니하게도 그는 그런 부모님 덕분에 더 강한 신앙심이 생겼다고 한다. 한번은 그와 종교에 관해서 이야기를 나눈 적이 있다. 그는 기존의 제도권 종교에 들어가면, 자신의 신앙심이 오히려 혼들리는 것 같다고 하소연을 했다. 이에 대해, 나는 "종교는 신이 만들어서 인간에게 준 것이 아닙니다. 인간이 신에게 다가가기 위해서 만든 것입니다. 그러므로 인간이 만든 종교가 완벽하기를 바라는 것은 무리입니다."라고 내 생각을 말해주었다. 그는 지금도 몇몇 종교와 종파를 기웃거리면서 방황하고 있다. 한편으로 나는 그의 그런 방황이 여유로워 보인다. 그러고 보면, 나 역시 그와 비슷한 방황을 하고 있는지도 모른다. 나는 그동안 내가 가까이했던 종교뿐만 아니라, 다른 종교에 대해서도 따뜻하게 혹은 냉정하게 관심을 갖는 일에 주저하지 않는다. 소중한 나의 믿음을 위해서이다.

종교는 믿음을 강요한다. 그런데 진정한 믿음은 **물음의 과정을 통해서** 이를 수 있다. 하지만 일부 종교는 묻지 못하게 한다. 이미 정해져 있는 답만을 강요한다. 그중에 어떤 답들은, 코끼리가 독수리처럼 높이 날아올랐다거나 나무늘보가 치타처럼 빠르게 달렸다는 것보다 더 믿기가 어렵다…. 인류의 역사를 되돌아보면 크고 작은 끔찍한 일들이 많았다. 그중에 대부분은 묻지 않아서, 혹은 묻지 못하게 해서 일어난 일들이다. 신은 인간에게만 물을 수 있는 특권을 주었다. 인간을 바보로 만들려면 묻지 못하게 하면 된다. '물음'과 '이성'은 신이 인간에게 준 최고의 선물이다. 그 사람과 그 집단의 수준은, 무엇을 묻는가 혹은 어떻게 묻는가를 보면 알 수 있다. 우리는 내 영혼을 맡기는 종교를 향해서 이성적으로 끊임없이 물어야 한다. 묻지 못하게 하는 종교는 대답할 것이 없거나, 들켜서는 안 되는 것들이 많다는 것이다. 진짜 종교는 들키면 들킬수록 좋아해야 한다. 묻지 못하게 하는 종교는 건강할 수 없다. 스스로 벽을 만들어 편협해지는 것이다. 인류의 모든 문화는 역사 속에서 끊임없이 변화해 왔다. 과거의 인간과 현대인은 여러 면에서 다르다. 그러므로 현대인과 함께하는 종교는, 과거의 언어가 아닌 현대의 언어로 현대인에게 영향을 주어야 한다. 과거에 만들어진 종교는 현대인에게 맞게 변화하는 데 주저하지 않아야 한다. 현대인의 물음에 답을 하지 못하는 종교는 외면당할 수밖에 없다.

우리가 사는 이 시대에는 교회, 사찰, 성당, 사원으로부터 많은 사람들이 떠나간다고 한다. '탈종교(脫宗教) 현상'이라고 한다. 그렇다고 해서 그들이 종교성과 신앙심마저 버린 것은 아니다. 인간은 종교성과 신앙심을 가진 유일한 동물이다. 인간은 늘 자신의 종교성과 신앙심을 채워줄 종교에 목말라한다. 종교는 인류의 삶에 큰 영향력을 끼쳤다. 종교의 흔적이 배어있지 않은 문화를 찾기 어려울 정도다.

이 세상에는 두 종류의 종교가 있다. 인간을 필요로 하는 종교와 인간을 위해서 필요한 종교다. 그 둘의 차이는, 멀쩡한 인간을 불러서 바보로 만드는 종교와 인간을 가장 인간답게 하는 종교다.

기원전 5~6세기 인도에서 활동하던 석가모니 부처님(싯다르타, 불교의 창시자)이 당시 그릇된 종교 지도자들을 비판한 적이 있다.

"훌륭한 브라만(승려)이라고 자칭하는 이들 중에는, 새 무명옷을 입고 머리에는 긴 실 가닥을 드리우고 땅에 소똥을 바르고 그 위에 누워서 '착한 남자들아, 이른 아침에 일어나서 옷을 벗어 두고 맨몸으로 동쪽을 향해서 달려가라. 설령 사나운 코끼리나 모진 말, 미친 소, 미친 개, 가시밭, 숯 더미, 구덩이, 깊은 물을 만나더라도 피하지 말고 바로 나아가라. 그런 것들 때문에 죽으면 틀림없이 하늘나라에서 태어날 것이다.' 라고 하면서 잘못 가르치는 자가 많다."

예나 지금이나 종교를 이용하여 사기를 치는 인간들이 많다. 그들은 신을 독점해서 장사를 한다. 그들이 가장 두려워하는 것은 그들이 팔아먹는 신이 진짜 신인 경우이다. 그들이 가장 먼저 그들의 신으로부터 심판을 받을 것이기 때문이다. 그들은 이미 자신들이 팔아먹고 있는 신이 불량품이고 가짜라는 것을 알고 있다. 안타깝게도 **착한 사람들이 그들에게 잘 속는다.**

진짜 종교는 인간에게 인간 이상의 인간이나 인간 이하의 인간을 요구하지 않는다. 그 인간이 가장 그 인간다울 수 있는 통로가 되어야 한다. 오늘도 누군가는 교회에서, 사찰에서, 성당에서, 사원에서… 신을 향해서 자신의 가장 뜨거운 모습을 쏟아내고 있다. 오늘도 누군가는 고통받는 곳에서, 버림받은 곳에서, 절망이 있는 곳에서, 상처가 있는 곳에서… 신의 이름으로 자신의 가장 뜨거운 모습을 쏟아내고 있다. 숭고한 인간의 모습이다. 종교가 있어서 참 다행이다.

진짜 종교, 즉 인간을 위해서 필요한 종교는 인간이 진화하면 할수록 더 큰 영향력을 끼칠 것이다. 종교는 인간을 더 인간답게 하는 통로이기 때문이다.

과학의 시대에 살고 있지만, 우리 생활 곳곳에는 **미신**(迷信)이 여전하다. 담임을 맡았던 학생 중에 무속인 어머니가 있었다. 가정방문을 갔는데 이런저런 인생의 조언을 해주었다. 그리고 나에게 꼭 필요할 것 같다면서 부적(符籍)을 하나 만들어 주었다. 호주머니에 넣고 다니다가 자꾸 신경이 쓰여서 쓰레기통에 버려버렸다. 그 뒤에 공교롭게도 개인적으로 어려운 일이 생겼는데, 왠지 그 부적이 마음에 걸렸다. 학생들 중에 간혹 부모님이 해주신 것이라면서 부적을 몸에 지니고 다니는 경우가 있다. 미신은 언제나 우리들의 불안감을 파고든다.

우리나라 무속(巫俗) 연구의 최고 권위자로 알려진 서정범(徐廷範, 1926~2009년) 교수가 있다. 그분은 국어학자이면서도 무속 연구를 위해 40여 년간 무려 3,000여 명의 무당들을 직접 만났다고 한다. 여러 편의 무속과 관련된 책을 펴내기도 했다. 오랫동안에 이루어진 방대한 무속 연구를 통해서, 결론적으로 깨닫게 된 사실을 언급한 적이 있다. 무당들의 예지능력과 신통력은 귀신하고 상관없으며, 귀신도 실제로는 존재하지 않는다고 했다. 무당들은 유전적이거나 환경적인 요인 때문에 보통사람보다 예지능력과 신통력이 발달한 것이며, 귀신을 봤다는 사람도 실상은 그 사람의 **잠재의식과 공포심**이 만들어낸 심리적인 현상에 불과한 것이라고 결론지었다. 나는 이 말에 공감한다. 그래서 나에게 있어서 귀신은 없다. 하지만 없는 귀신이라도 귀신은 무섭다. 나의 잠재의식과 공포심이 만들어낸 귀신을 만날 수도 있기 때문이다.

❏ 예지능력 : 미래에 일어날 일을 맞추어내는 능력.

❏ 신통력 : 보통의 인간으로는 해낼 수 없는 신기한 능력.

❏ 잠재의식 : 과거에 인지했던 사실인데, 평소에는 의식하지 못하다가

그와 관련된 상황과 맞닥뜨리게 되면 드러나는 의식.

무서운 이야기를 해보려고 한다. 내가 초등학교 4학년 때 직접 겪었던 일이다. 어느 날 새벽녘에 소변이 마려워서 잠에서 깼다. 이불 속에서 겨우 일어나서 마당으로 나왔다. 그때 당시 우리 집은 단독 주택이었는데 화장실이 마당 한구석에 있었다. 나는 잠이 덜 깬 상태로 걸어가다가 화장실을 몇 미터쯤 앞두고 걸음을 멈추었다. 갑자기 무서웠기 때문이다. 나는 그 상태로 화장실을 가만히 쳐다보면서 무언가 나올 것 같다는 생각을 했다. 그 순간, 희미한 물체가 화장실 문을 뚫고서 쓰윽 나타났다. 그리고 문 앞에서 잠시 머무는가 싶더니 금세 사라져 버렸다. 그러자 나는 그 희미한 물체를 한 번 더 봤으면 좋겠다는 생각을 했다. 그 순간, 희미한 물체가 다시 쓰윽 나타났다. 나는 재빨리 다시 사라졌으면 좋겠다는 생각을 했다. 그랬더니 이번에는 그 희미한 물체가 화장실 바로 뒤편에 있는 벽돌담 앞으로 쓰윽 옮겨갔다. 나는 그걸 보면서 '저건 귀신이니까, 벽돌담을 넘어가지 않고 그냥 통과할 거야.'라는 생각을 했다. 그 순간, 그 희미한 물체는 벽돌담을 쓰윽 통과해서 사라져버렸다….

몇십 년 전의 일이지만, 그때 상황을 이렇게 글로 쓰면서도 소름이 돋는다. 내가 그때 본 것은 **정말 귀신이었을까?** 아니다. 나의 잠재의식과 공포심이 만들어낸 가짜 귀신이었을 뿐이다. 그 희미한 물체가 나왔던 우리 집 화장실 바로 뒤편에는 ○○병원이 있었다. 벽돌담 바로 너머는 그 병원의 뒷마당이었는데, 한옥으로 된 여러 개의 환자 병실과 제법 큰 정원이 있었다. 항상 병원 뒷문이 열려있었지만, 동네 아이들이 꺼리는 곳 중의 하나였다. 그곳에는 초췌한 모습을 한 환자들이 있었고, 가끔은 사람이 죽어서 통곡하는 소리가 들리곤 했다.

무당 흉내를 내는 가짜 무당들이 많다. 하지만 실제로 신통력이 있는 것으로 알려진 무당들도 있다고 한다. 서정범 교수는 신통력이 있다고 알려진 무당을 만나면, 한 가지 재밌는 실험을 해보았다고 한다. 서정범 교수가 손에 몇 개의 동전을 쥐고는, 무당에게 그 동전의 개수를 맞추어보라고 한 것이다. 그러면 신기하게도 맞추는 경우가 있었는데, 대부분 서정범 교수가 동전의 개수를 알고 있는 경우였다고 한다. 그러나 동전의 개수를 모르고 있는 경우에는 무당도 맞추지 못했다고 한다. 서정범 교수는 이 실험을 통해서, 무당들에게는 상대방의 생각을 읽어내는 심리적인 능력이 특별히 발달해 있다는 결론을 내렸다. 물론 그 무당의 입장에서는 자신의 능력이 아닌, 자신이 모시고 있는 귀신의 능력이라고 믿겠지만 말이다. 귀신은 실체는 없고 현상만 있다.

귀신과 관련된 최고의 명언이 있다. "귀신은 있다고 믿는 사람에게는 있고, 없다고 믿는 사람에게는 없다."

우리나라에서는 매년 11월경에 대학입시시험(대학수학능력시험)이 치러진다. 전국적으로 수십만 명의 수험생들이 응시하는데, 이 시험에 감독관으로 여러 번 참여한 적이 있다. 1교시 시험을 앞두고 시험장인 각 교실에는 긴장감이 넘친다. 시험 결과에 따라 수험생들의 대학 진학에 큰 영향을 주기 때문이다. 이때 다양한 모습으로 기도를 하는 수험생들을 볼 수 있다. 덩달아 감독관들도 긴장하게 된다. 어디 학생들뿐이겠는가. 어른들도 살아가면서 간절히 이루고 싶은 소망이 있거나, 혹은 절박한 상황에 처하게 되면 초월적인 존재를 향해서 기도를 하는 경우가 많다. 하지만 모든 기도가 이루어지는 것은 아니다. 그렇다면 어떤 기도는 이루어지고, 어떤 기도는 이루어지지 않는 걸까?

종교가 다른 두 나라가, 종교적인 충돌로 인해 대규모 전쟁을 하게 되었다. 두 나라의 국민들은 자신들이 믿는 신(神)을 향하여 이번 전쟁에서 이기게 해달라고 간절히 기도했다. 어느 나라가 이겼을까? 군사력이 더 강한 나라가 이겼다. 그 전쟁은 두 신 간의 전쟁도, 두 종교 간의 전쟁도 아니었다. 국가와 국가 간의 전쟁이었을 뿐이다. 같은 신(神)을 믿는 두 사람이, 서로 마주 보이는 가게에서 과일 장사를 시작했다. 그 두 사람은 같은 신에게, 상대방 가게보다 자신의 가게에 손님들이 더 많이 오게 해달라고 간절히 기도했다. 두 사람의 기도를 들은 신은 입장이 난처했다. 신은 고민하다가, 상대방 가게보다 더 질 좋은 과일을 더 값싸게 더 친절하게 판매하는 사람의 기도만 들어줬다.

우리는 신에게 **곤란한 기도**를 많이 한다.

싯다르타(Siddhartha)가 왕궁 밖으로 나왔다가, 수행자를 만나고 나서 출가를 결심하고 다시 왕궁으로 돌아갈 때의 일이다. 한 여인이 창가에서, 싯다르타를 보면서 부러운 듯이 노래를 불렀다. "저런 아들을 가진 아버지는 행복하겠네. 저런 아들을 가진 어머니는 행복하겠네. 저런 남편을 가진 여인은 행복하겠네." 그런데 싯다르타는 그 여인이 부러워하는 것들을 버리려고 왕궁으로 가는 중이었다. 예수(Jesus Christ)가 제자들을 데리고 어느 마을 지나가고 있었을 때의 일이다. 부자인 한 청년이 예수에게 와서 "내가 무엇을 하면 구원을 얻을 수 있습니까?"라고 물었다. 이에 대해 예수는 "너의 재산을 팔아서 가난한 사람들에게 나누어 주고, 나를 따를 수 있겠느냐?"라고 되물었다. 그 청년은 근심하더니 그곳을 떠나버렸다. 그러자 예수는 제자들에게, "밧줄이 바늘구멍으로 들어가는 것이, 부자가 천국에 들어가는 것보다 쉽다."라고 일러준다.

우리가 사찰에 가서, 부처님에게 바라는 것들의 상당수는 부처님이 진리를 깨닫기 위해서 버린 것들이다. 우리가 교회에 가서, 예수님에게 바라는 것들의 상당수는 예수님이 구원을 얻으려면 버려야 한다고 했던 것들이다. 오늘도 우리들이 쏟아내는 수많은 기도 앞에서 부처님과 예수님은 참 곤란할 것이다.

우리는 기도 행위 자체보다는, '그런 기도를 할 만한 자격'이 있는 사람이 되어야 한다.

오래된 이야기로 내가 이십 대 후반에 겪었던 일이다. 아는 분의 권유로 약초(藥草) 동호회에 가입했다. 주말마다 여러 지역에 있는 산을 찾아다녔다. 가끔 몸에 좋다는 약초를 채취한 적은 있지만, 최고의 행운으로 여기던 **산삼**(山蔘)을 발견할 수는 없었다. 초기에는 나의 건강과 회원들의 친목을 위해서 가벼운 마음으로 산에 다녔다. 그러나 2년여가 지나자 은근히 산삼에 대한 욕심이 생겼다. 일행 중에 산삼을 채취한 사람이 하나둘씩 생기자 더욱 그러했다.

❏ 참고로, 산림 내 각종 임산물을 소유자의 동의 없이 채취하는 행위는

불법이다. 소유자의 허락을 받거나 관계 기관에 신고해야 한다.

그 무렵 어느 일요일에, 낮 12시로 예정되었던 동호회의 산행이 갑자기 취소되었다. 나는 아쉬운 마음에, 그날 오후 1시쯤 부친(父親)과 함께 부모님의 고향에 있는 어느 산을 찾아갔다. 산속에 들어가 여느 때처럼 약초를 찾아다니다가, 잠깐 방심한 사이에 길을 잃어버렸다. 부친하고도 멀어지게 되었다. 이번에는 부친을 찾기 위해서 산속을 헤매기 시작했다. 그러던 중에 그만 산죽(山竹) 군락지 속으로 들어가 버리고 말았다. 사람 키보다 높게 자란 산죽들 때문에 시야가 가려서 앞이 잘 보이지 않았다. 그렇게 산죽 군락지 속에서 삼십여 분을 헤매다 보니, 초조해지면서 공포감마저 밀려왔다. 내 안에 내재되어 있던 여러 가지 잠재의식(귀신, 맹수, 실종사건 등)이 발현된 것이다. 그러다가 제법 큰 바위를 발견하고는 바위 위로 올라갔다. 답답했던 시야가 확보되니 그때서야 마음이 놓였다. 그런데 그 순간, 나는 전혀 예상치 못한 행동을 해버렸다. 들고 있던 지팡이를 바위에다 짚고는 "**산신령님**, 오늘 제가 산삼을 발견할 수 있도록 해주세요."라고 기도를 했다. 그때 당시 나는 매주 교회에 다니고 있었기에, 산신령(山神靈, 민간신앙에서 산을 지키고 다스리는 신)에게 그런 기도를 했다는 것이 내심 무안했다. 더군다나 나는 그날 오전에 교회에서 예배를 드렸는데, 기도하는 중에 "**하나님**, 오늘 산행에서 저에게 행운을 주십시오."라고 산삼에 대한 소망을 드러냈던 터였다. 나는 무안한 마음을 떨쳐버리려고 부친을 큰 소리로 불렀다. 바로 아래에서 부친의 대답 소리가 들려왔다. 나는 반가운 마음에 재빨리 바위에서 내려와 부친과 재회했다. 부친께서도 나를 찾느라고 힘드셨는지 지친 기색이었다. 우리는 점심을 먹기 위해서 주변을 둘러보았다. 그 순간, 그렇게도 찾아 헤매던 산삼 잎사귀가 내 눈에 선명하게 들어왔다. 떨리는 마음으로 허리를 숙이고 확인해 보니, 진짜 산삼이 틀림없었다. 나와 부친은 손을 잡고 외쳤다. "심봤다! 심봤다!" 흥분된 마음을 가라앉히고 산삼을 조심스럽게 캐내어 가방에 넣고는 산에서 내려왔다. 며칠 뒤, 미리 연락을 해두었던 약초 중개상이 집으로 찾아왔다. 몇 번의 흥정 끝에 산삼을 팔았다. 덕분에 내 소유의 첫 번째 자동차를 구입할 수 있었고, 같은 학교에서 근무하는 동료 교직원들을 식당으로 초대해서 음식을 대접하기도 했다.

이 일은 내 인생에서 의미 있는 사건이 되었다.

그날 내가 산삼을 발견할 수 있었던 것은, 그 바위에서 산신령님에게 드린 기도 때문이었을까? 아니면 그날 오전에 교회에서 하나님에게 드린 기도 때문이었을까? 나는 한동안 고민하다가 스스로 결론을 냈다. 나는 내가 기도를 했기 때문에 그곳에서 산삼을 발견한 것이라고 믿기로 했다. 나는 '그런 기도를 할 만한 자격'이 있었다고 생각한다. 나는 지난 2년여 동안 열심히 착하게 산을 다녔다. 산속을 다니면서 풀 한 포기 나뭇가지 하나라도 함부로 하지 않았고 쓰레기도 꼬박꼬박 챙겨왔다. 남들이 버린 쓰레기가 있으면 주워오기도 했다. 산속에서 식사를 할 때는, 언제나 음식 일부를 야생 동물의 먹이로 따로 덜어놓고 먹었다. 어떤 날은 예쁜 산새와 바로 옆에서 식사를 한 적도 있었다. 정말로 산신령님이나 하나님이 있어서, 그런 나의 모습을 봤다면 기특했을 것이다.

만약 그때 당시, 내가 산신령님이나 하나님이 나의 기도를 들어주신 것이라고 믿었다면 어떻게 되었을까? 나는 그 후로 오랫동안 기복신앙(祈福信仰, 복을 얻으려고 믿는 신앙)이나 비상적인 현상에 매달렸을지도 모를 일이다. 하지만 나는 그런 기도를 할 만한 자격이 있는 내가 기도를 했기 때문에, 산삼을 발견한 것이라고 믿었다.

나는 무슨 일을 하든지 처음부터 기적에 매달리지 않는다. **기적을 바랄만한 자격**이 되었을 때, 비로소 기적을 바란다.

청소
가치

청소하는 모습 | 일 년 내내 불편했다 | 그 학생이 머문 자리
다른 학생이 버린 쓰레기까지 | 추천해주고 싶은 사람
청소와 좋은 리더 | 학생회장 선거 때 일 | 진짜 좋은 제품?
무선 청소기 | 쓰레기를 만들어 낸다 | 버리는 일
꼭 필요한 질서를 만드는 일 | 어머니와 관계가 좋아졌다
꼭 있어야 하는 사람 | 경천(敬天), 경인(敬人) ,경물(敬物)
진정한 예술가 | 당신만 보면 무서워요
양심을 뱉어버리다 | 얼마나 억울할까? | 가치를 높이는 일

학교 일과 중에 20분 정도 청소시간이 정해져 있다. 그 시간에 학생들은 각자의 담당 구역을 청소하는데, 세 종류의 학생이 관찰된다. 첫 번째는 청소시간은 노는 시간이라고 생각하는 학생, 두 번째는 마지못해서 대충대충 청소하는 학생, 그리고 세 번째는 청소할 때 꼭 있어야 하는 학생으로 그 학생이 없으면 청소가 잘되지 않는다. 사회생활에서도 여느 집단마다 세 종류의 사람이 있다고 한다. 있어서는 안 되는 사람, 있으나 마나 한 사람, 꼭 있어야 하는 사람이다. **청소하는 모습**을 보면 그 학생의 미래를 짐작해 볼 수 있다.

우리 학교 복도에는 이런 문구가 붙어 있다.

"흡연자가 비흡연자보다 각종 암에 걸릴 확률 5배."

"청소 잘하는 학생이 청소 못하는 학생보다 성공할 확률 10배."

어느 회사에서 신입사원을 뽑는데, 1차와 2차 관문을 통과한 지원자 50명만 남게 되었다. 그들 중에서 30명을 최종합격자로 선발해야 한다. 그런데 50명 모두 그때까지 평가한 점수가 비슷해서 우열을 가리기 어려웠다. 마지막 관문인 3차 면접을 앞두고 그 회사의 사장님이 뜻밖의 제안을 했다.

"면접을 볼 때, 심사위원이 각 지원자에게 애매한 심사평을 한 다음에 퇴장시킵니다. 그러고는 지원자가 꼭 지나가야 하는 복도에다 일부러 쓰레기를 떨어뜨려 놓습니다."

면접을 마치고 나오는 지원자 중에 어떤 지원자는 쓰레기를 집어서 쓰레기통에 버렸고, 어떤 지원자는 그냥 지나쳤다. 지원자들은 그 상황이 이번 면접에서 점수가 가장 높은 항목이라는 것을 몰랐다.

일 년 전쯤, 자동차에 기름을 넣으려고 주유소에 들렀을 때 일이다. 뜻밖에도 제자가 그곳에서 아르바이트를 하고 있었다. 기름을 넣는 동안, 옆에 있던 주유소 사장님쯤 되는 분에게 "저 직원이 고등학교 때 제자인데 근무는 잘하나요?"라고 물었다. 제자를 힐금 쳐다보더니 건성으로 "네."라고 대답했다. 나는 무안했다. 그 순간, 그 제자가 고등학교 때 청소하던 모습이 생각났다. 그 아이에게 청소시간에 남학생 탈의실을 담당구역으로 정해주었는데 일 년 내내 불편했다. 교사인 내가 직접 청소를 해버린 경우가 많았다. 나는 그날 이후로 그 주유소에는 가지 않았다.

몇 개월 전에, 한 주방용품 매장에서 물건을 고르고 있는데 귀에 익은 목소리가 들렸다. 고개를 돌려서 자세히 보니 졸업한 제자였다. 그

매장 직원으로 고객을 상대하고 있었는데 한눈에 봐도 친절하고 야무져 보였다. 그 모습을 보면서, 그 제자가 고등학교 때 청소시간에 빗자루와 쓰레받기를 들고 학교를 휘젓고 다니던 모습이 떠올랐다. 그 아이의 담당구역은 학교 전체를 한 바퀴 돌면서 뒷정리를 하는 거였다. 나는 매장에 있던 사장님에게 "저기 있는 직원이 고등학교 때 제자인데, 근무는 잘합니까?"라고 자신 있게 물었다. 그 사장님은 의자에서 일어나더니 나에게 반갑게 악수를 청했다.

청소 잘하는 학생을 보면, 내가 어느 기업의 사장이었으면 하는 아쉬운 마음이 들 때가 있다. '저런 학생을 우리 기업에 직원으로 채용하면 정말 좋을 텐데.'라는 생각 때문이다.

각 기업에서 신규로 직원을 채용하려면 '채용 공고'를 내는 것이 일반적이다. 그러고 나면, 그 기업에 취업을 희망하는 지원자는 각종 서류를 제출하고 면접시험도 보게 된다. 기업은 이를 통해 지원자가 어떤 사람인가를 파악한다. 그런데 서류와 면접만으로 그 사람의 됨됨이를 제대로 알아내기란 어려운 일이다. 취업을 위해서 상당 부분 가식적일 수밖에 없기 때문이다. 교사인 나는 학생들과 지내는 시간이 많다. 학교에서 그 학생이 생활하는 모습을 보면, 그 학생의 됨됨이를 어렵지 않게 파악할 수 있다. 그리고 오랜 경험이지만, 그 학생의 됨됨이는 어른이 되어서도 쉽게 바뀌지 않았다. 그 학생이 어떤(성격, 능력, 인간성 등) 사람인가를 알려면 **그 학생이 머문 자리**를 확인해 보면 된다. 특히, 그 학생이 청소해 놓은 곳을 확인해 보면 더욱 확실하다. 이 자리를 빌려서 전국에 있는 사장님들에게 한마디 하고 싶다.

"정말 좋은 직원을 원하신다면, 인근에 있는 중·고등학교를 찾아가십시오. 그리고 졸업생 중에서, 학교 다닐 때 청소를 정말로 잘했던 학생이 있으면 추천해 달라고 하시면 됩니다."

나는 학교를 졸업하고 직장에 다니는 제자들을 만나면, 종종 해주는 말이 있다.

"사무실이나 작업장에 쓰레기가 떨어져 있으면 네가 주워라. 화장실 청소를 자원해라. 그런 너를, 고개를 끄덕이면서 지켜보는 사람이 분명히 있다."

대기업 중의 하나인 ○○기업의 인사팀에 근무하는 제자가 있다. 취업하기까지 과정을 물었더니, 대학 다닐 때 학과 교수님 추천으로 가능했다고 한다. 고등학교 때 성실한 학생으로 소문이 났다. 학교 매점 아주머니께서 "매점에서 **다른 학생이 버린 쓰레기까지** 치우는 학생은 처음 봤다."라고 했을 정도다. 내가 그 학과 교수였더라도 추천해 주고 싶은 학생이었을 것이다.

예전에 ○○대학교 관광학과 교수를 만난 적이 있다. 제자들의 취업과 관련해서 솔직한 속마음을 들을 수 있었다.

"취업시즌이 되면, 제자들의 취업을 위해서 전국 곳곳을 돌아다니게 됩니다. 그럴 때마다 어쩔 수 없이 생기는 감정이 있습니다. 꼭 추천해 주고 싶은, 더 좋은 직장에 추천해 주고 싶은 제자가 있기 마련입니다."

기업에 취업하려면 입사시험을 통과해야 한다. 그러나 추천만으로 취업이 되는 경우도 많다. 결혼도 마찬가지다. 다른 사람의 소개나 추천으로 만남이 이루어져 나중에 결혼까지 하게 되는 경우가 많다. 이때 추천해 주는 사람이 누구냐는 아주 중요하다. 처음 만나는 사람에 대해서, 그 사람이 어떤 사람인가를 알 수 있기까지는 많은 시간과 노력이 필요하다. 그러나 신뢰받을 만한 사람으로부터 추천을 받는다면 매우 효율적이다. 그 사람을 추천한다는 것은 그 사람을 보증한다는 말이다. 그 사람에 대해서 일정 부분 책임도 지겠다는 말이다. 그래서 아무나 함부로 추천하지 않는다.

추천해주고 싶은 사람이 되자. 그 사람을 추천해준다는 것은, 지금 있는 곳에서 꼭 필요한 사람이었다는 확실한 증거다.

교사는 수업 말고도 다른 업무들이 많다. 나는 학교에서 환경정리와 청소업무를 오랫동안 맡아왔다. 그래서 학생들에게 청소 구역을 정해주고, 청소를 잘하고 있는지 수시로 확인한다. 학생들의 생활지도가 힘들다고 한다. 청소지도도 그에 못지않다.

예전에 있었던 일이다. 말썽꾸러기들이 많기로 소문난 학급이 있었다. 한번은 그 반 아이들을 데리고, 학교 행사를 치르느라고 어지럽혀진 도서관을 정리할 일이 생겼다. 행사에 사용한 비품들을 원래 있던 곳으로 옮기고, 책상 배치도 다시 하고, 마무리로 청소까지 해야 하는 복잡하고 시간이 제법 걸리는 일이었다. 나는 걱정이 앞섰다. 미리 메모지를 들고 도서관에 가서 계획을 세워보았는데, 두 시간 정도 걸릴 것으로 예상되었다. 단단히 마음먹고 그 학급에 들어갔다. 다정하고 단호하게, 너희 학급이 이 시간에 도서관을 정리해야 하는 이유와 구체적인 계획에 대해서 설명했다. 그런 다음, 그 반 아이들을 데리고 도서관으로 가서 정리를 시작했다. 이어서 놀라운 광경이 벌어졌다. 아이들이 깜짝 놀랄 정도로 열심히 했다. 나는 아이들과 함께 정리하다가 한쪽으로 물러서서 지켜보았다. 일사불란하게 정리가 이루어지는가 싶더니, 나의 예상을 깨고 사십여 분 만에 모든 게 끝나버렸다. 감동을 받아서 눈물이 날 지경이었다. 나는 정리가 끝나고 교실로 돌아와서, 아이들에게 방금 전에 도서관에서 보여준 감동적인 모습에 대해서 물었다.

"도서관을 정리하기 전에, 선생님이 자세히 설명해주셔서 힘들지 않았습니다."

"선생님이 직접 나서서 정리를 하시니까, 우리도 열심히 할 수밖에 없었습니다."

그 일이 있고 난 후, 나는 그 반 학생들과 친해져 버렸다.

좋은 리더(leader)**는 청소를 중요하게** 생각한다. 좋은 리더는 일을 시작하기 전에 청소를 하고, 일하는 도중에도 틈틈이 청소를 하고, 일을 끝내고 나서도 마무리로 청소를 한다. 그러나 미숙한 리더는 청소의 중요성을 모른다. 그래서 하는 일마다 어수선하고, 사고도 잦고, 마무리도 좋지 않다. 학교생활을 하다가 보면 학생들이 집단(모둠, 동아리, 학생회, 기타 모임)으로 모여서 활동하는 경우가 있다. 그런 상황에서 리더 역할을 하는 학생이 정해지는데, 리더는 그 집단의 활동에 큰 영향을 미친다. 좋은 리더가 되고 싶다면 청소를 중요하게 생각해야 한다. 그런 학생이 사회에 나가서 어느 집단이나 조직에서 리더가 된다면, 분명 좋은 리더가 될 가능성이 크다.

학생회장 선거 때 일이다. 세 명의 학생이 학생회장 선거에 입후보했다. 치열한 선거 유세로 인해, 교내 곳곳에는 각 후보자들이 제작해서 붙여놓은 벽보들이 여느 해보다 많았다. 전교생이 참여한 투표 끝에 한 명은 당선이 되고 나머지 두 명은 낙선했다. 선거가 끝나고 다음 날 아침에 학교로 출근하는데, 몇몇 학생들이 선거 벽보를 떼어내고 있었다. 어제 선거에서 낙선했던 한 후보자와 그의 지지자들이었다. 그러나 다른 후보였던 두 학생은, 며칠이 지나도 교내 곳곳에 붙어있는 자신의 흔적들을 그대로 방치해 놓았다. 덕분에 그들의 빛바랜 흔적들을 내내 보면서 불편했다. 결국, 학교 행정실에서 사람들을 동원해서 마무리할 수밖에 없었다. 나는 선거가 끝난 후, 세 학생의 각기 다른 모습을 보면서 앞으로 그들의 학교생활을 예측해 보았다. 그리고 얼마 지나지 않아서 나의 예측이 틀리지 않았음을 확인할 수 있었다. 첫 번째 학생은 기대 밖으로 실망스러운 모습을 보여주었고, 두 번째 학생은 한동안 선거 후유증에 시달리는 모습을 보여주었고, 세 번째 학생은 이전보다 더 성숙한 모습을 보여주었다.

청소의 영향력을 말해주는 사례가 있다. 어느 회사에서 직원들을 상대로 설문조사를 했다. '사장님이 제일 무서울 때는 언제인가?' 하는 항목이 있었는데, 1위는 '사장님이 화장실을 청소하실 때'였다고 한다. 그 회사 사장님은 직원용 화장실을 매일 두 차례씩 직접 청소하는 것으로 유명하다. 무서운 사장님이다. 어머니께서도 내게 잔소리할 때 보다, 아무 말 없이 내 방을 청소하실 때가 더 무섭다. 나도 우리 반 아이들에게 마음에 들지 않은 일이 생기면, 말없이 교실을 청소한다. 그러면 아이들은 내 눈치를 보면서 수군거리다가 조용해진다.

진짜 좋은 제품은? 청소하기에 편리한 제품이다. 몇 번 쓰고 버릴 제품이 아니라면, 필요에 따라 그때그때 청소를 해주면서 사용해야 한다. 디자인이나 기능은 좋은데 청소하기에 불편한 제품이 있다. 짜증이 난다. 특히, 화려한 포장으로 인해 쓰레기가 많이 발생하는 제품이 있다. 골칫거리다. 제품 디자인의 중요한 가치에는 쓰레기와 청소도 포함된다. 일도 마찬가지다. 어떤 행사는 하고 나면 쓰레기가 산더미처럼 생긴다. 골칫거리일 뿐만 아니라 후유증도 남게 된다. 좋은 행사는 쓰레기와 청소까지 생각하고 계획한다. 그 제품과 그 일의 또 다른 가치는 쓰레기와 청소다.

좋은 음식이란, 보기에 먹음직스럽고 실제로 맛있고 몸에도 좋은 음식이다. 그에 못지않게 중요한 것이 있다. 바로 마무리 배설까지 잘 되어야 한다. 어떤 음식은 먹을 때는 맛있는데, 먹고 나서 소화가 잘되지 않아 속이 불편하고 나중에 배설도 힘들다. 그 과정에서 괴롭다. 건강에도 좋지 않을 게 뻔하다. '음식에다 무슨 짓을 했을까?'라고 불편한 생각이 들 때가 있다. 배설도 청소다. 배설까지 생각한 음식은 정말 좋은 음식이다.

몇 개월 전에 가정용 **무선 청소기**를 하나 구입했다. 그동안 여러 차례 청소기를 구입했지만, 이번처럼 마음에 드는 청소기는 처음이다. 예전의 청소기들은 사용하는 중에 불편한 점(줄, 크기, 소음, 청소기 청소 등)들이 많았다. 이번 청소기는 사용하는 데 빠르고 쉽고 간편하다. 무엇보다도 청소기를 청소하는 것이 편리하다. 그러다 보니 청소기를 자주 사용하게 된다. 마치 장난감을 가지고 노는 것처럼 청소하는 것이 즐겁다. 이런 청소기를 개발한 사람은, 학교 다닐 때 틀림없이 청소를 잘한 학생이었을 것이라는 상상도 해보았다. 이렇게 청소기에 푹 빠져 있을 무렵, 이 청소기와 뜻밖의 인연이 있음을 알게 되었다. 최근에 삼십 대 초반인 제자가 모교를 찾아온 적이 있다. 그와 대화를 나누던 중에, 그가 ○○전자의 제품개발팀에서 근무하고 있으며 그곳에서 이 무선 청소기를 개발하는 데 직접 참여했다는 사실을 알게 되었다. 나는 그에게 학교 다닐 때 청소 시간에 담당 구역이 어디였느냐고 물었다. 그러자 그는 1학년 때는 학교 도서관 청소를 했고, 2학년 때는 학급 반장이었는데 담임선생님을 대신해서 교실 청소 전체를 관리했고, 3학년 때는 쓰레기 분리수거를 담당했었다고 또렷하게 기억하고 있었다. 나는 그를 바라보면서 말없이 고개를 끄덕였다.

인근 도시에 건물이 세워질 당시부터 전국적으로 화제가 된 건물이 있다. TV에도 여러 번이나 소개되었다. 그 건물은 외형뿐만 아니라 내부 곳곳에 여러 디자이너들의 예술성이 반영되었다고 한다. 마침 그곳에 아는 분이 근무하고 있어서 한가한 시간을 물어서 기대감을 갖고 찾아갔다. 나는 그날 별의별 예술성이 반영되었다고 하는 여러 가지 작품(구조물)에 대해서 설명을 들을 수 있었다. 보기에 좋았다. 의미도 그럴듯했다. 하지만 나는 그 작품들을 보면서, 관리하기에 어려움이 많겠다는 생각을 지울 수 없었다. 2년 정도 시간이 지났을 무렵 다시 찾아갔다. 작품이라고 했던 것일수록 더 안타까운 모습을 하고 있었다.

오늘도 누군가는, 새 제품 혹은 예술 작품을 만들어 낸다고 한다. 하지만 그중에 상당수는 **쓰레기를 만들어 내고** 있다.

우리는 종종 어느 기업이 한순간에 몰락해 버리는 모습을 보게 된다. 그중에 대부분은 새로운 환경에 제대로 적응하지 못해서 생긴 것이다. 왜 적응하지 못했을까? 버리지 못했기 때문이다. '청소 정신'이 부족해서이다. 청소를 하면서 가장 어려운 일은 **버리는 일**이다. 청소를 하다가 보면 '버려야 할까? 계속 두어야 할까?'라고 고민이 되는 경우가 많다. 그런 결정을 쉽게 혹은 현명하게 잘 해내는 사람이 있다. 청소의 고수(高手)라 할 수 있는데, 그런 사람은 여타 다른 일도 잘 해낼 가능성이 크다. 청소는 버려야 할 것, 계속 사용해야 할 것, 앞으로 채워야 할 것을 결정하는 일이다. 그래서 청소는 과거를 정리하고, 현재를 확인하고, 미래를 계획하는 일이다. 청소는 과거와 현재와 미래를 연결하는 행위이다. 그래서 나는 하고 있는 일이 잘 풀리지 않으면 청소를 한다. 마찬가지로 일이 너무 잘 풀려도 청소를 한다. 복잡하던 것이 정리되기도 하고, 보이지 않던 것이 보이기도 한다. 잠도 일종의 뇌의 청소다. 잠을 자고 나면 공부가 잘된다. 머릿속이 깨끗해지고 싱싱해지기 때문이다.

반면에, 청소를 너무 자주 깨끗이 하는 사람이 있다. 그런 경우에는 청소가 부담이 될 수 있다. 좀 어수선해도 괜찮다. 열심히 일하다 보면 주위가 어수선해진다. 공부도 마찬가지다. 집중해서 공부하다 보면 책상이 어수선해진다. 청소는 어수선함을 반드시 없애는 일이 아니다. 어수선함 속에 **꼭 필요한 질서를 만드는** 일이기도 하다. 장사가 잘되는 가게는 어수선해 보이지만 그 속에 질서가 있다. 장사가 잘 안 되는 가게는 깨끗하기만 하다. 청소도 적당히 하렴. 화끈한 청소가 있다. 한꺼번에 몰아서 하는 청소다. 가끔은 그런 청소도 해보렴. 속이 다 후련해진다!

어머니와 갈등 중인 남학생(고등학교 2학년)이 있었다. 초등학교 때 부모님이 이혼을 해서 아버지는 같이 살지 않았다. 한번은 아침 등교시간에 지각을 했다. 어두운 표정으로 교실에 들어오더니 책상에 앉아서 꼼짝도 하지 않았다. 잠시 후, 교실 복도에서 인기척이 나서 내다봤는데 그 아이의 어머니였다. 아들이 아침에 챙겨놓았다가 깜박 잊고 그냥 가버린 학습준비물이라면서, 나에게 전해달라고 했다. 어머니의 표정도 아들처럼 어두워 보였다. 그런데 어느 사이에 아들이 복도로 나와 있었다. 나는 어머니와 아들을 데리고 상담실로 갔다. 의자에 미처 앉기도 전에 어머니와 아들이 티격태격했다. 주고받는 말투에 당황스러웠다. 나는 어머니를 겨우 집으로 보내고 나서, 아들에게서 그의 속마음을 들어볼 수 있었다. 자신의 어머니에게 미안하고 고마운 줄 알면서도, 평소 어머니의 지나친 간섭 때문에 힘들다는 것이다. 나는 한 가지 조언을 해주었다.

"오늘부터 학교 끝나고 집에 가면, 너희 집 화장실과 현관 청소를 해보아라. 어머니께서 '갑자기 왜 이러느냐?'라고 물으시더라도, 아무 말하지 말고 그냥 예쁜 표정으로 청소만 해라."

그러고 나서, 몇 가지 청소도구(고무장갑, 솔, 세정제)를 구입하여 그 아이에게 주었다. 사용 방법을 설명해 주면서 반강제적으로 청소 약속도 받아냈다. 그리고 매일 청소하는 모습을 어머니 몰래 휴대전화로 찍어서, 일주일간만 나에게 전송하도록 했다. 한 달여쯤 지났을 무렵 그 아이가 교무실로 나를 찾아왔다. 저번에 선생님이 지불하신 청소도구 값이라면서 봉투를 내밀었다. 그리고 최근 어머니와의 관계가 많이 좋아졌다면서 밝게 웃었다.

청소는 사람을 기분 좋게 하는 힘이 있다. 청소가 깨끗이 되어 있는 곳에 들어서면 공기부터가 다르다. 기분이 좋아진다.

기억에 남는 교실(고등학교 3학년)이 있다. 그 교실은 다른 교실에 비해서 유독 깨끗했다. 그 교실로 수업하려고 들어가면 언제나 정리된 교탁과 깨끗한 칠판이 반겼다. 수업하려는 교사를 긴장시킬 정도였다. 한번은 "누가 이렇게 항상 청소를 해놓느냐?"라고 물었다. 그러자 반 아이들이 한 남학생을 가리켰다. 평범해 보이는 아이였는데, 순간 나는 무조건 좋은 학생일 것이라는 선입견이 생겨버렸다. 하루는 그 아이를 불러서 이런저런 이야기를 나누어보았다. 마음마저 청소되는 기분이었다. 지금은 고등학교를 졸업하고 실내인테리어 제품을 생산하는 회사에서 근무하고 있다. 그 회사 사장님과 나는 오래전부터 친분이 있는 사이다. 한번은 그 사장님에게 그 제자에 대해서 물었다.

"있어서는 안 되는 사람입니까? 있으나 마나 한 사람입니까? 꼭 있어야 하는 사람입니까?"

"우리 회사에서 꼭 있어야 하는 보물입니다."

학생들에게 청소를 시키면, '왜 내가 이런 일을 해야 해요?'라는 표정으로 거부감을 드러내는 학생이 있다. 자신의 자녀에게 화장실 청소를 시켰다고 항의하는 학부모도 있다.

한번은 학교 행사인 체육대회가 예정보다 늦게까지 진행된 적이 있었다. 날씨가 무더워서인지 치우지 않고 방치된 쓰레기들이 곳곳에서 많이 보였다. 뒷정리를 하려고 몇몇 자원하는 학생들을 모집하는데, 외면하고 변명하는 아이들 때문에 무안했다. 그러나 그런 상황에서도 도와주겠다는 아이들은 언제나 있다. 몇 명의 아이들이 일어섰다. 그런데 의외의 아이도 한 명 있었다. 예전에 다른 일로 인해 나와의 관계가 서먹하던 여학생이었다. 그날 그 아이는 일부러 그랬는지 다른 아이들보다 더 열심히 청소를 했다. 자기 반 종례 후에도, 집으로 가지 않고 남아서 쓰레기 분리수거까지 해주었다. 나는 그 아이가 좋아져 버렸다. 그 뒤로 학교에서 그 아이를 마주칠 때마다 저절로 미소가 지어졌다. 청소는 반전을 가져오게 하는 힘이 있다.

19세기 말에 생겨난 우리나라 민족종교인 '동학(東學)'에 보면 **경천**(敬天), **경인**(敬人), **경물**(敬物)이라는 사상이 있다. 즉, 하늘과 인간과 물건을 공경으로 대한다는 말이다. 경물(敬物)은 생명이 없는 물건마저도 함부로 대하지 않는 놀라운 사상이다. 인간에게 '인권'이 있는 것처럼 동물에게도 '동물권'이 있다고 한다. 여기서 더 나아가 물건에도 '물권'이 있다는 것이다. 환경파괴가 심각해진 오늘을 사는 현대인들에게 시사해주는 바가 크다. 돌에는 생명이 있을까? 어떤 조각가는 돌을 깎기 전에 그 돌 앞에 앉아서 기도를 한다. 돌에게 허락을 받기 위해서란다. 그는 **진정한 예술**가다.

우리는 개인 물건은 소중히 사용하는 반면에, 공동체 물건은 함부로 다루는 이기심을 가지고 있다. 학교에는 공동으로 사용하는 물건이나 시설물이 많다. 웬만큼 튼튼하지 않으면 십 대 아이들을 견디어 내지 못한다.

예전에 우리 반 교실(고등학교 1학년)의 뒤쪽 출입문이 자주 망가지는 일이 있었다. 학생들이 출입문을 함부로 다루었기 때문이다. 출입문을 열거나 닫을 때 발로 차는 경우가 많았다. 원래는 목재로 되어 있었는데, 학교 행정실에서 몇 번 수리하더니 출입문 아랫부분에다 아예 철판을 덧붙여 버렸다. 보기에 흉했다. 나는 고민하다가 철판을 뜯어내고 직접 페인트칠을 했다. 그런 다음 출입문 아랫부분에 두 눈을 예쁘게 그려서 넣고, **"당신만 보면 무서워요."**라는 문구를 써서 붙여놓았다. 그러고 나서 출입문을 함부로 다루는 아이들이 발견될 때마다, '당신'이라는 단어 밑에다 그 아이의 이름을 써놓았다. 얼마 지나지 않아서 출입문이 망가지는 일이 사라졌다. 아이들이 '출입문의 권리'를 지켜준 것이다.

며칠 전에 있었던 일이다. 한 남학생이 내 앞에서 계단을 올라가고 있었다. 계단을 다 올라가서 복도 쪽으로 돌아가려다가, 갑자기 고개를 옆으로 돌리더니 입속에 있던 오물을 뱉고는 그냥 가버렸다. 순간적으로 얄미웠다. 오물을 피해서 조심스럽게 지나가고 있는데, 어느새 그 아이가 다시 왔다. 그 아이는 나를 보더니 멋쩍은 표정으로 "제가 방금 여기에서 입속에 있던 것을 뱉었었는데 혹시 보셨습니까?"라고 물었다. 나는 오물이 있는 곳을 가리켜 주면서 "왜 다시 왔니?"라고 물었다. 대답이 걸작이었다. "나도 모르게 입속 있던 것을 뱉어버렸는데, **양심을 뱉어버린 것 같아서요.**"라고 했다.

가장 추한 쓰레기는 양심과 함께 버려진 쓰레기다. 그 쓰레기는 추악한 죄를 지은 죄인처럼, 그곳에서 지나가는 사람들의 눈총에 시달린다.

한번은 실내 계단에서, 누군가가 실수로 떨어뜨리고 가버린 빵 때문에 일이 생겼다. 계단을 내려오던 한 여학생이 그 빵을 피하려다가 넘어져 버렸다. 치료를 받아야 할 상황이어서 병원으로 데리고 갔다. 그 빵은 계단에서 자기를 외면하고 가버린 한때의 주인을 고발하고 있었을 것이다.

그 빵은 쉽게 빵이 되지 않았다. 밀 씨앗이 흙 속에서 싹을 틔워 자라기 시작했다. 그 후로 뜨겁게 내리쬐는 뙤약볕, 해충들의 끈질긴 공격, 비바람 몰아치는 태풍, 독한 농약… 등을 오랜 시간에 걸쳐 견디어 내면서 알곡이 되었다. 이어서 몸이 찢기면서 탈곡이 되었고, 무지막지한 기계에 들어가 부서지고 빻아져서 하얀 밀가루가 되었다. 그런 다음, 뜨거운 오븐에 들어가서 처절하게 구워지고 나서야 비로소 그 빵이 되었다. 그런데 하필이면, 그 학생에게 팔려서 이렇게 버려진 신세가 되었다. 얼마나 억울할까? 오늘도 양심과 함께 버려진 쓰레기들은 한때의 주인을 고발하고 있다.

전설이 있다. 백화점에 진열된 물건들은 밤새도록 서로에게 자신의 꿈을 이야기한다. "내일 날이 밝으면, 나를 잘 사용해 주는 사람에게 팔렸으면 좋겠다.", "나도…" 다음 날 어떤 손님을 보면 활짝 웃으면서 제발 사달라고 한다. 그러나 어떤 손님이 오면 얼른 눈을 감고 긴장을 한다. 제발 당신에게만은 팔리지 않기를 소망하면서…. 너를 만나는 모든 물건이 너로 인해 최고의 가치를 발휘했으면 좋겠다.

청소는 **가치를 높이는 일**이다. 첫째는 자신의 가치를 높인다. 다른 사람들에게 자신을 알아달라고 굳이 말할 필요가 없다. 청소를 하면 된다. 둘째는 상대방의 가치를 높인다. 상대방에게 당신은 소중한 사람이라고 굳이 말할 필요가 없다. 청소를 하면 된다. 셋째는 일의 가치를 높인다. 지금 하고 있는 일이 더 완벽하기를 바란다면 틈틈이 청소를 하면 된다.

"이 세상에는 가치를 높이는 사람이 있는가 하면, 가치를 추락시키는 사람도 있다."

스트레스 슬픔

화를 참지 못하고 / 스트레스 해소 방법 / 허벅지에서 나온다
체력과 정신력 / 청소년기의 건강과 운동 / 가장 심한 욕
쉽게 화를 내지 않는다 / 인생은 공평할까? / 가장 큰 손해는?
자기 공부와 남 공부 / 몇 년 만이라도 / 까다로운 친구
눈을 뜰 수 있는 힘 / 다른 사람에게 떠넘기려는 사람
학생은 슬플까? / 피할 수 없으면 즐겨라 / 꼭 필요한 슬픔
그들의 삶은 반쪽이다 / 강한 생명력 / 행복하지 않으면 실패한 인생?
가정방문 / 포기하지 마라. 포기하지 마라

고등학교 3학년인 한 남학생이, 쉬는시간에 교실에서 친구와 말다툼을 하다가 유리창을 깨뜨린 일이 있었다. 순간적으로 솟구치는 **화를 참지 못했다**고 한다. 손에 난 상처가 깊어 병원에서 수술까지 받았다. 약간의 장애가 남을 수 있다는 의사의 말에 그 아이는 고개를 숙였다. 나중에 알게 된 사실이지만, 그 아이는 최근에 부모님과 진로 문제로 갈등을 빚고 있었다고 한다. 몇 년 전, 학교 강당에 한동안 난감한 일이 생겼다. 아무도 없을 때 누군가가 강당 안으로 들어와서, 한쪽 구석에다 흡연과 오물 따위의 흔적을 남기고 사라졌다. 담당선생님의 간곡한 부탁 메모에도 멈추지 않았다. 그러다가 우연히 다른 선생님에게 현장이 목격되었다. 두 명의 남학생이 함께 저지른 일이었다. 벌점 초과로 기숙사에서 퇴사를 당했는데 거기에 대해서 불만이 있었다고 한다. 예

전에 ○○중학교에서 근무할 때의 일이다. 학교 본관 실내 계단 벽에 누군가가 지속적으로 지저분한 짓을 해 놓았다. 경고문을 붙이고 교내 방송을 몇 차례 해보았지만 마찬가지였다. 하루는 작정하고 몰래 숨어서 지켜보았는데 뜻밖의 학생이 범인이었다. 평소 예의 바르고 공부도 잘하는 아이였다. 조용히 따로 불러서 물었더니 순순히 시인했다. 3학년이 되고 나서, 크게 떨어진 성적 때문에 스트레스를 받고 있었다고 한다.

성적, 진로, 친구 관계, 외모, 부모와의 갈등, 학교나 교사에 대한 불만… 이런저런 이유들로 인해 학생들도 어른들 못지않게 스트레스가 많다. 나는 교사라는 본분 때문에 학생들에게 스트레스를 주는 입장이다. 그게 어쩔 수 없는 교사의 사명이라고 생각했는데, 언제부터인가 학생들에게 미안하다.

한번은 우리 반(고등학교 2학년)에서, '**스트레스를 해소하는 방법**'이라는 주제로 학급회의를 한 적이 있다. 여러 가지 방법이 제시되었다. 복도에 샌드백을 설치하자. 시험 횟수를 줄여야 한다. 쉬는시간을 두 배로 늘려야 한다. 일과 중에 30분 정도 낮잠 시간을 편성해야 한다. 학생 전용 휴게실을 학년 별로 설치해야 한다. 낙서판을 만들자 등등. 그런데 한 아이가 책상 밑에서 작은 운동기구(손목 악력기)를 꺼내더니, 스트레스 해소에는 '운동'이 가장 좋은 방법이라고 했다. 일 년 전부터 헬스클럽에 다니고 있다면서 팔굽혀펴기를 하루에 500개씩이나 한다고 했다. 다른 학생들의 성화에 교복 상의를 벗고는 몸에 힘을 주는데 근육이 제법 탄탄해 보였다. 평소 학교에서 팔굽혀펴기하는 모습을 종종 봤던 아이였다. 힘들지 않느냐고 물었더니, 그 아이는 해맑게 웃으면서 "공부는 해도 변화가 없는데, 헬스를 하면서부터 몸에 금방금방 변화가 느껴지니까 기분이 좋아요. 스트레스도 없어지고 성격도 긍정적으로 변한 것 같아요."라고 했다.

스트레스 해소에는 '운동'이 좋다. 운동을 꾸준히 하는 학생들 중에서, 짜증이나 화를 쉽게 내는 경우를 거의 본 적이 없다.

나도 스트레스를 받는 경우가 있다. 그럴 때는 커피나 과자류를 먹곤 하는데 일시적으로 도움이 된다. 그러나 여건만 되면 운동을 하려고 애를 쓴다. 운동의 놀라운 힘을 경험한 적이 있기 때문이다. 몇 년 전에, 개인적인 일로 한동안 심리적인 무력감에 빠진 적이 있었다. 그러자 부정적인 생각들이 엄습해 왔다. 그러다가 어느 날 이러면 안 되겠다 싶어서, 쿵쾅거리는 가슴을 부여잡고 헬스클럽으로 가서 이를 악물고 운동을 했다. 한참 땀을 흘리고 나니 온몸에서 회복되는 짜릿한 느낌이 밀려왔다. 내 안에 있던 안 좋은 찌꺼기들과 부정적인 생각들이 땀으로 배어 나오는 것 같았다. 그 뒤로 꾸준히 헬스를 했고 주말이면 등산도 열심히 다녔다. 그러는 사이에 무력감이 말끔히 사라지고 몸도 가뿐해졌다. 평소 알고 지내는 후배가 사업 실패로 몸과 마음이 무너진 적이 있었다. 그때 그의 아내가 가격이 꽤 나가는 자전거를 사다 주었다고 한다. 그 후로 그는 자전거를 통해서 건강이 완전히 회복되었고, 지금은 누구보다도 열정적으로 살고 있다. 그의 허벅지를 만져본 적이 있는데 내 허벅지의 거의 두 배였다. 내가 부러워하자, 그는 뿌듯한 표정을 지으면서 한마디 했다.

"나의 에너지는 이 허벅지에서 나옵니다. 나의 행복도 이 허벅지에서 나옵니다."

한 여학생이 3학년(고등학교)에 올라가더니, 이전하고 확연히 다른 모습으로 열심히 공부했다. 결국, 그해 대학입시에서 본인이 원하던 ○○대학교 ○○학과에 합격했다. 1, 2학년 때의 모습으로는 상상하기 어려운 결과였다. 대학입시가 마무리되고 나서 그 아이를 상담실에서 만났다. 나와 대화를 나누던 중에, 그 아이는 교실에 가서 자신의 3학년 때 일과표를 가지고 왔다. 하루에 1시간씩 운동하는 시간으로 짜여 있었다. 그 아이로부터, 본인이 직접 경험한 운동의 효과에 대해서 설명을 들을 수 있었다.

"2학년 때까지만 해도 교실에서 자주 졸았습니다. 잠이 부족해서 그런가 하고 수면 시간을 늘려보았지만, 오히려 더 피곤했습니다. 그러다가 배구선수였던 어머니의 권유로 운동을 시작했습니다. 처음 며칠간은 무척이나 힘들었습니다. 그렇게 보름 정도 지나자 몸에 변화가 찾아왔습니다. 몸이 가벼워지면서 피곤함이 사라지고 정신도 맑아졌습니다. 예전에는 책상 앞에서 30분도 앉아있기가 힘들었는데, 체력이 좋아지니까 2~3시간씩도 버틸 수 있었습니다."

그러고 보니, 나는 그 아이가 3학년 때 교실에서 조는 모습을 본 적이 없었다. 공부도 체력이다. 마음껏 공부하기 위해서는 튼튼한 체력이 뒷받침되어야 한다. 흔히들 정신력을 강조한다. 그러나 체력이 뒷받침되지 않은 정신력에는 한계가 있다. 자주 피곤하고 의욕이 떨어지는 학생은 운동을 통해서 극복하는 것이 좋다. 간혹, 체력 관리는 뒷전이고 오직 공부만 하는 학생이 있다. 단기적으로 성적 향상을 거둘 수 있어도, 장기적으로는 좋은 결과를 기대하기가 어렵다. 특히, 그런 학생들 중에는 건강상에 문제가 생기는 경우가 많았다.

청소년기의 건강과 운동은 평생을 두고 큰 자산이 된다. 그러나 잘못된 방법이나, 무리한 욕심으로 하는 운동은 자신의 몸에 심각한 손상을 입히기도 한다. 내 주변만 하더라도, 운동을 하다가 몸이 다치거나 그로 인해 장애가 남은 사람이 한둘이 아니다. 심지어는 사망에 이른 사람도 있다. 운동을 하려면 운동의 종류와 수준에 따라서 필수적으로 알아야 할 것(방법, 자세, 효과, 주의할 점 등)들이 있다. 관련 정보를 인터넷 등을 통해서 정확하게 습득하고 나서 운동을 하는 것이 바람직하다. 전문가나 경험자로부터 코치를 받으면 안전은 물론이고 운동의 효과도 훨씬 뛰어나다. 특히, 누구처럼 따라서 하려는 운동은 삼가야 한다. 자신의 능력에 맞게 단계별로 차근차근 운동의 강도를 높여가야 한다. 간과해서는 안 될 중요한 사실이다.

티베트(Tibet) 사람들은 좀처럼 화(火)를 내지 않기로 유명하다. '화를 잘 내는 사람'이라는 말이 **가장 심한 욕**이라고 할 정도이다. 그러한 정서에는 불교의 윤회를 믿는 티베트 사람들의 종교관이 반영되어 있다.

❏ 윤회(輪廻) : 사람이 죽으면 다시 태어나게 되는데, 이 세상에서 어떻게 살았느냐에 따라 태어나는 모습이 결정된다는 불교의 사상.

티베트 사람들은 살아가면서 공덕(功德)을 많이 쌓으려고 한다. 그 공덕이 자신의 윤회에 영향을 주기 때문이다. 그런데 화를 내면, 힘들게 쌓아놓은 자신의 공덕이 없어진다고 믿는다. 그래서 화를 내면, 화를 낸 사람이 가장 큰 손해를 입는 것이다.

잃을 것이 많은 사람은 화를 잘 내지 않는다. 반면에 잃을 것이 별로 없는 사람은 부담 없이 화를 잘 낸다.

지인 중에, 한동안 잔뜩 화가 난 사십 대 남자가 있었다. 그는 본인 소유 임야가 한 식당과 맞닿아 있는데, 그 식당 주인과 갈등을 빚고 있었다. 진입로 공사 문제로 말다툼이 시작되었다가 급기야 물리적인 충돌까지 벌어졌다. 그런데 법정 다툼까지 준비하던 그가 갑자기 양보를 하겠다며 식당 주인에게 화해를 신청했다. 왜 그랬을까? 그에게 중요한 일이 생겼기 때문이다. ○○시청에서 추진하는 한 사업에 그가 팀장으로 참여하게 된 것이다. 지금 그는 그 일에 자신의 모든 역량을 쏟아붓고 있다. 최근에 한 모임에서 그를 만났다. 그는 그 자리에서 즐거운 엄살을 피웠다.

"이 일을 하면서부터 다른 일에 대해서 소심해져 버렸습니다. 혹시 예상치 못한 일이 생길까 봐서, 예정되었던 2박 3일 일정의 가족여행도 취소해 버렸습니다. 이 일이 끝날 때까지 자동차 운전도 웬만해서는 하지 않을 겁니다. 지금 저는 떨어지는 낙엽도 조심해야 하는 시기입니다."

중요한 일을 하고 있는 사람은 매사에 조심할 수밖에 없다. 그 과정에서 생기는 어떤 화도, 수모도, 비난도 모조리 참아낸다. 자칫 그로 인해, 자신이 하고 있는 중요한 일을 망칠 수 있기 때문이다. 마찬가지로 반드시 이루어야 할 꿈이 있는 학생은 **쉽게 화를 내지 않는다**. 그로 인해, 자신의 꿈에 상처를 줄 수 있기 때문이다.

그렇다고 해도, 사람이 살면서 화를 내지 않고 살기란 어려운 일이다. 화를 내야 하는 경우가 있다. 꼭 필요한 화는 도움이 된다. TV 드라마에서 주인공이 화를 내면 문제가 해결되는 경우가 있다. 꼭 필요한 화를 냈기 때문이다. 그리고 주인공이 화를 내면 멋있기까지 한다. 왜 그럴까? 주인공 역을 맡은 배우가 화내는 장면을 여러 번 연습했기 때문이다. 혹시 너에게 화를 내야 하는 일이 생긴다면, 냉정하게 계산해 본 다음에 여러 번 연습하고 나서 화를 내라.

농구경기에서 경기 종료 직전에 들어간 역전 3점짜리 버저비터보다, 야구경기 9회 말 투아웃 상황에서 터뜨린 역전 만루 홈런보다, 축구경기에서 후반전 추가시간에 들어간 결승골보다 더 대단한 일은? 순간적으로 폭발하는 화를 참는 것이다. 이는 인생 최고의 기술이다. 화가 난다고 화를 내는 사람은 수준이 낮다. 화와 관련된 최고의 감정이 있다. 분노, 격분, 울분… 이런 감정을 컨트롤 할 수 있는 사람은 그의 수준이 최고다. 만약 그러한 감정이, 어떤 일이나 작품 속에서 긍정적으로 분출된다면 최고의 에너지가 될 수 있다.

살다보면 화나게 하는 일들이 참 많다. 그중에서도 자신이 불공평하다고 생각되면 어김없이 화가 난다. **인생은 공평할까?** 아니다. 우리는 태어나서 죽을 때까지 결코 공평하지 않다. 그러한 사실에 대해서, 어떻게 받아들이느냐에 따라 각자의 인생은 크게 달라진다.

아주 불공평해 보이는 이야기가 있다. 옛날 어느 마을에, 큰 재산을 소유한 주인과 그 집에서 일하는 세 명의 종이 있었다. 어느 해, 주인은 혼자서 집을 떠나 먼 곳으로 오랫동안 가 있어야 할 일이 생겼다. 주인은 자신이 없는 동안 재산을 어떻게 할까 고민하다가, 모든 재산을 처분해서 금 80kg으로 바꾸었다. 그리고 종들의 능력에 따라 첫 번째 종에게는 금 50kg을, 두 번째 종에게는 금 20kg을, 세 번째 종에게는 금 10kg을 맡기고 집을 떠났다. 그러고는 몇 년 후, 주인이 집으로 돌아왔다. 주인은 곧바로 종들을 불러서 예전에 맡겼던 금을 다시 내놓으라고 했다. 첫 번째 종은 금 100kg을, 두 번째 종은 금 40kg을 각각 내놓았다. 그러면서 자신들은 그동안 열심히 장사를 해서 처음보다 재산이 두 배로 불어났다고 한다. 이에 대해, 주인은 두 종에게 착하다고 칭찬을 한다. 반면에, 세 번째 종은 처음에 받았던 금 10kg을 그대로 다시 내놓았다. 그러면서 자신은 그동안 주인의 불공평한 처사가 원망스러워서, 금 10kg으로 아무것도 하지 않고 땅속에 묻어놓았다고 한다. 이에 대해, 주인은 세 번째 종에게 게으르고 악한 종이라고 질책을 한다. 그러고는 곧바로 집 밖으로 내쫓으면서, "너는 어두운 곳에서, 평생 세상을 원망하면서 살게 될 것이다."라고 한다.

위의 이야기는 『성경(聖經)』에 실려 있다. 여기에서 주인은 하나님을, 종은 인간을 비유한다. 그런데 하나님의 처사가 참 불공평하다. 애초부터 세 명의 종들에게 공평하게 26.6kg씩 맡기지 않고 왜 불공평하게

50kg, 20kg, 10kg씩 맡겼을까? 자세히 들여다보면 주인의 처사를 이해할 수 있다. 주인이 종들에게 맡긴 금의 무게는 불공평했으나, 주인의 기준은 공평했다. 능력이 가장 뛰어난 종에게는 50kg을, 그다음 능력을 가진 종에게는 20kg을, 능력이 가장 낮은 종에게는 10kg을 맡겼기 때문이다. 그리고 그에 따른 기대도 공평했다. 50kg은 두 배인 100kg을, 20kg은 두 배인 40kg을, 10kg은 두 배인 20kg을 기대했다고 볼 수 있기 때문이다. 장사를 크게 성공해서 100,000kg으로 불어난 종이나, 쫄딱 망해서 0kg으로 하나도 남지 않은 종에 대한 이야기는 없다. 왜 그럴까? 이 이야기의 핵심 메시지는 '공평과 불공평', '성공과 실패' 혹은 '능력의 차이'가 아니라, '원망과 아무것도 하지 않음'을 경계한 것이다. 만약에 세 번째 종이, 주인을 원망하지 않고 금 10kg으로 열심히 장사를 했더라면 결과와 상관없이 위 이야기의 주인공이 되었을 것이다. 주인의 기쁨도 다른 두 종에 비해서 더 컸을 것이다.

이 세상에서 **가장 큰 손해는**? '원망'이다. 원망하면 아무것도 이룰 수 없기 때문이다.

이 세상은 불공평으로, 가득 차 있다고 해도 지나친 말이 아니다. 학생들 간에도 불공평하기는 마찬가지다. 한 교실에 20여 명의 학생들이, 같은 종류의 교복을 입고 있어도 가정환경이나 능력, 외모 등에서 불공평함을 쉽게 발견할 수 있다.

한번은 수업시간에 20여 명의 학생들에게, 동일한 내용의 어려운 지문(한 페이지 분량)을 나누어주고 독해(讀解, 읽고 이해하기)를 해보라고 한 적이 있다. 독해가 끝나면 곧바로 손을 들도록 했다. 그러자 5분도 못 되어서 손을 드는 학생, 10여 분만에 손을 드는 학생, 20여 분이 지나도록 온몸으로 괴로워하다가 결국에는 포기해 버리는 학생 등등 반응이 각기 달랐다. 왜 이런 차이가 생기는 걸까? 공부하는 능력이 학생마다 차이가 있기 때문이다. 공부도 학생들에게는 불공평한 일이다. 타고난 지능이나 성격 혹은 가정환경 등으로 인해, 공부하는 능력이 뛰어난 학생이 있는가 하면 그렇지 못한 학생도 있다.

학교에서 시험을 보게 되면, 보통 한 달여 전부터 학생들에게 시험범위를 알려준다. 한번은 수업시간에 내가 담당하고 있는 교과목의 학기말고사 시험범위를 알려주고 있었다. 그때 한 학생이 작은 목소리로 "이번 시험에서 한 문제라도 틀리면 안 되는데."라고 중얼거렸다. 평소에 공부를 아주 잘하는 학생이었다. 이어서 다른 학생이 밝은 목소리로 "이번 시험에서는 50점을 넘겨야지."라고 했다. 평소에 공부를 못하는 학생이었다. 순간, 나는 50점을 목표로 삼은 학생이 더 행복해 보였다.

자신이 해낼 수 있는 '**자기 공부**'가 있고, 해내기 어려운 '**남 공부**'가 있다. 남 공부를 해내려고 발악하는 학생들이 있다. 이런 학생들은 공부를 하면서 행복하지 않다. 닭이 독수리처럼 높이 날려고 하거나, 타조처럼 빠르게 뛰려고 발악을 한다면 행복할 수 없다. 닭은 닭처럼 살려고 할 때 행복한 닭이 될 수 있다. 학생도 공부를 행복하게 할 수 있다. 남 공부가 아니라 자기 공부를 하면 된다. 자기 공부? 도전해 보면 알 수 있다. 힘들 때까지 해라. 어느 기간에는 너무 힘들 때까지도 해라. 그러나 아프면 멈추어라. 거기까지가 자기 공부다.

너무 힘들 때까지, 공부를 해보지도 않고서 자신의 능력이나 주변의 환경을 탓하는 학생이 있다. 그건 정직하지 못한 변명이다. 그건 전적으로 '내가 게으른 것'이다. 그런 학생은 공부를 통해서 아무것도 이룰 수 없다. 어쩌면 오랫동안 공부가 원망스러울지도 모른다. 너의 인생에서 **'몇 년 만이라도'** 힘들 때까지, 너무 힘들 때까지 공부를 해보렴. 공부를 통해서 많은 것을 이룰 수 있다. 어쩌면 평생 공부가 고마울 것이다.

비록 교과성적은 낮지만, 포기하지 않고 애써서 공부하는 학생들이 있다. 그런 학생을 볼 때면 기대감이 든다. 훗날 자신이 잘하는 일을 하게 되면 정말로 잘해 낼 가능성이 크기 때문이다. 반면에, 공부가 잘되지 않는다고 쉽게 포기해 버리는 학생들이 있다. 그런 학생은 언제나 잘되지 않는 일은 쉽게 포기해 버릴 가능성이 크다. 인생을 살다 보면 잘되는 일만 하는 것이 아니다. 때로는 잘되지 않는 일도 기꺼이 해야 한다. 공부를 잘하는 학생은 너무 많은 공부를 해내기 위해서 자기 자신을 혹사시킨다. 그렇게 해서 공부한 것들 중에는 인생을 살아가는데 꼭 필요하지 않은 것들이 많다. 그러나 공부를 못하는 학생은 많은 공부를 해낼 수 없다. 그래서 공부를 못하는 학생은 필요하지 않은 과잉공부를 할 가능성이 낮다. 어차피 해내기 어려운 공부라면, 포기할 것은 포기해버리고 내가 해낼 수 있는 자기 공부만 하렴. 그것만으로도 너의 인생은 충분히 괜찮다. 어떤 학생은 공부가 반드시 이겨야 할 적(敵)이지만, 어떤 학생은 **까다로운 친구**일 뿐이다. 까다로운 친구와 잘 지내는 일은 대단한 능력이다.

"너, 공부와 잘 지내고 있니?"

'스트레스'와 '화'에 이어서, 우리들의 삶 속 가까이 있는 '슬픔'에 대해서 이야기해 보려고 한다.

지인으로부터 연락이 왔다. 딸이 백혈병으로 병원에 입원했다고 한다. 고등학교 1학년 여학생인데 평소에 나를 잘 따랐다. 상대방을 기분 좋게 하는 밝은 미소를 가진 아이다. 몇 달 전부터, 코피를 자주 흘린다더니 기어코 가슴 아픈 일이 생겼나 보다. 항암치료 중에 병문안을 갔다. 예전의 모습을 찾아보기 어려웠다. 낯설어하는 나를 낯익은 미소로 맞아주었다. 자신의 병간호 때문에 언니가 다니던 직장을 그만두게 되었다면서 울상이었다. 이어서 길게 한숨을 내쉬더니 자신의 꿈을 포기해야 할 것 같다고 했다. 그 아이의 꿈은 특별했다. 남들보다 일찍 결혼해서 자식을 네 명이나 낳는 것이었다. 이런저런 이야기를 나누다가 병문안을 마치려고 일어섰다. 그 아이가 창밖을 보면서 슬픈 표정으로 말했다.

"선생님, 내년에 다시 학교에 다닐 수 있으면 좋겠어요…."

그 뒤에 상황이 더 어려워졌다는 소식이 들려왔다. 그 아이의 현실이 나를 슬프게 했다.

"신이 있다면, 어떻게 저런 슬픔을 내버려 둘까?"

우리는 살면서 종종 이런 물음을 던질 때가 있다. 몇 년 전에, 나에게도 이런 물음을 던지고 싶은 일이 있었다. 평소 가깝게 지내는 초등학교 여교사 한 분이 말기 암으로 투병 중이었다. 가정 형편도 어려웠다.

중증 장애를 가진 아들이 있었고, 남편 역시 암으로 오랫동안 투병하다가 돌아가셨다. 학생들에게는 훌륭한 선생님이었고, 누구나 고개를 끄덕이는 인자하고 교양이 넘치는 분이셨다. 회복 불능 판정을 받고, 독한 진통제로 겨우겨우 삶을 연장하고 있을 때 몇 번 뵈었다. 힘들게 입을 떼면서 하셨던 말이 기억에 남는다.

"김 선생, 이렇게 아픈데 계속 살아야 합니까?"

"나는 누가 나에게 '오래 사세요.'라고 말하는 것이 제일 듣기 싫습니다."

돌아가시기 전날, 우리 집에 오셨는데 거실 소파에 앉아 있다가 조용히 기도를 하셨다.

"하나님, 죽는 순간까지 걸을 수 있는 힘을 주세요…. 눈을 뜰 수 있는 힘을 주세요…."

나는 그분에게 물었다.

"눈뜨기도 힘드세요?"

"자꾸 눈이 감겨요. 감긴 눈을 뜨려고 하면 온 신경을 눈꺼풀로 집중해야 겨우 눈이 떠집니다."

다음 날 돌아가셨다는 연락을 받았다. 순간적으로 슬픔을 감당하기 어려워 인근 교회를 찾아가서 울었다….

이 세상에 존재하는 것 중에서 슬프지 않은 것이 있을까?

인생은 슬픔이 있기에 역설적으로 더욱 아름답다. 아름다움, 기쁨, 행복, 성공, 정의, 희망, 밝음, 그리고 착한 사람들을 위해서 추함, 슬픔, 불행, 실패, 불의, 절망, 어둠, 악한 사람들도 필요하나 보다. 사람은 운명적으로 자신이 마셔야 할 '슬픔의 양'이 정해져 있다고 한다. 힘들게 돌아가셨던 초등학교 여교사 분은 자신에게 주어진 슬픔을 한 방울도 남김없이 마셨을 것이다. 그분의 삶이 나에게는 슬픔을 넘어 경이로움으로 다가왔다. 나는 나에게 주어진 슬픔을 다 마실 수 있을까? 잘 마실 수 있을까? 두렵다.

자신에게 주어진 슬픔뿐만 아니라, 다른 사람의 슬픔에도 관심을 갖는 사람이 있다. 슬픔에 지친 그들에게 다가가 그들의 슬픔을 같이 마셔주고, 잘 마시도록 도와주는 슬픔의 영웅들이다. 그런가 하면 자신의 슬픔을 **다른 사람에게 떠넘기려는 사람**도 있다. 그가 마시는 기쁨은 진정한 기쁨이라 할 수 없다.

사회적으로 성공했다고 자부하는 사람이 있다. 그의 집무실에는 그의 성공을 보여주는 이런저런 상징물로 가득하다. 몇 년 전에, 그는 지방자치단체장 선거에 출마하면서 자서전을 냈다. 나는 그의 자서전을 읽으면서 과장이나 허위로 된 내용을 쉽게 찾아낼 수 있었다. 한번은 그를 후원하는 자리에 참석했다. 그날 거기에 모인 사람들은 긴 시간 동안 그의 화려한 인생 이야기를 들을 기회가 주어졌다. 하지만 나는 몇 분 만에 무척 피곤해져 버렸다. 그리고 어느 순간부터 그에게서 쓸쓸함이 진하게 묻어났다. 그가 마셨던 수많은 영광의 잔 이면에, 그가 외면했던 슬픔의 잔들이 보였기 때문이다. 삼십 대 중반인 제자로부터 아픈 고백을 들은 적이 있다. 그의 어머니는 일 년 전쯤 갑작스럽게 발견된 말기 암으로 돌아가셨다. 제자는 돌아가신 자신의 어머니를 생각하면 두고두고 회한으로 남은 일이 있다고 했다. 어머니께서 건강하신 줄만 알았던 시기에, 자신에게 힘든 일들이 연이어 일어났다고 한다. 그럴 때마다 그는 자신의 어머니에게 "나 힘들어요. 너무 힘들어서 죽겠어요."라고 짜증을 냈다고 한다. 어떤 날은 술에 취해서 차마 입에 담을 수 없는 말도 했었다고 한다. 돌이켜 생각해 보니, 내가 힘들다는 이유로 잘못도 없는 어머니마저 힘들게 했다면서 눈물을 삼켰다. 우리는 사랑하는 사람에게 함부로 힘들다고 말한다. 특히, 가족이라는 이유로 자신의 슬픔을 떠넘기려는 뻔뻔한 사람들이 많다. 후회할 일이다.

학생은 슬플까? '학생'과 '슬픔'은 서로 어울리지 않는 말처럼 보인다.

한번은 고등학교 2학년 문학 수업시간에, 소설 속의 인물에 대해서 설명하고 있었다. 그런데 한 여학생이 "선생님, 인생이란 참 슬픈 것 같아요."라고 했다. 소설 속에 등장하는 인물의 삶이 슬프게 느껴졌나 보다. 나는 아이들에게 "지금 자신의 삶이 슬프다고 생각하는 사람 있습니까?"라고 물었다. 갑작스러운 질문이었는지 우물쭈물하면서 대답을 못 했다. 나는 '슬픔'이라는 주제로 과제를 내주고는, 다음 시간에 희망자에 한해서 발표하도록 했다. 예상 밖으로 상당수 학생들이 이런저런 이유를 대면서 슬프다고 했다. 특히, 어렸을 때는 그런 생각을 못 했는데 중·고등학생이 되고 나서부터 인생이 슬프다는 생각이 들었다고 한다. 몇몇 아이들이 발표를 하면서 눈물을 흘리는 바람에 나머지 아이들도 같이 울었다. 그다음 시간까지 이어졌나….

나는 학생들에게 슬픔에 대처하는 방법에 대해서도 물었다. 여러 가지 방법들이 제시되었다. 그중에서 '**피할 수 없으면 즐겨라.**' 하는 대처법이 결론적으로 공감을 얻을 수 있었다. 좋은 방법이다. 슬픔을 능동적으로 상대하는 것이다. 어차피 마셔야 할 슬픔이라면 기꺼이 마셔버리자. 그리고 할 수만 있다면 지금 많이 마셔버리자. 미래에 덜 슬프도록 말이다. 청소년기에 슬픔을 잘 마신 학생이라면, 어른이 되어서 맞닥뜨릴 슬픔도 잘 마실 수 있다. 슬픔도 연습이 필요하다.

몇 년 전, 대학입시시험에서 한 남학생이 큰 실수를 해버렸다. 1교시 시험에서 출제된 문제를 다 풀고 나서, 마지막으로 답안지에 정답을 옮기는 과정에서 착각을 한 것이다. 실수를 알아차렸을 때는 이미 1교시 시험 종료령이 울리고 있는 상태였다. 평소에 성적이 우수한 학생으로, 그 실수만 아니었으면 본인이 원하는 대학에 합격할 수 있었다. 기대가 컸던 학생이었기에 주위 사람들이 많이 안타까워했다. 그 아이에게 위로의 말들이 이어졌다. 몇몇 선생님들은 따로 불러서 위로를 해주었다고 한다. 굳이 나마저 그럴 필요가 없었다. 하루는 다른 일 때문에 교무실로 나를 찾아왔다. 나는 그 일에 대해서 모른 척하고 그 아이를 대했다. 그런데 그 아이를 발견한 선생님들이 어김없이 그 일에 대해서 안타까움과 위로의 말을 건넸다. 그럴 때마다 일일이 대꾸하는 그 아이를 보면서 무안했다. 일을 마칠 무렵 그 아이가 나에게 뜻밖의 말을 했다.

"선생님, 사람들은 자기들이 나인 것처럼 말을 해요. 지금 내 심정을 얼마나 안다고 그러는지 모르겠어요. 저런 말을 들을 때마다 내 상처를 건드는 것만 같아요. 제발 그만 좀 했으면 좋겠어요."

나는 고개를 끄덕이면서 그 아이에게 한마디 해주었다.

"그런 것도 감당해야 한다. 인생 공부다."

우리는 남들의 슬픔에 대해서 위로를 한다. 그러나 완벽한 위로는 애초부터 불가능한 일인지도 모른다. 내가 온전히 그 사람일 수 없기 때문이다. 물론, 대부분의 위로는 슬픔으로 비틀거리는 그 사람에게 의지할 수 있는 지팡이가 되어준다. 하지만 그냥 말없이 놔두는 것이 더 도움이 되는 슬픔도 있다. 그 사람은 지금 자신의 인생에서 '**꼭 필요한 슬픔**'을 겪고 있는지도 모른다.

우리나라 속담에 "손톱은 슬플 때마다 돋고, 발톱은 기쁠 때마다 돋는다."라는 말이 있다. 인간의 손톱은 발톱보다 몇 배나 더 빨리 자란다. 우리의 삶에는 기쁨보다 슬픔이 더 많다는 의미의 속담이다. 미숙한 스승은 제자에게 기쁨의 잔을 마시는 방법만 가르쳐 준다. 그러나 지혜로운 스승은 슬픔의 잔을 마시는 방법을 더 중요하게 가르쳐 준다. 주변을 보면 "내가 얼마나 기쁜 줄 알아." 혹은 "내가 얼마나 슬픈 줄 알아."라고 습관적으로 드러내는 사람들이 있다. 그들이 현재 처해 있는 환경을 보면 충분히 그럴 만하다. 하지만 **그들의 삶은 반쪽이다**. '기쁨'이란 '슬프지 않은 것'이 아니다. 슬픔이 들어있지 않은 기쁨의 잔은 온전한 기쁨의 맛을 낼 수 없다. 마찬가지로 '슬픔'이란 '기쁘지 않은 것'이 아니다. 그가 마시는 슬픔의 잔 속에는 미처 계산해 내지 못한 기쁨이 분명히 있다. 기쁨만을 편식하려는 사람 혹은 자신이 슬픔만을 편식하고 있다고 생각하는 사람, 그들의 인생은 건강할 수 없다.

그 사람이 어떤 사람인가를 알려면, 그 사람이 작은 기쁨(부, 권력, 성공, 행복 등)을 차지했을 때나 작은 슬픔(가난, 비천, 실패, 불행 등)에 처해있을 때 보면 쉽게 알 수 있다.

나에게도 슬픔이 찾아온다. 이 책을 쓰면서도 이런저런 일들로 인해서 슬픔이 겹쳐서 왔다. 밤에 잠이 오지 않거나, 아침이 밝아오는 것이

싫은 날도 있었다. 하루는 몸을 추스르고 실내 계단을 올라가다가 창문으로 쏟아져 들어오는 햇살과 마주쳤다. 눈이 부셨다. 그대로 주저앉았는데 가슴이 울컥하면서 눈물이 핑 돌았다. 온몸에서 슬픔이 꿈틀거렸다. 그러다가 문득, 한 올 한 올의 햇살들이 나를 어루만지고 있는 것이 보였다. 나는 눈을 감고 심호흡을 길게 했다. 그러면서 다짐했다. 이 슬픔이 치유될 때까지 슬픈 나를 평소보다 더 많이 사랑하기로 말이다. 그리고 일어나서 다시 계단을 오르면서 한 번 더 다짐했다. 나에게 이런 슬픔을 준 원인마저도 사랑하기로 말이다.

슬픔은 슬픔으로 치유되는 경우가 많다. 기쁘지 않으면서도 억지로 웃지 말고 슬프면 울어라. 때로는 몇 발자국 떨어져서 슬픈 너를 바라보렴. 내가 나를 사랑하지 않을 수 없다는 사실을 알게 될 것이다. 만약, 나에게 한 시간 동안 타임머신을 타고 과거로 돌아갈 기회가 주어진다면 과거의 슬픈 몇몇 나를 찾아갈 것이다. 그리고 슬픈 나를 꼬옥 안아 줄 것이다…. 슬픔이 가져다주는 놀라운 힘이 있다. 슬픔의 맛을 모르는 인생이 인생일까? 슬픔은 기쁨을 넘어선 가치가 있다. 그걸 알기까지 우리가 지불해야 할 '슬픔의 가치'는 소중하고 또 소중하다.

나는 종종 여러 가지 방법(만남, 현장, 책, 역사, 여행, 영화 등)으로 슬픔을 찾곤 한다. 최근 몇 년 사이에 관람했던 영화들 중에서, <늑대 소년>(한국영화, 조성희 감독)과 <세상에서 고양이가 사라진다면>(일본영화, 나가이 아키라 감독)이라는 작품이 기억에 남는다. 나는 영화를 관람하는 도중에 울컥하는 마음에 몇 차례 감정을 추슬렀다. 영화가 끝나고 나서도 퇴장하지 못하고 좌석에 앉아서 눈물을 흘렸다. 같이 영화를 보러 간 일행이 그런 나를 보고 당황해하는 눈치였다. 잠시 후, 나는 어느 때보다 씩씩하게 일어나서 영화관을 빠져나왔다. 작년 말에, 우리 민족의 진한 아픔이 담겨있는 '동학농민혁명(東學農民革命, 1894년) 기념관'을 찾아간 적이 있다. 전시되어 있는 슬픈 흔적들을 하나하나 대하면서, 나의 내면으로부터 솟아나는 **강한 생명력**을 느낄 수 있었다. 나는 어느 영웅이 남겼다고 하는 웅장한 역사적 흔적을 보면서는 좀처럼 감동하지 않는다. 오히려 그 이면에 감추어진 슬픈 흔적들을 발견하고 강한 탄식을 쏟아낼 때가 많다. 올해 초에, 심리 에세이(김형경 작가) 몇 권을 읽고 나서 생각을 정리하던 중에 인근 시립공원묘지를 찾아간 적이 있다. 봉안당 건물 안으로 들어가 안치단을 하나씩 살펴보았다. 유골함과 고인의 사진, 작은 유품들, 고인과 관련된 이런저런 메모들을 보면서 평소에는 접하기 어려운 감정이 밀려왔다. 밖으로 나와 야외에 있는 봉안묘들도 둘러보았는데, 특히 몇몇 젊은이의 죽음 앞에서는 슬픔이 진하게 밀려왔다. "젊은이가 죽으면 하나님도 눈물을 흘린다."라는 유대인 격언이 생각났다. 차를 타고 집으로 돌아오는 길에, 불현듯 나를 비롯한 여러 사람들의 모습이 교차했다. 그 모습 속에는 쓰라림, 상처, 후회, 원망, 분노 따위의 부정적인 감정들도 배어있었다. 이어서 그 감정들이 쉽게 정리되는가 싶더니 나도 모르게 눈물이 났다. 나는 길가에다 차를 세우고, 멍하니 있다가 이내 허탈한 마음에 헛웃음이 나왔다. 몇 개월 전에, 안타까운 사고로 가족을 잃은 지인이 있다. 그가 처해있는 큰 슬픔을 보면서, 많은 사람들은 그가 일상으로 돌아오기가 어려울 것이라고 했다. 하지만 그는 일상을 조금씩 회복하고 있다. 나는 최근에 그와 자리를 같이했다.

그런데 온통 슬픔을 뒤집어쓰고 있을 것 같은 그에게서 위로와 조언을 받았다. 현재 나에게 있는 몇 가지 슬픔과 고민에 대한, 그의 위로와 조언은 지금까지 내가 받았던 그 어떤 위로와 조언보다 강했다.

우리는 '행복'이 삶의 최고의 목적인 양 행복에 집착한다. 마치 **행복하지 않으면 실패한 인생**처럼 말이다. 어떤 사실에 대해서 모르거나 외면해버리면 행복할 수 있다. 반쪽만 안다면, 그 반쪽 안에서 얼마든지 행복할 수 있다. 그래서 우리는 반쪽짜리 행복을 위해서 슬픈 사실을 애써 외면하려고 한다. 외면하지 않는 슬픔 때문에, 덜 행복한 행복이야말로 진정한 행복일 것이다. 필요 이상으로 많이 차지한 행복, 누군가의 희생으로 누리는 행복, 남에게 상처를 주는 행복, 행복하면 할수록 그만큼 허전함도 커지는 행복… 이런 행복이 진짜 행복일까? 행복의 가치는 슬픔의 가치와 함께 할 때 더욱 빛을 발한다. 행복은 삶의 여러 목적 중의 하나일 뿐이다. 지금까지의 인류 역사에서 성인(聖人)이라고 일컬어지는 사람들이 있다. 그들은 행복보다는 슬픔 속에서 진정한 삶의 가치를 발견했다. 그들의 삶은 자신뿐만 아니라 타인의 슬픔에 대한 관심과 극복이었다.

우리는 행복 집착의 시대에 살고 있다. 행복은 현대인에게 신흥 종교가 되어 버렸다. 하지만 이 세상이 존재하는 한 슬픔은 언제나 우리들의 곁에 있을 것이다. 신(神)은 결코 슬픔의 가치를 포기하지 않을 테니까 말이다….

내가 근무하는 ○○고등학교는 새 학년이 시작되기 전에 **가정방문**을 실시한다. 물론 학생이나 학부모가 담임교사의 가정방문을 원치 않으면 가지 않는다.

한번은, 작은 어촌마을로 가정방문을 간 적이 있다. 평범해 보이는 여학생의 집이었다. 조부모님께서 마을 어귀까지 나와 계셨다. 거실에서 가족들과 이야기를 나누던 중에 건너편 방안 누워있는 사람이 보였다. 내가 그쪽으로 고개를 몇 번 돌리자, 그 아이는 화상으로 오랫동안 투병 중이신 자신의 아버지라고 했다. 어머니에 대해서 물었더니 입을 다물고는 가족들 모두 대답하지 않았다. 아픈 사연이 있는 모양이었다. 잠시 후, 집을 나서는데 그 아이가 마을 어귀까지 배웅을 해주었다. 나는 그 아이에게 "네 꿈이 뭐니?"라고 물었다. 그 아이는 망설이지 않고 "없어요."라고 했다. 나도 망설이지 않고 "오늘 내가 너에게 숙제를 하나 내주겠다. 지금부터 꿈을 찾아라. 그리고 개학하면 그 꿈을 나에게 말해야 한다."라고 했다. 그 뒤로 몇 차례 전화 통화를 하면서 숙제를 확인했다. 한 달여 뒤, 개학식을 마치고 교무실에 있는데 그 아이가 나를 찾아왔다. 조용히 다가오더니 작은 목소리로 "선생님, 두 가지예요. 하나는 간호사이고 다른 하나는 학원강사가 되는 것입니다."라고 했다. 이유를 물었더니, 간호사는 아버지 때문이고 학원강사는 친척분 중에 그쪽 분야에서 일하시는 분이 있다고 했다. 나는 그 아이의 손을 잡은 채 잠시 눈을 감았다.

졸업하고 13년 만에 연락이 왔나. 결혼을 하게 되었다면서 결혼식장에 꼭 와 달라고 했다. 나는 설레는 마음으로 "너, 지금 무슨 일을 하고 있니?"라고 물었다. 기다렸다는 듯이 "대전(大田)에 있는 ○○학원에서 수학강사로 중·고등학생들을 가르쳐요. 이번에 결혼하는 신랑도 같은 학원에 있습니다."라고 했다. 나는 조그마한 선물(오뚝이 인형 한 쌍)을 들고 그녀의 결혼식에 참석했다.

히말라야산맥에 있는 어느 마을에 관한 이야기다.

이 마을 사람들은 파종 시기가 되면, 곡식의 씨앗 중에서 일부를 선택해서 척박한 땅에 뿌린다. 그러고 난 후, 그 씨앗들이 싹이 나서 자라면서 햇볕에 말라 죽고, 잡초들에 압사당하고, 벌레들이 뜯어 먹어도 전혀 돌보지 않는다. 다만 그곳을 지날 때면, 잠시 걸음을 멈추고 "**포기하지 마라. 포기하지 마라…**"라는 말을 주문처럼 왼다. 시간이 지나서 곡식을 수확할 시기가 되면 마을의 원로 몇 명이 몸을 씻고 제단에 모여서 신에게 예를 갖춘다. 그런 다음, 척박한 땅에서 살아남은 그 곡식을 가장 먼저 수확한다. 그렇게 해서 수확한 곡식을 신성하게 여기는데, 며칠간 정성껏 말리고 조심스럽게 탈곡한다. 이어서 그 곡식으로 음식을 만들어 신에게 마을의 평안을 기원하는 제사를 지낸다. 제사를 마친 후에는, 마을 사람들이 한곳에 모여서 그 음식을 나누어 먹는다.

우리 주위에는 척박한 땅에서 자라는 이 곡식처럼 힘들게 살아가는 사람들이 있다. 온 우주가 너를 응원한다.

"포기하지 마라. 포기하지 마라…."

22 STORY

경쟁 ····· 인생

경쟁 | 동반하락, 동반상승 | 해변의 발자국 | 우울증
가벼운 짐 | 차라리 도망가지 | 기생충
결과가 절망적이었다 | 자존감 | 어떻게 극복했니?
죽으면 편하지 않을까? | 내 삶의 기준 | 친구의 진정한 가치
완벽하게 공평한 일 | 죽는 것보다 더 두려운 것
그냥 살아요 | 인생 별것 없네 | 또 하나의 기적 | 행운의 돈
모멸감과 수치심 | 강남 번화가를 걷다가 | 까마귀와 사자
내가 비정상인가? | 용기와 희망 | 1,000개의 산과 10,000권의 책

이 세상은 온통 **경쟁**이다. 나무들도, 꽃들도, 동물들도, 물고기들도, 새들도, 벌레들도 경쟁한다. 생존을 위해서다. 경쟁이 나쁘다고 한다면, 우리가 살고 있는 자연계에서 나쁘지 않은 것은 하나도 없을 것이다. 경쟁은 자연계를 유지하는 기본 법칙이다.

인간도 인간끼리 경쟁한다. 인간은 생존을 위해서도 경쟁하지만, 욕심 때문에 경쟁하는 경우가 많다. 그러한 욕심의 경쟁이 인류 문명의 발달을 위한 중요한 원동력이 되었다. 그러나 경쟁은 패배와 상처 그리고 희생을 낳기도 한다. 개인이나 집단, 국가는 상대와의 경쟁에서 이기기 위해서 때로는 냉혹한 선택을 한다. 그래서 누군가에게 경쟁은 진한 아픔이다….

경쟁이 없는 인간의 집단이 있다면? 그 집단은 여러 면에서 **동반하락**할 가능성이 크다. 경쟁 구조는 여러 가지 단점에도 불구하고, 그 집단의 **동반상승**을 이끌어내는 원동력이 된다. 좋은 집단은 경쟁이 없는 집단이 아니라 공정한 경쟁이 보장된 집단이다. 그리고 경쟁에서 밀린 사람들을 위한 보호 장치와 또 다른 기회 제공이 잘 갖추어진 집단이다.

학교에도 치열한 경쟁이 있다. 그래서 아픔과 좌절, 상처가 있다.

공부만을 기준으로 한다면, 선생님들은 공부 못하는 학생보다 공부 잘하는 학생을 더 좋아할까? 꼭 그렇지만도 않다. 공부 못하는 학생을 더 좋아하는 선생님들도 많다. 믿지 못하겠지만 정말이다. 나도 처음에는 내가 공부 잘하는 학생을 더 좋아한다고 생각했다. 그런데 세월이 지나면서 내가 공부 못하는 학생을 더 좋아한다는, 혹은 더 좋아해야 한다는 사실을 깨닫게 되었다. 마음먹고 공부하면 성적이 쑥쑥 올라가고, 마음먹고 연습하면 농구 실력이 쭉쭉 향상되고, 마음먹고 다이어트하면 살이 쏙쏙 빠지고, 마음만 먹으면 무엇이든지 척척 해내는 학생보다는 실패도 할 줄 아는 학생이 더 좋다. 교사는 실패한 학생을 통해서 진짜 교사가 되고, 부모는 실패한 자식을 통해서 진짜 부모가 된다. 인생도 성공보다는 실패를 통해서 배우는 인생이 더 가치 있는 경우가 많다. 신(神)의 식탁에는 여러 가지 과일이 오른다. 그중에서 신의 손이 먼저 가는 과일은 흠 없고 탐스러운 과일이 아니라, 온갖 시련의 흔적들이 새겨진 못생긴 과일이다.

만약 공부 잘하는 학생만, 성공한 자식만, 흠 없는 인간만을 좋아하는 교사·부모·신이 있다면 나쁜 교사·부모·신일 것이다.

나를 진심으로 사랑하는 사람이 있다면, 그는 나의 실패, 결핍, 약점에도 관심을 가질 것이다. 그가 나를 더 많이 사랑할 기회이기 때문이다. 나의 성공, 넘침, 장점에만 관심을 갖는 사람이 있다면, 그는 나보다는 그 자신을 먼저 생각하는 사람이다. 우리에게 가장 필요한 사랑은? 그의 사랑이 아니라 나의 사랑이다. 그런 면에서 우리 모두는 자기 자신의 실패, 결핍, 약점을 사랑해야 할 의무를 가진 존재이다.

우리는 사랑하기 위해서, 그리고 사랑받기 위해서 태어났다. 그 사랑의 첫 번째 대상은 누구일까? 바로 자기 자신이다. 그래서 나는 나를 가장 사랑해야 하고, 나는 나에게서 가장 사랑받아야 한다.

어느 날 오후 늦은 시간에, 학교 본관 3층 복도에서 창밖을 내려다보고 있었다. 그런데 운동장에서 한 중년의 남자가 서성거리는 것이 보였다. 운동장으로 내려가서 가볍게 인사를 나누고는 무슨 일로 오셨느냐고 물었다. 그러자 그는 뒤편에 있는 학교 건물을 가리키면서 말했다.

"저기 보이는 ○○중학교가 저의 모교입니다. 저는 스무 살 무렵에, 친척을 따라서 일본으로 건너갔습니다. 그 후로 지금까지 삼십여 년을 일본에서 살고 있습니다. 며칠 전에, 모친께서 돌아가셨다는 연락을 받고 오랜만에 고향을 찾아왔습니다. 그런데 어머님의 장례를 치르면서 자꾸 옛날 중학교 시절이 떠올랐습니다. 몇 번을 망설이다가 일본으로 떠나기 전에 이곳까지 오게 되었습니다."

그는 길게 한숨을 내쉬더니 이내 말을 이어갔다.

"중학교 때 지독한 사춘기를 겪었습니다. 대여섯 번 정도 가출을 했던 것 같습니다. 선생님에게 반항하다가 학교 기물을 파손한 적도 있었습니다. 학교까지 불려 오신 어머님께서 선생님들 앞에서 쩔쩔매시던 모습이 지금도 눈에 선합니다…."

더는 말을 잇지 못했다. 그는 서둘러 나에게 인사를 하고는 학교를 빠져나갔다. 나는 쓸쓸히 사라져 가는 그의 뒷모습을 보면서, 과거의 자신을 용서할 수 있기를 바랐다.

아무도 없는 해변을 혼자서 걷다 보면, 평소에는 발견하기 어려운 것을 볼 수 있다. 바로 '**발자국**'이다.

어떤 사람이 홀로 해변을 걷다가 문득, 걸음을 멈추고 뒤를 돌아보았다. 거기에는 방금 전에 자신이 남긴 발자국들이 찍혀있었다. 그런데 발자국들이 하나같이 비뚤비뚤했다. 마치 그 발자국들이 "너는 이렇듯 비뚤비뚤 잘못 살고 있어."라고 자신을 고발하는 것 같았다. 당황한 그 사람은 주변을 샅샅이 뒤졌다. 그러나 바르게 찍힌 발자국을 찾을 수 없었다. 그 사람은 그 자리에 주저앉아 울기 시작했다. 비뚤비뚤 잘못 살아온 자신의 인생을 한탄하면서…. 울다가 지쳐서 잠이 들었다. 그러다가 잠결에 무언가가 자신을 어루만지는 것을 느꼈다. 눈을 떠보니 어느새 밀려온 잔잔한 파도였다. 그리고 그 파도의 속삭임을 들을 수 있었다.

"괜찮다. 내가 너를 용서했단다. 뒤를 보아라."

일어서서 뒤를 돌아보니, 조금 전까지 비뚤비뚤 찍혀있던 발자국들이 모조리 파도에 지워지고 없었다. 그 사람은 환하게 웃으면서 힘차게 다시 걸어갔다.

몇 번을 고민하다가 이 이야기를 시작한다. 끊임없이 들려오는 '자살'

이야기다.

자살의 원인으로 **우울증**을 많이 꼽는다. 우울증은 자신의 능력을 벗어난 욕심이나 책임감에서 비롯되는 경우가 많다. 사람의 능력을 '그릇의 크기'에 비유하기도 한다. 자신의 그릇에 맞지 않는 무리한 욕심이나 책임감을 채우려는 사람들이 많다. 채워지지 않아서 좌절하고, 채워진다고 하더라도 계속해서 감당해 내는 것이 힘들어서 좌절한다. 그러한 좌절이 반복되다 보면 우울해지고, 급기야는 마음의 병인 우울증에까지 이르게 된다. 학교에는 우울한 학생들이, 그리고 학교 밖에는 우울한 어른들이 많다…. 우울한 그들과 대화를 나누다 보면 소외감을 느끼는 경우가 많다. 그들이 원하는 것은 값싼 위로가 아니다. 자신의 소원을 단번에 해결해주는 램프의 요정 '지니'를 만나는 것이기 때문이다.

『성경(聖經)』에 보면, "수고하고 무거운 짐을 진 사람은 다 내게로 오라. 내가 너희를 쉬게 할 것이다."라는 구절이 있다. 기독교인들뿐만 아니라, 일반인들도 삶이 힘들 때 위로를 받는 예수님의 말씀이다. 이 세상에 짐을 지지 않고 살아가는 사람은 없다. 문제는 자신이 감당해내기 어려운 무거운 짐을 진 경우에 일어난다. 자신이 원해서 스스로 무거운 짐을 짊어진 사람도 있지만, 가족이나 다른 사람의 강요와 부추김으로 인해 무거운 짐을 짊어진 사람도 많다. "네가 해야 해.", "너도 할 수 있어.", "내가 해야 해.", "나도 할 수 있어."라는 무리한 욕심과 일방적인 강요는 얼마 가지 못하고 당사자를 쓰러지게 한다. 예수가 무거운 짐을 진 사람을 부른 근본적인 이유는 '위로'가 아닌 '충고'이다. 위의 성경 구절 다음에, "나(예수)는 마음이 온유하고 겸손하니, 나의 멍에를 메고 내게서 배우라. 그러면 네가 쉼을 얻을 것이다. 내 멍에는 메기 쉽고 내 **짐은 가볍다.**"라는 내용이 이어진다. 예수는 무거운 짐을 잠깐 내려놓고 쉬었다가, 다시 그 짐을 짊어지라는 것이 아니다. 아예 그 무거운 짐을 버리고, 그 대신에 쉬운 멍에(책임감)를 메고 가벼운 짐(욕심)을 짊어지고 온유하고 겸손하게 살라고 충고하는 것이다. 즉, 이 메시지는 따뜻한 위로가 아니라 엄중한 충고인 것이다.

"제발, 그 짐을 버려라!"

"제발, 그 짐을 버리겠다고 선언하렴!"

그 짐을 버리지 않고는 누구도 너의 문제를 해결해 줄 수 없다. 심지어는 신(神)도 너를 어떻게 해줄 수 없다.

고통스러운 현실이, 그 사람을 극한적인 상황으로 내모는 경우가 있다.

어린 시절에 작은 시골 마을에서 살았던 적이 있다. 마을에는 몇 년 전쯤 타지에서 이사 온 부부가 있었다. 아저씨는 알코올중독환자였는데 자신의 아내를 심하게 학대했다. 마을 사람들이 그 아주머니를 마주칠 때마다, 멀리 다른 곳으로 도망가 버리라고 할 정도였다. 그러나 아주머니는 아저씨 곁을 떠나지 않았다. 그 집 마당에는 개도 한 마리가 있었는데, 아저씨는 묶여있는 그 개를 자주 때렸다. 개의 비명소리에 마을 사람들이 항의했지만, 아저씨의 거친 행동에 어쩔 수 없었다. 나는 기회를 엿보다가, 어느 날 아저씨가 없는 틈을 타서 개의 목줄을 풀어주었다. 그 개는 잠시 머뭇거리는가 싶더니 이내 집을 뛰쳐나가 버렸다. 그러고는 마을 어귀와 들판 곳곳으로 돌아다녔다. 아저씨는 며칠 동안 개를 잡으려고 애를 썼지만, 번번이 실패했다. 그 개가 아저씨만 보면 기겁을 하고 도망쳐버렸기 때문이다.

그러던 어느 날 마을이 소란스러웠다. 아주머니가 집에서 농약을 먹고 자살을 시도한 것이다. 서너 명의 마을 장정들이 아주머니를 업고 급히 병원으로 갔지만, 다음 날 아침에 숨을 거두고 말았다. 아주머니의 장례를 치르고 난 뒤 아저씨는 한동안 멍하니 있더니 말없이 마을을 떠나 버렸다. 결국, 그 개만 홀로 남게 되었다. 마을 사람들은 그 개를 마을 회관에서 공동으로 키웠다. 한번은 누군가가 말했다.

"그 아주머니 자살은 개만도 못한 죽음이었어. **차라리 도망가지**…."

간혹, 어떤 이의 죽음은 우리 모두를 아프게 한다.

"네 잘못이 아니야. 우리 모두의 잘못이야."라고 말하고 싶은 죽음도 있다. 우리는 종종 매스컴을 통해서나 주변에서 그런 죽음을 접하게 된다. "오래된 생활고 속에서 투병 중인 홀어머니와 어린 두 동생을 두고 자살한 여중생, 가정 폭력으로 초등학교 때부터 가출을 일삼다가 부모에 대한 원망으로 가득 찬 유서를 남기고 자살한 고등학교 자퇴생, 극심한 생활고에 시달리다가 두 살배기 아기를 남겨두고 자살한 십 대 미혼모…." 자신의 힘으로 감당해낼 수 없는 현실에 처해 있다면, 주변 사람들에게 도움을 요청해야 한다. 사람들은 냉정한 것 같지만, 내 이웃의 아픔에 대해서 외면하지 않는 사람들이 훨씬 더 많다. 그 이웃이 어린아이나 학생이라면 더욱 그렇다. 사회복지와 관련된 국가기관이나 봉사단체로부터도 도움을 받을 수 있다. 모든 국민은 세금을 낸다. 그 세금에는 어려운 이웃에 대한 도움의 몫도 포함되어 있다. 대한민국 국민이라면 국가로부터 당연히 도움을 받아야 한다. 대한민국을 외면하지 마라. 어려운 사람들을 위해서 해 줄 수 있는 것들이 많은 나라다. 긴급복지지원제도, 사회복지서비스제도, 각종 상담센터와 지원센터, 국민기초생활보장제도 등등. 도와 달라고 하면 도와주는 사람이 분명히 있다. 내가 탄 뗏목이 폭포수 쪽으로 떠내려가고 있는데, 넋 놓고 있을 거니? 하늘을 보지 말고 강가에 있는 사람들을 향해서 외쳐라. "도와주세요!"

이 세상에서 가장 두려운 일은 '죽는 것'이다. 그래서 제정신이라면 자살할 수 없다. 그런데 자살을 쉽게 하도록 하는 것이 있다. 바로 '술'이다. 사람이 술을 마신다. 그러나 자살을 고민하는 사람이 술을 마시면, 술이 그 사람을 마셔버린다.

내가 아는 사람의 경험이다. 그도 한때는 자살을 생각할 만큼 힘든 일이 있었다고 한다. 그런 상황에서 매일 술을 마시다 보니, 극단적인 생각을 자주 하게 되었고 실제로도 서너 차례 자살을 시도했었다고 한다. 어떻게 극복했느냐고 물었더니, 마시던 술병을 집어 던지고 이를 악물고 운동을 했다고 한다. 지팡이를 짚고 등산부터 시작했는데, 헬스는 물론이고 작년부터는 마라톤 동호회에도 가입했다고 한다. 최근 몇 년 사이에 그가 다녀온 산이 300여 개가 넘는다고 한다. 한번은 그와 함께 등산을 한 적이 있었는데, 산 정상에 올라가서 그가 했던 말이 기억에 남는다.

"운동은 저에게 생명입니다. 운동을 하면 내 몸에 있는 세포들이 강한 생명력으로 요동칩니다. 하지만 술은 독약입니다. 술을 마시면 내 몸에서 심각하게 우울해지는 세포들이 생겨납니다. 예전에 저는 그 우울한 세포들 때문에 여러 번이나 자살 충동에 시달렸습니다."

그는 술병을 집어던지고, 집 근처에 있는 봉화산(烽火山) 정상까지 지팡이를 짚고 헉헉거리면서 올라갔던 날이 그의 인생에서 가장 극적인 순간이었다고 한다. 그의 집 현관에는 그날 그가 사용했던 지팡이가 세워져 있다. 그런데 최근에, 그는 그 지팡이를 치워버렸다고 한다. 이제는 그때의 일을 떠올리는 것조차도 싫기 때문이라고 한다. 술을 사러 갈 힘이 있다면 운동을 해라. 운동을 하는 순간 그곳이 최고의 병원이며 동시에 자신이 환자, 간호사, 의사가 되는 종합 치료가 시작된다.

술처럼 자살을 유도하는 **'기생충'**이 있다.

란셋흡충이라는 기생충은 초식동물 몸속에 기생한다. 란셋흡충이 초식동물인 양(羊)의 몸속에서 알을 낳으면, 배설물을 통해서 알이 밖으로 나온다. 알에서 부화한 유충은 개미의 먹이가 되는데, 개미의 몸에 들어간 유충은 신경중추로 이동하여 개미의 뇌를 조종한다. 뇌를 조종당한 개미는 자신의 의지와는 상관없이, 초식동물에게 쉽게 잡아먹힐 수 있도록 풀잎 끝으로 올라가서 가만히 있게 된다. 이때 양이 와서, 그 풀을 뜯어 먹으면 개미도 같이 그 양의 입속으로 들어간다. 결국, 개미는 죽고 란셋흡충 유충만이 양의 몸속에서 살아남게 된다. 이와 비슷한 연가시라는 기생충도 있다. 연가시는 메뚜기와 같은 곤충의 몸속에서 기생한다. 연가시는 산란기가 되면, 신경조절물질을 분비해서 메뚜기의 뇌를 조종하여 메뚜기가 물을 찾아가도록 한다. 메뚜기는 자신의 의지와는 상관없이 물속으로 들어가서 죽는다. 이때 연가시는 죽은 메뚜기의 몸을 뚫고 나와서 짝짓기를 하고 물속에다 알을 낳는다. 알에서 부화한 연가시 유충들은 또 다른 과정을 통해서, 살아있는 메뚜기의 몸속으로 들어가 기생하게 된다. 고양이의 몸속에서 기생하는 톡소포자충은 쥐를 이용한다. 톡소포자충에 감염된 쥐는 성격과 행동이 변하게 되는데, 겁이 없어지고 활동량이 많아져 밤낮을 가리지 않고 돌아다닌다. 그러다가 고양이를 만나도 도망가지 않는다. 톡소포자충이 고양이 몸속으로 들어가기 위해서, 쥐의 뇌를 조정하여 고양이에게 쉽게 잡아먹히도록 하는 것이다.

우리 인간도 자신의 의지하고는 상관없이 자살을 시도하는 경우가 있다. 각종 정신질환이 자살에 큰 영향을 준다. 정신질환은 마음에, 즉 뇌에 병이 생겼다는 것이다. 당연히 전문 의사(정신건강의학과)를 찾아가서 진단을 받고 거기에 따라서 치료를 받아야 한다. 그렇게 했는데도 호전되지 않는다면? 당연히 다른 병원으로 또 다른 의사를 찾아가야 한다. 자신의 의지만 있다면 얼마든지 나을 수 있다. "일어서렴."

어느 날 교실 뒤쪽에 있는 책상에서, 여학생(고등학교 3학년) 셋이서 대화를 나누고 있었다. 평소 발랄한 모습의 아이들이었는데 그 자리에서는 분위기가 심각해 보였다. 한숨을 쉬기도 하고, 머리를 감싸기도 하고, 목소리도 평소와 다르게 가라앉아 있었다. 나는 다가가서 조심스럽게 물었다. "무슨 일 있었니? 분위기가 심각해 보인다." 그때 한 아이가 "방금 우리 셋이서 진로상담실에 가서 대학진학에 대해서 상담을 받고 왔습니다. 예상했던 대로, 내가 가고 싶은 대학이나 학과는 성적 때문에 이미 물 건너 가버렸습니다. 그나마 지금 내 성적으로 갈 수 있는 곳을 알아보았더니, **결과가 절망적이었습니다.**"라고 말했다. 그 아이의 말끝에 우리는 잠시 침묵했다. 잠시 후, 어색한 분위기에서 내가 한마디 했다. "공부를 잘하고 싶지 않은 학생은 없을 것이다. 해도 잘 안되니까, 좋은 성적이 나오지 않는 것이다." 그 순간 한 아이가 울컥하는가 싶더니 눈에 눈물이 맺히는 것이 보였다. 나도 울컥했지만 계속 말을 이어갔다. "그건 어른들도 마찬가지란다. 돈을 많이 벌고 싶지 않은 어른은 없다. 해도 잘 안되니까 원하는 만큼 돈을 벌지 못하는 것이다. 그렇다고 포기할 수는 없다. 너무 낙심하지 말고 지금 상황에서 최선의 선택을 해 보렴." 그러자 한 아이가 작은 목소리로 "아, 죽고 싶다."라고 했다….

'죽고 싶다'라는 생각은 누구나 할 수 있는 생각이다. 그러나 다른 사람에게는 고백하기 어려운 생각이다. 그런 '죽고 싶다'라는 생각에 대해서 이야기해 보려고 한다.

몇 년 전에, 대학생인 '정희경' 양과 '이유미' 양이 모교를 찾아왔다. 선생님들과 후배들을 만나는 과정에서, 나와 셋이서 따로 상담실에서 이야기할 기회가 있었다. 예상치 않았는데 한 시간 반이 훌쩍 지나가 버릴 정도로 진지한 대화가 오고 갔다. 아쉬움이 남아서 가까운 시일에 한 번 더 만나기로 하고 헤어졌다. 며칠 뒤에, 희경이가 다니고 있는 대학교 근처 커피숍에서 셋이서 다시 만났다. 그 자리에서 희경이의 아픈 고백을 들을 수 있었다. 고등학교 2, 3학년 때 극심한 자살 충동에 시달렸다고 한다.

"자존감이 밑바닥을 헤매던 시기였습니다. 그러다 보니, 친구들이나 선생님들이 장난으로 하는 말에도 상처를 많이 받았습니다. 지나가는 버스를 보면 뛰어들고 싶었고, 내 방에서 스스로 목을 매거나 학교 기숙사에서 뛰어내리는 상상도 자주 했습니다. 한번은 어느 일요일에 내

방에서 벽에다 줄을 묶고는, 목을 맨 적이 있었는데 생각보다 너무 아파서 금방 실패해 버렸습니다. 그날 내 방에서 몇 시간 동안이나 울었던 기억이 있습니다. 그때 당시 저는 사진 찍는 것을 극도로 싫어했습니다. 내가 죽은 다음에, 친구들이 사진 속에 있는 나를 가리키면서 '이 아이가 자살한 희경이야.'라고 말할 것 같았습니다. 매일 밤 기숙사 침대에서 잠들 때마다, 유서에 어떤 말을 남길까 하고 고민했고 룸메이트 몰래 울다가 잠든 적도 많았습니다. 한번은 엄마에게 자살 충동에 시달리고 있다고 고백했습니다. 엄마는 무척 놀라셨지만, 나의 그런 상황에 대해서 받아들이기 어려워하셨습니다. 그 뒤로는 엄마에게 더 이상 그런 내색을 하지 않았습니다. 엄마에게 미안했습니다. 그러던 어느 날, 같은 반에 '민찬'이라는 남학생이 나에게 다가오더니 '너, 요즘 죽고 싶니? 힘들어 보인다.'라고 진지하게 물었습니다. 그 말을 듣는 순간 너무 기분이 좋았습니다. 나는 민찬이를 데리고 학교 벤치로 가서, 그동안 내가 생각하고 있던 자살 방법들과 실제로 자살을 시도했던 일에 대해서 설명해 주었습니다. 한참을 설명하고 나니까 속이 다 후련했습니다. 아마도 누군가가 나의 현실을 있는 그대로 인정해 준다는 것이 너무나 반가웠던 것 같습니다."

나는 희경이의 고백을 들으면서 당황스러웠다. 내가 기억하고 있는 고등학교 때 희경이는 명랑한 모습이 많았기 때문이다. 나는 희경이에게 자살 충동에 시달리게 된 구체적인 원인에 대해서 말해 줄 수 있느냐고 물었다.

"딱 꼬집어서 말할 만한 특별한 이유는 없었던 같아요. 굳이 따진다면 그때 당시 저는 외모 때문에 자주 놀림을 받았고, 친한 친구의 작은 배신도 있었고, 남들과 비교되는 나 자신의 못마땅한 현실과 미래에 대한 불안감 등으로 힘든 시기를 보내고 있었습니다. 그런 상황에서도 마음을 나눌 수 있는 친구가 없었습니다. 그러다 보니, 나 혼자 어느 섬에 갇혀있다는 느낌이 들 때가 많았습니다. 어쩌면 청소년기에 흔히 겪을 수 있는 성장통 같은 것인데, 저만 유독 심했던 것 같아요. 고등학교 때 실시했던 성격검사에서, 감정 과잉으로 우울증에 걸릴 확률이 높은 것으로 나오기도 했습니다."

나는 고개를 끄덕이면서, 그 힘든 시기를 어떻게 극복할 수 있었느냐고 물었다.

"사람이 스스로 목숨을 끊는다는 것이 쉬운 일이 아니었습니다. 생각은 많아도 적극적으로 실행에까지 옮기지는 못했습니다. 특히, 내가 죽고 나면 고통받을 가족들이 눈에 밟혔습니다. 그러는 과정에서 어떻게든지 극복해보려고 노력했습니다. 3학년에 올라가서 독서를 많이 했고, 영화나 TV 드라마도 모바일 기기로 자주 봤습니다. 불면증이 있었는데 매일 밤 자기 전에 영화 1편씩을 꼭 보고 잤습니다. 그동안 나만의 세계 속에 갇혀 있다가, 그런 것들을 통해서 또 다른 세계를 접하면서 다른 생각들을 할 수 있었습니다. 그 무렵 '박예솔'이라는 새로운 친구가 생겼는데, 내 곁에 내 편이 있다는 것이 안정감을 주었습니다. 헬스클럽에도 다녔는데 불면증과 우울한 감정으로부터 벗어나는 데 큰 도움이 되었습니다. 하루는 예솔이와 함께 인근 도시로 가서 아주 오랜만에 새 신발이랑 새 옷을 샀습니다. 돌아오는 버스 안에서 나도 모르게 콧노래가 흘러나왔습니다. 몸과 마음이 회복되면서, 어둡고 긴 터널을 빠져나온 것처럼 그동안 안 보였던 것들이 보이기 시작했습니다. 일 년 반 동안이나 계속된 그 시기는 지독한 아픔이었지만, 내 인생의 깊이를 더해 주었다고 생각합니다."

나는 그날 희경이와 대화를 나누면서, 이십 대 초반의 여대생이 아닌 인생을 어느 정도 살아온 삼사십 대 어른을 대하는 것 같았다. 옆에서 조용히 듣고 있던 유미가 한마디 했다.

"희경이는 지금도 독서를 많이 해요. 대학에 다니면서 아르바이트도 하고 있는데, 언제 그렇게 책을 읽는지 모르겠어요. 그리고 예전에 비해서 많이 뻔뻔해졌어요. 오늘 입고 나온 분홍색 블라우스도 완전히 아줌마 스타일이잖아요. 웬만해서는 남들의 시선을 의식하지 않아요."

우리는 깔깔거리면서 웃었다. 그런데 잠시 후, 유미가 자신도 중학교 때 죽고 싶다는 생각을 한 적이 있다고 했다.

"중학교 2학년 때, 사소한 일로 두 살 위인 친언니와 다투었습니다. 그 뒤로 한동안 가족들과 대화를 하지 않고 지냈습니다. 집에 있을 때는, 내 방에 틀어박혀서 나오지 않는 시간이 많았습니다. 그런 저를 엄마가 걱정하시면서 다정하게 대해주셨는데, 그럴 때마다 저는 귀찮다는 표정으로 일관했습니다. 한번은 내 방에서 거울을 보다가, 거울 속에 비친 내 모습이 너무 싫게 느껴졌습니다. 저는 순간적으로 욱하는 마음에 벽에 걸려있던 거울을 떼어내서 옷장 속에 넣어버렸습니다. 그 무렵 교과성적이 많이 떨어졌는데 담임선생님께서 불러서 상담을 해주셨습니다. 그날 학교를 빠져나와 집으로 돌아오는 길에, 눈물이 나면서 갑자기 죽고 싶다는 생각이 밀려왔습니다. 그 뒤로도 그 생각이 머릿속에서 떠나지 않았습니다. 희경이처럼 구체적으로 죽는 방법까지는 생각하지 않았지만, '**죽으면 편하지 않을까?**'라는 생각을 자주 했습니다. 그러는 중에 나도 모르게 눈물을 흘리곤 했는데, 내 호주머니에는 항상 손수건이 있었습니다. 친구들은 그런 내 상태를 눈치채지 못했습니다. 친구들 앞에서는 내색하지 않았기 때문입니다. 지금 생각하면 자존감이 아주 낮았던 시기로, 사소한 일로도 정서적으로 지나치게 예민했던 것 같습니다."

나는 유미에게도, 어떻게 해서 그런 죽고 싶다는 생각에서 벗어날 수 있었느냐고 물었다. 그런데 대답이 어이가 없었다.

"어느 날 밤에 자다가 꿈을 꾸었습니다. 꿈속에서 검은 옷을 입은 사람이 나에게 다가오더니, 두 장의 카드를 내밀었습니다. 한쪽 카드에는 '死(죽다)'가, 다른 쪽 카드에는 '生(살다)'이라는 글자가 새겨져 있었습니다. 그 순간 온몸이 바르르 떨리면서 죽는다는 것이 너무 무서웠습니다. 나는 재빨리 '生'자를 낚아채서 손에 꼬옥 쥐고는 죽어라고 도망쳤습니다. 그러다가 크게 넘어졌는데 그 순간 꿈에서 깨어났습니다. 그 뒤로는 죽고 싶다는 생각을 하지 않았습니다."

우리는 또다시 깔깔거리면서 웃었다.

위의 희경이와 유미가 공통적으로 언급했던 단어가 있다. 바로 '자존감'이다. 자존감(자아존중감, self-esteem)이란, 자신을 존중하는 마음을 말한다. 자살 충동에 시달리는 사람은, 심리적인 면에서 자존감이 낮은 상태인 경우가 많다. 한번 자존감이 낮아진 사람은 계속해서 추락하려는 성향을 띠게 된다. 그로 인해 자존감은 더 낮아지고, 더 낮아진 자존감으로 인해 다시금 자존감이 더 낮아지고 하는 악순환에 빠져들게 된다. 끝없이 추락하기만 하는 자존감을 회복하기 위해서는 심리적으로 터닝 포인트가 있어야 한다. 이때는 외부적인 영향보다는, 자신의 주관적인 판단과 의지에 의해서 이루어지는 것이 좋다. 자존감은 각 개인의 주관적인 감정에 의해서 형성되는 산물이기 때문이다.

각 사람의 자존감은 고정적일까? 아니다. 새끼 새와 어른 새, 올챙이와 개구리, 애벌레와 나비는 자존감이 각각 다르다. 자신이 미운 오리 새끼라고 생각하는 백조와 자신이 오리가 아닌 백조라는 사실을 깨닫게 된 백조는 자존감이 각각 다르다. 자신의 잠재력을 아직 발견하지 못한 사람과 자신의 잠재력을 발휘하고 있는 사람은 자존감이 각각 다르다. 각 사람의 자존감에는 인정하고 받아들여야 하는 부분도 있지만, 발견하고 깨달아가고 만들어가고 성장해가는 상당한 부분이 있다. 그러한 과정에서 사람마다, 높거나 낮거나 혹은 빠르거나 늦거나 하는 차이는 자연스러운 것이다. "명심하렴!" 각 사람의 자존감은 그 사람의 의지와 노력에 따라 얼마든지 달라질 수 있다는 것을….

자신의 자존감을 '남들이 나를 어떻게 보느냐?'로 확인하려는 사람들이 있다. 이는 잘못된 기준이다. 자신의 자존감은 '내가 나를 어떻게 보느냐?'로 확인해야 한다. 내 안에 있는 나의 자존감은 남들이 아닌, 내가 스스로 조종하고 그 의미도 결정할 수 있어야 한다. 내가 주체가 되고 기준이 되면, 남들은 나에게 대상으로 존재하게 된다. 그 대상 중에는 가까이서 보거나 멀리서 보는 것이, 혹은 아예 외면해 버리는 것이 나에게 더 좋은 대상도 있다. 나에게 있어서 이 세상 모든 사람은, 내가 어떻게 보느냐에 따라 그 사람의 의미가 결정된다. 나는 남들의 대상으로서가 아닌, 남들을 대상으로 보는 주체로서 존재하는 것이다. 이것이 바로 자존감의 본질이다. "명심하렴!" **내 삶의 기준**과 주체는 나 자신이 되어야 한다는 것을….

청소년기는 세상살이에 대한 경험이 부족하고 정신적으로도 미성숙한 시기이다. 그러다 보니, 사소한 일에도 감정의 기복이 심하게 나타나는 경우가 있다. 특히, 부정적인 감정을 잘 다스리지 못하면 심각한 문제를 일으킬 수 있다. 부정적인 감정이 깊어진 채로 지속되다 보면 우울한 감정에 빠지게 되고, 더 오랫동안 진행되면 우울증에 걸리게 되는데, 최악의 경우에는 자살 충동과 자살 시도에까지 이르게 된다. 그런 상태를 경험해 보지 못한 청소년이나 교사, 부모의 입장에서는 납득하기 어려운 일일 것이다. 하지만 본인에게는 심각한 상황이다. 그러므로 주변 사람들의 반응이 중요하다. 사소한 일로도 크게 상처를 받을 수 있기 때문이다. 만약 위의 희경이와 유미에게, 그 힘든 시기에 주변 사람들로부터 부정적인 충격이 더해졌더라면 더 심각한 상태에 이르렀을 것이다. 반면에, 사소한 일로도 계기가 되어서 극복하는 경우가 많다. 이때는 본인 스스로 그러한 계기를 만드는 것이 중요하다. 진정한 의미에서의 극복이란, 자기 자신이 주체가 되어 이루어질 때 가능한 것이다. 위의 희경이가 했던 것처럼 독서, 영화, 드라마, 운동도 좋은 방법이다. 한편, 본인 스스로의 노력 못지않게 주변 사람들의 관심도 큰 도움이 될 수 있다. 그런 역할을 할 수 있는 최고의 적임자는 '친구'다. 친구에 관한 온갖 명언들이 있다. 친구란, 인디언 말로 '내 슬픔을 등에 지고 가는 자'라는 뜻을 가지고 있다고 한다. 주변에 힘들어하는 친구가 있다면, 조금만 아주 조금만이라도 그 친구의 슬픔에 관심을 가져주렴. **친구의 진정한 가치**를 알게 될 것이다.

한번은 학교에서 실시하는 '자살 예방교육'을 마치고 나서, 수업시간에 학생들(고등학교 2학년)에게 물었다.

"중·고등학교 때, 죽고 싶다는 생각을 한 번이라도 해본 학생이 있으면 손을 들어보세요."

서로 눈치를 보더니, 서른 명 중에서 서너 명이 손을 들었다. 나는 같은 내용을 다르게 물어보았다.

"중·고등학교 때, 죽고 싶다는 생각을 한 번도 해보지 않은 학생이 있으면 손을 들어보세요."

이번에도 서로 눈치를 보더니, 서른 명 중에서 대여섯 명이 손을 들었다. 나는 대여섯 명을 제외한 나머지 학생들에게 물었다.

"어떤 상황에서, 죽고 싶다는 생각을 하게 되었는지 말해 보세요."

부모님에게 심하게 혼났을 때, 실패나 좌절이 반복될 때, 나 자신의 미래가 암울하다고 느낄 때, 열등감에 빠졌을 때, 친구들에게 따돌림을 당했을 때, 슬프거나 괴로운 일이 생겼을 때, 몸이 많이 아팠을 때, 가정불화가 계속될 때, 무기력할 때, 사는 게 허무하다고 느껴졌을 때….

나는 학생들의 대답을 들으면서 속으로 뜨끔했다. 어른들도 마찬가지기 때문이었다. 아니 어른들은 더 그런지도 모른다. 살아가면서 죽고 싶다는 생각을 해보지 않는 사람은 없다. 하지만 실제로 행동으로까지 옮기지는 않는다. 생각만 할 뿐이다. 죽고 싶다는 생각을 하다가도, 나를 향해서 달려오는 자동차를 보면 재빨리 피한다. 높은 곳에서 아래를 보면 무서워서 뒤로 물러선다. 죽음에 대한 두려움은 인간의 본능이다. 인생은 살고 싶어서 살아가기도 하지만, 때로는 죽지 못해서 살아가는 경우도 있다. 너만 그런 것이 아니다. 그러니까 살자.

죽음이란, 안 좋은 것일까? 우리는 나하고 가까운 사람이 죽으면 슬퍼하고 괴로워한다. 그걸 보면 죽음이란 안 좋은 것인가 보다. 그러나 죽음이 안 좋은 것이라는 생각은 인간의 오해일 수 있다. 죽음은 좋은 것일지도 모른다. 죽음은 삶의 끝이다. 죽음이라는 끝이 있기에, 우리들의 삶이 소중하고 또 소중한 것이다. 만약 죽지 않고 영원히 산다면, 우리들의 삶이 지금의 유한한 삶만큼이나 소중할 수 있을까? 죽음은 삶의 가치를 최고로 끌어올리는 완벽한 장치다. 그리고 죽음은 모든 사람에게 유일하게 **완벽하게 공평한** 일이다. 행복한 사람이나 불행한 사람이나, 잘난 사람이나 못난 사람이나, 부자나 가난한 사람이나, 잘생긴 사람이나 못생긴 사람이나 결국에는 모두 죽는다. 그래서 우리는 누구도 피할 수 없는 죽음에 대해서 너무 두려워할 필요 없다. 마찬가지로 우리들의 이런저런 삶의 차이에 대해서도, 너무 억울해하거나 혹은 너무 우월해하거나 해서는 안 될 것이다. 어느 날 죽음의 그림자가 자신에게 엄습해 왔을 때, 그러한 억울함과 우월함이 무슨 의미가 있겠는가. 죽음은 삶의 크고 작은 문제들에 대해서, 아주 쉬운 결론을 가져다주는 완벽한 장치이다.

우리는 죽기 위해서 태어난 존재일까? 아니다. 우리는 살기 위해서 태어난 존재이다. 삶이 없으면 죽음도 있을 수 없다. 죽음은 오로지 삶

이후의 문제이며, 특히 인간의 영역을 벗어난 문제이다. 한 번 죽어 버린 사람은 이미 죽었기에, 죽어 있는 자신을 위해서 아무것도 어떻게 할 수 없다. 그래서 우리는 자신이 어떻게 할 수 있는 살아 있는 자신을 위해서 살아야 한다. 완벽한 삶이란, 더는 살아야 할 삶이 없을 때까지 사는 삶이다. 내 몸으로부터 신호가 온다. 늙고 기력이 쇠해지면 이제는 내가 살아야 할 삶이 거의 남지 않았음을 알게 된다. "이제는 그만 죽고 싶다. 너무 피곤하다…." 어느 노인의 진실한 고백이다. 그때 죽는 죽음이야말로 완벽한 죽음일 것이다.

죽음을 앞두게 되면, 죽는 것보다 더 두려운 것이 있다. 내가 살아온 삶을 되돌아보는 일이다. 내가 살아온 삶이, 죽음의 의미뿐만 아니라 죽음 이후의 모습도 결정해 버릴 것이라는 본능적인 직감 때문이다. 어느 날 죽음이 찾아오면, 그때까지 내가 살아온 삶을 되돌아보자. 그리고 이 세상에서 마지막 꿈을 꾸어보자….

인간은 제정신으로도 스스로 죽음을 선택할 수 있는 유일한 존재이다. 그래서 살아야 할 삶의 가치보다, 더 큰 가치를 위해서 자신의 죽음을 선택하는 사람이 있다. 일시적으로 생겨난 욱한 감정이 아니라, 냉정한 판단에 의해서 죽음을 선택하는 것이다. 우리는 그들의 죽음에 대해서 의로운 죽음, 위대한 죽음, 역사적인 죽음이라는 말과 함께 의로운 삶, 위대한 삶, 역사적인 삶이라는 말도 덧붙인다. 그들은 죽기 위해서 죽음을 선택한 것이 아니다. 더 가치 있는 자신의 삶을 위해서, 혹은 타인의 삶을 위해서 죽음을 선택한 것이다. 그래서 어떤 사람은 이미 죽었는데도, 오히려 더 강력하게 살아있는 경우가 있다.

때로는 견딜 수 없는 고통으로부터 벗어나기 위해서 스스로 죽음을 선택하는 사람이 있다. 그런 죽음에 대해서 타인이 이러니저러니 함부로 비평해서는 안 된다. 내가 그 사람이 되어서 그와 같은 상황에 처해 보지 않았기 때문이다. 지구상에 존재하는 모든 생물 중에서, 인간만이 자신이 언젠가는 죽을 수밖에 없다는 사실을 인지하고 살아간다. 뿐만 아니라, 인간만이 자신의 죽음을 스스로 계산할 수 있다. 그래서 누군가가 스스로 선택한 죽음은, 그 사람에게는 어쩔 수 없는 최후의 계산이었는지도 모른다….

인간 왜 살까? 인간 이외의 다른 생물들은 왜 살까?

산속에 사는 잣나무에게, 들판에 사는 늑대에게, 바다에 사는 고래에게 "왜 사느냐?"라고 물어보렴. 그것들도 말을 할 수 있다면 아마도 "**그냥 살아요.**"라고 대답할 것이다. 잣나무는 누가 사는 이유를 가르쳐주지 않아도, 늑대는 누가 사랑해주지 않아도, 고래는 누가 인정해주지 않아도 그냥 산다. 인간도 마찬가지다. 사는 이유가 있어야지만 사는 것이 아니다. 이 세상에 그 어떤 철학자나 사상가, 위인, 천재도 인간이 사는 완벽한 이유를 찾지 못했다.

옛날 어느 산속에, 그 시대에 최고의 성인(聖人)으로 알려진 한 사람이 살고 있었다. 하루는 한 젊은이가 그 성인을 찾아와서 심각한 표정으로 "사는 게 너무 허무해요. 인간이 사는 이유를 말해주세요."라고 했다. 그러나 그 성인은 말없이 미소만 지을 뿐, 한참을 기다려도 대답해주지 않았다. 왜 그랬을까? 그도 인간이 사는 이유를 몰랐기 때문이다. 결국, 실망한 젊은이는 다시 산에서 내려가려고 일어섰다. 그런데 그 순간, 그 젊은이는 무언가를 깨달았다는 듯이 표정이 밝아졌다. 이어서 먼 산을 바라보더니 "**인생 별것 없네.**"라고 중얼거렸다. 젊은이가 사라지고 나서, 잠시 후 그 성인도 산에서 내려가려고 부랴부랴 짐을 쌌다. 그도 무언가를 깨달았기 때문이다.

그래도 나는 반드시 사는 이유가 있어야겠다면? 자신이 그 이유를 만들거나, 찾거나, 선택하거나, 받아들이거나 하면 된다. 방법은 많다. 생각을 통해서, 종교를 통해서, 역사를 통해서, 경험을 통해서, 자연을 통해서, 환경에 의해서, 양심에 의해서, 본능에 의해서…. 그 이유가 특별하면 특별하게, 평범하면 평범하게, 가치 있으면 가치 있게, 천박하면 천박하게, 어쩔 수 없으면 어쩔 수 없이, 짐승 같으면 짐승처럼… 살아갈 것이다. 지구상에 존재하는 모든 생물 중에서, 인간만이 자신이 사는 이유를 의식하면서 살아갈 수 있다. 인생의 정답은 하나가 아니다. 100명의 사람이 있다면 사는 이유도 100가지다.

이 세상에 태어나고 싶어서 태어난 사람은 없다. 그래서 살고 싶지 않아도 살아야 하는 것이 우리의 운명일 것이다. 훗날 신(神)이 흐뭇한 표정으로 "너는 왜 그렇게 살았느냐?"라고 물으면, 수줍은 표정으로 "한 번뿐인 인생, 가치 있게 살아보려고 노력했습니다."라고 말하렴. 이는 신이 인간에게 바라는 최고의 대답일 것이다. 혹시 신이 심각한 표정으로 "너는 왜 그렇게 살았느냐?"라고 물으면, 슬픈 표정으로 "저는 어쩔 수 없이 그렇게 살았습니다."라고 변명하렴. 우리는 신에게 최소한 자신의 삶에 대해서 변명할 수 있어야 할 것이다. 그러나 우리가 신에게 해서는 안 될 변명이 있다. "저는 신이 없는 줄 알고, 짐승처럼 살았습니다."라고 하는 것이다. 그러면 신은 냉정하게 "그럼 너는 원래부터 인간이 아니라 짐승으로 태어났던 것이냐?"라고 되물을 것이다. 짐승들이 살아가는 모습에 대해서, 인간이 좋다거나 나쁘다거나 말할 수 없다. 짐승은 짐승으로 태어났기에 짐승처럼 살아갈 뿐이기 때문이다. 하지만 인간이 짐승처럼 살면 크게 잘못된 것이다.

예전에 어느 식당에서 식사를 하고 있는데, TV를 통해서 한 유명인의 자살 소식이 전해지고 있었다. 옆에 있던 한 노인 분이 "저 사람 참 욕심이 많네. 저렇게 단번에 모든 것을 끝내려고 자살해 버린다면, 나는 그동안 수십 번도 넘게 자살했을 거다."라고 했다. 그러고는 얼핏 눈물을 삼키는 것이 보였다. 그 모습을 지켜보던 식당 안에 있던 사람들은 갑자기 숙연해졌다. 나는 여전히 살아가고 있는 우리들이 대단해 보였다. 살아있다는 것은 대단한 일이다.

사람은 누구나 나이를 먹고 자신의 삶을 되돌아보면, 많은 순간들이 기적이었음을 알게 된다. 지금 너는 네 인생에서 '**또 하나의 기적**'을 넘고 있는 것이다. 인생은 부분만 보지 말고 전체를 봐야 한다. 어느 한 부분만 보면 아픈 상처지만, 인생 전체를 놓고 보면 그 상처 때문에 더 아름답고 더 가치 있는 인생이다. 들판에는 꽃이, 하늘에는 별이 그리고 우리들의 마음속에는 '상처 꽃'이 '상처 별'이 있다.

만 원짜리 지폐 한 장이 상당 부분 훼손된 적이 있었다. 버리려고 하다가 은행에 가지고 갔더니, 신기하게도 오천 원짜리 지폐 한 장으로 바꾸어 주었다. 그런데 이전의 만 원보다 새로 받은 오천 원이 더 소중하게 느껴졌다. 손상된 화폐는 손상 정도에 따라 전액 혹은 반액으로 교환해 준다. 심지어는 불에 타서 재가 되어버린 화폐도 정밀감식을 통해서 그에 상응하는 금액으로 교환해 준다. 한번은 가족과 함께 여행하는 중에, 어촌 마을에서 민박을 하게 되었다. 그런데 민박집에서 화장실에 다녀온 아이가 변기통에 돈이 빠져 있는 것 같다고 했다. 가서 보니 재래식 화장실이었는데 약간의 지폐뭉치가 보였다. 주인아저씨에게 물어봐도 모르는 상황이었다. 재래식 화장실이라서 상황이 난감했지만, 기어코 돈을 건져냈다. 여러 번 씻고 나서 세어보니 만 원권으로 이십 만 원이었다. 똥통에 빠졌던 행운의 돈이라고 해서 잘 말려서 좋은 일에 사용했다.

인생을 살다가 보면 이 돈처럼 더러운 곳에 빠져서 버림받았다고 느껴질 때가 있거나, 크고 작은 상처로 찢기어져서 좌절할 때도 있거나, 불타버린 돈처럼 모든 것을 잃어버릴 때도 있다. 그럴 때 포기하면 안 된다. 씻어 내거나 바꾸면 된다. 남아있는 가치만으로도 얼마든지 다시 시작할 수 있다. 가치가 전보다 못할 수 있다. 욕심을 낮추어서 만 원짜리 인생이 아니라 오천 원짜리 인생을 살면 된다. 그것마저도 없으면, 국가기관으로부터 혹은 다른 사람들에게 도움을 받아서라도 살면 된다.

한 사내가 자신의 전 재산을 팔아서 세상에서 가장 비싼 다이아몬드를 샀다. 그리고 항상 그 다이아몬드를 자랑스럽게 목에 걸고 다녔다. 어느 날 사막을 혼자서 지나가다가 그만 길을 잃어버리고 말았다. 며칠을 헤매다 보니 급기야 탈진해서 죽을 지경에 이르렀다. 그때 마침 낙타를 타고 그곳을 지나던 한 나그네를 만났다. 사내는 그 나그네를 붙잡고 제발 물을 달라고 애원했다. 나그네는 사내를 훑어보더니, 물 한 병과 낙타를 줄 테니 대신에 다이아몬드를 달라고 했다. 사내는 망설이지 않고 다이아몬드를 내어주고 물 한 병과 낙타를 얻었다. 그리고 무사히 사막을 빠져나와 집으로 돌아올 수 있었다. 그 후, 그 사내는 이전하고 전혀 다른 인생을 살았다.

내가 가지고 있는 것 중에서 가장 큰 가치는? 나 자신이다. 모든 것을 다 잃어도 나 자신이 남아있다면, 원래 100% 그대로 남아있는 것이다.

인간은 이성적일까? 감정적일까? 인간은 대단히 감정적이다. 특히, 여러 감정들 중에서 '**모멸감**'과 '**수치심**'은 상당히 위험한 감정이다.

○○중학교에서 근무할 때 일이다. 우리 반에 한 남학생이 몇몇 학생들로부터 놀림을 받는 모습이 여러 번 목격되었다. 반 아이들을 대상으로 쪽지상담을 해보았으나, 그 아이와 관련된 특별한 내용은 없었다. 그러던 어느 날 그 아이의 아버지로부터 전화가 왔다. 최근에 아들 녀석이 밤마다 잠꼬대를 하는데, 몇몇 친구들의 이름을 들먹이면서 심한 욕을 해댄다는 것이다. 혹시나 해서 아들의 가방을 뒤졌더니 수상한 물건이 발견되었다고 한다. 나는 급히 반 아이들 몇 명을 불렀다. 그리고 그동안 감추어져 있던 진짜 사실을 파악할 수 있었다. 아이들의 고백을 들으면서 현기증이 났다. 나는 정신을 차리고, 그 아이를 집중적으로 괴롭힌 세 명의 아이들을 학교 도서관으로 불렀다. 한 사람씩 따로 마주하면서 그 아이를 괴롭힌 이유에 대해서 물었다. 서로에게 책임을 전가하느라고 말도 안 되는 변명들을 늘어놓았다. 나는 세 명을 한 자리에 불

러놓고 두 가지를 부탁했다. 하나는 그동안 그 친구를 괴롭혔던 사실에 대한 진술서이고, 다른 하나는 그 친구에 대한 사과의 편지였다. 세 명을 따로 떨어져서 앉게 한 후 시간을 충분히 주었다. 사과의 편지는 그 친구에게 직접 전달하게 하고, 진술서는 내 책상 서랍에 넣어두었다가 1년 뒤 졸업하는 날 소각해서 없애기로 했다. 그 뒤로 별 탈 없이 잘 마무리되었지만, 교직 생활 중에서 아주 급박했던 사건이었다.

예전에 무척 명랑한 고등학교 남학생이 있었다. 가끔 눈치가 없는 행동을 할 때도 있지만, 여기저기 안 끼는 데가 없을 정도로 넉살이 좋았다. 그 아이의 넉살은 역대 최강으로 우리 학교에서 모르는 사람이 없을 정도였다. 우리 반 학생은 아니었지만, 둘이서 학교 밖으로 나가서 몇 번 식사를 할 정도로 친하게 지냈다. 그럴만한 이유가 있었는데 종종 고민이 있다면서 나를 찾아왔다. 몇몇 아이들이 자신을 괴롭힌다는 하소연이었다. 전혀 예상치 못한 아이들도 끼어 있었다. 한번은 그 아이들을 불러서 따져봐야겠다고 했더니 급히 말리면서 말했다.

"선생님, 놔두세요. 제가 부족해서 그런 거니까. 그 애들도 언젠가는 자신의 잘못을 알게 될 거예요."

나는 그 아이의 넉살스러운 푸념에 번번이 웃고 말았다. 그 뒤로 그 아이는 고등학교를 졸업하고 대학에 진학했다. 대학에 다니면서 몇 차례 학교를 찾아왔는데 여전히 명랑했고 넉살은 이전보다 더했다. 한번은 나에게 조용히 다가오더니 흐뭇한 소식이라면서 전해 주었다. 고등학교 때 자신을 무던히도 괴롭히던 한 친구가, 군대 휴가 중에 찾아와서 진심으로 사과를 했다고 한다. 대학생활은 어떠냐고 물었더니, 자기 학과에서 인기가 최고이며 학점도 우수하고 학과 간부도 맡고 있다고 자랑을 했다. 사회복지사를 꿈꾸고 있다. 생각하면 언제나 기분이 좋아지는 제자다.

그 제자에게 들었던 재밌는 이야기가 있다.

"한 시골 아주머니가 난생처음으로 서울에 오게 되었습니다. 강남 번화가를 걷다가 갑자기 길 한복판에서 소변이 마려웠습니다. 주변을 두리번거렸으나 화장실을 찾을 수가 없었습니다. 그 상황에서 시간이 지나자, 한 발자국만 더 움직이면 소변이 쏟아질 지경이 되었습니다. 어쩔 수 없이 멈추어 선 자리에서 소변을 누어야 했습니다. 지나가는 사람들이 많았습니다. 창피하고 수치스러울 게 뻔했습니다. 그런데 그 순간, 그 아주머니는 아주 용감한 생각을 해냈습니다. 수건을 꺼내서 자신의 얼굴을 가리더니, 속옷을 내리면서 그대로 길바닥에 주저앉아 소변을 누기 시작했습니다. 그러고는 '사람들은 내 얼굴이 안 보인다. 나도 사람들이 안 보인다.'라고 중얼거렸습니다. 5분여 동안 마음껏 소변을 누었습니다. 그러고 나서 아무 일도 없었다는 듯이 뻔뻔스럽게 그 자리를 벗어났습니다. 뒤에서 몇몇 사람들이 수군거렸으나, '나하고는 상관없는 말이야.'라고 하면서 계속 걸어갔습니다."

나는 이 이야기를 듣고 한참을 웃었다. 그리고 인생을 좀 뻔뻔하게 살아야겠다는 생각을 해보았다.

어느 거지의 고백이 생각난다. 사업에 실패하고 여러 곳을 전전하다가 결국 거지가 되었다고 한다. 처음에는 자신을 불쌍하게 쳐다보는 사람들의 시선 때문에 구걸하는 것이 힘들었다고 한다. 그러나 지금은 사람들이 자신을 불쌍하게 볼수록 더 좋다고 한다. 그럴수록 수입이 많아지기 때문이다.

살다가 보면, 남들이 주는 모멸감이나 수치심이 꼭 나쁜 것만은 아니다. 내가 어떻게 반응하느냐에 따라 얼마든지 의미가 달라질 수 있다. "불쌍하다.", "왜 그렇게 사니.", "이 바보야.", "한심하다.", "이상한 사람이네."… 때로는 이런 말들을 들어도 괜찮다. 정말이다. 나의 정체성은 남들의 평가로 결정되는 것이 아니다. 남들의 평가에 대한 나의 반응이 곧 나의 진짜 정체성이다. 까마귀가 사자에게 "너는 날지도 못하는 바보야."라고 놀려도 사자는 꾹 참는다. 까마귀는 힘들게 잡아봐야 먹을 것이 별로 없기 때문이다. 까마귀 잡을 힘으로 차라리 들소를 잡는 것이 더 현명한 일이다.

남들이 나를, 실제보다 높게 평가하는 것보다 낮게 평가하는 것이 좋은 경우가 있다. 나는 100만큼의 능력이 있는데, 남들이 나에게 150만큼 기대하면 힘들어진다. 평소에 남들이 나에 대해서 70만큼만 기대하게끔 해놓는 것이 좋다. 그렇게 해놓고 쉽게 70만큼 해라. 가끔은 100만큼도 해라. 남들이 깜짝 놀랄 것이다. 남들의 기대대로 150만큼 해낸다면, 그다음에 그들은 나에게 200만큼, 300만큼… 계속해서 요구할 것이다. 그러다가 정말로 스트레스를 받아서 죽을 수 있다. 남들의 기대만큼 산다는 것은 도구의 인생이다. 아무리 뛰어난 천재도 누군가의 도구로 살게 되면 결국 바보가 된다. 바보도 자기 삶의 주체로 살면 자기 인생에서 천재가 될 수 있다. 내 삶의 주체로서 나답게, 나처럼, 나만큼 하렴. 그럴 때 나만의 최고의 작품이 나온다.

"욕을 많이 얻어먹으면 오래 산다."라는 속담이 있다. 정말로 나빠서 듣는 욕이 아니라면, 남들에게 욕을 많이 얻어먹고 오래 사는 것도 그리 나쁘지 않다. 나를 욕하는 사람이, 나를 싫어하는 사람이, 나를 비난하는 사람이 많다는 것은 그만큼 '나만의 인생'이 확실하다는 것이다.

살다 보면 '내가 남들에 비해서 비정상인가?'라고 고민이 되는 경우가 있다. 하지만 남들과 다른 것처럼 보이는 비정상적인 내가, 나에게는 지극히 정상일 수 있다. 우리는 본질적으로 모두가 각각 다를 수밖에 없는 지극히 개성적인 존재이기 때문이다. 남들과 다름을 두려워하지 마라. 오히려 그 다름 속에서 진정한 나를 찾아내라. '그 백조'가 가장 '그 백조'로 보일 때는, 백조 무리 속이 아니라 오리 무리 속에 있을 때이다. '그 참나무'가 가장 '그 참나무'로 보일 때는, 숲속이 아니라 들판에 홀로 있을 때이다. '그 사람'이 가장 '그 사람'으로 보일 때는, 남들은 모두 산 정상으로 올라가는데 혼자서 내려갈 때이다. 살다가 보면 어느 시기에, 주변 환경과 남들의 모습이 예전과는 다르게 너무 싫어지는 경우가 있다. 이 시기는 남들과 다른 나를 발견하고 만들어가는 고독의 시기일 수 있다. 살다가 보면 그런 고독의 시기가 여러 번 찾아온다. 때로는 지독하게 고독하고 외로워야 한다. 지극히 개성적인 나를, 본질적인 나를 그리고 가장 강한 나를 만나기 위해서….

석가모니 부처님이 어느 날 연못 주변을 산책하다가, 제자인 '아난다'에게 해주었던 이야기가 있다.

"넓은 바다 밑에 눈먼 거북이 한 마리가 살고 있다. 그 바다 위에는 구멍 뚫린 나무판자 하나가 떠다닌다. 눈먼 거북이는 백 년에 한 번만 물 위로 머리를 내놓을 수 있다. 그때 눈먼 거북이가 극적으로 구멍 뚫린 나무판자를 만나게 되면, 구멍에다 목을 걸치고 잠시 쉴 수 있다. 그러나 구멍 뚫린 나무판자를 만나지 못하면, 다시 바다 밑으로 들어가서 백 년을 기다려야 한다. 눈먼 거북이가 넓은 바다에서, 백 년에 한 번 물 위로 머리를 내어놓다가 구멍 뚫린 판자를 만나는 것보다 더 힘든 일이 있다. 바로 사람으로 태어나는 것이다."

함부로 살 수 없는 우리들의 인생이다.

"돈을 잃으면 적게 잃는 것이고, 명예를 잃으면 많이 잃는 것이고, '**용기**'를 잃는다면 전부를 잃는 것이다." 영국의 총리였던 처칠(Winston Churchill, 1874~1965년)이 했던 말이다. "여기(지옥)에 들어오는 그대, 모든 '**희망**'을 버려라." 이탈리아 시인 단테(Alighieri Dante, 1265~1321년)의 작품 『신곡(神曲)』에 나오는 말로, 이 말은 지옥의 입구에 새겨져 있다.

우리들의 삶은 매 순간이 용기다. 하고 싶어서 하는 일보다 용기를 내서 하는 일들이 많다. 아침에 제시간에 겨우 일어나는 것도 용기다. 우리가 최후까지 버리지 말아야 할 것은 희망이다. 거울 속에 비친 나를 보고 억지로 미소 짓는 것도 희망이다. 자살하지 마라. 세상을 살다가 보면 정말로 죽었으면 하는 사람은 죽지 않더라. 그런데 왜 네가 죽어야 하니? 지금 너는 계산을 잘못했다. 우리 인간은 '되어있는 존재'가 아니라 '되어가고 있는 존재'이다. 잘못 만들어진 제품이나 사용하다가 고장 난 제품은 폐기해도 된다. 그러나 우리 인간은 이미 만들어진 완성품이 아니라, 계속해서 만들어져 가고 있는 미완성의 존재이다. 되어 가는 중에는 잘못되고 고장 날 수 있다. 다시 시작하면 된다. 지금 네가 잃어버린 것은 '용기'와 '희망'이다. 그리고 이 두 가지는 아주 가까운 곳에 떨어져 있다. 주위를 둘러보렴.

한 위대한 종교 지도자가, 사람들을 앞에서 자신은 이미 죽음을 초월한 것처럼 말했다. 그때 한 노인이 그에게 물었다.

"천국에 갈 수 있다면, 당신은 지금 당장 죽을 수 있습니까?"

그는 화들짝 놀라면서 대답했다.

"끔찍한 소리 마시오. 나는 천국보다는 지금 살고 있는 이 세상이 더 좋습니다."

자살을 결심한 한 젊은이의 휴대전화에 메시지가 도착했다.

"1,000개의 산을 오르고, 10,000권의 책을 읽고 나서 죽어도 늦지 않다."

23 STORY

고민 생각

그때는 왜 몰랐을까? / 공부를 잘하는 비결 / 생각의 힘 / 고민하지 말자. 나만 손해니까 / 한 가지 생각만 / 그냥 공부하자 / 가보지도 않고 아는 사람 / 생각의 칼 / 배우고 생각하면서 / 자동차 운전 / 인생도 마찬가지다 / 갑자기 튀어나온다 / 따끔하게 혼내라 / 이 세상에 완벽한 규칙은 없다 / 개와 싸우면? / 아직 사고가 나지 않았다 / 쩔쩔매는 사람 / 믿을 수 있는 운전자 / 이제 내 곁에는 엄마가 없다 / 확인하고 문을 연다 / 진한 선글라스를 쓰고

프랑스 철학자 파스칼(Blaise Pascal, 1623~1662년)은 그의 저서 『팡세』에서 "인간은 자연 가운데서 약한 하나의 갈대에 불과하다. 그러나 그것은 생각하는 갈대이다."라는 명언을 남겼다. 인간의 '연약함(갈대)'과 '위대함(생각)'을 동시에 표현한 말이다.

우리는 종종 "지금 알게 된 것을 과거의 그때에 알았더라면, 내 인생이 많이 달라졌을 텐데."라고 탄식한다. 과거의 **그때는 왜 몰랐을까?** 과거의 그때에는 그런 생각을 안 했기 때문이다. 너는 3년, 혹은 10년 뒤에도 똑같은 물음을 던질 수 있다. 그러니 지금 생각하면 된다.

몇 년 전에, 우리 학교에서 교과성적으로 최상위권인 학생들을 한 교

실에서 만난 적이 있다. 모두 열 명으로 대부분 초등학교와 중학교 때 1등을 밥 먹듯이 했던 아이들이었다. 특정 대학교에 진학하는 것을 목표로, 우리 학교에서 학년별로 선발된 최정예 멤버들이었다. 학교 일 때문에 한자리에 모이게 되었는데 사정이 생겨서 대기하는 시간이 길어졌다. 나는 즉흥적이었지만, 그 아이들에게 '너희들처럼 **공부를 잘하는 비결**'에 대해서 아낌없이 말해보도록 했다. 그러면서 이 자리에서 주고받는 대화는 2학기에 발행될 학교신문에 게재할 가능성이 있다고 했다. 얼른 학교 매점에 가서 음료수와 과자를 한 아름 사가지고 왔다. 한 시간 넘게 그들의 이야기는 계속되었지만, 별로 특별할 것도 없는 그저 열심히 공부했다는 내용이었다. 그런데 마무리가 되어갈 때쯤 한 아이가 "공부를 잘하려면, 먼저 '내가 왜 공부를 해야 하는지?'를 생각해 봐야 합니다. 그 이유가 절실하면 공부를 끝까지 열심히 하게 됩니다."라고 했다. 그 순간, 나머지 아이들이 적극적으로 공감하는 반응을 보였다. 뒤이어서 다른 아이가 "공부를 하면서도 생각하면서 해야 합니다. 열심히 공부하면 누구나 우등생이 될 수 있습니다. 그러나 공부의 지존(king, 최고)이 되기 위해서는, 열심히 하는 것만으로는 부족합니다. 교과내용을 이해하고 암기할 때 생각하면서 해야 합니다."라고 했다. 그러자 또 다른 아이가 "배운 내용을 정리할 때 자기만의 스토리를 만드는 것입니다. 그렇게 하면 기억도 잘되고, 시험문제가 아무리 어렵게 출제되더라도 틀리지 않습니다."라고 했다.

최고 수준의 독서는 '생각하면서 책을 읽는 것'이라고 한다. 열심히 책을 읽은 학생과, 생각하면서 책을 읽은 학생의 차이는 클 수밖에 없다.

다른 분야도 마찬가지다. 노동자가 생각하면서 일을 할 때, 축구 선수가 생각하면서 경기를 할 때, 형사가 생각하면서 범인을 추적할 때, 사장님이 생각하면서 회사를 운영할 때… 더 좋은 결과를 가져올 수 있다. 보고, 듣고, 이해하고, 암기하는 공부에는 한계가 있다. 배운 내용에 대해서 생각하고 정리하는 시간이 더해져야 진짜 실력이 되는 것이다. 그러나 생각하면서 공부하기란 쉽지 않다. 그래서 아무나 공부의 지존이 될 수 없다. 혹시 공부의 지존이 되고 싶다면, 교과서와 노트에 치열한 생각의 흔적을 남겨라.

요즘은 생각할 틈을 주지 않는다. 창작 글짓기 대회도 서너 시간의 제한시간이 정해져 있다. 학교에서 보는 시험도 생각하느라고 머뭇거리다 보면, 몇 문제는 풀지 못한 채 시간제한에 걸려버린다. 문제를 푸는 속도가 빠르지 않으면 좋은 성적을 기대할 수 없다. TV에서도 진행자와 출연자가 대화를 주고받을 때, 단 몇 초라도 생각하느라고 머뭇거리다 보면 분위기가 어색해진다. 생각보다는 거의 감각적으로 말을 하는 것 같다.

이 세상은 생각할 틈도 없이 빠르게 변하는 것 같지만, 이 세상은 누군가의 생각으로 변한다. **생각에는 놀라운 힘**이 있다. 아무리 어려운 문제라도 그 문제에 대해서 생각하고 생각하다가 보면, 최선 혹은 최선에 가까운 해결 방법을 찾게 되는 경우가 많다. "구슬이 많아도 꿰어야 보배다."라는 속담이 있다. 생각이란, 흩어져 있는 구슬(정보, 지식, 경험 등)들을 줄에 꿰어 보배로 만드는 일이다. 그런데 우리는 생각보다는 고민을 많이 한다. '생각'과 '고민'은 다르다. 생각은 하면 할수록 선순환(좋은 것이 반복됨)이 되지만, 고민은 하면 할수록 악순환(나쁜 것이 반복됨)이 될 가능성이 크다.

평소 잘 알고 지내는 대학생으로부터 연락이 왔다. 높은 경쟁률 때문에 합격하기가 어렵다는 ○○공무원 시험에 합격했다고 한다. 중·고등학교 때 공부를 잘하던 남학생이 아니었다. 대학도 ○○공무원과는 관련이 없는 △△학과에 다니고 있었기에 뜻밖의 소식이었다. 며칠 후, 둘이 만나서 식사를 했다. 그런데 그의 겉모습이 예전에 비해 많이 야위어 있었다. 나는 그에게 ○○공무원 시험 준비하면서 가장 힘들었던 것이 무엇이었냐고 물었다. 그는 잠깐 생각하더니 '고민하지 않는 것'이었다고 대답했다. 내가 고개를 갸웃거리자, 그는 자신의 경험을 이야기해주었다.

"공부하는 내내 끊임없이 솟아나는 이런저런 고민 때문에 힘들었습니다. 고민은 고민으로만 끝나지 않고 여러 가지 유혹으로 이어지는 통로였습니다. 한번 고민에 빠지기 시작하면 걷잡을 수가 없었습니다. 고민하지 않으려고, "**고민하지 말자. 나만 손해니까.**"라는 말을 메모지에 써서 집안 곳곳에 붙여놓기도 했습니다. 그러나 그것만으로는 쉽지 않았습니다. 그러다가 수첩을 준비해서 짧은 메모 형식의 일기를 쓰기 시작했습니다. 고민이 솟아나면 바로 수첩을 꺼내서 마음을 가다듬고 메모를 했습니다. 한번은 손가락이 아플 정도로 미친 듯이 메모를 한 적이 있었습니다. 그날은 몇 년 동안 사귀던 여자친구와 헤어진 날이었습니다. 그렇게 꾸준히 일기를 쓰다 보니, 여러 고민들이 정리되고 대신에 긍정적인 생각들을 많이 할 수 있었습니다."

그렇다고 해도, 인간이 고민하지 않고는 살 수 없다. 위대한 인물들의 삶을 들여다보더라도 고민의 흔적들을 쉽게 발견할 수 있다. 인간 이외의 다른 동물들은 고민과는 거리가 멀다. 바위 위에 앉아서 고민하는 사자를 본 적이 있는가? "요즘은 사냥감이 줄어들어서 사는 게 힘들다." 먼 산을 바라보면서 생각하는 원숭이를 본 적이 있는가? "저 산 너머에는 어떤 세계가 있을까?" 인간이기에 고민도 많고 생각도 많은 것이다. 고민에는 두 종류의 고민이 있다. 첫 번째는 생각의 과정에서 일어나는 고민이고, 두 번째는 고민만 하는 고민이다. 생각을 하다가 보면 자연스럽게 고민도 하게 된다. 그런 면에서, 첫 번째 고민은 생각의 친구처럼 긍정적인 고민이라고 할 수 있다. 그러나 두 번째 고민은 경계해야 하는 고민이다. 자칫 고민만 하다가 더 깊은 고민 속으로 빠져들 수 있기 때문이다. 특히, 한 가지 고민만을 깊게 하는 것은 위험하다. 차라리 열 가지 고민을 가볍게 하는 것이 좋다.

그런가 하면, 열 가지 생각보다는 **한 가지 생각만** 해야 하는 시기도 있다. 한 가지 생각만 한다는 것은 몰입된 상태를 말한다. 혹시 주변에 '한 가지 생각만' 하는 학생이 있다면 그를 주목하라. 그에게 놀라운 일이 생길 수 있으니까 말이다.

최근에, 대학입시시험(대학수학능력시험) 결과가 전국적으로 발표되었다. 한 여학생이 우리 학교는 물론이고 인근 지역에 있는 십여 개의 고등학교까지 포함해서, 최고의 성적을 거두었다. 1, 2학년 때 몇 차례 슬럼프를 겪기도 했던 아이인데 기대 이상으로 좋은 성적이었다. 나는 학교신문에 게재할 수기(手記)인 원고를 부탁하려고 그 아이를 교무실로 불렀다. 큰일을 해낸 뒤라서 그런지 홀가분한 표정이었다. 나는 그 아이에게 의자를 내어주고는, 곧바로 좋은 성적을 거둔 비결에 대해서 물었다. 그런데 그 아이의 대답이 아주 간단했다.

"고등학교 3학년에 올라와서 딱 한 가지 생각만 했습니다. **'그냥 공부하자.'**였습니다."

그러고는 더 이상 말이 없었다. 나는 잠시 그 아이를 쳐다보다가 또 다시 물었다.

"정말 그 생각 말고, 다른 생각은 전혀 해본 적이 없었니?"

"아닙니다. 하루에도 수시로 이런저런 생각들이 떠올랐습니다. 하지만 1초 만에 '그냥 공부하자.'라고 중얼거리면서 그 생각들을 모조리 쓸어버렸습니다. 대학입시시험 보는 날도 '그냥 시험 보자.'라는 딱 한 가지 생각만 했습니다. 다른 친구들은 너무 떨린다고 하는데, 저는 시험 보는 내내 이상할 정도로 마음이 편안했습니다."

나는 더 이상 묻지 않고 후배들을 위해서 너의 경험담을 글로 써오기를 부탁하고는 돌려보냈다. 며칠 뒤에, 그 아이가 글을 써가지고 왔는데 인상 깊은 부분이 있었다.

"강력한 한 가지 생각은, 백 가지 생각과 천 가지 고민을 모조리 쓸어버린다."

지혜를 얻는 세 가지 방법이 있다고 한다. "첫 번째는 '경험'으로 가장 고통스러우며, 두 번째는 '모방'으로 가장 쉬우며, 세 번째는 '사색(깊은 생각)'으로 가장 고귀한 방법이다." 중국 춘추시대 사상가인 공자(孔子, BC 551~479년)님의 말씀이다.

우리나라 속담 중에 "뛰는 사람 위에 나는 사람이 있다."라는 말이 있다. 걷거나 뛰어가는 사람보다 '날아서 가는 사람'이 더 빨리 목적지에 도달할 수 있다. 그런데 날아서 가는 사람보다 한 수 위인 사람을 가리켜 '날아서 가는 사람의 등에 업혀서 가는 사람'이라 한다. 힘들이지 않고 남의 등에 업혀서 가니 약삭빠른 사람일 것이다. 그보다 더한 수 위인 사람도 있다. 바로 '이미 갔다 온 사람'이다. 그런가 하면, 이미 갔다 온 사람보다 더 한 수 위인 사람도 있다. **'가보지도 않고 아는 사람'**이다. 가보지도 않고 아는 사람이란, 바로 '생각하는 사람'이다. 우리는 어리석게도 그 일을 꼭 당해봐야 아는 경우가 많다. 그러나 생각하는 사람은 미리 알아차려서 그 일을 대비할 수 있다. 타고난 천재를 이기는 방법이 노력이라고 한다. 또 한 가지 방법이 있다. 천재보다 더 많이 생각하면 된다.

'생각'은 언제나 '행동'보다 앞서는 것이 좋을까? 경우에 따라 다르다. 특히 마땅한 생각이 떠오르지 않거나, 떠오른 생각들이 쉽사리 정리되지 않는 경우에는 생각을 중단하고 지금 눈앞에 있는 일을 하는 것이 좋다. 일에 열중하다가 보면, 어느 순간 영감(靈感)처럼 좋은 생각이 떠오르거나 복잡한 생각들이 정리되는 경우가 많다. 예전에 한 스님과 대화를 나눈 적이 있다.

"수행하는 중에, 명상을 하다가 보면 온갖 잡념에 사로잡히는 경우가 있습니다. 그럴 때면 저는 명상을 중단하고, 텃밭으로 나가서 일을 하거나 독서를 합니다. 그러는 과정에서 좋은 생각들이 떠올랐던 경험이 많았기 때문입니다. 명상을 중단하고 묵묵히 다른 일을 하는 시간은 **생각의 칼**을 가는 시간입니다. 생각의 칼을 갈고 나면 생각이 훨씬 더 잘됩니다."

처음부터 완전한 생각을 해내기란 어려운 일이다. 생각도, 계획도, 꿈도 현실 속에서 첨삭(添削, 보태거나 삭제하여 고침)의 과정을 거치면서 완전해지는 것이다. 그러므로 일(공부)하면서 만들어지는 생각, 일(공부)하면서 만들어지는 계획, 일(공부)하면서 만들어지는 꿈은 현실이 될 가능성이 크다.

청소년기는 '생각의 힘'을 기를 수 있는 중요한 시기이다. 교과시간이나 독서, 체험활동, 인터넷, TV 등을 통해서 얻게 되는 지식과 정보들은 생각의 힘을 강하게 하는 원동력이 된다. "아는 만큼 보인다."라는 말이 있다. 마찬가지로 아는 만큼 생각할 수 있다. 그러므로 많이 알면 알수록 생각의 힘도 강해지는 것이다. 인간은 생각의 힘을 가졌기에 만물의 영장이 되었다. 생각의 힘이 강한 사람은 그렇지 않은 사람보다 강할 수밖에 없다. 세상은 만만치 않다. 정신 바짝 차리고 **배우고 생각하면서** 살아야 한다. "배우기만 하고 생각하지 않으면 현혹되기 쉽고, 생각하기만 하고 배우지 않으면 위태로워진다." 이 또한 공자(孔子)님의 말씀이다.

'**자동차 운전**'에 대해서 이야기하려고 한다. 이 또한 우리들에게 곧 닥쳐올 중요한 일이다. 그냥 읽지 말고 생각하면서 읽으렴.

제자의 교통사고 소식을 접할 때가 있다. 간혹 큰 부상이나 안타까운 상황도 있다. 예전에 한 제자의 결혼식에 흐뭇한 마음으로 참석한 적이 있다. 그런데 몇 년 뒤, 그 제자가 교통사고로 장애인이 되었다는 소식이 들려왔다. 착잡한 마음을 추스르고 있는데, 며칠 뒤 이번에는 내가 근무하는 고등학교에 한 남학생이 오토바이 사고로 사망하는 일이 발생했다. 교직원들이 단체로 장례식장으로 조문을 갔다. 그 아이의 미소 짓고 있는 영정사진 앞에서 차마 고개를 들 수 없었다. 그날 이후, 나는 한동안 그 아이의 교실로 수업하러 들어가는 것이 고통스러웠다.

나는 매년 꼭 하는 수업이 있다. 교과서 진도에는 없지만 '자동차 운전'에 관한 수업이다. 수업시간에 교통사고 동영상을 보여주면서, 사고 원인에 대해서 일일이 설명까지 곁들인다. 졸업하고 사회생활을 하는 제자들을 만나도 입버릇처럼 말한다. "안전운전해라.", "오토바이 타지 마라.", "자동차 운전 함부로 하는 사람과는 결혼하지 마라."….

대학입시가 마무리되는 시기인 고등학교 3학년 말에, 운전면허증을 취득하려는 학생(만 18세 이상)들이 있다. 그 모습을 지켜보는 부모들은 걱정이 앞선다. 자동차 운전이 얼마나 위험한 일인지 알고 있기 때문이다. 그러나 자식들은 마냥 들떠 있다.

자율주행 자동차의 기술이 나날이 발전하고 있다. 하지만 인간의 간섭이 필요 없는 완전한 자율주행 자동차가 일상화되기까지는 넘어야 할 기술적 혹은 비기술적인 벽들이 많은 것이 사실이다. 앞으로도 상당 기간 자가운전이 필수인 시대를 살아갈 것으로 예측된다. 자동차는 편리하고 멋진 문명의 이기이나, 한편으로 잘못 다루면 인간에게 끔찍한 해를 끼치는 흉기가 되기도 한다.

'자동차 운전'과 '인생'은 여러 면에서 닮은 데가 있다.

• 초보운전 : 초보 운전자에게 가장 무서운 것은? 운전이 미숙한 '자기 자신'이다. 안전한 상황에서 운전 연습을 충분히 하고, 필요한 기기들의 작동 방법에 대해서도 정확히 습득해야 한다. 이때는 운전경험이 많은 사람에게 배우는 것이 좋다. 간접 경험을 통해서도 배울 수 있다. "저 자동차는 왜 저런 사고가 났을까?", "나는 저렇게 운전하면 안 되겠구나."…. 가장 고통스러운 것은 본인이 직접 경험한 교통사고를 통해서 배우는 것이다. 자동차 뒤쪽 유리창에 '초보운전'임을 나타내는 표시를 붙이고 긴장하면서 운전해라. 다른 운전자의 따가운 시선이나 질책도 당연하게 받아들여야 한다. 이 세상은 초보운전자에게 결코 너그럽지 않다. - 인생도 마찬가지다.

• 속도 : 예전에 야구공을 힘껏 던져서 속도를 측정해 본 적이 있다. 여러 번이나 다시 해보았지만, 시속 90km를 넘길 수 없었다. 그런데 자동차는 도로에서 야구공보다 더 빠른 속도로 달린다. 빠르게 달리는 자동차에서, 핸들을 급하게 조작하거나 브레이크를 세게 밟으면 자동차가 뒤집히는 경우가 많다. 그래도 어떤 운전자는 속도를 줄이지 않는다. 그럴만한 이유가 있다. 목숨보다 더 중요한 일이 있는 사람, 카레이서, 제정신이 아닌 사람, 철없는 사람… 등등. 돌발 상황은 예고가 없다. 특히, 골목길에서는 아무리 바쁘더라도 속도를 많이 줄여야 한다. 매년 골목길에서 교통사고로 다치거나 사망하는 사람들이 많다. 제발! 천천히 가렴. - 인생도 마찬가지다.

• 사각지대 : 자동차 운전석에 앉아서 밖을 보면, 자동차 구조 때문에 사물이 보이지 않는 곳이 생긴다. 사각지대(死角地帶)라고 한다. 출발하다가, 차선을 변경하다가, 좌우 회전하다가, 후진하다가 깜짝 놀라는

경우가 있다. 놀라기만 하면 다행이다. 확인하고 또 확인해야 한다. 사각지대를 보완해주는 각종 장치(보조거울, 감지센서, 카메라 등)들도 설치해야 한다. 그러나 그런 것들만 믿어서는 안 된다. 교통사고 예방의 첫걸음은? '잘 보는 것'이다. 자동차 유리를 진하게 선팅한 채, 혹은 진한 선글라스를 쓰고 운전하면 사물이 잘 보이지 않는다. 매우 위험한 상황에서 운전하는 것이다. 진한 선팅을 벗겨라! 진한 선글라스를 벗어라! 세상이 정확히 보일 것이다. - 인생도 마찬가지다.

• 방어운전 : 위험한 상황을 예측하고 대비하면서 운전하는 것을 '방어운전'이라 한다. 운전자는 내 차만 생각하고 운전해서는 안 된다. 좌우 옆 차, 앞뒤 차, 마주 오는 차 그리고 갑자기 나타날 수 있는 자동차까지 생각하면서 운전해야 한다. 방향 전환, 차선 변경, 주정차 등을 할 때는 다른 운전자에게 미리 신호(방향지시등, 비상등, 경적, 수신호)를 보내야 한다. 다른 사람이 예측하지 못한 운전은 아주 위험하다. 사람마다 개성이 다르듯이 운전하는 습관도 다르다. 다른 자동차의 움직임을 함부로 예측해서는 안 된다. 자동차뿐만 아니라, 보행자에 대해서도 방어운전은 필수다. 특히, 어린아이들은 예측 불허다. **갑자기 튀어나오는 경우가 많다.** 어린아이는 자동차보다 높이가 낮아서 발견하기가 어렵다. 네가 운전하는 자동차에, 어린아이가 타고 내릴 때는 동작을 마치는 것을 눈으로 끝까지 확인해야 한다. 양보운전하면 안전할까? 섣불리 양보하다가는 큰일 난다. 양보운전은 운전을 잘하는 사람만이 할 수 있는 어려운 운전이다. 양보하지 말고 너나 잘해라. - 인생도 마찬가지다.

• 졸음운전 : 교통사고 원인 1위는? '졸음운전'이다. 어느 커다란 동굴 속에 한 달이나 굶은 티라노사우루스(Tyrannosaurus) 다섯 마리가 있

다. 졸음운전은 스스로 그 동굴 속으로 들어가는 것이다. 졸음이 오면 운전을 중단하고 쉬어라. "정말 잘했다!" 어쩔 수 없이 운전을 해야 한다면, 졸음이 확 달아날 만큼 맛있는 과자를 먹으면서 운전해라. 교통 신호등이 빨간불인데 통과하고 초록불인데 멈추는 운전자가 있다. 믿지 못하겠다고? 정말이다. 피곤하면 집중력이 떨어져서 착각하기 쉽다. 컨디션은 운전하는 데 큰 영향을 준다. 다시 한번 강조한다. 운전하는 중에 졸음이 오거나 피곤해서, 운전하는 것이 힘들어지면 운전을 중단해라. "정말, 정말 잘했다!" - 인생도 마찬가지다.

• 딴짓 : 혹시, 건물 옥상에 설치된 난간 위를 걸어본 적이 있니? 운전하는 중에 딴짓(휴대전화 사용, 동영상 시청, 물건 정리하기, 음식물 먹기 등)은 그것보다 더 위험하다. 스릴을 즐기고 싶으면 놀이기구를 타렴. 만약, 네 애인이 운전하는 중에 딴짓을 한다면 조용히 타일러라. 그래도 계속하면? **따끔하게 혼내라**. 그래도 계속하면? 헤어지는 것을 심각하게 고려해 보아라. 자동차 실내에서 소리(음악, 라디오, 잡담 등)가 크게 나면, 운전자의 시야가 좁아지고 집중력이 급격히 떨어진다. 한쪽 눈을 가리고 두 귀를 막고 운전하는 꼴이다. "운전하는 중에는 한눈팔지 마라!" - 인생도 마찬가지다.

• 교통법규 : 교통신호등이나 교통표지판을 잘 지키지 않는 운전자가 있다. 그래도 무사하다. 그러나 한 번쯤은 끔찍할 수 있다. 과속방지턱을 넘어갈 때마다 짜증을 내는 운전자가 있다. 어느 마을 앞 도로에서 매년 교통사고 사상자가 발생했다. 그런데 과속방지턱을 설치한 후에는 교통사고가 한 건도 발생하지 않았다. 여러 사람의 작은 불편으로, 누군가의 생명을 구할 수 있다면 위대한 일이다. 즐겁게 출렁 넘어

가림. 나는 언제부터인가 교통표지판, 교통법규 그리고 단속하는 교통경찰관이 소중하게 느껴졌다. 간혹, 교통법규 위반으로 범칙금을 납부할 때는 반성하는 마음으로 낸다. 교통법규를 잘 지키면 사고가 나지 않을까? 그래도 사고는 일어난다. **이 세상에 완벽한 규칙은 없다.** 교통법규도 조심하면서 지켜야 한다. 어떤 상황에서는 교통법규보다, 순간적인 나의 판단이 절박하게 필요한 경우가 있다. 이때는 생존본능이다! - 인생도 마찬가지다.

• 날씨 : 자동차 운전은 날씨의 영향을 많이 받는다. 눈길이나 빙판길에서는, 자동차가 순간적으로 스키를 타듯이 미끄러지는 경우가 있다. 이때는 핸들과 브레이크로 자동차를 전혀 통제할 수 없다. 그 순간, 온몸에서 소름이 돋을 것이다. 빗물이 고여 있는 도로에서는, 달리던 자동차가 갑자기 튕겨 나가면서 방향을 잃기도 한다. 수막현상(水膜現像) 때문인데, 빠른 속도로 회전하는 자동차의 타이어와 빗물이 고여 있는 도로 사이에 순간적으로 물의 막이 생기면서 일어난다. 그 순간, 너무 놀라서 비명도 나오지 않을 것이다. 인간은 자연 현상 앞에서 미약한 존재이다. 날씨의 변화에 민감하게 반응해야 한다. 날씨가 안 좋은 날은 꾹! 참고 운전하지 마라. 비가 많이 내리는 날, 눈이 내리는 날, 태풍, 혹한, 혹서 등등. - 인생도 마찬가지다.

• 화나는 일 : 운전을 하다가 보면, 다른 운전자에게 본의 아니게 피해를 주는 경우가 있다. 운전 미숙, 끼어들기, 경적, 급정차, 시야 가림, 판단 착오 등등. 곧바로 미안하다는 표현을 해라. 손을 들거나, 고개를 숙이거나, 자동차 비상등을 몇 번 깜빡이면 된다. 상황에 따라서는 자동차를 안전하게 멈추고 나서 직접 대면한 다음에 사과해야 한다. 미처

사과할 수 없는 상황이 되거나, 사과를 했는데도 상대방이 받아주지 않는 경우도 있다. 그럴 때는 그들의 비난을 기꺼이 감수해라. 반대로, 그런 일들로 인해 내가 피해를 보는 경우도 있다. 이때는 '상대방 운전자가 초보운전이거나 아주 급한 일이 있는가 보다.'라고 너그럽게 생각하렴. 누구를 위해서? 나를 위해서다. 특히, 어떠한 경우에도 보복운전은 삼간다. 보복운전은 대형사고의 지름길이며, 한순간에 자신을 가해자와 범죄자로 전락시켜 버리는 어리석은 일이다. 운전하는 중에 정말로 화나는 일이 생길 수 있다. 다른 운전자가 특별한 이유도 없이 나에게 위협을 가하거나 시비를 걸기도 한다. 그럴 때는 꾹! 참고 피해라. 개가 나에게 짖는다고 **나도 개처럼 짖으면**? 개 같은 사람이 되거나, 개만도 못한 사람이 되거나, 개보다 더한 사람이 될 뿐이다. 화난 상태에서는 운전하지 마라. 화났을 때 운전하면 꼭 사고가 난다. - 인생도 마찬가지다.

• 음주운전 : 음주 상태에서도 충분히 운전을 할 수 있다는 사람이 있다. 평소보다 정신을 더 바짝 차리면 괜찮다고 한다. "큰 착각이다!" 자신도 모르게 눈이 감기면서 깜빡, 정신을 잃게 되는 순간이 찾아온다. 몇 초… 그 순간, 너는 많은 것들을 잃게 된다. 너만 그럴까? 네 가족들은 물론이고 음주운전의 피해자와 그 가족들도 많은 것들을 잃게 된다. 오죽하면 '음주운전'을 '살인행위'라고 하겠는가. 나쁜 친구는 네가 음주운전(살인행위)을 하려고 해도 말리지 않을 것이다. 그러나 좋은 친구는 끝까지 너를 말릴 것이다. 말리는 친구의 말을 듣지 않는다면 너도 나쁜 친구이다. 나쁜 친구 관계는 빨리 청산하는 것이 좋다. 그런 친구 관계는 인생 낭비다. - 인생도 마찬가지다.

• 예상치 못한 상황 : 아슬아슬하게 운전하는 사람이 있다. 차선 변경과 추월을 무리하게, 후진이나 주차를 멋지게, 음악 소리를 크게 틀어 놓고, 안개 낀 도로에서나 비 오는 날 밤에, 영화 속의 한 장면처럼… 등등. 그들은 운전을 웬만큼 할 줄 안다. 그리고 그들은 **아직 사고가 나지 않았다.** 그런데 그들을 따라 하는 초보 운전자가 있다. 결과를 충분히 예측할 수 있다…. 간혹 역주행하는 자동차가 있다. 길을 잘못 들어서서 반대 방향으로 달리는 경우다. 주로 낯선 도로에서나 초보 운전자가 저지르는 황당한 실수다. "위급한 상황이다!" 갓길에다 차를 세우고 긴급 전화로 경찰서에 도움을 요청해라. 운전을 하다 보면 도로에서 전혀 예상치 못한 상황과 마주칠 때가 있다. 도로 파손, 특이한 도로 구조, 낙하물, 기상변화, 자연재해, 야생 동물 출현, 황당한 운전자나 보행자… 등등. 그 순간, 너는 "세상에 이런 일이!" 혹은 "Oh my God!"라고 외칠 것이다. 몇 년 전에, 가깝게 지내던 지인이 운전하는 중에 갑자기 뛰어든 야생 동물과 충돌한 적이 있다. 그로 인해 본인은 부상을 입고, 야생 동물은 죽고, 자동차는 폐차했다. 그는 그 일을 겪고 난 뒤, 자동차 운전석에 앉아서 시동을 걸 때면 항상 기도를 먼저 한다. 어쩔 수 없이 일어나는 교통사고도 있다. 그러나 조심해서 운전하면 대부분 교통사고는 피할 수 있다. - 인생도 마찬가지다.

• 좋은 차 : 나는 예전에 대형 화물차를 운전한 경험이 있다. 지금은 주로 경차나 소형차를 운전하고 있다. 차체가 크거나, 가격이 고가인 승용차가 필요하지 않기 때문이다. 경제적으로 충분히 부유한 사람이 있다. 그런데도 그는 줄곧 경차만 운전하고 다닌다. 이유를 물었더니, 경차가 운전하는 것은 물론이고 관리하는 데도 편하기 때문이라고 한

다. 그런가 하면, 자신의 자동차를 모시고 다니느라고 쩔쩔매는 사람도 있다. 그는 자신의 경제력과 운전 실력으로는 부담스러운 고급 승용차를 운전하고 다닌다. 그에게 자동차의 의미를 물었더니, 자동차는 그 사람의 수준을 보여주는 것이라고 했다. 수준 낮은 논리다. 만약에 부처님과 예수님이 운전을 한다면, 어떤 자동차로 운전할까? - 인생도 마찬가지다.

• 교통사고 : 자동차 보험가입과 안전점검은 필수다. 운전하는 중에 자동차의 움직임이나 소리, 냄새 등이 평소와 다르다면 반드시 확인해야 한다. 중요한 일이다. 대부분의 사고는 사전에 징후가 있기 마련이다. 만약, 불의의 교통사고가 발생하였다면? 정신 바짝 차리고 신속하게 대처해야 한다. 다른 자동차에 신호보내기(비상등, 수신호, 안전삼각대, 불꽃신호기 등), 안전한 곳으로 이동하기, 부상자 응급처치하기, 긴급 전화로 신고하기 등등. 1차 사고보다 바로 이어지는 2차 사고로 더 크게 피해를 보는 경우가 많다. "누구나 첫 번째 화살(사고)을 맞을 수 있다. 지혜로운 사람은 두 번째 화살부터는 맞지 않는다. 그러나 어리석은 사람은 두 번째, 세 번째 화살도 계속해서 맞는다." 석가모니 부처님의 가르침이다. 어떤 사람은 교통사고보다, 교통사고 후유증으로 더 많은 것을 잃기도 한다. 넘어지지 않는 것도 중요하지만, 넘어졌다가 다시 일어서는 것은 더 중요하다. 살다가 보면 강해져야 할 때가 있다. "오뚝이 정신!" - 인생도 마찬가지다.

• 여유 : 운전하다 보면 내가 가고 싶은 방향이나 차선으로 가기가 어려운 상황이 되기도 한다. 그렇다고 해서 갑자기 멈추거나 무리하게 차선을 변경해서는 안 된다. "아주 위험한 행동이다!" 그런 상황에서는

원치 않는 길이라도 계속해서 가야 한다. 늦더라도 돌아서 가면 된다. 여유를 가지렴. 운전하다가 보면 내 차보다 더 빨리 가는 자동차들이 잘 보인다. 그러나 뒤를 보면 내 차보다 더 천천히 가는 자동차들도 많다. 그런 자동차들이 잘 보인다면, 너는 드디어 **믿을 수 있는 운전자**가 된 것이다. 사고 위험을 안고 30분 만에 도착하는 것보다, 안전하게 35분 만에 도착하는 것이 현명한 일이다. - 인생도 마찬가지다.

• 오토바이 : 오토바이는 교통수단 중에서 가장 위험하다. 지인 중에 오토바이 사고로 장애인이 된 사람이 있다. 사고 원인을 물었더니, 도로 위에 떨어져 있던 작은 돌멩이 하나 때문이라고 했다. 오토바이는 자동차보다 100배는 더 위험하다. 오토바이를 타기 전에, 주변에 있는 몇 사람에게 "나는 지금 오토바이를 타려고 합니다."라고 말해 보렴. 그들 중에 진심으로 너를 사랑하는 사람이 있다면 분명히 말릴 것이다. 어쩔 수 없이 오토바이를 타야 할 상황이라면, 네가 돌아올 때까지 기도하고 있을 것이다. 평소에 진심으로 너를 사랑해 주는 사람을 꼭 만들어 두어라. - 인생도 마찬가지다.

• 보행자 : 옛날에는 맹수들이 사람을 공격하는 경우가 있었다. 지금은 맹수 대신에 자동차가 그런다. 보행자는 자동차가 출몰하는 지역을 지나갈 때는 자신의 모든 감각을 동원해서 주위를 살펴야 한다. 특히, 자신의 시각과 청각을 방해할 수 있는 물건(모자, 선글라스, 휴대전화, 이어폰, 우산 등)을 사용할 때는 주의한다. 혹시 아프리카 초원에서, 선글라스를 쓰고 걸어 다니는 얼룩말이나 이어폰을 꽂은 채 나뭇잎을 뜯어먹고 있는 기린을 본 적이 있니? 눈은 초롱초롱! 귀는 쫑긋쫑긋! 움직이지 않고 정지해 있는 자동차도 안심하지 마라. 나는 자동차가 보여도

자동차 안에 있는 운전자는 내가 안 보일 수 있다. 자동차 전조등(헤드라이트)은 진짜 눈이 아니다. 운전자의 눈과 마주쳐야 한다. 자동차와 운전자를 믿지 마라. 도로에는 자동차 말고도 조심해야 할 것들이 많다. 이제 내 곁에는 엄마가 없다. 나의 안전은 내가 지켜야 한다. - 인생도 마찬가지다.

• 사람마다 다르다 : "뱁새가 황새를 따라가면 다리가 찢어진다."라는 속담이 있다. 남들에 비해서 자동차 운전에 소질이 부족한 사람이 있다. 그런 사람은 평생 초보 운전자의 마음가짐으로 운전해야 한다. 특히, 멀고 위험하고 복잡한 곳을 갈 때는 대중교통을 이용하는 것이 좋다. 일부러 운전을 하지 않는 사람이 있다. 그는 여러 번 교통사고를 내더니 아예 운전하는 것을 포기해 버렸다. 지금 그는 운전을 전혀 하지 않고도 잘살고 있다. 남들이 한다고 나도 해야 하는 것은 아니다. 사람마다 다르기 때문이다. 그래서 나는 스키를 타지 않는다. 한 번 해보고는 바로 포기해 버렸다. 번지점프는 아예 처음부터 포기해 버렸다. 앞으로도 하지 않을 것이다. - 인생도 마찬가지다.

• 탑승자 : 다른 사람이 운전하는 자동차에 함께 타고 가는 사람을 '탑승자'라고 한다. 탑승자는 운전자가 운전하는 데 방해되지 않도록 주의해야 한다. 자동차에 타거나 내릴 때는 운전자에게 "잠깐만요.", "이제 출발하세요."라고 알려주는 것이 좋다. 탑승자의 동작이 완료되지 않았는데도, 운전자가 깜박 잊고 출발해 버리는 경우가 있다. 특히, 자동차에서 내릴 때는 바깥 상황을 확인하고 문을 연다. 중요한 습관이다. 갑자기 문을 열어버리면 지나가는 자동차나 사람, 자전거, 오토바이 등과 부딪칠 수 있다. 탑승자는 운전자를 주의 깊게 살펴야 한다. 혹시 나의

안전을 맡길만한 운전자가 아니라고 판단되면, 그 자동차에서 내려라. 차라리 걸어가라. 위험한 사람에게 자신의 인생을 함부로 맡겨서는 안 된다. - 인생도 마찬가지다.

너에게 "자동차 운전 멋있게 잘한다."라고 칭찬해주는 사람이 있다면, 그는 너에게 위험한 사람일 가능성이 크다. 그러나 너에게 "자동차 운전을 그렇게 해서는 안 된다."라고 충고해 주는 사람이 있다면, 그는 너에게 유익한 사람일 가능성이 크다. 네가 사용하는 휴대전화와 세탁기는 고장만 난다. 그러나 네가 운전하는 자동차는 '고장'이 아니라 '사고'가 난다. 명심하렴. 단 한 번의 교통사고로도 끔찍한 결과가 생길 수 있다는 것을….

그래도 철없는 젊은이는 '초보운전' 표시를 붙이지 않고, **진한 선글라스를 쓰고**, 음악 소리를 크게 틀어 놓고, 휴대전화를 확인하면서, 노련한 척하면서 운전할 것이다. 그러다가 교통사고가 나면 "모든 게 상대방 때문이야!", "나는 왜 이렇게 재수가 없지!"라고 억울해할 것이다. 하지만 그 이유는 자기 자신에게 있다.

인간관계 나의 길

좋은 교사란 '가르치는 교사'보다는 '가리키는 교사'라는 소신이 있었다. 그러다 보니 종종 가리키는 수업에 욕심을 냈다. 학생들도 가르치는 수업 못지않게 가리키는 수업에 관심이 많았다. 나의 그런 수업 때문인지 이런저런 고민을 들고 찾아오는 학생들이 있다.

교무실 내 책상에는 언제나 **오뚝이 인형**이 놓여 있다. 오뚝이 인형은 밑 부분이 둥글고 무겁게 되어 있다. 그래서 아무리 넘어뜨려도 언제나 다시 일어난다. 이러한 특성 때문에, 어떠한 시련에도 포기하지 않고 다시 일어서는 정신을 '오뚝이 정신'이라고 한다. 그런데 쓰러진 오뚝이 인형은 단번에 바로 세워지지 않는다. 좌우 앞뒤로 여러 번 흔들리다가 바로 선다. 만약 단번에 바로 세워지는 오뚝이 인형이 있다면, 그 충격으로 부서져 버릴 것이다. 사람도 흔들리면서 성장해야 한다. 들판에 피는 꽃들도 단번에 피지 않는다. 밤낮으로 흔들리면서 핀다. 바람 부는 날, 강가에서 심하게 흔들리는 꽃을 본 적이 있다. 당황스러운 모습이었다. 화분이나 꽃병 속에 피어있는 꽃의 모습하고 너무 달랐기 때문이다. 나는 정신이 번쩍 들었다. 평소 사소한 일에도 남들 앞에서 흔들리지 않으려고 했던 나의 자존심이 부끄러웠다.

나는 나를 찾아온 학생과 이야기할 때면, 오뚝이 인형을 슬쩍 건들면서 말해준다.

"너는 지금 흔들리면서 성장하고 있다."

"오뚝이 인형은 언제나 스스로 일어선다."

자신의 길이 아님에도 불구하고, 그 길로 가겠다고 고집을 부리는 학생들이 있다. 그런 경우, 한두 번 설득해보다가 안 되면 그냥 놔두어야 한다. 말리면 말릴수록 더 고집을 부리기 때문이다. 그저 말없이 웃어주면 된다. 그러고 나면 어느 순간 슬쩍 돌아오는 경우가 많다. "찡그리면서 도와주는 사람보다, 웃으면서 아무것도 해주지 않는 사람이 더 낫다."라는 말이 있다. 지금 이 순간에도, '자신의 길'이 아닌 '고집의 길'을 걸어가고 있는 학생들이 많다. 알아차리고 돌아오기까지, 너무 멀리 혹은 너무 늦지 않기를 바랄 뿐이다. 오늘도 오뚝이 인형은 흔들흔들 말없이 웃고 있다….

우리 반(고등학교 2학년)에, 공부에는 도무지 관심이 없고 그림 그리는 것을 좋아하는 여학생이 있었다. 학교 일과가 끝나면 부랴부랴 그림 도구들을 챙겨 들고 시내버스정류장으로 간다. 인근 도시에 있는 미술학원에 다니고 있었기 때문이다. 학교 수업시간에 자주 졸았다. 이유를 물었더니, 집에서 밤늦게까지 그림을 그리느라고 잠이 부족하다고 했다. 그러던 어느 날, 그 아이의 어머니께서 학교를 찾아와 담임교사인 나에게 상담을 요청했다. 며칠 전 미술학원을 찾아가서, 학원 선생님에게 아이의 미술적 재능에 대해서 물었다고 한다. **솔직한 대답**을 원하는 어머니의 간곡한 부탁에 "그림 그리는 것을 좋아하지만, 재능이 아주 뛰어난 편은 아닙니다."라는 대답을 들을 수 있었다고 한다. 어머니는 이제라도 아이가 다른 길로 갔으면 좋겠다고 하더니, 나에게도 딸을 설득해달라고 부탁했다. 나는 바로 그 아이를 불렀다. 그 자리에서 어머니의 뜻을 설명하는데, 그 아이는 표정이 일그러지면서 거부 반응을 보였다. 옆에 있던 어머니의 언성이 높아졌다. 이런 경우에는 학생보다 학부모를 설득하는 편이 낫다. 자신의 길이 아니라면 반드시 돌아올 것이라며 어머니를 위로해 드릴 수밖에 없었다. 결국, 그 아이는 3학년에 올라가서 자신의 고집대로 ○○대학교 미술학과에 진학했다. 그런데 다음 해, 대학입시 모집 원서 접수기간에 또다시 그 아이를 교무실에서 볼 수 있었다. 무슨 일로 왔느냐고 했더니, '교사 추천서'를 받으러 왔다면서 겸연쩍어했다. 작년에 들어갔던 그 대학은 사정이 있어서 그만두었고, 이번에는 △△대학교 산업디자인학과에 들어가기 위해서 준비하는 중이라고 했다.

그 후로는 어떻게 되었는지 알지 못했다. 그런데 2년 정도 지났을 무렵, 그 아이가 자신의 어머니가 운영하는 수산물 가게에서 장사를 하고 있다는 소문이 들려왔다. 물건도 살 겸해서 찾아갔다. 그 아이는 나를 보고 당황하는가 싶더니, 이내 좋은 물건을 추천해 주겠다면서 능숙하게 설명해 주었다. 제법 장사꾼티가 났다. 어머니께서는 환하게 웃으시면서 "선생님, 우리 애가 곁에 있으니 든든합니다."라고 했다. 바로 옆 가게 아주머니도 "아직 나이도 어린 것이 최근에 돈맛을 알았어요. 자기 엄마보다 장사를 더 잘해요."라고 한마디 했다. 그나마 이 아이는 자신을 기다려주는 어머니가 있었다.

나도 이 아이처럼 그림 그리는 것을 좋아했던 적이 있다. 초등학교 때는 만화가를 꿈꾸면서 열심히 만화를 그리곤 했다. 내 방 책상에는 만화를 그려놓은 종이들이 쌓여있었다. 그때 당시 방학이 되면, 멀리 울산(蔚山)에서 우리 동네를 찾아오는 같은 또래의 친구가 있었다. 외할머니 댁에 놀러 오는 남자아이였는데 나하고 친하게 지냈다. 한번은 그 친구를 우리 집으로 데리고 와서, 그동안 내가 그려놓았던 만화들을 보여주었다. 나는 그 친구의 감탄을 은근히 기대했지만 반응이 시큰둥했다. 그러더니 뜻밖에도 그 친구가 내 연습장에다 만화를 쓱쓱 그려나갔다. 나는 그의 현란한 손놀림에 심장이 멎는 듯했다. 나는 만화를 그릴 때면, 연필과 지우개로 그렸다가 지우기를 여러 번 반복한다. 눈과 손이 아플 지경이 되어야지만 겨우 한 장면이 완성된다. 그런데 그 친구는 순식간에 몇 장면을 그려냈다. 오히려 그 친구가 나에게 감탄을 기대하는 눈치였다. 나는 그날 이후 한동안 만화를 그릴 수 없었다. 그리고 얼마 후 **조용히 만화가의 꿈을 접었다**. 그 뒤로 세월이 흘러 어른이 되면서, 종종 그 친구가 어떻게 되었을까 궁금했다. 그런데 그 친구는 만화가는 고사하고 그림 관련 분야에서 전혀 알려진 적이 없다. 지금도 어디서 무슨 일을 하면서 사는지 궁금하다.

지금 걷고 있는 길이, 자신의 길이 아니라고 생각되면 미련 없이 포기하는 결단도 필요하다. 그 결단이 늦으면 늦을수록 그 대가는 커진다. 그로 인해서 이권을 얻는 사람들에게는 좋겠지만, 그 대가를 지불해야 하는 너와 네 부모님은 힘들 수밖에 없다. 오뚝이 인형도 서 있을 자리를 봐가면서 흔들려야 한다. 진흙 속에 있는 오뚝이 인형은, 흔들리면 흔들릴수록 진흙 속으로 더 깊이 빠져든다. 오뚝이 인형에게는 치명적인 약점이 있다. 발이 없다는 것이다. 오뚝이 인형이 스스로 이동하려면 넘어져서 구르는 수밖에 없다. 지금 서 있는 자리가, 내가 있을 자리가 아니라고 생각되면 빨리 넘어져라. 그리고 온 힘을 다해 굴러라. 그 탈출은 빠르면 빠를수록 좋다.

나는 학생과 상담할 때, '**상담**(advice, 문제를 해결하기 위해서 의논함)'보다는 '**면담**(face to face talk, 서로 만나서 이야기를 나눔)'을 하려고 노력한다. 그리고 면담하는 중에는 학생이 나보다 말을 많이 할 수 있도록 유도한다. 예전에는 학생과 상담할 때, 교사인 내가 일방적으로 말을 하고 학생은 내 말에 수긍하는 반응을 보이는 것이 만족스러운 상담이라고 생각했다. 하지만 그런 식의 상담은 일시적인 미봉책일 뿐, 결과적으로 그 학생에게는 거의 도움이 되지 않았다. 나는 학생과 면담하기 전에 '교사는 1/5, 학생은 4/5를 말할 것'과 '학생의 말을 끝까지 진지하게 들어줄 것'이라는 두 가지 다짐을 한다.

나의 청소년기를 되돌아보건대, 어른인 누군가와 **진지한 대화**를 나누어 본 기억이 없다. 만약 그런 기회가 몇 번만이라도 있었더라면, 나의 청소년기는 많이 달랐을 것이다. 오늘도 많은 청소년들은 어른인 누군가와 '진지한 대화'를 나누고 싶어 한다. 그럼에도 불구하고 어른들에게 선뜻 다가서지 않는다. 아무리 주변을 둘러봐도, 일방적으로 "너는 내 말을 들어야 해."라는 어른들뿐이기 때문이다. 간혹, "하고 싶은 말을 마음껏 해보아라."라고 말하는 어른도 있다. 하지만 그런 어른도 막상 대화가 시작되면 청소년의 말을 끝까지 듣지 않는다.

평소 잘 알고 지내는 학부모인데, 아들에 대한 안타까운 하소연을 자주 했다.

"우리 아이는 부모하고 대화를 안 하려고 해요."

"묻는 말에나 겨우 한두 마디 할 뿐이에요. 어떤 때는 답답해서 속이 터질 것 같아요."

"중학교 때까지는 저러지 않았는데, 도대체 이유를 모르겠어요."

그 아들은 내가 근무하는 고등학교에 재학 중인 2학년 학생이었다. 나는 적당한 기회를 보다가, 하루는 학교 일 좀 도와달라는 핑계로 그 아이를 불렀다. 그리고 그 아이와 함께 학교 게시판을 정리했다. 그런데 그 아이는 부모의 생각과는 달리, 제법 말도 잘하고 생각도 깊어 보였다. 두세 시간 동안 이런저런 이야기를 주고받느라고 시간 가는 줄 몰랐다. 작업하는 도중에 배가 고프다고 하더니, 자기 돈으로 학교 매점에서 빵과 음료수를 사가지고 와서 같이 먹었다. 교사인 내가 학생이 사준 것을 얻어먹은 것은 그때가 처음이었다. 나는 그날 그 아이와 함께하면서, 그 아이의 부모가 모르고 있는 그 아이의 많은 부분을 알 수 있었다.

청소년기에 진지한 대화를 나눌 수 있는 어른이 곁에 있다면, 매우 든든할 것이다. 그 대상이 자신의 부모라면 더욱 그렇다. 하지만 대부분의 청소년은 이런 기회를 눈앞에 두고도 놓쳐버린다. 상대방과 진지한 대화를 나눌 수 있는 관계가 되기 위해서는 경청하는 태도가 중요하다. **경청**(傾聽, 상대방 말을 주의 깊게 들음)은 상대방의 마음을 얻을 수 있는 가장 쉬운 방법이라고 한다. 부모님이 나에게 말씀하실 때, 귀로만 듣지 말고 눈과 입으로 그리고 온몸으로 들어라. 그 순간 너는 가장 든든한 내 편을 확보할 것이다. 부모님이 내 편인 청소년은 모든 일에 있어서, 그렇지 않은 청소년보다 훨씬 더 유리한 입장이다. 부모님은 '적'이 아니라 가장 든든한 '내 편'이다.

기억에 남는 제자가 있다. 중학교 다닐 때 특별할 것도 없는 그저 평범한 남학생이었다. 몇 년 전에, 그 제자의 동창생인 다른 제자를 만날 일이 있었다. 그 소식을 들은 그 제자도 그 자리에 함께 왔다. 대기업 계열사인 ○○기업에 근무하고 있는데 중요 직책을 맡고 있었다. 삼십대 중반의 나이로 승진이 빠른 편이었다. 나는 그에게 비결을 물었다. 잠시 머뭇거리는가 싶더니 조심스럽게 입을 열었다.

"직장 동료들이나 윗분들이 말을 하면 항상 경청합니다. 그리고 저에게 말할 기회가 주어지면 따뜻한 말만 하려고 노력합니다. 특히, 어떠한 경우에라도 남을 헐뜯는 말을 하지 않습니다. 내가 했던 말들은 반드시 나에게 돌아온다는 사실을 깨달았기 때문입니다. 나쁘게 말하면 나쁜 영향으로, 좋게 말하면 좋은 영향으로 돌아왔습니다. 그리고 제가 늘 명심하는 인간관계의 원칙이 있습니다. '누구도 적으로 만들지 않고, 함부로 내 편도 만들지 않는다.'는 것입니다."

나는 메모지를 꺼내서 그의 말을 적었다. 그는 순간적으로 당황해하면서 얼굴이 빨개졌다. 나는 그에게 "스승이 제자에게 배우는 것은 영광이다."라고 했다. 그리고 그런 태도를 가지게 된 특별한 계기라도 있었느냐고 물었다. 그는 대학에 다닐 때, 100여 권의 동서양 고전과 3종류의 세계사를 두 번씩 정독하고 나서 깨달은 인생의 교훈이라고 했다. 나는 그가 말하는 모습을 보면서 참 훌륭한 사람이라는 생각이 들었다. 교사가 빠지기 쉬운 함정이 하나 있다. **내가 잘 가르쳐서**, 그 학생이 훌륭한 사람이 되었다고 하는 자부심이다. 훌륭한 사람이 될 그 학생을, 내가 잠시 가르쳤다고 하는 것이 맞는 말이다. 학생은 교사로부터 아주 조금만 배운다. 인생을 살아가는 데 있어서 필요한 대부분의 것들은 스스로, 부모로부터, 친구로부터, 세상으로부터 배운다.

몇 년 동안 나와의 관계가 좋지 않았던 사람이 있다. 한번은 크게 다툰 적도 있었다. 그는 나보다 몇 살 위로 ○○○사회복지센터 원장이다. 같은 모임의 회원이라서 정기적으로 마주하는데, 그럴 때마다 우리는 서로를 외면하기 일쑤였다. 그러던 중에 모임의 행사준비로 둘이서 함께해야 할 상황이 생겼다. 불편한 일이었지만, 어쩔 수 없이 주말을 이용해서 그의 사무실을 대여섯 차례 찾아갔다. 종일 같이 있으면서 행사준비를 하다가 보니 자연스럽게 대화를 주고받게 되었다. 그런데 뜻밖에도, 그는 간간이 나에게 자신의 개인적인 이야기를 했다. 나는 몇 번을 건성으로 듣다가, 어느 순간부터 작정하고 그의 이야기를 열심히 들어주었다. 도대체 그가 어떤 사람인가를 알고 싶은 호기심도 작용했다. 그를 만나러 가는 날은 일부러 좋은 몸 상태로 갔다. 그의 말을 잘 들어주기 위해서였다. 한번은 그가 자신의 이야기를 세 시간 넘게 계속하더니, "말을 하다가 지쳐보기는 처음입니다. 누군가에게 이렇게까지 내 이야기를 많이 해본 적이 없었습니다."라고 했다. 나는 그와 몇 차례 만나면서, 지금까지 내가 몰랐던 그의 다른 모습들을 많이 발견할 수 있었다. 그리고 그는 요즘 나를 만나면 나의 이야기를 듣고 싶어 한다. 내가 말을 하면 착한 표정으로 진지하게 귀를 기울인다. 아직도 서로에 대해서 약간의 긴장감이 남아있지만, 예전에 비해서 많이 친해졌다.

'인간관계'는 어렵고도 어려운 일이다.

부모와 자식 간의 관계, 형제자매 간의 관계도 어려운 일인데 남과의 관계는 오죽하겠는가. 그렇다고 해서, 모든 인간관계를 단절하고 혼자서만 외롭게 살 수 없는 노릇이다. 인간에게 외로움은 고통스러운 굴레이다. 그래서 다른 사람과 관계를 맺으면서 살아간다. 그러나 역설적으로 혼자 있을 때보다, 다른 사람과의 관계 속에서 더 진하게 외로움을 느끼는 경우가 많다. 가장 큰 이유를 꼽는다면, 나와 **'진실한 대화'**를 나눌 상대방이 없기 때문이다. 그 상대방이 가족이나 친한 친구 혹은 사랑하는 사람일지라도, 그와 진실한 대화를 나눌 수 없다면 역시 외롭다. 이 세상에 나와 완벽하게 똑같은 한 사람이 있어서, 그와 친구가 된다면 외롭지 않을까? 아무리 상상해도 그 역시 외로울 것 같다. 아무래도 외로움은 인간의 숙명인 모양이다. 그렇다면 인간에게 외로움은 영원히 벗어날 수 없는 굴레일까? 정말 그렇다고 한다면 우리의 삶은 영원히 비극일 수밖에 없을 것이다. 나는 이 우주 너머에, 이 굴레를 풀어줄 숙명적인 존재가 있을 것이라고 믿는다. 그 존재를 만날 때까지, 나는 나에게 닥쳐오는 외로움을 잘 견디려고 한다. 외로움을 잘 견디지 못하는 사람은, 자신은 물론이고 남들에게까지 고통을 주는 경우가 많다. 이 세상에서 일어나는 비극 중의 상당 부분은 외로움에서 비롯된 것들이다. "자살한 그 학생은 그 학교의 친구들로부터 외로웠을 것이다.", "흉악한 범죄를 저지른 그 젊은이는 어렸을 적에 엄마와 아빠로부터 외로웠을 것이다.", "착하게 살다가 갑자기 악해진 그 아주머니는 자신이 믿었던 사람들로부터 외로웠을 것이다.", "이익을 위해서라면 비양심적인 일도 서슴지 않는 그 기업가는 세상 사람들로부터 외로웠을 것이다.", "국민을 탄압한 그 독재자는 자신에게 닥쳐오는 외로움을 잘 견디지 못했을 것이다.", "백성들을 동원하여 높은 건축물을 만든 그 왕은 신으로부터 외로웠을 것이다."….

단단히 각오해야 한다. 인생은 외로움과의 끝나지 않는 지독한 싸움이라는 것을…. 그럼에도 불구하고, 내 곁에 진실한 대화를 나눌 수 있는 단 한 사람만이라도 있다면 우리의 삶은 언제나 희망이다. 우리는 누군가에게 '희망'이 되어 줄 수 있는 존재이다. 그 희망이 많아질수록, 이 세상에서 일어나는 비극도 그만큼 줄어들 것이다.

'진실한 대화'를 위해서는 두 가지 자세가 필요하다.

첫 번째는 상대방의 말을 끝까지 들어주는 것이다. 우리는 다른 사람과 대화할 때, 상대방의 말을 끝까지 듣지 않으려고 한다. 왜 그럴까? 내 말을 하고 싶어서이다. 그 이면에는 상대방과의 경쟁심리가 작용하는 경우가 많다. 현대인에게 말은 또 다른 우월감의 표현이다. 상대방이 하고 싶은 말을 다할 수 있도록 **끝까지 들어주렴**. 그렇게 하면 상대방으로부터 그의 진실을 얻을 가능성이 커진다. 진실은 마음속 깊은 곳에 있어서 언제나 마지막에 등장하기 때문이다. 두 번째는 상대방의 생각을 인정해 주는 것이다. 우리는 상대방을 인정하기보다는, 상대방에게 인정받고 싶어 하는 욕구가 강하다. 상대방에게 인정받을 수 있는 쉬운 방법이 있다. 내가 먼저 상대방을 인정해 주면 된다. 인간은 상대방에게 인정받지 못하면 공격성을 띠게 되나 인정받으면 너그러워진다. "그렇구나. 그럴 수 있겠구나.", "네 생각이 맞다."라고 상대방을 인정해 주렴. 상대방도 나를 인정해 주려고 하는 마음이 생길 것이다. 그로 인해 상대방으로부터 그의 진실도 얻을 가능성이 커진다. 마음속 깊은 곳에 있는 진실은, 누군가에게 인정받으면 꿈틀거리기 때문이다.

사람은 누구나 자기를 지켜보는 **'관중'**이 있다. 학생에게도 관중이 있다. 부모님, 친구, 선생님 그리고 그 외에도 나에게 관심이 있는 사람이라면 나의 관중이 될 수 있다. 관중이 대가를 지불하면서 경기장을 찾아오는 이유는 뭘까? **'기대감'** 때문이다. 그러므로 선수는 관중의 기대에 부응하는 경기를 할 의무가 있다. 학생에게 가장 소중한 관중은 누구일까? 부모님이다. 부모님은 최선의 대가를 지불하고, 자식의 경기를 가슴 졸이면서 지켜보고 있다. 따라서 자식은 부모님의 기대에 부응하기 위해서 노력해야 하는 의무가 있다. 부모가 자식에 대해서 양육의 의무를 가지고 있는 것처럼 말이다.

경기에서 꼭 승리해야만 좋은 선수일까? 아니다. 관중은 승패와 상관없이 최선을 다한 선수의 모습에서 더 큰 감동을 받기도 한다. 최선을 다한 패배는 실력으로 거둔 승리보다 더 값질 수 있다. 못된 선수는 자신에게 주어진 환경을 향해서 물음을 던진다. "경기장 시설이 왜 이 모양이야?", "관중들이 왜 나를 몰라주지?"라고 말이다. 반면에, 훌륭한 선수는 자기 자신을 향해서 물음을 던진다. "나는 관중이 대가를 지불할 만한 선수인가?", "나는 관중의 기대에 부응하는 경기를 하고 있는가?"라고 말이다. 선수에게 **가장 힘든 경기는**? 관중이 없는 텅 빈 경기장에서 하는 경기다. 그러므로 나를 지지해 주는 관중뿐만 아니라, 나를 비판해 주는 관중도 소중한 것이다. 지혜로운 선수는 자신을 비판해 주는 관중을 통해서 오히려 더 크게 발전한다.

극적인 관중이 있다. 바로 '자기 자신'이다. 우리 학교의 어느 교실은 뒤쪽 벽면이 온통 거울로 되어 있다. 그 교실에서 수업을 할 때면, 나도 모르게 다른 교실에서보다 더 열심히 하게 된다. 자세도 바르게 하고 눈도 커지고 표정도 밝아진다. 그 거울 속에 나를 지켜보는 내가 있기 때문이다. 우리는 남들의 시선을 의식하다가 내가 나를 어떻게 보느냐를 잊어버리곤 한다. 관중이 틀린 경우도 있다. 때로는 관중에게 외면받기도 한다. 외롭고 억울할 것이다. 하지만 자기 자신에게 부끄럽지 않다면 얼마든지 외롭고 억울한 경기를 하렴. 현재의 승패와 관중의 반응보다, 더 가치 있는 일이 기다리고 있을 테니까 말이다. 어둠은 언제나 똑같은 아침만을 가져오지 않는다. **전혀 새로운 아침**을 선물하기도 한다….

수많은 애벌레들이 나무 꼭대기를 향해서 앞다투어 올라간다. 그중에 몇몇 애벌레들은 정상에 이르고 나서 환호한다. 그 모습을 지켜보던 나머지 애벌레들은 더욱 발악하며 정상으로 향한다. 그런가 하면 어떤 애벌레들은, 정상을 포기해서 결국에는 호랑나비가 되기도 한다.

또 하나의 극적인 관중이 있다. '우주(宇宙)'다. 우리는 우주 속에 살고 있고, 그 우주는 항상 우리를 지켜보고 있다. 그리고 우주는 거대한 **저장장치**이다. 우주가 시작된 이래, 우주 안에서 있었던 모든 일들은 우주 안에 저장되어 있다. 우주가 시작될 때, 빅뱅(Big Bang, 우주대폭발이론)으로 생겼던 최초의 빛과 소리(우주배경복사)도 우주 안에 있다고 한다. 지금까지 내가 살아오면서 했던 모든 말과 행동도 없어지지 않고, 우주 안의 어딘가에 고스란히 저장되어 있는 것이다.

내가 살아가는 모습들은 내 머릿속이나 누군가의 머릿속에 끊임없이 기억되고 있다. 그런데 그렇게 해서 기억되는 내용은 전체 중에서 극히 일부분에 지나지 않는다. 그리고 머릿속에 기억되어 남아있는 기간도 몇십 년에 불과하다. 행여 역사에 기록된다 하더라도 몇백 년을 넘기기 어렵다. 우주에 비할 바가 못 된다. 우주는 내가 살아가는 모든 모습들을 완벽하게 언제까지나 기억하는 저장장치다. 훗날… 우주 밖에서 누군가가 검색창에 나의 이름을 입력하면, 우주 속에 흩어져 있던 나의 모든 흔적들이 한곳으로 모일지도 모를 일이다. 내가 기억하고 있는 흔적들뿐만 아니라, 내가 잃어버렸던 흔적들도 말이다. 그리하여 나의 삶이 결코 허무한 것이 아니었음을 확인하게 될 것이다. 인생무상(人生無常)이라는 말이 있다. 인생이란, 결국에는 헛되고 허무하다는 것이다. 정말 그럴까? 나는 이 말을 받아들일 수 없다. 가치 있는 삶을 살았던, 위대한 삶을 살았던, 희생적인 삶을 살았던, 눈물겨운 삶을 살았던… 수많은 사람들의 그 흔적들이 아무런 의미가 없다고? 이는 신과 우주, 그리고 이 세상에 대한 최고의 모독일 것이다. 우리들의 삶은 결코 장난이 아니다.

우리는 사람과 역사를 속일 수는 있어도 우주는 속일 수 없다. 사람은 **누군가가 지켜보고 있다**면 조심하게 된다. 가족, 친구, 지인, 역사 그리고 자기 자신과 우주가 나를 지켜보고 있다. 함부로 살아서는 안 될 나의 삶이다.

교사에게도 관중이 있다. 바로 학생이다. 학생들은 선생님이 '좋은 수업'을 해주기를 기대하면서 그 자리에 있다. 교사는 학생들의 기대에 부응하는 좋은 수업을 할 의무가 있다. 나는 어렸을 적부터 교사가 되어야겠다는 생각을 하지 않았다. 학창시절을 보내면서 좋은 선생님, 멋진 선생님, 훌륭한 선생님들을 만날 수 있었다. 그러나 그런 선생님들을 보면서 '나도 저런 선생님이 되어볼까?'라는 생각을 하지 않았다. 그런데 가끔 '저 선생님은 왜 저러실까?', '왜 저렇게만 수업하실까?'라는 아쉬운 물음이 생기곤 했다. 그러다가 어느 날부터 '왜 이런 선생님은 없지?', '이렇게 수업하면 더 좋을 텐데.'라는 생각을 하게 되었고, 결국에는 내가 교사가 되어 버렸다. 하지만 교사로서 지나온 20여 년 동안,

나 역시 그런 아쉬운 물음의 대상이었음을 인정할 수밖에 없다. 어쩌다가 학생들이 나 몰래 하는 나에 대한 무안한 평을 들을 때가 있다. 나는 못 들은 척 외면하지만 마음속으로 대답해 본다. '그래 맞아. 나는 그런 교사야.'라고 말이다. 가끔은 내 앞에서 "저도 선생님 같은 선생님이 되고 싶어요."라고 말해주는 학생도 있다. 그것 또한 무안한 일이다. 나와 같은 교사가 어딘가에 또 있다는 것은 상상하고 싶지 않기 때문이다.

나는 내가 마주하는 학생들을 보면서 상상할 때가 있다. 그들의 교사였던 나하고는, 다른 인생을 살아갈 그들의 미래를 말이다….

청출어람(靑出於藍, 쪽에서 나온 푸른색이 쪽보다 더 푸르다)이라는 말이 있다. 옷감을 푸른색으로 염색하기 위해서 '쪽(藍)'이라는 식물을 사용하는 경우가 있다. 이때 쪽으로 염색한 옷감의 색이, 원래 '쪽의 푸른색'보다 '더 푸른색'을 띠게 된다. 그래서 흔히 스승(쪽의 푸른색)보다 제자(옷감의 더 푸른색)가 더 뛰어난 경우에 사용하는 말이다.

직업을 선택할 때도 청출어람의 자세가 필요하지 않을까? 흔히 그 직업의 기득권(旣得權, 이미 차지한 권리)이 그 직업을 선택하는 기준이 되는 경우가 많다. 반면에 청출어람의 자세란, 그 직업의 현재의 모습보다 더 좋은 모습을 만들어 낼 수 있느냐가 그 직업을 선택하는 기준이 되는 것을 말한다. 한발 더 나아가 현재의 모습과는 다른 새로운 모습을 만들어내려는 '창조 정신'을 가진 사람이라면, 그는 어느 분야 혹은 세상의 모습을 바꿀 수도 있다. 푸른색인 쪽에서 빨간색, 노란색, 흰색 그리고 지금까지 없던 새로운 색깔이 나올 수도 있기 때문이다.

10년 전, 100년 전, 1,000년 전 인류가 사는 모습과 현재 인류가 사는 모습은 비교가 되지 않을 정도로 발전했다. 바로 창조 정신을 가진 사람들이 바꾸어 놓은 모습이다. 그들이 남긴 수많은 창조물들은 인류에게 위대한 영향력을 끼쳤다. '더 좋은 방법은 없을까?', '이런 것이 있으면 좋겠다', '불편하다', '짜증이 난다', '못마땅하다', '화가 난다', '안타깝다', '맛없다'…. 하는 생각이야말로 창조의 씨앗이다. 인터넷 발달, 3D프린터 보급 등으로 누구나 **'창조의 주체'**가 될 수 있는 시대가 열렸다.

나는 교사다. 학생들이 보기에 어떤 교사일까?

어느 날 악몽을 꾼 적이 있다. 수업하려고 어느 교실에 들어갔는데 학생들이 한 명도 없었다. 그때 한 학생이 들어와서 "선생님, 학생들이 선생님의 수업을 거부한대요."라고 했다. 꿈에서 깨고 나서 한동안 힘들었다. 나는 교단에 서면서 항상 두려운 것이 있었다. "저 선생님은 기대할 것이 없어."라는 학생들의 소곤거림이다.

예전에, 사십 중반의 교사에게서 들었던 아픈 고백이 있다. 본인이 과거에 중·고등학교 다닐 때, 학생의 입장에서 싫어하던 선생님들의 모습이 있었다고 한다. 그런데 자신이 점점 그런 교사가 되어간다는 것이다. **교사들의 가장 큰 착각**은 학생들의 평가다. 학생들은 저 선생님은 이런 말을 해주면 좋아한다는 것을 이미 눈치채고 있다. 그래서 교사 앞에서 하는 학생들의 평가는 교사의 착각을 불러온다. 나 역시 교사로서 이런 착각 속에서 살아왔음을 뒤늦게나마 깨닫고 있다. 교사가 열 명이면 열 명 모두 다, 나 정도면 괜찮은 교사라고 한다. 그러나 교사가 열 명이면, 열 가지의 방법으로 학생들을 괴롭힐 수 있다는 사실을 인정하는 교사는 그리 많지 않은 것 같다. 내 방법만이 옳다고 하는 교사는 너무 미숙하거나 너무 오만하거나, 둘 중 하나일 가능성이 크다. 특히, 교사가 자신의 생각을 학생들에게 일방적으로 강요하는 것은 폭력이 될 가능성이 크다. 그건 부모와 자식 간에도 마찬가지다.

나는 언제부터인가, 교실로 수업하러 가면서 다짐하는 것이 있다.

"학생들을 괴롭히지 말자."

종종 졸업한 제자들에게서 연락이 온다. 과거의 제자를 현재에 만나면 무척이나 어색하다. 도망치고 싶다. 교사에게 가장 껄끄러운 말은 '보람'이지 않을까? 제자가 잘되면 '보람'이고 못되면 '외면'일 수 없기 때문이다. 성공한 제자에게는 백 명이 스승이라고 나서는데, 실패한 제자에게는 스승이라고 하는 사람이 한 명도 없다고 한다. 언제부터인가 "남을 가르치는 자는 훗날 혹독한 심판을 받는다."라는 말이 가슴에 와 닿는다. 안타깝게도 교사로서 20여 년이 지나면서, 그동안 안 보였던 것들이 마구 보인다. 그중의 하나가 학생들이 참 예쁘다는 사실이다. 특히, 그동안 안 예뻤던 학생들이 더 예쁘게 보인다. 그래서 지나간 과거의 제자들에게 미안하다.

이 책이 마무리되어갈 때쯤, 나는 몇 년간 지속된 고관절 통증으로 병원에 입원했다. 긴장된 마음으로 수술대 위에 누워있는데, 머리맡으로 누군가가 다가와서 "선생님, 저 아시겠어요? ○○고등학교 졸업생 '박경희'입니다. 이런 곳에서 선생님을 뵙게 됩니다."라고 했다. 순간 나는 당황했다. 그 병원의 수술실에서 간호사로 근무하고 있는 제자였다.

마취 주사를 맞아 정신이 몽롱해지면서, 나는 그녀에게 "경희야, 저리 가줄래?"라고 했다. 돌이켜 생각해 보니, 십여 년 전에 고등학생인 그 아이에게도 교사로서 미안한 일이 있었다.

이제야 교사다운 교사가 되려나 보다. 그래서 아쉽다. 되돌아보니 교사로서 후회되는 일들이 너무 많다. 인생에서 대부분의 일들이 항상 이런 식이다. 그 일을 제대로 해낼 만한 수준에 이르렀다고 생각되면, 어느덧 물리적으로 한계에 이르러 있다. 인생도 마찬가지다. 인생다운 인생을 살려고 하면 어느덧 끝에 다가와 있다고 한다. 하지만 그런 아쉬움도 후회도 받아들이는 것이 인생일 것이다. **인생은 한 번 뿐이기에 대부분이 후회이다….**

인간은 살아가면서 후회할 수밖에 없는 존재이다. 처음부터 자신에 대한 완벽한 사용설명서를 가지고, 거기에 맞추어 사는 것이 아니기 때문이다. 수많은 경험을 통해서 자신에 대한 사용설명서를 만들어 가면서 산다. 그 과정에서 후회는 피할 수 없는 흔한 결과이다. 누군가는 최적의 사용설명서를 만들어 가고, 누군가는 잘못된 사용설명서를 만들어 간다. 그래서 다행인 인생도 있고 안타까운 인생도 있다. 우리는 죽는 날까지, 자신에 대한 최적의 사용설명서를 만들어 낼 수 있어야 한다. 그런 자에게 죽음은 결코 끝이 될 수 없다. 또 다른 세계로 이어지는 문일 뿐이다….

인생을 '길'에, 그리고 인간은 그 길을 걸어가는 '나그네'에 비유한다. 인생이라는 길은 출발점과 도착점보다는 길 자체에 의미를 둬야 한다.

나는 나의 길을 사랑하는 나그네이고 싶다.

옛날 어느 마을에, 안락한 삶을 살고 있는 한 사람이 있었다. 그는 취미로 집에서 많은 **원숭이**들을 키웠다. 그러던 어느 날, 무언가를 깨달은 그는 집을 떠나 **나그네**가 되기로 결심한다. 모든 준비를 마치고 마지막으로 원숭이들을 풀어주었다. 대부분의 원숭이들이 산속으로 사라져 버렸으나, 십여 마리의 원숭이들은 떠나지 않았다. 그리고 주인 앞에 모여들어서 비장하게 말했다.

"우리도 주인님이 가는 길에 동참하고 싶어요."

"지금 내가 가려고 하는 길은 힘든 길이다. 너희들은 포기해라."

그러자 원숭이들이 더욱 큰소리로 외쳤다.

"우리는 보통 원숭이들하고 다릅니다. 그 길을 끝까지 완주할 겁니다."

주인은 어쩔 수 없이 원숭이들과 함께 길을 떠났다. 한 달여가 지나자, 나그네와 원숭이들은 힘든 여정으로 지치게 되었다. 그러던 중에 어느 마을 어귀를 지나가는데 그곳에 음식물쓰레기장이 있었다. 부자들이 모여 사는 풍족한 마을이었는지, 고기 살점이 붙어있는 뼈다귀들이 수북이 쌓여 있었다. 나그네와 원숭이들은 오랜만에 배부르게 먹고 낮잠을 잤다. 한참 동안 낮잠을 자고 있던 나그네는 시끄러운 소리에 잠에서 깼다. 주위를 둘러보니 원숭이들끼리 치열한 싸움이 벌어지고 있었다. 잠시 후, 싸움이 끝나고 원숭이들 중에서 한 마리가 의기양양하게 그 풍족한 음식물쓰레기장을 차지했다. 나그네와 나머지 원숭이들은 다시 길을 떠났다. 그 뒤로 음식물쓰레기장을 만날 때마다, 원숭이들끼리 치열한 싸움이 벌어졌고 한 마리씩 그곳에 남게 되었다. 결국에는 나그네만 홀로 길을 가게 되었다. 그러던 어느 날, 원숭이들 중에서 한 마리가 헐레벌떡 주인을 뒤쫓아 왔다. 가장 아끼던 원숭이였다. 그 원숭이는 주인의 바짓가랑이를 붙잡고 말했다.

"주인님, 이 힘든 길을 그만 포기하고 저와 함께 음식물쓰레기장으로 가요?"

주인은 단호하게 거절했다.

"무슨 소리냐! 나는 현실의 안락함 때문에 나의 길을 포기할 수 없다."

무안해진 원숭이는 슬금슬금 주인의 눈치를 보더니, 자신의 음식물쓰레기장으로 돌아가 버렸다. 그러나 나그네는 여전히 그의 길을 걸어갔다….

목적지에 도착하지 못한 나그네는 실패한 인생일까? 아니다. 나그네에게는 원래부터 목적지가 없다. 나그네는 목적지에 도착 여부가 아니라, 자신이 걸어온 길로 평가받는 존재이다. 이 세상에는 목적지에 도착했다고 환호하는 사람들이 종종 있다. 하지만 나는 그들의 주장에 대해서 대부분이 동의하기 어려웠다. 그런가 하면, 목적지가 어디에 있는지 모르겠다고 불안해하는 사람들도 많다. 하지만 애초부터 이 땅에서 우리들의 목적지는 없었던 것이 거의 확실하다. 특히, 모든 사람들이 공통적으로 도달해야 하는 궁극적인 목적지는 더더욱 없다. 행여 확실한 목적지가 있다고 주장하는 사람이 있다면 그를 경계해야 한다. 그는 나그네로서 숙명적으로 지녀야 할 불안감을 감당해내지 못한 사람이다. 나그네에게는 원래부터 목적지가 없었기에, 가야만 하는 길이나 가서는 안 되는 길 따위는 의미가 없다. 지금까지 내가 걸어왔고, 현재 내가 걸어가고 있고, 앞으로 내가 걸어가게 될 나의 길이 있을 뿐이다. 우리는 어딘가에 머물기 위해 태어난 존재가 아니다. 끊임없이 떠나야 하는 존재이다. 즉 인생이란, 길에서 태어나 길을 걸어가다가 길에서 생을 마쳐야 하는 나그네의 삶인 것이다. 나그네는 성(城)을 쌓지 않는다. 나그네는 오래 머무를 수 없기 때문이다. 단지, 이정표만을 남길 뿐이다. 뒤에 오는 나그네를 위해서이다. 그래서 성공뿐만 아니라 실패의 이정표도 위대한 것이다.

나그네는 그가 걸어가는 길에서 수많은 이야기들을 만들어 낸다. 그 이야기들이 바로 그 나그네의 인생인 것이다. 훌륭한 나그네가 있다. 자신의 이야기로 인해, 누군가의 이야기가 혹은 이 세상의 이야기가 더 아름다워지는 나그네이다. 나쁜 나그네도 있다. 누군가에게 자신의 이야기를 강요하거나 누군가의 이야기를 불행하게 만드는 나그네이다. 한편, 자신의 이야기 너무 빈곤한 나그네가 있다. 그는 줄곧 남들의 이야기만 해댄다. 누군가를 부러워하는 이야기, 누군가는 비난하는 이야기, 자신이 믿는 이런저런 우상 이야기… 어리석은 나그네이다. 우리는 결코 나의 이야기를 포기해서는 안 된다. 훗날 나의 이야기를 들어줄 무언가가 기다리고 있을 테니까 말이다.

학생들도 매일같이 길을 걸어가고 있다. 그리고 그 길에서 각자의 꿈을 꾼다. 꿈을 이룬 학생들도 있겠지만, 꿈을 이루지 못한 학생들이 훨씬 더 많다. 그러나 지금 이 길에서 그 꿈을 이루지 못해도 괜찮다. 새로운 길에서 또 다른 꿈을 만나게 될 테니까 말이다. 중요한 것은 길을 걸어가는 것이다. 더 중요한 것은 이 길에서 '나의 이야기'를 잃지 않아야 한다.

학생들은 어른이 된 후에 알게 될 것이다. 지금 내가 걸어가고 있는 이 학생의 길이 내 인생에서 가장 순수한 길이었음을….

여기서 24가지 이야기를 마치려고 한다.

너는 지금까지 없었고, 앞으로도 없을 오직 하나뿐인 존재이다. 인생이란, 너의 그러한 특성을 실현하는 것이다. 그 기회를 놓치지 마라.

네가 걸어가는 '너의 길'과

네가 만들어가는 '너의 이야기'를 응원한다.